风从《诗经》来

李民 著

上册

中原出版传媒集团
中原传媒股份公司
大象出版社
·郑州·

图书在版编目(CIP)数据

风从《诗经》来:全二册 / 李民著. -- 郑州:大象出版社, 2025. 4. -- ISBN 978-7-5711-1941-6

Ⅰ. I267

中国国家版本馆 CIP 数据核字第 2025WU5706 号

风从《诗经》来(全二册)

FENG CONG《SHIJING》LAI(QUAN ER CE)

李 民 著

出 版 人	汪林中
责任编辑	李 参 陈 灼
责任校对	任瑾璐 赵 芝 张绍纳 张迎娟 马 宁 陶媛媛 张英方
装帧设计	王晶晶

出版发行	大象出版社(郑州市郑东新区祥盛街27号 邮政编码450016)
	发行科 0371-63863551 总编室 0371-65597936
网 址	www.daxiang.cn
印 刷	北京汇林印务有限公司
经 销	各地新华书店经销
开 本	720 mm×1020 mm 1/16
印 张	50.25
字 数	603 千字
版 次	2025年4月第1版 2025年4月第1次印刷
定 价	128.00元(全二册)

若发现印、装质量问题,影响阅读,请与承印厂联系调换。
印厂地址 北京市大兴区黄村镇南六环磁各庄立交桥南200米(中轴路东侧)
邮政编码 102600 电话 010-61264834

走进《诗经》 风起长河

高山仰止，景行行止，追随着古圣先贤的足迹，走进《诗经》，风起长河。《诗经》问世后，先后有《毛诗序》、东汉郑玄的《毛诗传笺》、宋代朱熹的《诗经集注》、清代姚际恒的《诗经通论》和方玉润的《诗经原始》等，一直到近现代钱锺书的《管锥编》，以及顾随、流沙河、夏传才、扬之水、李山、刘冬颖等大家的著作。千百年来几多风云变幻，《诗经》光华始终熠熠灿烂，160篇十五国风至今传诵。回顾中华民族悠久的发展历史，国风诗篇展示出强大的凝聚力和引领力。今天，我们该如何更好地传承、弘扬它呢？

孔子论诗，"不学诗，无以言"。世人都晓《诗经》好，等到看时困难了，追问自

己：难在哪里？难在字音字义吗？有办法，注解可以解决。难在文学手法吗？有办法，鉴赏辞典可以解决。难在诗篇解读吗？有办法，专家讲座可以解决。难在古代礼仪文化吗？有办法，文史研究可以解决。……条条大路，皆通彼岸。但是对普通读者、一般听众来说，如果没有较深厚的专业知识积累，没有较高的文学素养，读懂、听懂无疑还是有困难的，何况还要读出《诗经》的好来。

如果我们能够努力去克服这些困难，在当代生活与时空久远的《诗经》之间，化身跨越天堑阻隔的那一座长桥，让今天愿意感受、学习、成长的少年、青年、中年、老年的人们，不因人生阅历不同、知识积累有所差异，而都能沿着这一座长桥走过去，回到《诗经》原始现场，都能够有所获得，那么，会不会有更多的中华儿女喜爱、传布我们中华民族的优秀传统文化经典呢？答案无疑是肯定的。《诗经》本来就是在数千年来无数专家学者的不断接力研究中得以长盛不衰、历久弥新的。历朝历代，几多大家，青灯黄卷皓首穷经，使《诗经》的解读研究薪火相传，他们无非是想要努力呈现文字的生命、文学的美好、文化的传承、文明的赓续……

让《诗经》中的文字展示出生命活力。感谢古代典籍，为我们保存下来民族的文脉源头。语言有自己的发展规律。文字自问世以来，随着时间的推移，不断发展变化，不断产生新的文字、词汇，原有的字词有的也会逐渐不再使用。特别是近代白话文普及后，文言文的阅读比较困难。《诗经》中一些字词句式，我想，还是需要给广大读者以准确通畅的现代规范的语言表达，也即"信""达"。在语言形式上，《诗经》以四言为主，后世古体诗发展出五言、七言，有的《诗经》研究者采用了五言诗、七言诗来翻译，但对今天的读者而言，五言、七言的古体诗理解起来也存在不少困难；还有的《诗经》研究者采用了现代口语来翻译，《诗经》当初作为可配乐演奏的诗歌，有着其内在独有的韵律节奏，这是现代口语无法体现的。考虑古汉语以单音节词为主，现代汉语以双音节词为主，基于这个原则，在整体翻译160篇国风时，我尝试以规范的现代书面语言为主，以现代双音节词语对应文言单音节词，在追求体现"信""达"的同时，努力体现《诗经》语言的音韵美、节奏美。

让《诗经》中的篇章展示出文学的美好。文学应当服务于现实生活，应当体现出时代的要求。"诗言志"是因为其有植根的时代沃土；唐诗宋词能够举国上下全民参与，是因为其有庞大的创作群体和读者受众。今天不再有诗歌创作的高潮，读者受众也相对有限，我想，还是要借助一种适宜的文学载体，使广大读者以此为舟，溯回诗河。几经探索，贴合《诗经》自身特色，考虑当代读者现状，我选择了侧重知识性的抒情散文，或者说侧重抒情性的文艺散文。十五国风，160篇，每一篇，都是时代家国的交响合奏，都是悲欢离合的民生心曲。晨朝，黄昏，每每伏案为《诗经》国风再赋杨柳新篇的时候，那些君子淑女，那些苍生黎庶，仿佛就在那大河之滨，就在那群山之间，就在那城邑村庄，就在那大道田野，就在草木葱茏处，就在鸟虫鸣唱地，就在岁月四季里，就在日月星辰下，他们和乐长歌，踏歌而舞，歌不尽红尘世间的喜怒哀乐，舞不休人生年华的爱恨情仇，一幕又一幕，历历在目，而我，不过是尽力把一路上的所见记录下来。

让《诗经》中的传统文化得以更好地传承。一个国家的根基在文化，一个民族的根脉在文化，文化长河汤汤不息，国家就有希望，民族就有未来。《诗经》不是孤立存在的，四书五经与其关联密切，彼此佐助；十三经与其丝缕相连，可做辅证。置身于历史云烟，梳理错综纷繁，追寻文化根源，源清流洁。那是谁人啊，摇着木铎行走大地，那些山岭河流，那些林木花草，那些飞禽走兽，那些车马服饰，那些钟鼓琴

瑟，都在风中无言地诉说，化作雨露无声地润泽……一脉诗源，源源不断滋养着中华儿女的精神世界、心灵原野。读着《诗经》长大的人，受传统文化滋养，自有家国情怀，自会修养德行，自然格局宏大，雨雪风霜也好，沧海桑田也好，一腔赤子之心，对生命、对生活，对亲人、对故乡，对社稷、对天下。怀着真挚热爱，《诗经》篇章，怨而不怒，哀而不伤，爱得热烈却不泛滥，恨得分明却不冲动。这里有中华儿女的脊梁，这里有中华民族的魂魄，这里有更基础、更广泛、更深厚的文化自信，这里有国家、民族发展中最基本、最深沉、最持久的力量。

让《诗经》中的中华文明血脉得以赓续。在世界文化激荡中，中华民族世代延续的精神文明内核让我们站稳脚跟，历经几多艰难坎坷、血雨腥风，植根沃土，始终生机盎然。在漫长的农业社会中，在神州大地希望的原野上，在人与自然和谐相处中，一株甘棠传颂着公正无私的仁德之政，一带绿竹挺拔着高风亮节的君子风度，关雎桃夭洋溢着男婚女嫁的热烈祝福，木瓜采葛充满了年少爱恋的纯真挚情，蟋蟀蜉蝣带来了生命短暂的深沉感喟，载驰无衣高歌着慷慨激昂的爱国炽热，卷耳蒹葭寄语思念，羔羊洁白内蕴美德，凯风煦暖感念母恩，干旄良马访美求贤，氓之蚩蚩女子清醒，风雨子衿悠悠我思，鸡鸣南山，十亩之间，有杕之杜，蒹葭晨风，素冠候人，月出泽陂，七月流火……

一脉诗河浩浩汤汤，两岸青山绵延无尽，我想，我愿，能有一座长桥连接古今。每当《诗经》诵唱音韵回荡，看啊，看啊，在青山绿水之间，那是谁人啊，牵着手走过，走过这座长桥，桥上是绿叶红花，桥下是流水人家，桥的那头是青丝，桥的这头是白发，听，风起长河，传布四方……

目 录

周南

窈窕淑女，君子好逑　〇〇三

青春作伴好还乡　〇〇八

行人更在千山外　〇一二

南有木兮木有藤　〇一七

螽斯延庆福绵绵　〇二二

千里桃花绿映红　〇二七

安得猛士兮守四方　〇三二

苤苢欢歌相媚好　〇三六

汉广可望不可亲　〇四一

不说思君令人老　〇四六

麒麟嘉瑞叹太平　〇五一

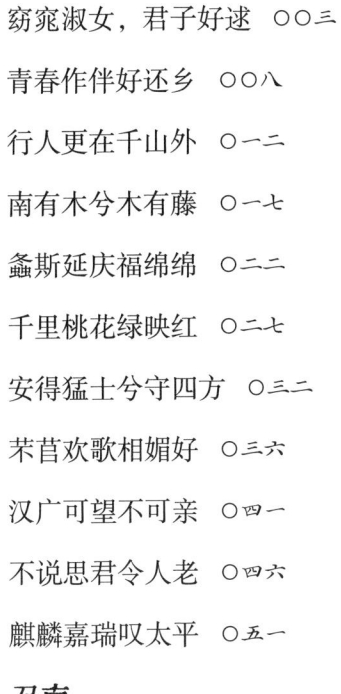

召南

宝马雕车香满路　〇五七

春在溪头采蘩忙　〇六一

春去秋来相思在 〇六五

南涧之滨青蘋好 〇七〇

甘棠仁风长蔼然 〇七五

冷露点点欲为霜 〇八〇

要留清白在人间 〇八四

听取惊雷第一声 〇八九

梅子黄时惜春暮 〇九三

物换星移几度秋 〇九八

但见长江送流水 一〇三

郊野人寂私语时 一〇八

十里红妆歌繁华 一一二

葭浦蓬野唱驺虞 一一七

邶风

最憾是无双飞翼 一二三

此恨绵绵悼绿衣 一二八

落花人独立　微雨燕双飞 一三三

谁教宝鉴在尘埃 一三八

剪不断，理还乱，在心头 一四三

不知征战几人还 一四八

凯风寒泉七子歌 一五二

君何淹留寄远方 一五六

且更从容来等待 一六〇

为谁零落为谁开 一六四

百年光阴如蝶梦 一六九

侧身西望长咨嗟 一七四

自在惊鸿一瞥中 一七八

故园渺渺　归思悠悠 一八二

奈何世事阻重深 一八六

风雪夜寒携手行 一九〇

毕竟相思，不似相逢好 一九五

新台飘零雨打萍 一九九

黯然魂销怜孤舟 二〇四

鄘风

忽如一夜春风来 二一一

一场败坏 千夫所指 二一六

美人如花隔云端 二二一

闻郎桑中唱歌声 二二六

我斥飞尘蒙日月 二三一

重整河山再兴邦 二三五

天际挂虹初断雨 二四〇

人以有礼 贵于禽兽 二四四

良马追风向浚邑 二四九

驾长车,收拾旧山河 二五四

卫风

依依君子 天地相宜 二六一

山重水复云去闲 二六六

人生若只如初见 二七一

流光容易把人抛 二七六

长忆盈盈淇水好 二八二

风乍起,吹皱一池春水 二八六

黄河走东海 浮云且在西 二九〇

入骨相思知不知 二九五

相思本是无凭语 三〇〇

金风玉露一相逢 三〇四

王风

天高难问长太息 三一一

日暮黄昏何思君 三一六

谁家簧翻乐未央 三二一

霜华满地人不寐 三二六

当初谁料是如今 三三〇

但愿长寐不愿醒 三三五

天涯涕泪一身遥 三三九

一日三秋相思长 三四三

心悦君兮君不语 三四七

麦麻田畴待子来 三五一

郑风

晨光熹微映缁衣　三五七

一怀一畏总关情　三六二

相思里巷情独钟　三六七

忽报人间正伏虎　三七二

三军甲马不知数　三七六

长赋人间国士风　三八一

大路何迢迢　欲别牵子衣　三八六

何以报恩情　美玉结罗缨　三九一

从此青山共轩车　三九五

伊人带笑复含嗔　四〇〇

秋风袅袅黄叶飞　四〇四

几回梦里与君同　四〇九

如今直上银河去　四一三

而今才道当时错　四一七

风光冉冉东门陌　四二二

风雨鸡鸣君子来　四二七

青青子衿　悠悠我心　四三一

相依贵在相知心　四三六

弱水三千，只取一瓢饮　四四一

芳草连天露华浓　四四五

溱洧三月芍药香　四五〇

齐风

雄鸡一唱天下白　四五七

猇山多娇好并驱　四六二

琼华久俟愿成双　四六七

几多亲爱在人间　四七一

吁嗟夙夜无休歇　四七六

恰归来，南山翠色依旧　四八一

心中别有欢喜事　四八六

自有卢令烟尘飞　四九一

回首鱼梁，云复湍，雨声寒　四九五

鲁道长荡荡　汶水恒悠悠　四九九

会凭弓箭御国邦　五〇三

魏风

维是褊俭堪羞葛　五〇九

汾水日暖玉生烟　五一三

徘徊将何见　忧思独伤心　五一七

高山之上兮，望我故乡　五二二

春日迟迟桑萋萋　五二七

檀影参差望河清　五三二

谁之永号诉硕鼠　五三七

唐风

蟋蟀鸣岁暮　良士乐无荒　五四五

为乐当及时　何能待来兹　五四九

流水白石何凿凿　五五三

西风更颂椒聊曲　五五七

今夕复何夕　三星耀薪楚　五六二

嗟吁踽踽独行人　五六六

峭寒新着紫羔裘　五七〇

但将心事付苍天　五七五

青冥浩荡衣裳好　五八〇

一片冰心托杜梨　五八五

葛蔹野域百岁后　五九〇

漫道采苓首阳巅　五九五

秦风

车马动秦川　鼓瑟复吹笙　六〇三

角弓鸣，马蹄轻，千里暮云平　六〇八

万里长征人未还　六一三

蒹葭苍苍　在水一方　六一八

终南苍苍横翠微　六二四

万古愁，千夫指，百身无计赎

　　三良　六二八

晨风北林如何忘　六三三

金戈铁马，气吞万里如虎　六三八

渭阳赠别思悠悠　六四三

犹写雄深嗟四篇　六四七

陈风

天若有情天亦老　六五三

流连枌栩共婆娑　六五八

衡门泌水起浩歌　六六三

东门沤麻可晤歌　六六八

最是人约黄昏后　六七三

闻道国人歌墓门　六七八

安得为人道寸心　六八二

今夕月出照何人　六八七

株林贻笑何嘘唏　六九二

泽陂蒲荷相因依　六九六

桧风

羔裘乱心多忧悼　七〇三

素冠素衣兮，愿与同归兮　七〇七

却道苌楚好猗傩　七一一

大风起兮云飞扬　七一六

曹风

飘飘何所似　天地一蜉蝣　七二三

赤芾皇皇叹南山　七二七

还歌鸤鸠颂君子　七三二

忾叹声声念周京　七三六

豳风

七月流火岁岁歌　七四五

更堪风雨飘摇甚　七五五

东山归来谁与同　七六一

苟利国家生死以　七六八

伐柯教与作媒妁　七七三

万古清弦续政声　七七七

千载德音传令名　七八二

参考书目　七八六

周南

关关雎鸠,在河之洲。窈窕淑女,君子好逑。

窈窕淑女，君子好逑

周南·关雎

关关雎鸠，在河之洲。窈窕淑女，君子好逑。

参差荇菜，左右流之。窈窕淑女，寤寐求之。

求之不得，寤寐思服。悠哉悠哉，辗转反侧。

参差荇菜，左右采之。窈窕淑女，琴瑟友之。

参差荇菜，左右芼之。窈窕淑女，钟鼓乐之。

大周王畿，那岐山之阳啊，连接南土之邦，周公、召公分陕而治；那自陕而东啊，由周公主之，圣人之化，行于南国。

黄河九曲，那一川汹涌啊，远自天际而来，日夜、日夜奔流不息；那浊浪滚滚啊，有泥沙累积，正道之始，王化之基。

春秋代序，礼乐悠悠，这是周南大地，黄河至此流缓，水面辽阔宽广。

关关，关关，多么吉祥，一对雎鸠在那黄河水中的沙洲上，对唱和鸣。

贞鸟雎鸠，雌雄配偶一生固定，彼此忠诚永不改变。雎鸠时而双飞

翩翩，时而降落双栖，形影不离、相依相随，你啼我唱、此起彼伏，相亲相爱，令人慕羡。

一片沙滩洁净细软，一丛芦苇碧绿秀挺，关关鸟鸣回荡在沙洲河岸，激起涟漪荡漾在明净水面，在那水色与天光之间，声声悦耳。

那澄澈水波正好，流淌不急不缓；那天上微云正好，蓝天不空不旷；那淑女年华正好，轻盈地走入我的眼帘。裙裾端庄优雅，鬓发整齐梳妆，簪环佩戴合仪，体态娉婷窈窕，眉目间氤氲良善，笑语中显现贤德，仿佛是一束娴雅柔光，忽然间照亮了我的心房。

天下大德，君子之德仁、智、勇，不只是贵族出身，坐拥土地和财富，还要重风度守规矩，遇事执着讲求信义，具备责任心，富有荣誉感，主动承担社会道义。我始加冠，自幼而今，修为君子，翩翩正是大好华年。

红云飞我面庞，手足怎会无措？那河水岸畔的你啊，窈窕贤良的淑女。一面初见，你若是水，我愿化山，山青水碧久长相依；一见钟情，你若为大地，我愿做天穹，天高地迥永恒相守。眼前山水虽然还在，但是啊，山何雄壮巍峨，水何明净温和；眼前天地仿佛如昔，但是啊，天行健何高远，地势坤何厚德。山水相依，天地相生，这样的贤德淑女啊，正是那理想中的爱人，正是坦荡君子的佳偶。

有人说这是仲春三月，春暖繁花开，正当春季祠祭盛典，又是青年男女相会；有人说这是初夏五月，莲荷始方翠，正当夏季礿祭盛典，民俗青年男女相见。春或者夏都好，祠礿同属宗庙四季祭祀；相会相见就好，方有了相亲相爱的机缘。

清浅水边，荇菜嫩鲜，心形叶片碧绿肥美，单瓣黄花娇小明艳，花叶浮在水面，藤根隐在水下。春夏祭祀，供奉祖先须有荇菜，皆由家中未婚女孩前去采摘。众多适婚少年，相集遥望远观。一半羞涩，一半坦然，寻觅着意中人。

满城年少女子，三五结伴，相约郊野水边，荇菜有长有短，叶片漂浮在水面，微微弯腰，左采右摘，择一篮荇菜净洁，漾一川笑语连连。河岸这边，多少未婚少年，瞩目着河岸对面，或徘徊或静观，或高歌或低言，问尔何所思？问尔何所求？少年百千，女子如云，姻缘爱恋的红线啊，将会如何双双牵系？谁又会走入谁的心上？

娴静优雅，身姿窈窕，你啊，恰若临水照花，明艳又美好；顾盼生姿，心灵手巧，你啊，恰似杨柳扶风，贤良又曼妙。参差荇菜间，左右采摘中，你含着微笑，温柔善良让我怜惜，你手巧心灵，凝目出神我心柔软。河岸弯弯，水流依依，荇菜在水里，你在我心田。人生既短且长，心中所想，日夜不忘。

如水悠悠不断，如荇缠绵相牵，是夜深人静，是红日东升，梦中思你，醒来念你，半睡半醒间，眼里心底依然是你。荇菜左右漂流，萦挂我的心神和情怀，你那窈窕身影，让我如此梦绕又魂牵。一半忐忑，一半甜蜜，无可回避又无比幸福，不遮不掩，坦坦荡荡，对你满怀着爱慕，我，正在思念着你……

心仪的你啊，美善的你啊，正是我能想到的最好的女子，教我如何能不相思，教我如何能不追求？暗恋，竭力掩饰，尽力压抑，想要装作若无其事，其实早已心潮澎湃，世界也许毫无察觉，而我的爱恋啊，自由生长无边蔓延；示爱，心花绽放，炙热告白，想要时时与你相见相知，其实过于莽撞直率，爱上你是命中注定，而你的无语低眉啊，令我惶惶不安。怪我言拙，怪我行莽，淑女自要矜持，爱情珍贵本来难得，一再追求我心炽热。

一步不早，你刚好以最美的姿态啊，盛放在我的眼里；一步不迟，我刚好以君子的温厚啊，出现在你的身旁。初遇啊，我忘掉了自己；相

思啊，写好你我结局；追求啊，我自全心全意；等你啊，日久懂我情意。

白天想要见到你，哪怕远远一眼望视；夜晚梦你在眼前，如此相近乍惊乍喜。恍惚梦中，化身荇菜，悠悠浮在水面，你皓腕轻扬，捧我在手，溺陷你的温柔。

梦醒，再难入睡，一时又一时，一刻又一刻，静夜漫漫无边漫长，一会儿侧身向里，一会儿侧向床外，仰睡如芒在背，俯卧迫压心肺，辗转反侧，覆去翻来。

黄河沙洲，关关鸣鸠，爱恋，煎熬，那荇菜嫩叶高低参差啊，看着你俯身轻盈采摘啊，如何才能对你说出最想要说的话语？灵光乍现，满心欢喜，何不琴瑟友之？何不以乐表意？正式场合琴弹于贵宾之前，重大典礼瑟奏为背景音乐，琴声瑟音，仿若两玉相碰铮铮，清雅悦耳，传递情意。弹一曲高山巍巍，琴声显我心志；奏一曲流水汤汤，瑟音明我厚意。君子近琴瑟，和鸣情厚重，郑重追求，我为你啊，弹琴复奏瑟，意中人啊，来到我身边啊，一片痴心，青涩浓烈，日益相近，日益相亲。

荇菜嫩叶高低参差，俯身拔取白嫩荇根，美满又甘甜，爱上你，认定你，想要给你坚实依靠，携手相伴一生一世，携手白头，地老天荒。回望你我浪漫开始，你啊，可愿与我缔结庄严婚姻？钟鼓器乐等级重要，宫廷庙堂奏响音乐表演乐舞，贵族王公重大活动才会使用，心上人啊，我愿钟鼓乐之！在你我盛大的婚庆典礼上，奏响那钟鼓之乐洪亮悠扬，好不好？

那是我尊重的态度啊，那是我爱恋的心意啊，弹琴复鼓瑟，鸣钟又击鼓，一支长歌情意深长，一曲礼乐温柔敦厚。

雎鸠关关相和鸣唱，在那河中沙洲之上。美丽窈窕贤良淑女，君子爱慕希望成双。

鲜嫩荇菜长短不齐，采摘左右两边荇菜。美丽窈窕贤良淑女，梦醒梦中追求着你。

　　追求你呀没有得到，梦醒梦中思念着你。静夜漫漫相思绵长，翻来覆去思念着你。

　　鲜嫩荇菜长短不齐，采摘左右两边荇菜。美丽窈窕贤良淑女，弹琴奏瑟表我爱恋。

　　鲜嫩荇菜长短不齐，采摘左右两边荇菜。美丽窈窕贤良淑女，鸣钟击鼓将你迎娶。

　　情之所钟，那是谁人说啊，日有所思，夜有所梦，那是我在梦中啊，与你走进了婚礼庆典。

　　相见相思，那是谁人说，满心欢喜，相识相恋，所以你与我终成眷属啊，走入了婚姻殿堂。

　　一往情深，夫妇合德，相思之梦热切，婚礼祝福神圣，迎来人生幸福美满，构建家国秩序井然。

　　关关，关关，多么吉祥，雎鸠成双，在那黄河水中沙洲上，相对啼唱……

　　君子淑女，琴瑟和鸣，最美的爱情容颜，越过那千载时光，荇菜正好……

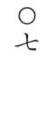

青春作伴好还乡

***

周南·葛覃

葛之覃兮,施于中谷,维叶萋萋。黄鸟于飞,集于灌木,其鸣喈喈。

葛之覃兮,施于中谷,维叶莫莫。是刈是濩,为𫄨为绤,服之无斁。

言告师氏,言告言归。薄污我私,薄浣我衣。害浣害否?归宁父母。

岐山之阳,太王所居,那年,大周文王受命于天啊,立石界陕,分爵周、召二公,南及江、汉之间。

岐州故墟,王畿采邑,今朝,周南大地欣欣向荣啊,男耕女织,有周公礼乐教化,周道所以得兴盛。

春阳煦暖,山清水秀,东风拂面,送来一阵阵花草的清香。

沐浴着融融的春光,最后一握残雪悄然消融。软软青泥上,一队蹒跚的小鸭留下浅浅蹼印。紫燕南来，呢喃翩飞，尾翼若剪，频啄新泥辛勤修筑窠巢。

此起彼伏，是谁在唱着春天的歌谣，唱绿了依依杨柳，细叶新裁；唱红了夭夭桃花，含笑风中。一声春雷，满天云朵争相化作甘霖，滋润了田野阡陌，新苗攒动，润泽了山川万物，生机勃勃。

春雨涨溢了山溪，淙淙流淌，山谷幽深又静谧，葛草蔓延。

葛草多年蔓生，嫩叶可以采持做羹，花开蝶形，颜色紫红。采集葛藤提取纤维，织制葛布制作夏衣。布帛为衣，文明之始，除遮形体避寒暑以外，更是知礼仪正名分。有礼仪之大，故称夏，有章服之美，谓之华，华夏先民，几世几代，几番汗水，几番辛劳，方有了身上衣美，方有了衣冠仪礼。

山谷如此幽静，一派绿碧如染。看那葛藤曲曲折折四下蔓延，一节一节不断生长，丰茂旺盛，郁郁青青。喈喈啼唱，听那黄雀鸣叫声声婉转悦耳，空谷回声，愈显清幽，三两只蹁跹飞来，停栖在那丛生的灌木上面，灌木绿茂，黄雀娇黄，这样明媚的春光中，我，渐渐生出一点淡淡的惆怅。

平和喜乐，辛勤劳作。在这个春雨初霁、清新宁静的早晨，眼看，山谷无际青翠，耳听，黄雀欢叫喈喈，新嫁的我，有些思乡。想起昔日时光，待字闺中岁月，一天一天不断成长，学礼习仪，德言容功，眼前葛藤蔓延，亦如女子嫁人，不知不觉就到了别处异乡的夫家。你听，雀音喈喈倒好像声声说家家，让人，不由得想起娘家啊。

春意日深，葛藤葳蕤，黄雀飞鸣，风吹叶动，起伏的葛藤间，是一群女子劳作的身影。她们一边割着葛藤，一边唱着歌谣，额头上沁出的汗珠折射着阳光，晶莹光亮，乌黑的长发在清风中微微飘扬，散着幽香。

割取来葛藤只是第一步，要穿上舒适的葛衣，还要经过许多程序。

先是用清水浸泡葛藤，等待葛皮回软就要上锅熬煮，木柴火焰赤红，锅内热气蒸腾，黏滑的液质慢慢分离，剥取葛藤茎皮，抽取纤维成束，然后，才可以将千丝万缕一分一寸纺成葛布。葛皮里层纤维细软，纺成细葛轻透柔软；葛皮外层纤维粗硬，纺成粗葛耐磨耐穿。

青青山谷中，春日茂盛的葛藤，经过巧手繁忙劳作，化作了一匹匹飘拂的葛布，变成了一件件夏日身上的葛衣，怎会不欢欣，怎会不珍惜？

铜镜光鉴，著我葛衣，难掩满心欢喜，敬告公婆已许返家探亲。我的女师啊，慈祥又耐心，你虽无儿女，但却如教女儿啊一样尽心，女师用心培养教导我啊，妇德，妇言，妇容，妇功，出嫁之前，一点一滴悉心传授，结婚之后，陪我来到夫家，又帮助解决出现的问题。离开娘家，嫁来夫家，新家新环境，新人新分寸，学会了勤俭持家，学会了孝敬家人，一个娇贵的姑娘家，成为合格的主妇了，终于，我啊，获得了允许，要回娘家看望父母了！

贴身的衣物为私，外穿的礼服是衣，贴身衣物用草木灰水浸泡去污，外穿礼服用清水浣洗，浣洗时要把衣物放在青石上，挥动棒槌轻轻敲打，衣物慢慢变得洁净柔软，不论内衣外衣，都要用心揉搓。这些葛衣啊，凝结着一滴一滴的汗珠，采割了一段一段的葛藤，剥下了一层一层的葛皮，浸软了一丝一缕的纤维，织成了一匹一匹的葛布，裁就了一件一件的夏衣，终于从谷中的葛藤啊，变成了身上的衣裳，十分辛苦，十分不易，从待字闺中，到成为合格的主妇，亦尽全心，亦尽全力，现在的我啊，满心欢喜，满怀幸福。

快一点啊，搓洗我的内衣；快一点啊，浣洗我的外装！女师啊，帮我看看，哪一件该洗，哪一件不洗？我要穿着亲手制成的葛衣，回去省亲，看望父母，让娘家的亲人放心啊。出嫁的女儿，已经融入了夫家，父母双亲年事渐高，身体可否康健安好？女儿虽已远嫁，娘家永是港湾，知道你们时常惦念着女儿，知道你们最怕女儿受委屈，知道你们对我爱得最深切，知道你们希望我岁月静好。父母啊，女儿走得再远，你们都是我的至爱至亲，都是我永远依恋的根脉。

父亲啊，母亲啊，再不要为我担忧了，你们的女儿已经长大，不负期望，不负教导，德言容功，以成妇顺，努力地生活，勤俭又孝敬，日子恬静而又美满，就像那葛藤啊，蔓延到别处，又生新根，已萌新芽。满腹的话语想要说给双亲啊，你们听见了吗，我在唱着深情的歌谣。

葛草生长藤蔓粗壮，蔓延到那山谷中央，葛叶丰茂郁郁苍苍。黄鸟翩翩飞来飞往，栖息在那丛生树上，喈喈啼鸣婉转悦耳。

葛草生长藤蔓粗壮，蔓延到那山谷中央，葛叶繁茂郁郁苍苍。割回葛藤锅中熬煮，织细布呀又织粗布，穿在身上真是舒服。

告诉教导我的女师，告诉她呀我要回家。快点搓洗我的内衣，快点浣洗我的外装，哪件该洗哪件不洗？我要回家看望父母。

青春正好，葛覃歌飞，且看那周南大地上，山谷葱郁处，葛藤丰茂……

行人更在千山外

*　*　*

周南·卷耳

采采卷耳，不盈顷筐。嗟我怀人，置彼周行。

陟彼崔嵬，我马虺隤。我姑酌彼金罍，维以不永怀。

陟彼高冈，我马玄黄。我姑酌彼兕觥，维以不永伤。

陟彼砠矣，我马瘏矣。我仆痡矣，云何吁矣。

大周王畿，周南大地，东是列国，西为犬戎，南至江汉，北为豳地，大道迢遥通向远方。

路，大路，通向遥远又遥远的异国他乡，那些远行的人啊，有几多从这里奔向了远方，有几多风尘仆仆途经这里。我站在这里的大路旁边，看着几多车马有来有往，想起从我身边不舍离去的你啊，现在，又在何方？是在离我越来越远的路上，还是渐渐靠近家乡的方向？你知不知道，自你离开以后，这条大道就是我的千里长线，我在这一端等候，希望能拴在那一端的你平安啊。

大道平坦又宽阔，四马并行绰绰有余，年深月久，留下凹陷明显的车辙。这车辙啊，分明是心上印迹啊，多少行人远役他乡，或是出使他国，或是征战四方；这车辙啊，分明是眼中留痕啊，多少家人日日守望，或是长夜叹息，或是久立相思。大道啊，两旁的树木挺拔参天，曾经荫蔽过几多行人？大道啊，十里有庐三十里有宿，曾经护佑过几多游子？念及策马驱车远行的你啊，身担着家国责任重要使命，可受着风吹日晒、雪打雨淋？

风和日丽，百草萋萋，想起你我初见的日子，弱冠年华的你，及笄之年的我，一个君子如玉，一个淑女窈窕，天设地造，琴瑟友之，是不是最美好的相识？想起你我婚礼的大典，冠冕华服的你，环佩叮当的我，一个翩翩洒脱，一个面若桃花，祝福无限，钟鼓齐鸣，是不是最美满的婚恋？想起你我相濡的时光，你处庙堂之高，我在家中操劳，一个为国为君，一个奉养双亲，相依相敬，其乐融融，是不是最谐美的姻缘？

道路旁，田野上，卷耳野生寻常可见。春来采摘嫩苗，可作菜蔬。携一只斜口浅筐，我也来采摘卷耳，昔日啊，青青卷耳曾经是你我共食的菜蔬。夏至掐取芽尖，亦可食用，携一只斜口浅筐，我又来采掐卷耳，现在啊，味苦卷耳正适宜我用来清热解毒。初秋时节，采集籽实，可入药用，来年来日啊，若需散风，若要止痛，煎得热汤可作疗用。

那是谁人说啊，这卷耳是菊科的植物苍耳，嫩苗可食，籽实满刺，入药有微毒；那是谁人说啊，这卷耳是石竹科植物卷耳，嫩苗可食，蒴果卵圆，全草亦可入药。菊科也罢，石竹科也好，可以确定的是卷耳既可食用又可入药，食用能养人，入药能治病。就像你我夫妻啊，你为男子多尽力国君天下，我为女子多尽心衣食家庭。

卷耳随手采摘，平日作为蔬菜，需时当作药物，我啊，时常来采摘。随身带着斜口浅筐，浅筐原本最易满，可是啊，我的眼睛总看着大路上有没有驶回的车辆，我的耳朵总听着有没有熟悉的马蹄，我的心里

总想着你那张温暖又刚毅的笑脸，时刻思你念你，如何采得卷耳装满筐？大路一旁放下浅筐，我在遥望，我心歌唱，千里之外长线那一端的你啊，可否觉察，可否听见，风过草木，托付带去我的思念。

路，大路，通向遥远又遥远的故国家乡，我是远役的人啊，背负着那君国天下的使命，承担着那黎民苍生的福祉。我站在此处的大路之上，看着故乡方向驶来车马，想起红着眼眶执手相望的你啊，现在，你还好吗？是在窗前劳作不辍地繁忙，还是采摘蔬菜又等在路旁？你知不知道，自我离开以后，这条大道就是我的千里长脉，我在这一端公干，心思时时牵系迢迢那一端的你啊。

策马大路驱车奔忙，前面又是一处三十里可宿的路室，暮色渐黄昏，是再赶一程还是停下住宿？站在这高高的土石山上，传来的杜鹃春啼如此哀切，怎忍听闻？走吧，免得勾起一腔思乡的苦，可是越往前行，离你就又远了三十里的路途，夜深入梦，相隔太远是否来得及回返家乡见一见你？我的马儿已经不堪疲累，精神委顿腿脚绵软，你亲手悬系在辔头上的红缨，日渐黯淡。

车马踟蹰缓缓前行，在这高高的山冈上，前面又一处五十里可市的候馆，山气日夕，薄霭四起，初夏林木翠茂纷披，像极了亭亭而立的你。我们的马儿，你曾亲手编结的马鬃日益纷乱，你曾亲手刷过的皮毛变黄发黑，马通人性忧病故园，恰如我心思念着你。夜星渐亮候馆灯明，安顿马儿饮水食料好好看视，吩咐取出一路带来的乡酒啊，你曾精心擦拭的青铜酒罍，酒罍饰以山云纹与夔龙纹，你我曾经对饮的兕角酒杯，酒杯形如牛角纹饰云雷，今夜啊，欲借美酒浇灭乡愁忧伤，让我对着月光一再满上！

秋风萧瑟，道路上，田野上，百草结籽，渐变黄枯，公务所系责任重大，我依旧淹留他国异乡。天际的流云尚能有望飘向家乡方向，而我，只能登攀这高峻巍峨的石山。山的那边，还需要我为国奔走；山顶高处，我在久久遥望我的故乡，你的笑颜历历眼前。日久途长，马儿病倒了，仆人累垮了，我更想念你了。

那是谁人说啊，我出使诸侯各国为君王分忧，庙堂往来不辱使命，天长地久人在远途；那是谁人说啊，我远征在外带领兵马成四方，百川东流千山重重，年深月久滞留远方。出使也好，出征也罢，明确知道的是我身为国尽忠，也心系故园和你，尽忠男儿本分，相思夫妻本色。大道那端千里之外的你啊，当然懂得，当然明白。

马儿病倒了可以医治，仆人累垮了休养会好，我的心里啊，积郁着满满的思念的忧伤，看山不是山，宛然你的眉额，看水不是水，净是你的眼波。这忧伤沉重啊，再不能长久压在心上，举杯痛饮欲醉啊，醉后却愈发忧思神伤。站在崔嵬山巅，我的心上浮现你那张温婉又沉静的笑脸，几多亲切，几多眷恋。大路一旁停驻车马，侧身回望，咨嗟叹息，千里之外一心相连的你啊，可否看见，可否听闻，云卷云舒传递着我的思念。

登上那高高土石山，我的马儿神颓脚软。我且痛饮那青铜罍中的美酒，以求不要这样长久思念。

登上那高高的山冈，我的马儿变得黑黄。我且痛饮那兕角杯中的美酒，以求不要这样长久忧伤。

登上那座石头山了，我的马儿病倒下了，我的仆人疲累垮了，这样忧愁怎么得了。

我在周南家乡，大道这一端，采摘卷耳的浅筐就搁在身边，我在遥望，也在思念，你在远方生活得可好，有没有登上高山忧伤遥望家园，

是不是也正在把我思念？

　　我在他方异乡，大道又一端，车辆马儿和仆人都正在身边，我在遥望，也在思念，你在故乡操劳勿过度，有没有伫立路边怅然将我期盼，是不是也正在把我思念？

　　采呀采呀采摘卷耳，卷耳不满斜口浅筐。我啊在思念那个人，浅筐搁置大路边旁。

　　登上那高高土石山，我的马儿神颓脚软。我且痛饮那青铜罍中的美酒，以求不要这样长久思念。

　　登上那高高的山冈，我的马儿变得黑黄。我且痛饮那兕角杯中的美酒，以求不要这样长久忧伤。

　　登上那座石头山了，我的马儿病倒下了，我的仆人疲累垮了，这样忧愁怎么得了。

　　卷耳青了又黄，大道无尽漫长，比翼为连理，谁人长相思，谁人长相忆，此情亘古绵绵……

　　隔着重重山岳，连结情深意长，大道分两端，一端长相思，一端长相忆，举杯饮下时光……

南有木兮木有藤

***

周南·樛木

南有樛木，葛藟累之。乐只君子，福履绥之。

南有樛木，葛藟荒之。乐只君子，福履将之。

南有樛木，葛藟萦之。乐只君子，福履成之。

那棵大树参天丰茂，枝条纷披向下弯曲，又是一季春风吹面春雨滋润，看啊，那嫩芽萌生恍若碧玉，鸟雀翩翩飞翔环绕啁啾，多么祥和；那棵大树合抱挺拔，枝条婆娑向下弯曲，又是一季夏阳暖热风云变幻，看啊，那绿荫浓密恰如巨伞，蜂蝶时而停驻时而相逐，多么喜乐；那棵大树高耸茁壮，枝条繁茂向下弯曲，又是一季秋高气爽白露为霜，看啊，那叶片斑斓华美灿烂，君子慨叹世人敬慕作歌，多么美满！

有人说啊，这棵大树已千百载承受那日精月华，立根是在终南山脉之巅。

有人说啊，这棵大树年复一年经受那风霜雷电，植根是在南方江汉田野。

有人说啊，这棵大树雪去雨来辞夜星又映霞光，扎根是在周南广袤土地。

终南山峰巍峨，南方江汉迢遥，周南土地就是我们的家乡啊，无论是生长在终南山脉，还是舒展在温暖的南方田野，终归是苍翠在周南的大地上，那棵枝条低垂向下弯曲的大树啊，被那万千生民颂歌，广在世间四方传唱。

一棵葛藟，蜿蜒蔓生，在那山石之间攀缘，春发柔枝，附接上向下弯曲的大树；夏生繁花，装点着茂盛碧绿的大树；秋结硕果，一串串累累芬芳着四方；即使冬寒，大树与葛藟，相依相偎相扶相持，震撼人心啊引人赞美。

日暮黄昏，夕阳在山，迎亲的队伍喜地欢天，经过了纳采、问名、纳吉、纳征、请期诸礼，今天，新郎终于要正式亲迎新娘。高轩华美，骏马嘶鸣，新娘的红盖头啊，好像是天上的云霞落下一片，灿烂着的是怎样的娇美容颜？新郎的双眼中啊，好像是夜空的星辰提前璀璨，闪耀着的是怎样的期许冀盼？

篝火熊熊，青庐已成，醇香的美酒已经斟满酒樽，鲜美的盛馔已经按铺喜宴，儿男长大成人，今日成婚成家，子孙绵延多求昌盛，彰显家族福泽深厚。祭祀祖宗，恭敬虔诚，张灯结彩，满怀祝福。看啊，亲戚友邻齐至恭贺，父母家人笑逐颜开；听啊，敲响大鼓奏响铜钟，钟鼓鸣乐动地喧天；在脸上，在心里，欢乐的花朵竞相绽放，绽放在这喜庆的婚礼庆典上。

映着夕阳余晖，迎亲车队被镀上了一层灿灿的金光，最前面的车辆已经到达，文质彬彬的新郎先行下车等候，新娘乘坐的华美礼车相继停驻，新郎带领着新娘，缓步进入礼庆婚典。先是沃盥，入席前新人洁手洁面，洗去旧尘，开启全新生活；继而对席，夫妻相对而坐，男西女东，寓意阴阳交会有渐；同牢交杯，新人同食同一牲畜的肉，交换酒杯；施行合卺之礼，瓠瓜一剖为二，分别盛酒，瓠有苦味，盛酒亦苦，喝下合卺酒啊，从此新人携手，同甘也共苦。一场婚礼将夫妇合二为一，永结为同好。

新郎俊逸挺拔，翩翩年少，就像那南山大树；新娘温婉秀美，芳华正好，就像那葛藟藤蔓。男子为树立地顶天，女子为藤相依共生，大树支撑着藤葛啊，藤葛丰美着大树，夫妻一体啊，方有了安康富乐。亲朋友邻，交口称赞，为这一双璧人，送上无边祝福，和着礼乐，欢歌阵阵。

南山大树向下弯曲，野葡萄藤攀缘大树。那位快乐的君子啊，幸福现在降临到他。

南山大树向下弯曲，野葡萄藤覆盖大树。那位快乐的君子啊，幸福现在扶助着他。

南山大树向下弯曲，野葡萄藤缠绕大树。那位快乐的君子啊，幸福现在成就着他。

世间有春夏秋冬，人生有少壮老暮，君子阳刚如树挺拔，女子阴柔若藤依攀，一生一世，缠绵萦牵，有了葛藟的大树，格外葳蕤碧透，有了大树的葛藟，从此花艳果盛。且看那南山之巅，南方田野，南国土地上啊，大树葛藟，相守相得。

庙堂之高，江湖之远，大人君子成人之美，他的德行温厚，仪表出众，他的地位尊贵，气度非凡，他的举止优雅，世上罕见，和那南山之巅的大树一样啊，挺拔苗壮，荫庇众生。那位君子啊，为别人的优点衷心忻悦，对他人的难处无私帮助，多么高贵，毫无嫉妒之心，如此厚德，当然福禄相随。

樛木高大耸立，志在青云，低垂枝条向下弯曲，葛藟得以附攀向上，日复一日，寒来暑往，长成了萦牵错综的青罗绿绦，绽放了满树

繁花荣耀，结出了累累醇美果实，风也祥和，云也瑞霭，赞美那位君子啊，谦谦温和，宽广有容，诚对世人真心施助，大材固然常是难得，但这葛藤渐多渐盛，亦能相生而获扶助，众多支持，众多护拥，是为生命通达的途径，福分护佑因此而生。

樛木根深，可饮地泉清亮，树干凌云，尽享蓝天丽日；君子生而尊显，财富多资源广，立身高位易有成就。而那君子啊，并不独霸独享，他以众生福祉为责，他以世人安宁为乐。大树也好，葛藟也罢，枯藤老树，两不关涉何其凉悲？尊贵也好，低贱也罢，独养其身，孤独终老何来快乐？君子载物，乐于帮衬扶持，葛藤攀缘向上，覆荫不负所望，各尽所能，各尽所用，和谐共生，喜乐圆融。像那大树，像这君子，生在世上，心存良善，若能稳妥安设他人，就是妥帖安顿自己；若能真心帮扶他人，就是尽力扶持自己；若能造就别人的福分，就是成就自己的幸福。祝福世上君子啊，长得福祉连连，绵绵不绝前来。

君子德厚行善，施恩不为图报，如南山大树巍巍屹立，众人自然依附，借力得攀升，如葛藟藤蔓缠绕荫庇；君子为树天佑地护，世人为藤相依相随，大树帮扶着葛藤啊，葛藤覆遮着大树，君子世人，风雨与共，福气同享，刚柔并存，不离不弃，勃勃生机，葱葱郁郁，成就一方祥和天地。听啊，清风作歌，红日唱和。

南山大树向下弯曲，野葡萄藤攀缘大树。那位快乐的君子啊，福分禄位降临到他。

南山大树向下弯曲，野葡萄藤覆盖大树。那位快乐的君子啊，福分禄位扶助着他。

南山大树向下弯曲，野葡萄藤缠绕大树。那位快乐的君子啊，福分禄位成就着他。

世间有日月星辰，人生有位高职低，君子德高如树高大，众人得助若藤依附，在朝在野，相携相助，有了葛藟的大树，格外风华胜世，有了大树的葛藟，从此花芳果香。且看那南山之巅，南方田野，南国土地上啊，大树葛藟，相辅相成……

南有木兮木有藤，心悦君兮为君歌，愿这世上啊，福祉永存，长乐未央……

螽斯延庆福绵绵

***

周南·螽斯

螽斯羽，诜诜兮。宜尔子孙，振振兮。

螽斯羽，薨薨兮。宜尔子孙，绳绳兮。

螽斯羽，揖揖兮。宜尔子孙，蛰蛰兮。

溯回千年，这里是周南，在那河汉之间，实行国野分治。

东攻灭商之后，周族贵族被分封各地，各自建立国都，少数贵族们聚集生活在都城中；国之外就是野，大量庶人生活在城邦之外的土地上。王公大夫依靠贡物和食邑封地生活，士人有自己的田地，庶人依靠出卖劳力。自周公姬旦被封始，和众多诸侯国相类，周南的贵族啊，若是想要稳固尊贵的地位，需要明白善待庶人维持安宁，需要生育更多儿孙壮大族群。

那是哪一位贵族啊？他穿着朴素的衣服，亲自来参加农业劳动，自奉节俭，不做无度索求。你看那田间垄上，赤日炎炎下，禾苗几欲焦枯，庶民焦灼心如汤煮，若不是同耕作共灌溉，怎么懂得盘中粒粒皆是辛苦？

那是哪一位贵族啊？他告诫子弟知晓稼穑艰难，不要纵情声色犬马，耽于安逸，日日游玩。你看那日日田猎，牵黄犬擎苍鹰，骁骑卷平岗，酒满金罍肉香鼎镬，若不学食粝粱羹藜藿，怎知晓生于忧患亡于安乐？

那是哪一位贵族啊？他从早到过午来不及吃饭，晓知民生隐情疾苦，深自省察，善待庶人。你看那庙堂阶高华宅院深，丝竹声乱锦绣斑斓，若不体察民情问访民意将心来比心，怎么明白乡野百姓缺粮少衣忍受饥寒？

那是哪一位贵族啊？他处罚不孝不友，保惠小民鳏寡，亲自制礼作乐，完善种种规章制度。你看那鳏寡凄凉小民苦难，也常有不孝父母不友弟兄，若不用制度完善保障礼乐教化人心，怎么能有天下安宁厚德载福？

田畴平畈，山林谷壑，在那炊烟升起的地方，是谁，在盼望，在传颂那一位贵族的深恩厚德？国都乡野，士人庶民，桑梓繁茂桃林盛，是谁，在祈祷，在歌咏那一位贵族的美好善行？

田野平畈，山林谷壑，炊烟升起的地方，螽斯在振动翅膀不停高鸣低唱。

国都乡野，士人庶民，桑梓繁茂桃林盛，螽斯在振动翅膀众虫聚集飞翔。

这家林下，那家田头，场院中，户牖上，万千百姓家里，螽斯随处可见。民间相传，螽斯一生九十九子，代代绵延不绝。螽斯常常振动翅膀，雄性善鸣声音悦耳，栖息于草地树丛，喜食那嫩茎嫩果，三月间从土中孵出，直到六月中旬长成，七月流火九月授衣之时，螽斯群聚，振羽群飞。

生民一世，作难受苦，日谋食可果腹衣能蔽体，夜思阖家安康老

少无疾。若能春种秋收，无畏干旱无惧洪涝；若能耕作适时，无忧税赋无虑远役。哪怕种豆南山草盛豆苗稀，也乐晨理荒秽带月荷锄归。可是啊，春征秋发，夏徭秋役；可是啊，幼弱老病，赋税无尽。苦痛无涯里，困厄无边中，那一位贵族啊，他带来了希望，他带来了福祉。

他是谁人啊，身上穿着朴素衣裳，身为贵族，亲自率先参加农田劳动。

他是谁人啊，谆谆告诫子弟，稼穑多艰多难，不要沉溺那声色犬马中。

他是谁人啊，察民生隐情疾苦，三省己身，拯救士庶困厄于水火之中。

他是谁人啊，完善制度保障制作礼乐教化，罚惩了恶行，表扬着善德。

周南大地上，士人庶民中，口口传颂，声声赞誉。那一位贵族啊，行善德，惠苍生，一如那大旱时节降洒甘霖，一如那风寒料峭忽逢暖阳。谁人不盼望甘霖天降，谁人不向往暖阳照耀，谁人不为他祈祷祝福啊，谁人不把他深情歌咏。

田地间，四野外，常见螽斯无忧嬉戏，群集飞翔；树荫暂憩，常闻螽斯振翅作歌，绵绵不断。多么吉祥，多么如意，螽斯福气多，螽斯子孙众，一生若如螽斯生子九十九，也会老有所依老有所养，更会人丁兴旺家族昌盛。

上年啊，那个桃花灼灼的春天，那一位贵族啊，迎娶来美好的新娘。婚礼隆重，典仪庄重，那琴瑟和鸣，那钟鼓声声。那新郎啊，就像那南山的大树啊，垂下弯曲树枝；那新娘啊，就像葛藟攀缘附生啊，相依相偎。一树碧翠，斗转星移，大树葛藟郁郁葱葱，夏来繁花开放，秋来硕果累累。今朝啊，天降厚德，天赐佳儿，那一位贵族啊，他喜获了麟儿，他喜得了贵子，祝贺啊，祝福啊。

夜半三更啊盼那天色明，寒冬腊月里盼的是春风。众生多坎坷，庶民多苦难。盼啊，望啊，那位贵族，那位大人，怀十分仁厚，行十分良善，为小民持世间公平，为庶人来消灾解祸。这样的贵族啊，天也降他吉祥；这样的大人啊，天也赐他如意。愿他长命百岁，愿他子孙昌盛，长久护一方平安，恒远佑生民康宁。

是谁，在祝祷，抚掌击节长声颂诗，祝颂那一位贵族啊，多子多孙无穷尽。

是谁，在祈福，领首踏歌欢喜放声，祈愿那一位大人啊，儿孙满堂永昌盛。

蝈蝈振动翅膀，群集众飞翔啊。祝愿你的子孙众多，振作长仁厚啊。

蝈蝈振动翅膀，虫群薨薨响啊。祝愿你的子孙众多，绵绵传戒慎啊。

蝈蝈振动翅膀，成群聚繁多啊。祝愿你的子孙众多，满堂兴和睦啊。

千家诵诗章，万户和祝歌，同祈愿那一位贵族啊，福泽绵长，共祈祝那一位大人啊，家族兴旺，一如螽斯，子孙众多，个个展翅奋飞心怀仁厚，人人有为悯苍生长戒慎，世代延昌盛，簪缨续不绝。

在威严的王室殿堂，那是谁人啊，躬身弹奏琴瑟，诵唱螽斯歌诗；那是谁人啊，在恭敬侍立着侧耳聆听。

在众多的诸侯各国，那是谁人啊，庆典盛大隆重，钟鼓礼乐螽斯；那是谁人啊，在庄重端坐着凝神思索。

螽斯衍庆，祝福声声，善待生民，生民感念。螽斯咏歌，唱诵不绝，教导为上厚德善行，生民饱暖方有家国兴盛，生民安宁方有家国安宁，心之所向，民之所安，天下才得日昌日盛，邦国才得巩固强大，百年，千载……

千里桃花绿映红

*　*　*

周南·桃夭

桃之夭夭，灼灼其华。之子于归，宜其室家。

桃之夭夭，有蕡其实。之子于归，宜其家室。

桃之夭夭，其叶蓁蓁。之子于归，宜其家人。

岐山之阳，周原沃土，一代代周人子民耕耘劳作，受那黄河哺育恩泽，生于斯啊，长于斯啊，生生而不息。

大周王畿，周南大地，一处处城邑村庄勃勃生机，受那礼乐滋养教化，男婚女嫁，多子多福，开枝复散叶。

春阳煦暖，融消了一川冰坚，东风乍起，吹皱了一河春水，微云化雨，芳草碧色连天，又是一年三月天，紫燕来归，双双呢喃。看啊，山河多娇，平畴远畈，一树一树桃花初绽，照眼明艳。

丽日晴空，在这桃蕾吐红的季节，姑娘你啊，正像那小桃树一样年轻，生着桃花般美丽容颜，一袭红衣，两靥娇憨，夕阳也为你倾倒，这一时刻生命中无比美好，你的光华灿烂闪耀，是谁在怦然心动？

送别恋恋不舍离去的冬雪，盼望中终于迎来桃花绽放。一朵一朵的

桃花，是桃树再也藏不住的心事，写上了婀娜夭娇的枝头，唱着对红尘一字一字的深情；一树一树的桃花，是青春爱恋正当时的表白，晕染了山川羞红了村野，诉说对凡世一句一句的蜜意。春风十里，十里红妆，美景正当季，良辰正当时，姑娘你啊，今天，做了最美的新嫁娘，含笑绽放。

那是谁人说啊，夭夭是少好貌，桃树三年开花，六年最胜，那小桃夭夭啊，花繁朵红最是美好。

那是谁人说啊，夭夭是屈伸貌，桃树枝条屈曲，夭娇婀娜，那春日桃树啊，朵艳花盛姿态美好。

那是谁人说啊，夭夭是含笑貌，恰逢春风融融，桃花嫣然，那少女笑靥啊，人面桃花相映而红。

夭夭啊，于桃恰宜，于你正妥，姑娘你啊，分明是一树桃花初盛，适逢夭夭。

容光焕发，你是这三月的艳艳桃花啊，灿烂秾丽，光彩灼灼，姑娘你啊，莫非是天地许以了十分钟爱，莫非是日月予以了十分精华，酝酿而成了今日的百分灼灼，多么热烈，多么幸福。世上女子，最美莫过穿上嫁衣，绚烂成一朵桃花火焰的模样，鲜艳明媚的桃花，点燃了碧草绿柳的春色背景；年华正好的你啊，照亮了老少乡邻的眼眸心灵。含苞初放，夭夭灼灼，人面桃花，青春欲滴，桃花盛开的烂漫时光里，韶华好时节的姑娘啊，就要出嫁了，有情人成眷属，和心上人举案齐眉，组成和睦美满家庭，任它寒来暑往，岁月沧桑。

桃花季节，桃花年纪，桃花一样纯洁鲜活的少女啊，盛装出嫁，满溢生机。男子有妻而有室，女子有夫而有家，你来了，就有了室，就有了家。倾慕爱恋的眼神笑脸，青春携手的日月晨昏，姑娘啊，把欢乐和美德带上，一定要带给夫家和睦幸福。婚姻路上，女子于归，手执扫帚，洒扫庭除，从灼灼红云，落根在凡尘，孝敬公婆做好女红，贤良淑德心无别念，妥善处理家庭家族，生儿育女子孙绵延，一份俗世烟火琐细热闹，一份凡常男女两情相悦，细水长流，有光景无限好。

桃花朵朵，蜂蝶纷纷，一派热闹非凡。待到花谢坐果，累累满枝，沐阳光，淋雨露，享和风，渐渐粉白丰盈，桃实鲜美甘芳，像极了豆蔻少女为了人妻做了人母，生养儿女，和美了家庭，兴旺着人丁。人生韶光易逝，青春岁月短暂，少男少女婚姻有时，才能生活和顺吉祥，正如小桃树生机正旺，桃花绽放繁盛，方会结成桃实硕大，白里透红令人欣喜。

曾经，在那一棵桃树之下，你我擦肩回眸啊，电光火石间，竟是一见钟情。

曾经，在那一片桃林之中，你我曲歌相和啊，琴瑟和鸣中，终成日久情深。

簪一朵春日桃花，坐上迎亲的车仗，女子啊，从此拜别父母兄弟，远离故园山水；唱一曲婚礼喜歌，踏上接亲的归程，女子啊，从此走向公婆夫家，融入全新生活。褪去女儿家的娇憨，日日洗手做羹烹汤，换下新娘华美嫁衣，夏制葛衣秋缝冬服。皑皑白雪消融，冬去春来时候，今日的新嫁娘啊，或许已经初为人母。年复一年，桃花开谢，呱呱而泣，蹒跚学步，髫龄换齿，转眼成年，养得儿子啊温厚彬彬，养得女儿啊长发及腰。

于是，在那一季桃花绽放时，迎来新妇如花，眉目含笑里，宛然当年。

于是，在那一处夭夭桃树旁，含泪笑嫁女儿，窈窕而婀娜，恍惚回到当初。

一朵桃花谢了，结出甜美的桃子，一棵桃树收获了果实，开枝散叶荫庇儿孙。走过夭夭年少，走过主妇操劳，周南的姑娘啊，纤细灵巧的

手指，渐渐粗糙，光洁柔美的面庞，生出皱纹，面貌慈祥和善，鬓发渐白如银，女儿嫁得有情郎啊，愿她安康顺遂，儿子娶得心上人啊，新妇勤劳善良，阖家子孙承欢膝下，宗族人丁愈益昌盛。

又是一年春草绿啊，可还记得，那一年的最初相遇，桃林似火，如花美眷。

依然千里桃花红啊，怎能忘记，那一岁的男婚女嫁，桃夭胜霞，似水流年。

爱情，可以相见乍欢；婚姻，须是相濡以沫。三月东风起，那是谁人啊，眼里盛开着桃花朵朵。人生正年少，那是谁人啊，心上斑斓着千里云霞。

今日，又是哪一位姑娘啊，穿上了美丽的嫁衣华服，要开启人生新的篇章。

今时，又是哪一位母亲啊，为女儿盘好了乌黑长发，有百般不舍深情万缕。

日暮黄昏，薪柴熊熊，迎亲的队伍回来了！美丽的新娘来家了！钟鼓乐鸣，礼庆婚典，亲友齐至嘉宾云集，欢乐祥和喜庆热烈，欢唱桃之夭夭，高歌灼灼其华，一声声唱着祝福，一句句诚愿幸福，歌着浪漫明媚，抒着现实憧憬。

桃树啊生机勃发，明媚鲜艳满树繁花。这位姑娘要出嫁了，家庭定会安宁和睦。

桃树啊生意盎然，硕果累累白里透红。这位姑娘要出嫁了，家庭定会美满幸福。

桃树啊生气蓬勃，绿叶葳蕤浓密茂盛。这位姑娘要出嫁了，家族定会兴旺昌盛。

大河上下，千里桃花绿映红，是我见到的最美；一生一世一双人，是我想到的最好。又是一年三月，桃花夭夭灿烂，一粥一饭，一履一衣，谁愿与我，一生相爱相依，一家相守相亲，生于斯啊，老于斯啊，生生而不息。

青山南北，人生代代无穷已，桃花年年望相似，眼前桃花明艳，心上桃林茂盛，或许是千年之前，或许是就在明天，我驾御车马，唱着桃夭而来，你是否为了我啊，粉面迎着春风，男婚女嫁，多子多福，开枝复散叶。

安得猛士兮守四方

周南·兔罝

肃肃兔罝，椓之丁丁。赳赳武夫，公侯干城。

肃肃兔罝，施于中逵。赳赳武夫，公侯好仇。

肃肃兔罝，施于中林。赳赳武夫，公侯腹心。

大周天下，周南土地，国之大事，是祀与戎。

一国一邦，生存发展，最为重要的是祭祀和战争，祭祀祈祷神灵祖先护佑，战争金戈铮铮保卫家园。战争冀望胜利啊，自然需要来练兵，那四时的田猎啊，既可训练勇士们的胆魄战术，狩获猎物又献作祭祀的祭礼，一举两得，几多儿郎啊，在四时狩猎中得以锻炼，得以成长。

四时的田猎与战争一样，都需要英武的勇士，都需要排兵布阵，狩猎就是演练行军布阵与作战指挥，就是一场真实又危险的实战预演。看啊，看啊，年年四季演兵习猎，我的兄弟们啊，那些勇士啊，雄赳赳，气昂昂，热血沸腾，枕戈待旦，时刻准备着保卫家乡，捍卫域疆。

仲春时节，乍暖还寒，教民习战，整编队列阵形，学习辨别鼓声，演练进退快慢，习惯间距疏密。然后指挥民众春季田猎，貉祭警诫，击鼓围猎，进献所猎野兽，祭祀灶神。看啊，我的兄弟们啊，那些勇士啊，英姿勃发。

仲夏时节，赤日炎炎，教民宿营，演习战争布阵，车辆民众相配，阅读甲兵簿册，辨别徽识用途。接着指导民众夏季田猎，田猎之法，如同春季，进献所猎野兽，祭祀宗庙。看啊，我的兄弟们啊，那些勇士啊，神采飞扬。

仲秋时节，天高云淡，教民作战。如同仲春布阵，辨别各种旌旗，王侯军帅各异，上书官事姓名。接着指引民众秋季田猎，田猎方法，亦如春季，集中猎物，祭祀四方之神。看啊，我的兄弟们啊，那些勇士啊，威武雄壮。

仲冬时节，天寒地冻，教民大检阅礼。芟除荒草，设表于野，誓诫杀牲，击鼓鸣铎，举旗示意，车辆和步兵听从号令进退，时而起立奔跑，时而停止坐下，继而进攻射箭击刺，随后依次后退布阵。险阻的地方步兵在前，平坦的地方车辆在前，布置驱赶和拦截野兽的车辆，先行貉祭，衔枚前行。猎获大兽交公，小兽留给自己，割取野兽左耳，以便计算功绩。鼓震如雷，兵众欢呼，猎获禽兽在国郊馈祭四方之神，进入国都又进献所获野兽祭祀宗庙。看啊，我的兄弟们啊，那些勇士啊，气宇轩昂。

春寒料峭草木刚刚萌芽时，南风夏暑禾苗叶卷欲焦时，冷露秋凉月明千里地白时，风急雪大马蹄欲冻脱冬寒时，为演兵习战，为捕兽祭祀，就在那田猎之前，我的兄弟们啊，那些勇士啊，在树林中，在岔路口布下紧密罗网。挥动孔武有力的肩膊，我是猎人啊，我是战士啊，咚咚用力敲下一个个木桩。叮叮叮，咚咚咚，一声声激发斗志，一声声振奋人心，热汗浃背，血脉偾张。

那是谁人说啊，罝是罗网，那兔罝是捕捉野兔的罗网；那是谁人说啊，兔即於菟，江汉一带称虎为菟，那兔罝应是捕猎猛虎的罗网。野

兔啃食稼苗，挖掘地洞，危害农田，网罗野兔有利庶民农业生产；猛虎啸动山冈，出没山林，生民惧怖，猎捕猛虎有利百姓安居乐业。网野兔啊，捕猛虎啊，祭祀神灵礼献祖宗，我为大周儿郎，我为周南勇士，守卫四海边疆，保护王朝安宁，是生而有责，是血脉烙印！

干为盾牌，城是城墙，都是防护所用，我的兄弟们啊，那些勇猛的武夫战士啊，同样也是保家卫国的栋梁。为了保卫都城，为了保卫家邦，要在城市外围，修筑一个土城防御外敌，还要在城外的郊区，广挖陷阱，遍设兽夹，一面用来防范野兽，一面用来防卫敌人。设置密密麻麻的罗网，打下木桩挖好陷阱，我们是周南勇士，我们是周南儿郎，常备不懈，严阵以待，友邦亲朋来了有那香醇的美酒，若是那外敌来犯，迎接他们的有无数的箭戟、严密的罗网！

旌旗所指，所向披靡，战士们步伐坚定铿锵，目光热切又明亮，长车上将领盔甲明亮，冲锋陷阵不可挡。忠于王侯，保家卫国，多少武夫驰骋在那疆场，多少勇士立下汗马功劳。年年岁岁，戍守边防保卫家乡，是周南儿郎的职守；世世代代，千里奔赴，追随周王是周南勇士的骄傲。周王分封天下，有王室亲贵，有赫赫功臣，八方诸侯各自管理邦土，若有外敌侵犯共同抵御，是那大周王室屏藩保障。一旦遇到四下纷争，王室主持发兵征讨。王室若需调动军队助力王朝，大周天子即向各路诸侯发出命令，诸侯依令调动本国军队，赶赴参与军事行动。

是哪一季田猎演兵时，威武的周南勇士阵列严整，攻守有序，公侯贵族为之称扬？是哪一次外敌来犯时，勇猛的周南武士众志成城，前赴后继，公侯贵族深为感喟？赏赐丰厚，美酒斟上，鸣钟击鼓，嘉奖我们众多弟兄，大周的勇士儿郎！

是哪一回前赴王朝时，威风的周南将士耿耿忠诚，厉兵秣马，高贵周王为之赞美？是哪一次征伐功成时，雄健的周南战士勠力同心，旌旗鲜明，高贵周王深为称叹？亲临前线，检阅军队，接见公侯，嘉勉我们众多弟兄，大周的勇士儿郎！

战鼓擂响，军歌唱响，这是我们的家国土地，这是我们的子弟百姓，无惧无畏，筑起严密布防，有勇有谋，征伐建功沙场。一次次历练，我们是周南的金汤护障；一回回成长，我们是公侯的得力帮手；一年年磨砺，我们是公侯的可靠心腹。为我士民，为我家国，君臣忠信一体，热血沸腾，慷慨激昂。

大风起兮，乱云飞扬；云飞扬兮，爱我国邦。听啊，四时田猎时，抵御外侮时，出征疆场前，取胜受阅时，军乐多么高亢，军歌多么嘹亮，来吧，来吧，我的兄弟们啊，大周勇士们啊，一起大声嘹亮唱响。

密密麻麻结起兽网，叮叮咚咚敲打木桩。雄赳赳的英勇武士，是公爷侯爷好护卫。

密密麻麻结起兽网，设置罗网在岔路口。雄赳赳的勇猛武士，是公爷侯爷好帮手。

密密麻麻结起兽网，张下罗网在树林中。雄赳赳的神勇武士，是公爷侯爷好心腹。

雄赳赳，一年一年春夏秋冬，气昂昂，一代一代保家定邦，战鼓擂响，战歌雄壮，这一方大周王畿的武士，这无数的周南英勇儿郎，磊落光明，忠心赤胆……

千里江山，千里锦绣，万年华夏，万年家国。看大风起兮，乱云飞扬，安得猛士兮，守我四方，捍卫边疆，保护家邦，设下天罗地网，擒得猛虎在手……

芣苢欢歌相媚好

周南·芣苢

采采芣苢，薄言采之。采采芣苢，薄言有之。

采采芣苢，薄言掇之。采采芣苢，薄言捋之。

采采芣苢，薄言袺之。采采芣苢，薄言襭之。

周南大地，无限风光，在这片希望的田野上，农耕立本，采摘本来寻常。

可是，那一个日光明丽的日子啊，一声采采芣苢，让一切从此生出光芒。

春天我远嫁来时，这里满目桃花夭夭。转眼夏去秋来，满坡满野，成熟了的芣苢籽实，棕红赤黑，密密匝匝。耳畔似乎还传来公公婆婆的声声催促，已是含羞跟随邻舍姐妹们来到了原野，看那年轻妇人三五结队，俯身舒腕采摘撷取，满手满把，满了衣襟。面庞那样红润，是劳作生热出了微汗，还是互相玩笑羞红了脸？这是芣苢啊，这是希望。

那是谁人说啊，芣苢就是"车前子"，碧绿的车前草，春生嫩苗可食，夏季开花，夏末秋初结籽，小小籽粒赤黑棕红，入药可以医治男子生育病疾；那是谁人说啊，苤苢即是"栿苡"，那是一种高大树木，相传出自于西戎，结出的果实形似李子，妇人若是食用了栿苡果实，有利于受孕生育孩子；那是谁人说啊，苤苢便是"薏苡"，薏苡籽实营养丰富滋补身体，男子食用可身强体壮，女子食用有利怀孕生子，薏苡入药可以调理女子月经失调，传说啊夏禹母亲吞食了薏苡之后，怀孕并生育了大禹……年轻妇人采摘的苤苢啊，究竟是何种植物，让后世诸人各有所据辩争不休？众说纷纭啊，明确知道的，是那男子或妇人食用苤苢之实啊，有利生育。

一曲苤苢短歌，句句咏唱采采，问一问世上人啊，究竟什么叫作采采？

那是谁人说啊，采采是动作不断重复，就是采呀采呀，或者采了又采。

那是谁人说啊，采采是述苤苢种类多，就是各种各样，或者形形色色。

那是谁人说啊，采采是述苤苢色彩亮，就是灿然鲜亮，或者灿灿明亮。

那是谁人说啊，采采是描写众盛之貌，就是众多繁盛，或者繁多密集。

多少回欢歌时，反复咏唱采采，那些采摘的妇人啊，究竟是陈说眼前所见苤苢样貌，还是在叙述心灵手快不息不停？众说纷纭中，可以知道的，是那苤苢歌谣啊，一瞬间使人亮了眼眸，活了双手，沉醉在欢乐的劳作中，妩媚在声声的喜悦中。

晴空朗朗，原平野秀，百草在结着它们的种子，微风在摇着它们的叶子，偶尔鸟啼，间或花香，三五结伴的年轻妇人啊，欢声群歌，连绵不绝。家室和平安宁，相与采摘苤苢，摘取的是殷殷的希望，收获的是

欢喜的心情。

目之喜见，原野如此开阔，怎不为之心旷？耳之乐闻，歌声如此欢欣，怎不为之神怡？歌声在田野上荡漾，这是我的，也是所有年轻妇人的快乐时光啊，这一刻不去筹谋柴米油盐，这一刻不去苛求礼仪端庄，这一刻又做了年少的自己，这一刻也怀着秘密的愿心。

天地绵绵厚德，孕育生灵万物，怀着感恩之心，和我一样，到这原野上来吧，这里有自然的恩赐，芣苢籽实啊，已经成熟了，繁多又密集。我将煎汤，我会煮食，祈盼来年啊，唯愿也开花朵，也结籽实，也遂了心意，欢天喜地，做一个怀抱着娇儿的好母亲。

草木依然葱茏，秋水不息流淌，碧空高天处，悬停着白色云朵。

一众年轻妇人，结伴在原野寻找，今天啊，不是要收获瓜果香甜，不是要摘取菜蔬鲜嫩，我啊，我和所有的年轻妇人一样啊，心中怀着最真切最热烈的虔诚，要把那芣苢籽实采摘。林木下，丛草中，河岸上，小路边，棵棵芣苢，生机蓬勃，随处可见，籽实累累。采是取草木精华，籽实在手自然有，各位姐妹啊，快点采摘多多撷取，低俯身，弯下腰，扬皓腕，手灵巧，这是芣苢啊，这是新生命的希望。

是谁的笑声这样欢快甜蜜，引得大家纷纷展颜莞尔？是谁的眼眸这样晶莹闪亮，熠熠如星恍若秋波流转？是谁的动作这样轻疾快速？是谁的身手这样灵便敏捷？轻轻一拔，一茎细长挺立的穗实摘取到手，俯首之间，已经摘取满满的一把芣苢穗茎，一手握住穗茎，一手五指并拢，顺着穗实捋抹下来，满把籽实饱满清香。容我微微闭目，许我慢慢深吸，感受着淡淡清新气息充盈了肺腑，世上还有比这更美好的享受吗？各位姐妹啊，每粒籽实都不要轻易抛洒，掉落地上的每颗也要捡拾起来，是要如同珍宝一般地爱惜，仔细捋取，快点采摘，这是芣苢啊，这是最珍贵的希望。

日光洒下煦暖，微风送来清爽，在这自由的原野上，万物万类一派生机，粉白的蝴蝶成双飞舞，碧绿的螽斯结对鸣唱。芣苢青青，澄澈了眼睛，染渍了手指，氤氲了我心。我心痴醉，恍惚间想要化作一株芣苢，扎根大地，素面向天，与山野美美相亲，与万物好好相爱。秀挺华茂，芣苢子繁，一丛一丛，一片一片，十指如飞，袋囊渐满，可是，这些饱满的籽实，让我欲罢不能，我舍不得，我怎么舍得这些可爱的精灵呢？也许，就是下一株，也许，就是下一把，将带来那原始的神秘力量，化育成一个会哭、会闹、会亲、会笑、活泼泼的大胖娃娃啊！

　　一手提起衣襟，一手采撷拾取，各位姐妹啊，快点采摘多多装好，袋囊满了就用衣襟来兜啊，衣襟兜满了紧掖腰间啊，相视捧腹，欢乐绝倒，一个一个啊，真像是已经身怀了六甲，真像是喜事即将临门。各位姐妹啊，快点兜满衣襟，快点掖紧系好，千万不要漏遗在了路途。带上宝贝啊，我们回家，襟兜满载啊，幸福满溢，这是芣苢啊，这是最真心的希望。

　　天穹澄澈湛蓝，周原沃土辽阔，采呀采呀，采摘芣苢，几多女子相约相伴，满怀希冀采撷摘取，收获丰足，我们在欢歌，踏上归途，我们在欢歌。

　　采呀采呀采摘芣苢，快点快点采摘芣苢。采呀采呀采摘芣苢，快点快点采摘芣苢。

　　采呀采呀采摘芣苢，快点快点捡拾起来。采呀采呀采摘芣苢，快点快点拾取下来。

　　采呀采呀采摘芣苢，手提衣襟快兜起来。采呀采呀采摘芣苢，襟掖腰间快兜回来。

　　和风吹拂，四野无垠，如果有心，请你回首倾听啊，听一听那是谁人啊，在青青芣苢间，纵情放歌，歌唱着周南大地的喜乐祥和……

白云飘飞，大河扬波，如果有意，请你极目眺远吧，看一看那是谁人啊，在丛丛苤苢中，相应相和，怀抱着幸福的期盼绵绵不息……

　　欢歌媚好，生机勃发，满襟苤苢，满心甜蜜，一起唱啊，一起唱啊，平旷沃野，袅袅音韵，沉醉了如画山川，也沉醉了岁月华年……

汉广可望不可亲

***

周南·汉广

南有乔木,不可休思。汉有游女,不可求思。汉之广矣,不可泳思。江之永矣,不可方思。

翘翘错薪,言刈其楚。之子于归,言秣其马。汉之广矣,不可泳思。江之永矣,不可方思。

翘翘错薪,言刈其蒌。之子于归,言秣其驹。汉之广矣,不可泳思。江之永矣,不可方思。

从那高远天际而来,一路险峻,一路曲折,一路有浩荡支流汇入,遥望那长江啊,滚滚奔向东海。

从那秦岭南麓发源,一路汹涌,一路蜿蜒,一路有众多激流险滩,眼前那汉水啊,滔滔流入长江。

风起于王畿周南,大周文王之道,泽被江汉之域,泽被南国之地,倾听那汉广啊,音声中正和平。

南方有棵高大树木,不能休歇没有荫蔽。汉水有位出游姑娘,不能

把她来追求啊。汉水浩渺如此宽广，不能游泳渡过去啊。长江滔滔如此漫长，不能划船渡过去啊。

丛生杂树竞相高长，砍柴就要砍那荆条。那位姑娘若嫁给我，喂饱马匹驭车亲迎。汉水浩渺如此宽广，不能游泳渡过去啊。长江滔滔如此漫长，不能划船渡过去啊。

丛生百草竞相高长，割草就要割那蒌蒿。那位姑娘若嫁给我，喂饱马匹驭车亲迎。汉水浩渺如此宽广，不能游泳渡过去啊。长江滔滔如此漫长，不能划船渡过去啊。

曾经，也是此时，我站在江汉此岸，面朝彼岸无力企及的你，不能扼腕。

有人说，你是那出游的女子，是因几度相望，情愫暗暗生，还是皓齿回眸，一见而钟情，这一刻，我在此岸啊，我在把你久久凝望。

有人说，你是那汉水的神女，骑马踏行江波，顺流而来下，身后波涛滚滚，似万马奔腾，这一刻，我在此岸啊，我在把你久久凝望。

有人说，你是那未嫁的贵族，行动环佩叮当，美好又娴雅，骏马轩车华贵，仆从多如云，这一刻，我在此岸啊，我在把你久久凝望。

有人说，你是那江汉的姑娘，执篙泛舟嬉戏，俏皮又漂亮，此岸正是周地，南戍的营帐，这一刻，我在此岸啊，我在把你久久凝望。

一条河流，能涉水而过的，能清楚看到的，望一望是澄澈浅滩，泛几点水花，有细澜微波，而眼前汉水啊，而眼前长江啊，水面浩渺广阔，水流湍急深不可测，惊涛拍岸滔滔无断绝，无法逾越的天堑啊，一水远长隔绝了你我。

有人说，情如火热，不管不顾，只要抱得美人归，就要谋千方百计，就要历千难万险；那么，爱恋将终止于得到。

有人说，与其无望，不如早断，只要慧剑斩情丝，就可以逐渐平息，就可以不受煎熬；那么，爱恋将终止于放弃。

我，站在此岸，无法得到，不能放弃，一点温暖，一点坚守，一点依依心怀，世事变迁自然会斗转星移，静水流深也可以矢志不移，想你在我心中，你已在我心中，任它天高，任它水长，爱恋，可以是这样平静，可以是这样深刻。就像此刻，我在凝望的你，青山绿水间，花朵一样摇曳在彼岸的姑娘啊，明媚绽放在我心上。

有人说，在广袤的周南高原，有一棵大树啊高耸入云，世间称为传奇，但是啊，那缥缈云天遥不可及啊，你在彼岸啊，遥不可及啊。

有人说，在巍峨的终南山巅，有一棵大树啊参天凌霄，世人传为神话，但是啊，那悬崖峭壁高不可攀啊，你在彼岸啊，高不可攀啊。

有人说，在温暖的南国江汉，有一棵大树啊挺立云天，尘世叹为观止，但是啊，那树高多危不可亲近啊，你在彼岸啊，不可亲近啊。

何时心窗悄然洞开，又倾洒着皎皎月光，澄净空明？何时眼眶无声润湿，又璀璨着熠熠星光，明丽斑斓？虽至纯，虽至美，界限阻隔，渊深沟鸿啊，你啊，你啊，唯可遥望，不可相亲。

眼前汉水啊，湍流既深且广，彼岸可望，却是咫尺天涯，不能游泳横渡到达。汉水奔流汇入长江，长江浩浩直到天际啊，长流不息，远流不绝，即使我驾快舟，即使我乘急筏，那心上的姑娘啊，早已顺流而去，隐没在那云烟水浪之间，不可追寻啊。

黄昏天色，恍惚吉日良辰，恍惚礼乐花烛，即是嫁娶之喜，应当需要多砍柴草，才可束薪堆火，燎炬成礼，看那柴捆火焰熊熊，好像明烛照耀庭院，照亮亲朋们的喜气洋洋，映红邻友们的开心笑颜。析柴燎炬，火焰旺盛又耐烧的要数荆树枝条，原野上，山岭中，草木旺盛又纷杂。我啊，只选那荆树枝条砍斫，为的是用荆条柴捆燃烧出最辉煌的燎炬之礼，我啊，要把那驾车马匹喂饱，为的是要驾驭马车亲自前去迎娶

心爱的姑娘。彼岸的姑娘啊，如果你愿意，如果你愿意嫁给我，我会觅取丛生荆树，砍最高处的荆枝，束最雅致的薪，燎最明丽的庭，用最精良的秣，喂最珍爱的马，我要亲迎啊，迎娶最美好的你！

联翩浮想那样美妙，忍不住地笑这样甜蜜，彼岸的你啊，何时轻拢慢捻拨动我的心弦？仿佛是春雷第一声，石破天也惊啊，翩翩飞起的鸿雁比不上你的轻盈，腾空云层的游龙比不上你的矫健，秋日盛放的菊花比不上你的华彩，春日丰茂的青松比不上你的光艳，你啊，你啊，世上万千美好也难形容你之一二，教我如何不爱恋？爱而不得啊，万难舍下啊，那么，就让时间在这一刻停下来吧。

那汉水汹涌啊，何其深广，那长江东流啊，何其迢遥，不可泅渡啊，不可泛舟，奈何，奈何。

百草丰茂，竞相高长，散着幽微清香的蒌蒿，丛丛青翠沉浸在如水倾泻的月色中，束薪割草啊，我要割取最茁壮的蒌蒿，燃放最迷人的清芳，青烟迷离，燎炬如烛；驭车亲迎啊，我要喂饱最可爱的马驹，饰装最鲜红的丝绳，追随婚车，飞驰如箭；礼乐满耳，欢喜满怀，我要亲自去把你迎娶啊，我心上的你，如果你愿意嫁给我，幸福满溢天地，四方齐聚贺喜的人群啊，欢乐地唱着祝福喜歌，我的思恋啊，就如这汉水绵绵不息。彼岸的你啊，心上的你啊，知不知道，知不知道，有木不可依，有水不可渡，有你不可亲，我，默默把你藏在心里。

如果，你回我一缕眼波，天堑即刻飞渡；如果，你应我一声呼唤，银河也能跨过；没有如果，那么，就这样想着念着，留在心里吧，汉水云烟浩渺，不可泅渡，长江广袤迢远，不可泛舟，你在彼岸啊，唯可遥望，不可相亲。

你在彼岸，我在此岸，鸢飞在高天，鱼潜在深渊，世上有种种不可以相遇，红尘有种种不可以追求，你在我眼中就好，你在我心上就好，阡陌花盛，明月清江，汉水何美好，长江何浩荡，你在彼岸啊，唯可遥望，不可相亲。

容我诵诗啊，许我放歌啊，诵那温柔情丝缠绕，歌那青春惆怅企慕。

南方有棵高大树木，不能休歇没有荫蔽。汉水有位出游姑娘，不能把她来追求啊。汉水浩渺如此宽广，不能游泳渡过去啊。长江滔滔如此漫长，不能划船渡过去啊。

丛生杂树竞相高长，砍柴就要砍那荆条。那位姑娘若嫁给我，喂饱马匹驭车亲迎。汉水浩渺如此宽广，不能游泳渡过去啊。长江滔滔如此漫长，不能划船渡过去啊。

丛生百草竞相高长，割草就要割那萋蒿。那位姑娘若嫁给我，喂饱马匹驭车亲迎。汉水浩渺如此宽广，不能游泳渡过去啊。长江滔滔如此漫长，不能划船渡过去啊。

不可亲，不可及，滔滔汉水，滚滚长江，阻隔着谁人的慕恋？诉说着谁人的心曲？

不可见，不可求，渺渺烟波，声声诉歌，凝结着谁人的目光？吟唱着谁人的情思？

暮色黄昏，天地苍茫，此时，也是曾经，我，站在此岸，你啊，可在那遥遥彼岸？

不说思君令人老

***

周南·汝坟

遵彼汝坟，伐其条枚。未见君子，惄如调饥。

遵彼汝坟，伐其条肄。既见君子，不我遐弃。

鲂鱼赪尾，王室如毁。虽则如毁，父母孔迩。

汝颍以为险，江汉以为池，在那周南大地，在那汝水之域，年年岁岁始终不变的，不只是高高的河岸，还有那河岸上几多的守候祈盼，日日夜夜流淌不尽的，不只是汝水的浪涛，还有那浪涛里几多的忧伤思念。

那是谁人说啊，这时正是大周王朝初兴，文王三分天下，已有其二，尚率各国诸侯侍奉商王朝，所以汝水百姓，还因文王命令供应纣王驱役，商纣王屡屡大举兴兵，征伐四方，边庭流血漂橹，纣王开边之意犹且未已，多灾多难，百姓苦！那是谁人说啊，这时正当周朝王室衰微，幽王荒淫无度，为博美人一笑遍燃骊山烽火，诸侯奔赴勤王反遭戏耍，幽王终被犬戎所杀，平王继位，东迁国都。周幽王无道荒淫，不理国政，社会矛盾尖锐，重用奸佞为政腐败贪婪，多殃多劫，百姓难！

那是谁人说啊，你是周朝大夫勤于王事，舍家为国常常行役在外，我在汝水堤畔见人伐枚婚娶而心念夫君，夫妇孝敬父母，感情忠贞，尽显文王教化之功；那是谁人说，王朝末年远役繁重，民间百姓男子连年服役，家中妻子除操持家务之外还要去砍柴伐薪，奉养公婆，思念丈夫，哀怨控诉征役之苦。王事紧急，远役频频，或许这一次远行不堪劳顿风寒，疾病多生；或许这一次行役遭受战争刀枪，生死难测；大夫百姓，一样夫妻常年离分，尽忠尽孝，一样思念深情至真。

汝水岸边，与你结发。不计高低贵贱，不论美丑妍媸，世上的女子，谁不希望能得夫君一生的守护、一世的爱怜，在你面前，我，只是一个平凡的女子，今天，也只是日常平凡的一天。

日已过午，辘辘饥肠，周南大地，一日两食，上午日上三竿朝食为饔，下午日斜东南哺食称飧。日出东方的时候，浣洗好一家老少的衣物，净手入厨，煮饭调羹，侍奉公婆吃过朝食，想起灶下柴薪殆尽，取了柴刀出门，夫君不归家，我须做那顶梁的人。

汝水永是滔滔，沿岸林木丛生。顺着堤岸向前走吧，身后身旁，虽然到处都是可做薪柴的树枝，可是，前面更远处，是当初送别夫君远役他乡的地方，我要到那里去遥望，遥望可有从天际归来的熟悉身影，哪怕不见身影，能够日日遥望，也是支撑我坚韧生活的希望；哪怕堤岸行走，走着曾经的路，也是感受你脚步心跳的方法。昨夜弦月，望穿床前月光，想起你临行时，为你灯下赶制的衣裳，现在都已穿旧了吧？和你执手相看的泪眼，此刻还犹且潸然着啊。

父母年迈，膝下尽孝奉养天年，时时宽解强颜欢笑，不敢惹添双亲烦忧。在这汝水大堤上，容我这一刻忧伤泛滥，汹涌奔泻，许我这一刻忧思满溢，化作泪河。我要腾空心房啊，然后才能再次装满思念，装满忧伤。衣物我在缝制啊，却不知道给你送到何方，你在哪里啊，是否消瘦，是否病伤，千万千万啊，一定要安然无恙。

前村的男子去了北方的战场，年前传来讯息，说是有的重伤，有的阵亡；后庄的男丁被征修筑城垣，日前捎回发簪，说是苦累不堪，病饿亡故……盼着你的消息，又怕听到消息，没有你的消息啊，日日又揪心悬胆。

朝食的饭羹，是你喜欢的家常味道，柴米相守的日子，你总赞说饭羹可口，你总吃得无比香甜。想起你从前含笑的样子，想到你现在又飘零何地，一腔心肠，满都是你，如何咽下饭粒羹汤？肠鸣声声，是我有口不能言的深重忧虑，空空肚腹，瞬间就装满眉头化落的忧思。汝水岸边树丛，枝条丛生，一刀一刀，砍下的是薪柴，砍不断的是思念。你闻到了吗？这楸木青涩微苦的气息，像极了心中深浸的忧伤。世上人多害怕忧思沉重，又有谁人懂啊，空空落落的忧思，就像没有朝食的饥饿一般，最是难熬。

一枝一枝树柯，捡拾起捆绑好，你行役远方，父母手中，有我替你奉上的热饭热汤；一步一步离去，不能回头张望，望不见身影，空寞寂寂，徒然泪落又增爹娘的愁肠。你离开之后，我们的双亲，我们的家园，我要咬紧牙关，努力守护。

斜阳黄昏，为你默默伫立，朝食哺食，都有一碗粥为你而温，我在汝水，我在等你。

春耕夏锄，等来秋天收获，冬雪纷飞，你还没有音讯，你在何方，是否安好？

掌上茧花渐磨渐厚，挥刀砍柴更加熟练，东风送暖夏雨滋润，汝水堤岸上，树木丛生茂盛依旧，上年砍去树枝处又生出小枝，只要有根在，只要有干在，那大小枝条啊，砍了还会再生。家乡在汝水，亲人在汝水，你远役日久，可知道父母又新添了白发？莫非已经忘记了家乡的方向？时光流逝，我对你的思念啊，从来没有停止，就像这汝水从来不会断流。砍伐树枝捆做薪柴,那是谁人正越走越近?身影那样熟悉,脚步如此匆忙。泪流满面啊,又惧又喜啊,不是梦境吗?不是幻象吧?我的夫君就在眼前,却无法相信所见!你掌心温暖拂去我潸然的泪水,你宽厚的肩膀背起粗大的柴捆,回来了,你真的回来了!

感恩上苍,我的夫君安然回家了,还不知道你走过怎样的雨雪风霜,还不知道你越过怎样的艰难险阻,还不知道你遭受怎样的饥寒病苦,还不知道你承受怎样的任务职责,只看到你的身形已显佝偻,只看到你的面庞憔悴沧桑,只看到你的衣裳已经破旧……我的夫君啊,你回家了,你回来了,回家就好,回来就好。让那一切都过去吧,砍掉旧日的忧伤,我们好好相守,脱去褴褛旧衣,洗却仆仆风尘,我要为你烧煮喷香的饭菜,我要为你缝制合身的新衣,我们一起赡养父母,我们一起养育儿女,让每一个平凡的日子,都酝酿着恩爱的甜蜜……雾气散尽,阳光灿烂,有你在身边啊,一切都会变好!

为什么你沉默不语?为什么你满面苦笑?为什么你眼神犹疑?为什么你手指冰冷?浓云遮挡红日,天地惨淡无光,汝水呜咽,跳波魴鱼尾赤如火,山河失色,王室情势急如烈火,八方离乱,纷争四起,原来你只是暂归过客,原来你又将远方行役。步履迟滞,凌乱凝噎,夫君啊,虽说官差任重急如火炽,但是啊,能否顾及家中父母,可否,不再远行?可否,留在家中?双亲思儿愁容满面,双亲思儿眉头不展,父母已是日渐苍老,何忍再使忡忡忧心。

何处长笛啊,声声凄凉,和笛慢歌啊,诉我衷肠,唱给你啊,我的夫君,诉与你啊,我的夫君……

沿着那汝水堤岸走,去把那些树枝砍伐;没有见到我的夫君,忧思如忍饥未朝食。

沿着那汝水堤岸走,去把那新树枝砍伐;已经见到我的夫君,请不

要再将我远弃。

鲂鱼尾巴颜色赤红,王室事务急如烈火;虽然官差急如烈火,家中父母怎能不顾。

天大地大,家国事大,四方奔走涉险历难,懂得你肩上重负,一柴一饭,侍奉父母,汝水河畔守候祈盼,可知我忧伤深远……

谁又将离别,谁又要远去,那时光匆匆不停,那岁月催人无声,从来不曾恐惧容颜老却,我只怕,一个人,苍老在思念里……

麒麟嘉瑞叹太平

***

周南·麟之趾

麟之趾，振振公子，于嗟麟兮！

麟之定，振振公姓，于嗟麟兮！

麟之角，振振公族，于嗟麟兮！

大周天下，以麒麟为图腾，万民崇拜景仰。

相传，麒麟相貌奇伟，麇身牛尾，马足圆蹄，额生一角，角端有肉；麒麟声如黄钟大吕，行为合乎规矩，出游必定选择地点，审视清楚然后居处，从不踩踏活虫，从不踩踏青草，不喜群居，独往独行，不会迷落陷阱，不会祸遭罗网；神兽麒麟，仁德厚慈，王者之瑞，盛世承平。

天子诸侯，信实仁厚，正道之始，王化之基，封邦建国，卫护大周，王室宗亲，血脉相连。诸侯之子为公子，公子因之仁义诚信；国君之孙为公姓，王孙因之亲睦同心；天子诸侯同族为公族，公族因之团结奋进。君王有道，风化所及，令后世亲贤景仰拥戴，公子王孙，流风相传，承祖先志向天下久长。

大周王畿，周南沃土，文王教化福泽遍及，麟趾呈祥，赞美文王子

孙良善繁昌，麒麟在圃，兆示四海安宁天下太平，那是谁人交口称扬？那是谁人不绝赞誉？

　　麒麟蹄不踢人，愿您儿子振奋有为，就像麒麟般仁厚啊！

　　麒麟额不顶人，愿您孙子振奋有为，就像麒麟般仁厚啊！

　　麒麟角不伤人，愿您子孙振奋有为，就像麒麟般仁厚啊！

　　以麟为喻至高颂叹，民心拥戴声声福语，是哪一位贵族啊？仁厚善德。

　　麒麟声声，在那一位贵族婚礼上唱响的喜歌，祝颂生育后代德厚众多。

　　麒麟声声，是为庆贺那一位贵族生子的福歌，祝贺公族尊崇非凡高贵。

　　麒麟仁慈，四蹄强健从不踢人，走过山川、行过原野，不践生草、不履生虫，留下长远足迹，后人得以沿循。那位贵族啊诚实仁重，他心怀仁德，悲悯黎民苦难，废除残酷刑罚；他广行善道，恭谨而又宽宏，威信称扬四方。在大典隆重缔结婚姻时，琴瑟欢歌；在天降吉祥喜生贵子时，鼓乐贺诗。子民们欢天喜地，送上深广祝福，祝愿他啊子孙繁盛，养育公子奋起有为，团结振作，家国昌盛永享安泰。

　　麒麟仁厚，额头宽广从不顶人，庄重严肃、刚直不阿，勇敢坚强、果断刚毅，举止遵循天道，后人景仰效法。那位贵族啊诚实仁重，他崇尚中道，顺测阴阳之物，一张一弛有度。他明断曲直，深自省察不懈，征收税赋有节。在庆典庄严举行大婚时，欢歌阵阵。在天赐洪福喜诞佳儿时，贺语声声。子民们兴高采烈，送上诚挚祝福，祝愿他啊子孙兴旺，养育王孙高飞进取，振奋互助，家国繁荣长治久安。

　　麒麟仁德，犄角强劲从不伤人，清高自处、性情温和，行为正直、道义典范，内刚正、外和柔，后人秉承教化。那位贵族啊诚实仁重，他道德立信，笃仁敬老慈少，长幼谦谦有礼；他礼下贤者，旷达又重小节，四境耻于纷争。在婚典盛大喜结良缘时，弹琴奏瑟；在天恩浩荡又添子嗣时，鸣钟击鼓。子民们心花怒放，送上真情祝福，祝愿他啊子孙蕃众，养育王族发奋作为，协同上进，家国富强安定太平。

风起肆虐，周南蒙尘，文王教化泽被后世，麟趾留痕，祈盼文王子孙多行仁厚，麒麟去远，已兆四海不宁天下日衰，那是谁人泣血而告？那是谁人哀哀哭诉？

　　麒麟蹄不踢人，公子们要振奋有为，就像麒麟般仁厚啊！
　　麒麟额不顶人，公孙们要振奋有为，就像麒麟般仁厚啊！
　　麒麟角不伤人，公族们要振奋有为，就像麒麟般仁厚啊！
　　以麟为喻深沉哀叹，人心离散声声悲怨，是哪一些贵族啊？不修善德。

　　麒麟声声，是谁人在国都内朝堂上苦心规谏，劝讽王公贵族重施仁政。

　　麒麟声声，是谁人在城邑中乡野里口口相传，谏言贵族王孙多修善德。

　　麒麟仁慈，足蹄力大从不踢人，走过峰壑、行过郊野，不踏花草、不踩虫蚁，怜悯众生，慈悲在怀，保我大周王朝，护我周南山河。先王至圣啊诚实仁厚，大周礼乐昔时何等辉煌灿烂，数百年天下河清海晏、百姓安居。当今那些贵族公子啊，不能振兴礼乐，不复重视教化，叹惋庙堂之高朝廷之威日愚日昧，恍惚中麒麟灵兽也失色黯然渐远渐没。如何重安家国？唯有克己复礼。贵族公子们啊，天行健当自强不息，地势坤当厚德载物，怎能任这国事衰微奄奄？怎能任那麒麟盛世隐没？

　　麒麟仁厚，额头宽厚从不抵人，威武庄严、清正自守，刚强勇毅、

不失温和，仁义长寿；吉兆太平，佑我大周王朝，卫我周南山河。先王至圣啊诚实仁厚，谦谦仁德礼乐教化，开创基业泽被后世。可叹文王武王宗族后人，有谁贤明振先祖礼乐，兴家国大业，礼崩乐坏，王朝日溃，未来宇内是火是水？公子王孙，代代衰弱，国家根本，日益险危。天道生生有时，礼行宜与时进，贵族王孙们啊，贤良识时务时，礼明世道人心，若任这日色昏昏，若任那雾霭沉沉，何祸不作？何乱不生？

麒麟仁德，犄角锋利从不触人，高洁自处、吉祥消厄，含仁怀义、智慧不惑。脚踏祥云，送福万民，守我大周王朝，蔽我周南山河。先王至圣啊诚实仁厚，行信于礼合乎天道，风化治世益民益国。叹辈辈王族，不维礼乐安宁家国，相争相夺，耽溺玩乐，王朝礼制损坏，无秩无序相害相残。如何重现光明消退黑暗？如何力挽狂澜重整规范？争权夺地血腥残杀，礼乐崩坏大厦将倾，王族子孙啊，克制私欲约束自己，践行礼仪修为德行，迷梦觉醒，振作齐心，天下火热水深，难觅麒麟。

天高地迥，山川锦绣，仁兽麒麟缓缓行来，恍惚间化作仁厚公子王孙，温文尔雅翩然近前，霞光万丈，祥云袅袅，四海盛世清平，大德惠泽苍生……

那是谁人惑疑啊，一声声的喟叹，到底是欢喜啊还是哀伤？那是谁人追问啊，言麒麟以为喻，迷雾重重，到底是赞美啊还是讽刺？麒麟至美，叹喻连连，分明希望贵族公侯啊，修为德行操守，厚慈黎民苍生，仁德安定邦国……

召南

维鹊有巢,维鸠居之。之子于归,百两御之。

宝马雕车香满路

***

召南·鹊巢

维鹊有巢,维鸠居之。之子于归,百两御之。

维鹊有巢,维鸠方之。之子于归,百两将之。

维鹊有巢,维鸠盈之。之子于归,百两成之。

大周王畿,那岐山之阳啊,连接南土之邦,周公、召公分陕而治;那自陕而西啊,由召公主之,贤人之化,行于南国。

周原膏腴,那一脉沃土啊,承蒙日月雨露,春华秋实生生不息,那男耕女织啊,有丰衣足食,正道之始,王化之基。

大地将春,冰雪将融,高处树枝上的鹊巢终于筑成,从冬至开始喜鹊就衔枝筑巢,一枝一枝寻积,一木一木觅累,历经整个冬天不断辛勤劳作,才建成那至坚至固的鹊巢。一如那君子啊,不间不断,积聚仁德,累创功业,才有位高爵重。

春色将至,芒种将到,待到一年春耘时节,布谷啼鸣声声催人耕种,认真又负责。布谷生性慈爱温和,生育抚养雏鸟众多,喂养有序不偏不袒,才成就那子孙绵绵的家族。一如那淑女啊,担承责任,性情温婉,生儿育女,兼具均一之德。

喜鹊筑好巢穴，就有布谷飞来，先民常以鹊巢鸠居，喻指那男婚女嫁。

君子积行累功，淑女有德均一，佳偶天成世人称赞，从此结发同岁月。

霜降之后，冰泮之前，良辰吉日正宜婚典，谁家的儿男修德有为？谁家女儿养大成人？鼓乐喧天，旌旗招展，百辆大车逶迤不绝，那是谁人啊正在欢喜娶亲？那是谁人啊正要嫁向远方？

国之大事，在祀与戎，于国家而言，紧要莫过祭祀和战争，祭祀是为祈祷福康安泰，战争可以保家卫国护和平。人生大事，婚丧嫁娶，于个人而言，嫁娶仪典是一生至重，男子娶妻求贤淑，将泽被子孙，淑女嫁夫望君子，盼幸福美满。

世上未婚男女，谁不憧憬能够遇见，遇见明如皎月的他啊，遇见灿若桃花的她啊，一瞬之间怦然心动。

世上适婚男女，谁不梦寐婚姻誓约，誓约嘉礼天赐圆满啊，誓约良缘缔结永远啊，一生一世圣洁庄严。

男女爱情真挚热烈，两姓婚姻神圣庄严，父母之命，媒妁之言，婚姻六礼成婚以礼，婚姻需要隆重仪式，庄严表达生命态度。仪典不是浮华，婚姻亦非儿戏，礼成之后正式结为夫妻，未来生活同甘苦共荣辱，从此守护婚姻，许诺毕生光阴。婚姻对于女子而言，更是关乎一生托付，远离父母兄弟，来到夫家他乡，从此渡过了女儿河流，开始全新的人生旅程，有了属于自己的家庭，高堂、夫君、子女、亲友，都需要守护啊，都需要经营啊，主妇淑德勤谨良善，阖家和美兴旺昌盛。

一场婚礼庆典，男子娶亲，女子出嫁，成人成家，愿白首永偕，敦百年静好，从此同心同德，从此宜室宜家。每个年少男子心中，都希望给自己的新娘啊，一个盛大热烈的仪式，每个年少女子梦里，都期盼给自己的未来啊，一场吉祥庄严的仪典。喜鹊翩翩，布谷声声，在这个春天里，那一位男子啊，正在驾驭骏马轩车，亲自前来迎亲；一腔孤勇，义无反顾，在这一生中，那一位女子啊，想要好好相爱相守，从青丝到白头。

那是哪一位诸侯贵族的迎亲大礼？又是哪一位诸侯士卿的女儿出嫁？女子德备，夫家礼备，用百乘车辆的礼节前来迎娶；国嫁盛大，公卿百官，用百乘车辆的礼节前去送嫁。大周王朝，召南沃土，婚姻礼制，厚别附远。两姓婚姻异姓结为姻亲，让血缘疏远的贵族建立紧密关系，看那诸侯娶亲，百官要参加迎接新夫人；看那君王嫁女，卿士正依礼节前去送嫁。

宝马雕车，绘饰华美，在那美丽的公主新娘后面，是那媵嫁陪送女子们年轻的面庞，那是公主的妹妹，那是公主的侄女，妹妹为娣，侄女为姪，一同跟随出嫁过去。若是大周王室嫁女，那同姓的诸侯国中，要有两个诸侯国各派一个女儿及其妹妹、侄女，共是九女，礼称一娶九女。这些年轻的女子啊，将要把那宫室住满。王室诸侯联姻要有众多陪嫁女子，是为考虑来日子嗣，一桩婚姻代表两国结盟，公主嫁到他国，生育儿子承继王位，两国之间姑表血亲，结盟友好可得牢固，倘若公主没有生育，就会领养陪嫁媵女的儿子，延续邦国姻亲关系。大周王朝，诸侯婚姻，自有仪礼规矩，向来责任重大。

辽远天际，百辆大车浩浩荡荡，鼓乐欢庆，华服女子沉静端坐。从未离开过的家乡，山川草木历历眼前。途路迢迢，前程漫漫，这一去就是他国，这一去就是异乡，这一去收起女儿娇憨，这一去入主宫室操劳。从未谋面的你啊，会是什么品德性情？不曾到过的远邦，会有什么风俗礼章？

大周王畿，召南沃土，士民百姓，沿途相迎，扶老携幼，笑脸张

张，洒落一路高歌，洒落一路祝福。

喜鹊树上筑好巢穴，布谷就会飞来居住。那位姑娘就要出嫁，百辆大车前来迎接。

喜鹊树上筑好巢穴，布谷就会飞来并居。那位姑娘就要出嫁，百辆大车前往送亲。

喜鹊树上筑好巢穴，布谷就会飞来住满。那位姑娘就要出嫁，百辆大车迎娶成婚。

钟鼓礼乐，琴瑟和鸣，前方就是都城，前方就是新家。齐家治国，诸侯修德，黎民楷模，重任在肩。我为国君啊，我的新娘啊，今日之后，你来主馈辛劳，我来守护家邦，齐力同心，营建家庭家族和睦美满，和衷同德，福佑王国天下富强安宁。我是新郎啊，我的新娘啊，现在暂驻轩车，请你脱去公主簪环服饰，请你换上君王夫人盛装，和我一起庙堂献祀，礼拜天地敬告先祖，神圣庄严，缔结婚姻。

东风送暖，春光日近，春耕临近，蚕事将至，那时节，你将为这片社稷繁忙，你将为这些子民操劳。今天你啊，就只做我贤德温婉、如花绽放的新娘吧。你是高贵典雅的国君夫人，你是仪态万方的美丽新娘，百辆大车迎你前来，一国臣民盼你到来。来吧，来接受万民的欢呼景仰，来吧，来接受百官的朝拜祝贺，让那钟鼓声更加洪亮，让那琴瑟声更加悠扬，让那欢乐传遍四方，让那祥和满溢天地。

大周王畿，贤人之化，悠悠传遍四方，任那家世高低贵贱，无论贵族还是平民，男婚女嫁，走入婚姻成就家庭，盼那百代绵延盛昌……

一脉沃土，生生不息，祥和满溢天地，任那流光似水流淌，无论古往还是今来，婚姻幸福，世人对美满的期待，历经千年初心不改……

春在溪头采蘩忙

***

召南·采蘩

于以采蘩？于沼于沚。于以用之？公侯之事。

于以采蘩？于涧之中。于以用之？公侯之宫。

被之僮僮，夙夜在公。被之祁祁，薄言还归。

迟日江山，召南锦绣，春风乍起，春水初生。

一带竹林翠茂，桃花初绽粉红，溪河潺潺，百草青青，蘩芽肥美，正宜采食。蘩芽可生于水中也可生于陆上，陆生辛熏，水生香美，入夏粗老，秋为白蒿。谁家的女子步履轻盈，三五结伴水边来采蘩。

国家大事，在祀与戎。蘩用于祭，礼于先祖。

那是谁人说啊，蘩芽味美，用于公侯宗庙祭祀供品；那是谁人说啊，蘩草蓬茸，可铺垫在祭祀牺牲之下；那是谁人说啊，蘩易繁衍，祝祷王族繁衍家国壮大。春日祭祀，先来采蘩，或是取其味美，或是取其形盛，或是取其意佳，抑或是兼而有之。

春夏秋冬，四时推移，触景生情，感物有怀。

祭祀四季虽各不同，意义皆重，涉及治国根本。唯有贤良，方能明晓祭礼深意，治国理民的策略方法啊，以礼为最重要，吉、凶、宾、

军、嘉，礼有五种。祭礼最为重要，思念先人，以礼祭之，祭礼不是由外界所迫，而是内心自发自觉，德行厚重就会思亲强烈，思亲强烈就会理解祭祀，理解祭祀就会庄重恭敬，君王公侯恭敬祭祀，苍生黎民广受教化。

万物本天，人本乎祖，亲奉祭祀，不失职责。

祭祀至大，孝顺心诚，供品完备，竭尽祭祀之礼，端正祭祀之义，祭祀宗庙恭敬，则子孙孝顺，君王圣明在上，则百官信服。君子实行教化，于世教人尊君敬长，于家育子孝顺双亲；君子身体力行，自己感到不对的事情不让下面再去做，自己感到厌恶的地方不会再应付上面；教行于上，化成于下，于国于家，美风美俗，教化根本，在祭在祀。

祭祀事大，粢盛事繁，祭品齐备，采蘩讲究。

祭祖至重，祭品要求严格，牛羊猪三牲齐备，黍稻八碗分装，天子诸侯郊野亲耕，以供祭品，王后夫人北郊养蚕，以供祭服，表达诚信，尽心虔敬。祭祀蘩芽，需是生于沼沚山涧，那里水流自然洁净，生长蘩芽茁壮翠嫩，香清益远纯粹上乘。心怀虔诚涉水克难，期盼家国繁衍壮大，恭敬庄重，谁来采蘩？

何处采蘩？沼沚山涧。采蘩何用？宗庙祭祀。

宗庙祭祀，事务纷繁，具备资格参与筹备的夫人们，佩戴首饰庄重恭谨，盛装齐整一丝不苟，提前忙碌在宫室中，夙夜劳作有条不紊。是诸侯夫人采蘩奉祭，是供役女官忙碌劳作，沼沚山涧中精挑细选，采蘩备祭敏捷又干练，劳之而无倦；顺利圆满待祭祀完毕，重归安详宁静又娴雅，先事而后得。

春在溪头，徘徊此岸，问询溯回，聆听歌赋。

在哪儿采摘白蒿呀？在池沼地在水塘边。在哪儿使用白蒿呀？公侯用于祭祀大礼。

在哪儿采摘白蒿呀？在那山涧中溪流旁。在哪儿使用白蒿呀？在那公侯的宗庙里。

发髻装饰高高耸起，从早到晚忙于祭礼。隆重佩戴众多首饰，祭礼忙完回去家里。谁人采蘩，步履匆匆，谁人还归，身影飘远。

沼沚之上，山涧之中，蘩芽青青，摇曳在春风中。

召南大地，仲春三月，蚕事方兴，那祭祀蚕神的盛大仪式即将举行，那祭典将由国君夫人主持。那是谁人说啊，蚕和马精气相同，蚕事最初祭奠的是那天驷星；那是谁人说啊，黄帝娶西陵氏，即为嫘祖，最早教民养蚕，后来蚕事是为祭奠嫘祖。认真育种养蚕，辛苦缫丝织帛，懂得让百姓都能穿上舒适衣服的道理，方可从容治理天下，男耕女织，国泰民安。

大周礼制，诸侯国君耕田东郊，用以祭祀供品，国君夫人养蚕北郊，用以提供祭服，亲身耕作亲手养蚕，诚信虔敬侍奉神明，重视农耕为民示范。修身齐家，治国平天下，需知黎民生存的根本，是有五谷可吃，是有布帛可穿，吃饱了，穿暖了，温饱问题解决了，国家强大百姓富足，教化自然就会形成。

蘩是水生白蒿嫩芽，采撷食之脆嫩鲜美，在那沼沚山涧之中，散发着幽幽药草香，可清热疗湿去邪气。三月蚕祭，蘩芽正好，一众年轻的女子们，笑语盈盈，步伐轻快，涉越沼沚，穿行涧溪，挽系裙裳，敏捷俯身，臂腕轻扬，十指翻飞，追寻着最纯正的蘩芽，采摘着最茂盛的翠绿。

那是谁人说啊，蚕事采蘩是为制作供品奉祭蚕神；那是谁人说啊，蚕事采蘩是为覆盖蚕种以助孵化；那是谁人说啊，蚕事采蘩是为煮汁浸泡清洁蚕种；那是谁人说啊，蚕事采蘩是用草茎制作工具蚕箔。这油绿的蘩芽，这芳香的蘩芽，是春天的希望，是蚕事的瑞祥。

泽岸山岭，那是捕鱼的舟子还是打柴的樵夫，在遥遥询问；乡村水郭，那是垂髫的童子还是黄发的老人，在好奇追问；任重道远，那是领首的女宫还是随后的友伴，在含笑漫问。

蚕事采蘩，神态自若温和且柔顺婉约自有度，谁人在应话；公侯仪典，眼眸晶亮满含着自豪轻快又喜悦，是谁在回答；不畏辛劳，嗓音清脆洋溢着青春充盈着活力，是谁在笑答。

夫人世妇，盛装华服，庄重淑良，来备蚕祭，蚕事自然辛苦繁忙，却是生民福祉本源，亦是妇德修为根基，发髻高耸，簪钗合仪，宵衣旰食，恭谨洁净，愿我召南永得福佑啊，愿我生民安宁富足啊！

那是谁人啊，声声问话，又是谁人啊，句句答语。问答之间，那身影啊已经去远，唯闻人言，回响在青山绿水碧草之间。

在哪儿采摘白蒿呀？在池沼地在水塘里。在哪儿使用白蒿呀？公侯用于蚕事之礼。

在哪儿采摘白蒿呀？在那山涧的溪流里。在哪儿使用白蒿呀？在那公侯的宗庙里。

发髻装饰高高耸起，从早到晚忙于蚕事。隆重佩戴众多首饰，蚕祭忙完回还家里。

王畿之地，召南沃土，又将三月初一，又是大昕之朝，就要入蚕于蚕室，拜祭蚕神以祈顺祥。之后就要准备养蚕采桑器具，国君夫人也将亲往东郊采桑，教给妇女们养蚕良法，待到蚕事已成，分茧称丝，还要按照优劣奖勤诫惰，这是家国根本，这是为民示范，这是女子职责。春阳和煦照耀，春水澄澈洁净，参加隆重祭祀，女子们啊，欢欣骄傲又从容……

春去秋来相思在

***

召南·草虫

喓喓草虫，趯趯阜螽。未见君子，忧心忡忡。亦既见止，亦既觏止，我心则降。

陟彼南山，言采其蕨。未见君子，忧心惙惙。亦既见止，亦既觏止，我心则说。

陟彼南山，言采其薇。未见君子，我心伤悲。亦既见止，亦既觏止，我心则夷。

那是哪一年啊，在南山之南，那是谁人啊，在那南方的艳阳里，大雪纷飞。

那是哪一岁啊，在北秋之北，又是谁人啊，在那北方的寒夜里，四季相思。

西风微寒，岁月催人。

是在黎明清晓又一层凉的时候吗？是在黄昏院落又一番雨的时候

吗？是在永夜月明又一地霜的时候吗？那细微的草虫鸣声忽然响在了心上。

是在蒹葭苍苍烟波浩渺的水岸吗？是在四野茫茫风吹草低的郊野吗？是在峰秀壑幽丛林丰茂的南山吗？那蹦跳跃起的蚱蜢忽然落在了心上。

如何来挨过这又一日的悠悠天光，如何能忍过这又一回的漠漠黄昏，如何才熬过这又一夕的漫漫长夜，那草虫秋鸣一声又一声是何等哀凉。

徘徊在沼沚河泽溯回在溪涧江川，彷徨在乡野阡陌徜徉在邑外城郭，踟蹰在远岭古道盘桓在寒山石径，那秋日蚱蜢一跳又一跳惹牵我愁肠。

从你走后，一茧长丝分抽两端，一端随你赴远天际，一端在我心头缠系。你走了多远了？你走了多久了？绵绵丝线早已将我围裹，一重一重难挣难脱，不挣不脱啊我是甘心自缚，晨起梳妆恍惚明镜中照见你的面庞，暮色黄昏隐约灯火处遥见你的身影，长夜未眠模糊月色中听见你的呼唤。明明知道那并不会是你，依然还是心生欣悦，为你眼眸晶亮，为你花绽两靥，为你轻声低语，不惧不怕一次又一次落入寒凉。盼着，或许，在某一个清晨，在某一个黄昏，在某一个静夜，铜镜映照的是你，灯火阑珊处是你，月华如水中是你，终于，真的是你！

那草虫喓喓，此起彼伏一呼一应，鸣音情深啼声意重，一声一声多么喜悦。

那蚱蜢轻蹦，双双比肩一追一求，跳过阡陌奋翅原野，一飞一跃多么欢乐。

见不到你的时候，你是我的忧愁，沉甸甸地坠在心头。

如果是能看见你，如果是遇见你，转瞬之间，秋高气爽，云淡风轻，你是我的欢喜，任它天高地迥世界广大，我只要，与你相依。

那是谁人说啊，你为大夫为国远役长久未还，我为妻子在家等待赋歌草虫；那是谁人说啊，你是贵族我为女子偶然邂逅，君子淑女守礼有防采蕨轻歌；那是谁人说啊，你是将军为国出征浴血边疆，我守家室心忧夫君祈盼平安……大夫远役或是将军出征，跋山涉水，守城攻地，坎坷波折，千难万险，都会让人悬心吊胆忧虑难安；君子爱恋或是贵族相知，一见钟情，两心相悦，为礼所隔，身份差别，都会让人望穿秋水柔肠百转。

伫立风中，遥望远方，在我眼里，没有什么大夫将军，没有什么贵族君子，你只是你啊，我的夫君啊，我的心上人。等你在秋风萧瑟日渐寒凉，等你在冬雪飞扬天寒地冻，盼日东升，望月西落，你是在遥遥的天南，还是在迢迢的地北？

夜半三更又等来天明，寒冬腊月又等来春风，南山之阳，蕨芽新萌。那是谁家少年男女春日踏青，欢歌对唱？那是谁家贤良妻子挽篮携筐，采蕨为羹？那一曲熟悉的清歌回响耳畔，可是你在有所感念？那一份家常的味道春蕨汤鲜，可能唤你早日归还？

南山巍巍，蕨芽嫩紫，蜷曲若拳，凝眸失神，春衫依旧蕨芽又生，不见那年身旁的你，如何能忍得泪落？如何能强作欢颜？我的夫君啊，我的心上人，原谅我旧虑未消，眉梢又添了新愁。这天地无涯无际，藏隐着太多的变数与险困，暌隔离远，我多想见你，我生命的丝线牵在你的身上，而你，在我怎么看也看不见的远端啊！

春色如许，你看那年少男女言笑踏歌，你看那白发翁媪温言媚好，我想要的时光就是这样啊，你我有情相伴，过着平凡的日子，看着寻常的风月，等闲相对谈笑，称心合意，人世相宜，凡常种种琐细，共你细说漫谈，遥望春山如黛，指看月上柳梢，即使只是一握蕨菜，做羹或是做蔬，四目相望时，便是人间至味。南山眺远，大道尽处迢迢而来的车马之上，那是你吗？南浦碧波停泊暂驻的舟船之上，那是你吗？玉树临

风衣袂飘然的伟岸身影，那是你吗？等来丽日，等来春暖，终于，终于，终于等来了你！

春山焕生机，鸟雀鸣唱深涧幽谷，蝴蝶翩飞停栖花丛，一草一木多么迷人！

山川何秀美，峰峦润泽溪涧水碧，叠岭高峻谷壑幽深，一山一水多么醉人！

见不到你的时候，你是我的忧伤，一份疼痛藏在心上。

如果能看见你，如果能遇见你，俯仰之间，日光和煦，万物生发，你是我的欢欣，任它物换星移时光漫漫，我只要，与你相依。

春日何短，蕨菜易老，转眼已是不堪采摘，触目绿碧处，薇菜当季，已是春暮夏初，而你啊，究竟在哪里啊，为何至难相见？

南山坡麓，薇菜鲜美，即使遍采薇株又怎能留住点滴的春光？即使摘得满筐又烹调举案能端与何人？我的夫君啊，我的心上人，听那山风飒飒，吹落了多少等在季节里的花朵，衣带日宽，为你憔悴，东南西北，山高水长，你究竟在何方？

几多悲伤，思念的长丝将我重重紧缚，你是否安好？你是否康泰？这一刻你也正在思念着我吗？这一刻你也想要倾诉衷肠吗？天各一方，我自悲伤，你自忧愁，何时能重逢，何日得团聚，盼望着，春满花枝，盼望着，天心月圆。

那一年，杨柳依依时节，你离别远行，我伫立守望，守着季节，望着远方。

守着季节，望着远方。看过了北雁向南飞，不见你来；看过了秋虫入户牖，不见你来；看过了桃花夭春草绿，不见你来；看过了蕨老去薇满坡，不见你来。而我始终会在这里，不改不移，等待你握着我相思的长线，辗转回还，笑容依旧，温暖依然。

滚滚红尘几多喧嚣，我只想，见到你；绵绵南山长亭远道，我只要，见到你。平平安安相守，长长久久相依，春来，一份恬静，我在你身旁；秋去，一份安然，你在我身边；这就是我朝思暮想的生活，这就是我梦寐以求的幸福。我的夫君啊，我的心上人，世上男子如你，尚有多少别离行远啊，世上女子如我，又有多少坚贞守候啊，望断天涯，守着真情，若得我心安宁啊，唯有见到你时，唯有在你身旁。你在哪里啊？何时能相见？含笑和泪，捧心长歌。

听那草虫喓喓鸣叫，看那蚱蜢蹦蹦跳跳。没有见到那位君子，忧虑不安心事重重。若是我已经看见他，若是我已经遇见他，我的心事就会放下。

登上那高高的南山，我来采摘鲜嫩蕨菜。没有见到那位君子，忧伤不安心事重重。若是我已经看见他，若是我已经遇见他，我心就会快活喜悦。

登上那高高的南山，我来采摘薇菜叶苗。没有见到那位君子，我的心间忧愁伤悲。若是我已经看见他，若是我已经遇见他，我的心思就会平静。

草虫歌诗，采薇采蕨，愿红尘人间的有情人啊，长相见，长相守，长相亲……

那是哪一年啊，在南山之南，那是谁人啊，在那南方的艳阳里，大雪纷飞……

那是哪一岁啊，在北秋之北，又是谁人啊，在那北方的寒夜里，四季相思……

南涧之滨青蘋好

***

召南·采蘋

于以采蘋？南涧之滨。于以采藻？于彼行潦。

于以盛之？维筐及筥。于以湘之？维锜及釜。

于以奠之？宗室牖下。谁其尸之？有齐季女。

岐山之阳，太王所居，昔年，大周文王受命于天啊，立石界陕，分爵周、召二公，南及江、汉之间。

岐州故墟，王畿采邑，今朝，召南沃土生机盎然啊，绿水青山，有召公贤德教化，周道所以得兴盛。

谁家女儿初长成？长发及腰，待字闺中，教养学习德言容功。

世间女儿，承欢膝下，哪一个不是父母掌上明珠？哪一个不是父母眼里娇花？一日一日盼着长大，一天一天呵护有加，教她贞顺德行，养她辞令娴雅，育她柔顺美好，授她丝麻女红。解语的花朵啊，出嫁要有能力宜室宜家；掌上的明珠啊，未来须备美德绵泽后世。

清清泉溪石上流，空山雨后，南涧之滨青蘋正好。

绿翠满眼，肺腑清新，幽幽南山，溪涧澄澈，青蘋舒展，散着幽微淡香，至洁至净，鲜美当季。俯身采蘋，四叶青蘋浮在水面，容我青春的身影荡开涟漪。召南沃土，列祖列宗曾经在这里劳作过；南涧青蘋，为蔬为羹他们曾经分食共享；虔诚采摘，不辞路远辛劳，是女儿家的恭敬心意。

人说蘋亦犹宾，取意宾服柔顺，恰宜女子之德，就像是在一家之中，夫妇之间相敬如宾，夫待妻以礼，敬之如宾，就会赢得妻子的信服顺从，妻温柔有礼，敬夫如宾，然后得到丈夫的爱护尊重。日常食用人们大多选择近处沼洼，然而在今天啊，我跋涉深远而来寻南山溪涧，采撷最纯正、最洁净的青蘋。

天落雨无根而清，长流水不会生腐，绿藻生长其中，翠色怡人。

绿藻逐水而生，有水之处几乎遍是，然而只有那既潺潺流动，又贮存无根雨的水中，才会生长着最纯粹、最鲜洁的绿藻，精寻细觅不惧险阻，许我揽裳涉水，青春的脸庞倒映在水面上，与绿藻两相映，泛着柔和的微光。也唯有不辞艰辛，亲手摘撷奉献祭祀，才能表明礼敬先祖的真诚心意。

人说藻亦犹澡，取意澡除污垢。人生于世，不仅是要清洁身体，而且还要洁净内心，以期那份诚敬心意长久保有。一家之中，女子主内，需要养成洁净之习，然后才会讲究家庭环境家人衣食卫生，更进一步澡净清洁内外兼美，就会有益个人修身，就会有益家庭康泰，就会有益国家安宁、民族发展。

青蘋与绿藻，普通又常见，珍贵的是这份虔诚的心意，采撷青蘋一定要去南山之涧水畔，撷取绿藻一定要找流水积聚之处，克服艰险而心甘情愿，虽劳虽苦而不改其乐，一规一矩，遵循践行，育我柔顺之德，培我洁净之习。

一丝不苟啊，我要细致再认真，用那筐筥竹制容器，分别用心盛放

蘋藻，不可随意放置啊，不能有一点混杂。容器盛何物，物品安何器，生活自有规则，遵照尚需领悟。那是谁人说啊，筐筥先方后圆，盛放祭品寓意效法天道，地方天圆，女子之道，先要效法地道柔顺，又要效法天道刚健；那是谁人说啊，筐筥一方一圆，盛放祭品暗含德行要求，内方外圆，为人之道，既要修养内心严正，又要涵养外表随和；那是谁人说啊，筐是四方，筥为浑圆，象征着人世间不一样的规矩，懂得物各有别各有定规，也就懂得了生活的道理。

小心谨慎啊，我要仔细再仔细，用那锜釜金属锅具，分别专心烹饪蘋藻，不可胡乱蒸煮啊，不能有一点杂乱。锅具烹何物，食物用何锅，生活本有法度，遵守还要领会。那是谁人说啊，锜三足釜无足，烹煮祭品象征自立听从，知书达礼，然后自立，女子需知何事可做，还要知道如何去做；那是谁人说啊，锜在前釜在后，烹煮祭品蕴含夫妇之道，三足锜立，无足釜倚，女子有礼而能自立，又要守礼不应自专；那是谁人说啊，锜釜锅具，火候不同，关涉着烹饪祭品的品性质地，更与摆放祭物场合有关，就像婚姻中一切不可乱。

锜釜煮祭品，需擦洗光洁，宝贵的是这份虔诚的心意，放置蘋藻一定要分别开方筐圆筥；烹煮蘋藻一定要区别使用锜和釜，礼仪繁细而自觉自愿，虽然辛劳却甘之如饴，一法一度，遵照施行，教我真诚尽力，养我良善之心。

一蘋一藻，亲自采撷，筐筥锜釜，精心准备，祭品虽不华丽贵重，却是我以一片虔诚赤子之心啊，礼敬先祖，上告先宗。

宗庙巍巍庄严，天子诸侯用以祭祀祖先的神圣所在。建筑住室，户牖并列，牖下位于西南，安静而又隐蔽，家族尊长起居之处；宗庙之中，祭祀祖宗，安置牖下，那列祖列宗的神位啊，就安放在那里。

待嫁的女儿啊，受教女子之德，我懂得女子将嫁，最重要的是懂得祭祀的礼节，最必要的是懂得日常的侍奉。懂得了什么是牖下，才能懂得什么是出得厅堂，什么是下得厨房，才能懂得了什么是敬侍公婆和睦家庭，只有那宜室宜家的女子啊，才会拥有岁月静好，才能得到夫家认可和尊重。

祭祀庄严无比，一枝一节细微，种种平常中蕴含礼仪大道，那至高至正的生命要义啊，要在这些日常奉行的礼节中体味，爱惜一食一物，亲身操持劳作，才会获得现世安稳，才会拥有内心平静，才会感到幸福喜悦。

守斋持戒，沐浴清洁，肃穆又庄严啊，我来主持祭祀，学习完成了出嫁之前的教育，我以教成之礼敬告祖先神灵，郑重禀告先祖先宗，女儿学习礼仪，修养德行，受教于前，将行于后。整齐穿好祭祀的礼服啊，端正佩戴祭祀的簪钗，女儿身心洁净，女儿虔诚感恩，至诚至敬，拜祭祖宗，我为宗家女儿，将要出嫁夫家，祈祷啊，祝告啊，亲人祯瑞，诸事吉祥。

欢歌声声，笑意满盈，那是谁人在发问，那是谁人在回答，是那位严厉又慈爱的女师在发问主祭的少女吗？是那位可爱又天真的少女在娇憨中追问女师吗？是那位待嫁的女儿忙碌备祭无邪地自问自答吗？是大周王朝诸侯大夫在吟诵吗？是召南沃土黎民百姓在传唱吗？听啊，听啊，欢乐又喜庆，祥和又庄重。

到哪里去采摘青蘋？在南边山涧的水畔。到哪里去采摘绿藻？在流水沟在雨水洼。

用什么来盛放蘋藻？用方竹筐用圆竹筥。用什么来烹煮蘋藻？用三足鼎用无足釜。

在哪里来放置祭品？宗庙之中天窗之下。那是谁在主持祭祀？虔敬

美丽待嫁少女。

　　一曲诗乐，一番礼仪，寄寓贤人之化。召南厚土生生不息，修养德行，学习礼仪，女儿已然长成。
　　青蘋正好，绿藻正好，桃花天天烂漫，江山锦绣歌谣无邪，音声袅袅，天地悠悠，一派浩然清明。

甘棠仁风长蔼然

召南·甘棠

蔽芾甘棠，勿翦勿伐，召伯所茇。

蔽芾甘棠，勿翦勿败，召伯所憩。

蔽芾甘棠，勿翦勿拜，召伯所说。

旭日东升，召南沃土，无限风光，在这片希望的田野上，那一株甘棠啊，流芳家国天下。

又是一年东风送暖，甘霖初霁、丽日东升，在那迢迢驿道绵延千里处，一树棠梨始生嫩叶；在那古老渡口悠悠长河畔，一树棠梨初绽如雪。那棠梨树啊，高大丰茂，沁芳不言。

又是一年金风送爽，天穹高远、云朵洁白，在那青山碧溪苑囿苍郁地，一树棠梨新果渐垂；在那水村山郭社庙的前方，一树棠梨繁实满树。那棠梨树啊，欣欣向荣，下自成蹊。

甘棠是何树？又名棠梨、杜梨，高大落叶乔木，春盛繁花如覆雪满树，洁白的碎花香气馥郁，秋结果实是累累满枝，紫褐小圆果味涩可食。那是谁人说啊，甘棠丰茂绿树荫浓为行人长遮一片清凉，种在那路

边道旁；那是谁人说啊，甘棠花美朵白蕊黄为乡邑散播一方芬芳，长在那城郭村庄；那是谁人说啊，甘棠果香又酸又甜为世人满挂一捧清欢，生在那山麓水畔；那是谁人说啊，甘棠伟岸巍巍耸立为神灵喜爱一树雅洁，植在那庄严社庙。

那一株甘棠，究竟挺立在什么地方？是在那车马往来的驿道旁边吗？是在那舟船停驻的渡口侧畔吗？是在那郁郁苍苍的苑囿之中吗？是在那乡野神圣的社庙前方吗？在东郭之郊，有百姓遥指旭日冉冉升起的方向；在西邑之野，有黎民眺望明月皎皎高悬的地方；在南浦之岸，有民众日说夜念口口相传的故事；在北山之麓，有苍生感激眷恋无限爱戴的深情。如天长如地久的传说啊，如日明如月皎的深情啊，那一株高大的甘棠树啊，一枝一叶都是人民对斯人的怀恋思念。

斯人是为谁？他是文王之子，他是武王兄弟。先是曾辅助父兄治国，灭殷商纣王建立周朝，驱除暴政拯民水火；继而又辅佐成王康王，协天下治理国泰民安，成康盛世国兴民旺；后来受命建东都洛邑，并帮助周公镇守洛阳，护国绵延佑民平安；担任太保为三公之一，与周公五成分陕而治，周公理东而他治西；一生建业立功，一生修身养德，治国理政，让生民获得利益，爱护教化，使国人向善而行，他是召伯姬奭啊，他治政于召南啊，你看，就在那一株甘棠树下。

那一株甘棠啊，在那一年一年流逝的时光之中，愈益巍然高大，愈益枝叶盛茂。那一个日子啊历久弥新，那一个身影啊历历眼前，不烦乡里不扰百姓，停车驻马甘棠树下，他的步伐坚定又有力，他的面容威严又慈祥。甘棠如伞如盖，召伯安然端坐，倾耳而聆，听取一个一个四方乡邻诉讼，有条不紊，判决一桩一桩案件剖冤析枉，彰明道义仁德，洗清不实诬陷。那是谁人啊，喜极而泣泪流满面；那是谁人啊，干戈化解仁让以对；那是谁人啊，昭雪感恩奔走相告……你看啊，你看啊，拨开了那漠漠乌云，显露出来灿灿红日，我们召伯啊，普照着召南大地，明亮着世道人心。

那一株甘棠啊，在那一岁一岁流转的光阴之中，愈益峨然挺拔，愈益翠茂参天。那一个日子啊永久铭记，那一个身影啊永远传唱，巡行乡野亲察陇亩，止车系马甘棠树下，他的手势威武又果断，他的目光深邃又温暖。甘棠如伞如盖，召伯正襟危坐，清正无私，决断一件一件民情系关公案，主张政事，处理一宗一宗公务积久弊端，昭显文王礼治，清朗家国人心。那是谁人啊，沉冤消散重见日月；那是谁人啊，戒骄止奢重安其职；那是谁人啊，涕零戴德歌咏传颂……你看啊，你看啊，驱散了那黯黯阴霾，显现出来湛湛青天，我们召伯啊，普佑着召南大地，和煦着世道人心。

那是谁人说啊，那是在一个东风送暖的春天，坚冰消融、河溪潺潺，棠花如雪初发黄蕊。一路遥来栉风沐雨，那召伯啊，停驻休息甘棠树下，搭棚过夜不占民房，体恤疾苦不扰百姓，德政教化听讼决狱，排忧解难如降甘霖。棠梨碎花洁白美丽，一朵一朵甘芳宜人，如那召伯厚德啊，听任着岁月流逝，不言自成蹊，那是苍生不息的感念，一年一年绽放来报春。

那是谁人说啊，那是在一个南风夜起的夏天，小麦覆陇、灿灿金黄，棠叶如翠生机盎然。一路迢迢跋山涉水，那召伯啊，停车休憩甘棠树下，荫浓风清倾听民声，心怀仁惠布泽百姓，教化广施明于南国，排患破困如降甘露。棠梨叶繁碧绿葱郁，一片一片甘香清幽，如那召伯伟绩啊，听任着光阴流转，不言自成行，那是苍生不已的怀想，一年一年盛茂在炎夏。

那是谁人说啊，那是在一个金风送爽的秋天，碧空高远、白云轻

淡，棠果如珠累累满枝。一路远来风尘仆仆，那召伯啊，止马暂歇甘棠树下，绿荫为盖微风清凉，决断如流为民解忧，文王仁政德及召南，排危除害如降甘泽。棠果圆润深褐泛紫，一粒一粒微甘酸醇，如那召伯丰功啊，听任着时光流散，不言自成径，那是苍生不止的眷恋，一年一年绚烂于金秋。

叶是你故事，果是你传奇，寒风中挺直肩膊，大雪中伟岸屹立，那一株甘棠啊，传颂在水村山郭，传颂在大周王朝巍巍殿堂。

风是你行吟，云是你脚步，胸怀在高远苍穹，深情在丰厚沃土，那召伯治政啊，传扬在周原召南，传扬在大周社稷万里山河。

经冬历夏，秋去春来，召伯啊，治理着南国大地教化向善，赢得了万千生民赞美爱戴。召伯啊，如那春风啊，吹绿了召南大地；像那雨露啊，滋润着苍生厚德；似那滚雷啊，唤醒了百姓仁义；似那暖晖啊，照耀着世上民心。

那株甘棠啊，是在驿道旁边，是在渡口侧畔，是在苑囿之中，是在社庙前方，遗爱德泽生发，遍植在青山南北、大河上下。

那些百姓啊，是在东郭之郊，是在西邑之野，是在南浦之岸，是在北山之麓，歌咏召伯恩泽，传唱着千载德音、万古政声。

棠梨高大枝繁叶茂，不要修剪莫要砍伐，召伯曾经宿于树下。

棠梨高大枝繁叶茂，不要修剪莫损枝叶，召伯曾经休憩树下。

棠梨高大枝繁叶茂，不要修剪莫攀莫弯，召伯曾经停歇树下。

泽被召南绵绵，召伯听政树下，棠梨果实挂满枝头，无尽爱戴生于人心。爱敬甘棠根本，千万不能砍伐啊；珍爱甘棠枝干，千万不可毁损啊；爱惜甘棠花果，千万不要弯折啊；酸涩微甜的棠梨啊，成为百姓们心中甘芳至美。

召南大地知道，万千百姓记得，就是在那一株甘棠树下啊，召伯治政有方，仁德惠泽召南，爱民之人，子民终将恒久爱戴。匆匆流光白驹过隙，始终植根百姓心中，无论春秋冬夏，无论雨雪风霜，在熠熠辉光中指引着方向……

冷露点点欲为霜

***

召南·行露

厌浥行露,岂不夙夜?谓行多露。

谁谓雀无角?何以穿我屋?谁谓女无家?何以速我狱?虽速我狱,室家不足!

谁谓鼠无牙?何以穿我墉?谁谓女无家?何以速我讼?虽速我讼,亦不女从!

天色,将明未明,四野,冷露侵寒。
心头,忧急如焚,伊人,彻夜未眠。
那是谁人说啊,这是仲春时节的冷露,在周之召南,在这个季节,法令未婚男女可以自由相会,倘是女子已到婚龄还没夫家,路遇的男子可求与之相好,无故拒绝,男子可以告她不遵守法令。若是人心叵测,如何依礼卫护守贞女子?

那是谁人说啊,这是仲夏时节的冷露,在召南大地,在这个季节,一个强横的男子图谋聘娶一个已有夫家的女子,声声威逼狱讼官司来施压胁迫,女子据理力争断不屈服,恃礼自保无惧无畏,若是尊严不维,何谈谨守周礼唯礼至尊?

那是谁人说啊,这是仲秋时节的冷露,在甘棠树旁,在这个季节,一个女子夫家仪礼不备想迎娶,婚礼下达,不见纳采用雁,纳征完聘,不见入币纯帛,女子据礼不往,夫妇嫁娶,人伦之始,若是轻礼违制,怎能传家成业继续先祖?

那位女子啊,你究竟是遭遇了怎样的危情困局?那让你畏葸不前的湿冷露水,曾带给你怎样的难以消解的伤害?那让你望而却步的乡野道路,曾带给你怎样的心有余悸的梦魇?在那重重冷露之中,在那迢迢道路之上,你究竟是遭遇了怎样的一个男子?他是仗着仲春男女相会之令有所企图吗?他是凭着强力权势横行之法实施恶行吗?他是借着婚姻之名一礼不备少廉寡耻吗?

那天色啊,这样晦暗,不见光亮;那四野啊,这样风寒,凄凄露重。

那心头啊,这样焦虑,烈火熊熊;那女子啊,双目炯炯,期盼天明。

嘀啾叽喳,惊人心魂,那是什么鸟雀又在吵闹?那是谁人说啊,说那鸟雀没有生长伤人的利嘴?你看,那只气势汹汹呕哑嘲哳啼叫的雀鸟,不是正在猛烈地扑打着窗棂木牖?你听,那只咄咄逼人聒噪嘶哑鸣叫的雀鸟,不是正在凶恶地撕啄着屋檐茅顶?手颤抖,魂不宁,就像眼前鸟雀凶蛮横暴,那个男人恃强将人欺凌,坐端行正,天降祸灾,恶鸟无端穿破良家屋舍,那个男人有意毁损女子清贞!

窸窸窣窣,鬼鬼祟祟,那是何处老鼠又在打洞?那是谁人说啊,那老鼠没有生长伤人的利齿?你听,那只气焰嚣张跋扈飞扬噬咬的老鼠,不是正在凶悍地洞穿着房屋土墙?你看,那只肆意横行贼头贼脑啃啮的老鼠,不是正在残暴地洞破着四壁门墉?脚战栗,人不安,就像眼前老鼠凶悍狰狞,那个男人无礼将人欺辱,皎皎清白,蒙污受秽,恶鼠无故洞毁良家墉墙,那个男人有意败坏女子贞信!

冷露无声啊，女子忧思忡忡，五更黎晓啊，祈盼一轮红日升起东方。

暗夜终去啊，奸邪总会显形，甘棠树下啊，清正明辨一场是非黑白。

四海升平，谁不颂扬文王至圣，礼仪教化天下众生？召南老幼，谁不赞叹召伯仁德，断狱听讼昭彰天理？须看那周礼渐深人心，仁怀善行为世称道；须看那农桑日益兴盛，大夫庶民各安其责；须信那礼法护佑弱小，强横歹行受到刑惩；须信那日月朝暮悬挂，青天曝晒冷露消散！

水村山乡，郊野阡陌，那是谁人说啊，那个男子本已婚配成家，仲春时令强行不轨图谋女子，巧言哄骗将娶为妻，家有主妇何能双双正室，谎言难见日光，无耻滥行暴露，恶人反倒抢先状告，反讼女子不肯为妾，狱讼监牢，常人多惧，退无可退，宁为玉碎！

南郭东城，市集深院，那是谁人说啊，那个男子一贯恃强欺凌，女子已许嫁他人只是未成亲，男子欲谋霸占女子，聘娶不成又难搅散婚约，贼心怎会轻死，丑行撞上南墙，恶人告状原来气壮，反讼女子不守礼聘，狱案公堂，女子本畏，摆脱魔掌，唯有抗争！

冠带布衣，男女老幼，那是谁人说啊，那个男子本得女家许婚，婚姻聘娶原该准备六礼齐全，不是说物品多贵重，不是说雁礼多稀奇难得，那是诚挚心意，那是婚约信守，不备一礼强娶不成，女子严词反被诉讼，言狱言牢，恐吓威逼，女子守礼，无惧横暴！

驱雀除鼠，礼法有制，乱俗日衰，那贞信教化啊，日日更深入民心。

朗朗晴空，甘棠树茂，以礼自守，有女子长歌啊，表述着心志坚定。

鸟雀利嘴穿破房屋，老鼠利齿洞穿埔墙，女子清白守礼自坚贞，奈何露重风寒来侵袭，虽然蒙冤受屈，却是不弃操守，女子有节，相信那点点冷露自会消散，相信这悖礼乱行世上难容，望召公啊，主持公道，伸张正义！

谁说是女子尚且没有婚姻许配？已有婚约自当护贞行，世道人心正该循礼守法，为什么要将女子控告进监牢？谁说是男子没有成家尚不知礼？混淆是非啊颠倒黑白，欲图不轨强行逼迫成婚，凭什么要将女子诉告到公堂？

哪怕阴谋一时得逞，怎么能够束手就范，女子即使进监牢，即使世人不解忍辱受难，妄想无礼逼婚绝难办到！哪怕强横气焰遮天，女子即使上公堂，怎么能够屈服霸道，即使众目睽睽有所毁弃，企图违礼迫婚万难办到！

王畿之地，文王之道，召伯啊仁政贤德，召南啊广布教化，惩治奸邪励行礼仪，即或一时冷露重重，岂能抵得丽日清风？雀鼠男子一时作歹，岂能容他持续逞凶？在南郭东城，在水村山乡，在市集院落，在郊野阡陌，那冠带士族，那百姓布衣，那是谁人啊，在连连击节称叹，那是谁人啊，在声声赋歌传唱。

道路上露水湿漉漉，我岂不想清早赶路？奈何路上露水太多。

谁说那鸟雀没有长嘴啊？凭什么来穿破我的屋舍？谁说你还没有成过家啊？凭什么送我进监牢？哪怕你送我进监牢，要想逼婚是办不到！

谁说那老鼠没有长牙啊？凭什么来打通我的墙壁？谁说你还没有成过家啊？凭什么逼我上公堂？哪怕你逼我上公堂，要我顺从也是妄想！

你听，你听，普天下，遍四方，那民心所向啊，礼仪教化，国泰民安，吟咏那行露歌诗……

你看，你看，越千年，长流传，那如玉女子啊，甘棠树下，亭亭而立，闪耀着夺目光彩……

要留清白在人间

召南·羔羊

羔羊之皮，素丝五紽。退食自公，委蛇委蛇。

羔羊之革，素丝五緎。委蛇委蛇，自公退食。

羔羊之缝，素丝五总。委蛇委蛇，退食自公。

大周王畿，在那岐山之阳，在那河汉之间，这里是召南。

万里晴空，暖阳高照，迎面走来的，那是谁人啊，他身上穿着洁白羔羊裘皮，素丝缝就，针法精细用心。素丝羔羊，深意何在？为什么世人击节赞叹，为什么世人争相效法？

巍巍朝堂，大道直行，迎面走来的，那是谁人啊，他正从朝廷办公结束归来，节俭公膳，步履从容自得。退食自公，用意何在？为什么世人由衷赞美，为什么世人广为传唱？

那时节，羔羊与美德修养紧密联系；那时节，大夫官服之一是羔羊裘皮。羔羊的秉性温和，象征着如意吉祥，皮毛柔顺又洁白，寓意着德行高洁。

古圣九德修身，具有三德可以称为贤士大夫，冬日上朝理政，依礼身上穿着羔羊裘皮。讲究诚实仁厚又表里始终如一，才是真正君子，才会德配其位。那贤士大夫啊，修养德行高洁，追求清白奉公，为国效命尽心尽意，为民安身倾竭全力；那贤士大夫啊，在其位时谋其政，行为不偏又不倚，举止不过无不及。他进退合乎礼仪法度，他品性洁白德行纯正；羔羊裘皮毛色纯正，清白不染，就像那贤士大夫啊，清白节操，如同羔羊，世人赞扬羔羊裘皮，意同称颂大夫美德。

问询那洁白羔羊啊，有何美德？一说羔羊成群活动，不离同类。你看那君子啊，不会隐居洪荒，不会置身事外，就在家庭人伦里，就在君臣朝纲中，践履修养，完善自己。二说羔羊和睦处众，不结羽党。你看那君子啊，不争胜不恃强，不为私利结党，自身端庄行事，与人和谐相处，推己及人，厚德载物。三说羔羊跪受哺乳，杀之不号。你看那君子啊，一生保持仁德，始终守持礼义，非礼勿视勿听，非礼勿言勿动，成仁取义，正气浩然。歌咏那贤士大夫啊，德如羔羊！

那时节，素丝与品行处事相关相连；那时节，立德尚刚强而处事忍为贵。蚕丝柔韧和顺，意指行事需要谦忍，丝线洁白纯正，就像是那纯洁之心。

市井常有染坊，各色染缸众多，一束生丝雪白，一旦被染颜色，染于苍则苍，染于黄则黄，任凭怎样千般漂洗，再也无法恢复本色，徒然悲泣泪流，徒然感慨叹惋。人生本性良善，一如生丝洁白，倘若不慎受到污染，再难如初质朴纯洁，修养天性不受污染，长葆清白至臻至贵。素丝本色素朴而纯正，洁白清雅又坚韧柔顺，缝制羔羊裘皮衣服，珠联璧合、相得益彰，那贤士大夫啊，亦如素丝，身具纯洁谦和之德。

洁白丝线细密匀称，羊羔裘皮依规裁制，君子朝服，礼法有度，看得出用心谨慎，看得见行针讲究，两根丝线交错，又在两端打结，针脚形状细密美观，缝线结实牢固。羔羊裘皮有毛之面为皮，无毛之面为革，素丝缝纫从皮到革由外至里，羔羊皮革连接一起，依礼缝制贯穿内

外。羔羊裘皮，本质洁白柔顺，千丝万线，不改本色、清白依然。那贤士大夫啊，穿着素丝缝制的羔羊裘皮，他洁身自好不伪不虚，他言行一致、表里如一。

那时节，公卿士大夫入朝治政理事，膳食由朝廷按制度供应。一说是大夫膳食标准一日双鸡，一说是大夫公膳日常食用猪肉，每月初一供膳猪羊。

那时节，禽畜长得慢，按照时节喂养鸡狗猪羊，七十岁的长者方有可能食肉；那时节，庄稼产量低，按照时节耕种百亩田地，几口人的家庭才能不受饥寒。若是风调雨顺，五谷丰登，黎民尚可温饱；若是旱涝灾荒，争战频仍，或恐路有饿殍。公卿士大夫的日常公膳，对照百姓民众生活水准，显得非常奢侈，仿佛天地之别。那贤士大夫啊，他操守廉洁啊，他心有苍生啊，依照传统之令，尊重朝廷之律，自觉减膳以为节约。

是谁人说那贤士大夫退食，是因上朝公务，来不及回家吃饭，虽在朝公膳而减少公膳标准数量，节约俭省不胡乱浪费，更不苛求奢侈享受；是谁人说那贤士大夫退食，是在朝堂上办完公事，然后返回自己家中进食，节约俭省公膳花费。膳食自是小节细枝，彰显为官修德正己。那贤士大夫啊，减省膳食合乎制度，退朝进食合乎情理，他为君为民，他正直奉公，遵从王朝礼制，守护朝廷法令，树贤德大夫形象，是为文武众臣楷模。

那时节，大夫君子以礼修贤，体态端方、仪容温和；那时节，大夫君子依礼养德，矩步方行、安详从容；内心平和故自有所得，仪表雍容而步态优美。

那贤士大夫啊，身上穿着的是那羔羊洁白裘皮，内心修养的是那端方柔顺美德，他素心为公啊，他为君为民啊，自会降低公膳标准而就食，或者退朝回家而安然饮食。那贤士大夫啊，追求的是内心情志坚定，日常的节俭亦为正直，按照着礼规行事，修为着美好品德。他矩步从容啊，仪态端正而又美好；他温和自得啊，一言一行合于法度。因为内心里坚定公正无私，所以一举一动磊落光明，始终言行如一，引得世人长效仿。

那贤士大夫啊，他在朝廷恪尽职守，为国为民兢兢业业，处庙堂高位严于律己，在位谋政德位相配。朝堂政务结束，于朝公膳也好，回家吃饭也好，因已完成公事，神态悠然自得，步履安心从容；那贤士大夫啊，为召南家国富强，为百姓安居乐业，忠于职守竭己全力，方得以堂堂正正身居高位，德不离身举止合仪，他坚守清廉正直，他安步亦可当车，节俭公膳又顺从礼义，遵从志向而问心无愧，公正无私悠然自得！

羔羊和顺，素丝洁白，正宜君子，堪配大臣。那贤士大夫啊，穿着素丝缝制的羔羊裘皮，上朝办理公事，为君为国尽责。俭素在心中，服制形于外，贤能谦和，清白正直，这样的大夫贤臣啊，化文王之政，在位尽职守，若素丝羔羊，廉正而清白，怎不让世人击节赞叹，怎不让世人争相效法。

公膳合规，退食合义，君子端方，养心修德。那贤士大夫啊，为君谋为民计且克己奉公，退朝而后进食，神态温和从容，行端而步正，心平气又和，节俭廉直，清白自得，这样的大夫贤臣啊，守大周之礼，德高配其位，心中有君国，心中有生民，怎不让世人由衷赞美，怎不让世人广为传唱。

身上穿着羔羊皮裘，洁白丝线交错缝制。节俭公膳操守廉洁，雍容自得步履安详。

身上穿着羔羊皮裘，洁白丝线精巧缝制。雍容自得步履安详，节俭公膳操守廉洁。

身上穿着羔羊皮裘，洁白丝线细密缝制，雍容自得步履安详，节俭公膳操守廉洁。

　　听啊，召南大地之上，庙堂在传颂，赞扬家国安宁，大夫德配其位……

　　听啊，天下浩浩宽广，苍生在歌咏，祈愿江山永固，君子皆修贤德……

　　迎面，走来了，那贤士大夫啊，深明千古美德重，留下清白在人间……

听取惊雷第一声

***

召南·殷其雷

殷其雷,在南山之阳。何斯违斯?莫敢或遑。振振君子,归哉归哉!

殷其雷,在南山之侧。何斯违斯?莫敢遑息。振振君子,归哉归哉!

殷其雷,在南山之下。何斯违斯?莫或遑处。振振君子,归哉归哉!

大周王畿,召南沃土,东是列国,西有犬戎,南至江汉,北为豳地,大道迢遥,通向远方。

黄河奔流,南山之阳,春风吹过,夏雨倾落,秋色连天,冬雪飘飞,时光荏苒,相思绵长。

轰隆隆!是早春二月听取的第一声春雷吗?遥望天际处,一抹草色又泛青,而我,望断了这十里春风,望不见你那熟悉的车马。春寒料峭

中，凌乱了鬓边一缕细发，想起与你凭栏东风、细数桃蕊的那个春朝，你的笑容和太阳一样温暖啊，比太阳还要动人的，是闪烁在你瞳仁深处的脉脉火花。东风凌乱了鬓发，火花凌乱了心弦，在你的眼睛里，我羞赧的面容像不像桃树梢头的那一朵初绽，幸福着华年。

轰隆隆！是初夏五月听取的第一声夏雷吗？巍巍南山上，林木森森草葳蕤，而我，望断了这十里夏林，望不见你那熟悉的身影。夏暑蒸笼中，濡湿了额前齐眉黑发，念起与你低眉对言、红袖添香的那个星夜，你的呼吸和微风一样清爽啊，比银河还要璀璨的，是闪耀在你絮絮琐语的深深情意。细汗濡湿了额发，情意濡湿了双眸，在你的手掌中，我微凉的指尖像不像搔头斜簪的那一抹玉色，温润着时光。

轰隆隆！是浅秋七月听取的第一声秋雷吗？长亭古道边，是谁在执手依依，而我，望断了这十里秋水，望不见你那熟悉的面庞。秋意微凉中，霜染了几茎及腰长发，思起与你轻罗小扇、指看流萤的夜半月色，你的肩膊和南山一样宽广啊，比满月还要醉人的，是跃动在你温暖胸膛的有力心跳。微霜染白了长发，心跳染白了天幕，在你的脑海里，我无言的凝眸像不像暮色黄昏的那一缕炊烟，呼唤着游子。

一声惊雷，春秋代序，物候更易。你在的时候，任四季变换，任雷声滚滚，我心定神安。世间于我，至重莫过于你，你在家中，何惧那风云变幻；世上于我，至要莫过于你，你在身边，何恐那电闪雨倾。

一声惊雷，星移斗转，似水流年。你出行在外，那四季变化，多怕听雷鸣，我食寝难安。天际浩渺，你在何处奔波？我心挂牵，十分神思萦远乡；人世广阔，你在何方忙碌？我心牵系，百分情意怅遥遐。

一声惊雷耳畔震响，政令推行布泽四方，驱车策马，夙夜为公。召公信任，百姓敬服，你是召南荣光，怀远思亲，血脉相连，你是我的夫君。

即或是千里冰封，即或是万里雪飘，即或是大地川野唯余莽莽，即或是，即或是冬雷阵阵啊，长相思，长相思……

身负王命，重任在肩，那四方生民啊，广受教化。一声惊雷，不由我不想念你啊：你在的异地可也有春雨如酥，那春雨是否也滋润着耕耘希望的万千百姓？你在的异乡可也有夏雨滂沱，那夏雨是否也灌泽着茁壮生长的庄稼林木？你在的异方可也是秋雨绵绵，那秋雨是否也哺育着金黄火红的累累硕果？

普天之下，莫非王土，仁厚的夫君啊，恪尽职守。一声惊雷，不由我不思念你啊：乍暖还寒时候，你的春衫可还保暖御寒？临行灯下密密缝制的针脚可还结实？雨注肆虐的月令，你的夏衣可要清洁浆洗？采葛南山千丝万缕的纺织可还适意？户户捣衣的季节，你的秋服可需添绵缝絮？行囊包裹一衣一履的打点可还齐备？公务在外舟车劳顿的日子，一粥一饭，你是否好好地照顾自己？

雷声阵阵，震响在南山之南，这是春风又绿山河的早晨啊，东风含香，草色遥怜，杨柳如烟，紫燕也从南方双双归来。而你，为何此时离家出行，不敢稍有半点空闲？不能与我一日采桑植麻，不能簪我鬓边桃花一朵。似乎是刚刚才到达，转眼马上又要出发，采得园中青青葵，为你燃薪持作羹，来不及欣享家常饭，愿你记得举案深情。雷声啊，声声震耳，你的车马驰向远方。

雷声滚滚，震动在南山之侧，这是夏木荫荫可人的午后啊，南风覆陇，蝉噪林静，莲荷亭亭，黄莺也在枝上双双对鸣。而你，为何此时离家出行，不敢稍有片刻喘息？不能与我一日煮茶饮酒，不能拄杖青山白云深处。似乎是刚刚才回达，转眼立时又要上路，缝制衣履飞银针，为你寒暖护周全，千丝万线伴随你身，愿你记得意恐迟归。雷声啊，声声伤神，你的身影奔向远方。

雷声轰鸣，震荡在南山脚下，这是梧桐叶落知秋的静夜啊，北雁

南飞，持菊东篱，一枝画烛，螽斯也在窗前双双唱鸣。而你，为何此时离家出行，不敢稍有一会停歇？不能与我一日泛舟采莲，不能携手垂钓碧溪之畔。好像是刚刚才抵达，转眼即刻又要启程，手剥一捧青莲子，日日思君不见君，莲子清甘莲心微苦，愿你记得秋水望穿。雷声啊，声声入心，你的容颜隐没远方。

即或是千里冰封，即或是万里雪飘，即或是大河上下顿失滔滔，即或是，即或是冬雷阵阵啊，长相思，长相思……

无畏雷电，风雨兼程，我的夫君啊，诚信仁厚，奋发有为，为召南殚精竭虑，为召公推行教化。千言万语诉不尽，骄傲你的为国为民，自豪你的赤诚奉公，心疼你的不息奔走；万缕千丝念不完，也会怨你日久滞归，珍惜你的厚意深情，不舍你的相持相依。千忙万碌你为公，懂你心怀众生国家为大，不辞劳苦啊我不拦阻你；万思千忧，守望等候，可知日牵月挂，我在遥遥期盼啊，可知风雷滚滚，我在殷殷思念啊。

隆隆雷声轰鸣，隆隆震响在那南山之阳。为何此时离家出行？不敢稍有半点空闲。奋发有为的君子啊，归来吧归来吧！

隆隆雷声轰鸣，隆隆震响在那南山旁侧。为何此时离家出行？不敢稍有片刻喘息。奋发有为的君子啊，归来吧归来吧！

隆隆雷声轰鸣，隆隆震响在那南山脚下，为何此时离家出行？不敢稍有一会停歇。奋发有为的君子啊，归来吧归来吧！

一声惊雷，响震相思，一春又一秋啊，我在呼唤，你，归来吧，归来吧……

南山之南，雷声隆隆，一声又一声啊，我在呼唤，你，归来吧，归来吧……

梅子黄时惜春暮

* * *

召南·摽有梅

摽有梅,其实七兮!求我庶士,迨其吉兮!

摽有梅,其实三兮!求我庶士,迨其今兮!

摽有梅,顷筐墍之!求我庶士,迨其谓之!

一川烟草,半山风絮,微雨蒙蒙,梅子黄时。

那是谁人啊,放声作歌,那是谁人啊,倾诉心声,一歌一声,敲人心窗。

梅子纷纷坠落,树上还留下七成啊!有心追求我的人啊,莫要错过大好时光!

梅子纷纷坠落,树上只剩下三成啊!有心追求我的人啊,莫要再等趁着今天!

梅子纷纷坠落,拿着浅筐拾取盛放!有心追求我的人啊,莫要迟疑赶快开口!

那是谁人啊,独立溪头,那是谁人啊,恍惚追问,不是日前,还是亭亭玉立冰雪中吗?还是在枝头凌寒绽放吗?不是前朝,还在月下暗香浮动吗?还在花开一蕊报春吗?

犹记岁岁初春时节，一株梅花含苞欲放，小桥侧，溪河畔，疏枝清雅，不由引得世人追寻倩影。仿佛女子青春年少，不闻晨晓桥边琴曲弦情，不问星辉满天长笛传意，无忧无虑，爱笑多娇。或许是莫名期望一份无瑕美好，那时花开，堪折未折，几度夏去冬来，几度桃之夭夭，几度送别女伴身穿嫁衣坐上婚车，鼓乐欢声动地喧天。

再忆年年仲春时节，几树梅子青青如缀，黄莺啼，芳草远，杨柳依依，不由注目紫燕衔泥双飞。仿佛女子青春正好，怀着珍重深藏明媚鲜艳，怀着忐忑走向人间四月，时日匆促，平凡青涩。或许是无言期许一桩未明心事，倏忽无花，梅实堪摘，几度日升月降，几度溪河涨落，几度春日聚会见有情人相向歌唱，红尘世间缘分茫茫。

展眼当下暮春时节，梅子黄熟随风坠落，持为羹，捡做脯，池塘蛙鸣，不由怅然点点梅实散落。仿佛女子青春飞逝，难握时光如沙滑落指缝，难平眉角眼梢细纹渐生，风送孤寂，雨洒感伤。或许是无尽期待一张朴实面庞，风雨凄凄，黄梅坠落，几度俯身拾取，几度翘首期盼，几度若听脚步声近、若闻温暖声语，心上人啊在何方？

那是谁人啊，徘徊树下，那是谁人啊，久立黄昏，听风四起，不见了花谢花飞花满天，无觅那落芳成泥来护花，觅尽繁林，唯有绿叶荫荫实满枝，唯有梅子青黄新煮酒。

礼法有规，有那媒氏掌管万民，大凡男女，自有姓名都书写记录生日年月。平常人家，男子二十为初娶之端，女子十五许嫁而笄；婚嫁事大，男子最晚三十须娶，女子最迟二十须嫁，仲春时节，诏令尚未嫁娶的青年男女参加聚会，自由相会鼓励婚姻，相亲相爱不受礼法约束，若是无缘无故不遵号令婚配，依规将受罚惩。周礼之下，召南大地，世人广受教化，方有男女及时。春日又是飞逝，依旧孑然一身，花儿谢了明年还会再开啊，梅子落了明年还会再长啊，而不断流去的青春时光，如何能够追回。

那是谁人说啊，摽为坠落，梅媒同声，思及媒氏掌管婚姻，果实由盛而衰，犹如年纪渐长，一声摽有梅，几度感叹中，多少青春易逝的思虑。

那是谁人说啊，摽为抛出，仲春节令，男女欢会，女子若是心仪男子，抛掷瓜果表示情意，男子若有心则回赠礼物，果实为媒，便可缔结婚姻。

梅子坠落，感慨万千也好，抛出梅子，期望回应也罢，纷纷坠落的，抑或抛出的，哪里是甘酸的梅子啊，那是姑娘你啊热烈的等待，真情一咏三叹，叹年华流逝空扼腕，叹爱情久待不至，叹庶士何不来示好！梅子坠落，愈惜青春不再；抛出梅子，勇于追求真情。纷纷坠落的，抑或抛出的，哪里是酸美的梅子啊，那是姑娘你啊美好的向往，真情一咏三叹，叹春光明媚将消去，叹爱情甜美无缘受，叹庶士示好何来迟！

那是谁人说啊，庶为众多，庶士泛指众多尚未婚配男子，女子质朴无限纯真，正大光明征寻婚恋，聆听，姑娘清歌再三，催促呼唤有意男子：若是有心将其追求，相约吉期请快开口。千千万万男子啊，是谁有份爱恋的温暖真情，请上前来啊，明白告诉，风里雨里，你在等候，看啊，那梅子纷纷坠落。

那是谁人说啊，庶为平常，庶士即为一般普通未婚男子，女子明朗无比深情，以梅比兴可望爱情，聆听，姑娘清歌再三，勇敢鼓励有意男子，并非攀高只望真情，有心追求要快开口。平凡普通男子啊，只要有颗爱恋的真心就好，请上前来啊，明白诉说，人山人海，你在等待，看啊，那梅子为爱抛撒。

那是哪一年的暮春时节啊，那是哪一树黄熟的梅子啊，甘美清香，

饱满欲滴，阳光拂过，露珠吻过，在成熟时节，在枝头等待，每一阵风过，每一回雨落，仿佛都是声声呼唤，仿佛都是句句倾诉。看啊，看啊，有什么纷纷坠落，那坠落了一地的，不是梅子啊，是姑娘你那片片碎裂的真心啊，不然，为何会如斯疼痛，疼痛在心窝深处。

那是哪一位待嫁的姑娘啊，那是哪一刻的真情炽烈啊，一字一句，一节一章，对面男子，请看过来。在欢聚时令，在歌乐声中，每一个女子，每一捧梅子，当然都是初见情意，当然都是期约相守。看啊，看啊，有什么纷纷抛出，那洒落了一地的，不是梅子啊，是姑娘你那一颗坦诚的真心啊，不然，为何会如斯甜美，甜美在期待之中。

时光长河，人生代代，多少春怀，多少感念，在等待中谢落了花果，在等待中衰老了容颜，一任那时光悄悄滑过，几多人啊止是无语怅然，几多人啊止是痴怨泪落，好姑娘啊，你啊，你啊，抛掷梅子，别样不同，诉一曲真意如水澄澈，燃一捧真情如火灼热。

亲手抛掷黄熟，浅筐留下还有七成！有心追求我的人啊，莫要错过大好时光！

亲手抛掷黄熟，浅筐剩下只有三成！有心追求我的人啊，莫要再等趁着今天！

亲手抛掷黄熟，倾尽浅筐所有梅子！有心追求我的人啊，莫要迟疑赶快开口！

那一世，是你歌颂着纷落的梅子吗？是我无意曾经错过了什么吗？世上珍宝有价，人间情意难得，看啊，黄熟梅子，空空坠落，教人如何不怜惜！

这一生，你还唱着甘酸的梅子吗？是我心扉洞开忽然懂得了吗？世上时光难驻，人生青春易逝，看啊，清香梅子，深情抛出，教人如何不珍惜！

那等在季节里的容颜啊，愿你，愿你，已被珍爱捧在掌心，梅子黄时……

那守望着梅子的姑娘啊，愿你，愿你，终能收获爱恋回响，生生世世……

物换星移几度秋

***

召南·小星

嘒彼小星，三五在东。肃肃宵征，夙夜在公。寔命不同。

嘒彼小星，维参与昴。肃肃宵征，抱衾与裯。寔命不犹。

又是星光满天，问星辰啊，是从哪一年初始，闪耀在苍穹之顶。
又是匆匆赶路，叹夜行啊，是从哪一夕开始，奔波在大地之上。
当春寒料峭，冰雪初融之时，那是谁人啊，披星戴月行色匆匆。
当夏暑熏蒸，余热未消之时，那是谁人啊，风餐露宿昼夜兼程。
溪回河绕，残冰下春水渐涨。一段急湍，如附耳切切倾诉衷肠；一段缓流，似家人牵挂暗咽声幽。我知道啊，无论我在何方远行，一步步踏行的都是双亲的心上细弦。也想步步小心，也想时时在意，也想报声平安以免父母将心高悬。只是啊，公务急如星火，不得不千里星奔。夜色深沉，何处传来幽芳暗芬，是哪一株早梅悄悄绽放？白梅胜雪还是红梅似火？寒梅报春，今夜已然风寒霜重，不曾生畏；明日抑或黄昏风雨，了无惧色。风中雨中，蕊朵零落，行人踏过，碾作泥尘，但那清雅不消不散，香气依然如故。峰峻岭峭，远山遥遥，东风是否吹拂着家乡，梅花是否初绽西窗，天际小星光芒微弱，家中高堂是否安康？

村荒径寒，蔓草中虫鸣相应。一声春分，望春草萋萋连绵天际；一声夏至，看密林茂枝连理交错。我知道啊，无论我在何处暗夜，一天天走过的都是妻子的眼底长路。也想天天餐饱，也想日日羹温，也想报句安好以免爱人将眼望穿。只是啊，公务繁多忙碌，不得不迅疾星驰。夜色浓重，柳宿明亮闪耀天空，杨柳依依是谁南浦相送？村桥作别是谁不舍执手？杨柳春夏，今夜已是暖风熏人，野麦葱茏；明日抑将骄阳高照，渐黄覆垄。热风艳阳，枝条纷披，行人折过，多留离愁，但那青绿不消不减，翠色依然如故。牵马彳亍，前途迢迢，南风是否吹拂着家乡，杨柳是否掩映归途，天边小星光芒细弱，家中思妇是否惆怅？

长亭短亭，空山里鸟啼旷远。一音日暮，留夕阳残血染红西霞；一音月落，别玉盘隐没缓沉长波。我知道啊，无论我在何乡夜行，一里里迈越的都是儿女的岁月生活。也想一路护佑，也想一路庇翼，也想传语康健以免稚儿梦里呼唤。只是啊，公务迫在燃眉，不得不舟车星发。夜色沉郁，心宿光亮闪烁苍穹，血脉相连是谁早解思念？心意相通是谁早明牵挂？心炙暑夏，今夜已是露浸古道，湿透双履，明日抑又雷鸣殷殷，雨倾南山。心绪飘摇，长鉴星河，役人暂歌，一赋别绪，但那星躔位置永恒，指引方向道路。驾车辚辚，长途渺渺，热风是否吹拂着家乡，心宿是否洒辉庭院，天涯小星光芒细微，家中幼儿是否成长？

心宿柳宿，熠熠明亮，世间众人瞩目仰望，那是夜空路标，那是前行方向。我为吏官，公务在身，为王命奔赴四方，一如那小星，弱小黯淡，不息环绕大星运行。今夜，又在漫漫行程，你听，是谁在低低叹息，和着步履匆匆，伴着天际小星，走吧，走吧，天上小星围拥大星，

世上生活万千差异，这些是命中注定吧，这就是我的命运吧，夙夜在公，无休无止，旅途坎坷，与人不同。

又是繁星满布，问群星啊，是从哪一岁初始，闪烁在碧海青天。
又是忙忙出行，叹夜程啊，是从哪一晚开始，奔走在四野八方。
当天高云淡，雁阵南飞之时，那是谁人啊，星伴途路行色匆匆。
当朔风呼号，冰封山野之时，那是谁人啊，星挂长空昼夜兼程。
斗转星移，参宿三星真璀璨。一星送福，保阖家老幼幸福平安；一星兆禄，愿全族各户财源绵绵；一星祈寿，佑家乡大小健康长命。游子远役，心思从来牵系在故园。也想承欢膝下，也想守候双亲，也想问寒问暖奉汤奉药侍奉父母。只是啊，公务之责在肩，不得不原野星行。途路辽远，身上衣衫蔽我温暖，是那一方丝绵热在心窝，针脚密缝总虑迟迟难归。白露秋深，岁月流逝，生活节奏从未改变，日落星现，个中艰辛难为人言。家园田地，禾菽当熟，行人离远，谁来归仓，仿佛粥饭温香眼前，氤氲烟火升腾。参宿在天，将星晶亮，金风是否吹拂着家乡，稻谷是否充盈粮仓，天侧小星淡淡微光，谁在星下愧疚思念？

物候变换，昴宿壮丽真灿烂。白日愈短，正是秋去冬来冷寒。位值中天，一闪一烁降下瑞气，一闪一烁呈现吉祥，一闪一烁赐福人间。吉星高照，眼眸向来凝聚家园。也想携手劳作，也想共话桑麻，也想一茶一酒一琴一歌举案齐眉。只是啊，公务之职在身，不得不长道星驾。旅途久远，脚下鞋履护我周全，是那一方布帛尺寸正合，底厚帮深总忧迟迟不归。小雪明朝，节气更易，人生常态从未变化，月明星稀，个中滋味难以言表。家园房舍，户牖当掩，离人久行，谁来修维，仿佛炉火焰红身旁，柴木烟香弥漫。昴宿在天，吉星高照，北风是否吹刮着家乡，簪钗是否长挽青丝，天幕小星浅浅微茫，谁在星下深疚相思？

四季循环，参昴由东到正南。仲冬寒彻，静夜马疾回响古道。谁人奔走，敲醒枝头鸟雀甜梦，敲震悬崖百丈垂冰，敲碎时日无声消散。星空壮丽，又是一年新春将至。也想教子育女，也想教诲谆谆，也想陪伴牙牙学语梳理垂髫细发。只是啊，公务之任在我，不得不星野在途。严寒彻骨，想念稚儿睡靥娇憨，是那一双小手难舍难松，梦里呓语总患迟迟未归。冬至之夜，冰冻雪厚，人生旋涡无止无息，星象昭然，个中苦涩无以言状。羁鸟旧林，池鱼故渊，远役他乡，思家念亲，仿佛衾暖被温身畔，床帐犹挡风袭。参昴高挂，象征如意，朔风是否肆虐着家乡，儿女是否懂得孝悌，穹汉小星细小弱光，谁在星下欷歔念怀？

　　参宿昴宿，灿然醒目，世上民众注目仰视，那是碧空指向，那是家乡方位。我为吏官，公务难脱，为朝廷奔劳八方，一如那小星，细小黯晦，不停环绕大星周行。今夜，又在幽幽旅程，你听，是谁在悄悄慨叹，和着步履惶惶，伴着天边小星，走吧，走吧，天上小星围簇大星，世上人生尊卑悬殊，这些是命中注定吧，这就是我的命运吧，夙夜在公，不眠不歇，长路崎岖，难比别人。

　　岐山之阳，江汉之间，长路无尽迢远啊，行人匆匆，岁岁年年。
　　四海之大，天高地迥，人生倏忽短暂啊，东奔西走，南来北往。
　　夜空中小星点点，大象无形，交相辉映，恰似无语和鸣啊。尘世上吏官心曲，大音希声，辞酌句朴，正是怨尤所指啊。青天昭昭，小星晦明。听啊，听啊，谁人在诉歌着苦痛，谁人在应和着同情。
　　小星闪着微弱光芒，心宿柳宿出现东方。急急忙忙连夜出行，从早到晚勤于公务。这命运啊与人不同。
　　小星闪着微弱光芒，参宿昴宿出现天空。急急忙忙连夜出行，抛下温暖衾被床帐。这命运啊不如别人。

不要问我从何处而来，在那星空之下啊，何处都有像我一样，劳劳碌碌，为公奔波的人。

不要问我向何方而行，在那大地之上啊，何方都有如我一般，急急忙忙，踏星夜行的人。

仰望星空，脚踏长路，今夜啊，容我放声作歌啊，允我一笑，许我落泪。由我啊，由我啊，行行复行行……

但见长江送流水

***

召南·江有汜

江有汜，之子归，不我以。不我以，其后也悔！

江有渚，之子归，不我与。不我与，其后也处！

江有沱，之子归，不我过。不我过，其啸也歌！

日暮黄昏，长江滚滚，那是谁人啊，在岸边徘徊凝望，衣袂飘飘。

一帆远去，碧空影尽，那是谁人啊，在江畔伫立啸歌，动人衷肠。

你是谁家女儿啊？朝气蓬勃，青春面庞，上衣下裳服饰齐整，长簪鬓钗用心理妆。江涛拍岸，你啊，宛若千万浪花中那盛开的一朵；斜晖映江，你啊，恰如满天晚霞中那嫣红的一朵。

风起萧萧，寒意四起，那远去的船帆带走的姐姐，穿着你为她裁就的华丽嫁衣，踏着你为她制作的舒适鞋履，佩着你为她缝合的精巧香囊。做了新娘的姐姐，容光焕发，眼波盈盈，多像那夕阳下的一株亭亭金柳，丰姿袅娜，娇羞美艳。

少小嬉戏，同食同席，血脉一族相连，姐妹情谊日深。八岁龆龀，初懂人事，姐姐许嫁远乡为人妻室，既定你会作为陪媵同往。岁月匆匆不再懵懂，每天忽然有了目的：采桑养蚕，每一片嫩叶都附着深情；抽

丝制帛，每一缕长绵都结着厚意；采葛南山，每一声笑语都姐妹应和；浣纱清波，每一曲欢歌都心有灵犀。为人主妇，主馈操劳，你是姐姐的左膀，你是姐姐的右臂。

献祭祖先，采摘荇菜，姐妹携筐同行，一簋一鼎态度肃穆庄重；学琴习瑟，曲乐礼仪，姐妹知音晓律，一音一谱自是山水相依；豆蔻年华，姐妹笑靥灿烂；及笄渐长，姐妹出入相随；二十成婚，准备姐姐远嫁妆奁，妹妹辛劳夜以继日，内衣外服长衣短衫，一尺一剪飞针走线；厚衾薄被罗帷床帐，多子多福装饰吉祥。星月当空，交相辉映，姐姐出嫁，你将随同，姐姐正妻如明月，你为陪媵是小星，媵婚礼制啊，是由婚姻缔结加强联盟，是为子孙绵延福享昌盛。

十里红妆，姐姐盛嫁，鸣钟击鼓，仪式隆重，那是谁人啊，双眸流波。

冬月娶亲，长亭酒浓，下车登船，风正帆悬，那是谁人啊，身单影只。

姐姐独去，长夜深沉时，可会思念亲人家乡，那时谁来慰藉？姐姐独往，春日凝妆时，可会登高遥望归人，那时谁来解馨？姐姐独行，柴米油盐里，可谙长辈食味，那时谁调羹汤？姐姐独前，日月年季里，可容远近亲疏，那时谁宽闲隙。

姐妹情重，媵辅助妻，谁在曼歌，谁在清吟，借北风强劲啊，那是谁人啊，在拜请传送心音。

长江还有岔流，那个新人出嫁，不再需要我了。不再需要我了，将来你一定会后悔！

长江尚有分流，那个新人出嫁，不再亲近我了。不再亲近我了，将来你我还会一处！

长江犹有支流，那个新人出嫁，不再理睬我了。不再理睬我了，将来你会长啸怀歌！

浓云薄雾，长江滚滚，那是谁人啊，在岸边徘徊眺望，衣衫单薄。

一帆远离，碧空影尽，那是谁人啊，在江畔站立啸歌，湿人眼角。

你是谁家妇人啊？十指尖尖，身形憔悴，瑟瑟怎敌料峭春寒，因何缘故鬓发凌乱。江涛拍岸，你啊，好像千万浪花中那飞散的泡沫；雾烟笼江，你啊，就是洲沚蒹葭中那蒙霜的一株。

风起萧萧，凉意袭人，那远去的帆船带走的新娘，穿着谁素手裁就的艳丽嫁衣，踏着谁巧指制作的新式鞋履，佩着谁灵透缝合的贴身香囊。青春出嫁的新娘，脸颊绯红，身影挺拔，多像那阡陌上的一棵茂盛新桃，灼灼花开，生机勃勃。

多年为妇，同枕同席，年少跟随执帚，为他笑颜舒怀。及笄之年，懵懂春怀，是为父母愁窘家计生活？是为他的谑笑一掷重金？岁月流逝再难追忆，人生初见怦然心动：一茶一饭，每一个碗盏都烹着意乱；一酒一炙，每一个杯盘都端着情迷；长画眉黛，每一声轻言都换来依恋；唇含朱丹，每一句细语都生出怜惜；为他妾房，侍奉周到，你是解语的鲜蕊，你是生香的暖玉。

四面来去，八方贩卖物产终为行商，看重利益自然轻视别离；欢聚岁渐，独守空舍夜听江潮涨落，一声一息盼归常生错觉；梦啼妆泪，面容黯淡光彩；年纪渐长，总恐节庆临至；为妇守家，一番心思亲附于他，为他捣衣为他赋曲。春衫夏葛秋服冬裘，舞低杨柳歌尽扇风；红泥火炉燃旺柴炭，盼星盼月盼他归还。小星微光，散落周天。他置妾侍，花落水流，一朝娶妻终离抛，你为妾侍小星落，行商弃妾啊，由来常见一如抛弃敝履，由来多遇好比抛舍旧衣。

十里红妆，新人娇艳，鸣钟击鼓，仪式隆重，那是谁人啊，再不见言笑晏晏。

春来娶亲，脍肥酒香，下车登船，风正帆悬，那是谁人啊，再不问

旧人音讯。

他这一去，夜寒露重时，可会想念热汤温茶，那时谁来捧上？他这一往，财帛金宝中，可会念及真心挚怀，那时有谁赤诚？他这一行，持家日常里，可会想起勤谨，那时谁来洒扫？他这一走，四季节庆时，可会思及往昔，那时谁来解闷？

以金置妾，商人终弃，谁在作歌，谁在唱吟，借江风强劲啊，那是谁人啊，在拜请远播心声。

长江还有岔流，那个新人出嫁，不再需要我了。不再需要我了，将来你一定会后悔！

长江尚有分流，那个新人出嫁，不再亲近我了。不再亲近我了，将来你我还会一处！

长江犹有支流，那个新人出嫁，不再理睬我了。不再理睬我了，将来你会长啸怀歌！

晨晓黎明，长江滚滚，那是谁人啊，在岸边徘徊远望，衣带随风。

一帆远航，碧空影尽，那是谁人啊，在江畔久立啸歌，感人肺腑。

你是谁家男儿啊，温文尔雅，四十出仕，上衣下裳服饰齐整，玉簪绾发高冠威严。江涛拍岸，你啊，宛若千重浪潮中那凌空的一波；紫阳照江，你啊，恰如满天朝霞中那辉煌的一抹。君侯去远，仕途困窘，弹着长铗，长啸作歌。

长江还有岔流，那个人返回了，不再需要我了。不再需要我了，将来你一定会后悔！

长江尚有分流，那个人返回了，不再亲近我了。不再亲近我了，将来你我还会一处！

长江犹有支流，那个人返回了，不再理睬我了。不再理睬我了，将来你会长啸怀歌!

羁鸟返林，池鱼归渊，出仕不顺，将要归隐，借晨风飒飒啊，那是谁人啊，在江畔长啸清歌。

暮色苍茫，长江滚滚，那是谁人啊，在岸边徘徊遥望，襟袖挥断。

一帆远逝，碧空影尽，那是谁人啊，在江畔怅立啸歌，湿人眉梢。

你是谁家男儿啊，加冠成人，身形伟岸，一支长笛曾赋款曲，一枚琼玖曾佩佳人。江涛拍岸，你啊，好像千重浪潮中那低落的一洄；烟波弥江，你啊，就是沙洲关雎中那哀鸣的一只；青梅去远，竹马折断，情长缘短，长啸成歌。

长江还有岔流，那个佳人出嫁，不再需要我了。不再需要我了，将来你一定会后悔!

长江尚有分流，那个佳人出嫁，不再亲近我了。不再亲近我了，将来你我还会一处!

长江犹有支流，那个佳人出嫁，不再理睬我了。不再理睬我了，将来你会长啸怀歌!

相爱相恋，阻隔重重，婚姻难缔，佳人远嫁，借夜风凉凉啊，那是谁人啊，在江畔长啸当歌。

滚滚长江，岔流汇合，那漩涡汹涌，有多少你我彷徨，一声长啸，那是什么已被惊涛淹没；滚滚长江，分流汇聚，那月华如水，有多少情思悠远，一阕长歌，那是什么却被夜色迷蒙；滚滚长江，支流汇注，那伊人去远，有多少聚散离合，一曲心弦，那是什么又被溯回咏叹……

滚滚长江，东流逝水，浪花淘尽时光沧桑，喜怒哀乐转头成空，青山依旧在，几度夕阳红，秋月，春风，古今多少事，都付波声中……

郊野人寂私语时

召南·野有死麇

野有死麇，白茅包之。有女怀春，吉士诱之。

林有朴樕，野有死鹿。白茅纯束，有女如玉。

舒而脱脱兮！无感我帨兮！无使尨也吠！

巍峨青山绵延天际，溪河环绕潺潺流淌，召南郊野，林木茂盛。

那是谁人啊，砍削了长棍尖尖，那是谁人啊，截断了竹竿成弓，一杆杆标枪从手中强力掷出，一支支利箭从弓中迅疾射出，掷中了天空飞掠的群鸟，射中了林野奔逃的野兽。那是英勇的猎人，奔跑追逐着猎物，不惧危险，不怕劳累，给族人猎来膏腴美味，给家人获取生计食物。郊野之民，依山为生，一年中四季田猎，猎回来飞鸟走兽，那血肉可食，那毛皮可衣，周全着家人温饱，老少都免受饥寒。听啊，那是谁人啊，正朗声高歌，飞土逐肉；看啊，那是谁人啊，又满载收获，欢乐而归。

满拉弓矢试射高天，那是谁人啊，期待一箭射落活雁作为礼物，前去求婚心仪的姑娘，只是，早春时节，长空尚无雁阵回还。

完好剥制獐皮当俪，那是谁人啊，希望使用獐皮作为纳徵杀礼，前去求婚心仪的姑娘，正好，大有收获，山中射猎獐鹿肥美。

南山半坡，生长白茅最为茂密，涉过早春深溪，登上险峻岭坡，那位猎人，前往割取白茅。白茅如筋而有节，可以用于祭祀礼仪，也可用作苫盖包裹。在祭祀大礼之时，祭品祭器垫放白茅，以示尊礼恭敬慎重。那个英勇的猎人啊，是个英俊的小伙啊，是个有心的男子啊，白茅神圣包裹俪皮，婚姻庄严表示诚意。

那是谁家的姑娘，仿佛去岁还是年幼垂髫，是那一夜春风吹拂吗？染红了姑娘桃花一样青春的面庞，挺拔了姑娘杨柳一样修长的身姿；是那一场春雨飘洒吗？唤醒了姑娘心底有所怀思的种子，萌动了姑娘眼里有所思恋的情感。春阳愈渐煦暖，百花绽放绿草清香，那是谁家的姑娘啊，灼灼照亮了英勇猎人的梦乡。

大山的儿子啊，风里雨里攀峰越岭，晨迎黎明夜伴星辰，追踪鸟兽矫健迅疾，捕获猎物供养家人。看啊，那胸膛多么宽广，那腰腿多么健壮，风来能挡风雨来能遮雨。那猎人小伙啊，成婚成家定是一位好丈夫，勤劳又可靠。

郊野的姑娘啊，风里雨里田野劳作，晨晓采摘日夕归晚，一菜一蔬持做羹汤，一谷一果奉养父母。看啊，那身影多么勤快，那十指多么灵巧，风起亦笑语雨落亦清歌。那郊野姑娘啊，成婚成家定是一位好妻子，宜室且宜家。

双双对对的青年男女，年年岁岁的仲春集会，那欢歌一声声入耳啊，那笑语一句句动心啊，收获了多少爱恋，成就了多少姻缘，心有所属，意有所钟，南山之麓，歌语表白，那猎人小伙啊，看上了郊野姑娘。

问那猎人小伙啊，割取白茅包裹獐皮，深情款款，手捧俪礼对谁人示爱。

问那郊野姑娘啊，止步回首飞红满面，含情脉脉，眼眸晶亮对谁人含笑。

是谁满腹忐忑啊，珍重奉上白茅獐皮，率性表达，诉歌那心底纯真情意。

是谁怀春思嫁啊，自然朴质不遮不藏，含羞微嗔，对歌那婚姻仪礼态度。

森林深邃幽静，那是谁人啊，砍斫着枝柯，斧头声声带着欢愉，精心选择朴樕小树，不能马虎，是要为那意中的姑娘啊，送上束薪之礼！束薪妻室，夫妻情固，勇敢小伙在准备婚姻聘礼啊，郊野姑娘啊，可否愿嫁？

郊野宽广辽阔，那是谁人啊，追逐着鹿群，猎歌声声流露欢乐，精心剥取制作鹿皮，鹿皮作俪，是要为那心上的姑娘啊，送上俪皮之礼！獐鹿同心，俪皮礼仪，英勇猎人思求美好的姻缘啊，郊野姑娘啊，是否允婚？

白茅圣洁挺立，那是谁人啊，在虔心割取，话语声声透着诚意，捆扎树枝包裹鹿皮，束薪俪皮，是要为那未来的新娘啊，送上婚姻聘礼！追求姻缘，主动示爱，率真男子来奉上求亲真心啊，郊野姑娘啊，能否答应？

那些宗族长辈，频频颔首，是满意媒妁夸奖赞说的自豪，还是满意少年健壮又懂礼？家中父母高堂，笑容满面，是欢喜送来束薪俪皮诚挚的心意，还是欢喜儿男英俊又知仪？一众姐妹兄弟，言语欢快是戏谑求亲猎人将要做新郎，还是戏谑小伙敦厚又大胆？民风就是这样淳朴，人心就是这样热诚，喜悦可以如此单纯，幸福本来如此简单。大胆示爱的猎人小伙啊，勇敢求婚的猎人小伙啊，喜气洋洋，脸庞红透，祝福啊，祝福啊，那郊野的姑娘啊，就要嫁给幸福了。

心怀爱恋虔诚，求聘有礼有仪，猎人小伙啊，爱上了郊野的姑娘，愿相守一生婚姻；心怀爱恋珍重，举止有德如玉，郊野姑娘啊，初尝着幸福美好，满含着似水的柔情。召南大地上，又将增加一户和谐美满的家庭，郊野山林中，甜蜜着一双终成眷属的有情人。

夕阳余晖金黄，西天晚霞嫣红，炊烟袅袅，郊野村庄多么温暖多么静谧，这方宗族先辈代代生活的召南沃土上，文王之道，礼仪教化深入人心，召公治政，生民百姓乐业安居，享受着川原山野的物产，享受着从容恬淡的日常。弦月升上柳梢，满天星光闪烁，风华年少，青春正好，那一声温柔的私语啊，任是无邪也动人。猎人小伙啊，郊野姑娘啊，一场爱恋，一番礼聘，示爱勇敢又主动，婚姻守礼而慎重，今朝啊，享受着亲人宗族的祝福，享受着两心相悦的甘美。

山高水长，四野清幽，谁说夕阳西下就会寂寂人静，那是谁人啊，相依相偎，长歌唱响撩人心弦，那青山绿水啊仿佛也在回声着爱意悠悠，竟是如斯妩媚，山水情深，请许那有情人一生岁月静好啊。

月映星辉，天地安宁，谁说郊野月升就会空旷无人，那是谁人啊，相亲相会，那轻歌浅诉心弦怦然，那夜空星辰好像也在回应着情话绵绵，竟是这样动人，星月情浓，请许那有情人一世爱恋甘美啊。

郊外山野猎取死獐，割来白茅包裹仔细。有位姑娘怀春思嫁，男子爱慕以礼导引。

森林砍来树枝束薪，郊外山野猎取死鹿。割来白茅捆扎包裹，有位姑娘美好如玉。

缓慢一点啊轻轻悄悄啊！不要扯动了我的佩巾啊！不要惊动了长毛狗吠啊！

听啊，长曲情深意浓，让那晚风也沉醉，让那王畿召南也展现出万种风情……

听啊，轻歌言真辞切，让那川原也旖旎，让那郊野山林也走入了千年传说……

十里红妆歌繁华

***

召南·何彼秾矣

何彼秾矣，唐棣之华。曷不肃雍？王姬之车。

何彼秾矣，华如桃李。平王之孙，齐侯之子。

其钓维何？维丝伊缗。齐侯之子，平王之孙。

大周王畿，青山连绵，峰峦叠嶂。衣袂翩跹，华彩夺目。看啊，人群潮涌，洋溢着满面春风；听啊，浓情诗意，唱响在天地八方。

召南沃土，黄河奔流，滔滔不息。十里红妆，鼓乐悠扬，看啊，奔走相告，喜庆了千家万户；听啊，欢歌笑语，祝福着王室喜事。

怎么那样华美秾丽，似那唐棣花开绚烂。为何气象庄重雍容？王姬出嫁车辆壮观。

怎么那样华美秾丽，如同桃李花开芬芳。平王之孙容貌姣好，齐侯之子风度非凡。

江河垂钓使用什么？柔韧细丝合成鱼线。齐侯之子门第尊贵，平王之孙出身高贵。

十里红妆，仪礼肃雍。那是谁人啊，在连连追问，多么引以为豪，一声一声，多么喜庆；那是谁人啊，在和乐作答，多么引以为傲，一句一句，多么欢悦。

看啊，追问有礼，声声画意，好像繁花盛放在春风里，和美着普天之下。

听啊，作答有仪，句句诗情，好像鱼儿游弋在春水里，和谐着率土之滨。

人流如潮，那是谁人在询问啊，何能如斯繁茂华美，花开芳菲秾丽绚烂。

熙熙攘攘，那是谁人在答语啊，唐棣之花春日盛放，理所当然不同凡常。

那是谁人说啊，唐棣属于郁李，那郁李实如樱桃赤红，花开单瓣千叶两种，单瓣多实，千叶花浓。唐棣花为重瓣，蕊朵极其盛繁，洁白美丽团团簇拥，充满活力生机勃勃，健旺丰茂令人击节，青春充盈让人叹止。唐棣之花，明媚了天地。

那是谁人说啊，唐棣是为栘，那栘树大圆叶弱蒂，无风叶动微风大摇，生于江南，长在山谷，凡花先合后开，唯此先开后合。树形端正树干高大，柔黄花序深红鲜艳，与众不同令人称异，非同一般让人仰止。唐棣之花，明艳了时光。

唐棣之花，当是盛放青山之旁，洁白皎然耀人眼目啊。

唐棣之花，应是盛放江河之畔，红艳鲜明灼人眼眸啊。

青山之旁，江河之畔，那唐棣啊，千载无语盛放，万朵纯美无瑕，始终浩繁茂盛，明媚着天地，明艳着时光。

人头攒动，那是谁人在发问啊，何能如斯肃雍和敬，气象庄严和鸣悦耳。

比肩接踵，那是谁人在答言啊，十里红妆王姬出嫁，车辆壮观浩浩荡荡。

那是谁人说啊，肃雍称颂妇德，那天子之女高贵姬姓，虽为王姬下嫁诸侯，犹执妇道，依礼守规。车舆服饰低于王后，不敢挟贵骄其夫家，遵循天地正道，持事心存敬畏，以礼自守修身谨慎，以礼自防威仪四方。肃雍和敬，教诲了天下。

那是谁人说啊，肃雍气象庄严，那高车骏马浩荡绵延，虽是送迎队伍庞大，犹遵和谐，举止合仪。身悬美玉行则鸣佩，升车则闻和鸾之声。和悬车前横木，鸾挂车架在轼，车马行进整齐划一，车乘铃铛悦耳和鸣。肃雍气象，教化了苍生。

肃雍之德，当是苍生瞻典之得，和德惠民敬德修身啊。

肃雍之貌，应是生民观礼之获，仪态肃敬品性和顺啊。

瞻典之德，观礼之获，这肃雍啊，千载传颂美德，万代修身齐家，始终和谐天下，教诲着天下，教化着苍生。

人声鼎沸，那是谁人在叩问啊，何能如斯华美光彩，如同桃李芳菲绚烂。

川流涌动，那是谁人在答话啊，郎才女貌风仪翩翩，平王之孙齐侯之子。

那是谁人说啊，平王是指能使天下太平、符合正道的天子，王姬当为文王之孙、武王之女；那是谁人说啊，平王是指周王宜臼，史书记载以孙女王姬下嫁齐襄公子；那是谁人说啊，平王是指成德之王，王姬下嫁统指王女王孙嫁与诸侯，能执妇道肃雍有德。

那是谁人说啊，齐侯是指能够治国强盛、安定太平的诸侯，齐侯之子当为这样的有德国君；那是谁人说啊，齐侯是指齐国襄公，史书记载为儿子迎娶平王之孙王姬；那是谁人说啊，齐是指妻，王姬下嫁诸侯之子为妻，不矜不骄遵妇德，恪守礼仪与夫齐体。

桃李芳华，王姬盛装美艳动人，齐侯之子风度翩翩啊。

桃李芳菲，王姬华贵光彩照人，齐侯之子风华正茂啊。

千里桃夭，李花雅洁，那桃李啊，千载绽放芬芳，万树缤纷美好，始终容端德正，执守着正道，恪守着礼仪。

人山人海，那是谁人在疑问啊，何能如斯强劲坚韧，河中钓出鱼儿肥美。

万头攒动，那是谁人在答复啊，水波长流鱼戏其间，细柔长丝合成鱼线。

那是谁人说啊，鱼儿多子多孙寓意着吉祥，钓获鲜鱼表示丰收有余；那是谁人说啊，鱼戏清波象征了夫妻恩爱，男欢女乐婚姻和谐美满；齐侯之子平王之孙，春风徐徐十里繁华，天赐佳偶琴瑟和谐，地设一双鸾凤和鸣。男婚女嫁，福荫了社稷。

那是谁人说啊，蚕丝做成的钓线象征着礼，意指男女关系以礼相求；那是谁人说啊，君王之言初出微细如丝，及其出行于外渐大似纶；齐侯之子平王之孙，春风骀荡十里红妆，从丝到纶蚕丝合成，两人成家子民众多，男婚女嫁，福泽了天下。

男婚女嫁，当是青春年貌相当，明丽鲜艳风华正茂啊！

男婚女嫁，应是门当户对匹配，缔结良缘婚姻美满啊！

合丝成纶，婚姻联结，那家庭啊，千载和泰安宁，万代繁盛壮大，始终幸福圆满，造福着社稷，造福着天下。

十里红妆，仪礼肃雍，那是谁人在连连追问啊，多么引以为豪，一

声一声，多么喜庆；那是谁人在和乐作答啊，多么引以为傲，一句一句，多么欢悦。

看啊，追问有礼，声声画意，好像繁花盛放在春风里，和美着普天之下。

听啊，作答有仪，句句诗情，好像鱼儿游弋在春水里，和谐着率土之滨。

怎么那样华美秾丽，似那唐棣花开绚烂。为何气象庄重雍容？王姬出嫁车辆壮观。

怎么那样华美秾丽，如同桃李花开芬芳。平王之孙容貌姣好，齐侯之子风度非凡。

江河垂钓使用什么？柔韧细丝合成鱼线。齐侯之子门第尊贵，平王之孙出身高贵。

正道之始，青山不老，千年绵亘，唐棣桃李，芬芳馥郁。看啊，世人传颂，洋溢着春风满面；听啊，浓情诗意，唱响着新人嫁歌……

王化之基，黄河不废，万古流淌，鱼游戏水，男婚女嫁，看啊，世代传扬，喜庆了户户家家；听啊，欢歌笑语，祝福着四海八荒……

葭浦蓬野唱驺虞

***

召南·驺虞

彼茁者葭，壹发五豝。于嗟乎驺虞！

彼茁者蓬，壹发五豵。于嗟乎驺虞！

青山绵延起伏，江河碧波粼粼，山清水秀，花繁果香，这里是大周王畿。

大地原平野旷，汀浦荇苇丰茂，鱼肥虾鲜，禽飞兽走，这里是召南沃土。

无论是东风送暖，春至召南，还是那南风热熏，夏来召南，在那洲沚之上啊，在那汀浦之中啊，无边蒹葭繁密茂盛，无际芦苇碧绿挺秀。碧水清幽，青草微芬，在那碧水之下啊，油油的水草间，一群又一群，首尾相连接，那是什么鱼儿啊，嬉戏正畅。暖阳当空，百草拔节，在那隰泽之中啊，密匝的葭苇间，一群又一群，三五相跟随，那是什么兽类啊，嚼食正甘。

无论是金风送爽，秋临召南，还是那西风渐寒，冬到召南，在那洲沚之上啊，在那汀浦之中啊，无边蒹葭泛黄转苍，无际芦苇花开胜雪。碧水清幽，鸟啼悦耳，在那碧水之下啊，繁密的水草间，一队又一队，

悠然相接喋，那是什么虾蟹啊，游弋正酣。红日当空，风徐草深，在那原野之上啊，繁茂的蒿草间，一队又一队，三五相跟从，那是什么兽禽啊，啖食正欢。

唱不完钟灵毓秀啊，召南大地，得享文王教化日久，歌不尽物华天宝啊，城邑郊野，生民百姓安居乐业。春夏秋冬，任四季循环，苍生得享生活温饱丰足，跋涉翻越，那山林川泽，规划整治皆是依时有序，悠悠天地之间，代代生民不绝繁衍生息。那是谁人啊，在俯首田间辛勤耕耘；那是谁人啊，在穿行林野英勇田猎。在汀野中，在山林间，万物不断繁育，万类不息生发。看啊，草木竞相葱茏，生机盎然欣欣向荣；听啊，远处隐隐有声，大兽小兽成群觅食。

召南大地兽众禽繁，川泽山林生长繁衍，日出而食，日落而息。礼制自有规定，百姓田猎有时，春蒐，夏苗，秋狝，冬狩，四时田猎，捕取兽禽，对于民生作用重大，对于家国意义深远。一是以羽皮为衣，以血肉为食，满足了士民生活需要；二是兽众会伤人，禽多会伤谷，为防止祸害需要猎捕；三是祭祀仪礼盛，血食不可缺，可作为供品荐于宗庙；四是宾客相款待，田猎有兽禽，深表主人的待客诚心；五是田狩可强身，儿男习演练，不忘武备英勇堪护国。

山川沃野，林密草深，生于斯，长于斯，这里有家园亲人，这里有笑语欢歌。

又是一季田猎好时节，看啊，看啊，飞鸟成群，走兽结队，数我召南富庶。

依然是四野葭深蓬密，来吧，来吧，节制合度，狩猎捕获，尽显男儿本色。

听啊，听啊，召南田猎，阵阵赞歌，唱响了郊野山林，唱响了大周朝廷庙堂。

听啊，听啊，吁嗟驺虞，声声赞叹，传颂在葭浦蓬野，传颂在天下四海八荒。

在这春夏之时，日丽风和，水草肥美，在那郁郁葱葱的芦苇蒹葭丛中，深藏着什么鸟雀兽群？在这秋冬之季，天高云淡，风吹草低，在那郁郁苍苍的高蓬密蒿丛中，深匿着什么飞禽走兽？葭浦蓬野，射猎犯豵，赞我驺虞，世间无双。

那是谁人说啊，那驺虞是指猎人，驺为日常饲养牲畜的人，虞为身披虎皮呼叫的人。那神勇猎人啊，悄悄地拨开繁茂蒹葭，轻轻地分开密布蓬蒿，弯弓搭箭，一发十二支，竟然射中五只野猪！好个神射猎人，射技如此高强，养育家中老小，安享衣食丰足，不愧是神勇射手，不愧是召南儿郎！欢歌阵阵，在为他唱响，赞叹声声，在将他传颂。

那片茁壮葭苇丛中，一发射中五头雌猪。哎呀，好一位神勇的猎人！

那片茁壮蓬草地里，一发射中五头小猪。哎呀，好一位神勇的猎人！

那是谁人说啊，驺虞是指司兽官，驺是指那天子之囿，虞是指那司兽之官。四时田狩，君主射猎，那司兽官啊，悄悄地拨开繁茂蒹葭，轻轻地分开密布蓬蒿，君主一发十二箭，射获五只野猪！好个司兽官员，管理恪尽职守，林囿多禽啼兽鸣，护我国中老幼，得享衣食饱暖，不愧是召南驺虞！欢歌阵阵，在为他唱响，赞叹声声，在将他传颂。

那片茁壮葭苇丛中，一发射中五头雌猪。哎呀，好一位天子司兽官！

那片茁壮蓬草地里，一发射中五头小猪。哎呀，好一位天子司兽官！

那是谁人说啊，驺虞是仁义之兽，体形如虎白毛黑纹，尾倍于身，不食活物不履生草，有德至信。感谢驺虞神兽，悄悄地拨开繁茂蒹葭，轻轻地分开密布蓬蒿，一发十二箭，大获五只野猪！好个仁义神兽，仁心护佑郊野山林众生，走兽飞禽得以孕育繁衍，生民长获衣食温饱，不

愧是召南仁兽！欢歌阵阵，在为它唱响，赞叹声声，在将它传颂。

那片茁壮葭苇丛中，一发射中五头雌猪。哎呀，感恩仁兽驺虞护佑！

那片茁壮蓬草地里，一发射中五头小猪。哎呀，感恩仁兽驺虞护佑！

听啊，听啊，吁嗟驺虞，声声赞叹，传颂在葭浦蓬野，传颂在大周四海八荒。

听啊，听啊，召南田猎，阵阵赞歌，唱响了郊野山林，唱响了天下朝廷庙堂。

万古长青，百世流传，声声驺虞，赞美不已，一说或是叹唱那神勇的猎人，一说或是叹咏那司兽的官吏，一说或是叹颂那仁义的神兽。驺虞去远，赞美长存，唱响了文王仁德教化，唱响了召公治政清明，福泽着代代百姓苍生，福泽着无尽山野林泽。看啊，葭苇蓬草，生生不已；看啊，豝豵成群，生生不息。

悄悄地，悄悄拨开繁茂的兼葭苇丛，那一群两岁的雌野猪，唼食正欢，嘘……

轻轻地，轻轻分开密布的蓬蒿草丛，那一群一岁的小野猪，嚼食正甘，嘘……

邶风

泛彼柏舟,亦泛其流。耿耿不寐,如有隐忧。微我无酒,以敖以游。

最憾是无双飞翼

***

邶风·柏舟

泛彼柏舟,亦泛其流。耿耿不寐,如有隐忧。微我无酒,以敖以游。

我心匪鉴,不可以茹。亦有兄弟,不可以据。薄言往愬,逢彼之怒。

我心匪石,不可转也。我心匪席,不可卷也。威仪棣棣,不可选也。

忧心悄悄,愠于群小。觏闵既多,受侮不少。静言思之,寤辟有摽。

日居月诸,胡迭而微?心之忧矣,如匪浣衣。静言思之,不能奋飞。

殷商旧都,畿分三国,在那古老朝歌的北面,封有一个小小的

邶国。

那里啊，巍巍青山起伏绵延，悠悠碧波日夜流淌，森森柏木，凌冬不凋，那是最好的造船材料，质坚耐水，树形端庄。

曾经还是现在，在那苍茫浩渺天宇的一隅，有一叶小小柏舟泛流。

乘坐在一叶柏舟，在那河流中漂荡，此时此刻，一任它随波逐流吧。并不是想要到什么特定地方，也不愿去想将要漂向何方。虽说是河流阻隔的地域，乘舟驾船也是世间寻常，何况柏舟泛流，四下山水风光，本来尽是赏心悦目，本来应是养性怡情，然而啊，为什么，为什么我的心绪如此起伏动荡？

究竟啊，到底有多久长时日，暗夜总是难以入睡，耳朵如同受着火烧的苦痛。世人都说耳朵发烧或是有人背后诽议，又是那些小人在无端妄言造谣吗？固然如同那森森柏木，怎么抵得过众口一词，时间一长，就是黄金也会被铄毁熔化，何况他啊，他的态度又是如此晦暗不明。那些小人左搬弄右挑拨，暗箭支支难防，清白如我，何以自证？何以辩解？总不能四处诉苦，长夜漫漫，心里隐隐忧虑，如何安眠？

不是我没有美酒啊，醇酒易得，举酒欲饮，又有谁能懂得，这愁绪远比美酒更要浓烈绵长，如果醉去可以全然忘却，我愿长醉不醒，只是啊，如何能够忘却？痛饮美酒，丝毫无法消解心上忧愁，只有，只有这样，泛舟漂流。

水面如镜，倒映着蓝色的天空，几多阴云飘来，也映射在水面。是啊，一面镜子，什么样的东西都可以去照，它并没有感情；我的心啊不是这样，我有是非爱憎，容不下那污秽，纳不下那肮脏！我也有兄弟，不能指望倾诉解决困境，慌慌然急述说，碰上情绪愤怒，即或大闹一场，问题依然无法解决。即使我身陷孤立，底线必须坚守，执着绝难通融，生命如斯困顿，愤怒如火焚心，然而啊，琐碎唠叨，失魂落魄，不是我的品格。

湍急的水流冲刷着河岸，激荡着朵朵洁白水花，冲击摇动着大小石块，迸溅浸湿了我铺坐的席子。水中石头可以动摇，但是我心不是石头，不能顺着别人意思时转时变；身下坐席可以卷起，但是我心不是坐席，不能允许别人随便乱卷乱握；怎会畏缩？怎会退避？我自有我的原则啊，我自有我的尊严，心意坚定，不容阴谋，我有我的守护。

波涛激扬有声，柏舟弥散幽香。天苍苍，野茫茫，衣袂飞，眉梢扬。做事要有做事的规矩，做人要有做人的准则，任它狂风呼啸，我自威仪堂堂，任它阴云密布，我自风范凛然！

做事讲原则，做人求正理。受了几许阴谋啊，遭了几多算计啊，我的忧心难以启齿诉说，悄悄无声只有自己知道，人前不会失措惊慌。然而啊，越是这样平和安静，越是被那些人怀嫉记恨。遭遇悲伤已经很多啊，还要忍受如许耻辱！想起这些遭遇啊，令我激动愤怒。慢，慢，慢慢冷静下来吧，一想再想，止不住搥拍胸口啊，已是心扉痛彻。

仰望苍天，太阳早已西落，月亮被阴云遮蔽，天地间一片幽暗。太阳不再放射光亮，月亮也就跟着阴晦，谁来照亮前行道路？太阳啊，月亮啊，你们本来应该各行其道，一个照耀白天，一个照亮夜晚，一个接着一个晦暗无光，怎么能够这样糊涂！想起他啊，高高在上如日如月，他的态度如此晦暗不明。

惶惶难安，心中忧伤难抑，冷冷汗水如潮涌，濡湿透身上衣裳，这一刻火烧燎滚烫，下一刻冰冻彻寒凉，水深火热如何挣脱？扼腕啊，拊膺啊，贴裹着汗渍一遍又一遍湿透衣裳，黏腻憋屈难挨难受。焦心劳思，冷汗湿衣，心上身上啊憋闷又难受，这衣服冷湿啊，像极了裹住我心的隐隐忧伤。

天色愈来愈暗，远山苍苍，暮色茫茫，柏舟顺流漂荡。

那是什么掠过天空？原来一只白鹤冲天，振羽翩翩，自由翱翔。而我，如同关锁进笼中，无法挣脱羁牢。把酒当风，泛舟遨游，也终究无法排解那心中的忧愁，波涛动荡，舟头挺立，仪容庄严，凝重面对。

最是遗憾，没有一双洁白羽翼，我啊，我啊，不能高高飞起。

三千年弹指一瞬，我依然在，在邶风中唱着柏舟的歌，时光河流的岸畔，多少听歌的人击节叹惋，后来啊，后来啊，有人推测我是朝中贤臣，身陷泥淖悲歌离骚；有人推度我是婚变弃妇，遭受遗弃不甘屈服；有人推想我是美丽庄姜，心性高贵犀利刚烈。

邶地的风啊无止息地吹刮，几多时啊，几多人啊，暗夜中盼望着那无比温柔的黎明，我是谁人啊？谁人又是我？历史久远沉默，长歌永远传诵。

泛游那一叶柏木舟，也漂浮在那河中流。焦灼不安难以入眠，多少忧虑如在心头。不是我无美酒浇愁，不是没有地方遨游。

我的心啊不是铜镜，不能任谁都来照容。也有那兄弟和手足，可是不能用来依靠。赶到那里倾诉痛苦，刚巧遇到他们发怒。

我的心啊不是石头，不能任人动摇拨转。我的心啊不是席子，不能任人胡乱握卷。仪容堂堂端正庄严，不能退让自甘低贱。

忧思深重心中愁闷，遭受小人恼怒怨恨。遇到祸患已经很多，受到侮辱更是不少。静下心来仔细想想，梦中醒来捶拍胸膛。

那太阳啊那月亮啊，为何更迭黯淡无光？心中忧愁难以消除，如同汗湿没洗衣裳。静下心来仔细思想，没有翅膀不能飞翔。

最是珍贵，曾经的我歌挽着自己的不寐隐忧，后来的人听出了各自的心灵坚贞。生命河流，人潮起落，几多困顿，几多泥沙，难免迂曲搁浅，也有旋涡诡谲，携酒出游，淋漓长歌！泛流，柏舟高洁；为人，我心忠贞。高洁总是难免愠于群小，忠贞也会遇见日月迭微，委屈忧伤是赤子真情啊，柏舟泛流来击舷长歌啊，这诗，这歌，一代一代，一代一代，温暖着后人坚守者。

听，血脉深处，柏舟我心，不息泛流……

此恨绵绵悼绿衣

邶风·绿衣

绿兮衣兮，绿衣黄里。心之忧矣，曷维其已！

绿兮衣兮，绿衣黄裳。心之忧矣，曷维其亡！

绿兮丝兮，女所治兮。我思古人，俾无訧兮！

絺兮绤兮，凄其以风。我思古人，实获我心！

    春来，一枝繁花正好，明媚灿烂，而，平地突起，一阵风狂，朵蕊四散凋零。

    夏至，一树绿叶成荫，郁郁葱茏，而，刹那之间，一番雨骤，片片无声飘落。

    如春花，凋零了，如绿叶，飘零了，你啊，你啊。又是秋风起，又是凉气生，长夜漫漫，寒意入骨。自从你离开以后啊，再也无人，无人为我，披上一件御寒的衣服。

    月光下，长案上，你亲手缝制的绿衣啊，静静安放，绿衣犹在，伊人已去。一丝一缕，一针一线，当初你细致温暖的呵护，化成我今夜绵绵不绝的思念。

咏绿衣啊叹绿衣啊，绿色面子黄色衬里。我的心中多忧伤啊，什么时候能够停止！

咏绿衣啊叹绿衣啊，绿色上衣黄色下裳。我的心中多忧伤啊，什么时候能够忘记！

咏绿衣啊叹长丝啊，是你亲自制作缝衣。我的心中思念你啊，生时让我少犯过失！

粗葛衣啊细葛衣啊，衣襟在身冷风凄凄。我的心中思念你啊，确实唯你深得我心！

时光流逝，无声无息，失去了你啊，曾经以为忧伤总会慢慢平复，可是啊，今夕一见绿衣，痛楚无声卷土重来。无处言诉，无人可说，哀伤堆积在胸口，回溯往昔，滚泪悄然滑落。

房前屋后，曾经种葛葳蕤，曾经植桑丰茂。制葛为衣，养蚕成丝，一双素手，一笑温婉。你在，这个家里，兴旺又安宁。

灯影昏黄，时光从容，量体裁布，针脚细密，白针轻轻抿过鬓角青丝，你偶或抬头对我弯眉一笑，绿衣厚暖，岁月静好。恍惚中啊你仿佛就在眼前，忘情想要拥你入怀，不待伸手，化烟四散，化尘纷落。空空站立，我，埋首在烟尘里，无处取暖，一声轻啜。

绿兮衣兮，绿衣一物，两兮断开，如哽如咽。夫妻一体，相依为命，衣在人去，你啊，你啊，让我何以为依？忽然发觉啊，自你离去啊，生活已然不复完整。屋室有了破洞，冷风猛灌，也还能够修葺；心房有了伤洞，无着无落，唯有徒然叹息。明月长夜，短松低岗，无处话凄凉。

手指轻轻，抚摸绿衣，每一寸布料，每一个纽扣，每一处针脚，仿佛触摸到你温暖的肌肤，仿佛闻到你手泽的暗香，仿佛听见你低浅的叮咛。你去了哪里啊？你去了哪里啊？生离忍痛，死别犹苦，睹物让我坠

入伤感，思你让我悲痛欲绝，生前种种，铭心刻骨。而你啊，而你啊，竟然已经离我远去，竟然永远不再回来。这思念啊，如何能够停止！这忧伤啊，如何能够忘记！

虽是懂得，身为红尘中人，不免经受尘世之苦；虽是明晓，生在纷扰世间，注定承担生命之重。然而啊，回忆从前，琐琐细细，点点滴滴，平凡无奇；然而啊，到了现在，一颦一笑，问暖嘘寒，珍贵无比。曾经啊，我以为，来日方长，四季在交替轮回中循环，生活会一成不变继续，不变继续啊；曾经啊，我以为，我们会一起慢慢变老，两鬓青丝将渐渐落霜，渐渐落霜啊；曾经啊，我以为，待那秋风渐起，等那冬雪缓落，燃起一炉柴火，还会映红了两张面庞，两张面庞啊。

我知道肉体凡躯，难以并论日月山川，可是当初怎么会想到啊，你还未老，你还未老，一声戛然，就那样啊，就那样啊停在了生命尽头。你走了，你走了，留下我一个人吃饭，一个人穿衣，一个人继续生活。曾经啊，我相信自己能够顶天立地，柔弱的你依靠着我来照拂；现在啊，我方才懂了原来我们是相濡以沫，温良的你照顾我无微不至！想起贤淑的你啊，生前让我少犯了许多过失，现在和以后，谁来劝我做事不冲动，谁来慰我做人要守礼？

一个人啊也能吃饭，一个人啊也要穿衣，然而，今夜，看见绿衣，想起了你，想到一个人在这世间行走无依无傍的我，想起一个人在那黄泉再难相见相守的你，零落，泪飞，一如窗外不知何时开始的淅沥秋雨，滴落梧桐，滴残黄花。

世上万事，何为圆满？人间万物，何为美好？不都是因为能"实获我心"，你啊，你啊，深得我心，有你人间美好，有你世事圆满！然而啊，迟了，迟了，世上知己，向来最是难得，懂我的你，再也无处寻觅，一夕之间，生了华发。

从前啊，你我柴米油盐，不曾雪月风花，轻舞蹁跹。

现在啊，容我思念成河，穿着绿衣踏歌，为你低唱。

咏绿衣啊叹绿衣啊，绿色面子黄色衬里。我的心中多忧伤啊，什么时候能够停止！

咏绿衣啊叹绿衣啊，绿色上衣黄色下裳。我的心中多忧伤啊，什么时候能够忘记！

咏绿衣啊叹长丝啊，是你亲自制作缝衣。我的心中思念你啊，生时让我少犯过失！

粗葛衣啊细葛衣啊，衣襟在身冷风凄凄。我的心中思念你啊，确实唯你深得我心！

漫漫长夜，如何走过？听凭孤独深深，任由寂寞重重，我将不诉，我将不语，朱弦已断，有谁倾听。

一曲绿衣，绿兮衣兮，一声一声慨叹，绵绵哀婉无穷，字句短章，尘世甘苦，清泪千行，嘘唏长歌。

千载悼亡诗歌，绿衣开启先河。悼亡琴上，低抚悲伤。绿兮衣兮，声声叹息，哀哀相思，催红眼眶。

在那光阴彼岸，谁人深沉和唱，那是谁人啊，忘不了，凛凛凉风起，始觉夏衾单，岂曰无重纩，谁与同岁寒；那是谁人啊，淡不去，昔日戏言身后意，今朝都到眼前来。衣裳已施行看尽，针线犹存未忍开；那是谁人啊，长相思，原上草，露初晞，旧栖新垄两依依，空床卧听南窗雨，谁复挑灯夜补衣；那是谁人啊，长相忆，青衫湿遍，凭伊慰我，忍便相忘，半月前头扶病，剪刀声犹在银釭。

一生很短，很短，转瞬即逝，仿佛白驹过隙，多珍惜啊，多珍惜。

真情最长，最长，依依不绝，就像绵绵丝缕，长相忆啊，长

相忆。

　　邺土风寒,邺地雨凄,邺国的夜色深重,如果,离开的是我,你是否也会,也会拥衣而歌……

落花人独立　微雨燕双飞

*　*　*

邶风·燕燕

燕燕于飞，差池其羽。之子于归，远送于野。瞻望弗及，泣涕如雨。

燕燕于飞，颉之颃之。之子于归，远于将之。瞻望弗及，伫立以泣。

燕燕于飞，下上其音。之子于归，远送于南。瞻望弗及，实劳我心。

仲氏任只，其心塞渊。终温且惠，淑慎其身。先君之思，以勖寡人。

小小的邶国，三月东风已暖，燕子翩翩来归。

数不清几多年少男女，春日明媚，相逢相会，阵阵传送欢歌笑语。原野处处生机盎然，微风吹拂，桃李芳菲。

莫奈何一人黯黯忧伤，形单影只，踌躇徘徊，流云模糊青春容颜。

由来情深奈何缘浅，天高地迥，青草离离。

草木萌生，花朵绽放的春天啊；燕子南来，比翼双飞的春天啊。在春天，在春天，我深爱的你，就要嫁到远方，一双有情人，为何难成眷属，还要，还要忍受离别苦痛，从今以后，远山迢迢，远水遥遥，远乡渺渺。

心上人啊，相爱的时光里，你我盼着燕来春暖，你穿上亲手缝制的嫁衣，我牵着双颊绯红的你，礼乐声声，欣享甜蜜幸福。然而蓦然梦碎啊，心上的你，盛装华服身着嫁衣，送亲队伍身后逶迤。今日啊，今日啊，你就要远嫁他乡，遥遥望见红衣，深深刺痛眼眸，你再也不会属于我，我也无法随你而去。

天苍苍，野茫茫，双燕翩翔。多想扶持着车马，来送别你最后一程，可是我啊，终究不能靠近，卿泪盈，我泪盈，同心结，已难成。策马目送，从此天涯陌路，从此阻隔两端，心上的你，别后谁人会来怜惜？微风送来熟悉暗香，刺痛我的心房，世上太多太多束缚你我的东西，无法挣脱，身不由己。喧哗渐消，语声低去，热闹退去，离愁奔涌，心上人啊，为你泪落，为你赋歌：

燕子双双凌空飞翔，忽前忽后振翼展翅。心上的你出嫁他乡，一路远送送到郊野。倩影渐远遥望不见，我的眼泪如雨零落。

燕子双双凌空飞翔，忽上忽下扶摇适意。心上的你出嫁他方，一路远送最后一程。倩影渐远遥望不见，我自伫立哽咽无声。

燕子双双凌空飞翔，忽高忽低呢喃相语。心上的你出嫁他域，一路远送到那南地。倩影渐远遥望不见，我的心间充满悲伤。

双燕翩飞，自由欢畅景美如画，然而，我挚爱的你啊，一袭嫁衣去远。

去远了，去远了，你的倩影渐行渐远，渐渐朦胧隐没云烟，融入了紫岚中，湮没在青霭里。惆怅离情，林花匆匆，谢了春红，我自独立，风也萧萧，雨也萧萧。你我是殷商的子孙，你我是玄鸟的后裔，双燕永在这片天地振羽翼，斯情深婉斯人心伤断人肠。

掬一捧千古明月，挽一缕春秋清风，由来相爱易，由来相依难。燕燕于飞，泣涕如雨，我啊，你啊，长相别，难相离，难舍，难分。

一年又一年，一岁又一岁，年年岁岁花开相似，燕燕于飞，燕燕于飞。

一岁又一岁，一年又一年，岁岁年年离人不同，燕燕于飞，燕燕于飞。

那一年啊，那一岁啊，当邶国的歌谣，遇见卫国庄姜，心花漫天纷落，短吁又增长叹。

天人一样，世人仰望，美丽的卫庄姜，多才的卫庄姜，你的一生底色，如何会是不断失去再失去的哀伤？齐国公主出身高贵，美貌绝伦远嫁卫国，年轻时没有得到夫婿庄公的爱恋，中年时没有保住过继儿子桓公的生命，年老时没有守住情同姊妹的戴妫。你是庄公夫人身份尊贵，膝下无出没有一儿半女；庄公纳娶侍妾陈女戴妫，生下姬完送给庄姜作为养子，庄姜温厚视若己出，戴妫良善相随相伴，宫闱深深，雨雪风霜，半生厮守，相依为命。

如姐妹情深，如手足一心，庄姜戴妫宛然亲人，同心同德抚育儿子，庄公去世姬完继位是为桓公。暗流涌动，大祸泼天，庄公生前宠溺之子州吁，悍然杀死桓公自立为王。血淋漓，夜深沉，庄姜戴妫，凄凄惨惨，白首相对。

横行霸道，步步紧逼，断臂膀，斩根脉，那州吁啊，那州吁啊，悍然驱赶戴妫，遣送回去陈国。纵有心，也无力，四望天际苍茫，一辆小

车伶仃。

年年岁岁花开相似,岁岁年年离人不同,燕燕于飞,燕燕于飞。

命运多舛的庄姜啊,秀口一吐,再添新章,相亲不相守,声声嗟远送。

燕子双双凌空飞翔,忽前忽后振翼展翅。不舍你啊遣返归乡,一路远送送到郊野。身影渐远遥望不见,我的眼泪如雨零落。

燕子双双凌空飞翔,忽上忽下扶摇适意。不舍你啊遣返归乡,一路远送最后一程。身影渐远遥望不见,我自伫立哽咽无声。

燕子双双凌空飞翔,忽高忽低呢喃相语。不舍你啊遣返归乡,一路远送到那南地。身影渐远遥望不见,我的心间充满悲伤。

我的妹妹其心敦敏,心地可靠性情深沉。既很温和又很贤惠,淑德良善谨慎修身。愿你别后思念先君,切莫忘记姐妹情深。

蓦然回首,青春早已消失在遥远的寂静中。徒然叹息,寥落空寂难以让生活翩然起舞。花瓣飘落,微雨纷纷,怅然独立,泪歌燕燕。渐行渐远的你啊,过往岁月漫长,几多彼此相依,戴妫啊,妹妹啊,你是否听见,听见了我为你长吟离别?如果你闻声心曲,请回首一顾啊,枉凝愁眉,我迢迢送别何等挂牵;如果你泪流满面,请不要回头啊,怕你看见,我无语凝噎苦涩神伤。

戴妫啊,妹妹啊,这一去,不再见。此后,长思念,多保重。

戴妫啊,亲人啊,这一别,不再逢。余生,长牵忆,多珍重。

东风如旧轻拂,碧水满盈,相濡相守,人生聚散如浮萍,燕燕于飞,燕燕于飞。

残梦依稀难寻,长亭古道,伊人远去,唯见芳草碧连天,燕燕于飞,燕燕于飞。

靡不有初，鲜克有终，世间万事都有开始，鲜少能够终有结果。生命旅途，岁月长河，相爱与相亲，几多苦别离，有情人到了后来，几多难以白头，几多难以相伴。几多离别时分，几人泪眼相望，怕只怕啊，这一转身，将会穷尽余生的所有光阴。

　　一往情深深几许，愿天下有情之人，世上风景看透，真心真意长存留。

　　如果可以不离，多想问一声你啊，会不会展颜欢喜，欢喜两相依？然而，不能……

　　如果可以不别，多想问一声你啊，会不会选择留下，留下两相伴？然而，没有……

　　忍着无尽忧伤，不会开口问你，由来啊，没有如果，而我啊，相信你。

　　因为懂得，所以慈悲；因为爱过，所以感激；感谢上苍慈悲，曾许我深爱你，无缘执手偕老，长歌送你离去……

　　只是此时，燕子双双欢喜翩飞，我啊，我啊，再也无法停下泪滴……

谁教宝鉴在尘埃

邶风·日月

日居月诸,照临下土。乃如之人兮,逝不古处。胡能有定?宁不我顾。

日居月诸,下土是冒。乃如之人兮,逝不相好。胡能有定?宁不我报。

日居月诸,出自东方。乃如之人兮,德音无良。胡能有定?俾也可忘。

日居月诸,东方自出。父兮母兮,畜我不卒。胡能有定?报我不述。

大道迢遥,大道迢遥,彼一端是齐疆,此一端是卫土。
那一年啊,翻越了重重山岭,跋涉了道道川河,卫国啊,我来了。
那一日啊,拂落了仆仆风尘,更换了华美礼服,卫公啊,我来了。
我是高贵公主,你是卫国之君;我从齐国来嫁,你在卫地接亲;初见之时，举国欢腾，巧笑倩兮，美目盼兮，沿途百姓齐声赞美，歌唱声声响彻长空。你的眼睛，也已笑弯，一星小小火苗，从你的眼里啊，一下燃进我的心间。

众生叹我身材高挑，美貌绝伦；而我一派无邪天真，愿得你心。遇见你，嫁给你，无端变得很低很低，我啊，一直低到尘埃里去，心中却是如此欢喜，想要在尘埃中开出一朵花来，亭亭而立，和风习习，为你芬芳，为你摇曳。

冷雨袭过，霜雪层落，不承料啊，不承想啊，笑容转眼消逝，爱意轻浅浮散，空留我尘埃中，一朵花蕊萎枯，尚未绽放，业已凋零。

太阳温暖，月亮明媚，你我一国君王王后，原本应该如同日月一样和美，夫妻恩爱，相互敬重，一言一行为苍生做榜样，一举一动为生民做示范，国泰民安，其乐融融。即便啊，即便只为齐卫联姻，没有恩爱深厚，也要礼遇尊重。

轻慢如你，粗暴如你，自从你我缔结婚姻，枉我空为一国之后，不见恩爱，不见礼遇。你啊，接连不断迎纳新人，新人来到生子连连；你啊，不明不白冰冷待我，长年累月不睬不理。王宫深墙，百般愁肠，忍辱耻，人前无法说啊，又能对何人说？含羞惭，人后不能言啊，又能对何人言？天高地迥，日月相伴。

也许下，几多海誓山盟，只道铭心刻骨生生世世；也尽力，几多辛苦操劳，只思生活日常扶持相守；也感慨，几多韶华渐逝，只说人间寻常尘世琐细。

水枯石烂，是谁在指天信口而言，你啊，你啊，哪一句是真心，哪一句是假意？勤勉操持，是谁在夙夜料理内宫，我啊，我啊，哪一事有过失，哪一人不周全？红颜渐消，是谁在久久守候期盼？等啊，等啊，每一朝望日升，每一夕伴月落。遇人不淑，暗自嗟叹，爱源自心，心性

不定，情意怎托？人性浮荡，爱恋怎附？

一年三百六十日，细数日升又月落，心事如流水，带走着光阴，黯淡着故事，那故事中璀璨夺目的嵌宝明鉴啊，在尘埃里黯淡磨灭了灿灿光华啊，有谁来怜惜，又有谁在叹惋，宝鉴低落尘埃，徒留一腔悲切。

我是从故事中姗姗而来的公主，早已低埋尘埃；我是在现实中备受冷待的王后，怀着希望徘徊。一边长徘徊，一边空等待，惶惑忧愁，悲伤无边，只能啊，只能对着日月诉说心怀。

一年，两年，三年，一日复一日，日日空自嗟。

太阳月亮升降交替，光辉照耀下土四野。竟然嫁给像这样的人啊，不像从前那样对我。为何不能心性有定？难道不能眷我如初。

四年，五年，六年，一夜复一夜，夜夜枉长叹。

太阳月亮升降交替，大地才能生长万物。竟然嫁给像这样的人啊，不像从前那样爱我。为何不能心性有定？难道不能报我爱恋。

七年，八年，九年……一年复一年，岁岁徒嘘唏。

太阳月亮升降交替，每天升起自那东方。竟然嫁给像这样的人啊，不能信守夫妻誓言。为何不能心性有定？怎使得啊把我忘记。

青天在上，厚土在下，我徘徊在光阴中，等你在天荒地老，一天又一天，一夜又一夜，一年又一年，一岁又一岁。

等得春花繁盛，然后鲜花又凋零，那落了一地的蕊瓣啊，零落成泥踏作尘。

等得夏雷滚滚，然后暴雨也倾盆，那布了满天的阴云啊，压在心头难消散。

等得秋风萧索，然后白露又为霜，那枯了植株的百草啊，季节中结下种子。

等得冬雪漫天，然后滴水也成冰，那空了木柴的火炉啊，死灰冷寂不复燃。

世事伤心难料,齐卫本来距远,邦国友好互通婚姻,你我亦是遥不相识,在那一天,你我相见成礼,你我之间啊,曾经如此切近。是从哪天开始,你的眷顾消散不再?很近很近的你我,距离是比那从前还要更加遥远。

昔为典雅公主,生在泱泱齐邦,教学礼啊,教知仪啊,父亲母亲尽心抚育,珍爱宛如掌中宝鉴。女儿一朝长成,几多王公提亲,卫国来求,齐邦答允,远别父母我来嫁你,不持高贵,不矜美艳,愿得你心,白首不移。然而啊,纵使我低进尘埃,不见眷顾没有爱恋,徒然埋没深深尘埃,空余一怀荒凉。

岁岁年年,思念我的父亲母亲,思念我年少爱娇,无忧无虑的幸福时光。父亲母亲啊,为什么中途把我远嫁卫国?看不透人性浮荡,等不来心性有定,我纵有万千心伤,又与何人诉说,能与何人诉说?

日月落下,又从东方海边升起,东方海边,正是我的齐邦故国,太阳啊,月亮啊,祈请为我带去讯息,宝鉴低落尘埃,女儿思念故乡。

太阳月亮升降交替,自那东方每日升起。唤父亲啊呼母亲啊,爱我怎不爱护到底,人间世事何时有定?无情报我欲说还休。

时光如潮水落下,涤荡尘埃现宝鉴。那一日,你终溘然逝去,史书称你卫庄公;我也即将老去,世人名我卫庄姜。一生何长,一世何短,枉自嗟呀,几多荒唐,夫君无爱,育子无望,你啊,你啊,辜我负我。

太阳月亮升降交替,光辉照耀下土四野。竟然嫁给像这样的人啊,不像从前那样对我。为何不能心性有定?难道不能眷我如初。

太阳月亮升降交替,大地才能生长万物。竟然嫁给像这样的人啊,不像从前那样爱我。为何不能心性有定?难道不能报我爱恋。

太阳月亮升降交替，每天升起自那东方。竟然嫁给像这样的人啊，不能信守夫妻誓言。为何不能心性有定？怎使得啊把我忘记。

太阳月亮升降交替，自那东方每日升起。唤父亲啊呼母亲啊，爱我怎不爱护到底，人间世事何时有定？无情报我欲说还休。

什么是姻缘天生？什么是命中注定？不过是我动了心弦，你绝了情意；不过是我行得端正，你做得荒唐。也罢，也罢，长歌一曲日月，一字一句，一章一篇，遣怀，遣怀，从此海阔天空，再不允你浮生枉眷怀，再不肯低落埋尘埃。

如果啊，时光也能回溯，唯愿日月，女儿无邪，宝鉴明净，容我承欢膝下，终老不离故乡。

剪不断，理还乱，在心头

* * *

邶风·终风

终风且暴，顾我则笑。谑浪笑敖，中心是悼。

终风且霾，惠然肯来。莫往莫来，悠悠我思。

终风且曀，不日有曀。寤言不寐，愿言则嚏。

曀曀其阴，虺虺其雷。寤言不寐，愿言则怀。

  殷纣故畿，朝歌之北，这里是邶地。山谷间，丘陵上，旷野里，那大风吹刮啊，仿佛无止无息。

  今日大风吹刮，又急又猛。就像这狂暴的风啊，你也是来去匆匆，阴晴不定。想起那仲春和风轻柔，吹拂着草木嫩芽萌发，点染初春气息，女儿春怀谁不盼望遇上心上人啊，一场温和爱恋，一生和美偕老。为什么啊，为什么啊，偏我遇上大风吹刮，偏我遇上凶猛急暴。遇上了你啊，爱意生发萌芽，受着那大风吹刮。

  记得那天，也是刮着这样的大风。我和女伴，一同走在路上。一阵风狂，刮乱了我的鬓发，青丝在风中飘扬。擦肩而过的你，忽然回头观

望，半做真半做假，你嘻嘻笑着，说嗅到了发香，说生着这样青丝的姑娘，就是你的朝思暮想。

你的眼睛斜睨，像星星闪亮一眨一眨。平生第一次，我心跳得如此惊慌，半是欢喜半是忧。低眉不能言语，指尖也在微微颤抖，我是被谁施了巫法？你的嘴角轻扬，吐出一串一串的情话；你嬉笑伸手，摘去我发间风吹的叶芽。你是真心还是试探？但那一刻，我的心扉悄然开了，飞花逐迅风，为你。

遇见你之前，我的心是小小的城，从秋到冬，城门紧闭，静寂无声。

遇见你之后，我的心是小小的花，从春到夏，你来盛开，你去凋零。

是我，一往深情天真简单；遇你，不羁放浪如风善变。

今日大风吹刮，不停不息。就像随心所欲的风，你也是若即若离，游戏花丛。想起那三月春风煦暖，吹拂着桃李枝头花蕾，绽放春意盎然，女儿春思谁不盼望依偎心上人啊，一番温柔话语，一笑岁月静好。为什么啊，为什么啊，偏我遇上大风吹刮，偏我遇上卷土扬尘。遇上了你啊，爱恋含苞待放，受着那大风吹刮。

光阴流水，沦落无声。我在窗前等你，侧耳倾听每一声走过的脚步。腰间结系的一双长长绮带，无意间竟信手编织同心结，想起你的殷勤说笑，我的心花也怒放。编制同心结步步繁多复杂，翻转绮带却是成了相思结，想起你的若即若离，心中填满了忧伤。

一场情事，欢喜为你，忧愁为你。你和我，谁又是谁的错误？谁又是谁的过客？情窦初开，始于你的笑，不懂你的谑。你既始谑，何来怜惜？碰到血流，我来守候，为你，埋葬了从前的我，为你，从头重新再来过。落花有意，风过无情，狂风阵阵，动魄惊心。

如我，世上女子心多情，多情却被无情误，一入相思门，长饮相思苦。

如你，红尘男子多薄情，平生长恨欢娱少，取次花丛中，等闲心变却。

猜你是一时寂寞，想远离那寒凉；我却是动了深情，因此来了悲伤。

今日大风吹刮，扬尘满天。就像呼啸肆虐的风，你也是放任不羁，来去匆匆。想起那初夏南风热烈，吹拂着青杏日渐黄熟，甜香沁人心脾，女儿春情谁不盼望执手心上人啊，一曲琴瑟和鸣，一生地久天长。为什么啊，为什么啊，偏我遇上大风吹刮，偏我遇上阴天蔽日。遇上了你啊，爱思结果青涩，受着那大风吹刮。

暧昧的甜味，你精心制造，明知道假象短暂，我却甘心陷入你的网，不肯醒来，不信只是梦一场。暮色黄昏，双眉不展，望眼欲穿，总忍不住念及你的好。至少，请你记得，那一阵风过，我已经爱你到画地为牢。执念入心，无法抽身。

从前你的一语一言，一举一动，脑海中清晰重现。你曾欢喜前来笑得甜蜜，想要问问，你对我有多少真心实意？你当知道，我对你有多么迷恋依赖。灰霾黯淡的不只是天空，也是我郁积的沉重。你是像风一样的男子，忽来忽往，反复不定。我是病了，饮了你这碗药，想要遗忘，却失去力气，想要放弃，已心凝白霜。

你来，我倒履相迎。斜阳脉脉，碧水悠悠，望你归来绿窗人似花。

你往，我无计留驻。咫尺转身，已是天涯，千里烟波相逢太渺茫。

绵绵情思，我在思念。忧伤，逃不出思念监牢；徘徊，痴恋入骨最煎熬。

今日大风吹刮，雷声隐隐。就像这狂荡暴疾的风，你也是翻云覆

雨，反复无常。想起那秋来西风送爽，吹拂着田野黍稷庄稼，五谷丰登在望，女儿情思谁不盼望偕老心上人啊，一衣亲手裁缝，一饭温热守候。为什么啊，为什么啊，偏我遇上大风吹刮，偏我遇上阴云惊雷。遇上了你啊，爱情难以结实，受着那大风吹刮。

终日天阴大风，入夜风雨交加，久久徘徊，无望等待。落寞和衣半躺，躺下又辗转反侧，无法入眠，我心忧苦，神思不宁。起身挑亮青灯，忽然喷嚏连连，人们都说被人想念就会打起喷嚏，是你在想我吗？你还是爱着我的，对不对？

雷声阵阵，轰鸣惊心，暴雨如注，瞬间倾盆，涤荡阴郁尘霾，也算酣畅淋漓。情深情浅，你我一场，如果你还想着我，如果你也爱着我，请你坦诚相待啊，明白告诉我。爱你，我并没有理由；不爱，你也无需借口。我忍受着羞怯，忍受着嫉妒，忧心忡忡，纷乱如麻，我是病了。可我，还是忍不住思念你。

我在人群中见到你，从此多情如病，苦苦难医，思绪多于折藕丝。

你在人群中认识我，却是飘浮不定，渐远渐离，如霾如雨又如风。

终日大风，百花凋残。相见，山重水阔知何处；分别，山盟尚在泪成河。

大风刮起凶猛急暴，回头看我你冷冷笑。出言调戏傲慢放荡，我心苦痛实在悲伤。

大风刮起卷土扬尘，先前顺心你还肯来。别后你不来也不往，悠悠情意我思念你。

大风刮起阴天蔽日，忽晴忽阴地暗也昏。夜不成寐自言自语，愿你喷嚏知我想你。

天色晦暗阴云密布，雷声隆隆声声惊心。夜不成寐自言自语，愿你念旧也把我想。

天上四季大风吹刮啊,我不害怕;世人流言大风吹刮啊,我不畏惧。任它凶猛急暴,也有停息时候;任它阴云惊雷,也有散去时候却害怕啊,畏惧啊,你心浮荡不定,如同大风吹刮。

邶地的风啊,永无止息。我心碎落,瓣洒如雨。大风又刮起,你啊,到底在哪里,到底在哪里?

不知征战几人还

邶风·击鼓

击鼓其镗,踊跃用兵。土国城漕,我独南行。

从孙子仲,平陈与宋。不我以归,忧心有忡。

爰居爰处?爰丧其马?于以求之?于林之下。

死生契阔,与子成说。执子之手,与子偕老。

于嗟阔兮,不我活兮。于嗟洵兮,不我信兮。

大周王朝,桓王元年,所分封的诸侯邦国之中,发生了一场小小的战争。这是春秋时期的第一场战争,也是一场莫名其妙的战争。

卫邦风雨,暗流汹涌。卫君庄公的宠子州吁,悍然杀死新君桓公,弑君篡位,王位得来不正。那州吁啊,为了转移国人视线,就在这一年的夏天,竟然以问罪郑伯不孝的名义,派遣将军公孙文仲,率领一支卫国军队,联合陈国、宋国,还有蔡国,前去南方,进军攻打强大的郑国。

浩浩荡荡,黑云压城,四国联军一路向南,真的包围了郑国国都,围攻五天没有能够攻打进城,然后撤兵退去。到了秋天,四国联军卷土重来，又加上了鲁国羽父带来的鲁军，打败了郑国步兵，割取收获了郑地谷子，撤军归国。

虽然那州吁也算是打了一场胜仗，但是，卫人仍然不肯来拥护他。九月秋深，州吁终被卫人杀死，史称卫前废公。

春秋无义战。即使这场小小的战争只有短短的两个月，然而，对于那一场战争中的将士，却是拼尽一腔孤勇，生死难测。

擂动战鼓，响声咚咚震天，跳起战舞，兵器寒光闪闪。一场战争拉开序幕。

刀枪如林，人马严阵，我也是这出战队伍中的一员，跟随着我们卫国将领公孙子仲，踏上了出征遥远郑国的漫长路途。日光黯淡，前路茫茫，风沙漫天。

不是大周天子需要保卫，不是我们卫国有了危难，是那国君州吁手握朝廷大权，燃起战火，黩武穷兵。全国各地召集而来的戍卒，一批一批又一批，一批人留在了都城深挖壕沟，加强防守，防止别国来攻；一批人派到了漕邑修筑城墙，严密防卫，防备东边齐国偷袭。深挖土壕，高筑城墙，人头攒动，一片混乱，举国备战，人心惶惶。

无论是在都城挖壕沟，还是去漕邑筑城墙，都要黎明即起，忙到日昏，背痛腰酸，辛苦不堪。可我，真的是羡慕他们啊，毕竟还能留在故土，毕竟还能见到家人，虽然劳累疲惫，也算没有性命之忧啊。天啊，天啊，何其不公，派我异邦他国迢迢南征！不情不愿，背井离乡，远赴战场，生死茫茫。

战车辚辚，战马萧萧，战争启动巨大的旋涡，无边无际无法抗拒。
战鼓咚咚，战旗飘飘，无辜如我被席卷胁迫，无能为力无法逃脱。
长途跋涉，风餐露宿，一些人生病倒下了；军队对峙，血肉厮杀，

一些人受伤死去了。一声声苦痛哀呼，一张张绝望脸庞，都让我六神无主，心思恍惚；一天天向南行军，一次次拼死冲杀，更让我不能回头，沉沦愈深。

阴云密布，原野苍茫，几番血雨，几番腥风，那战马啊，遥遥哀鸣。

在哪里啊，我们的伤兵停留下来？在哪里啊，我们的亡者被埋葬了？在哪里啊，我们去找丢失的马匹？哎，就在那一片远远的树林，树木遮挡，林叶庇护，暂得修整，暂得喘息。

就在那山麓下面，生长着茂密的树林，地势居高临下能够看见远方，便于隐蔽有利防备敌人，大军营盘就驻扎在那里。我们的伤兵都在林中医治，死去的士卒被掩埋树后，战斗中失散的马匹，也会认路回到林里。去时鞍马别人骑，如果，如果有那一天，你来将我的尸骨寻找，那么，大概就是林下啊。

从前出战，都会发布战争结束日期，大概收割之前，将士们都能返回到家乡故里，可是这回远征，没有人告诉归家的期限。那是谁人倒下了？那是谁人血尽了？也许啊，我也不能活着回去了，一想啊，再也回不到故乡，一想啊，再也见不到妻子，心肝摧折，忧伤如焚。

四面风起，仿佛叹息，今夜，一曲歌哭，悲慨诉说，请你啊，为我啊，侧耳，倾听。

擂动战鼓咚咚震响，战舞跳起操刀持枪。国都控壕漕邑筑城，偏偏派我从军南征。

跟随着将军孙子仲，联合陈宋南征攻郑。没人告诉战争归期，心中苦痛忧心忡忡。

何处医伤何处安葬？何处寻觅丢失战马？将来何处来寻找我？就在山脚那片树林。

生生死死永不分离，曾经与你立下誓约。多想紧紧牵着你手，一起变老直到白头。

唉呀相隔太遥远啊，恐怕我们永不相见。唉呀离别太长久啊，恐怕不能信守誓言。

死亡的暗夜啊，随时都会把我吞没。也许，下一刻的流星，就是我在陨落。多想啊，我得能侥幸不死；多想啊，我还能返回家门。可是啊，战事狂潮，我挣不脱，离不掉。如果我再也无法回去，如果有一天将我找寻，我的妻啊，去哪里找寻我的尸骨啊，就来这山麓的树林里吧。

回首来时路，疮痍尽满目，战乱穷兵少太平，妻离子散家难全。

世间多无奈，苍生一何苦，君王黩武意不已，沙场累累多白骨。

妻啊，你我一场深情，无奈尘世残酷；你我誓言白头，不是我不守约，阔别你已许久。战争啊，不让人活下去，现在我回不去了，我失信了，妻啊，你能不能原谅我啊？

那一年，那一天，牵着你的手啊，年少的我，脉脉真情，许下了一生一世的诺言，仰望夜空，我思念你。明天，我还能活着吗？今夜，是不是我最后一次想你？死生契阔，与子成说。执子之手，与子偕老。

这一生，只求平安相守，布衣蔬食，牵了手的手，从青丝到白头，无可奈何，无可奈何，隔着战事残酷，生死两苍凉。

这一刻，依稀仿佛看见了你，不由伸出流血的手掌，我想啊，想紧紧握住你那温暖指尖，然后，一夜白头，地老天荒。

凯风寒泉七子歌

邶风·凯风

凯风自南，吹彼棘心。棘心夭夭，母氏劬劳。

凯风自南，吹彼棘薪。母氏圣善，我无令人。

爰有寒泉？在浚之下。有子七人，母氏劳苦。

睍睆黄鸟，载好其音。有子七人，莫慰母心。

  盼望着，盼望着，夏日熏风，和煦暖热，伴随季节轮转更迭，终于啊，终于从南方吹来了。

  北方，卫地，春日的东风啊，年年吹绿一川柳树依依如烟，岁岁吹红十里桃花夭夭灿烂。可是，在那向阳坡麓，在那田野地边，参差生长着的许多酸枣树啊，枝干黑褐，铁石一般，任那东风吹了又吹，总是难以吹绿啊。酸枣树仿佛是守护着一个秘密，耐心地等待着，等待着那初夏暖风，在某一个星夜，在某一个清晨，从那明媚的南方，姗姗而至。

  终于啊，终于等来了南风煦热，满蕴生机，满含活力，一阵阵吹拂，一阵阵催促，山野万物勃发生长，草木葱茏欣欣向荣。在那向阳坡麓，在那田野地边，参差丛生的酸枣树啊，也终于开始返青萌发，簇簇红色嫩芽，葳蕤初生，向着南风啊，热烈剖白一怀赤诚。

就像是那向阳坡麓田野地边的酸枣树啊，平凡一家生计艰难，上有长辈要日日奉养，下有子弱又嗷嗷待哺。一薪一柴啊，一羹一饭啊，母亲啊，是您胼手胝足；一言一行啊，一礼一仪啊，母亲啊，是您教诲不倦；全靠母亲辛勤操劳，受千般苦啊承万般累，守护扶持儿子们啊长大成人，就像啊，就像这暖热的南风啊，吹醒酸枣树啊，叶芽繁茂旺盛生长。

一年一年啊，每每天色未明，母亲已经点燃灶火，煮好早饭，家里每个人的碗中啊，都盛着母亲一棵棵亲手采来的野菜，虽是蔬饭俭朴，热气腾腾香气扑鼻，家人啊笑语盈盈。

一岁一岁啊，伴着东方日出，母亲已经采桑南亩，蚕种孵化，枝头桑叶肥大如掌，母亲背着竹筐穿行桑林，十指翻飞摘下一片片柔嫩碧绿，采回桑叶铺满竹匾，蚕食沙沙作响。

一天一天啊，不等日上三竿，母亲已经耕作田间，挖松土块拔除野草，俯身播下一粒一粒谷种；田地干旱，母亲汲取清泉，一趟一趟浇灌禾苗，蒙日照得水润，谷禾苗壮生长。

一夕一夕啊，随着太阳西落，母亲已经背负柴草，赶回羊群，羊羔跪乳饱足欢叫，母亲脸上汗水涔涔渗出，一天劳作头发凌乱身上蒙土尘，不歇不息，母亲曳柴点火烹煮晚饭。

一晚一晚啊，待到月亮升起，铺好床铺，安置我们妥当入睡，母亲拿出针穿上线，一件一件收拾缝补冬夏衣裳，皎洁月光透过窗棂啊洒在窗前，映照着母亲啊微微眯起的双眼。

时光一日一日缓缓流失，母亲一日一日劳作不休，我们一日一日渐渐长大。

南风暖热啊，满蕴生机，满含活力，一阵阵吹拂，一阵阵催促，山

野万物勃发生长，草木葱茏欣欣向荣，酸枣树林枝繁叶茂，树枝长成了可以砍下做柴薪。

儿子呱呱坠地了，永远温暖啊母亲怀抱；儿子牙牙学语了，字字句句啊母亲教导；三个月翻身，六个月会坐，十个月能爬，儿子终于迈出啊，第一次蹒跚跬步。母亲的亲吻啊，饱含着无尽的骄傲。母亲的笑靥啊，流淌着无尽的欢喜。

七个儿子啊相继出生，儿子们相互游戏玩耍，母亲啊谆谆教诲要长幼有序，兄长要亲爱弟弟，弟弟要尊敬兄长，慈爱的手掌，时时抚摸轻拍我们七人的肩膀。

七个儿子啊慢慢长高，儿子们与亲邻们相处，母亲啊不倦教导要待人厚诚，远亲要经常探望，近邻要抬手相帮，温和的话语，常常轻轻响在我们七人的耳畔。

七个儿子啊渐渐长大，儿子们能够放牧羊群了，能够背回柴草了，能够耕耘土地了，能够浇灌田园了，能够帮助亲戚邻里了啊。可是惭愧啊，我们七人没有能够成器成才，一报母亲茹苦含辛啊。时光一日一日缓缓过去，我们一日一日渐渐长大，母亲啊，母亲啊，一日复一日，一日如一日，依然劳作不休。

在那黎川左岸，相传禹王浚川，清冽寒泉啊，从那高高的土岗汩汩而涌出，自古至今啊，滋润着平旷肥沃的浚邑土地。掬一捧甘甜的寒泉水，慢慢喝完浸润我心田，感恩寒泉解除焦渴，年年岁岁滋养世人。

在这广袤卫土，处处听闻啼鸟，啾啾黄鸟啊，在那长空中碧天里翩翩飞翔。从春到秋啊，林木梢头啼鸣悦耳清扬婉转，耕作农人听忘了辛苦，往来行人听忘了疲累。感谢黄鸟消解忧劳，日日月月愉悦我心。

寒泉啊甘冽养人，黄鸟啊啼鸣悦人。养育了七个儿子的母亲啊，还是依然忙碌劳顿，一生辛劳的母亲啊，儿子七人已经长大，母亲您啊不要再操劳辛苦了,七个儿子不能成器成才,不能让母亲啊感到宽慰,难以抚慰母亲沧桑皱纹啊,难以反哺母亲养育深情啊,母亲啊,母亲啊……

夏日暖风,一阵一阵从南方吹来了,万物生长多么丰茂;寒泉甘美,潺潺清冽地下流出,生民百姓畅饮世代受益,母亲慈爱啊,养育儿子身心康健,我们七子啊,难以回报母亲大恩。母亲啊,您是唤醒儿子懵懂的和暖南风啊,母亲啊,您是滋养儿子心田的甘美泉水啊,因为有您啊,才有了儿子今世今生,今世今生啊,无以报答母亲恩情,母亲啊,母亲啊……

母亲啊,今天,七个儿子团团围在您的身边,您感到南风煦暖了吗,您看见酸枣成林了吗,您品到寒泉清甜了吗,您听见黄鸟鸣叫了吗。初夏美景清新醉人,母亲啊,您用一生辛苦操劳,养育七子长大成人,儿子们啊难报深恩,一曲凯风赋献母亲。

夏日暖风从南吹来,吹拂酸枣柔嫩树芽。酸枣树芽生长旺盛,母亲一生养育辛劳。

夏日暖风从南吹来,吹拂酸枣长成薪柴。母亲贤惠明理慈爱,我们不孝不成大器。

寒泉涌水清澈甘甜,自古汩汩滋养浚邑。养育儿子七人长大,母亲一生劳碌苦辛。

黄鸟啼鸣声声婉转,清脆好听悦耳动人。养育儿子七人长大,自责不能慰悦母心。

凯风自南来,寒泉浚之下,谁言棘心夭,报得母深恩。

听啊,听啊,七子长歌传颂深情,伴着南来暖热夏风。

君何淹留寄远方

***

邶风·雄雉

雄雉于飞，泄泄其羽。我之怀矣，自诒伊阻。

雄雉于飞，下上其音。展矣君子，实劳我心。

瞻彼日月，悠悠我思。道之云远，曷云能来？

百尔君子，不知德行。不忮不求，何用不臧？

卫地多君子，你啊，君子谦谦，我的夫君啊，几多世人将你赞美，德行高尚，仪表堂堂，文质彬彬富有教养。

静容修窈窕，我啊，淑女贤德，你的妻子啊，几多世人把我称誉，宽厚良善，风仪忧雅，温柔敦厚品行端庄。

君子配淑女，尘世美眷属，结发为夫妻，恩爱两不疑。你我朝夕相处，琴瑟和鸣，比翼偕飞，经历了柴米油盐的琐细平淡，承受了凡常生活的波折坎坷，几番冬夏，几番春秋，你我日益依恋。

你驾驶着马车驰骋，我安坐着相陪相伴，日光明亮，轻风吹拂，看那田野春光融融，看那山川秋色斑斓。花枝烂漫，你常摘取一枝含苞带露，簪上我的发鬓。我洗净了一双素手，调制一碗羹汤清淡，夜色如水，与你共尝，品那菜蔬夏日肥美，品那五谷冬夜温香。天心月圆，我常燃上一炉袅袅熏香，散着淡淡幽芬。旭日东升，你手捧书卷朗朗读诵，星悬西林，我燃亮灯光侧耳聆听；北地雪飘，我抚琴弹奏一曲阳春，南风熏热，你鼓瑟相和一曲白雪；东原竹海感闻涛声起伏，西窗寒梅慢煮酒醇氤氲，南塘采莲烹沸茶香四溢，北陂杏花寻觅枝头初红。

凉风刮起，满树木叶萧萧而下，寒雨连天，一丛黄花抱枝凋残。往日甜蜜点点滴滴，历历尽在目前，如今思念流淌成河，心头倍加苦涩。

国君差遣，接二连三，你为大夫，奔波连连。政事繁忙啊，公差劳碌啊，你天长行役在远方，我地久独守在家中。夫妻本为一体，久长离别阻隔。关上那雕花窗户，挡住一阵一阵的凉风，屋顶上重重碧瓦，抵住一场一场的寒雨，料料峭峭，淋淋漓漓，冷冷敲窗，冷冷敲瓦，若是那心中的风雨袭来了，除了你，夫君啊，谁能为我的天空遮挡蔽护？若是那心上的霜雪凝落了，除了你，夫君啊，谁能为我的世界消融冰冷？

庭院空空荡荡，屋宇空空落落，又一个黄昏，又一个静夜，漠漠漫长。

又是晨晓黎明，踏着青石苍苔，一步一步沿阶而上，都说登上高处能够望得更远，我来眺望天际远方，能不能望见你奔波的身影？能不能听见你车马的声音？

天穹高远，远山重重，寒烟笼水，枫叶渐染，望断山，望断水，总也望不到天际的归人。俯看山前，田间劳作的几多是妇孺，国中男子，多被差遣行役远离家园。听啊，听啊，那些妇人，那些孺子，唱着歌谣，思念亲人，述说着分别的无奈，述说着思念的哀伤。

恍惚之间，一只雄雉拍动美丽的双翼从眼前掠过，五彩羽毛光亮闪烁，长长尾翎神气鲜艳，啼唱鸣声忽高忽低，翩翩飞过高贵优雅。雄雉单飞，不见雌从，触目惊心，多像你我天各一方，山水阻隔影只形单。

我啊，愈发思念寄身远方的你啊。王命行役，身不由己，南北驱驰，东西奔命，触目是田园荒芜民生凋敝，多听闻男女怨旷悲声载道。我的夫君啊，依你品行，思乡念亲之外，会不会更生出对家国的深重忧患？

看那翩飞雄雉，羽翼华美，姿态优雅，振翅蓝天气宇非凡，纵声啼唱自由高贵，难怪啊，世上人们都说雉是耿介之鸟，常用雉的品性来比君子。我的夫君啊，你耿介正直君子有德，我作歌雄雉表达心曲，拜托日月，拜托清风，寄送给远方的你啊。

美丽雄雉翩翩飞翔，缓缓舒展它的翅羽。我在深深怀念夫君，忧愁你我天各一方。

美丽雄雉翩翩飞翔，鸣声起伏忽高忽低。诚笃忠实我的夫君，苦苦思念我心忧伤。

太阳月亮升起落下，我的思念深远绵长。路途遥遥极目渺远，夫君怎能回我身旁？

山阻水隔路途漫漫，行役跋涉时日久长。我的夫君啊，如那尘世间夫妻分隔的人妻一样，我也一样在思念着你，我也一样在挂牵着你。天冷时节啊，你身上衣物是否足以御寒？炎夏时日啊，你跋涉远道是否有溪泉解渴？公务忙碌啊，能否常有温热羹饭？车马载驰啊，有无驿站歇息安眠？日常攀山渡水啊，可有工具舟船？长夜漫漫啊，是否也会把我惦念？国事忧患啊，是否叹息行役不已？民生多艰啊，可又苦虑何术回天？

你我夫妻，向来不怀忌恨啊不贪名利，唯愿携手相依相伴，邦国无忧现世静好。

行役征调，几多夫妻离别啊海角天涯，日积月累悠远思念，男旷女怨家国难安。

想要问一问啊，那些大人君子们啊，诸位有多少如山奢望，诸位有多少似海欲求？名位之上更有名位高设，利禄多盈更生无餍无足。已是身居君子权位，修养德行本当为先，何不为苍生计谋，何不为家国分忧？诸位大人君子们啊，如果都能够这样，我的夫君怎能长久淹留寄身远方，良久不能归国返乡？诸位大人君子们啊，如果都能够这般，国中夫妻怎能久离别长思念，行役日减何人再唱民间苦怨？一歌啊，再歌啊，雄雉于飞，雄雉于飞，感慨日月流转，分离久长，路途亦遥，远役的人啊，何时才能回到故乡家园，何时才能回到亲人身旁，心中忧思源源不断，绵绵不绝不能停休，规劝啊，斥歌啊。

你们诸位大人君子，哪能不懂德行修养。如不忌恨不贪名利，因为什么还干不好？

美丽雄雉翩翩飞翔，缓缓舒展它的翅羽。我在深深怀念夫君，忧愁你我天各一方。

美丽雄雉翩翩飞翔，鸣声起伏忽高忽低。诚笃忠实我的夫君，苦苦思念我心忧伤。

太阳月亮升起落下，我的思念深远绵长。路途遥遥极目渺远，夫君怎能回我身旁？

你们诸位大人君子，哪能不懂德行修养。如不忌恨不贪名利，因为什么还干不好？

雄雉一歌成，口口争传唱，思亲时柔情似水，刚正时硬骨铮铮，有情有义啊有理有度，传遍了大河南北上下，传诵到天子巍巍朝堂，物换星移啊岁月更迭，隔着千载时光，犹在散着流芳……

雄雉于飞，雄雉于飞，都只为人间行役多离别，空留给亲人思念忧伤，都只为世上贪求名与利，让无辜生民常遭祸殃，那日月照耀大地，那相思无尽悠长，传过几世几代，犹在山河回荡……

且更从容来等待

邶风·匏有苦叶

匏有苦叶，济有深涉。深则厉，浅则揭。

有弥济盈，有鷕雉鸣。济盈不濡轨，雉鸣求其牡。

雍雍鸣雁，旭日始旦。士如归妻，迨冰未泮。

招招舟子，人涉卬否。人涉卬否，卬须我友。

济水汤汤，日夜不息，从那卫土西南发源，一路流向东南远方的大野泽。随着济水一同流去的，有那春夏秋冬的岁月时光，而那水流带不走的，是人间的一片真情。

篱架上面，爬满了葫芦长藤。葫芦藤上绽开了洁白花朵，雄花开了，雌花开了。一只细蜂飞过，一阵夜风吹过，小小的葫芦瓜啊，很快啊，将会挂上长藤篱架。抬手摘下一片葫芦绿叶，尝尝味道，已经开始粗涩变苦，不再像春天叶子鲜嫩时候，可以采摘当作菜蔬。不知不觉，夏天已经匆匆来到。

举步济水岸边，望一望那河水深浅，水位上涨，明显高过春日许多。济水虽然水深，但是设有渡口，舟船往来停泊方便。我，等你在渡口，这里没有桥梁，如果你前来啊，需要涉水过河，你看见河道中间的那一溜儿石头了吗？若是水深了，你就踩踏着那些石头慢慢过河啊；若是水还浅，你就挽起衣裳直接蹚水过来吧。

眼前济水，滔滔流急，知道啊，你要过来也许并不容易。婚姻感情也是这样，世人若要结成良缘，总是要经几番磨炼，历几番考验。如果你真的想要见我，当然要解决几多难题，自然会渡过浩浩济水，只要一腔真情，就会想方设法，任由水流深，任由水流浅，踩着石头也好，直接蹚水也好，不论怎样啊，你都可以过河，过来见我。

迎面吹来的风啊，渐觉凉爽。夏天暑气，已经到了尾声。山川田野，开始染了秋色。极目东畴，禾谷慢慢现出金黄丰收景象，放眼南亩，男女劳作收获累累瓜果菜蔬。篱架藤上的葫芦累累，大大小小，在风中轻轻摇摆，待到葫芦熟透，葫瓢中间已空，掐断蒂把采摘下来，制成器具盛放物品；行路之人也可摘来，几个葫芦拴在腰间，借助浮力，泗水横渡，又方便，又安全。

踱步济水岸边，再望望河水深浅，水满河床，水势更大，水流更急。济水虽然水满，但是设有渡口，我，等你在渡口。你看，河中间的那一溜儿石头，已经被淹没无法看见，如果你前来啊，需要驾乘着车辆。那车身高车轮大，虽然河水弥漫涨溢，还不能淹到车轴，你就可以渡河，过来见我。

济水岸边，水草丰美，树丛茂盛。凝神侧耳，母雉声声啼鸣正在呼唤远处的雄雉。渡口几人徘徊伫立，有没有谁像我一样，在盼望着，在等待着。心上人啊，想你挺拔身姿，想你温暖笑容。眺望四方啊，看不见你的半丝影踪，一望再望，望不到车辆横渡过河。你看啊，那渡河的

男女，来来往往，不息不停；你看啊，这渡口的侧旁，我在远望，盘桓等待。是什么延误了你的步履，是什么延宕了你的车程？

夜来秋风起，晨起白霜降。东边天空，布满绚丽夺目灿烂红霞，初升朝阳刚刚露出脸庞。一群大雁相互应和，引吭长鸣，展翅云端，排成整齐的人字雁阵，翩然飞向南方。心上人啊，你在什么地方？篱架上的葫芦藤已经干枯，成熟的葫芦，都已经摘收晾晒，几片枯萎的葫芦叶上，蒙着一层淡淡白霜。时序轮转，物候有节，弹指之间，已是深秋。

我在渡口，仰望高空。大雁候鸟，叶落向南方，冰融来北地，顺乎阴阳，往来有序；大雁只一配偶，一生不贰，缔结婚姻，须如大雁忠贞；婚姻贽礼，原本大夫用雁，士人用雉，庶民用布，因由士民百姓啊，无不重视婚礼，借用那大夫之礼，世人常用大雁纳采贽礼。你要记得啊，如果你家媒人前来，纳采提亲要带活雁，用为贽礼，吉祥如意。

秋天霜降时候，几多待嫁女子缝制完成陪嫁衣物，农闲时节，男婚女嫁正合礼制；等到河面冰层融化，春忙开始，婚嫁之礼就没有时间举行了。心上人啊，我亲手一丝一缕纺织布帛，也已经一针一线缝好嫁衣，如果你想要娶我为妻，不要错过婚嫁季节，在那河面冰层冻结之前，你就可以过河，过来见我。

日子一天天过去，河水日益冰冷，不能再踩着石头或者蹚水而过，需要渡河必须乘坐舟船。我在渡口，伫立风中。摆渡的艄公挥手招呼，过河的人们都已陆续登船。艄公再次向我挥手，示意渡河应该上船。忽然醒悟，红云飞上我的脸庞，艄公啊，载别人过河吧，我不过河，我不能渡河过去，一个女子怎么能贸然前去，失却了自重自爱，失却了规矩礼仪，我啊，等待着我的心上人，我的心上人啊，将会渡河前来，带着媒人纳采，带着大雁贽礼！

我在渡口，伫立风中，憧憬着，等待着。憧憬着来日的生活，男耕女织你我劳作，多子多福儿女成群，相亲相伴相依相守，一生和乐美满生活；等待着我的心上人，等待着你早日渡过济水河流，等待着正式的求婚礼仪，等待着隆重的婚礼典庆，等待着一生的相爱白头。

因为满怀憧憬，所以要更从容，心上人啊，你自然会懂得这一份深情，心上人啊，你是否已经整装踏上行程？你听，你听，那在风中缓缓传送的歌谣，那是我为你唱响的心声。

葫芦成熟叶子变苦，济水水深设有渡口。水深就踩石过，水浅就提衣蹚。

济水上涨水面茫茫，河岸雉鸟不停啼唱。水没涨到车轴可乘车过，母雉求偶啼鸣此起彼伏。

雁阵鸣叫相互应和，旭日初升早晨开始。男子若要迎娶新娘，趁嫁娶季河冰未融。

船夫挥手招呼渡河，别人坐船我不过河。别人坐船我不过河，我要等待爱人前来。

济水深，济水浅，心上人啊，若是爱恋，若有一天，愿有一天，你自彼岸渡河而来……

济水长，济水盈，春夏秋冬，星移斗转，我一直在，我一直在，我在此岸从容等待……

为谁零落为谁开

***

邶风·谷风

习习谷风，以阴以雨。黾勉同心，不宜有怒。采葑采菲，无以下体？德音莫违，及尔同死。

行道迟迟，中心有违。不远伊迩，薄送我畿。谁谓荼苦？其甘如荠。宴尔新昏，如兄如弟。

泾以渭浊，湜湜其沚。宴尔新昏，不我屑以。毋逝我梁，毋发我笱。我躬不阅，遑恤我后。

就其深矣，方之舟之。就其浅矣，泳之游之。何有何亡，黾勉求之。凡民有丧，匍匐救之。

不我能慉，反以我为雠。既阻我德，贾用不售。昔育恐育鞫，及尔颠覆。既生既育，比予于毒。

我有旨蓄，亦以御冬。宴尔新昏，以我御穷。有洸有溃，既诒我肄。不念昔者，伊余来墍。

摇着木铎，记录邶风，行走在广袤卫邦，那是谁人啊，聆听着爱恨情仇。

大河上下，太行西东，有几多悲欢离合，那是谁人啊，讲述着渭清泾浊。

天空中飘落凄凄寒雨，山谷中吹来阵阵冷风，四顾无依，道路泥泞。有一朵女人花，无声凋零，陷落泥淖。

山谷冷风飒飒地吹，阴云漫天寒雨冷透，这样的阴霾风雨，多像你狰狞的怒气，寒意从心头涌起，冷彻我筋骨缝隙。夫妻本是一体，自从缔结婚姻，到现在我还是一心一意只为你。为什么你眉毛横起一脸的嫌弃，一语未完就暴跳如雷，对我恶言又恶语？夫妻之间正该同心同德，不要发怒将我厌弃。田地里种植的蔓菁和萝卜，叶子和根茎是都可以吃，但是收获蔓菁萝卜时候，难道不是要采挖下面肥大的根块吗？没有谁会丢掉根茎只留叶子。就像娶妻过日子啊，不是应该求其贤惠好德行吗？妇德是根本，你不能只爱姿色不看品德啊。你我夫妻，当初你对我说过那样暖心的话语，"我愿与你同生共死"，难道你竟然全都忘了吗？这些年我与你共同经历多少患难，我们旧日的情意，我们美好的誓言，你怎么就能忍心违弃。

千般深情，万般厚意，如泣如诉啊我肝肠正在一寸一寸断去，跺脚的你眉头紧皱不发一言一语。怎么会甘心离开，为这个家里置下的一砖一瓦，添增的一桌一椅，背回的一柴一草，收获的一谷一米，似乎都在将我挽留，都让我难以割舍。我不愿离开，我的一切都在这里，可你竟会连轰带赶如弃旧履，毫无半点情义。被迫离家，我心神恍惚，慢慢地走在路上，步履沉重又迟缓。驱我离去也应该有送有别，不肯远送那就送近一些，但你勉强送到门槛那里，哐当一关将我扫地出门，真算是寡

情又刻薄。谁说那荼菜太苦无法下咽,以我此时痛楚,荼菜也味甘甜,菜苦怎比心苦!这边抛弃赶我走,那边你再结新婚,你们新婚多么快乐,举手投足欢天喜地,眼角眉梢柔情蜜意,你和新人是那样的亲密,就像是自己的手足兄弟。

你看新人艳丽嫌我貌丑,你说渭水清澈泾水浑浊,只为有了新人,你就说我不洁不美,如果不是渭水混入,泾水停止流动也是一清见底。受尽指责啊我不改变对你的心意,如果有一天你的心能平静下来,还会想到我的好处,你我夫妻还能破镜再重圆吗?这边抛弃赶我走,那边你再结新婚,你们新婚多么快乐,不顾念一点点往昔,对我不搭不理。不要到我的鱼梁上去,不要动我的捕鱼篓子,这些年胼手胝足,我曾在河上修筑了捕鱼小坝,也在缺口上放好了捕鱼竹篓,一点一滴操持好了这个家,你们现在怎能尽吃现成!夫妻啊本是鱼和水,世人也把丈夫比作鱼梁鱼篓,不管过去曾经多么辛苦劳作,现在我就这样被轰赶出了家门,哪里还有力气顾及那鱼梁鱼篓?自身尚不能被容留,又还有什么心思管理计较身后的事情。

就像是渡河,河水深急啊我就扎制竹筏制作木船摆渡过去,水流浅缓啊我就泅水渡河自己游泳过去,这些年这个家你和我遇到多少困难,不都是千方百计设法解决,桩桩难事啊我来咬紧牙关挺过去,不曾指天画地地怨憎,不曾声嘶力竭地责斥,只是真心诚意来和你好好过日子。无论家里有的还是没有的,我都努力去追求,桑树种起来了,蚕儿养起来了;屋舍修整好了,谷粱贮藏好了;布匹纺织成了,衣裳缝制成了;又筑上鱼梁,再编好鱼篓……你挺起了脊背,你脸上有了光彩,日子是一天天丰裕了,我还在辛劳日复一日。家里千头万绪,操劳是我本分,就是亲戚邻居家里有了凶灾难事,我都会竭尽全力前去帮助,我是这个家的主妇,当然要周睦亲戚乡党,处理好各方邻里关系。凭谁说啊,我的妇德也无半点亏缺。

我精心制作了美味的干菜腌菜，只为和你一起度过严寒的冬天；我一毫一厘积存了粮物储蓄，只为和你一起度过余生的日子。一边抛弃赶我走，一边你再结新婚，你们新婚多么快乐，回想起这些年来我含辛茹苦，原来你只是把我当作贫寒时抵御穷困的工具。我从不害怕辛勤劳作，只是多年来我受尽苦累啊，到现在你却对我怒气冲天又打又骂，就像那河水泛滥涨溢，狂暴又凶猛。多年来我修为妇德啊，现在你却不肯给我半点爱护，甚而把我当作敌人对头，忘记了为妻的恩情啊，没有了为夫的情义啊，也坏了夫妻相守要遵循的礼规。你对我的诚心美意不屑一顾置之不理，就像货物滞销无法卖出去。想起当年艰难我们共同经历，生计窘迫贫苦多么害怕陷入困境，现在生活处境已经好转了，你竟会一张口就把我比作毒虫，毒虫啊。

请你好好想一想啊，想一想往日的岁月时光，当初我们是曾经那样恩爱，啊，那样恩爱啊。

山谷幽深，大风吹刮，脚步何迟缓，千回更百折，吞声泣长歌，声声断人肠。

山谷大风飒飒吹刮，阴云弥漫冷雨凄凄。努力与你同心同意，不应对我发怒横眉。采挖蔓菁采挖萝卜，怎能不要它们根茎？夫妻誓言不要违反，我愿与你同生共死。

去路徘徊慢慢移步，内心矛盾不愿离去。不肯远送就送近些，勉强送我只到门口。谁说荼菜味苦无比，现在尝来甜如荠菜。你们新婚多么快乐，如同兄弟手足亲密。

和渭水比泾水浑浊，泾水不流也本澄清。你们新婚多么快乐，不念往昔将我嫌弃。不要去我的拦鱼坝，不要动我捕鱼竹篓。叹我自身不能见容，哪能顾及我走以后。

河深涉水难以渡过，撑筏划船摆渡过去。河水清浅险阻不大，泅水渡河游泳过去。不论家里有或没有，不论难易尽心操持。邻里有了凶灾难事，竭尽全力用心帮助。

竟然对我毫无恩爱，反而把我当作仇人对待。已经拒绝我的美意，好比商货无法卖出。从前生计唯恐陷入穷境，只我与你患难与共。家境已经越来越好，你竟把我比作毒虫。

我储存积蓄和腌菜，只为和你度过寒冬。你们新婚多么快乐，原来当我权宜备用。粗暴打骂是你对我，尽把劳苦留下给我。不想想往昔的时光，你曾对我恩爱深重。

山谷中吹来阵阵冷风，天空中飘落凄凄寒雨，道路崎岖，泥泞冰冷，四顾无所依啊，又一朵女人花，无声凋零，陷落泥淖。两姓婚姻，一堂缔约，男娶，女嫁，有几多白头偕老的铮铮誓言，有几多喜新厌旧的故事上演。

常说啊，女子如花，红尘摇曳，几番苦痛风雨，花谢花飞知为谁。

却愿啊，女子为树，立根青山，历经日月霜雪，犹自绿叶发华滋。

谷风吹刮，情已冷。寒雨淋彻，心已变。悲泣有何用，哀伤亦无补。从来无情啊，不似多情苦。惜花如女子，为谁零落，又为谁开……

卫邦广袤啊，连绵几多山谷峰峦。岁岁年年啊，生发几多悲欢离合。那是谁人啊，聆听着爱恨情仇。那是谁人啊，讲述着渭清泾浊……

百年光阴如蝶梦

* * *

邶风·式微

式微式微，胡不归？微君之故，胡为乎中露！

式微式微，胡不归？微君之躬，胡为乎泥中！

北狄不时驱兵来骚扰啊，南边齐晋又正在争霸，这一片土地啊，生灵涂炭。

朝中国君已几代昏庸啊，大夫王公沉醉于享乐，这一方百姓啊，税赋沉重。

仰望苍天，黯然沧桑啊，这里是卫国啊，为何连年劳役从无休止？苍天啊！

俯首叹息，吞泪声咽啊，我们是卫民啊，为何累岁服役从不停歇？叹息啊！

今天啊，是那一年三百六十日中，普通又普通的一日，平常又平常的一日，苦挣啊，苦熬啊，一样的服役，一样的劳作，一样的饥渴，一样的痛楚。

天还不亮，官吏们在大声叫嚷，驱使我们开始劳作，横冲直撞，气势汹汹。

日上三竿，腹内饥肠辘辘作响，背负石块举步维艰，饭食粗粝，不足果腹。

炎日当午，皮焦骨枯如被火烧，谷禾枯槁田野荒芜，农事疏废，心如汤煮。

斜阳半空，挖掘壕沟腰背痛折，抬起土筐脚步迟缓，思饮无水，唇舌燥干。

天色微暮，远山隐隐雾霭渐起，茅屋篱舍渐起炊烟，又见吏卒，呵斥挥鞭。

今天啊，春夏还是秋冬，没有什么不同；今晚啊，阴晦还是晴明，没有什么两样；燃起篝火照亮，复又接连劳作，催促斥责声四面响起，夜以继日有家难回。明晓啊，霜露凝华满地满野，一声鸡鸣，叫嚣瞥突，我们又要起身，又要开始苦挣苦熬，服役，劳作，饥渴，苦痛。

只是希望有一块耕耘收获的田地，只是希望有一方抵挡风霜的茅顶，只是需要穿上一件温暖身体的衣衫，只是需要端起一碗填饱肚子的蔬食，只是想着奉养日渐老迈的父母高堂，只是想着和妻子一同抚育儿女成长，只是这点希望，只是这点念想。

怕只怕啊，那国君一道一道诏令啊，百千百姓行役遥遥，我们啊就要应命前来，服役，劳作。

怕只怕啊，那官吏一声一声怒喝啊，百千庶民胆战瑟瑟，我们啊就要旦夕赶工，饥渴，苦痛。

衣衫已经褴褛不堪，面容已经枯黄黑瘦，荒废了那家园土地，饥饿着那阖家老小，这劳役呀，一征连年，一征累岁，有谁知道啊，何日是归期。

明亮日光渐渐昏暗，暮色起，天向晚，满怀愤懑，心上焦虑，苦挣，苦熬……

东边还是西边，遥遥传来歌谣。南方还是北方，隐隐低语应和。身左还有身右，热泪满盈眼窝。不住捶打心口，一起顿足踏歌。

天要黑了天要黑了，为何还不回家？如果不是因为君主，为何还要滞留在露水中！

天要黑了天要黑了，为何还不回家？如果不是因为君主，为何还要辗转在泥浆中！

一蝶翩飞，一梦依稀，转眼百年光阴，怅然吟《式微》。

几多生民百姓，为生活劳累奔波，不过求衣食温饱，一世承受无尽重负。

几多平凡人家，有男子在外辛劳，有女子操持守候，一幅画图烟火温暖。

日照陇亩，春种秋收啊，你是我夫君啊，寒耕暑耘，四季胼手胝足，陇亩啊。

黄昏望归，川野茫茫啊，我是你妻子啊，操持家务，里外不辞辛苦，望归啊。

今天啊，是那一年三百六十天中，普通又普通的一天，平常又平常的一天，下地啊，干活啊，清早起身，你出门去劳作，黄昏落日，我等你在路旁。

当季瓜果，已经采摘回来，洗净剖好，刚刚端给爹娘，二老正在品尝蜜甜。

儿女新衣，已经缝制完成，新履新袜，刚刚试穿合适，孩子正在开心笑语。

鸡鸭牛羊，已经笼好喂饱，屋内院里，刚刚洒水轻扫，葫芦正在架上轻摇。

河边鱼篓，已经收过鱼获，鱼肥虾美，刚刚池中养上，荇菜正在水上绽芳。

采葵绿翠，已经煮作羹汤，水汽氤氲，刚刚谷饭透香，余烬正在灶底微亮。

今天啊，春夏还是秋冬，没有什么不同；今晚啊，阴晦还是晴明，没有什么两样；理理鬓边碎发，拍拍衣裳灰尘，拿着一团待缠麻线，抬眼盼归家门路旁。明晓啊，草尖凝珠满地漫野，一声鸡鸣，东方露白，你又要出门劳作，又待日夕牛羊下来，披星，戴月，牧歌，田园。

多么满足有一块耕耘收获的田地，多么满足有一方抵挡风霜的茅顶，多么高兴穿上一件温暖身体的衣衫，多么高兴端起一碗填饱肚子的蔬食，多么幸福奉养日渐老迈的父母高堂，多么幸福和夫君一同抚育儿女成长，多么心满意足，多么安宁幸福。

望只望啊，夫君你劳作繁重辛苦啊，日复一日汗滴下土，回家啊路上星光作伴，禾香，虫鸣。

望只望啊，为妻我料理吃穿用度啊，日复一日敬老慈少，回家啊一羹温热正好，笑语，欢颜。

渐渐模糊前方远路，理缠麻线静静等待，也许下刻有你身影，也许良久有你足音，这等候啊，一候连年，一候累岁，自然知道啊，日日候晚归。

明亮日光渐渐昏暗，暮色起，天向晚，满怀牵挂，心头思念，望归，望归。

东边还是西边，遥遥传来歌谣。南方还是北方，隐隐开始应和。左邻还有右舍，传来狗吠鸡鸣，一边手缠麻线，一边轻声踏歌。

天要黑了天要黑了，为何还不回家？如果不是为了夫君，为何还要滞留在露水中！

天要黑了天要黑了，为何还不回家？如果不是为了夫君，为何还要辗转在泥浆中！

一蝶翩飞，一梦依稀，转眼百年光阴，怅然吟《式微》。

式微，式微，一声一声，是谁在浮生梦中一再点醒。

胡不归？胡不归？一句一句，是谁在耳畔远方执着呼唤。

天要黑了天要黑了，为何还不回家？如果不是为了你，为何还要滞留在露水中！

天要黑了天要黑了，为何还不回家？如果不是为了你，为何还要辗转在泥浆中！

那是谁人长声吟诵啊，那是谁人悠然歌婉啊。一曲《式微》，多少年啊，让人感泪落樊笼；一场归隐独白，多少代啊，让人复得返自然。千载须臾，万代流转，归去来兮，归去来兮，河山已然老去。却笑金笼羁绊，你啊，我啊，是否还记得本真的初心，碧水漾波，青山回声，尘世多芜杂，归去来兮，归去来兮，且逍遥，天穹高，江湖远，任逍遥……

一蝶翩飞，人生有远行啊，要记得家园，归家有途路啊，要记得方向……

一梦依稀，谁人在光阴彼岸，长吟《式微》，谁人在光阴此岸，遥遥望远……

侧身西望长咨嗟

***

邶风·旄丘

旄丘之葛兮，何诞之节兮。叔兮伯兮，何多日也？

何其处也？必有与也。何其久也？必有以也。

狐裘蒙戎，匪车不东。叔兮伯兮，靡所与同。

琐兮尾兮，流离之子。叔兮伯兮，褎如充耳。

  风萧萧，狄贼铁蹄纵横，肆意践踏国土，黎邦生灵涂炭，血流汩汩成河。
  雨凄凄，黎国小邦，骤然遭受凌辱侵犯，黎侯驱车，仓皇向东出奔卫国。
  长天日月，风云突变，昔日我黎邦绿水青山大好，而今却惨遭沦陷失色黯然。风雨兼程啊，鞍前马后追随黎侯，一路迤逦跋涉啊风尘仆仆，披肝沥胆。
  卫公方伯，诸侯连率，任十国之长主持统领一方。心如焚啊，向卫国啊，快马加鞭刻不容缓。
  翻山越岭啊，哀哀以告求助卫国，一片丹心祈望啊光复故土，愁肠寸断。

从前啊，我是黎国臣子庙堂议政冠冕轩车，斗转星移，春秋代序，长夜不寐辗转反侧啊，淹留盘桓，邦国蒙难，我已经离开故土啊太过长久。

现在啊，我是亡国之人颠沛流离形容枯槁，光阴荏苒，冬夏更迭，翻来覆去坐卧不安啊，滞留迁延，邦国多灾，我已经阔别故土啊太过长久。

斗转星移啊春秋代序，光阴荏苒啊冬夏更迭，国破时日已经太久太久，流亡沦落已经太久太久，不见丝毫动静，不闻半点音声，为什么还是不见卫公履职行责召集诸侯？为什么还是不见卫廷主持正义派军发兵？寒风萧萧，苦雨凄凄。

又是一夜无眠，一幕幕故国惨状，生民涂炭，历历如在眼前。

又见日出东方，一阵阵杜鹃啼鸣，凄切哀婉，声声入耳惊心。

沿着蜿蜒的小径，缓缓登攀旄丘。几多时日没有看见，风吹日晒，雨露滋润，土山上野生的葛藤，生长旺盛繁茂茁壮，枝节蔓延铺展满山。一面上行，一面拨开挡路葛藤。葛藤你牵我连，就像那诸侯之间国家互相连属，原本也应该忧患相及啊，卫国的诸位大臣，喊一声叔父叫一句伯父，同处一地，长久盼望等待你们发兵救援，但是啊，时序几度变迁，援兵迟迟未见。暗暗疑惑，犹存奢望，曾经多少次登上旄丘高处，久久伫立，翘首期盼，期望你们发兵相助复我黎国的佳音，盼望你们救援大军车马浩荡的扬尘。诸位大臣啊，叔父啊伯父啊，苦等许久，为什么不见你们援兵救助？站在旄丘之上，容我怅然远望。

旄丘之上生长的葛藤啊，枝节蔓延是多么茂盛啊。诸位大臣叔啊伯啊，为何许久不帮我们？

想想为什么我们君臣要出奔逃难到卫国宝地？是因为黎国君臣上下都认为你们一定会主持公道，尽职救援。想想为什么我们君臣要天长地久执着地等待？是因为黎国君臣上下都相信你们一定会伸张正义，发兵

救助。卫国的诸位大臣，喊一声叔父叫一句伯父，发兵救助。为什么我们恳求良久，等候良久，看不到你们施行仁义的举动，看不到你们建功立德的措施，何时才会等来你们挥师西征助我复国的消息？设身处地一再思虑诸位大臣为什么多日滞停安然？一定是计划约上盟军共同前往！推己及人再三思量，诸位大臣为什么等待这样长久？一定是中间有了其他缘故，暂时无法出兵。站在旄丘之上，许我良久伫立。

为何多日停滞安处？一定是等同伴同行。为何等待这样长久？一定是中间有原因。

卫国的诸位大臣，喊一声叔父叫一句伯父，背井离乡我们逃离黎国，避难卫国我们四处求告，寓居卫国的时间太长太久了，穿来的狐裘皮衣都已经穿得破败凋敝，还等不到你们有所行动。还要等到何日何月？一想到黎地百姓东望卫师眼泪流尽，一想到北狄践踏黎国我心苦痛碎裂，你们却是毫无怜悯帮助的心思。我们日思夜想恢复邦国，你们却是毫无拯救危难的心意。卫国的诸位大臣，喊一声叔父叫一句伯父，迟迟不见你们行动，原来因为想法不同，原来你们与黎国并不同心！没有同心同德，怎么可能出手相救？徘徊在旄丘之上，寒从心起，无助无望，侧身西望故国，咨嗟长叹。

身上狐裘已经破败，驰车东行求告帮助。诸位大臣叔啊伯啊，你们无人与我同心。

旄丘葛藤互牵互连，拔取一节牵连一藤，节节相依，藤藤关涉。踱步旄丘，顿足哀叹。黎国蒙难，君臣惶惶，亡国失所奔赴来卫，颠沛流离呼唤求告，寄身卫国幻想援助，卑微低贱处境凄凉。想起这些，哽咽无言，心也滴血。卫国诸位大臣啊，喊一声叔父叫一句伯父，你们一个个穿着华美珍贵的裘皮，揣起衣袖端着架子仪容威严，趾高又气扬；你们一个个两耳旁边悬挂着玉饰，叮当作响，充耳不闻哀苦求告，装聋又作哑。

见死不救，冷漠无情世态炎凉，倘若果真故意存心，尔辈何忍。

百盼千祈，希望破灭求助无望，感思葛藤热泪落溅，我今痛彻。

遥遥西望，我是黎国旧臣啊，伫立土山，化石难忘家邦啊，哀我子民柱死，哀我国破家亡，旄丘执葛，泣血诉歌。

流离失国困窘凄凉，我们如此卑微渺小。诸位大臣叔啊伯啊，装聋作哑充耳不闻。

又是一日煎熬，一声声长吁短叹，如焚五内。呼天天不回，狄贼铁蹄纵横，黎邦子民何以存身啊，寒风啊，萧萧四起。

又是一夕折磨，一阵阵心潮翻滚，鬓又添霜。喊地地不应，卫廷不见音声，失国之人苟且偷生啊，苦雨啊，凄凄淋漓。

流离之人啊，彷徨旄丘，失国之人啊，疾呼惨怛！那是谁人说啊，旄丘是前高后低的山丘；那是谁人说啊，旄丘是多生草木的山丘；那是谁人说啊，旄丘地在澶州临河之东。

旄丘之上生长的葛藤啊，枝节蔓延是多么茂盛啊。诸位大臣叔啊伯啊，为何许久不帮我们？

为何多日停滞安处？一定是等同伴同行。为何等待这样长久？一定是中间有原因。

身上狐裘已经破败，驰车东行求告帮助。诸位大臣叔啊伯啊，你们无人与我同心。

流离失国困窘凄凉，我们如此卑微渺小。诸位大臣叔啊伯啊，装聋作哑充耳不闻。

故国何处是，杜鹃劝人归，神灵如可问，何日是归期……

自在惊鸿一瞥中

邶风·简兮

简兮简兮,方将万舞。日之方中,在前上处。

硕人俣俣,公庭万舞。有力如虎,执辔如组。

左手执龠,右手秉翟。赫如渥赭,公言锡爵。

山有榛,隰有苓。云谁之思？西方美人。彼美人兮,西方之人兮。

几时停息了昨夜的风雨声声,晨光熹微,天色晴明东方欲晓,心生欢喜。

我在幽香中醒来,阵阵芬芳清新怡人,应是园中李花初绽,人间四月天气,紫燕双飞呢喃,春光正好,青春正好。

铜镜新磨,荧荧光亮清晰映照秀美的面容；牙梳轻拢,满头青丝柔顺乌亮飘逸如绿云；椒兰新焚,袅袅香雾隐约缥缈轻柔熏新衣；女儿家正当及笄,谅我年少爱娇,低眉轻颦,回首浅笑,整理了仪容端庄,移步履环佩叮当。

旭日初升,车马熙攘,卫侯宫廷大典,贵族王公云集。这是从大周王城而来的仪式啊，这是从远地西方而来的乐舞啊。看啊，众人云集啊观赏舞蹈曲乐。看啊，人潮人海啊演礼盛大空前，数不清华服冠冕，几令人目不暇接。

咚咚乐鼓已经擂响，节奏鲜明，声震天际。庙堂庭前，华衮纹饰光彩夺目，环佩叮当余音渐消。舞乐高台，万众瞩目，袖笼数蕊李花，我也静静引领等待。

宏大隆重的大型万舞就要开始，一心期盼一睹为快的万舞啊，是会包括武舞和文舞两个部分，当武舞时，舞者手执兵器，击刺砍杀，模拟战术；当文舞时，舞者拿着雉羽乐器，姿态翩然，风度雍容。红日当空，明媚耀眼，照在身上如斯和煦如斯温暖。看啊，看啊，舞蹈队伍已经登上高台，身姿轻盈脚步快捷，队形排列井然整齐，一个个身姿笔直挺拔，一张张脸庞神采奕奕，一双双眼睛炯炯闪亮。我将会啊，会看到一场怎样美好的舞蹈啊？

你是谁啊，在那舞队最前的上首位置，阳光从中天照到你的身上，炫我眼目，女儿家的心鼓怦然擂响。踏着鼓乐节拍，你开始领舞，矫健若游龙，翩然若惊鸿。

你的身材那样高大，魁梧又健美。看你昂首目视上方，气宇轩昂；看你踏着音律舞动，虎虎生风；看你领舞全场，卓然出众。在这宫廷之上，在这庙堂之前，你跳着万舞何其酣畅淋漓，举手投足间舞技出神入化，你领舞全场，律动节奏中陶然如痴如醉。咚咚，咚咚，咚咚咚咚，鼓乐声促，目酣神迷，仿佛是在忽然之间，万物全都黯然隐没，仿佛是唯独留下了你一个，舞台之上啊熠熠闪烁光彩。

追逐着你的身影，不舍得离开视线。你的动作那样洒脱，你的面庞那样英俊，你的肩膀孔武有力。鼓声隆隆擂动，武舞撼人心魄。你傲然执筈而舞，英姿飒爽，如同猛虎啸动山岗势不可当；你若在驾御战车，

四马八辔，操纵控制六条缰绳整齐有序。舞乐震天恍若不闻，舞队壮观也像不见，只看你武舞雄壮威风，只看你矫健更阳刚。一缕阳光落入我眼，如斯炽烈；两朵桃花飞上脸颊，如斯灼灼。

鼓乐咚咚换了文舞节奏，悠扬轻快的音乐弥漫。你的眼睛那样澄澈明净啊，你的舞步那样飘逸轻灵啊，你的姿态那样俊朗倜傥啊。你左手拿着三孔籥笛，时时合乐吹奏。你右手拿着长长雉尾，轻轻挥舞摆动。三孔籥笛，婉转动听恰似仙乐，引我入神。雉尾斑斓，色彩鲜明宛如同美玉，引我沉醉。笛曲清扬，流云驻足，高山巍巍，流水汤汤，又是什么啊，又是什么轻轻拨动女儿家的情丝长弦？

咚咚咚咚，咚咚，咚咚，舞乐悠扬仿佛是消逝了，观舞人众再看不见了，只看你文舞风流倜傥，只看你玉树庭前临风。曲乐终，人如寂，万舞表演完毕，你领队收式静静站立宛若处子。你舞蹈跳得如斯精妙惊震了四座，只听得卫公高声喊着赏赐你美酒，满堂济济称赞连声，你致谢全场眉眼含笑。是不是在这一瞬间，你我的视线轻轻触碰？安然端坐我虽无声沉静，为何心波如东流长河滔滔汹涌？

今日万舞，盛典空前。领舞的你，遗世独立。礼乐悠悠，我意沉醉。借得三分衣袖间萦绕的李花清芳，借得耳畔旁回响的鼓声咚咚，为你，为你，谱唱一曲歌谣心声。

咚咚擂鼓咚咚擂鼓，盛大万舞就要开场。红日一轮当空高照，他在前列上首位置。

身材高大魁伟英武，宫廷前面跳起万舞。扮成武士力猛如虎，手握缰绳驾御战车。

左手拿着籥笛吹奏，右手拿着雉尾挥摆。红光满面如同赭染，卫公赏赐美酒满杯。

山巅榛树高大，洼地生长苍耳。若要问我相思谁人？来自西方俊美的人。那一个俊美的人啊，他是那遥远西方的人啊。

那是谁人说啊，高山巍巍阳刚，隰泽低洼阴柔，山水相连成阴阳和谐啊；那是谁人说啊，男如大树挺拔，女似芳草纤柔，树草共生若两情相悦啊。你看啊，高大的榛树骄傲地生在山巅，迎着凛凛山风，映着雾霭流岚，揽红日抱明月，森森挺立茁壮参天；你看啊，矮小的苍耳是长在低洼湿地，汲取一点清水，植根一隅田土，仰望星辰满天，纤柔细弱植株矮小。曾几何时，我笑人暗暗想念痴痴相思，妄自菲薄不敢明言；这一刻啊，蓦然懂得爱恋入骨相思卑微，爱人高在云端，我在低洼尘埃。

微笑抬头望望天空，纤云洁白轻巧，微风缓吹白云轻飘。你啊，你来自遥远的周王城，旋即又要返回迢迢西方。你多像一片流云，从我的上空偶然飘过，那样美好纯净，却是那样高远难及。袖中李花莹白，一脉心蕊暗香，俯首凝望流水，相思竟已化成长河，只见那河水日夜不息流淌东去，为什么啊，为什么河水不能汤汤奔流西方。

祭祀降神庄严肃穆，万舞神秘撼人心魄，高大的你啊，翩然的你啊，一瞥惊鸿的你啊，机缘偶然来到东方卫国土地，转眼又要归去大周镐京王城，恰如流云洁白，飘飞向那西方碧空，恍若仙境。

咚咚，咚咚，咚咚咚咚，惊鸿直上九天，当那一朝啊，你在遥远的西方合乐而舞，是来世，是今生……

咚咚咚咚，咚咚，咚咚，相思逆流而上，是否听到啊，我在遥远的东方唱着歌谣，是今生，是来世……

故园渺渺　归思悠悠

***

邶风·泉水

毖彼泉水，亦流于淇。有怀于卫，靡日不思。娈彼诸姬，聊与之谋。

出宿于泲，饮饯于祢。女子有行，远父母兄弟。问我诸姑，遂及伯姊。

出宿于干，饮饯于言。载脂载舝，还车言迈。遄臻于卫，不瑕有害？

我思肥泉，兹之永叹。思须与漕，我心悠悠。驾言出游，以写我忧。

昨夜月明，隐约一支长笛清越，曲声悠扬如诉如倾，随风弥漫四飘荡。

今晨薄雾，惆怅一方故园迢远，雾气润湿缭绕草木，朦胧迷离又缥缈。

缓步东山之上啊，竹林葳蕤繁茂，仰望那苍劲挺拔绿碧浸透，耳听那鸟雀枝梢啼鸣啁啾。林中溪水淙淙流淌，洁净澄澈，蜿蜒而下，无言润物涵养山林。那一年啊，出嫁许国，不舍淇水故园绿竹，随车带来数丛青碧，东山坡麓，亲手种下，生根发芽蓬勃葳蕤，潜滋暗长郁郁丰茂，时光流转啊，已然是满山遍布。

也是如斯汩汩涌流不息啊，那故乡泉流日夜涓涓啊，肥泉水秀，流溪玲琮，透迤曲折汇入淇水。那碧波荡漾清甘淇水啊，如同母亲一样，养育着卫国代代子民，安宁着卫人心田灵魂。泛舟淇水啊，欢喜那白浪碧波鱼虾肥美，两岸桑林啊，陶然那男耕女织笑歌相闻。捡一枚卵石啊光洁似玉，折一枝杨柳啊依依青柔，歌一曲乡情啊爱恋殷殷。几回回在梦里，徜徉流连在卫邦丰饶故土，几回回在眼前，历历浮现我母邦悠悠淇水，那里啊，是我的故国，那里啊，是我的家乡。

我是许公的夫人，我是卫国的女儿，诸侯联姻，远嫁来许。曾是何人定下礼制，曾是何时颁布礼规，邦国诸侯女儿联姻，一朝远嫁异国他疆，漫漫岁月，或是国亡或是遭废或是亲丧，唯此重大事故才会回返母国啊。魂牵梦绕，家国茫茫，省亲难，难归国，那些当年陪同嫁来的姐妹媵妾，彼此之间可以倾吐诉说家国之思，姑且啊，姑且和姐妹们谈论商议，聊以纾解啊乡思乡愁。

昔时远嫁情形浮现，送亲队伍绵延浩荡，一路前行跋山涉水，车马威武旌旗飘展。黄昏日落，安置车马曾经住宿沛地，夜燃篝火，一起同声唱着卫地歌谣。清晨日升，收拾行装，摆上盛大酒宴，长亭饯行，就在祢邑送别远嫁女儿。即将远赴异国他乡，依依别离父母兄弟，一拜啊，再拜啊，不舍我的诸位姑母啊，请你们啊一定保重身体，这一别，何时才能再见问候？执手依依，不舍我的叔伯姐妹，请你们啊一定要记得我，这一去啊，是否还会同游嬉戏？生我养我的家国土地啊，爱我护

我的父母至亲啊，这山川河泉，我看进眼里，这送别幕幕，我铭记心底，一任时光流逝，永是刻骨清晰。

都说会有心想事成，都说会有梦想成真，那么，此刻，到底是真实情景，抑或是幻梦一场，何以我在驾车驱驰？何以我在直奔卫邦？

骏马嘶鸣，轩车生风，如行雾里，如驰云中，我心雀跃欢畅，我今归返卫邦。故乡的山川，清幽秀美依旧，故乡的田野，平畴千里依然，故乡的百姓，劳作和乐融融。路途遥远车马劳顿，日暮黄昏我住宿干地，煮一鼎牛羊鲜美，蒸一甑禾谷透香；清晨日升为我饯行言邑，舀一杓绿蚁欲醉，饮一爵乡酒醇厚。快啊，拿出脂油涂润车轴，插紧车轴两端车键；快啊，调整车头转好方向，马戴辔头系好长缰；我今登车，我今执缰，如风驰，似电掣，对那快马再加一鞭，女儿归心啊如飞箭离弦，我今插翅啊返回故乡。风吹迎面，草木清香家的味道；一路倾耳，卫地歌谣乡音滚烫；遥遥眺望，一脉淇水碧波荡漾。

可是啊，如果啊，如果就这样直奔故乡，如果就这样归返卫邦，违了礼制，失了尊仪，许国朝堂作何论说，卫地子民作何感想，我是啊，卫国的女儿，我是啊，许国的夫人，伫立处，是许土，天际处，是故乡。

卫邦肥泉，泉水清幽缓缓流入淇水，流淌滋润卫土膏腴；卫国女儿，思念如泉业已汇成长河，梦里啊长河能否流到卫邦？余生啊我能否返途归家乡？心间更加忧伤，叹息更加深长，我思念那须地和漕邑，那里曾留下我青春年少、衣袂轻扬的时光；那里至今有把酒赋诗、颂歌家乡的情长。幻梦一场，痴望一场，身在许国啊，徘徊东山啊，风吹竹林涛声阵阵，仰望眼前翠影如云。我愿啊，化作一阵清风，拂过故乡山川原野。我愿啊，化作一片云朵，汤汤淇水倒映光影。思绪如泉水奔涌，不肯停止，思念如长河绵延，无以平息。

山一程，水一程，一程一程又一程。那是谁人说啊，到不了的地方是远方。那是谁人说啊，回不去的地方是故乡。故乡啊，在远方，在远嫁女儿的梦里，在天涯游子的心上，山一程，水一程，一程一程又一程。

驾上马车且去出游，聊以宣泄无尽忧愁。借一山竹林青翠，歌一曲乡恋衷肠！听啊，听啊，在那肥泉涌处，在那淇水流处，悠悠回响，悠悠回响。

泉水汩汩涌流不息，滔滔汇合归入淇水。怀念卫国我的故乡，无日无夜不把它想。同嫁姬姓可爱姐妹，且来商议返乡归卫。

回想当初曾宿沸地，摆酒饯行设在祢邑。女儿出嫁他乡异国，远远离别我的父母兄弟。问候告别诸位姑母，还有那些叔伯姐妹。

回国我将住宿干地，饮酒饯行就在言邑。车轴涂油插好轴键，调转车头远赴故乡。快马加鞭奔回到卫，又虑带来什么危害。

我思念卫国的肥泉，想起卫水更为长叹。我思念须地和漕邑，我的忧思绵绵不已。驾上马车且去出游，聊以宣泄我的忧愁。

这一位卫国女儿啊，这一位许国夫人啊，这一位唱着泉水的女子，这一位抒写乡愁的诗人，许穆夫人啊，永载史册。那是谁人啊，摇响着木铎，行走在无言大地，听见了风中心声，几多城邑，几多村庄，沧海桑田，白云苍狗，任由光阴不息流转。卫土啊，卫邦啊，融入温暖血脉，代代赓续传承，百年，千年，一怀乡情啊芬芳世间。

百年流光，绿竹猗猗。那是谁人啊，一怀乡思，遥望天际，故园渺渺……

千年岁月，肥泉永兹。又是谁人啊，一唱再唱，魂牵梦萦，淇水悠悠……

奈何世事阻重深

邶风·北门

出自北门，忧心殷殷。终窭且贫，莫知我艰。已焉哉！天实为之，谓之何哉！

王事适我，政事一埤益我。我入自外，室人交遍谪我。已焉哉！天实为之，谓之何哉！

王事敦我，政事一埤遗我。我入自外，室人交遍摧我。已焉哉！天实为之，谓之何哉！

一心茫然，两目茫然，茫茫然，茫茫然，我从北门走出，北门……向来啊，筑建房屋啊，院落啊，城池啊，正门皆是南门。建屋筑城都要坐北面南，以求朝向太阳，以取向明而治。朝廷都城本应是四门敞开啊，派设专人把守，官吏们本应是上朝下朝啊，庙堂南门出入，不能贪捷径啊，不可图近道啊。可是，现在，南门已经闭塞不通，无可奈何，我从北门走出，北门，背明而行。人若是背对光明啊，形象黯淡，精神颓靡，命运背时。如果，如果是国家背对光明，不再向明而治呢？

我也算是官吏啊，卫国的一个官吏，一个普普通通的官吏。贤士君子处庙堂之高，庶民百姓在江湖之远。我是一个平平常常官吏，只想着国家物阜民康，只想着家人平安喜乐，自己愿能尽心尽力啊。可是，提起国事，令我心忧，说起家事，让我发愁。望一望前路啊，渺渺茫茫，愈加苦闷。心上啊，就像是压着沉重巨石，无法呼吸。眼上啊，就像是蒙着无涯阴霾，难辨方向。

　　朝中之事，日日所见所闻，那卫君啊沉溺女色，行事不堪荒唐无度，苍生无辜遭殃罹难，邦国忧患内外交加。如今无奈啊，正门行事已然不通，只能背道施施而行。北门踽踽，心怀家国，长此下去，欲将何往？奈何家境贫寒啊，甚至无法行执祭祀祖先仪典，无法一尽人情往来之礼，诸礼欠缺，羞惭愧疚；奈何钱财物资匮乏啊，日常用度短缺不足，生活屡屡欠衣少食；奈何俸禄所得微薄啊，奈何难以糊口养家啊，生活如此艰辛，人情如此浇薄，国君同僚尚且不知不闻，谁人又会关心问询？奈何啊，奈何啊！

　　叹息无用，怨尤无益。前途茫然，彷徨而行。一路上啊劝说开解自己，一路上啊慰藉安抚自己，也一路上啊告诫教导自己，生在卫国土地，活在此朝此代，适逢如斯君王，不是我能选择啊，不是我能决定啊，奈何上苍注定，奈何上苍注定，国事如何，何能由我？空有祈愿啊，祈愿正道直行，奈何门路啊，门路堵塞不通。生活虽然贫寒，还算不上潦倒，还能勉力支撑，既然已是这样啊，我且全心全力勤勉侍君，又有什么可以抱怨啊，人活尘世，由来都要经受诸般磨难，莫抱怨，莫忧难。

　　抬头，看看天空，一层阴云，太阳黯然苍白昏黄，失却温暖褪却光芒。

　　低头，踟蹰前行，尘灰扑面，往来车马匆匆忙忙，促遽慌张行色

仓皇。

思及昔时文王啊，大周王室号召百姓建造高台深挖水沼，百姓们高高兴兴结队前往，建起了高台叫作灵台，挖好了水沼叫作灵沼。那里面生长着鱼鳖，那里面奔跑着麋鹿，百姓欢歌多么快乐。那时君王与百姓同乐啊，真是君民一体喜气洋洋。现在卫君宣公啊，邦国内外一团混乱糟糟，常借天子之名发号施令，纷纭不断托以王事，带兵、随军、出使、带人远役……长期离别家乡，辛苦疲惫劳累，时或生死关隘难测，诸多行役艰苦之事，不见其他官吏应命，卫公全都交付给我，整年整月奔波不止，整天整日行役不息，没有些许清闲，没有停歇时候。如果啊，如果这些可强国可安民，我愿承担辛劳啊，我愿承担辛劳啊，但，求之而不得；岁岁年年，日日月月，王事诸多，政事繁稠，虽知非是要政，奈何不得不做，依然，尽力。

多希望卫公交派给我邦国政事，为苍生谋福祉，无论多么辛劳，都会甘之若饴，都会鞠躬尽瘁。一国之君啊，应行政事，政事不善啊，家国疲病。卫君宣公啊，一国之主啊，昏晦不明，私欲无餍，当濮地筑起了新台，乱伦理纳娶了夷姜，无端怀疑太子不忠，害杀伋寿二位君子……朝中，政务荒疏废弃；四境，兵戈纷乱不宁；国内，满目是税赋沉重征发连年，满目是百姓呼号流离亡逃。这些年月啊，我风尘仆仆，不辞劳苦，不辞劳苦，我啊，我啊，奔波不休的是何王事，劳碌不停的是何政事？

一身落寞，满面尘灰，阴霾弥漫，忧愁重重。卫国之大啊，何处存身？

一处屋檐，土墙矮小，瓦菲萋萋，户牖破败，家园虽小啊，望求安好。

推开家门，想看见父母高堂身体康健，想看见妻子儿女笑语欢颜。

想在那灯火下喝一口热汤，想在那长桌旁吃一口热饭。可是啊，四壁清寒，困苦依然，一碗温热难得，一处安身难求，如何能奉养高堂安享晚年，如何能养育儿女平安成长，如何谋求生计？生活何以继续？父母眼角涟涟，莫不是怜我苦辛？兄弟眉间愁云，莫不是忧我仕途？妻儿满脸苦楚，莫不是疼我劳累？不断诉说啊，不绝责斥啊，问我为何还在这样奔走劳碌，问我做事不看清楚来途去路，一个接着一个，一遍又是一遍。一个个追问扎耳，一遍遍诉说刺心，我明白啊，我懂得啊，家人都是为我着想，家人都为了这个家。既然这样，那就算了吧，我已是尽心尽力勤勤恳恳，一切都是上苍注定，又有什么可以抱怨？家人们不断指责啊，无奈卫国已是如此，家中境况愈加贫穷，忠诚效力竟然如此困窘艰难，路已至此，路已至此，为何还不停下，为何还不四顾，为何还不就此断然离去？指摘析理痛彻我肺腑啊。家人也是为着我，我也是为着家国，既然这样那就算了吧，既然这样那就算了吧，我已是尽心尽力勤勤恳恳，都是上苍注定，又有什么可以抱怨？又有什么可以抱怨！

　　高堂盈泪，妻子哽咽，儿女暗泣，垂首默默顿足，唯有忍耐。

　　天色黄昏，漠漠向黑，走出屋门，仰视茫茫苍穹，长长叹息。

　　一路茫然走出北门，沉沉忧愁压在心间。既受困窘又忍贫寒，没人知道我的艰难。就这样算了吧！都是老天这样安排，我还有什么可抱怨！

　　王室差事派遣给我，政事一堆苦役全部都推给我。刚从外面奔波回来，家里的人轮流着都来责怪我。就这样算了吧！都是老天这样安排，我还有什么可抱怨！

　　王室差事逼迫着我，政事一堆苦役全部都压给我。刚从外面奔波回来，家里的人一个个都来排挤我。就这样算了吧！都是老天这样安排，我还有什么可抱怨！

　　夜色将浓，寒意四起。听，听，北风已在路上，严冬即刻来临……

风雪夜寒携手行

邶风·北风

北风其凉，雨雪其雱。惠而好我，携手同行。其虚其邪，既亟只且！

北风其喈，雨雪其霏。惠而好我，携手同归。其虚其邪，既亟只且！

莫赤匪狐，莫黑匪乌。惠而好我，携手同车。其虚其邪，既亟只且！

春秋，这里是卫国，还是宣公在位。

这一位卫国君王啊，这一位宣公姬晋啊，年少之时作为人质长在邢国，当州吁弑兄篡位而终被国人所杀之后，卫廷朝堂动荡不安，方被卫臣迎立归卫，先是烝纳庶母夷姜，生下了太子伋。后来太子渐渐长大成人，原本是为了伋子向齐邦求聘婚姻，偏偏佞臣使者附耳谗言，一听说那齐国公主美貌惊人，于是卫君宣公啊，征发黎民慌忙修筑新台，中途拦娶了儿媳宣姜；再后来夷姜失宠自缢，再后来宣姜生下了王子寿与朔……贵族大夫上行下效，卫邦政治愈加黑暗，外与诸侯征战频仍，时局越发动荡不安，民生惨怛，哀鸿遍野……

暗夜深沉，北风呼啸，那守城巡夜的士兵都躲寒饮酒去了。

子时到了，再四面看一遍屋室，无月无灯，我也谙熟这里的一桌一椅，这里的一杯一盏，它们在暗夜中无言静默。悄悄打开屋门又慢慢地掩好，拿起行装尚又难决犹豫，父母家小秋深时节已经送别，安置到了那遥远异乡容身。现在啊，我也要离开这祖祖辈辈生活的地方，这里有我登攀的青山，这里有我泛舟的河流，这里有最香甜的饭食，这里有最甘醇的乡酒，这里还有啊，看着我出生的父老乡亲，陪着我成长的亲朋友伴，就是这院子里的这一棵老枣树啊，每逢秋来红枣累累甜美了几代人，留下了多少笑语欢声。抬头仰望，一天洁白，六出雪花纷纷飘落。不知何时，你已进到庭院，你已站在身旁，背负行囊，关上门扉，拉起手啊，我们一同出奔。明天，后天，今岁，来年，又要征发远役，又要加征赋税！上路吧，上路吧，同族的兄弟又有两人战场亡命，家中的财粮早被掘地搜刮精光，留一条活命，找一条活路，和你一起啊，我相知的好友，我相亲的兄弟，我们同命，彼此相怜，被迫离开啊自己的家乡，被迫离开啊自己的祖国。

好兄弟，拉紧我的手，携手同行，这暗夜黑透，这路途迢迢，不能迷失，不要离散。

北风吹刮更加猛烈，卷起漫天大雪，扑打在脸上像是刀割，吹透了衣裳透骨冰凉，比脸更痛比骨更凉的，是你我无望的心啊。诸侯邦国天下分封诸多，也曾听闻过不少他邦国君异闻，然而啊，论起暴虐，论起荒谬，四海八荒谁人能比得过那卫君宣公啊？没有什么啊能比得上这只狐狸更赤红，没有什么啊能比得上这只乌鸦更乌黑！你看这朝中日虚，国中日空，多少人含泪逃往异国他乡。拉紧我的手，一同登上车，我们

一同出奔远乡。

　　北风吹来冷寒冰凉，雪花纷落一片茫茫。与我相知相亲的人，互相携手一同出走。不能犹豫彷徨迟疑，情况急迫赶紧快走！

　　北风猛吹呼呼作响，漫天大雪纷纷扬扬。与我相知相亲的人，互相携手一同归去。不能犹豫彷徨迟疑，情况急迫赶紧快走！

　　没有比那狐狸更红的，没有比那乌鸦更黑的。与我相知相亲的人，互相携手一同乘车。不能犹豫彷徨迟疑，情况急迫赶紧快走！

　　大雪苍茫，北风寒夜，多少卫人，出逃他方，一曲哀歌，天地动容。

　　春秋，这里是卫国，一隅爱情暗许的地方。

　　淇水汤汤，水清浪白，搬动石块，修筑鱼梁，我为家人碗中添一份鲜香。

　　桑林青翠，枝繁叶茂，纤手灵巧，采叶养蚕，你为家人脸上增一份荣光。

　　是哪一朝日上三竿，你掬一捧淇水慢饮，一缕鬓边碎发随风轻扬，好个可爱模样？好姑娘，我低着头看鱼梁，担心你忽然回首看见我赧红的脸庞。

　　是哪一晚月出东山，我提一串鲫鱼肥美，一双赤脚宽大走在路上，一路笑音朗朗？好姑娘，我曼声唱着歌谣，担心你采桑晚归路上害怕远远相陪。

　　是哪一次岸上河中四目遥遥相对，烂漫了半湾粉荷喧哗绽放？

　　是哪一次路上园边两人擦肩而过，绚烂了一天流云霞光璀璨？

　　我的红脸蛋儿的好姑娘啊，你看这淇河水中凌冬不萎的青青水草，就像我对你百年不改换的爱恋，永远将你环绕。

　　你放在鱼梁上的紫桑葚啊，我一颗一颗慢慢品尝吃在嘴里甜在心里，就像你对我一生不易色的情意，永远将我甜蜜。

春风吹绿桑林中的每一个嫩绿的叶芽，夏阳照耀淇水中的每一只鲜美的鱼虾，秋云高远天空中的每一队南飞的大雁，四季更迭，一晃已是冬天。

春种秋收农事繁忙，秋日田野收获以后，冬日正当求亲嫁娶，一个个桑园姑娘，穿着红艳的嫁衣，坐着高大的马车，涉过淇水，成为美丽的新娘。

爱情是一眼望见，刻在心上再也无法抹去的深缘，是日夜思念想要见到你的万千牵挂，是一想起你就掩藏不住的笑意清甜，我爱上了，你爱上了。

向来婚姻多是家庭相衡，门当户对势均力敌，家族父母身世名望，田产房屋未来前程。父母之命啊，你难以争抗，媒妁之言啊，我难以请邀。

昔往殷商旧地，在那桑间濮上，曾经几多欢聚，曾经几多声色。

眼看着北风渐起，眼看着水面结冰，眼看同心难结难成，我想……

想要问你敢不敢，想要带你走远方，想要携手慢慢变老，你说……

整理备好行装，只待夜深人静，三声雉鸣，缓缓出现你清秀的身影。事情急迫，莫要犹豫！好姑娘啊，来握着我的手，这一生，你我同行；好姑娘啊，来紧拉我的手，这一世，再不离分。北风吹来，问你冷不冷，赤狐在野，世上情郎炽热，没有什么能比得上这只狐狸更赤红！雪花飘扬，问你美不美，乌鸦啼促，世上爱人忠贞，没有什么能比得上这只乌鸦更乌黑！低眉，含笑，好姑娘啊，你紧握着我的手掌。

事情急迫，莫要彷徨！爱我信我的好姑娘啊，风为媒妁，雪为婚证，手牵着手，你是我最美丽的新娘，我是你最信赖的新郎，让那北风吹刮猛烈，让那飞雪飘落四野，你我携手，春意融融。

北风吹来冷寒冰凉,雪花纷落一片茫茫。与我相知相亲的人,互相携手一同出走。不能犹豫彷徨迟疑,情况急迫赶紧快走!

北风猛吹呼呼作响,漫天大雪纷纷扬扬。与我相知相亲的人,互相携手一同归去。不能犹豫彷徨迟疑,情况急迫赶紧快走!

没有比那狐狸更红的,没有比那乌鸦更黑的。与我相知相亲的人,互相携手一同乘车。不能犹豫彷徨迟疑,情况急迫赶紧快走!

大雪苍茫,北风寒夜,一对有情人,出奔他乡,一曲情歌,天地传唱……

毕竟相思，不似相逢好

***

邶风·静女

静女其姝，俟我于城隅。爱而不见，搔首踟蹰。

静女其娈，贻我彤管。彤管有炜，说怿女美。

自牧归荑，洵美且异。匪女之为美，美人之贻。

相思，相约，在这个春天，春草初发，春花初绽，春林初盛，春水初生。

相逢，相见，有钟情倾心，静女其姝，俟我城隅，爱而不见，搔首踟蹰。

红日跃出东山，满城新柳翠色如烟，微风温和吹面不寒。

天色刚亮，起床，起床，端端正正穿好了新履新衣衫。一览铜镜，似乎是那里，似乎是这里，总觉得有哪里不尽我意，解下发冠再次梳洗整理。就是今天啊，我们约好相见的日子啊，地点啊，就在那僻静的城墙角楼之上。明鉴荧荧，还是觉得自己脸色无端发暗，应该是昨夜牵挂着城墙角楼，辗转夜半未能成眠，青色的衣领，好像也没有了往昔神气俊逸。

不管了，不顾了，我要见你，我要见你！在那高高的城墙角楼，有我心爱的姑娘，你那红润的脸庞，就像红红的太阳。你已经到了吗？等我等急了吗？我正在飞奔前往，我正在来见你的路上。你看，你看，前方，就是城墙，就是角楼。

记得，那一日人生初见，好像水边一朵初绽花朵，亭亭而立的你，忽然，忽然走进了我的心里。

记得，那一刻萍水初逢，宛如风中一竿挺拔翠竹，勃勃英姿的我，恍然，恍然点亮了你的清眸。

那一日啊，一见情意生发。那一刻啊，一会缘分深结。一湾碧水啊，至清至柔，也流不尽你的回眸脉脉笑意。一缕东风啊，至和至暖，也拂不尽我的回首依依别离。自从遇见了你啊，我才知晓了相思的甜蜜，我也饱尝了相思的涩苦。可，即便苦涩，我的思念也是如此心甘情愿，渴盼相会相见。你呢，你呢，有没有思念？想不想会面？何处能相会？何时得相见？

煦暖的阳光正好，碧空的白云正好，婉转的雀鸣正好，你我正当年少青春，城墙之上衣袂飘飘。还好，还好，是我先到，心跳如鼓，徘徊踱步，想着那第一句要说给你的话语。

日上三竿，你还没有出现，宽一宽心，我再慢慢等待，看着城墙投影一分一寸慢慢缩短，听着黄雀啼鸣此起彼伏一呼一应，数着角楼巍巍一砖一瓦安然有序，你还是没有出现，你依然没有出现，心怀犹豫，不决踟蹰，搔首四顾，是不是我记错了地方？是不是我弄混了时间？我怎么会记错了地方？我怎么能弄混了时间！清清楚楚，断然无误！相约的点滴都记在脑海，比刻在那石上还要清楚啊。还是啊，你悄悄藏身在城角的某一处，正掩面浅笑偷偷察看，看我东西张望，看我南北踟蹰？

娴雅的姑娘，俊秀的姑娘，美好的姑娘，你曾送我的那支彤管笔，我多么喜欢，笔杆光泽鲜明红艳艳，亮晶晶地泛光彩，犹如你明媚光润的脸庞。看着彤管，我就会把你思念，宛如看到了你的容颜啊，那么美又那么甜，你赠我彤管时的笑语呢喃，又轻轻回荡在耳畔；你爱俏的轻颦，历历就在眼前；你那一袭素衣，胜雪洁白，映衬着红润面庞，分外娇好。纤纤指尖捎送我的彤管，我已经用它写下千行文字，写着我，写给你。日光明亮，黄昏灯火，每铺素简，轻提彤管，就好似恍惚轻轻触到了你的指尖，一任深情似水从笔下脉脉流淌，一任爱恋如风在简上依依叙言。我心上的好姑娘啊，你赠的彤管，我真是喜欢，真是喜欢。

红日半空，暖春竟有了些炎夏的温度，额头鬓边渐渐冒汗，城墙之下，车水马龙络绎不绝，人来人往结对成双，城墙之上啊前后徘徊，角楼旁边啊左思右想，白云飘向了远方，望不见你的倩影，黄雀鸣唱的地方，也没有你的脚步。心上的姑娘啊，你到哪里去了？

衣袂一闪，天上掉下个好姑娘，你啊，你啊，竟然已在眼前，眼眸乌亮盛满爱怜，笑靥甜甜如花初绽，风儿轻吹你的衣衫，弥漫起一天的清甜。你在这美好的春晨，走到那草色遥看的郊野，拨开杂花众草，一棵一棵寻找被春光唤醒的白茅，一棵一棵抽取被紧抱细嫩的茅芽，茅芽味甘，是春回大地初始萌发的鲜嫩味道，是踏青归来携春同行的眉梢欢喜。心上的姑娘，姗姗来迟啊，原来啊，原来你是前去采摘白茅了，为了我。

白茅雅洁，世人爱重，王室祭祀大礼不可或缺，百姓婚庆热闹必不可少。我的脸庞红红的好姑娘，白茅甜嫩，不止有着初春的滋味，更是有着心意的满满，最珍贵的有你手泽的清香，微醺，如醉，所有的不安，所有的忐忑，一瞬之间，一瞬之间化作了轻烟飘散。满眼，你睫毛扑闪模样微點，更添可爱，满心，你笑语盈盈皓腕霜雪，让我怜惜。茅芽物微，你我情重，这白茅于你啊，是以春赠我的真情，这白茅于我

啊，是特别意义的馈赠。我的红红脸庞的姑娘啊，如果你允许，我想为你拿起彤管，轻轻画上一枝含露芍药，在你的巧手皓腕上。心上的姑娘啊，以我的心为媒妁，高天可鉴；以我的情为约定，厚土可证。这一支彤管，何时才能画一枝红粉芍药，在你素手上，在你心窗上？

是谁啊，是谁啊，借一株桃花灼灼，借一川芳草碧绿，吹奏一曲管笛悦耳悠扬，曲声中诉不完深情真挚。我心上的姑娘啊，彤管我喜欢，在好好使用；茅芽我珍爱，在美美品尝。我的好姑娘啊，不要笑我，不要笑我，不是说东西有多么宝贵，至珍至贵的是你啊。这是你的赠送，有着你的温度，结着衷肠，连着情丝。彤管，白茅，你赠予信物啊；和笛，赋歌，我送上心声啊。娴雅的好姑娘啊，此时天旷地邈，此刻风住尘香，为你作歌，且静静听。

娴静姑娘那样美丽，相约等我在那城墙角楼。故意躲藏不见露面，挠头着急徘徊踟蹰。

娴静姑娘那样俊美，送给我一支彤管笔。红色笔杆光彩熠熠，喜爱彤管如此美好。

赠我牧野初生白茅，实在美好而且稀奇。不是初生白茅有多么美，心爱美人亲手贻送。

相思，相约，在那个春天，春草初发，春花初绽，春林初盛，春水初生……

相恋，相爱，有城墙角楼，白茅脆嫩，手泽暗香，彤管晶红，袅袅芬芳……

新台飘零雨打萍

***

邶风·新台

新台有泚，河水弥弥。燕婉之求，蘧篨不鲜。

新台有洒，河水浼浼。燕婉之求，蘧篨不殄。

鱼网之设，鸿则离之。燕婉之求，得此戚施。

滚滚黄河滔滔向东，不停不息汹涌奔流，一阵一阵浊浪啊拍打河岸，一声一声呼啸啊惊心动魄。

又是一队征发服役的百姓啊，一路逶迤被带到了黄河岸边，汇入了先前到达的庞大队伍，咬紧牙关啊抬挖石块土沙，喊着号子啊运输木材栋梁。烈日炎炎当空，人人汗流浃背，那监工官吏在不断大声呵斥，威风凛凛啊时常挥舞皮鞭。在远处，又有那被征发劳役的队伍络绎赶来，一队啊，又一队啊……不见了农夫耕耘，消散了桑林欢歌，往日广袤原野多么膏腴，而今徒留几株谷禾荒疏。

卫君宣公，发号政令急如星火，即刻要在卫齐之间啊，在那黄河岸边修建新台。

成千上万的卫国百姓被征发远来，难以计数的能工巧匠被勒令日夜赶工。三更夜半起身，披星戴月不休，暗夜篝火照亮啊，继续修筑工

程啊，劳役百姓苦不堪言啊，监督官吏也口吐埋怨。雄伟新台，一天天增方筑土，拔地高耸；亭台楼阁，一天天奠基垒石，构栋架梁；劳役百姓，一天天劳苦疲累，病疾频生。不记得啊几度日升月落，不记得啊几度风狂雨骤，从家中远道背来的粮袋啊，日益空瘪净尽，劳役百姓精疲力竭啊，终于挣扎修筑完工。壮观啊，那高大的新台，峻伟至凌云，描栋又雕梁，画角飞檐，曲径回廊，鲜明斑斓若天上霞彩，风铃叮咚如仙乐和鸣。相语啊，今我卫君宣公，举倾国之资财，竭生民之劳力，修筑起这宏大华美的新台，将要举行怎样隆重的国事活动？将要迎接怎样尊贵的嘉宾贵朋？

一支浩浩荡荡的迎亲队伍啊，从那黄河彼岸的齐君宫殿啊，迎娶来了美貌绝伦的齐邦公主，回到了黄河此岸的卫国土地。泱泱齐邦高贵公主啊，将要与那俊逸儒雅的太子伋啊，结为新婚夫妇。可喜啊，可贺啊，卫齐联姻，于国有利，难得一双璧人，缔结世羡良缘。可是，不是都说那太子伋已被宣公派遣出使，长途迢遥远往宋国了吗？为何啊新台上张灯又结彩，婚礼大乐喧天鸣奏？又是谁人啊，一夕之间啊，顶替更张做了新郎。

春宵苦短，红日高升，宫门打开走出洞房，荒唐啊，荒唐啊，竟是老迈臃肿的卫君宣公。

滔滔黄河，奔腾不止，一夜之间河水暴溢，悲伤啊，悲伤啊，是不是天上群星纷纷泪落。

又是卫君宣公啊，又是这位姬晋啊，烝纳了庶母夷姜，诞生下了太子伋，现在太子长大成人，文质彬彬玉树临风。原本宣公派使去往齐国为伋提亲，齐王答允太子公主婚姻，卫使返回一番密语窃窃，那宣公啊，闻听垂涎公主美貌艳名，邪意生，欲念纵，先是装模作样遣伋出使宋地，远远离开卫国土地，之后想方设法遮掩世人眼目，也不管劳民，也不顾伤财，也不说父子情，也不讲人伦理，黄河岸边啊筑建新台，中途道中啊悍然拦娶！父代子婚啊，父占子媳啊，居然将公主啊据为己有。无辜的公主，年少的公主，原本应和卫太子伋啊，缔结连理，比翼双飞，做一对如花美眷，成一世美满良缘！只因为啊，只因为荒唐宣公啊，一番颠倒，一番淆乱，糊里糊涂嫁给宣公，居然啊，新台之上，叵测变幻，变成了啊，变成了卫宣姜。

新台堂皇富丽，宛若琼楼玉宇，仿佛人间仙境。难预料啊，难预料私欲凶险荒谬，齐邦公主啊，困陷泥淖啊，暴风狂骤，苦雨凄凄，一茎柔弱水上花啊，萎谢浊风污雨中，蕊瓣凋残，四散飘零。

黎民百姓，尚且懂得礼义廉耻，尚且遵从秩序人伦，方有那家和万事兴啊，何况王公贵族，婚姻须合二姓之好，诸侯联姻，更肩负有邦国责任，卫君宣公啊，忘掉了为子之义，忘掉了为父之道，忘掉了为君之德，一切一切啊全都忘掉，于上烝纳了庶母，于下拦娶了儿媳，置邦国于脑后，置生民于水火，卫人啊，卫人啊，心寒，齿冷，难言，难表。

想起来征发行役远道跋涉，想起来官吏催逼日夜兼程，想起来顶风冒霜忍饥受渴，想起来披星戴月筑土建宫，原以为啊，那新台是用来外事礼仪盛典，彰显我们卫国声威尊严，却不过，却不过只是笑话一场！掀开层层宫闱华美，尽显桩桩肮脏丑陋。那年少美貌的齐邦公主啊，如三春豆蔻，若孟夏新荷，像仲秋皎月，似冬晨初雪，天下诸侯各国，多少王子王孙，心上的佳人，梦里的匹偶，四海使臣啊纷至齐廷，求聘公主啊缔结婚姻。宣公啊，宣公啊，既为太子求亲，何来新台娶新？甚荒唐，甚荒唐！

夜深人静，弦月益亏，那身影叹息徘徊踟蹰，莫非啊是天上月老错断红线？

黄河翻涌，湍急回旋，几多愁怨一川东流水，慨叹啊浮萍飘零无依

任浮沉!

　　溪水之中，河道之上，修筑鱼梁，设置渔网，为的是捕获肥美鱼鲜，你看这一尾鲫鱼鳞光闪闪，你看那一尾花鲢活泼跃起，你看又一尾乌鱼激水哗然……你看啊，你看啊，别人的渔网中大鱼翻腾跳跃，别家的女儿啊夫婿青春年少，卫宣姜啊，卫宣姜啊，在黄河岸边，在新台之上，不见了太子英俊风仪翩翩，惊见那宣公嘴脸惺惺作态，为什么啊，为什么啊，渔网中不见了吉祥红鲤金光闪闪，半道中途啊，跳进来了一只丑陋的癞蛤蟆！世上女儿家啊，当情窦初开啊，将那如意郎君心中描画，谁人不想珠联璧合，谁人不望花好月圆。卫宣姜啊，卫宣姜啊，空有艳绝美貌，却一若那无根的浮萍，风云突变，无依无靠，可惜啊，可怜啊，从此飘零，从此波澜始生。

　　卫君宣公啊，命苍生听从政令，要百姓遵从礼仪，身为诸侯却不养六德，寡廉鲜耻而荒淫乱伦。阴奉阳违又心口不一，却让百姓忠心耿耿披肝沥胆；为所欲为昏庸无道，却要天下遵规守矩忍气吞声。不顾父子之情啊，乱了人伦；不念朝廷家国啊，散了民心；不思天下大礼啊，失了国体。你看，你看，那一只丑陋不堪的癞蛤蟆，瞪眼，鼓腹，咕呱，咕呱，咕呱咕呱，咕呱咕呱……

　　几多卫人长叹息，几多感慨意难平，那是谁人啊，新台之侧，拊掌歌讽，一唱啊百和，和着那滔滔汹涌的黄河浪波。

　　新台高筑明丽辉煌，黄河漫漫日夜东流。俊俏姑娘想嫁美郎，谁知遇见丑癞蛤蟆。

　　新台高筑壮丽峻伟，黄河水涨浊浪滔天。俊俏姑娘想嫁美郎，谁知碰上丑癞蛤蟆。

　　设置渔网为捕鲜鱼，丑癞蛤蟆却跳网中。俊俏姑娘想嫁美郎，谁知嫁个丑癞蛤蟆。

叹息啊，齐邦宣姜啊，身世飘零，一如浮萍，无依无着，泪落风雨中……

叹息啊，卫君宣公啊，后宫淆混，一如乱萍，萧墙祸端，自此而殃生……

叹息啊，泱泱卫国啊，国势衰落，一如残萍，内忧外患，交困几重重……

叹息啊，新台巍然壮丽，叹息啊，黄河不绝奔流，风狂，雨骤，打落青萍……

黯然魂销怜孤舟

***

邶风·二子乘舟

二子乘舟，泛泛其景。愿言思子，中心养养。

二子乘舟，泛泛其逝。愿言思子，不瑕有害。

风雨卫国，还是宣公当政，第十八年。

走下新台，走进卫宫，卫宣姜相继生下两子，姬寿、姬朔也已悄然长大。昔年当初，宣公烝纳庶母夷姜生育了太子伋，继而为伋求娶齐国公主，未曾入室自己半道纳于新台。今时啊，今日啊，新台讽歌还在百姓口中传唱，卫宣姜年轻的容颜已经淡漠。

几多世人称颂啊，太子伋年长俊雅，君子坦荡荡，尽国忠侍亲孝友爱兄弟。

几多世人赞叹啊，公子寿温润如玉，自幼与异母哥哥太子伋啊，相爱相亲。

几多世人缄口啊，公子朔心怀非分，私下里豢养死士，虎视眈眈志在王位。

是哪一日啊，兄弟祝酒，朔污诉太子伋并未忘记夺妻之恨，假借醉酒令已称其为父？是哪一日啊，月黑人静，朔污告太子伋发誓将来即位之后，定要纳娶宣姜以为己妻？是哪一日啊，风寒雨冷，朔污称太子伋卧薪忍辱图谋雪耻，即将有所行动不利宣公？一日一日，谗言不止，积毁易销骨，蠹虫生朽木，卫君宣公勃然大怒，设定计谋派太子伋出使，出使旗帜白旄标记，血腥谋杀就在中途，杀手领命已经上路。

哥哥啊，寿清晨匆匆赶来，不是为哥哥出使送行，而是要拦阻哥哥上路。宫中刚刚传来消息险恶，一桩大祸泼天啊，布在途中张网等待哥哥！那朔啊屡屡构陷哥哥，父王派出杀手已经上路，只待哥哥旌旗白旄出现，天罗地网，刀光剑影，哥哥啊，祈请速速逃命，万勿出使前行。

弟弟啊，好弟弟涉险报送消息，忧心我的安危啊匆忙又惶急，弟弟恩情山高水长，哥哥感怀铭记五内。如果弃掷使命出逃，于国不忠；如果违背君父意愿，于亲不义。不忠不义，不齿不为。好弟弟啊，天大地大，哪里有无君之国？哪里有无父之子？君父决意如此，无惧前去赴死。

哥哥啊，哥哥心意坚贞不移，且容弟弟设酒饯行。一爵酒满，尊哥哥啊为朝廷国家累岁奔波；两爵酒香，敬哥哥啊多年来友爱关怀于我；三爵酒美，祝哥哥啊此一行出使马到成功；四爵酒溢，愿哥哥啊一路顺风平安又吉祥……哥哥啊，哥哥啊，你醉酣，且深睡，让弟弟我高高举旗帜白旄，我啊，代你前去！

弟弟啊，哥哥酒醉醒来迟了！黄昏将暮，黑云低垂，风满帆张，哥哥马上就能追上你了，好弟弟啊，一定要平安，千万要无虞！我已望见了旗帜白旄，我赶来了！好弟弟啊，船板上，血泊中，身首异处的难道是你？双目不瞑的不就是你啊，苍天啊，绝望父子相残，泪溅手足深情，哥哥何能苟活，我们一同上路。

我是太子伋，你们为何误杀公子寿？速速取我首级，交付王差去吧。

苍天啊，大地啊，锥心痛啊，肝肠断啊，美玉砰然间碎裂啊，大风摧折了良木啊！两张多么年轻鲜活的面庞，两张多么儒雅俊秀的面庞，

如今血污斑斑，如今黯然魂销！两个多么贤德善良的生命，两个邦国未来希望的栋梁，如今与世长辞，如今横尸孤舟！

或是误杀公子寿追悔莫及？或是谋杀太子伋心中有亏？或是诛杀二子天理不容？一世荒唐，卫君宣公，终是一病不起，踏上黄泉路途。机关奸谋算尽，朔将继承王位，夜深沉，暗无涯。

满天风雨，浊浪汹涌，卫国舟船啊，日益动荡，日益不安。

卫人悲从中来，卫民痛悼伋寿，拊膺扼腕追思，泪飞歌挽二子。

两位嗣君踏乘舟船，舟船漂荡启程远行。极目眺远拳拳思念，心中忧愁神思不定。

两位嗣君踏乘舟船，舟船漂流渐没远影。伫结望远切切思念，该不会有灾难祸殃。

舟船远逝，杳无影踪，万千百姓心曲，试问君王啊，可曾听懂？

卫君无道，国政颠倒混乱，疆野之外，诸侯频起征战，四境之内，赋税远役沉重，一岁一岁，一年一年，夜深沉，暗无涯。

多少卫人啊，行走在路上，相见唯有侧目。不敢稍有叹息啊，不敢稍有叹息啊！看啊，那官员正南北镳突，虎视耽耽啊。

多少卫民啊，端坐在家里，对视唯有苦涩。不敢稍有怨艾啊，不敢稍有怨艾啊！听啊，那群吏正东西叫嚣，如豺似狼啊。

村庄里，城市中，青年壮年的男子渐渐稀少，或被征召参战，或是远服劳役。那征战的啊，血染了沙场；那服役的啊，羸病在异乡。长路上，田野中，触目所及只见到老弱妇孺，几多人憔悴不堪，几多人辗转哭号。那田地啊，已荒芜了膏腴，那谷禾啊，已枯萎了希望。

日煎夜熬，年岁流转，只忍见啊生民流离十室九空，盼不来啊卫国安定盛世清平。天下父母，生儿育女，谁不盼望子孙生活幸福美满啊，谁不盼望阖家老小平安吉祥啊。举国动荡，祸殃满天，覆巢之下，安得完卵。眼前二子啊，即将长大成人，如何让儿子们谋条活命，如何给儿子们觅条生路，是去是留，何去何从？

急裁布葛，缝制厚衣宽大，赶制新履，纳制厚底细密。双手啊不要颤抖，十指必须如飞。双眼啊不要流泪，针线必须看清。慈心啊不能软弱，决意必须坚定。明晨黎晓，河边停泊的那一叶舟船，就会启程远行他邦，机会难逢啊，拔取头上钗，摘下双耳环，苦苦哀求，求得船夫恻隐之心，允诺二子乘舟逃生。我的儿子啊，或许，或许得逃性命，异乡存身。

静夜啊，中庭地白，夜空啊，二星簇月。生儿养儿啊，母慈子孝啊，十数年抚育啊，含辛茹苦啊。一日日，牙牙学语，怀抱肩背。一季季，寒来暑往，烧茶煮饭。一年年，耳提面命，教规明理。若能娶妻贤德宜室宜家，若能子孙满堂承欢膝下，安居乐业，和乐融融，多么幸福，多么美满！

夜深啊忽闻乌啼，可有树枝栖停依傍？由来养儿防老，原望幼乌反哺，情势急迫，万般无奈，送子逃生。这一去，疾病苦痛，再难照料。这一去，生死存亡，听从天命。这一去啊，母子的别离，怕就是永诀。

东方透白，满地寒霜，包裹好一夜赶制的厚衣新履。家中的干粮全部都装上，两个小小的包裹，是我能给你们的最后行装，是我能给你们的惦念深爱。去吧，去吧，异地，他邦，天涯海角，遇苦遇难，母亲悬心，永在儿身。

我的儿子，还未成年，翅羽未硬就要谋生异乡。我们卫国，何时能安宁，举家何日再聚团圆。二子哀哀，不舍母亲，忍气吞声，牵衣顿足，不敢号哭放声，怕惧那官吏虎狼。船夫低语，声声催促，天色欲晓，就要查验，若要逃命，舟船须要即刻启程！

我的儿子啊，忧愁郁结久久伫立，泪雨纷飞望舟远行。走吧，走吧，哪怕远到天际，哪怕再不相逢。要忍得他乡孤独苦痛，要耐得谋生劳作艰辛，要兄弟帮扶，要相互依靠，要相亲相爱。河不晏，海不清，卫国不安宁，千万莫返乡！千万莫返乡！走吧，走吧，快啊，快啊，只求啊，你们长保平安，只望啊，你们活得性命！是生离，是死别，难舍，难分，最是母子连心，凄惨怆然低歌。

两个儿子踏乘舟船，舟船漂荡启程远行。极目眺远拳拳思念，心中忧愁神思不定。

两个儿子踏乘舟船，舟船漂流渐没远影。伫结望远切切思念，该不会有灾难祸殃。

舟船远逝，杳无影踪，殷殷母亲心曲，试问世人啊，可曾听懂？

鄘风

泛彼柏舟,在彼中河。髧彼两髦,实维我仪。之死矢靡它。母也天只,不谅人只!

忽如一夜春风来

***

鄘风·柏舟

泛彼柏舟，在彼中河。髧彼两髦，实维我仪。之死矢靡它。母也天只，不谅人只！

泛彼柏舟，在彼河侧。髧彼两髦，实维我特。之死矢靡慝。母也天只，不谅人只！

殷商旧都，畿分三国，在那古老朝歌的南面，分封一方鄘国的土地。

那里啊，巍巍青山起伏绵延，黄河汤汤日夜淌流，森森柏木，凌冬不凋。那里黄河的水面宽广，泥沙淤积，平原肥沃。

曾经还是现在，在那苍茫浩渺黄河的中游处，有一叶小小柏舟泛流。

是那回眸一眼，忽然望见天际原野一抹柔嫩新绿，在若有若无间。
是那无意倾耳，忽然听到林中雉鸟一阵啼鸣欢唱，在呼朋引伴中。
是那黄河渡口，忽然冰雪消融岸泥松软水流汤汤，在洁白浪花里。
是那红日煦暖，忽然衣袂飘飘笑靥如花管笛清扬，在春风十里上。
三五女伴相约，踏青对歌欢会。在那黄河岸边，杨柳初绿，枝条如

丝柔软，折一枝在手中，一如绿绦刚刚裁成；河中水草，鱼儿穿游其中，吐出一串水泡，就像珍珠晶莹闪亮。风儿微微拂过脸庞，轻暖不寒；河水奔流向东，年华正好。

彼岸声声传来，络绎少年歌声婉。欢乐的少年们，喧闹的人群中，那是谁人踏歌啊，那是谁人击掌啊，那是谁人搔首啊，那是谁人徘徊啊。什么都还不曾发生，一切也都没有预征，而你，在那背景之上清晰浮现，投向我一张羞红的笑脸。

是为那一双晶亮的乌黑眼睛吗，还是那整齐好看的洁白牙齿，还是那挺拔俊秀的身影侧颜，还是啊，什么都不是原因，只是一见你披发齐眉啊，一笑童真。

忽如一夜春风骀荡吹来啊，我的心灵原野之上，春水满涨潺潺，芳草萋萋连天，花儿朵朵盛开，芬芳四野漫溢，七色彩虹斑斓，再无设防，一刹那沦陷了。

那时节，暖风含笑，白云慢飘，枝头黄雀成双鸣叫。我像清风一样欢喜，你如白云一样飘逸，一派天真，纯净又美好。你我少小，两无嫌猜，坐在那含苞吐蕾的桃树下，肩并着肩，你说天无邪，我谈地烂漫，你爱含笑，我爱凝看。

那时节，灯火初上，星光初亮，桨声欸乃渔火荧荧。我沿岸踏水而上，你一船星辉漫溯，河风清凉拂你披发，月光衣我银华锦裳。你抛洒渔网，我安静守候，鱼舱里一尾尾鱼儿翻水泼刺声声，就让这时光自天荒而始，至地老而终啊。

今朝，眼前，一脉黄河水波绵延东流，半湾亭亭荷叶田田相连，毕竟廊土风光，不与他邦相同。女伴们纷踏莲舟，采摘肥美莲蓬。采一茎晚荷粉白清香，摘一只莲蓬碧绿饱满。红鲤锦鳞闪闪，白鲢银光乍显，乌鱼其后相连，鱼儿成群嬉戏莲叶间，东西才隐没，南北又出现，惹得欢声阵阵，笑语喧天。

今朝，耳畔，一支悦耳管笛婉转传来，一叶柏船顺河轻盈漂来，你在船头站立，披发齐眉衣袂飘然。天空高远澄澈，有一字雁阵翩翩；河水远流碧波，有天光云影徘徊；天地之间，恍惚猛然寂静无声，只听你管笛倾诉心愿，俯身看那水面，水中女子羞红粉面，低头漫剥莲蓬，莲子如水清碧，莲子莲子，又唤醒爱怜你的情意，绵绵如流水不息。在女儿心上的河流中央，一叶柏舟轻轻荡漾，你披发齐眉的俊秀模样，一如人生初见，春风满面。轻拍舟舷，应和笛音，清风白云，曼歌悠扬，沉醉了粉荷碧莲，陶然了披发少年。

柏木小舟随波泛流，轻轻漂荡黄河中央。披发齐眉的少年郎，正是我的心仪姻缘。

柏木小舟随波泛流，轻轻漂荡黄河岸边。披发齐眉的少年郎，正是我的美好姻缘。

是在田间俯首劳作时，偶然听见女儿的歌声，听出了那歌中的似水柔情。

是在灶下烟火熏烧时，忽然想起女儿的眼睛，为什么时而发呆时而笑盈？

是在静夜挑灯缝补时，突然看见女儿的面庞，红润光洁如桃花绽放春风。

数一数啊，数不尽的憔悴鬓边寒霜渐染。看一看啊，看不忍的粗糙干裂双手厚茧。算一算啊，算不够的田里家中茶米油盐。想一想啊，想不清的父母儿女温饱冷暖；不由得叹气连连。一晃数年啊，一晃数年啊！曾经也像女儿一样青春年少啊，曾经也像女儿一样情窦初开啊，只为桑林深处，邂逅相逢的那一眼含情。一晃数年啊，一晃数年啊！一心

一意的幸福美满，都化作了忧愁苦辛岁月沧桑在慢慢咽尝。忧心赋税劳役，愁闷亲邻节礼，苦痛旱涝饥荒，艰辛寒暑耕作。一柴，一草，一衣，一食，现实的尘埃啊，早把两情相悦的春花草草掩埋。当年的挺拔少年啊，已经压弯腰背；当年的如花少女啊，已经皱纹满面。贫贱夫妻，百事哀伤。如果说当年懂得携手之后的苦和难啊，还会不会一腔孤勇奋然同行？还会不会一腔孤勇奋然同行啊？

女儿啊，花朵一样的女儿啊，正当青春最美年华。盼你的人生啊，多一点欢乐富足；望你的未来啊，少一点愁苦辛酸。即便是现在一眼钟情，又怎能长保一生安然。怕时光蹉跎啊人心容易改变，怕风霜雨雪啊无人为你承担。世间不容后悔，时光不会倒流。女儿啊，婚姻大事，终身大事，就要择一生一世安稳可依。

母亲啊，我知道世间不止年少美好，我知道它有忧愁也有衰老。这一世做您的女儿，你给了我美丽的名字，给了像您一样温柔热烈的心。母亲啊，请许我这一份真心，活着就是历经红尘滚滚，不是一朵白莲端立画上。相亲相爱，愿意试一试；来日忧愁，我不惧不怕。母亲啊，二老双亲当年唱响的歌谣，不记得吗？

发下誓言至死不改主张。我的母亲啊我的天，为什么对我不体谅！

发下誓言至死不变心意。我的母亲啊我的天，为什么对我不体谅！

母亲啊，当那春风吹过，世上年少女子，几多心花初放，允我青春光阴，酿一坛生命美酒，甘洌清甜，也或许是辛酸苦涩。母亲啊，梦里花落，怎知多少，春晓醒来，更有啼鸟。母亲啊，人世的一切，我终将承担，也许会有荆棘，也许会有珠冠。母亲啊，你看那黄河柏舟，你听那管笛悠扬，那个披发齐眉的少年郎啊，就是女儿心上的祈愿。

柏木小舟随波泛流，轻轻漂荡黄河中央。披发齐眉的少年郎，正是我的心仪对象。发下誓言至死不改主张。我的母亲啊我的天，为什么对我不体谅!

柏木小舟随波泛流,轻轻漂荡黄河岸边。披发齐眉的少年郎,正是我的美好姻缘。发下誓言至死不变心意。我的母亲啊我的天,为什么对我不体谅!

忽如一夜春风吹来,一树桃花夭夭灿烂。母亲啊,允许女儿一生逐风,不怨,不悔,不惧,不畏,好不好?

柏舟泛流质坚耐水,我心炽烈为爱忠贞,长歌啊,爱恋誓言火热滚烫,这诗,这歌,一代,一代,长相传。

听,血脉深处,黄河汤汤,柏舟泛流……

一场败坏　千夫所指

鄘风·墙有茨

墙有茨，不可埽也。中冓之言，不可道也。所可道也，言之丑也。

墙有茨，不可襄也。中冓之言，不可详也。所可详也，言之长也。

墙有茨，不可束也。中冓之言，不可读也。所可读也，言之辱也。

新台之丑的余音还未消歇，二子乘舟的悲歌尚在耳畔。

一世荒唐的卫君宣公啊，终是一命呜呼。诡谲险诈的公子姬朔啊，如愿继承王位，史称卫惠公。

卫国啊，惠公执政，雷霆震动，首先罢免了卫廷重臣右公子姬职和左公子姬泄。姬职、姬泄是宣公之弟，当初受命宣公托付，姬职教导太子伋，姬泄教导公子寿，二子修德风仪翩翩，卫邦子民交口称颂，难料风云变幻，二子惨遭杀害，姬职、姬泄本已悲愤交加，又被无端免职，心中啊，更生出了诸多怨恨。

卫君啊，惠公当政，致力追随齐邦。惠公之母宣姜太后啊，本是齐君僖公的女儿嫁来卫国，惠公追随外公齐君僖公啊，征伐诸侯连年战争，民怨沸腾。

终于，借着惠公离开卫国参加诸侯会盟时机，姬职、姬泄发动卫人迎立公子黔牟，拒惠公车队于国门之外，宣姜被控滞留卫都。惠公出奔逃往齐国，投奔刚刚即位的舅舅齐君襄公。齐君襄公正向大周王室求娶王姬，黔牟也是天子女婿，不好翻脸刀兵相见，一番抚慰，安顿惠公留住齐邦。

如何维护齐、卫友国关系，也能保住妹妹宣姜性命，齐君襄公想出主张：让宣姜再嫁卫国权臣公子顽，要知道啊，要知道啊，遇害的太子伋和公子寿，奔齐的惠公朔，迎立的卫君黔牟，要嫁的公子顽，一个一个都是那卫君宣公的亲生儿子，其中寿与朔是宣姜所生，若是要宣姜再嫁公子顽啊，分明是嫁给了名义上的儿子。

当初卫君宣公烝纳庶母夷姜，生下了太子伋；后为太子伋求婚齐国，贪恋美色新台中途骗去的儿媳就是宣姜啊，父父子子，一团乱麻！一场昏风乱雨还在糊涂继续，齐君襄公意见传来，卫国贵族一片支持，于是，宣姜再嫁公子顽。

齐、卫两国保全了友邦关系，宣姜和公子顽相继生育了三子二女，出奔的惠公在齐国日夜翘首，枕戈以待。

又是数年，齐君襄公兄妹荒唐，南山讽歌雄狐绥绥，所娶王姬郁郁而终。

一朝，借得卫君黔牟朝拜天子之际，在齐君襄公的支持下，惠公率领借来的齐邦军队杀奔卫国，夺权，复位，拒黔牟于国外。自此，惠公开始追随齐君襄公征伐诸侯，战事远役又是连年。

风狂雨骤，乱萍浮沉，宣姜后事，不知所终。

天地玄黄，宇宙洪荒，国以何兴？家以何旺？

在那天地之间，日月交替，四季有序，耕作有时；在那朝堂之上，君臣有德，各司其职，同心一体；在那家庭之中，父爱母慈，子女孝敬，兄弟相亲。

卫国康叔受命大周天子，在这黄河侧淇水岸立国，康诰酒诰，梓材以命，康公、武公勤于国事，和集卫民，君子辈出。数代之中，卫国兴盛，卫民富足。

天穹苍苍，四野茫茫，国以何衰？家以何败？

在那天地之间，征战远役强夺农时，赋税沉重苛责民生；在那朝堂之上，为君昏庸荒淫，奸佞当道忠贞失途；在那家庭之中，父子手足相互杀戮残害。

卫宣公荒淫失德，父亲庄公尚在就乱伦夷姜；新台之丑夺媳，杀戮伋、寿二子，开启君臣父子相残相杀祸门；宣姜随波，惠公助澜，好一场国混家乱。

宫廷深深深几许，自以为讳莫如深，岂不知掩耳盗铃啊，丑事秽闻满天飞。

内城外郭，水村山乡，宫廷风雨口口相传，荒淫败坏当道，令人目瞪口呆。

偌大的卫国都城，渐失和乐安宁。朝堂之上，是那奸佞当政；国都之中，大夫贤士齿冷。你看那长夜漫漫，君子怆然心忧，为上无行谏言难进，青天日益暝昏；你看那几案青灯，士人对影无言，卫君失道荒淫不堪，狂风起尘弥漫；你看那淑德女子，哑口丑事秽闻，心田洁净岂容染污，浊雨落路泥泞。国都之中，钟鼓不响，列鼎难食，不见了礼节典庆；君子退隐，士人相从，不见了令德美仪。虽是春天，草不绿，花无艳，黄雀远飞，人面惨淡。

众多的城池邑地，日渐萧条衰微。官衙之中，是那贪虐勾结；市井之间，是那强吏横行。你看那庭院之中，贤良徒然叹息，处江湖之远忧其君，巍巍松柏蠹生；你看那集市之上，商贾无奈顿足，往昔繁华热闹消褪，猗猗绿竹萎枯；你看那街头巷尾，儿童歌谣相和，墙有茨呀墙有茨呀，家国何时安宁？城邑之中，鼓乐不奏，琴瑟不鸣，散淡了礼仪节庆；君子归隐，士人相随，散却了美德风仪。虽是夏天，山不润，川无泽，紫燕远离，人面黯淡。

广大的乡野村庄，日益凋敝荒凉。南北街道，是那赋税收征；东西小巷，是那劳役将行。你看那白发老人，拄杖倚门泪横，独子服役远方他乡，是否平安无恙？你看那夫妻相望，家徒四壁萧然，上年欠赋尚未交完，今年税从何出？你看那田间地头，阵阵讽歌入耳，墙有茨呀墙有茨呀，家怎安国怎宁？村野之中，再无鼓乐，再无钟鸣，消失了仪式欢庆；君子归藏，士人去国，寒凉了善德良行。虽是秋天，田不丰，园无果，雉鸟远遁，人面凄惨。

寒冬来临，北风凛冽，宫闱之中炉火熊熊，粉面依旧暖意融融。

冬寒雪落，北风呼啸，都城乡野天寒地冻，可怜卫地黎庶苍生。

冬夜漫漫，卫邦大地无尽黑暗，讽歌四起，卫民心声直抵苍穹。

墙上生长蒺藜，千万不能扫掉了呀。宫廷中的那些丑事，千万不能说道了呀。如果谁要说出口呀，说出来是太丢丑呀。

墙上生长蒺藜，千万不能除完了呀。宫廷中的那些丑事，千万不能细说了呀。如果谁要细细谈呀，说起来话是很长呀。

墙上生长蒺藜，千万不能除净了呀。宫廷中的那些丑事，千万不能宣扬了呀。如果谁要宣扬开呀，说来是羞辱一场呀。

凌冬，千里冰封，万里雪飘，卫邦大地皑皑洁白，纵然掩盖了枝残叶败种种污秽，冬寒刺骨，冬日漫长，然，须信终有那一日啊，冰雪消融，水落石出！一场败坏，千夫所指，盼丑事早日消散，盼美德早日复兴，盼我卫邦啊，早复清明……

美人如花隔云端

***

鄘风·君子偕老

君子偕老，副笄六珈。委委佗佗，如山如河，象服是宜。子之不淑，云如之何？

玼兮玼兮，其之翟也。鬒发如云，不屑髢也。玉之瑱也，象之揥也，扬且之皙也。胡然而天也？胡然而帝也？

瑳兮瑳兮，其之展也。蒙彼绉绤，是绁袢也。子之清扬，扬且之颜也。展如之人兮，邦之媛也！

大道迢遥，大道迢遥，彼一端是齐疆，此一端是卫土。

那一年，翻越了重重山岭，跋涉了道道川河，你来了，齐、卫两国联姻。

那一日，拂落了仆仆风尘，更换了华美礼服，你来了，来嫁太子伋啊。

及笄年华，美艳名冠天下，待字闺中，你是齐国姜姓公主。诸侯各

国王公贵族求婚的队伍络绎前来，年少的你，对一生良伴有过什么憧憬？千挑万选，斟酌再三，父亲齐君僖公应许了卫国使臣。都说卫太子姬伋儒雅俊逸，温润如玉风仪翩翩少年郎，何况这一嫁齐卫联姻两姓修好，自然是珠联璧合天作良缘。那一刻，你是否和羞看啊，看那星辉熠熠，春风轻拂罗帷。

迎亲的队伍仪仗鲜明，送亲的车马盛大浩荡，在那黄河岸边，你最后饮下的那杯送嫁饯别美酒，是否清醇甘美？黄河彼岸，卫国刚刚完工的新台高峻雄伟，那里，已经是悬灯结彩，鼓乐齐备。新婚洞房，来的新郎啊，臃肿又老迈，不是太子伋，却是卫宣公！那一晚，你是否知道了为何新台匆筑，却原来陷阱早设？你是否回眸啊一顾月色素白，那黄河滔滔浪浊。

卫邦全国之力修筑新台华美，轰轰烈烈，你登上宫殿，步步踏着坎坷。

宣公回返卫都车队辘辘驶过，众人瞩目，你默如止水，无声无息端坐。

礼庆大典，王公贵族云集，闻名天下，你是卫国夫人。两姓联姻一堂缔约，良缘永结相誓白首，执手宣公，你是否真的不悲不喜，安之若素？刺绣精美彩绘鲜明，你身上的礼服如此合身适体，没有一点瑕疵；横簪斜钗悬金雕玉，熊、虎、赤黑、天鹿、辟邪、丰特六兽累累垂饰，闪耀夺目华彩；姿态美好容貌绝伦，你仪态万千风度翩然不凡俗，华贵雍容自若；丰姿超凡，自然天成，庄重高贵如同青山秀挺，深沉优雅如同碧河容蓄，世上怎么会有这样的女子？莫非是天上仙女落入凡尘？莫非是九天帝女降到人间？

岁月无声，时光转瞬即逝，你已经与宣公生育寿、朔二子。寿是翩翩少年初长成，儒雅俊逸，且与太子伋朝夕相处，相知相亲，二人并肩伫立宫阙，清风吹来，恰似玉树两株亭亭。朔虽年少，极善权谋，府中豢养死士，昼夜有所图谋。寿与朔两个孩子都是亲生，你知不知道他们品行天渊之别，截然不同？当朔屡进谗言终于得逞，宣公阴谋派遣太子伋出使齐国，执旗帜白旄，趁机截杀于中途的时候，你是否曾经主动甘心参与其中？你有没有被他人当作棋子运用？那是谁人说啊，说你与朔向宣公哭诉，污蔑太子伋图谋继王位重新夺美妻，看见梨花带雨宣公一怒冲冠，起意杀子；那是谁人说啊，说你向寿暗中传消息，告诉太子伋大祸将至赶快保命远逃，谁料寿、伋二子同心同德，争相赴死，同亡舟中。是悔？是惊？是病？是衰？卫君宣公，一命呜呼。野心得逞，朔，如愿继位，后人称之卫惠公。

礼庆大典，王公贵族云集，闻名天下，你是卫君惠公的母亲。朝堂巍巍嘉宾齐聚，权臣贵族各怀心事，幼子登位，你是否真的不忧不惧，坦然自若？彩绘锦雉光彩闪烁，你身上礼服色彩绚烂鲜明，瞬间夺人眼目；无须装饰假发，你秀发如云乌黑浓密又柔顺，让人心生怜惜；双耳宛如半月莹润，玉石耳瑱佩饰耳旁仪态典雅，象牙搔头细腻光润簪插脑后，脸庞白嫩光泽闪闪，岁月为何没有在你的身上留痕，初见惊为天人，再见依然钟情，世上怎么会有这样的女子？像是天上仙女落入凡尘，像是九天帝女降到人间。

卫惠公虽是年少继位，却一心追随着外公齐君僖公，连年累岁征伐诸侯邦国。卫邦赋税沉重，卫人远役苦辛，民怨日益沸腾，右公子姬职与左公子姬泄迎立卫君黔牟，拒惠公于国境之外。那是谁人说啊，说你被控制淹留卫都，按照礼规不能私自返回齐国；那是谁人说啊，说你参与谋害了太子伋和公子寿，应当被处死。惠公投奔舅舅齐君襄公，齐君襄公正向大周王室求婚，与黔牟同为天子女婿，不便出兵。为联络齐卫向来友邦关系，齐君襄公明里暗里授意你要再嫁以稳政局，再嫁权臣昭

伯顽，宣公庶子顽，是你名义上的儿子啊。虽说是数年之后，惠公重新返卫再夺王权；虽说是此后余生，你与昭伯顽生养了三子二女，但就在那个决定的时刻，你是否有矛盾纠结举步维艰？你是否有羞愧耻辱涌上心头？还是在顺水波流上，欣然踏舟？秋雨萧索，你是否曾见黄花凋残，梧桐叶落满阶满院？

礼庆大典，王公贵族云集，闻名天下，你是昭伯顽的心上宠爱。庙堂巍峨贵族汇聚，卫君黔牟、姬职、姬泄，人言纷乱，你是否真的不惊不扰，气定神闲？红纱如火白绸似雪，你身上的礼服色彩绚烂鲜明，一如云霞明媚；外面罩穿绉纱衣衫，绉纱细薄微微迎风那衣带轻飞飘飘，令人不禁慨叹；贴身夏衣穿在里面，更显得风姿绰约亭亭玉立。你的眼睛乌黑又明亮，双眉如画入鬓修长，脸颊光洁又透着红润，如同玉石一般闪着光泽。世上竟然会有这样的女子呀，一顾倾城，再顾倾国，真的是美若天仙举世无双。

那是谁人说啊，说是美人如花，红尘摇曳，你美丽的容颜世上难见，风寒屡摧容易断折，城邑乡野，聆听那卫人低唱，几多悲悯，几多感慨。誓言与君子到白首，美人如花高在云端，可是你的命运不幸，说来又能如之奈何。

那是谁人说啊，说是美人如花，红颜祸水，你美丽的容颜好像天仙，可是又误国又误民，城邑乡野，倾听那卫人高歌，几多悲愤，几多讽慨。誓言与君子到白首，美人如花高在云端，可是你的品行不端，说来又能如之奈何。

誓言与君子到白首，发簪装饰金玉累累。仪态万方雍容华贵，庄重如山深沉似河，合身礼服绣绘华彩。可是你的品行不端，说来又能如之奈何（可是你的命运不幸，说来又能如之奈何）。

色彩鲜明绚烂夺目，礼服彩绘锦雉闪烁。秀发如云乌黑浓密，不需加戴假发装饰。玉石耳瑱佩饰耳旁，象牙搔头簪插脑后，脸色白嫩且光泽闪耀。怎么如同天上仙女？怎么如同那帝女下凡？

色彩鲜明绚烂夺目，红纱白绸礼服耀眼。外罩细薄绉纱衣衫，贴身夏衣穿在里面。你眼明睛亮眉毛长，脸颊红润且光华闪耀。诚然果真有这样的人啊，真是美女倾城倾国！

子之不淑，天下名扬；子之不淑，千年流传。子之不淑，子之不淑，到底是你品行不端乱伦家国，卫人愧然多讽歌？到底是你身如飘萍命运不幸，卫人同情多歌咏？还是你人性多变二者兼有，卫人同情又加刺讽？

时光尘烟中，你寂然无声沉默，美丽的容颜久远淡漠，遥隔云端，天花一朵……

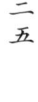

闻郎桑中唱歌声

鄘风·桑中

爰采唐矣？沬之乡矣。云谁之思？美孟姜矣。期我乎桑中，要我乎上宫，送我乎淇之上矣。

爰采麦矣？沬之北矣。云谁之思？美孟弋矣。期我乎桑中，要我乎上宫，送我乎淇之上矣。

爰采葑矣？沬之东矣。云谁之思？美孟庸矣。期我乎桑中，要我乎上宫，送我乎淇之上矣。

殷商故畿，朝歌之南，这里是鄘土。山谷间，田野上，桑林中，麦田里，有红男绿女，青春恰年少。那清风吹来，几多情思悠远啊，岁岁年年，无止无息。

卫国大地，沬邑膏腴，青山绵绵相连，淇水悠悠流淌，田野平旷无际，草木葳蕤茂盛。那此起彼伏的歌声啊，悠扬动听。那年少爱恋的真心啊，一片至诚。

仲春时节，大地之上草木葱茏，田间桑林，青年男女一派欢歌，祀奉农神的祭礼马上就要举行。

青青菟丝，附寄植株，菟丝治湿，煮汤有利身体强壮。你看那青年男子，攀摘干丝百团。你看那青年女子，相约田间寻找。到哪里采摘的菟丝最茂盛最苗壮？当然是要到沬邑这个地方。眼前桑丛上，就有寄生的菟丝缠缠牵牵，就像你那又柔又长的青丝，慢慢缠绕我的心上。

就在我刚刚走过的那边田野里，就在那一群还在寻觅摘取菟丝的姑娘中，就是那一位穿着翠色衣裳的姑娘。我的翠衣姑娘，刚刚你抬眼望过来的目光，柔和得就像晚上清水一样的月光，看呆了我的双眼，看热了我的脸庞。我慌张的双手忽然不知道该往哪里放，手心热汗直往下淌，刚想张开手掌凉一凉，拿在手里的菟丝全都洒在了地上。就是我这狼狈的模样吧，引得一群姑娘轰然欢笑，喧闹声中，你含笑转身，俯首采得菟丝放进背筐，那满头乌亮的头发啊，又柔又长。

我美丽的翠衣姑娘，仲春农神祭祀就要开始，青年男女将要相约欢会。在那茂盛桑林中，长满碧绿鲜嫩桑叶，去那里我能见到你吗？在那高高上宫台边，百草茂密野花开放，去那里我能见到你吗？在那澄澈淇水岸边，浪花洁白芦苇新生，去那里我能见到你吗？如何才能再次见到你，再次醉倒在你月色一样温柔的眼睛里，我的好姑娘，现在我就为你把歌唱，唱我想见你的心思，歌我想约你的地方，你听着啊，你听着啊。

到哪里去把菟丝采？就在沬邑这个地方。我的心里把谁思想？是那美丽孟姜姑娘。她约我啊来到那桑林中，她邀我啊来到那上宫台，她一路送我啊送到那淇水边上呀。

美丽的翠衣姑娘啊，桑林之中，上宫台旁，淇水边上，我在等待，你敢不敢啊，你敢不敢来相见？

初夏时节，大地肥沃草木葳蕤，田间桑林，青年男女阵阵欢歌，祀奉农神的祭礼很快就要举行。

五月南风吹来，麦子开始变黄，散着幽幽的清香，无论蒸煮，吃起来都是满口香，久吃麦子身体强壮。看清麦秆茎节地方轻轻一折，饱满的麦穗就采摘到。男女老少采集收获，田间陇亩身影多么繁忙。眼前的麦子，泛着金黄，溢着暖香，就像你身上萦绕的芬芳，弥漫我心间。

就在我眼睛望着的北边田地里，就在那许多正在忙碌采集麦穗的姑娘中，还是那一位穿着翠色衣裳的姑娘。我的翠衣姑娘，刚刚和你擦肩而过的时候，你那淡淡体香就像这五月的阳光，一下子温暖了我的胸膛，肺腑中满满浸润甜香味道。这一次，心再慌，脸再烧，我记得紧攥手中满把麦穗，不敢再出狼狈相。可是我的腿呀，牢牢钉在地上，我的眼睛呀，跟着你就拐了方向。你身前的女伴，全都笑着回头张望，你的笑声和着女伴们的欢闹，多么悦耳，好像银铃一样。

我美丽的翠衣姑娘，夏季农神祭祀就要开始，青年男女要再相约欢会。在那丰茂桑林中，桑叶浓密遮蔽天日，往那里我能见到你吗？在那高高上宫台边，草木葳蕤雉鸡鸣唱，往那里我能见到你吗？在那澄澈淇水岸边，卵石斑斓芦苇高大，往那里我能见到你吗？如何才能不时见到你，多想醉在你阳光一样温暖的体香里。我的好姑娘，我要为你高声歌唱，唱我多想见你的心思，歌我多想约你的地方，你听好啊，你听好啊。

到哪里去把麦子采？就在沬邑北边地方。我的心里把谁思想？是那美丽孟弋姑娘。她约我啊来到那桑林中，她邀我啊来到那上宫台，她一路送我啊送到那淇水边上呀。

美丽的翠衣姑娘啊，桑林之中，上宫台旁，淇水边上，我依然在等待，你肯不肯啊，你肯不肯来相见？

秋日时节，霜前大地草木葱郁，田间桑林，青年男女欢歌不息，祀奉农神的祭礼即将盛大举行。

金风送爽，气候转向清凉，天空云朵就像洁白的小羊。地里蔓菁，叶子油绿，根茎肥美，拱裂土层露出地面。蔓菁块茎或煮或炒，滋味甘平，秋冬多食，益于康健。男男女女采挖收获，地头田中一派喜悦。拔起蔓菁，根叶都透着鲜和亮，就像你脸上泛着的光泽，红润我心上。

就在我伫立凝视的东面田地里，就在那一众忙活采挖蔓菁的姑娘中，依旧是那一位穿着翠色衣裳的姑娘。我的翠衣姑娘，刚刚和你指尖相触的时刻，雷不鸣电不闪却把我彻底击中，酥麻了筋骨，沸腾了血脉，你的指尖有火吗，把我的整个人都点燃！用心觅到一棵蔓菁，难得泛着淡淡粉红，忍着心跳，捧着送到你的手边。你左右劳作的女伴呀，都已经笑得抬不起头。你的眼角微微泛红，慢慢接过我捧的蔓菁，右手食指轻轻一触，一下，我就融进了你唇边隐隐的小酒窝。

我美丽的翠衣姑娘，秋季农神祭祀即刻举行，青年男女又要相约欢会。在那桑林之中，桑叶由绿泛黄，在那里我能见到你吗？在那高高上宫台边，草木结实大雁振翅，在那里我能见到你吗？在那澄澈淇水岸边，浪花朵朵芦苇苍苍，在那里我能见到你吗？如何才能见到你，多想融在你火一样醉人的指尖和酒窝。我的好姑娘，为你坦露心肠，唱我藏不住想你的心思，歌我明白约你的地方，你听清啊，你听清啊。

到哪里去把蔓菁采？就在沫邑东边地方。我的心里把谁思想？是那美丽孟庸姑娘。她约我啊来到那桑林中，她邀我啊来到那上宫台，她一路送我啊送到那淇水边上呀。

美丽的翠衣姑娘啊，桑林之中，上宫台旁，淇水边上，我一直在等待，你能不能啊，你能不能来相见？

那天啊，我听见了，春日采摘菟丝，记得你那慌张羞红的脸庞，听见了你热情邀约的歌谣。我没有回声啊，是想要再等一等你，等你明白是偶然的喜欢，还是真的一见钟情？

那天啊，我听好了，夏天采集麦子，记得你那无法挪移的脚步，听见了你深情再约的歌谣。我没有回音啊，是想要再等一等你，等你知晓是一时的喜欢，还是真的一心爱上？

今天啊，我听清了，秋日采挖蔓菁，看见了你双手捧上的真心，听见了你炙热倾诉的歌谣，请听我回语啊，你我已经一等再等，你我清楚懂得真心所向，两情相悦多么美好！

少年郎啊，春去，夏往，秋来到，其实你啊，你一直等在我的心上，那个有你的地方，桑林葳蕤，芳草萋萋，淇水粼粼，花儿朵朵都在迎风开放……

我斥飞尘蒙日月

***

鄘风·鹑之奔奔

鹑之奔奔，鹊之彊彊。人之无良，我以为兄！

鹊之彊彊，鹑之奔奔。人之无良，我以为君！

春秋，这里是卫国。

深院，高堂，灯火通明，兄弟二人垂首对坐，唉声叹气。

我是右公子职，庄公的庶子，宣公姬晋的弟弟，多年来负责教导太子伋。

我是左公子泄，庄公的庶子，宣公姬晋的弟弟，多年来负责教导公子寿。

想起陪伴教导太子伋的往昔，我止不住叹息。父亲在世的时候，兄长姬晋就暗中与庶母夷姜来往，后来夷姜有孕，生下了伋，兄长抱来嘱托我来代为抚育，已是荒唐，可是伋这孩子真是聪敏可爱，令人怜爱。

是啊，后来兄长继位，烝娶庶母夷姜，丑事年久渐渐不再提及。兄长宣公立伋为太子，伋才得以正名。伋自幼儒雅如玉，彬彬有礼翩翩出众，十六七岁的年纪，执旄出使各国，卓然不负使命，声名闻于诸侯。

太子伋长大了，如何安排婚姻大事呢？千思万想，卫、齐两国相

邻，可以互为臂膀，两国素来结有姻亲，还听说齐僖公的大女儿，美貌天下无双，如果能够婚配太子伋，正是一对璧人，天赐良缘，更是对卫国朝堂内政外交各方都好。

是啊，天作之合的一桩大好婚姻，被我们兄长宣公搅成荒唐丑闻。他听说未来儿媳美艳绝伦，竟然在齐卫间的黄河岸边，征召百姓日夜赶工修筑新台，调派伋出使宋国远远离开，新台之上公公骗娶了儿媳，国人不齿，天下耻笑。

新台之后，齐国公主成为宣公夫人，生育公子寿和公子朔。寿这孩子，俊秀挺拔，温厚知仪，更是泄弟你一向精心教导的好啊。公子寿真像太子伋小的时候，这弟兄两个也特别和睦，兄友弟恭，相知相亲，实属卫国之福。

我们分别用心教导太子伋和公子寿，两个孩子真是仁义君子，我们却都忘记了年龄尚小的公子朔。朔在宣公那里屡进谗言，诬告太子伋将要对他们母子不利。宣公不辨是非，竟然信以为真，设下计策谋杀害命，派遣太子伋出使他国，手执白旄旗帜作为标记，而早早埋伏下杀手在那半道途中。

幸还是不幸？寿竟然得知了消息，急急赶去阻拦未果，寿以饯行之名劝饮灌醉了伋，然后手执白旄旗帜登上舟船。等到伋酒醉醒来追赶上前啊，寿刚刚倒在一汪血泊里。太子伋啊，痛斥凶手慷慨赴死！祸起萧墙，卫土蒙难，听啊，听啊，万千百姓正为二子悲歌。

兄长宣公，是我们尊为兄长的人啊，是我们尊为国君的人啊，凡人贵在人性，虎毒尚且不食子啊，荒淫无道，为人不端，搅动这漫天飞尘，遮了日月，坏了天理，何以为兄？何以为君？听啊，听啊，那是谁人连连顿足？那是谁人声声痛斥？那是谁人啊慨然作歌？又是谁人啊击节相和？

鹌鹑好勇跳跃斗狠，喜鹊翩飞吵闹凶暴。无道荒淫那人不善，我竟尊他作为兄长！

喜鹊翩飞吵闹凶暴，鹌鹑好勇跳跃斗狠。无道荒淫那人不善，我竟尊他作为君上！

飞尘蒙日月，大风无止息，人心不可欺，天理不能容，卫国大地，朝廷淆乱，人心四散，前路茫茫，前路茫茫，卫国啊，将走向何方？

春秋，这里是卫国。

白天，夜晚，城邑乡野，卫人三五成群，忧心忡忡讽歌阵阵。

百姓黎庶尚知礼义，国君王公少了廉耻，朝纲乱，民心散，卫国日月，已被飞尘蒙蔽。

宣公荒淫烝母纳媳，新台之丑讽歌未息，又听信谗言残忍杀子，可怜伋、寿二子乘舟，兄弟蹈义争相赴死！荒淫乱政，昏乱误国，宣公终究一命呜呼，家国衰败，祸患始生。

公子朔谗言奸谋得逞，继位当政，连年对外征战，赋税徭役沉重，万千百姓无以为生，纷纷携手远遁他邦；惠公尚还自得扬扬，国境之外参加诸侯会盟，公子职、公子泄趁机迎立卫君黔牟，拒惠公于国门之外，惠公出奔逃往齐地，投奔舅舅齐君襄公。

不知怎的，齐卫之间并未发生战争，惠公远住齐国，黔牟卫国主政。

不知怎的，我们的国母宣姜，那个当年新台被骗的齐国公主，那个生育了寿、朔的宣公夫人，也就是那位逃到齐地的惠公的母亲，忽然之间，竟然与公子顽出双入对！乱哄哄看不明白，议纷纷宫廷秽闻。

那公子顽本来是宣公庶子，太子伋的弟弟，卫宣姜名义上的儿子，也是卫国朝堂之上的重臣，手握大权，家中早已姬妾成群。

那卫宣姜当初缔结婚约的是太子伋，进入洞房的却是老迈宣公，卫

人说来多有同情；既为国母，又生寿、朔，本应安澜无波，却遭逢寿赴死难，宣公亡故，坎坷多生；等到惠公如愿继位，宣姜身为母后，也算高贵无比。

为什么忽然之间，权臣与太后，儿子与母亲，结成了双双对对？

你看那高高庙堂，四海嘉宾云集，公子顽意气扬扬，容光焕发，卫宣姜珠光宝气，丹唇含笑，二人携手，共入共出。

你看那宝马香车，辘辘行驶都城，公子顽志得意满，春风满面，卫宣姜衣饰华美，粉面含春，二人相依，同坐同行。

你看那悬灯结彩，礼乐震耳喧天，公子顽连得贵子，喜上眉梢，卫宣姜再生娇女，喜笑颜开，二人相庆，子女成群。

即使为人缺廉少耻，招摇过市无所顾忌，公子顽啊，你还是卫君惠公的兄长，何以称兄长？即使为人不说礼仪，不再忆起太子伋往事，卫宣姜啊，你也曾是卫君宣公的夫人，何以称君上？

田野里抚育幼雏的鹌鹑，一旦结对还彼此忠贞，一生不再变换配偶，共栖相随；枝头上衔枝筑巢的喜鹊，一旦成双还彼此忠诚，一生不再更易配偶，比翼齐飞。你看那朝堂之上，宫廷都城，谁是权臣谁是太后？谁是儿子谁是母亲？乱哄哄看不清楚，议纷纷宫廷丑闻，国政乱，民心散。

白天，夜晚，城邑乡野，卫人三五成群，忧心忡忡讽歌声声。

鹌鹑双双共栖相随，喜鹊对对比翼齐飞，无耻荒淫那人不善，我竟尊他作为兄长！

喜鹊对对比翼齐飞，鹌鹑双双共栖相随。无耻荒淫那人不善，我竟尊他作为君上！

飞尘蒙日月，大风无止息，人心不可欺，天理不能容，卫国大地，城邑萧条，田园荒芜，前路茫茫，前路茫茫，卫国啊，将走向何方？

重整河山再兴邦

***

鄘风·定之方中

定之方中,作于楚宫。揆之以日,作于楚室。树之榛栗,椅桐梓漆,爰伐琴瑟。

升彼虚矣,以望楚矣。望楚与堂,景山与京。降观于桑,卜云其吉,终然允臧。

灵雨既零,命彼倌人。星言夙驾,说于桑田。匪直也人,秉心塞渊。骓牝三千。

卫国啊,在暗夜中太久了,卫民啊,在苦难中太久了。
望眼欲穿,盼走了荒淫无道的卫宣公,朝堂内外已是一派混乱。
无能为力,熬走了阴险凶残的卫惠公,家国天下风雨飘摇更甚。
血光满天,生灵涂炭,北狄铁骑踏来。赐鹤乘轩,无度好鹤的卫懿公,终因失尽民心亡了国邦,自身也被狄人所杀,血肉更被食尽。曾经被大周王室寄予用康保民厚望的强大卫国,倾覆了,灭亡了。
血流成河,白骨露野,卫国遗民啊,只余下了七百三十人。

一路逶迤，一路逃亡，狂风在呼啸嘶吼，黄河在奔腾咆哮。

千难万险，渡过黄河，天堑阻隔了北狄追击屠戮，齐国宋国派来了军队援助。国不可一日无主啊，黄河岸边拥立了卫君戴公。在平旷的漕邑，临时建起茅草屋舍暂住。又是在这一年啊，年轻的戴公又猝然亡去。

人心思治，大旱望云，卫国啊，卫民啊，终于等来卫君文公。

巍巍太行以东，滔滔黄河南岸，卫君文公在楚丘筑城重建卫国。

已是秋收完毕，严寒尚未来到，正是适宜修宫筑室的大好时节。

等待着，等待着，十月末，定星来了！黄昏时分定星升现在天空正南，与北极星遥遥相对，建城造屋，可以精确测定南北方向了！树起八尺臬杆测量日影，度量日升日落时的影子，东西方向也准确测定出来了！划定了宗庙方位，规划好筑城工程，在楚丘这片土地上，复国，建都。卫君文公啊，带领着我们大家，开始动工来修建卫国宗庙。

大祭大飨在宗庙，宗庙是祖先神主所在；告朔行政在宗庙，宗庙是国君行使权力发布政令的场所；营造国家，是每个诸侯国施政首务。我们卫国啊，经历了千灾万难，亡国流离辗转铁蹄之下，而今复国子民存身有依，现在来重修宗庙啊，卫人将能祭祀祖宗，朝堂也能得以延续，臣民心里得以安定。

齐心协力，夯实了宗庙地基；众志成城，修筑好巍巍宗庙；紧张有序，营建了百姓住室。结束了住在露天野地的逃亡流离，开始了安稳有家有室的劳作生活，虽是秋冬初寒，卫人啊，心里充满明媚的希望、盎然的生机。

宗庙住室兴建完工，正是适合种树的好季节。在那宗庙宫室旁边，心怀敬畏，栽下榛树、栗树，数年之后，它们的累累果实要用作祭祀大礼；心怀憧憬，植下椅树、桐木、梓木和漆木，多年之后，它们成材留给子孙制作良琴佳瑟。重整河山，不复苟安，十年树木，百年树人，种下的不只是各种树苗，更是那国泰民安、河晏海清的美好愿望，更是那琴瑟悠扬、礼乐教化的殷切期盼。

群龙有首，信心百倍。挥汗如雨，重建家国。听啊，听啊，我们卫人同心同德，歌声高昂热烈庄重。

定星升现在天正中，文公楚丘兴建宗庙。依据日影测定方位，营造住室兴建土木。种植培育榛树栗树，椅桐梓漆也都栽上，将来成材可制琴瑟。

雁阵高飞，头雁领航。楚丘建宫营室，工程规模浩大。那是谁人在擘画啊，那是谁人在统领啊，那是我们的贤君文公啊，率领卫国走向重振复兴。

旭日东升，天地之间一派光明，身穿粗布衣裳的您啊，当初几多登上栖身的漕邑城墟高处，远远眺望楚丘方向，是不是从那时起，一座崭新都城就在您心中缓缓布局？是不是从那时起，一个新生卫国就在您心中冉冉崛起？

您站在高高的漕邑城墟，久久伫立远眺观望，观测前方的楚丘和那临旁的堂邑，察看何处是大山，何处是高冈。是不是在那时候，家国安全御敌安营就在您脑海谋划？是不是在那时候，苍生百姓躲避水患就在您脑海绸缪？

重整山河，百废待兴。先是长期观察楚丘，确定适合筑城安居，您又亲身来到楚丘，仔细考察这里的土壤和地势，平整田亩，疏通沟渠，促进农耕，发展蚕桑。是不是那时，您想的就是卫国修养生息，您念的就是人民衣食无忧？

高瞻远瞩，脚踏实地，大布之衣，大帛之冠，是我们的贤君文公啊，是我们的贤君文公啊，您尽人事全心全意，您敬天命为国为民。

浴身沐发，心怀虔敬，您问卜于上天，卫国可否在楚丘大地重建都城？

翘首期盼，满含期待，我们等来佳音，楚丘吉祥，利惠当代泽被后世。

家国有望，踌躇满志；携手同行，心想事成。听啊，听啊，我们卫人齐心协力，歌声嘹亮激荡山河。

登上漕邑旧城之墟，来把楚丘大地眺望。远望那楚丘和堂邑，还有那大山和高冈。下来观察桑田地势，占卜卦辞说很吉祥，果真选得十分妥当。

宫室修成，百姓安居，好雨知时节，当春乃发生。那是谁人夙兴夜寐啊，那是谁人躬劝农桑啊，那是我们的贤君文公啊，多难兴邦劳瘁国事。

春雨绵绵，滋润大地，万物复苏，农桑当时。白天查看雨情，黄昏又看雨势，百姓温饱时刻牵挂，夜色已深理完政务，仰望天空星光闪烁，天气已经阴雨转晴，您吩咐驾御车马的人啊，黎明起身，快马加鞭，一年之计在于春，明早及时赶到农田桑园，您要教民稼穑，您要劝农躬耕……

我们的贤君文公啊，宗庙之上，礼敬天地，祈来家国重建，风调雨顺。

我们的贤君文公啊，朝堂之中，日理万机，心系国计民生，励精图治。

我们的贤君文公啊，桑林田野，务实训农，始终砥砺前行，再造国邦。

卫国有幸啊，迎来贤君，挽狂澜于既倒。卫民有福啊，共创中兴，砥柱屹立中流。我们的贤君文公啊，不是昏庸无能，不是碌碌无为，不只为人正直，不只为政廉洁，并且用心持正，笃厚实诚，见识深远，开创宏图大业！

受任于亡国之际，奉命于危难之中，我们的贤君文公啊，您用深谋远虑，如椽巨笔规划家国蓝图，我们心悦诚服，勠力追随共建全新卫国。安老怀少，轻赋平罪，您以宽服民啊，与民同苦，躬身自劳，您深得民心啊。

生息繁衍，共克时艰；奋发图强，日新月异。听啊，听啊，我们卫人万众一心，歌声深沉衷心赞颂。

及时好雨刚刚下完，马上吩咐掌车马倌。夜晴星现明晨驾车，戴星早行止歇桑田。那人不只为人正直，用心实诚谋虑深远，繁衍拥有良马三千。

楚丘之上，一片丹心啊，卫君文公，执政数年，蚕桑兴盛，国泰民安。当初是齐国援送来马匹三百，用以帮助戍守保护卫疆，重整河山，繁衍了三千良马铁壁铜墙，多难兴邦，建设了卫土社稷国富民强。

定之方中，史册彪炳啊。卫君文公，重建卫国，黄河之北，据险立足，成为诸侯各国一道坚固堤防，抵御戎狄南下攻击侵扰。善莫大焉，保护了苍生黎民安居乐业，厥功至伟，卫护了华夏文明绵延不息。

天际挂虹初断雨

***

鄘风·蝃蝀

蝃蝀在东,莫之敢指。女子有行,远父母兄弟。

朝隮于西,崇朝其雨。女子有行,远兄弟父母。

乃如之人也,怀昏姻也。大无信也,不知命也。

殷商旧畿,鄘地卫土,文王之道,风华所及。
山川草木,莫不有灵,世间男女,婚姻有礼。
那雷电啊,雷电是上天神明的怒气,会引发山火,让世人不胜惶恐,雷雨过后,若出彩虹,分明天意不吉;那彩虹啊,彩虹是双头长蛇在纠缠,为天地淫气,虹不藏妇不专一,本分正派,非礼勿视,怎么敢用手指?

雷声去远,天际挂虹,那天上的神蛇啊,它又下来饮水了,七彩迷离,就在那东边的天际出现了,世上的阴阳哪里不和吗?谁人的婚姻错乱了吗?

我们的贤君卫公,又该悲伤了吧?又该害怕了吧?没有在漫长暗夜里流泪不止的人怎么会懂得珍惜光明?没有在国破家亡中颠沛流离的人怎么会懂得宝贵和平?我们卫国复国多么不易,我们卫民多么拥戴卫公。挽狂澜于既倒，拯卫民出水火，贤君励精图治，贤君勤政兴邦。可是这彩虹出现，我们贤君应该又会自责治国不利，容让了淫乱兴起。

长虹现处，骤雨初歇，到底是谁人啊，没有遵守婚姻应有的礼仪秩序？

夕阳西下，天色黄昏，正是举行婚礼庆典仪式的吉时良辰。为什么不见青布搭成帐篷，婚礼又将在哪里举行？为什么不闻迎亲队伍牛马嘶鸣，不见那大车亲人络绎如云？为什么没有陪送嫁妆物品，新人衣衫簪钗红罗斗帐？为什么没有鼓乐结彩张灯，没有那父母高堂祝福声声？

黄昏时分，薪柴熊熊，吉时良辰，正当举行婚礼庆典仪式，父母兄弟喜气洋洋，宾客齐聚笑语欢声。在那篝火旁，在那青庐中，暮色里点亮众人眼睛的，一定是新娘桃花一样红润光洁的面庞，那是世上女子一生中最美绽放的时光。

这个黄昏，多不吉利，东面的天空，竟然出现象征不贞的彩虹，上苍征兆真是不祥。

那个女子，今天离家，不言也不语，悄无声息跟人私奔跑走了，没有遵循婚姻礼法。

女子出嫁，将要就此远离父母兄弟，将要开始操劳主室兴家，婚姻嫁娶，兹事体大。嫁对了人家，一生和顺，所遇若非人，苦海无边。婚姻合礼，女子柔弱，万一遇人不淑，也有父母兄弟可以依持。可是你看她，不听父母之命，不见媒妁之言，情欲生发，一心思恋，飞蛾扑火般一切不顾，偷偷摸摸地跟人走了，就这么不声不响地跟人跑了。

细雨下了一个早晨就会停下，你看，红日从东方升起了，早晨的雨本来就很短暂，一会儿就会过去了。就如同那个女子啊，满足了一时贪恋私欲，跟人私奔跑了，不顾礼仪远远离别了父母兄弟，又怎么能指望得到他人的尊重珍惜？又怎么能希冀得到上天的护佑福祉？

可是啊，彩虹为什么出现在了西边天际？预示怎样的不吉？莫非哪个女子啊又将遭遇不幸，会被人不声不响如敝履一样抛弃？那个女子啊，贪恋男女结合，不守贞信本分，轻易跟人私奔，即或一时高兴，即或一时满足，无礼又无仪，怎能会持续久长？怎么会白首到老？

那在天际出现的彩虹啊，霎时间就会消失，正是不吉的开始啊，怎么一生静好美满？没有一场庄重的仪式，没有一位亲人的祝酒，没有一件大红的嫁衣，没有一支喜庆的火把，有人远远观望摇头，有人低声私语不齿。那个女子啊，等待你的，怎么可能会是长久幸福？你这一刻满心跟他浪迹天涯，为此不惜背离父母兄弟，可曾想过未来漫漫长路，你将走过怎样的沧桑风霜，会不会得到他的一点怜惜照顾，还是将忍受无边无际的苦痛灾厄？

桑间濮上，民俗民约，青年男女欢歌聚集，喜欢之人相识相会，所期之人，相期迎送。在那春日祭典时，在那秋日祀仪时，几多青春洋溢，几多兴高采烈。可是啊，那个女子，你要懂得，一朝涉及两姓婚姻，需要尊重礼仪规矩。昔年康公建国，启以商政，疆以周索，今时婚姻六礼，父母之命，媒妁之言。

春天花朵，不会有百日鲜艳美丽；秋天果实，不会有长久的饱满滋润；世上的少女，也不会有永远年轻的容颜。那个女子啊，当你的面庞在灶下烟熏火燎，当你的素手在田间耕作不休，当你的声音不再婉转清脆，渐渐变得沙哑粗砺，当你的身形不复亭亭玉立，慢慢变得臃肿佝偻，一时相悦的爱意啊，又会在哪里？没有尊重的开始啊，又将何以继续？

春天芳草，还没有感受燎原的烈火；夏天绿叶，还没有经受霜雪的冷冻；世上的少女，还没有经历柴米油盐的细碎烦琐，还没有经过贫寒苦难的百事打磨，当茅屋破败漏雨透风，当田园不收青黄不接，当赋税劳役沉重难挨，当艰难成为苦涩日常，当更年轻的女子歌声又响、笑声又起，一时贪恋的结合啊，怎会持久？没有祝福的开始啊，怎会得以持续？

缔结婚姻，两姓之好，上事宗庙，下继后世。而，天际挂虹，私奔离去的女子啊，光阴总在流失。当你的容颜不再年少，却总有那么多花儿一样的面庞正值青春；当你被生活磨尽光华，却总有那么多翠柳一样身形正当窈窕。从来只看见新人娇笑，哪里会听到旧人哀哭？为他转身舍弃了所有的女子啊，为他远离父母兄弟的女子啊，你为什么无声沉默？

世上的人啊，不要用手指向天际彩虹，妇不专一，天意不降吉祥。

世上的女子啊，爱自己敬家人切勿贪恋，信守本分，一生福佑美满。

天上雨落又是纷纷，愿那彩虹不会再现天边，愿我贤君卫公不再忧心，愿那弃妇悲歌不会唱起，愿我卫土男女婚姻美满，愿我卫邦社稷祥和太平，鸣钟，击磬，一曲礼乐谏歌挚诚。

彩虹出现东方天际，没有谁人敢指敢议。女子成年就要出嫁，就要远远离别父母兄弟。

早虹出现西方天空，一个早晨细雨蒙蒙。女子成年就要出嫁，就要远远离别兄弟父母。

竟然就是有这样一个人，一心贪恋败坏婚姻。真是非常不守贞信，不能尊奉父母之命。

经历几多风雨，世上的人啊，相悦容易，偕老太难。世上的女子啊，愿你能够深爱自己，相信父母，相信亲人……

看过天际挂虹，当那光阴如水缓缓流过，漫过沧桑，越过坎坷，愿你的婚姻获得美满，愿你的一生幸福安稳……

人以有礼　贵于禽兽

***

鄘风·相鼠

相鼠有皮，人而无仪。人而无仪，不死何为？

相鼠有齿，人而无止。人而无止，不死何俟？

相鼠有体，人而无礼。人而无礼，胡不遄死？

那是谁人啊，在夜半惊醒。听，是窗户缝隙还是灶下食橱，又是一阵窸窸窣窣，欺人夜晚黑暗中眼睛看不见，那老鼠又来咬坏东西，偷窃食物，这丑陋的老鼠，真是可恶！拍拍床板，大喝两声，鬼鬼祟祟的声音消失了。可是刚刚合上眼睛，又是一阵响动窸窸窣窣，这狡诈的老鼠，偷窃成性，多么欺人！俯身摸到床边一只鞋，屏息细听，就在西北墙角，用足力气掷鞋过去，吱吱……好！打中了，打杀这些该死的老鼠！

那是谁人啊，在日日愁苦。看，在都城邑地还有乡野农村，一阵一阵忧愁叹息，卫国当权者，干的都是什么勾当？州吁弑杀兄长桓公自立为君，宣公新台骗娶太子伋的未婚妻，宣公听信谗言荒唐谋杀太子伋，昭伯顽与宣姜出双入对乱伦不堪，惠公与兄长黔牟争夺王位开战，懿公好鹤淫乐奢靡毫无节制……不君不臣，不父不子，不夫不妻，卑鄙龌龊，寡廉鲜耻。想起夜晚那窃食的老鼠，这些在位者，连老鼠也不如！

你看那老鼠，长得那样猥琐丑陋，也还都披了一张皮。你们这些当权者，穿着那华美高贵的礼服，上面还绣绘精致的图案，色彩鲜明，闪闪耀眼，可是两眼里全是肮脏勾当，浑身萦绕着荒淫气息。空有遍身绮罗毫无堂堂气派，徒然饰金佩玉不见严肃威武。不为国不为民，尸位素餐，无道败政，误了国害了民，你们这些当政者，自以为冠冕堂皇，班朝治军，莅官行法，满口的仁义道德，不过是乱舞群魔，何来一丝一毫的威仪？做人不要脸面，为政不顾威仪，你们这些在位者，没有基本的为人姿态，伤风败俗，祸国殃民，何不死去，还要干什么！

你看那老鼠，还有满口牙齿，门齿臼齿，一颗一颗规矩有序，门牙不断长，还会磨磨牙，保持牙齿整齐。你们这些当权者，胡行乱来，无秩无序。不讲半点德行规矩，乱纷纷争权争势，闹哄哄为利为欲，直争得日月蒙尘黯淡无光，直闹得全然不见天地清霜，一番混战一团淆乱，得了权势饱了私欲，趾高气扬招摇过市，无视那卫国日衰，无闻这卫民日苦。庙堂之上，君臣失位，父子相残，兄弟相杀；宫廷之中，君臣失德，父霸子妻，子烝父妾。世上还要伦理顺序啊，人间还要道德羞耻啊，无耻之尤，丑恶至极，这样也算是人，何不死去，还要等什么！

你看那老鼠，还有自己的身体，还会后肢坐地，前肢拱抱，仿佛学人行礼有仪，连那老鼠也会懂得一点体面。你们这些当权者，暗戳戳窃禄营私，昏沉沉闭藏邪秽，不诚不庄，何以祭祀鬼神？不备礼仪，何以教训正俗？丧尽廉耻，何来道德仁义？直搅得家国上下礼崩乐坏，直毁得朝廷内外不成体统。你看那车马喧嚣，高台宴乐，饱暖无节，淫逸过度；你看那下位忤逆，犯上作乱，权势利欲，探求不止；你看那触犯众怒，以弱衅强，不知克制，不自量力。老鼠这样丑陋的东西，都像模像样，仿佛懂礼，你们这些当权者，肆意妄为略无忌惮，毫无节制不知自律，做人不知礼仪，哪里还有半点尊严，哪能活出丝毫价值，为什么还

不快点咽气死去！

　　看那老鼠还有张皮，做人反而没有威仪。做人反而没有威仪，何不去死还干什么？

　　看那老鼠还有牙齿，做人反而不知廉耻。做人反而不知廉耻，何不去死还等什么？

　　看那老鼠还有身体，做人反而不知礼仪。做人反而不知礼仪，为何还不赶快死去？

　　人以有礼，贵于禽兽，咬牙痛切齿，目眦几尽裂，这一群昏庸糜烂的当权者，这一群乱七八糟的坏东西，不知羞耻，不知礼仪，脸没脸，皮没皮，何不死去！何不死去！在城邑中，在乡野里，那是谁人捶胸痛斥？那是谁人顿足应和？

　　相鼠之刺，酣畅淋漓，痛斥得辛辣，责骂得解气，如果没有了礼仪，又与禽兽何异？一群当权者，伤风败俗，堕落朽腐，富庶强大的卫国而今到处一团黑暗混乱，万千卫民承受着残暴无边的苦难，恨不能啊得而诛之，唉，悲凉无边。

　　那是谁人啊，在那街头巷尾，从谁家的屋宅啊，传来痛斥酣畅痛快，酣畅痛快啊痛斥那无行大夫。

　　那是谁人啊，在那城郭乡野，从谁家的场院啊，传来怒骂淋漓尽致，淋漓尽致啊怒骂那腐败官吏。

　　你看看那阴沟里的老鼠，长得那样丑陋，还都长了一张皮呀！你这样一个大男人，怎么一点也不顾脸面礼仪，是怎样的权势迷失了本心？是怎样的名利遮蔽了眼睛？是怎样的沆瀣一气逐队营私淆乱了庙堂？天理昭彰人前背后你无羞无耻，脸面又放在什么地方？做人连礼仪都不顾了，还活着干什么，不如去死算了！

你看看你做的什么事情，你睁开眼好好看看啊。一只老鼠都长着牙齿，一颗一颗排列整整齐齐，都按着一定顺序，老鼠的牙齿都不会乱长，门牙长了还会再磨齐整。你做人怎么不讲一点规矩，胡行乱来没点底线，生民流离你不去救助，旱涝饥荒你不去管理，叫嚣东西躜突南北，没羞没耻，不如去死好了，还等什么！

你看看那只老鼠，还会坐在地上，抱着前爪，就像是打恭行礼。你听听你说的都是什么话，言语如此粗俗鄙下；你想想你做的都是什么事，行径不讲半点礼仪。你看看市井乡里都怎么痛斥，你听听男女老少都怎么怒骂，无耻下流，还要不要半点德行？粗鲁无礼，还有没有一丝体面？既然不知晓礼仪，还不快点去死！

看那老鼠还有张皮，做人反而不讲仪表。做人反而不讲仪表，何不去死还干什么？

看那老鼠还有牙齿，做人反而不知廉耻。做人反而不知廉耻，何不去死还等什么？

看那老鼠还有身体，做人反而不知礼仪。做人反而不知礼仪，为何还不赶快死去？

人以有礼，贵于禽兽，咬牙痛切齿，目眦几尽裂，这一群昏庸糜烂大夫官吏，这一群乱七八糟的坏东西，不知羞耻，不知礼仪，脸没脸，皮没皮，何不死去！何不死去！在城邑中，在乡野里，那是谁人捶胸痛斥？那是谁人顿足应和？

相鼠之刺，酣畅淋漓，痛斥得辛辣，责骂得解气，没有了礼仪，又与禽兽何异？在朝大夫不修礼仪教化责任，为任一方不为一乡一里政事，邦国无仪，生民祸殃，万千卫民痛心着礼乐仪节的沦丧，千夫指啊恨之入骨，唉，希望何在？

一曲硕鼠，言者切切，愿世人啊，知廉知耻，活出为人尊严，活出生命价值。

千古传诵，闻者足戒，愿世间啊，知礼守仪，美德泽被四方，天下大同和美。

良马追风向浚邑

***

鄘风·干旄

孑孑干旄,在浚之郊。素丝纰之,良马四之。彼姝者子,何以畀之?

孑孑干旟,在浚之都。素丝组之,良马五之。彼姝者子,何以予之?

孑孑干旌,在浚之城。素丝祝之,良马六之。彼姝者子,何以告之?

卫土大地,浚邑古老,在那黎川左岸,曾经留下禹王疏浚河川的足迹。

太行余脉,黄河枕涛,生民代代不息,地灵生人杰几多君子几多淑女。

凛凛寒冬盼春风,漫漫长夜望天明。卫邦啊,卫民啊,挨过了凛冽寒冬,熬过了漫长暗夜;春来了,天亮了,终于盼来了贤君,终于盼来

了文公。

　　如坐春风啊，我们的贤君求贤若渴，从善如流啊；如沐春雨啊，我们的文公察纳雅言，咨诹善道。我们的贤君，我们的文公，受命危难，率领卫民七百人，在滚滚黄河南岸，重建宗庙宫室，兴复卫国，力挽狂澜，与苍生共历艰辛，发展农桑，躬身耕作，百姓安居乐业，延揽人才，任贤用能，国家日益富强。为卫国再现富强，君臣聚拢朝堂共谋家国大计；为文公慕贤若渴，大夫四处访求贤才风尘仆仆。

　　你看，在那乡野远郊，广袤大地上，有那高高的合抱大树，生于田间，植根沃土，一如那躬耕陇亩、行歌阡陌的乡野贤才，饱经风雨沧桑，深知民情疾苦，即使出身卑微，也是一向心忧国家。我们的文公啊，不论是不是出身卑微，唯贤是举，四处寻访这样的栋梁，以礼相待，委以重任。那些从乡野延请而来的贤才呀，处理起官府复杂的事务来，就像是好织工解理素丝，丝束分明有条有理；就像是善御者熟练驾驭二马之车，手执四辔轻而易举啊。

　　你看，在那城郭外邑，肥沃土地上，有那翩翩飞翔的珍禽，生于邑郭，鲜明夺目，一如那寄身店肆、引车卖浆的市井贤才，屡历商贾往来，多知货物经济，即使出身平凡，也是一直心怀朝廷。我们的文公啊，不论是不是出身平凡，唯贤是举，四处寻访这样的股肱，以礼相请，委以大任。那些从邑郭访求而来的贤才呀，处理起朝廷庞杂的政务来，就像是好织工织组素丝，化繁为简编丝成锦；就像是善御者纯熟驾驶三马之车，手执五辔得心应手啊。

　　你看，在那都城内邑，高楼亭台上，有那婉转悠扬的琴瑟，鸣于台阁，声动九霄，一如那出身高贵、文质彬彬的君子贤才，博览古今诗书，通晓六艺礼节，即使出身高贵，也是一贯心系天下。我们的文公啊，不讳是不是出身高贵，唯贤是举，四处寻访这样的精英，以礼相遇，委以要任。那些从都城顾寻而来的贤才呀，处理起朝廷繁复的政事来，就像是好织工编织素丝，以简驭繁理丝成帛；就像是善御者娴熟驾驶四马之车，手执六辔游刃有余啊。

今天，车上高高树立旌旗，彩绘鸟隼，装饰着牦尾和鸟羽，还用那素白丝线镶缀旗边。穿着庄重的礼服，怀着诚挚的心意，带着良马作为贽礼，驾御轩车仪式隆重，奔向浚邑啊，奔向浚邑啊，有位贤才声名远播，文公思慕，文公招纳，寻访顾请一起回来，为邦国谋划，为君王献策。美好的贤人啊，治国之道，是民之策，强军之计，您将献上什么良方？

丽日当空，暖风拂面，延揽人才，人心欣悦，感怀那求贤若渴，赋歌悠扬传布天涯。

牦尾旗帜高高飘扬，人马来到浚邑郊外。素白丝线缝镶旗边，良马四匹向前奔跑。那位美好的贤人啊，如何回报招贤美意？

鸟隼画旗高高飘扬，人马来到浚邑近郊。素白丝线缝缀旗边，良马五匹向前奔跑。那位美好的贤人啊，将用什么前去应召？

鸟羽旗帜高高飘扬，人马来到浚邑城中，素白丝线缝饰旗边，良马六匹向前奔跑。那位美好的贤人啊，将要献禀什么良策？

良马追风，车如电驰，仪仗威严，诚恳相请，看那乡野远郊，望那外郭近城，远远眺望浚邑之城，我们的贤君文公啊，正在翘首期盼，正在虚席以待。辘辘，辚辚，求贤的车队啊即刻到达，德行美好的贤人啊，让我们一起整装出发。

是不是前生我是那青山巍巍，你是那一脉悠悠流经的碧水，年深月久，不言不语自是无限深情相依？是不是今世我依然深深记忆，你在人群中一笑回眸清丽，怦然心动，为何笑容似曾相识这样熟悉？

是不是前生我是那一树花开，你是那一只恰恰轻啼的黄莺，鸟语花香，共享天心月圆华枝春满美好？是不是今世我依然久久徘徊，你在高楼上一曲长笛悠扬，叩我心扉，从此洒满明媚春光清风和煦？

遇见，是缘，遇见你，我期待一世良缘，这一生，我和你要在一起。让旭日照亮我前行的方向，让暖风鼓足我所有的勇气，哪怕险隘阻隔重重，有心，浚邑非遥，无意，咫尺天涯，策良马，追长风，我要，前去见你，即刻出发。

策良马，追长风，疾驰，疾驰，一望无尽的平原沃野，茁壮生长着茂盛的五谷嘉禾，有田夫农人在耕耘劳作，心上的姑娘，美好的姑娘，你在浚邑等着我啊，长路迢迢，我来了，我来了。

策良马，追长风，疾驰，疾驰，碧波粼粼的涓涓河流，蜿蜒环绕着耸立的青山秀峰，有樵夫渔人在悠然作歌，心上的姑娘，美好的姑娘，你在浚邑等着我啊，越过坎坷，我来了，我来了。

策良马，追长风，疾驰，疾驰，平原沃野之上，青山绿水之间，巍然坐落浚邑之城，有丽日当空有白云飘过，心上的姑娘，美好的姑娘，你在浚邑等着我啊，奔赴深情，我来了，我来了。

车上树立起高高的旗帜，不为彰显身份高贵，用它来表达我对你诚挚的心意。装饰着牦牛尾，画着鸟隼图案，插上雄雉尾羽，随风飘扬的旗帜华丽又显赫。他人或许艳羡仪仗的凛凛威风，仪仗威风啊表达不尽一怀真挚，我有素心一颗，一路迢迢捧来一怀真挚，心上的姑娘，美好的姑娘，前面就是浚邑野外，我该如何向你表达爱意？

高高的旗帜随风飘扬，旗边上面镶缝着素白的丝线，不为昭示身世高贵，用它来表示对你真诚的情意。丝线绣饰虽然精致无比，但怎能和我对你缕缕情丝相比。路人或许歆羡仪仗的威武，仪仗威武啊表达不完一腔爱恋，我有痴心一颗，一路热切捧来一腔爱恋，心上的姑娘，美好的姑娘，前面已到浚邑近郊，我该怎样获得你的垂顾？

骏马四蹄生风，马鬃柔顺又飘逸，仰天嘶鸣十分提振精神，不为显示家族高贵，用它来表明对你淳真的感情。骏马迅如疾风，还是无法追上我飞向你身边的思念。别人或许慕羡仪仗威严，仪仗威严啊表达不了一生许诺，我有丹心一颗，一路双手捧来一生许诺，心上的姑娘，美好的姑娘，前面已是浚邑城中，我该怎么将深情献给你？

骏马慢些走啊，这一刻忽然情怯，不知道这一场遇见，你会不会珍惜，如我一样深情奔赴？骏马快些走啊，这一刻蓦然忐忑，不知道这一场遇见，我会不会来迟，让你良久空自等待？我心上的你啊，我美好的你啊，清风拂过你的耳畔，是否听见我心轻唱？

牦尾旗帜高高飘扬，仪仗来到浚邑郊外。素白丝线缝镶旗边，良马四匹向前奔跑。美丽动人的好姑娘，我拿什么向你示爱？

鸟隼画旗高高飘扬，仪仗来到浚邑近郊。素白丝线缝缀旗边，良马五匹向前奔跑。美丽动人的好姑娘，我拿什么得你芳心？

鸟羽旗帜高高飘扬，仪仗来到浚邑城中。素白丝线缝饰旗边，良马六匹向前奔跑。美丽动人的好姑娘，我拿什么将你聘娶？

越过青山，涉过河流，行过长长的路途，我来，见你……

穿过花林，听过莺啼，走过久久的光阴，我来，见你……

驾长车，收拾旧山河

鄘风·载驰

载驰载驱，归唁卫侯。驱马悠悠，言至于漕。大夫跋涉，我心则忧。

既不我嘉，不能旋反。视而不臧，我思不远。既不我嘉，不能旋济。视而不臧，我思不閟。

陟彼阿丘，言采其蝱。女子善怀，亦各有行。许人尤之，众稺且狂。

我行其野，芃芃其麦。控于大邦，谁因谁极？大夫君子，无我有尤。百尔所思，不如我所之。

春至淇水，波如泻玉，绿竹猗猗，紫燕翩飞。

踏乘柏木舟船，轻划桧木船桨，三五姊妹作伴，淇水泛舟笑语连连，水草碧绿油油摇曳，鱼儿成群穿梭其间，翔弋安然，偶尔跳波，甲鳞映日，闪闪发光，抛甩长长鱼线，手握渔竿屏息等待，钓上淇鲫金光烁烁，钓上白鲢皎皎细长，钓上红鲤肥美吉祥！以碧空为画卷，执翠竹作长管，描摹青春华年，我是卫国女儿啊，一生眷恋家邦。

曲曲欢歌，歌淇水悠悠青山绵绵，诵田野肥沃桑林翠茂，咏着家国山川大好的美景，唱着年少无忧无虑的时光。撷一片白云为裳，裁一片晴空做袖，把酒临风，衣袂飘飘，赏不穷桃花夭夭李蕊洁白，醉不尽麦田青青菜花金黄；赋不完百姓勤恳卫土富庶。以大地为素帛，蘸淇水来挥毫，珍重钤印名章，我是卫国女儿啊，一生深爱祖国。

临水照花，玉立亭亭，女儿长成，待字闺中。

皓月当空，徘徊中庭，地上素白如霜，恍闻长笛清扬，有淡淡忧伤。风移竹影，我自叹息。不知道母亲是否已经传话，不知道双亲能否说动懿公，不知道好鹤懿公作何决定？许国齐国双双求亲，卫君懿公啊为何要将我许嫁许国，许国弱小路途遥遥，齐国强大近在比邻，当今世上，强者为雄，卫国已多雨雪风霜，倘若一朝边关敌军进犯，即刻需要四方诸侯援助，情势危急如火，奔赴大国求告，联姻齐邦，彼此援助多重保障，卫君懿公啊，切勿一心耽溺养鹤，这一桩婚姻啊关涉家国，千万斟酌啊慎重思量。

烛火高照，又是夜深，女儿奈何，远嫁许国。这一去累月经年，这一去山长水阔，这一去啊泪别竹竿泉源，这一去啊只恐难回祖国。

淇水悠悠，路途迢迢，骨肉家园抛闪，女儿离别故乡远嫁许地，秋来登高北望，春去久立惆怅，祖国千万要和平，宗族千万要安宁。

风狂雨骤，惊雷当空！宗国传来消息，北狄铁蹄践踏，卫廷仓皇覆亡，好鹤的卫君懿公，被狄人分食殆尽。地动山摇，霹雳炸裂！七百遗民，颠沛逃亡，在漕邑修筑茅庐暂且安身，拥立戴公为君，仅仅一个月，戴公忽又暴卒，战火熊熊强贼侵占，家国危难狂澜滔天，听闻卫君文公即位，满目疮痍如何救拯？

许国朝堂，群臣喧哗，莫不众口一词，许国弱小路遥，北狄军队强大嗜血凶猛，倘若是出兵救援卫国，恐怕引来那熊熊战火殃及许国！许君穆公，一言不发，一字不吐，卫邦覆亡，许国袖手，是群臣揣度君王的暗示？是君王默许群臣的主意？我是许穆夫人，但我也是卫国女儿，我何能沉默？我怎能旁观？

捐躯赴难，视死如归，驱驾轻车，策马加鞭，忧心如焚，前路茫茫，尘飞灰扬弥漫天地，车上旌旗猎猎作响，我的祖国啊，我来了，我来了。

劲风吹刮，凌乱了长发，尘沙漫天，迷蒙了双眼，骏马再快些奋起四蹄，高车颠簸也不改前行。悲恸深广，忧思深长，我的祖国啊，我来了。

宗庙可被毁弃坍圮？亲人可还得以保全？生民涂炭流离何方？都城邑地遭何欺凌……家国仇，血海深，大地沉沉无言，群山寂寂黯然，骏马悲嘶，高车辚辚，再快些啊，再快些啊，看那前方，已是漕邑，眼睛为什么满溢着泪水？心跳为什么不安又惊惶？我的亲人正在流血哀号啊，我的祖国已是奄奄一息。

梦回故乡千万回，山水含笑草木香。眼望白骨，曝露于野，长路驱驰，不闻鸡鸣。车轮滚滚，心跳仓皇，暮色渐起，戍角悲吟，四顾萧条，人烟何处？

回首天际，一队人马遥遥而来，大旗映着残阳余光。分明许帜。许国朝堂，是谁主动请缨千里阻我返卫？王公大夫，是谁承担使命一路追我回许？跋山重重，涉水深深，大夫们昼夜兼程，马前苦劝又拦阻，大夫们自有道理，可是谁人能懂我心中亡国苦悲？漕邑已经隐隐在望，文公率卫民就暂时栖身那里，许君阻我许臣拦我，又有谁人能解我心中压抑悲愤？

许君穆公远在身后，许国大臣俯首马前，君臣一心阻我返卫，前行赶赴卫地，触犯了君命违背了礼仪，折身回返许土，祖国危亡怎能置之不理？何去何从？诸夏亲昵，诸侯本应联合对外，民族大义，一方有难八方支援！扬鞭，驾长车，飞驰，奔向祖国。

苍天漠漠，大地茫茫，雁鸣九霄，鹤唳长空，我是许国夫人，我也是卫国女儿，我心从来不曾远离祖国，归心似箭穿铁破钢，洪流推涌势不可当！即使诸位大夫都不赞同，我也不能调转车头回转；即使你们许人都要反对，我也不能回车渡河向许。谁说父母过世后我再不能回返祖国？谁说礼教规定要服丧三年方能出境？家国大义面前，不计缛节繁文，我心坦荡，不隐不藏，我为祖国的谋虑，需要明智更需深远，我对祖国的思念，谁人也不能横加阻拦！

策马扬鞭驱车复行，再勿阻挠徒费口舌，我必须回到我的祖国，卫人恢复邦国需要我。人们登攀那高高的山冈，是为采挖贝母来治疗忧伤，我不顾世俗礼法远途奔驰，是为设法拯救祖国于水火。违礼归卫是有不妥，你们有你们的大道理啊，面对养育我的祖国，我也自有我的最高准则。祖国危亡，令我焦虑，许人阻挠，更添愤懑，多少贝母，也难解我心中郁积忧伤。许国众人千般阻挠万般责难，实在愚昧幼稚，实在荒谬狂妄。身为女子，也许我善感忧思，关乎祖国，主张却万难更移，危难来了啊，我必须和我的祖国站在一起！

车马行进在卫国原野，我日夜思念的祖国啊，麦田弥望绿意葱茏，麦苗生长蓬勃茂盛，在这片生我养我的土地上，希望从来没有消亡，文化根苗安然依旧。天地有常，四时有信，上苍不负卫土，卫人不欺上苍，这片土地虽然惨遭倾覆祸殃，这片土地依然农耕桑蚕有常，卫地广袤肥沃，卫人善良勤劳，怎能由戎狄践踏？怎能任异族屠戮？我要奔赴大国控诉求援，诸位大夫啊不要责难，忧思祖国我心如焚，纵然你们千思虑万阻挠，我也要救拯我的祖国！

赴汤蹈火永不改易，我是卫国女儿啊，一生眷恋家邦，我是卫国女儿啊，一生深爱祖国，这份眷恋植根心田，这份热爱融入血脉，驾长车，赋壮歌。

马车飞奔策马加鞭，回去吊唁慰问卫侯。驱马奔驰路途遥遥，我归卫国来到漕邑。许国大夫远途跋涉，前来劝阻我心忧愁。

纵使你们不赞同我，我也不能就此归去。比起你们狭隘之见，我所思虑未必不远。纵使你们不赞同我，我也不能渡河登船。比起你们狭隘之见，我所思虑未必不通。

登上那边高高山冈，采挖贝母治我忧伤。女子虽然多愁善感，也自有她道理主张。许国众人将我责难，实在骄横真是狂妄。

我走在卫国的原野，麦苗生长蓬勃茂盛。想向大国陈诉求告，谁能依靠谁能救亡？许国诸位大夫君子，不要对我有所责备。即使你们主意上百，也都不如我自己的主张。

长路迢迢啊，无惧险阻重重，我的家邦啊，我的祖国啊，我来了，我来了。

是谁人说啊，载驰铁骨铮铮，汗颜许国君臣，不再阻挠许穆夫人返回卫国。

是谁人说啊，载驰以身许国，感动齐君桓公，派遣公子无亏率军助卫复兴。

世人都说啊，载驰激励血脉偾张，一腔爱国真情炽热，中华儿女代代传扬。

载驰，多难兴邦，载驰，重任在肩，我是祖国的女儿，你是丹心的儿男，来吧，来吧，策马，扬鞭，一起驾长车，收拾旧山河。

卫风

瞻彼淇奥，绿竹猗猗。有匪君子，如切如磋，如琢如磨。瑟兮僴兮，赫兮咺兮。有匪君子，终不可谖兮。

依依君子　天地相宜

*　*　*

卫风·淇奥

瞻彼淇奥，绿竹猗猗。有匪君子，如切如磋，如琢如磨。瑟兮僩兮，赫兮咺兮。有匪君子，终不可谖兮。

瞻彼淇奥，绿竹青青。有匪君子，充耳琇莹，会弁如星。瑟兮僩兮，赫兮咺兮。有匪君子，终不可谖兮。

瞻彼淇奥，绿竹如箦。有匪君子，如金如锡，如圭如璧。宽兮绰兮，猗重较兮。善戏谑兮，不为虐兮。

曾经，殷商旧都，畿分三国，在那古老朝歌的东面，分封一方卫国的土地。

后来，康公建国，卫并邶鄘，启以商政，疆以周索，文王之道，风化所及。

一脉淇水悠悠，水映日月天光，澄澈又清洌，掬一捧入口，淡淡甘甜。

两岸绿竹繁茂，清风拂群星耀，挺拔且碧绿，摘一叶在手，微微幽香。

春日暖阳，明媚似金，淇水宛若温润碧玉，岸边翠竹随风摇曳，惹人沉醉。阳光下，碧水边，是谁独立绿竹前？伟岸挺拔，衣袂飘飘，你如风林秀木，卓然不群。

聆听，讽谏仪礼，劝谕品端行正，你在曼诵，那吟诵声声入耳：宾之初筵，温温其恭。其未醉止，威仪反反……

聆听，教化引导，修养美德善行，你在长赋，那诗赋字字动心：抑抑威仪，维德之隅。人亦有言，靡哲不愚……

伫立凝望，那一行一动，优雅又从容，举手投足间，自有着不凡，更卓世绝伦。衣带当风，蕴蓄雅致，那是谁人啊，竟有如此斐然的文采，竟有如此高贵的心灵？肃立静听，那一篇一章，都反复切磋，亦百琢千磨，浸润着高贵，濡养着风骨。仰天长啸，壮怀激昂，那是谁人啊，竟有如此宽广的气度，竟有如此硬朗的风骨？

淇水之畔，绿竹繁茂蓬勃，水清竹翠，人间美景，物华天宝，钟灵毓秀，是谁赋予美景以人性熠熠辉光？天高地远，云影徘徊，心旷神怡，逢何良辰，得遇君子，挺拔卓然，风仪超凡，恍如淇水岸边的猗猗翠竹！君子高洁，即使青山无棱，即使淇水西流，也不能将你忘记，君子如你啊，在万户千家传颂，在卫地百姓心中！

淇水之滨，青山之侧，一带修竹青翠盛茂，一湾碧波汤汤流淌，这里有卫国山河，多姿多娇，如诗如画。

心向往之，淇园绿竹，君子如玉温润谦和，熠熠生辉光彩夺目，这里有卫君武公，怀瑾握瑜，德厚流光。

是谁在言说，你的面庞那样洁白，肌肤那样光润，如同经过千磋百琢的玉器象牙；是谁在言说，你的身姿那样修长，黑发那样浓密，如同绿竹拔节凌云的美仪风骨；谁在言说啊，你的帽子两侧悬饰宝石，举步行走不断晃动，轻轻敲打耳朵，提醒为王不闻不信谗言，充耳晶莹合乎礼仪，平生应是涵养品行日益高洁；谁在言说啊，你的皮帽束发妥善服帖，白色鹿皮缝制，上缀玉石耀目，那是诸侯在朝皮弁服制礼仪，那样威武那样庄重，一生应是至尊至贵叱咤风云。

是谁在讲述，你曾统兵率将气势磅礴，你曾纵横驰骋横刀立马，当那犬戎攻打镐京，杀死天子幽王，你率领卫国精兵强将，星夜兼程，迢迢奔袭，力助平王平息犬戎，旌旗所指之处，平息了满天血雨腥风！是谁在讲述，你曾决策千里运筹帷幄；你曾殚精竭虑夙兴夜寐。那时镐京饱经战火，城春黍苗离离，你辅佐平王东迁洛邑，安定天下，重整山河，万里锦绣平安富庶，旌旗招展之处，重树了大周赫赫威仪！又是谁在赞美啊，又是谁在感喟啊，再造江山，功勋卓著，天子平王赐命荣升为公爵，君子如你啊，美名传遍天下，威仪世所敬仰。

未曾出土，那绿竹已先有气节；及至凌云，那绿竹还犹自虚心。你啊，战场内外杀伐决断，不见狂妄粗野；你啊，烽火狼烟指挥若定，不见鄙陋鲁莽。君子如你啊，仪态儒雅，彬彬有礼，含蓄内敛多么温和，胸襟光明多么磊落，如望高山啊为之仰止，如观景行啊为之行止。卫邦淇水汤汤流淌，君子如你啊厚德载物。如果说卫地民心曾如那九里高城固若金汤，这一刻啊哗然洞开，有白云徘徊，有紫燕翩飞。淇园绿竹猗猗盛茂，君子如你啊自强不息。如果说卫地民心曾如那数九寒冬雪地冰天，这一刻啊豁然消融，迟日江山丽，春风花草香。

聆听，你抚一张长琴，独坐在幽篁，且谈且吟且长啸，心思广大又深远，天地知音两相宜。环顾四碧，君子你啊，志在云霄一似绿竹。

注目，你一如那淇水静波流深远，言语得体气度沉稳，一如那山峦峰壑，处事有度宽容厚重。林木萧萧，君子你啊，高洁坚贞一如绿竹。

是谁低语暗诉，说你也曾年少乖张，行事粗莽，受王父宠爱多赏赐财物，收买了武士迫兄自杀，你继承王位亦有不正；是谁驳斥声高，说你身为国君，天下为公，多年推行康叔政令，百姓和睦安定，国家富强安泰，圣明贤德，万民称颂。

谁人交口称扬，谁人应和纷纷，赞你治理国事，自儆励治；赞你广采众谏，察纳忠言；赞你号令国邦，朝夕谏言。长车上听勇士规劝，朝廷中从官长法典，几案旁有训官进谏，寝室内有近侍箴言，处理政务瞽史引导，用心倾听乐师诗诵……

彬彬君子，一生修养，好德之心如璞含蕴，礼仪教化反复琢磨，多少次历经坎坷，多少回风雨洗礼，才有这仪表俊朗不俗，才有这言谈典雅雍容，才有这心胸开阔高远。叹你的才华啊，精纯深厚，像那金锡经过了千锤百炼，光华夺目闪闪耀眼；叹你的美德啊，高洁厚重，像那圭璧经受了千磨万琢，纯净润泽柔和内敛。

山水含笑，举世称颂，君子你啊，卫君武公，温温恭人，维德之基，天子倚重任命为相，将要启程前往赴任，苍生依依送别，不舍贤君武公，沉稳举步你登高轩，凭倚而立旷达从容。君子如你啊，金玉品质于内，妙语连珠于外，举止宽厚又温和，谈笑风生有礼仪，愿你此去啊，辅国佐政忠君爱民，多树伟功福泽天下。

看那淇水河岸弯弯，绿竹葱郁秀挺婀娜。那位君子文采斐然，好似象牙经过切磋，好似玉石经过琢磨。多么庄重多么威武，多么光明多么磊落。那位君子文采斐然，永远都不会把他忘记啊。

看那淇水河岸弯弯，绿竹青翠挺拔苗壮。那位君子光采斐然，晶莹宝石悬饰耳旁，束发皮帽美玉闪亮。多么庄重多么威武，多么光明多么磊落。那位君子光采斐然，永远都不会把他忘记啊。

看那淇水河岸弯弯，绿竹葳蕤繁盛丰茂。那位君子美好斐然，如金如锡锤炼精纯，如圭如璧琢磨成器。多么宽厚多么开朗，他倚立饰金华车上，妙语连珠谈吐风趣，但从不粗暴失礼啊。

车行辚辚，渐去渐远。百姓送别，久久流连。万众齐声赋歌，诵唱淇奥君子。那赞歌啊，那颂誉啊，响彻了湛湛天宇，传遍了无垠大地。

斗转星移，厚德流光百世，绿竹不改猗猗，卫君武公啊，品德一如修竹美。每一阵清风拂过，倾听那竹声萧萧，那是啊，千载世人念记。

沧海桑田，山河多姿多娇，淇水汤汤依旧，斯人虽去啊，君子风范长存留。每一次红日东升，凝望那霞光漫天，那是啊，万代民心所向。

山重水复云去闲

***

卫风·考槃

考槃在涧，硕人之宽。独寐寤言，永矢弗谖。

考槃在阿，硕人之薖。独寐寤歌，永矢弗过。

考槃在陆，硕人之轴。独寐寤宿，永矢弗告。

殷商故畿，太行绵亘，这里是卫土。山谷间，田野上，桑林中，麦田里，清风吹过，远山古道，白云深处，几多情思悠然。

黄河滔滔，淇水汤汤，这里是卫地。春华秋实，草木丰茂，沐暖阳，浴月华，一声考槃歌起啊，回首所来径，苍苍横翠微。

世人传说，我叩盘而歌，在那山涧山麓，享受着一份远离尘嚣的快乐。

世人传说，我架木为屋，在那山坡高地，享受着一份隔绝尘浊的快乐。

你看，那苍穹浩渺又深邃，纷扬飘洒着无边无际的雪花，每一朵雪花，都是晶莹剔透，精美绝伦，小小的六瓣冰花，洁白了山川，洁白了大地，好一个粉妆玉琢的世界。一带绿竹，积雪从竹梢缓缓滑落；一枝红梅，梅蕊在枝头慢慢绽放；一只白鹤，展翼在半空翩翩飞过；一壶浊酒，逍遥在心间无息弥漫。路过的渔翁啊，谢你送我一尾金鲤肥美，来啊，你我一起举起这一杯，天地为屋，飞雪旋舞，此间乐趣，夫复何求？

你看，那草色遥看恰如烟，依依低垂着丝绦一样的柳枝，每一片叶子，都是鹅黄嫩绿，春意盎然，小小的草叶柳叶，青绿了山川，青绿了大地，好一个碧玉玲珑的世界。一只甲虫，捋着触须从草尖爬过；一朵苔花，吐露幽香在青石阶上；一只黄莺，婉转在耳边恰恰啼鸣；一壶清茶，自在于心头无声隐现。路过的农夫啊，谢你赠我一束禾谷丰穗，来啊，你我一起饮下这两盏，天地大美，草长莺飞，此中真意，夫复何求？

百姓相传，我本是大夫，远离政治旋涡，退隐在一方青山绿水的宁谧。

百姓相传，我本为士族，舍离高高庙堂，闲逸在一方园林田野的快乐。

你看，那莲花亭亭在河畔，碧波荡漾着一层一层的涟漪，每一朵莲花，虽都出于淤泥，却不染尘，田田莲叶似无边，清香了河畔，清香了盛夏，好一个香远益清的世界。一只蜻蜓，静静停息在小荷尖角；一只紫燕，尾翼如剪从水面掠过；一声布谷，殷殷劝农从密林传出；一曲短歌，无限快意在风中轻送。路过的樵夫啊，谢你予我一支登山步杖，来啊，你我一起风中来放歌，天地清幽，花开花谢，其中意趣，夫复何求？

你看，那黄菊吐芳在山冈，傲霜抱香在满山遍坡的枝头，每一朵黄菊，都是重重复瓣，含芬沁芳，朵朵黄菊绽芳华，金黄了谷壑，金黄了峰岭，好一个馨香盈袖的世界。一只粉蝶，盈盈从花蕊飘飘飞

起；一树红叶，炬火在崖前熊熊点燃；一重白云，掩映在半山时舒时卷；一声长啸，无际乐趣在云中隐现。路过的山民啊，谢你掬我一捧新摘枣栗，来啊，你我一起云里且长啸，天地清芳，日升月落，其间乐趣，夫复何求？

山无言沉默，亘古安静，以不变容纳万物变幻，一任群芳争艳，多姿多彩。

水汤汤流淌，日夜不息，以变化迎接天地恒常，一任坎坷崎岖，不改东向。

生而为人，感天高地迥，受风云霜雪，慨日月升落，叹人生何短，若花若蝶只盛一季，若草若叶才荣春夏，若燕若鹤存世数秋，若竹若树恍然数冬，人生匆促，又当何求？有人乐在高高庙堂，有人甘于江湖恩怨，有人或欲美色在抱，有人安然青灯黄卷，有人志在史册留名，有人梦求金玉满箱……而我啊，爱着山石嶙嶙，爱着浪花溅溅，爱着云霭隐约，爱着清风含香，爱着沿山石径缝隙求生的蛛蚁，爱着溪涧深处翠茂攀缘的藤萝，爱着那无车无马无俗尘喧嚣的宁静，爱着那鸟语莺飞有天籁声声的活力……

没有了蝇营狗苟不堪行径，没有了虚与委蛇钩心斗角，没有了虚浮人事枉度时日，没有了礼服冠冕苛杂约束，没有了案牍堆积苦劳身体，没有了丝竹礼乐繁复扰乱耳畔，往日一切，轻烟消散。我且沉醉在山中的一夜清眠，享月色如水温柔抚慰，偶或一声鸟啼鸣于春涧，呼应着轻匀梦息，锦帐还是草床并不重要，重要的是好梦酣甜。红日初升，春山初翠，睡醒满眼是晨光山色，醉醒满目是盎然春意，何等满足，何等奢侈，我有了一望青山无边，我有了一带碧水潺潺，我终于有了笑容，我终于有了自己。

心安神定，我的脚步顺遂着自己的心意，可以盘桓溪谷，可以徒步高原，可以一探幽洞，可以登临绝顶，可以沿溪而上，可以涉水临潭。在山，我为石，我与山相看两欢；在水，我为露，我与水相遇两悦。随心所欲，随遇而安，这一番我是我自己的欣悦，几人能得？

从容不迫，我的双手探索着自然的美好，可以扶杖耘籽，可以植培苗木，可以采摘嫩桑，可以架攀匏瓜，可以种豆除草，可以挖取蔓菁。在林，我为树，我与林相见两怡；在田，我为苗，我与田相逢两喜。随俗顺时，修短随化，这一番我是我自己的快乐，几人能懂？

世人看见的我啊，清静独处，独自眠睡独自醒来，独自说着话，独自唱着歌，褪尽繁华啊尽享独处。

世人看不见我啊，欢欣喜悦，安然眠睡欣然醒来，和山说着话，共水唱着歌，绚烂至极啊归于真朴。

生命不是设定的程式，无须固定的格式步骤，酒色财气无声朽腐，我愿生命富有活力，底色是肥沃的土壤，上面洒满热烈阳光，幼苗破土而出，花朵自然绽放，风雷来了安然沉稳，雨雪来了顺流而下，自有一种生命境界，从容孤独，宁静深邃，苦者自苦，甘者自甘，于我，是生命最舒适的度。

不曾跋涉，没有流过血汗的双脚，怎么能够明白山岭的巍峨，怎么能够明白高原的辽阔，那份登临啊何其厚重！

不曾耘植，没有磨出厚茧的双手，怎么能够懂得林木的成长，怎么能够懂得稼穑的收获，那份共生啊多么美好！

高山上，河溪下，深林里，田园中，我在。在这个新生的世界里，让春夏秋冬重新开始，让群山河川重新开始，让一花一草重新开始，让种子果实重新开始，让蝶蚁鸟雀重新开始，让新生的我重新开始，就让一切都重新开始。我和遇见的万事万物结识，我与世界重建最朴素的关系，从此啊，相依为命，执手啊，直到白头。

叩盘与否啊并不重要，放声而歌，在那山涧山谷，我享受着一份远离尘嚣的快乐，架木为屋啊亦非必需，偃仰长啸，在那山坡高原，我享受着一份隔绝尘世的快乐，从这里直到很远的地方，从这时直到很久的以后。

悠然自得呀在山涧，贤士徜徉心怀宽广。独睡独醒独自言说，这样快乐永远不忘。

悠然自得呀在山坡，贤士徜徉心胸开阔。独睡独醒独自歌唱，隐居志向永不消磨。

悠然自得呀在高原，贤士徜徉来回盘桓。独睡独醒独自安宿，此中真意无以言表。

山重水复，白云去闲，从此便有了世界高远，从此便有了生命深广。在山间，在林下，你来，或者不来，我都在这里……

人生若只如初见

***

卫风·硕人

硕人其颀，衣锦褧衣。齐侯之子，卫侯之妻。东宫之妹，邢侯之姨，谭公维私。

手如柔荑，肤如凝脂，领如蝤蛴，齿如瓠犀。螓首蛾眉，巧笑倩兮，美目盼兮。

硕人敖敖，说于农郊。四牡有骄，朱幩镳镳，翟茀以朝。大夫夙退，无使君劳。

河水洋洋，北流活活。施罛濊濊，鳣鲔发发，葭菼揭揭。庶姜孽孽，庶士有朅。

大道迢遥，大道迢遥，彼一端是齐疆，此一端是卫土。

那一年，翻越了重重山岭，跋涉了道道川河，她来了，齐卫两国联姻。

那一日，拂落了仆仆风尘，更换了华美礼服，她来了，来嫁卫君

庄公。

　　天朗气清，惠风和畅，听那喜鹊结群枝头高唱，兴高采烈，喜气洋洋。

　　扶老携幼，翘首以盼，看那旭日初升其道大光，山川田野，举国欢腾。

　　我们卫国，今天大喜，卫君庄公，今天迎娶。我们的国君夫人，出身尊贵显赫，她是齐君庄公嫡出女儿，她是齐国太子得臣胞妹，来日岁月，强大齐邦自会荫庇姻亲卫国，万民同庆，齐卫联姻将给家国带来荣耀保护。我们的国君夫人啊，还是邢国国君小姨，谭国国君还是她姐丈，姻亲互联互助，我们卫国啊，又增多了友好邻邦，应当会更加安宁，理当会日益富庶。听闻这桩婚事啊，我们卫民心花朵朵怒放，我们的国君夫人啊，将会给卫土带来何样福音？

　　清风送香，白云含笑。终于望见迎亲车队，逶迤不绝连绵不断。听啊，听啊，所到之处，一片轰然赞叹，衷心祝福满满。马车隆隆，仪仗渐近，是阳光瞬间猛烈明亮了吗？是心里霎时如雷撼动了吗？怎么会有如此完美之人，已经出身尊贵无比，谁料容貌美丽无双。看啊，看啊，一位美人亭亭高挑，高车凭栏端庄倚立，穿着华彩灿烂锦衣，外罩纱衣防尘又合礼仪。我们卫国啊，竟受上苍如此眷顾，这是怎样洪大的福气啊，迎娶来的国君夫人这样典雅美好！

　　如果追问国君夫人何样美丽，容许我们绞尽脑汁搜尽枯肠。她的手指啊，又细又白，就好像是初春新生的鲜美白茅；她的皮肤啊，净白润泽，就好像是刚刚凝结的细腻油脂；她的脖颈啊，就好像是鲜活蝤蛴那样皎白修长；她的牙齿啊，就好像是初剖瓠籽那样洁白整齐；她的前额啊，就好像是树上螓蝉那样宽阔饱满；她的眉毛啊，就好像是灯下蛾须那样弯弯细长。万般的美好事物，也难以形容言表，她是如此美丽非凡啊，就像春天一样朝气蓬勃明媚又鲜艳！

人美如画啊，即使一笔一笔精绘细描，也难画出她的明丽照人光泽闪闪；人美如歌啊，即使一词一章精雕细琢，也难写出她的妍姿璀璨风韵意态。看啊，看啊，她正颔首微微浅笑，唇边笑窝嫣然绽放，仿佛天花缤纷空中翩落，飘扬洒遍卫国大地山河；看啊，看啊，她的双眼黑白分明，眼波流转顾盼神飞，仿佛月色皎皎星光熠熠，和柔抚慰卫民心间角落。天空花朵或许勉力可画，何能描摹她的飘逸高洁？星月灿烂或许竭力可歌，何能唱诵她的雍容和善。

卫国何幸，迎来的何止是齐国公主，这是上天赐予卫国的绵绵福泽，她来到了卫邦啊，万物萌发生机勃勃，卫民啊，我们该如何将她好好爱戴？

卫君何幸，娶来的何止是国君夫人，这是上天赐予卫国的明亮阳光，她来到了卫土啊，鸟语花香田林丰茂，卫君啊，您将要如何给她爱惜尊重？

卫国都城郊外田野，迎亲车马暂停止歇。修长高挑的齐国公主啊，要在这里换下未嫁女儿的公主衣装，要在这里穿上国君夫人的大婚礼服。从此就要母仪卫国天下，从此就要福佑卫邦子民。雄雉彩羽光彩闪烁，装饰华车专属座驾，乘坐的翟车高贵精美绝伦，驾车的四匹雄马高大强壮，跃跃扬蹄奋发前行，马嚼铁旁缠饰红绸，夺目鲜艳迎风飘飘。车辚辚，马萧萧，长空湛碧，云霞旖旎。

仪仗威严，车马络绎。我们的国君夫人啊，将要入朝和卫君相见。祈愿我们卫君庄公啊，珍惜我们的国母夫人，交好各邦诸侯，统领朝野上下，卫国日益强大，卫民日益富庶。今天多么喜庆，今天多么欢乐，拜托清风传送讯息，拜托鸟雀鸣飞提醒，诸位大夫，诸位王公，没有要

事早点退朝吧,我们卫君今天还要迎亲,千万不要使他太过辛劳啊!哈哈哈,哈哈哈,笑语盈耳,和乐融融。

浩浩荡荡的黄河啊,河水丰盈满涨,水流滔滔流向北方,润泽着广袤田野,养育着无数子民。你看水边那位渔翁,高高抛撒打鱼大网。渔网沙沙捕捞喜悦,鳣鱼肥美鲔鱼名贵,映着日光锦鳞闪亮,鱼尾摆动泼泼击水。龙凤呈祥,普天同庆,鱼儿成群也来助兴,是不是我们的国君夫人啊,已将福泽啊惠及了生民。

在那河岸两边,丛生的芦苇繁密苗壮,高大的荻草丰茂旺盛,将来编织坐席,还能覆盖茅顶,禽鸟藏,走兽隐,鱼虾肥鲜。苇荻深处,养育繁衍几多生命,我们的国君夫人啊,也将滋养庇护苍生。清风煦暖,胜景如画,那些陪嫁的姜姓女子啊,身材高大容貌秀美;那些跟从的侍臣男子啊,勇武健壮威风凛凛;众人追随,一路护送公主从齐来卫,众人簇拥,我们的国君夫人啊风光无限。

今天,她是卫国完美无瑕的新娘,即将,她要与夫君相见,多么希望,她将获得一生爱恋;今天,她将从公主变成国君夫人,即将,她要与国君相见,深深祈愿,她将受到一生尊重;今天,她一路跋涉行来,她一顾倾城倾国,满载着生民的爱戴,满载着百姓的祝福,华车驱驰不息向前,万千卫民长歌赞美。

那个美人身材修长,穿着锦衣外罩纱衫。她是齐侯的女儿啊,她是卫国国君之妻。她是齐国太子之妹,她是邢国国君小姨,谭国国君是她姐丈。

细白手指好像嫩茅,光润皮肤好像凝脂,匀长脖颈好像蝤蛴,洁白牙齿好像瓠籽。饱满前额弯弯秀眉,迷人笑窝多么美丽,美目流转情意无限。

那个美人身材高挑,停车暂歇城外农田。四匹雄马膘肥体壮,马嚼铁上红绸飘飘，车饰雉尾将见卫君。诸位大夫早点退朝，莫让卫君太过辛劳。

黄河水啊浩浩荡荡，滔滔不息流向北方。抛撒渔网沙沙声响，鳣鱼鲔鱼泼泼跳网，岸边芦荻又高又长。随嫁女子个个高大，随从男子多么雄壮。

车轮滚滚，旌旗招展，前呼后拥，万民追随，这是天赐的福分啊。

白鹤排云，鸣动云霄，紫燕双双，上下翩飞，这是天大的欢喜啊。

几多坎坷，无声匿伏，几多悲凉，无言埋设，人生若都只如初见。

巧笑倩兮，美目盼兮，卫国庄姜，祝愿你啊，往后余生都如今天。

流光容易把人抛

卫风·氓

氓之蚩蚩,抱布贸丝。匪来贸丝,来即我谋。送子涉淇,至于顿丘。匪我愆期,子无良媒。将子无怒,秋以为期。

乘彼垝垣,以望复关。不见复关,泣涕涟涟。既见复关,载笑载言。尔卜尔筮,体无咎言。以尔车来,以我贿迁。

桑之未落,其叶沃若。于嗟鸠兮,无食桑葚。于嗟女兮,无与士耽。士之耽兮,犹可说也。女之耽兮,不可说也。

桑之落矣,其黄而陨。自我徂尔,三岁食贫。淇水汤汤,渐车帷裳。女也不爽,士贰其行。士也罔极,二三其德。

三岁为妇，靡室劳矣；夙兴夜寐，靡有朝矣。言既遂矣，至于暴矣。兄弟不知，咥其笑矣。静言思之，躬自悼矣。

及尔偕老，老使我怨。淇则有岸，隰则有泮。总角之宴，言笑晏晏。信誓旦旦，不思其反。反是不思，亦已焉哉！

摇着木铎，记录卫风，行走在广袤卫土，那是谁人啊，聆听着爱恨情仇。

殷商旧畿，桑中淇上，有几多悲欢离合，那是谁人啊，讲述着氓之蚩蚩。

淇水吞声呜咽，摧折断人肝肠，背起竹筐，采桑林间，我是蚕女，终日辛劳。

那是谁人啊，长歌当哭；那是谁人啊，长赋抒怀，一字复一句，如泣又如诉。

野外之民嘻嘻笑着，抱着布匹来换蚕丝。其实不是真来换蚕丝，是找机会和我说婚事。送别您啊渡过淇水，直到顿丘告别依依。不是我愿拖延婚期，您无媒人失却礼仪。请您不要发怒生气，良辰佳日约在秋季。

登上那道颓圮土墙，遥向复关出神张望。久久凝望复关不见，眼泪汪汪心中忧伤。望眼欲穿看见复关，有说有笑心情欢畅。您说已经占卜

问卦，卦上没有不吉兆言。赶着你的车子来吧，带上我的嫁妆回家。

桑树叶子还未落时，枝头碧绿多么鲜嫩。哎呀那斑鸠呀斑鸠，不要贪食那桑葚果。哎呀年轻的姑娘呀，不要沉迷爱恋男人。男人如果恋上女子，说丢就丢容易解脱。女子若是恋上男人，想要解脱却是不能。

桑树叶子已经凋落，枯黄憔悴随风飘零。自从我嫁到了你家，多年受尽穷苦贫寒。淇水汤汤渡河回去，河水溅湿车帷淋淋。我为妻子没有过错，是你男人变心无情。反复无常没有定准，言行不一坏了德行。

作为媳妇那么多年，家里家外无不操劳。起早睡晚不辞辛苦，天天如此不是一朝。日子顺了心遂了愿，对待我越来越粗暴。兄弟们不能理解我，见我这样连讥带笑。静静思来细细回想，独自伤心眼泪暗抛。

曾经誓言白头偕老，想起这话我心怨痛。淇水流淌也有堤岸，沼泽湿洼也有边界。那时年少多么欢乐，说说笑笑温柔亲热。信誓旦旦犹在耳畔，没有想到变了心肠。从前事情不再去想，就算了吧不必留恋！

长歌引路，带我回返。往昔如烟，悄然浮现。往事似云，历历眼前。

春风又吹山川翠绿，采桑女孩依然笑语。看啊，桑树枝头新生的片片嫩叶，葱茏绿碧水嫩又鲜灵，好像时间从来不曾流失，一如那年，我方年少。

蜂儿飞，蝶儿舞，采摘桑叶欢喜着繁忙，竹匾里蚕宝宝仰着头，沙沙吃着新采桑叶，日生夜长，又白又胖真是可爱。蚕儿上山了，蚕儿结茧了，煮茧缫丝，束束素丝洁白闪亮，又是一年丰收时节，多么喜悦。

城邑里的大夫贵人，身穿丝制锦衣华贵无比；城郊的桑农蚕女，采桑养蚕得丝勤劳获益。轻抚细柔新丝，未来时光啊，也要如此明丽，也要如此美好。

年少懵懂啊，青涩无知啊。你是野外氓民，在那邑郊之外更僻远的地方，你的面相忠厚老实，手抱布匹嘻嘻笑语，只说买丝来到我身边，却不论说蚕丝好坏优劣，一再问我多大年纪，是否已经许婚人家？好气又好笑啊，一张口我要了很高价钱，你不说蚕丝啊，你说一眼见我就很喜欢，想要和我比翼双飞。

脸颊为何灼烧？心房为何狂跳？女儿家何曾听过这样热语辣言，你嘻嘻笑着一脸诚恳，难道这人就是命中注定的相遇缘分？那些采桑女伴，桑林笑语私言，有人艳羡权贵，有人追求富裕，有人喜欢高大，有人许心能干，我愿遇见一人实在可靠，一见钟情，一生安稳。莫非，眼前就是上苍送来的姻缘爱恋。

几度桑中田间，对歌欢唱；几度月上柳梢，人约黄昏。一送再送，作别依依。送你啊送到村庄之外，送你啊送到桑林尽头，送你啊渡过汤汤淇河，送你啊送到高高顿丘，执手牵襟，难舍难分。确实不是我故意拖延啊，两性婚姻本当有媒有礼，你说两情相悦不需要六礼繁复也罢了，我说也要有一位媒官写就一纸婚书啊，你怒气冲冲质疑我不信任你，你口不择言眉头紧紧皱起，你指天画地甚至双脚跳起。好吧，好吧，那就约在秋季，凉风马上就起，答应你啊，约为婚期。

那是谁人说啊，复关是你居住之地，知道吗？你离开后，我常常出神思念。

那是谁人说啊，复关是你来途关卡，知道吗？你离开后，我时时凝神张望。

那是谁人说啊，复关是你赶驾的车，知道吗？你离开后，我总在侧耳谛听。

望眼欲穿，日日不见复关，神不守舍忐忑难安，相思煎熬啊心里多么忧伤。

喜出望外，终于复关在望，久别重逢你说我笑，爱恋怡人啊心里多么甜蜜。

关于婚姻，你说你已求人占卜，占了龟甲，卜了蓍草，占卜兆言没有不吉不祥。你笑嘻嘻地望着我啊，一脸诚笃一脸厚道。好啊，好啊，果然真是天赐良缘，果然真是有情成双，那就赶着你的车子来吧，满满装上我的嫁妆，咱们，回家。

枝头桑叶，新鲜碧绿，就像那些青春可人的姑娘啊。枝头斑鸠，啄食桑葚，斑鸠啊，桑葚虽甘甜食美，多食却会昏醉，掉下枝头真是追悔不及。年轻的姑娘啊，不要沉迷爱情，不要迷恋男人。男人女子，原本不同。男人若是爱恋女子，在言在表在皮在毛在暂短，放手就能抛下，轻易就会舍弃；女子若是爱恋男人，是血是肉是心是肝是肺腑，从此是天从此是地从此就是全部，想要解脱，千艰万难。

桑叶凋落，憔悴枯黄，多么像是一个容颜转瞬老去的女子啊。流年似水，转瞬多年，时光轮转中，是什么真相在慢慢显露？是什么东西在渐渐变易？淇水依旧汤汤，今日我又渡河，想起从前送你离去，想起那日携手同归，而今黯然神伤，而今返我故乡，溅起的水花落上了车帷，渐渐润湿，淋淋漓漓，水珠涟涟，不停滴落，就像是谁人悲伤不断流下的眼泪啊，就像是淇河母亲怜惜女儿的抚慰啊。

嫁你为妇，多年劳苦，家里家外操劳不休，忍尽艰难受尽贫寒，我为人妻并无过错，你为男人无情变心。迢迢来嫁顺了你心遂了你愿，你却对我日渐粗鲁日渐暴虐，张嘴是骂抬手又打。锥心苦痛诉于兄弟，他们不能体谅啊，笑说也属平常，嘲我不经媒妁啊，就该这样受伤。总以为自己嫁给了爱情，从此一定幸福，男人易变，百事皆哀，何来美满？静静思啊，细细想啊，默然泪流，独自神伤。

那时年少盟言白头，怎知那时光漫漫柴米天天啊，怎知那人心会变情意会淡啊，怎知那忍挨辛苦难换惜怜啊。一想起誓约，悲伤又恨怨，如何能受无端弃嫌，如何能看不堪嘴脸。淇水奔流啊也有堤岸护栏，沼泽湿洼啊也有周边界限，你无情无义为所欲为啊，无止，无尽，谁人能解我深重痛苦啊，无涯，无边。

那时年少懵懂，那时青涩无知。你在诉说我在笑语，你情我侬亲密无间，山盟海誓如在耳边，怎会想到心肠多变，在那肝胆脏腑之间啊，一点一点鹤顶红艳！女子痴情，为爱饮水低到尘埃，被践踏啊，成土泥啊，抽刀斩断流水，挥别昔日时光，往事不再提，从此休思量，算了吧，结束了，既然了结不必留恋！

月色依然满野满川，青春依然如酒如烟，岁月沧桑依然不息更迭，我依然愿意相信爱情。只是懂得了，自尊自爱，至重至要；只是知道了，流光易逝，珍惜自己。从前事情不再去想，就算了吧，不必留恋！

看流年风景，听古今故事，许诺自己一份安稳，何须长痛沉溺凉薄。唱歌的人啊，如泣如诉；听歌的我啊，如梦初醒。往后余生，从容终老，不悲不喜，不忧不惧。从前事情不再去想，就算了吧，不必留恋！

多少过往，多少未来，田野桑林，春来生发，一样繁茂，一样葱茏。

桑叶黄落，情已冷；士贰其行，心已变。悲泣有何用，哀伤亦无补。从来无情啊，不似多情苦。女子如桑叶，为谁沃若，又为谁陨？

卫邦广袤啊，淇水汤汤流向黄河。岁岁年年啊，生发几多悲欢离合，那是谁人啊，聆听着爱恨情仇；那是谁人啊，讲述着氓之蚩蚩……

长忆盈盈淇水好

卫风·竹竿

籊籊竹竿，以钓于淇。岂不尔思？远莫致之。

泉源在左，淇水在右。女子有行，远兄弟父母。

淇水在右，泉源在左。巧笑之瑳，佩玉之傩。

淇水滺滺，桧楫松舟。驾言出游，以写我忧。

浮云一别，岁月流水，故国渺渺，可知我啊，乡思悠长。

仰望，秋日高远的天空上，慢慢飘过的那一朵白云，像不像女子远离亲人远嫁了他邦？细闻，拂过林梢的清风中，丝丝掠过的那一缕幽芳，像不像淇水岸边猗猗绿竹的暗香？

淇水盈盈，秋来一澄碧澈，倒映天光云影，蒹葭苍苍，鱼儿跳波。绿竹猗猗挺拔修长，千挑万选择取竹竿柔韧，系一股鱼线细长，倒刺曲钩，蚯蚓为饵。邀三五姐妹，享垂钓清欢，鱼群结队游弋，更兼虾肥蟹壮。

嘘，莫作声啊，鱼儿咬钩了，几多试探，且要屏息静待。

啊，线饵动摇，鱼儿上钩了，几多喜悦，还要眼明手快。

哎，真是可惜，鱼儿脱钩了，几多顿足，再来挂饵抛竿。

竹竿在手，淇水在前，甩出去的是满怀希望，收回来的是笑语连连，丽日煦暖，水波荡漾。那些姐妹们啊，是否别来无恙，是否记得淇水岸边挥竿垂钓？那是多么甜蜜的时光，乘月归来，鱼篓满装，犹记炭焰火红，鼎镬沸腾，一箸淇鲫啊，清甘，一箸鲤鱼啊，鲜香，一箸乌鳢啊，肥美。

那些家乡的味道啊，我从来未曾忘记；那些昔日的姐妹啊，我一直还在想念。如果可以，愿能化身一支竹箭，这一刻就离弦，一径飞向家乡啊。如果可以，想要化身一片云朵，这一刻就飘远，一路飘向家乡啊。可是，隔着种种规矩礼仪，隔着重重山水迢迢，故园家邦那样遥远，我无法回返啊无法抵达。

淇水盈盈，养我温婉，青山绵绵，育我雍容。我的故乡啊，在那卫邦都城，北面有甘洌泉源奔涌，南面有澄澈淇水汤汤，滋润林野葱茏，哺育大地富庶。有山溪道道汇合，有温泉汩汩涌入，一脉淇水不息流淌，千载养育啊儿女聪慧灵秀，代代相传啊绵延文化厚重。何其幸运，淇水长伴，我是卫国女儿，枕水而眠的光阴，始终滋润着生命厚土。风来了，淇水泛起层层涟漪，雨来了，淇水激起朵朵水花，风雨过去，淇水如旧平静，鱼儿如旧游弋。

光阴飞逝，女子弹指及笄华年，长大了，亭亭修长如翠竹，成年了，青丝乌亮泛柔波。年少怎会懂得，女子长大成婚出嫁，从此远离家园故乡，从此就要到那异乡融入夫家，深藏皓齿，裙钗端庄。为人媳，上敬老洗手作羹汤；为人妇，长尊夫君举案齐眉；为人母，下抚小昼夜勤苦辛。更有邦国联姻，缔结二姓之好，国礼，邦规，一重一重，一日一日，故园渺渺，乡思悠长。

秋去冬来，正宜婚娶，饯别盛宴啊，父母双亲强颜欢笑，兄弟姐妹

难舍难分，迎亲车队连绵，仪仗旌旗飘扬，长跪啊，拜别父母兄弟，女儿去了，从此远离，从此一心分两处，一心奉夫国，一心牵母邦。古往今来，天下多少女子，泪别家乡父母，踏进婚姻河流，女儿家无忧无虑的时光，就此长留故乡。淇水盈盈，只怕故国遥无归期，眼泪啊，无声洒落，心潮啊，默默涨溢。

我是卫国女儿啊，想我故国都城，南面有汤汤淇水碧波，北面有汩汩甘洌泉源，那里有我熟悉的青山绿林，那里有我载驰的广袤原野，那里有我深爱的父母兄弟，那里有我一起长大的姐妹。一草一木，一花一鸟，一山一川，一言一语，一颦一笑，一亲一友，当时只道是寻常啊，别后心间长相忆啊，点点滴滴，星光熠熠。我思念父亲鬓边的那一缕银丝，我想念母亲眉梢的那一点红痣，我眷怀月下竹林的那一阵清风，我记挂众莲亭亭的那一曲欢歌……最长忆啊，淇水盈盈，一脉甘甜一带澄碧，多少美好时光，深深融入血脉。

春暖花开，草长莺飞，淇水甘洌是否一如当年，两岸绿竹是否依然翠茂，那一个衣袂当风、顾盼神飞的女子，如今还能豪饮几杯？那一个长裙飘飘、一竿长箫的女子，如今尚能曼奏几曲？那一个拈花含笑、沉静如水的女子，如今是否临花照水？那一个回眸嫣然、皓齿微露的女子，如今可还言笑晏晏？那个把酒赋诗、意兴盎然的女子，如今可会风采依然……那携手同游的姐妹啊，曾是摇曳生姿笑靥如花，曾是婀娜多娇佩玉叮当。而今，温婉笑容为谁绽放，身上佩玉是否生辉？往昔明媚再难回返，而今，我在他乡思念着家邦。

夜来南风，暑夏炎炎，这样的日子，正应该泛舟淇水，赏一带碧波柔润，享一份水韵清凉，观两岸杨柳依依，折一束蒹葭青翠；这样的日子正当是淇水汤汤，掬一捧盈盈在手，饮一口甘甜肺腑，白日万里晴空，夜来漫天星灿；这样的日子，正合宜重拾往昔，着旧时衣衫发簪，约三五姐妹欢聚，驾一叶松舟漂游，划一支桧桨悠然；这样的日子，我思念淇水啊，眼前不息浪花洁白，耳畔不停流水声声，我思念家乡啊，城乡郊野历历可见，父母兄弟如在目前。

家乡啊，是否江山风貌依旧？亲人啊，是否康泰安好依旧？远嫁的女儿啊，无论到了哪里，无论过了多久，怎么会断却了那份思念萦牵？也有丰衣足食，念念不忘的是家乡味道，也有车高马壮，念念在心的是淇水瀯瀯，远嫁的女儿啊，即使手中不复再有细长竹竿，那想念的长丝轻轻一甩啊，就钓起一串一串乡愁，接二连三，装满心房，装满日子……且驾御车马，驰骋出游。借一方长空书写乡思，借一方原野挥洒乡愁，一声声歌诗，一字字想念。

细细竹竿挺直修长，用它垂钓淇水边上。如何不把家乡思念？山高水长路途遥远。

泉源汩汩左边奔涌，淇水汤汤右边流淌。女儿成年就要出嫁，就要远远离别父母兄弟。

淇水汤汤右边流淌，泉源汩汩左边奔涌。嫣然一笑皓齿如玉，身姿婀娜佩玉叮当。

淇水瀯瀯不舍昼夜，桧桨如昔松舟依旧。驾御车马姑且出游，聊以消解心上乡愁。

阻隔重重，路途迢迢，再也回不去的土地啊是家邦，再也回不去的地方啊是故乡。心上秋来，乡愁如水日日涨溢。远嫁女子啊，乡思久长。

走过岁月河流的人们啊，用什么照亮了生命？走入婚姻河流的女子啊，用什么温暖了他乡？永兹怀念，年少时光。我的家乡啊，淇水盈盈。

风乍起，吹皱一池春水

* * *

卫风·芄兰

芄兰之支，童子佩觿。虽则佩觿，能不我知？容兮遂兮，垂带悸兮。

芄兰之叶，童子佩韘。虽则佩韘，能不我甲？容兮遂兮，垂带悸兮。

风乍起，吹皱一池春水。一曲芄兰，卫人传唱，唱得淋漓，唱得酣畅，唱出了谁人的心曲啊，又唱动了谁人的衷肠？

那是谁人说啊，这是讽讥卫君惠公的歌谣，刺他骄横无礼，倾诉大夫士人心中的不满；那是谁人说啊，这是讽嘲贵族少年的歌诗，一个年少男孩，不谙礼仪摇头晃脑的失态；那是谁人说啊，这是讽刺那童子早婚习俗，一个成年女子，泣诉嫁给少年男孩的不满。众说纷纭中，几多赞同啊，这是歌咏情窦初开的恋曲，一双青梅竹马，诉说懵懂清纯美好的爱怜。

青山如黛，清波泻玉。山上摘野果，水边捉鱼虾，童龀时光无忧又无虑。

红日煦暖,月色莹白。晴空放纸鸢,月下捉迷藏,垂髫岁月无牵又无碍。

　　卫国城邑,同在一条里巷,自识日月,自认河山,就和你相熟相稔。端午,你家煮好清香甜糯的荷叶长粽,先甜在我的嘴里;中秋,我家新蒸各样谷米的拜月糕饼,一样也拿在你的手中;我的父亲,教你指认树木百草;你的母亲,为我缝绣花朵衣裳;一鼎肥鲜,饱足了你我两家;一坛美酒,沉醉了你我双亲。

　　我发初覆额,采花插满头,同望日出云海,我问精卫衔木抛填的大海,到底需要多久才会干,那个化作了飞鸟的女孩,后来能不能重回人间?你童音稚嫩,数鸡鸣桑树,同看黄昏晚霞,你问夸父没有追上的太阳,究竟去了多远的地方,那支化作了桃林的手杖,后来是不是满溢果香?

　　采谷为饭,采葵充羹,折取竹枝持做长箸。一饮一啄,小儿女常嬉戏,我学捧案欲齐眉平,你吹短笛啁晰,总数曲连声,乐此不疲兴致冲冲;一川烟草,满城风絮,庭前梅子尚未黄熟,青石井栏,六角光洁端方,你骑竹马驾驾有声,我含青梅酸彻,犹不肯丢吐,乐在其中兴致勃勃。

　　时光如水,转眼飞逝。似乎昨日还是学步蹒跚,今天的你已如挺拔修竹,闲暇鼓琴,总获得众人称扬;似乎昨日还是学语牙牙,今天的我亦如亭亭白荷,偶赋歌诗,常引来赞叹无数。郊野骑马归来,你热汗涔涔我递上绢巾;制葛为衣缝裁,我初学忙乱你拿尺递剪。你我啊两小无猜渐长大。

　　秋去冬来,东风又拂。林间田头芄兰又萌新芽,心形叶片碧绿对生,枝枝蔓蔓牵牵连连,附生松柏葳蕤盛茂。等得南风日益和暖,芄兰洁白花朵盛开了在夏天,宛如铃铛精美藤枝上声声摇响,呼朋引伴,你

采一片绿叶呀，我摘一朵小花，游戏玩耍，看那芄兰汁液像奶浆流出，一滴一滴慢慢落下。

盛夏蕊朵，花开花谢，芄兰果实累累倒垂如锥，果实未成又木又涩不能食用，待到成熟又甘又甜滋味美妙。山林畅游，野趣欢歌，枝上摘果充作解锥，也试开解长葛系结；携邻伴友，相约摘果，亦食亦嬉，言笑晏晏，你采一枚芄兰果熟，投抛我筐，我摘一枚芄兰果香，投掷你怀，你我略无疑嫌。

是不是就在前年，我们一路踏青游春，采得了白茅嫩芽分食着清新鲜甜？

是不是就在去岁，我们一同礼乐庆典，一曲曲鼓乐一场场盛舞喜地欢天？

春风又绿城邑原野，十里桃花夭夭灿烂。而你，为什么一夕之间，仿佛变了容颜，可爱可信，可昵可亲，都突然消失不见。一抬头见你远远走来，一肚子话语涌到唇边，笑意也早已在眼波流转。而你，走过我的身边，目不斜视，见若不见，踱着步子扬长去远！那温暖熟悉的笑颜，哪里去了？可气，可恨，留我莫名怅然，孤单无所依恋，且羞，且恼，红了脸。

就像鸟雀熟悉树梢，就像花朵朝向暖阳，你我自小相识，你个毛头男孩，难道我不知道你右脚少时扎伤留有隐疾？难道我不知道你左鬓淘气划伤尚有暗痕？难道我不知道你头发由疏渐密从短变长？难道我不知道你一旦装假心就怦怦跳？休说是白日迎面相遇，就是暗夜背影也能认出是你，就是蒙上了眼，只听足音也知道是你，而你，还装作不识，还作样不语！

君子佩觿，是要运用智慧，解决问题。君子戴韘，是要能骑善射，英勇威武。

你啊，你啊，你从何处得了角锥，像个大人一样佩在身上？你从何处得了扳指，像个大人一样戴上手指？是你偷偷从家里拿出试戴，还是你父兄刚刚为你添置？角锥专为解开结节，扳指是助拉动弓弦，悬佩角锥，带上扳指，似乎，似乎在一夕之间，你长成了大人模样，如果不是这样的作势装腔，还真是一位啊，翩翩少年郎。

你这个毛头男孩，悬佩角锥，可会解开绳结？丝缕缠绕心有千结，你能不能开解？你这个毛头男孩，戴上扳指，可会拉开弓弦？心如长弦期待共鸣，你会不会叩响？角锥尖尖，好像芄兰果实，你我曾经分食互抛；扳指心形，好像芄兰翠叶，你我曾经采摘玩赏。从小在一起斗叶分果，一朝佩戴了角锥扳指，难道你我从此陌路？

衣带长垂一走一摆，问你啊，不断抖动，何来雍容？不停摇晃，何来安适？

目不斜视故作端肃，问你啊，长大成人，就不相知？长大成人，就不相近？

忍着羞恼，忍着笑意，你个毛头少年，假装大人模样，听我作歌送上一曲。

芄兰果实枝头尖尖，那个男孩身佩解锥。虽然解锥佩戴身上，怎么不再和我相知？假装雍容故作悠闲，衣带长垂摇摆抖动。

芄兰叶子心形对生，那个男孩手戴扳指。虽然扳指戴在手指，怎么不再和我亲近？假装雍容故作悠闲，衣带长垂摇摆抖动。

心田上，千树万树花开。你，已是风仪翩翩，佩觿戴韘，宛然成人……

风乍起，吹皱一池春水。我，正当玉立亭亭，白衣胜雪，长袂飘飘……

黄河走东海　浮云且在西

＊＊＊

卫风·河广

谁谓河广？一苇杭之。谁谓宋远？跂予望之。

谁谓河广？曾不容刀。谁谓宋远？曾不崇朝。

惊涛拍岸，在那黄河之北，卫邦忧患余生，烽烟起家国破，感时临川溅泪。

滚滚东流，在那黄河更南，宋国土地膏腴，二王三恪之一，以奉商朝宗祀。

重重白云之间，黄河九曲蜿蜒。

我在卫国，伫立黄河岸边，望断迷津，望穿双眼。

我是卫国的女儿，这里的青山河川有我年少无忧无虑的欢歌，这里的沃野平原有我昔日烂漫天真的笑颜，这里的一草一木有我春咏秋赋的雅韵，这里的一人一物有我似水流年的眷恋。

曾经，我带着这份眷恋远嫁；曾经，我是宋君桓公的夫人；曾经，深信偕老同育着儿男；曾经，笃定将终老宋国河山；曾经，许多浮沉竟身不由己；曾经，相依相携却终隔云端；曾经……

终究还是离开了宋国,离开了我的夫君,离开了我的儿子。那因永远留在光阴织梭缥缈云雾中,那果是我在此岸对彼岸经久的思念。那里,亦有我爱恋的山川平原;那里,亦有我一颦一笑的留痕;那里,亦有我日夜挂牵的亲人。

女子成人,远嫁他乡,那些对故国的怀念我早已深味;如我伤悲,被休来归,这样怅立黄河任它忧思几慷慨;女子何辜,在宋怀故国,乡思切肤;半生多舛,归卫念至亲,刻骨痛楚。若遂我愿,愿将此身分为两半,一半在卫地,一半在宋土,一半佐我卫国平安护我子民静好,一半助我宋君善政佑我儿男成长。身不可分啊,心已两裂啊,裂一半女儿心忧焚卫国祸难,裂一半妻母心期盼宋国安泰。

黄河之水,滔滔天边而来,日夜奔流东海,冲开黄土厚壤,裂作此岸彼岸!

天空浮云,飘飘无依而去,朝朝自向西夕,舒作霞卷为霭,谁解悠悠岚心?

那是谁人说啊,说那礼仪有定规,一国夫人被休之后,须归母国,无论怎样思念夫君桓公想念儿子襄公,我都不能再返宋国,可是这思念犹如滔滔黄河,如何能止!

那是谁人说啊,说这黄河无边宽广,波浪滔天无比凶险,谁懂我心若箭,千重波万重浪我视作坦途,只需折一枝岸边芦苇,轻踏即刻飞渡。我的爱恋,我的亲人,就在彼岸,历历如在目前。任谁说宋国路途遥远,你看,我一踮脚跟就清楚望见!

那是谁人说啊,说是我被休来归,正值卫国暗黑之秋,北狄进击,卫君懿公赐鹤轩车尽失人心荒唐误国,山河破碎百姓流离,盼宋国施救渡过滔滔黄河,何时能来?

那是谁人说啊,说这黄河无边宽广,天堑难越惊涛雷震,谁懂我心

泣血，千艰难万险阻我呼告施救，只需派一支精兵强将，援助血雨卫国。我的宋君，我的宋民，就在彼岸，咫尺就在眼前。任谁说宋国路途遥远，我说，不用一个早晨就能来到！

你若有这苦痛思念，也会看着黄河不宽，一枝芦苇就能渡过，何时能渡过？

你若有这国破恨愁，也会望着黄河不广，一只木船就能渡来，何时能渡来？

谁说黄河又宽又广？一枝芦苇就能航渡。谁说宋国路途遥远？踮起脚跟就能望见。

谁说黄河又宽又广？狭窄不容一只木船。谁说宋国路途遥远？一个早晨就能到达。

听啊，在这黄河此岸，丹心哀哀作歌，是谁，在那时间深处，拍岸相和……

西山依依白日，黄河滚滚东流。

我在卫国，痴立黄河岸边，望我故乡，望我宋国。

我是宋国的儿子，那里的城邑集市有我童年垂髫总角的稚气，那里的庭舍宅院有我昔日演习礼仪的身影，那里的一星一月有我春吟秋诵的真情，那里的一河一原有我携亲同游的追忆。

那年，我怀着这份追忆远离；那年，我拜别双亲远来赴卫；那年，烟花三月折杨柳依依；那年，南浦相送执手看泪眼；那年，指山水日月相誓归期；那年，意气风发轻舟越重山；那年……

年少时怎识得愁滋味，离开了我的双亲，离开了不舍的她。为了蜗角浮名我在他乡一年复一年，为了蝇头微利我在异地一日又一日。这里，也有青山绵延碧波长流；这里，也有鱼鲜肥美瓜果飘香；只是，没有我的双亲和心上人。

男子成人，立业为重，那些对故乡的思念我深入骨髓；如我忆恋，春来生发，这样久立黄河任它浮沉多伤悲；男子何艰，日想富家业，责任在肩；浮生坎坷，夜念故国亲，热泪潸然。若遂我愿，诚愿此身分为两半，一半返宋土，一半留卫地，一半返我宋国奉养双亲护其周全，一半留在卫国为家为业克艰克难。身断难分啊，心早两裂啊，裂一半赤子心萦牵宋土亲人，裂一半男儿心奋力卫地事业。

黄河波涛，茫茫天上而来，日夜向东入海，越过青山千重，裂分高峡两岸！

高天浮云，悠悠飘然而去，晨兴复又日西，聚为朵散作烟，恰似游子心意！

那是谁人说啊，说我为名滞留，在卫苦苦谋求薄名，日月蹉跎，所以尽管心中时常牵挂故乡想念双亲，我也不能回返宋国。不辩不驳，乡愁一如不息黄河，怎能停？

那是谁人说啊，说我为利淹留，在卫经商积聚财产，年复月久，所以虽然不断想起远方故国想起所恋，终究不舍谋利之意。不斥不说，乡思恰似不休黄河，怎能断？

那是谁人说啊，说这黄河宽广无边，波涛滚滚渡河惊险，谁知我心插翅，千层波万层涛我视为平路，只需那一只小小苇筏，出没浊浪飞渡，我的双亲，我的所爱，就在那岸，恍惚看见容颜。谁在说宋国路途遥远？你看，我踮起脚跟就明白望见！

那是谁人说啊，说这黄河宽广无边，自古隔开南北两岸。那份两难成全，安得良法不负双亲不负卿，又得成就男儿肩上责，多少世人咬紧牙关，承苦受难，忍万般熬煎，为了生活竭尽全力。谁在说宋国路途遥远？我心，不用一个早晨就能到达！

谁人有这无尽乡愁，借我双眼来看归途，一苇即可渡越黄河，何时能回乡？

谁人有这无边思念，借我赤心遥望祖国，一只木船轻渡黄河，何时能归国？

谁说黄河又宽又广？一片苇筏就能航渡。谁说宋国路途遥远？踮起脚跟就能望见。

谁说黄河又宽又广？狭窄不容一只木船。谁说宋国路途遥远？一个早晨就能到达。

听啊，在这黄河此岸，乡心深沉长歌。问你，在那时光彼岸，为何泪落？

惊涛拍岸，在那黄河之北，曾经殷商旧畿，而今卫邦大地，风中长歌情思……

滚滚东流，在那黄河更南，殷商遗族迁移，而今宋都商丘，兴灭国继绝世……

入骨相思知不知

***

卫风·伯兮

伯兮朅兮,邦之桀兮。伯也执殳,为王前驱。

自伯之东,首如飞蓬。岂无膏沐,谁适为容?

其雨其雨,杲杲出日。愿言思伯,甘心首疾。

焉得谖草?言树之背。愿言思伯,使我心痗。

大周王室,封建诸侯,以藩屏周,天子六师,方伯二师,诸侯一师,礼乐征伐自天子出。

捍卫王室,保护属国,戍守疆土,五人为伍,百人为卒,五百人为旅,二千五百人为师。

殷商故墟,康叔封卫,疆以周索,殷商八师,驻屯牧野,保我国邦,镇守殷人征讨东夷。

大哥啊,大哥啊,你是我一生一世的大哥啊。

世上夫妇,常以哥哥妹妹互称,你是我的独一无二。一声大哥啊,自豪傲娇,一声大哥啊,喜地欢天,一声大哥啊,入骨动心。

我的大哥啊，威武健壮才智出众，多少人钦佩，多少人仰慕，名副其实是咱们家国英杰，当之无愧是咱们卫邦英豪，谁人不识？谁人不敬？长车辚辚，战马萧萧，将士弓箭各悬在腰。看吧，在那旗帜鲜明浩荡队伍的最前列，我的大哥啊，手执丈二长殳多么神气，长殳三棱矛头寒光闪闪，铜箍上面密刺尖锐锋利，豪杰利器驰骋战场，奋勇杀敌保家卫国。大哥啊，你是我永远的英雄，无双盖世。

　　面旁生光彩，丹心多荣耀，我的大哥啊，真是家国栋梁，经年累月，夙兴夜寐，忠贞不渝追随君王。在那王宫高墙深院，在那高高庙堂阶陛，在那君王仪仗前列，在那诸侯会盟重地，高执长殳，警备护卫，尽职又尽责，深得君王心。长谢苍天，长赞大地，与你携手同行，一生夫复何求？看吧，在这迎面而来浩大队伍的最前列，就是我的大哥啊，为了卫国，为了君王，你勇敢无畏惧，担负先锋重任，披挂严整，旌旗所向，挥师出征。

　　大哥啊，你东征远离，生死未卜，留下了我在家乡独自守候，日日等待，日日思念。大哥啊，自你离开以后，地也老了，天也荒了，青山失掉了颜色，碧水失却了温柔。暖春远去，秋声已至，鸿雁振羽高空，我的夫君啊，我的大哥啊，不见归来，不闻归期。

　　大哥啊，你出征的时候，春草正当碧绿，多久了，为何还不回来？秋风日益萧索，飞蓬四处飘零。大哥啊，曾记否，平凡飞蓬，乡野田间，随处生长，花开似柳絮，秋来枝叶枯，根浅茎易折，风起随飘摇，时聚时飞散乱如发。大哥啊，知道吗，自你离开以后，无心簪钗，无意梳妆，不见绿云扰扰，没了乌黑光亮，我的长发啊，就像那风中飞蓬一样纷乱。

　　大哥啊，你是邦国栋梁，不能长守家中，我懂。可是啊，深情怎能消除，如何能不思念，无计，一任它衣带渐宽，一任它日益憔悴。怎么会没有沐发膏脂啊，但，我又为谁笑靥如花，我又为谁长发及腰？大哥啊，我是你的花蕊，没有你的凝视啊，教我如何绽放？我是你的新月，没有你的晴空啊，教我如何皎洁？我是你的妻子啊，我是你的妹妹啊，没有你的日子，何来心情梳妆？

不必问我思念多苦多深，不必问我思念怎样煎熬，我已形容憔悴，我已长发凌乱。大哥啊，你可会动容，你可会心痛，飞蓬尚能随风飘转，我自凌乱风中。大哥啊，你在哪里，梦中若能飞回家国，剔燃高烛，为你梳妆！你是我的骄傲，你是我的自豪，你也是我无尽的担忧、无尽的思念。大哥啊，远途迢迢，战役横亘，谁人明白别离苦痛，谁人知道未来结局。现在，我，唯有等待，唯有等待，哪怕憔悴枯槁，无心沐浴忘记梳妆，一颗痴心，相思漫长。

下雨吧，下雨吧，每个长夜我都期盼。可是啊，一次一次，红日升起，光明灿烂，一天一天，碧空晴朗，阳光普照。日日落空，事与愿违，像是我天天盼着大哥回还，望眼欲穿无法实现。都说秋雨连绵，为何地焦禾干，不见一日雨落？哪怕一日落雨，我也会让雨湿透长发，当作你轻柔灌沐；哪怕一日相见，我也会欣喜若得珍宝，为你当窗理云鬓，许我一份清凉啊，许我一点慰藉啊。但，红日高悬，不见天降甘霖啊，望断天涯，不见我的大哥啊。

大哥啊，大哥啊，我的思念，慢慢深入骨髓，如同阴雨绵绵不断，日益强烈，日益忧伤。为你骄傲荣光啊，一如那晴空的骄阳，明亮照耀，光华温暖。我思念着你如细雨丝丝不绝啊，我为你自豪像天空烈日灿烂啊，心中有雨有晴，心情时悲时傲，长久深陷思念，令我头痛欲裂，若能了断了思念，自然能不受其痛，可我怎么能放下深情相思，放下相思就是放下你啊，你我天隔两端，唯有这一线思念将你我牵系啊，我生一日，断难割舍！思念滔滔，不息奔流，期盼能够流淌到你的身边

啊，心甘情愿，沉溺相思。心上的人啊，我的大哥啊，将你守候，将你思念，头痛也是甜蜜，如饴，任它。

大哥啊，将士远出征，难传音讯，日悬夜念我在守望期盼啊，等完秋凉，又等冬寒。大哥啊，自你离开以后，花也谢了，叶也落了，星河消失了璀璨，月光消褪了皎洁。秋声已远，凛冬渐去，紫燕即将翩飞，心上的人啊，我的大哥啊，还无归期，还不回来。

大哥啊，那一种忘忧萱草，我要到哪里寻找，也学那世人把萱草种在北堂，那是一家之中母亲居住的地方，那是一家之中主妇居住的地方，母亲心忧儿女，主妇心忧丈夫，几多母亲，几多主妇，种植萱草，消解心忧。有人说，萱草幼苗食之如醉可解忧愁；有人说，萱草黄花食之清甘可解忧愁；有人说，萱草宿根研汁慢饮可解忧愁；有人说，萱草幽芳闻之心悦可解忧愁……问这世间有多少忧愁啊，要借萱草来消来解？

天下哪里有忘忧草啊，即使萱草种满北堂，日日享闻幽芬，采食春苗夏花，秋来研根磨汁，也难以消解我心忧愁啊。思念的沼泽，我步步深入，越是挣扎，越是沉陷，相思入骨，心病相思。天下没有什么忘忧之草，岂不闻，唯有相思之人，疗愈相思之病，我是病了，药只一味，是你啊，大哥啊，我的大哥啊，以你爱恋的目光作引，以你和煦的笑脸浸泡，以你宽厚的手掌为焰，以你温暖的怀抱慢煎……我的大哥啊，我的夫君啊，深深呼唤，遥寄长歌。

我的大哥威武健壮，真是咱们邦国英雄。我的大哥手执长殳，勇敢担任君王前锋。

自从大哥向东出征，我发散乱就像飞蓬。难道没有润发膏脂，为谁修饰我的容颜？

天啊下雨吧下雨吧，偏出太阳灿灿光明。一心思念我的大哥，想得头痛心甘情愿。

哪里去找忘忧萱草？北堂之下将它种植。一心思念我的大哥，想得断肠心病难医。

大哥啊，一声大哥，一世情深，金戈铁马，东征血雨中，远方的你是否听见，千万要康健平安……

大哥啊，一声大哥，一生相思，红日闪耀，萱草花盛开，心上的你何时归还，等你回返我身边……

相思本是无凭语

卫风·有狐

有狐绥绥，在彼淇梁。心之忧矣，之子无裳。

有狐绥绥，在彼淇厉。心之忧矣，之子无带。

有狐绥绥，在彼淇侧。心之忧矣，之子无服。

曾经，一个如明艳花朵，一个如绿竹挺拔，回眸一笑点亮你我的双眼。

曾经，一个是初嫁新娘，一个是忠厚新郎，十指相扣燃红你我的面庞。

走过春花烂漫秋月皎皎，走过两情相悦新婚缠绵，走入柴米油盐相携相挽。碧水环绕着青山，青山怀抱着家园，家园种植着禾稷，禾稷养育着你我。日出东方，采桑繁忙，养蚕缫丝，我含着希望；一灶柴红，两碗粥香，夕阳西下，你荷锄笑归。

长夏炎炎，灌溉田园你担水辛勤，编一顶斗笠为你遮挡骄阳；冬日漫漫，纺织裁缝我飞梭走线，烘一炉木炭你来添暖驱寒。田苗生出能不能整齐，枝头果实有没有成熟，身上衣物该不该换洗，淡饭粗茶是不是饱腹，两语三言，一应一和，日常点滴琐碎，岁月细水长流。

伴着门前一湾清澈如同日夜流淌的淇水，日子缓缓过着，不波不澜，偶尔有三两朵浪花，涟漪散去，又复平静。还以为时光会一直这样平常，一饮一啄，直到你我终老，依旧守着几只牛羊，喂养一群鸡鹅，藤上摘一只葫芦，园中采一把嫩葵，你随口说着什么，我笑着回点什么。

你的眼角有了沧桑痕迹，我的手指不复从前细嫩，那又如何，谁说世上女子最惧白头，和你一起慢慢老去，使我坦然面对风霜。你山林砍柴归来，那朵野菊悄悄芬芳了我的鬓发；你淇水撒网捕鱼，那些鱼鲜滋养香美了生活家常；煮一壶红枣茶蜜甜，酿一坛桑葚酒清甘，你我相对，醺然沉醉。

如果只有田园和你我，你挑水来我浇园，育苗菜青青收瓜果累累，劳累也是美；如果只有大地和山川，你耕田来我织布，一粒籽千颗粟夏葛冬棉，衣食自丰足。然而，邦国多扰攘，世事亦多舛，多少人期盼岁月静好，又是谁坚韧负重前行。于是，你去了那么远的远方，留下我，孤寂等待如此苦涩。

那是谁人说啊，只因卫国频繁征战，所以你行役远方久长未还，杳无音讯生死难测。

那是谁人说啊，只因为谋生多辗转，所以你流离远方经年不还，消息断绝不明生死。

日长时久，原因已难追究。终是你我分离，天各一方。从前笑人多情，无非远隔，为何寝食不安？从前笑人相思，无非不见，因何愁眉不展？从前笑人痴傻，无非两别，缘何精神憔悴？如今，我在，一一品，一一尝，日深，年重，也终于懂了，什么是相思。

知道吗？自你远行，这十指不敢稍有停闲，这双脚也会走去走来，这双眼几近水波望穿，这颗心几尽日月悬断。牧过牛羊再喂鸡鹅，耙犁陇亩复来耕耘，白天料理田禾，夜晚操持家务。最怕黎明鸡鸣啊，梦里

再来离别一回；最怕黄昏暮色啊，星光之下恍惚归来。知不知道啊，知不知道啊，我，盼你回还，盼你音信，哪怕是只有一句你尚平安。

春采桑叶，没有了你浑厚的歌声；夏摘河莲，没有了你撑划舟船；秋日登高，遥望天际渺渺不见；又近冬寒，淇水河畔徘徊怅然。天似穹庐，四野枯荒，寒风萧萧，淇水冷冽。自从你涉河远去，岁月已几度更迭，你到何方去了，你又是否康安，有没有思起家，有没有念及我，可吃得饱，可穿得暖……

你临行的那些日子，恨不能将家里的瓜果让你吃遍，恨不能将拿手的饭菜让你尽享；你临行的那些夜晚，忍着不安，忍着忧惶，巧手裁剪刀尺并用，缝制衣物细针密线，灯下絮语一遍又一遍，句句都嘱托平安早还。世上女子，所求无非怜惜相伴，如我，不慕锦衣不羡金簪，不求厚馈不崇轩堂，布衣荆钗就好，茅舍箪食就好，只要，你在身边，饮水亦饱，茶菜亦甘。

不见你的影踪，不闻你的音讯。举头，万里层云；远眺，千山暮色；倾耳，淇水呜咽。形单影只冷清悲凄，北风吹刮飞蓬飘零，恍恍惚惚，寻寻觅觅，而我，到底在寻觅什么啊？旷野四寂，白鹤飞绝，人迹湮灭，独自徘徊。

一只狐狸啊，踽踽独行，缓缓走在淇水桥梁。你在他乡，是不是也曾伶仃在某处水滨，是不是也曾踟蹰在某处河梁？那里的河水养育了谁人，那里的桥梁渡济了谁人。你离开家那么久了，身上的衣裳想来已经破旧，背负的行囊思来只怕空空，担忧又上心头，我不在身边的时光，你有没有把自己照顾好？天气寒冷，你是不是还穿着单薄的衣衫？

那只狐狸，都已经换上越冬的厚毛，绵密蓬松多么暖和。远方的你啊，又是怎样抵御风寒？跋涉山川，雨打雪裹，谁来为你缝制厚衣冬服？前日夜深，灯下耗费思量，不知你现在是沧桑瘦削，还是年长身形佝偻，如何剪裁方能顺合你身？添絮加棉，今春新丝，今秋新棉，一丝一絮柔肠寸断，千针万线忧虑无尽。梦中，你试着新衣，笑语温言不断；梦醒，新衣送往何方，无语潸潸。

裁制新衣，缝制衣带，上衣下裳，衣带束腰，是心意一片，是相思一片，只希望啊，能温暖你的远方行役，只期盼啊，能护佑你的健康平安。那只狐狸，形单影只，走过淇水浅滩，走上淇水河岸，身影越来越小，也越来越显得孤单，多像你那年啊，越走越远……天下世人放声歌谣，常用狐狸喻指心上男子或是夫君。狐狸独行淇水岸畔，莫非真的是你在远方也把我思念啊，仿佛看见，彼岸泪眼，彼方忧伤，何重何痛！心上的你啊，盼望的你啊，知不知道，知不知道，相思本是无凭，我在深情歌唱。

一只狐狸慢慢前行，独自走在淇水河梁。我的心中多么忧伤，飘零在外他没下裳。

一只狐狸慢慢前行，独自走在淇水浅滩。我的心中多么忧伤，飘零在外他没衣带。

一只狐狸慢慢前行，独自走在淇水河岸。我的心中多么忧伤，飘零在外他没衣服。

红尘世间，多少寻常夫妻，岁岁柴米生老相依，如你如我，千载相循……

淇水岸边，日日清晨黄昏，一碗粥温一身衣暖，何时回家，守望永远……

金风玉露一相逢

***

卫风·木瓜

投我以木瓜,报之以琼琚。匪报也,永以为好也。

投我以木桃,报之以琼瑶。匪报也,永以为好也。

投我以木李,报之以琼玖。匪报也,永以为好也。

青山绵绵环抱,淇水悠悠润泽,广袤卫地,林木丰茂。

每迎春来夏至,桑林葳蕤润泽碧透,又或严寒冬来,绿竹猗猗生机勃勃。

秋天正好,天空高远,云朵洁白,在田头,在山麓,高大的木瓜树浓荫蔽日,壮伟的木李树巍然耸立,丛生的木桃树枝直多刺,果实累累,沁人心脾。

三两女伴,笑语盈盈,拿竿背筐,采摘香果,木瓜爽而脆,木李黄而香,木桃圆而小。香果形色相仿,木瓜有鼻,木李果大,木桃若卵;香果味道相似,木瓜最甘,木李略酸,木桃稍涩;香果品性相近,或蒸食,或蜜制,或泡酒,芬芳宜食,入肝入脾,解酒化痰,顺气止痢。

果香怡人,幽幽萦怀,辛勤采摘,你引我目,时而仰首,时而俯身,仿佛指尖也透出木瓜一般的滋润光泽,仿佛发丝也闪烁木桃一样的润洁光彩，仿佛眼眸也流转木李一样的润泽光影，我心愉悦，深深陶醉。

倘若，我也是那饱满的香果，是不是也能够被你的十指灵巧轻拈？

倘若，我也是那盛茂的果树，是不是也能够引你的身影姗姗而来？

你的唇边，一朵微笑花儿初绽；你的眉梢，一抹红晕云烟漾开。是哪只鸟儿忽然一声清啼，心中的一点懵懂萌发醒来；是哪缕金风忽然一阵轻抚，脑海的一点思绪飘然欲飞。我是站在山巅吗？如何四望云霞绚烂，能不能裁得一匹与你为裳，明媚容颜恰宜五彩霞光。我是仰望星空吗？如何满目璀璨星辰，能不能撷取一颗与你成妆，明铛耀闪恰饰鬓发如云。缕缕风柔，丝丝香暖，徐萦，慢绕。

何时，我与你如此相近？何事，你与我相向凝眸？

莞尔低眉，你选一枚木瓜投我袖怀，我仿佛听见了你心跳怦怦的声音。我懂，我的心田也早有一群小鹿在乱蹦乱跳。一枚木瓜，是你无邪的纯真，是你小小的试探，五分灵慧，五分可爱，正好十分拨动我心。

颔首侧颜，你挑一枚木桃投我襟怀，我仿佛读到了你心语真挚的长卷。我懂，我的心头也正有万语千言在低倾细诉。一枚木桃，是你初见的欢喜，是你单纯的痴思，五分淳朴，五分美好，正好十分摇动我心。

回头赧然，你择一枚木李投我怀抱，我仿佛看见了你真挚纯洁的心意。我懂，我的心上也是有澄澈春水在悄悄涨溢。一枚木李，是你一见的倾心，是你青涩的爱慕，五分前缘，五分初见，正好十分打动我心。

风情民俗，少女若是中意男子，可投鲜花，可赠香果。人若无意，自会淡然离去；人若有情，自会答以爱恋。今日何吉，与你遇见，夫复何求，你赠香果。木瓜常见，木桃普通，木李平凡，但是啊，你投送与我的何止香果，自是真情一段，自是芳心一片，自是你女儿家最珍贵的爱恋。

又是哪一刻我迷离了你的双眼，又是哪一刻我慌乱了你的呼吸，又

是哪一刻我进入了你的心间？不思山高水长，不惧途遥路远，不畏前程渺茫，你示好的样子这样可爱，你表白的神情真是动人。我眼明澈，我情热烈，我心赤诚，我的好姑娘，说什么贫穷富裕，说什么卑微高贵，舍去浮华喧嚣，抛弃俗世量衡，无须山河为誓，不要日月为盟，两心相倾，两情相悦，恰是我想到的最美。

爱，相爱，红尘世上，百代千载，人人期盼，可遇却难求。今天之前，我以为爱恋会有百般繁复的姿态，此时此刻，至简至真成为我坚信的爱情箴言。

爱，相爱，一见钟情，两心相悦，忘了来途，更忘了退路。今天之前，我不思量什么是天长地久的相守，此时此刻，你情我愿一许终身遇上最好结局。

手捧馥郁香果，清亮无双，陷溺你的眼眸，如叶上的秋露一样明澈。

解下无瑕美玉，一番深情，容我表达寸心，是天地间金风一样清爽。

我的皓腕姑娘啊，为你，解下琼琚玉饰，琼玉赤色如我真心，琚玉如圭而形方正，请你，轻柔佩在腕上。君子如玉，多年佩玉以修我身，并非玉石贵重，修的是那一份坚贞。我的姑娘，你投赠木瓜，我奉上坚贞，情定一生，琼琚如何足以回报，两厢厮守长远来相好，好不好？

我的长发姑娘啊，为你，解下琼瑶玉件，琼玉赤色若你红颜，瑶玉扁平形似飞鸟，请你，和婉结在衣襟。君子如玉，自来佩玉以养我德，非是玉石昂贵，养的是那一份温润。我的姑娘，你投馈木桃，我献以温润。情约一生，琼瑶怎会足以报答，你我同德永远来相亲，好不好？

我的心上姑娘啊，为你，解下琼玖玉佩，琼玉赤色天地精华，玖玉莹黑谷纹若芽，请你，珍重悬挂腰间。君子如玉，少小佩玉以育我心，不为玉石珍贵，育的是那一份厚重。我的姑娘，你投送木李，我予爱厚重，情守一生，琼玖难能足以酬报，永结同心永久来相爱，好不好？

年少如诗，初恋是最优美的词句，我是你的恋之初，从此明白缘深有来贵有往；年少如歌，初爱是最婉转的旋律，你是我的爱之始，从此领略情意无瑕更无价。相遇年少，你我正值青春；相逢此际，金风玉露正好。单纯的岁月，纯真的爱恋，唯愿你我，牵手踏入真心河流，一诺许身爱情旋涡，千回百转，同痴醉不回首。

香果树下，美玉在身，青天高阔，大地辽远，我的好姑娘啊，我的好姑娘啊，为你赋歌，唱诵我心。

你拿芬芳木瓜投赠给我，我拿温润琼琚回报给你。不是报答你啊，表示珍重情意永远相好。

你拿馨香木桃投赠给我，我拿通透琼瑶回报给你。不是报答你啊，表示珍重情意永远相亲。

你拿芳香木李投赠给我，我拿晶莹琼玖回报给你。不是报答你啊，表示珍重情意永远相爱。

一场相逢，千年佳话，你侬我侬，情真意重，惊艳了时光，慕羡了世人。

风俗变化改易，衷情恒久长在，问你啊，我的心上人，今世，来生，我怀抱琼瑶，你可会，可会投赠我一枚清香木瓜？

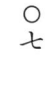

王风

彼黍离离,彼稷之苗。行迈靡靡,中心摇摇。知我者,谓我心忧。不知我者,谓我何求。悠悠苍天,此何人哉?

天高难问长太息

***

王风·黍离

彼黍离离,彼稷之苗。行迈靡靡,中心摇摇。知我者,谓我心忧。不知我者,谓我何求。悠悠苍天,此何人哉?

彼黍离离,彼稷之穗。行迈靡靡,中心如醉。知我者,谓我心忧。不知我者,谓我何求。悠悠苍天,此何人哉?

彼黍离离,彼稷之实。行迈靡靡,中心如噎。知我者,谓我心忧。不知我者,谓我何求。悠悠苍天,此何人哉?

宗周,镐京,日日沾襟的故都啊,夜夜梦回的故乡啊,终于,我回来了。

跋涉过几多山川啊,那是谁人啊,归心似箭,渴望着再早一刻啊,再早一刻飞到家园祖先的身边,前途漫漫几多坎坷,任那土尘飞扬漫天,怎能遮挡遥望故都的深长目光;那是谁人啊,滑落清泪一行一行,长河呜咽,浪涛激荡。

蹉跎过几多日月啊,那是谁人啊,形容憔悴,自那时背井离乡啊,

背井离乡仿佛是被折断了根脉，前路迢迢几多崎岖，任那大风吹刮四野，怎能阻挡归返故乡的执着步履；那是谁人啊，散乱鬓发一缕一缕，远山苍苍，凝愁无言。

日月啊，为何这样黯淡？天地啊，为何如此昏黄？

长河啊，为何这样浊浑？远山啊，为何如此怆然？

血雨殷殷，黯淡了日月光华；腥风阵阵，昏黄了天地清明。仿佛历历目前，骊山之上，幽王燃起连绵烽火，烽烟四起召唤天下八方。那十万火急的勤王诸侯，马不停蹄，赶赴护驾；那一路一路的大将雄兵，昼夜兼程，赶赴救国。滚滚狼烟遮天蔽日，诸侯将兵同仇敌忾，王室家国大事，不料竟是儿戏。那幽王啊，终于博得了褒姒展颜，美人一笑晕醉了幽王心魂；那幽王啊，烽火倾覆了天下人心，再难号令天下信服，再难号令八方追随。当幽王废申后立褒姒，当幽王废宜臼立伯服，申侯联手犬戎发兵宗周，弑幽王掳褒姒国破家亡！战火熊熊，哀鸿遍野。那是谁人啊，伤亡疆场血流长河；那是谁人啊，妻离子散流亡失所。

山河破碎，浑浊了青天碧波；水深火热，怆然了世道人心。念念不忘，晋文公郑武公，从那申国迎立宜臼，依赖诸侯力量平王得位。镐京左据崤函右凭陇蜀，沃野千里，物富人丰；宗周南拥巴蜀北有胡苑，牧养兽禽，多致胡马。八百土地弃如敝履，东迁苟安尽失威严，丧却战略地理，失守天下宗脉。那王室啊，失去了华夏宗主权位，诸侯征伐以渐始恃强凌弱；那王室啊，再不能加政教于诸侯，再难号令天下礼乐，再难号令八方仁义。当平王徙居东都洛邑，当平王日益安乐成周，何期战略谋划雄心壮志？何望胆略魄力眼光智慧？昔日繁盛，流水落花。那是谁人啊，徘徊泪洒旧日山河；那是谁人啊，忧思心系家国天下。

宗周，镐京，春风又绿的故都啊，黍稷满目的故乡啊，现在，我回来了。

黍苗行列整齐，稷苗正在生长，这是生民食粮，这是家国根基，这是后稷先祖福荫绵长。宗周厚土，诞育圣杰，稷山生后稷，后稷种五谷，相地宜善稼穑，教授万民耕种，修建国库储备，设立畎亩法规，放粮拯救苍生，免受灭种灾荒，功劳何其大，德积何其厚！姬姓后稷，农耕始祖，是尧舜之相，被百姓爱戴，是五谷之神，受万代敬仰，黍稷五谷，由此岁岁生发，才有了百姓饱足乐业，才有了天下安泰和平。极目四望，黍稷离离，这无尽黍稷是昔年后稷传下的籽种啊，这一方天地是被王室遗下的故都啊！

　　天子之城何在？城池方圆九里，城墙高达九仞，人群摩肩接踵，车马熙攘川流不息的场景，仿佛旧梦，荡然无存；天子驾六何在？诸侯依礼进贡，献黄马两乘朱马一乘，拆为天子两乘，四黄两骓高大威严，仿佛云烟，流逝无踪；朝堂庭燎何在？天子夜议朝政，大夫至诸臣聚，点燃火炬，百燎熊熊，夙夜为公天下安定，好似朝露，悄然消散；庙堂礼乐何在？天子钟磬八堵四肆，钟磬各六十四，编钟悠扬编磬清越，礼乐教化世人有仪，恍若飞花，都作前尘。极目四望，潸然泪流，不见无限升平繁华的故都啊！

　　五里一徘徊，十里一踟蹰，脚步沉沉，眼眸昏昏，四顾仓皇，怅然若失。到底，我从东都洛邑远道而来，寻寻觅觅，是希冀找到什么？

　　心神何不宁？失落谁魂魄？金戈散去，杀伐转身，天地悠悠，山河似旧。究竟，几度梦里步步长揖叩拜，凄凄惨惨，是希望求索什么？

　　那是谁人啊，长声呼唤，归来啊，归来啊，徘徊又踟蹰，流离失散太久的行人。我，失色在故都十里春光里，让我化作一株黍稷吧，无知无觉，叶苗随意摇曳在春光里，再不流离。苍天啊，为何无言？世人万千，有几人能懂！是谁在问寻觅何物？我失却了肝胆一副，在那迢遥的长歌当哭中，家国破亡了，生民泪尽了，肝胆屡摧折，遗在流光中。

那是谁人啊，奔走呼吁，归来啊，归来啊，徘徊又踟蹰，弃离桑梓太远的游子。我，失语在故乡炎暑骄阳下，许我化作一株黍稷吧，不悲不喜，扬花吐穗生辉在艳阳下，再无弃离。苍天啊，为何无语？世人纷繁，有几人能知！是谁在问寻找何物？我失却了碧血一腔，在那遥远的迁徙长路上，家国破亡了，宗庙毁弃了，碧血逐长河，随水流散了。

那是谁人啊，振臂呼喊，归来啊，归来啊，徘徊又踟蹰，背离先祖乡人的儿男。我，失神在家园飒爽金风中，任我化作一株黍稷吧，不忧不惧，结实生粒充盈在金风中，永不背离。苍天啊，为何无话？世人多醉，有几人能醒！是谁在问求索何物？我失却了丹心一颗，在那久远的烽烟战火里，家国破亡了，城池坍颓了，丹心成齑粉，寒风吹尽了。

那黍子啊离离成行，那高粱啊正在生苗。一路徘徊脚步迟缓，满怀愁郁心神不宁。那了解我的人，说我是心里忧伤啊。那不了解我的人啊，问我在把什么寻找。苍天啊你高高在上，是谁造成这种状况？

那黍子啊离离成行，那高粱啊正在吐穗。一路徘徊脚步迟缓，满怀愁郁心如醉酒。那了解我的人，说我是心里忧伤啊。那不了解我的人啊，问我在把什么寻找。苍天啊你高高在上，是谁造成这种状况？

那黍子啊离离成行，那高粱啊正在结实。一路徘徊脚步迟缓，满怀愁郁心堵气逆。那了解我的人，说我是心里忧伤啊。那不了解我的人啊，问我在把什么寻找。苍天啊你高高在上，是谁造成这种状况？

宗周，又逢春风十里。而，那是谁人啊，歌吟悲慨，彼黍离离，彼稷之苗，问苍天高远，将故都作琴，拨动着不止不息的忧思。洪荒八方，动摇了谁的心绪？容我怅然，任我盘桓，深情而难舍啊，天意高难问啊，唉，一声太息。

镐京，依然艳阳高照。而，那是谁人啊，歌诉悲怀，彼黍离离，彼稷之穗，问苍天高远，将故都作笛，吹响着不眠不休的忧思。千秋岁月,昏醉了谁的心魄?容我怆然,任我流连,掩面而泣下啊,天意高难问啊,唉,唯有太息。

大周故都,废池旧墟,已是西风寒凉。听,那是谁人啊,歌哭悲思,彼黍离离,彼稷之实,问苍天高远,将故都作钟,敲响着不歇不停的忧思。万代流传,滞噎了谁的心神?容我哀痛,任我拊膺,世事多变换啊,人生多艰难啊,天意高难问啊,唉,太息啊,又复太息啊!

彼黍离离,彼黍离离,只恐岁暮日月晚。飞霜,覆雪,坚冰厚凝,天地间一派肃杀。唉,太息啊,又复太息啊!

日暮黄昏何思君

***

王风·君子于役

君子于役，不知其期。曷至哉？鸡栖于埘，日之夕矣，羊牛下来。君子于役，如之何勿思？

君子于役，不日不月。曷其有佸？鸡栖于桀，日之夕矣，羊牛下括。君子于役，苟无饥渴！

东都，洛邑，成周王畿。西方犬戎，觊觎中原，南面楚子，虎视眈眈。

王权，下落，周室飘摇。政由方伯，诸侯争霸，王室衰微，派征频频。

离别，漫长，国人行役。忧患丛生，风雨动荡，远役无期，远役无期。

天地有大美，无言素朴中。

走过了花季，落英缤纷里，人生初见的惊艳渐渐散却，凝作一汪记忆清泉。

走过了雨季，飘洒霏霏间，人间烟火的温暖慢慢真实，化作日常相依相伴。

一屋两人，对餐四季。你耕耘狩猎，我桑麻纺织。知冷，是天寒时絮好的一袭保暖厚服；知热，是酷暑时手编的一顶遮荫笠帽；体贴，是饥饿时递上的一碗温热羹汤；恩爱，是晚归时撷回的几枝烂漫山花。

一日一月，一岁一生。你相濡以沫，我举案齐眉。爱护，是北风呼啸时的一炉木柴火焰；温柔，是烈日骄阳下的一角擦汗衣襟；体谅，是晨起劳作时的一句平常叮嘱；眷恋，是黄昏暮色时的一缕袅袅炊烟。

青山幽静，溪水流淌。在岁月里，你找到我，我依靠你，一生交付彼此。你为夫君，耕作田亩，四时狩猎，放养牲畜，收获五谷，庄稼你勤力耘犁，家舍你尽心修缮；我为你妻，煮饭作羹，缝补浣洗，心中常有莫名欢喜，淡饭我吃得香甜，粗布我穿着合意。任那风狂，任那雨骤，一座屋舍，你我两人，知足而多乐。

花落结果，蛋孵生鸡。在时光中，你包容我，我信赖你，一生执手共赴。你为夫君，一粮一实，一草一木，规划筹谋家里生计，春来你撒播籽种，秋来你颗粒归仓；我为你妻，洒扫院落，圈羊饮牛，眼里自有百样活计，白日我浇园莳苗，夜晚我飞梭走线。任那霜重，任那雪飞，相对餐食，四季循环，合心又适意。

王令传来，征你远役、行役、徭役、兵役、劳役……只知道山外有青山，只知道行役青山外，只知道王令一到，你就要走过青山，走向征战，走向戍守。你走啊，我不拦你，田地我也能耕耘播种，篱舍我也能修缮维护。你放心啊，当你回来，田地陇亩依旧会黍稷离离，篱墙屋舍依旧会结实整齐。夫君啊，伐薪汲水，树谷树木，我有力气，放心吧。

一声王命，你要远役、行役、徭役、兵役、劳役……不知道远方有多远，不知道行役为何事，只知道王命一下，你就要走上长途，走向他

方，走向天际。你走啊，我不阻你，桑麻纺织我不会停息，喂养禽畜我每日依旧。你放心啊，当你回返，桑林麻田依旧会葱郁茁壮，家鸡牛羊依旧会成群结队。夫君啊，驱除野兽，颗粒归仓，我有勇气，放心吧。

你看着我，你不说话，眼眸里满是眷恋。你赶着割来茅草覆上屋顶，你紧着夯实加固牛羊圈栏，你想砍来一捆一捆烧不完的薪柴，你想挑来一担一担喝不尽的清泉，甚至是来不及修歇一息，你忙着在远役之前再多做一些什么，你想竭力护我温饱周全。我懂你的深情，风雨来袭，你的眷顾会将我遮蔽。

我看着我，无法多语，眉宇间皆是怜惜。我赶着裁剪密缝好上衣下裳，我紧着西窗灯下制作鞋履，我想缝好一件一件穿不破的衣衫，我想做好一双一双磨不烂的鞋履，自然是来不及停歇一刻，我忙着在你出行前再多做一些什么，我想尽心伴你一路安好。你懂我的真心，途路迢遥，我的爱意想护你周全。

为你备好行囊，装满我亲手制作的干粮，一路之上，千万不要受饥挨饿。

当你背上行囊，踏上远役路途越过青山，一声喟叹，长离短别你要平安……

那是谁人说啊，王室的基业辉煌已成昨日，满目山河飘摇破碎。守着茅舍篱落，我看到眼前青山啊，春至依然满眼葱绿；我看到门前清溪啊，夏来如昔水声溅溅；我只看到啊，你是应王令远役，渐行渐远隐没那山水间。

那是谁人说啊，战争的连绵社稷已是不安，亲人失散夫妻别离。守着柴米烟火，我知道夫妻相依啊，往日相守不复存在；我知道亲人天涯啊，现在远役飘零孤单；我只知道啊，你在应王命远役，我在心里服着思念长役。

送走星月，迎来日升，农田中耕作劳碌，山林里砍柴采摘。

夕阳温和，暖晖洒落，映红了西天云彩，映红了青山长溪。

又是日暮，撒一捧谷糠稷粱，咕咕呼唤家鸡啄食，鸡儿饱足，扑打着翅膀飞身栖巢。冷寒时节，会栖息到土墙壁洞的鸡埘；暖热之际，会栖息到院落木椿的横枝。三三两两挤在一起，不时咯咯鸣啼若在私语。往昔这个时分啊你也将会劳作回来，背着犁杖或柴樵，唱着一曲山歌清亮。天色日暮，鸡儿已经归巢了，冬天过去了，春天过去了，夫君啊，你是去往哪里行役，一去也没有了消息。

又是黄昏，挥一支长杆短鞭，吆喝呼喊羊牛回栏，羊牛饱食，披着余晖走下山冈。公羊领群母羊跟从，羊羔蹦跳多么和谐，暮归老牛反刍缓步，幼犊依偎紧紧相随，暮色剪影日常景象，不时铃铛叮咚点缀其中。往昔这个时刻啊你也会劳牧归来，背着禾捆或猎物，唱着一曲山歌回响。天色黄昏，羊牛已经下山了，夏天过去了，秋天过去了，夫君啊，你是去到哪里服役，一去再也没有归期。

青山在上，溪流在下，暖暖远村，依依墟烟，眼前这一抹若有若无的暮霭，不浓不淡，不肯逝散，多像那一缕隐隐约约的思念，不休不止，不肯消散，在襟怀的某个所在渐渐寒凉，在心里的某个地方慢慢疼痛。

日复一日，那比青山更远的地方，你正在做着什么，是不是也会想念起家园，会想起山林农亩羊牛和我？今夕何夕，四野都是日暮黄昏了，你可有饭食暖热？既然远役无法还家，千万可要吃饱喝足身体康健啊！

日月漫长，思恋为曲，生命短促，想念成歌。听啊，那是谁人啊，在暮色中诉说心曲，字字声声相思绵长；听啊，那是谁人啊，在黄昏里低婉长歌，句句章章动人衷肠。

夫君离家在外服役，不知道啊他的归期。何时才能回来？鸡啊已经

栖息窠窝,太阳已经缓缓西落,牛羊已经下山回栏。夫君还在外乡服役,怎么能够不把他来思念?

夫君离家在外服役,不按日月没有定期。何时才能相会团聚?鸡啊已经栖息木桩,太阳已经缓缓西落,牛羊成群走下山冈。夫君还在外乡服役,但愿不会忍饥受渴!

流光悠远漫长,生命世代承传,思恋总在续谱新曲,想念不曾间断谣歌……

谁人去了远方,谁人留下守望,日暮又黄昏啊,谁人又将思念不停倾诉……

谁家簧翿乐未央

***

王风·君子阳阳

君子阳阳,左执簧,右招我由房。其乐只且!

君子陶陶,左执翿,右招我由敖。其乐只且!

东都洛邑,成周王畿,由房之乐融融,由敖之曲泄泄,那是谁家簧翿,长乐未央,长乐未央……

那是谁家啊,在宴饮欢歌,正高朋满座,是天子周王与臣工同乐,还是贵族大夫正聚会娱乐?那君子啊陶然沉醉,那君子啊意兴盎然,今夕何夕,如斯欢乐?

炬火熊熊,灯烛通明,冠冕华服交相辉映,爵樽杯杓光华闪烁。帷幔低垂,言笑晏晏,觥筹交错,炉燃幽香。那是谁人啊,酒兴正酣开怀畅饮;那是谁人啊,举箸脍炙美味珍馐;那是谁人啊,酡红颜颊击节和声;那是谁人啊,兴之所至载歌载舞。

上古伏羲大帝,相传发明琴瑟,使用良木梧桐制作,中有空腔上张丝弦。沐浴焚香,正冠理襟,弹琴奏瑟,铮枞清亮,琴弹高山,瑟奏流水,曲曲礼乐悠扬,声声教化万民,顺畅了阴阳之气,纯净清洁着世道

人心。

远古女娲先祖，传说始作笙簧，使用匏瓜创制而成，列管匏上纳簧其中。张灯结彩，笑语盈盈，吹笙鸣簧，百啭千声，笙吹鸟集，簧鸣花繁，曲曲礼乐荡漾，声声教化生民，万物贯地而生发，繁衍滋生而欣欣向荣。

周王天下，礼乐教化，男子十三舞勺之年，习乐诵诗，文舞风仪翩翩；四海诸国，笙簧八音，男子十五舞象之年，学习射御，武舞铿锵有力。祭祀征伐大礼，宴饮友聚小节，钟磬鼓乐，管弦丝竹。闻其宫声，使人温良而宽大；闻其商声，使人方廉而好义；闻其角声，使人恻隐而爱仁；闻其徵声，使人乐养而好施；闻其羽声，使人恭敬而好礼。乐声起处，足之蹈之，是谁人在欢歌，是谁人在起舞？

是在人君内宫吗？是在贵族后堂吗？不像庙堂之乐严肃庄重，奏响房中之乐轻快娱乐，青山常在啊人亦未老，结识新友啊重逢故交。君子意气相投，众人心意相通，无忧任重，无虑职责，燕息欢歌，和乐而舒畅。

是如阳光明亮吗？是如月光皎洁吗？舞姿翩跹身影矫若游龙，乐诉衷肠让人入耳动心，目光灼灼啊恍若惊鸿，笑容灿烂啊烟霞氤氲。君子意气相倾，众人心心相印，无忧国情，无虑家事，燕息曼舞，安乐又适意。

吹响笙簧，由房之乐幸福飞扬，挥舞羽扇，由敖之曲潇洒飘逸，今宵欢聚，载歌载舞，时光美好如斯，何忍徒然空过。是谁热情伸手邀约，何不展舒歌喉，一同来高唱放声？那是谁人啊，热忱伸手邀请，何不随律跃动，一起来共舞此刻？

君子贵族，自幼习就文舞武舞，礼乐濡染，举手投足，自然而然合乎音律；乐师舞师，日常沉浸音乐舞蹈，礼乐熏陶，五音节拍，油然而生活力感染。那是贵族君子在吹响笙簧吗？那是乐师舞师在踏乐而舞吗？一起畅饮美酒，相互语笑喧阗。那是谁人啊，载歌载舞，享受欢乐今宵。

那位君子喜气洋洋，左手执笙簧管，右手招呼我一起唱由房。心花绽放欢天喜地！

那位君子快乐陶陶，左手拿羽葆幢，右手招呼我一起跳由敖。兴致勃勃满心欢喜！

是在哪一天，由房之乐消散了无音迹？是在哪一年，由敖徒留九夏之地一个空名？留一刻当下，容欢悦无限。欢乐就在今宵，且来载歌载舞，伸出我的手，诚挚邀你啊，伸出你的手，快来加入吧！

那是谁家啊，在夫唱妇随，正其乐融融，是贵族大夫与夫人同歌，还是士民百姓与妻子共舞？那夫君啊喜笑颜开，那夫君啊兴高采烈，今夕何夕，如此欢喜？

朗月高悬，清辉洒遍，星光点点映着明眸，绿云扰扰鬓钗斜簪。素手皓腕，画眉入鬓，飞红满面，佩玉叮当。那是谁人啊，柔情似水把酒临风；那是谁人啊，百炼钢也作绕指柔；那是谁人啊，吹奏笙簧鸾凤和鸣；那是谁人啊，挥动羽扇比翼双飞。

那是谁人说啊，是王室贵族殷实人家，日常安逸闲暇自娱，夫妻恩爱意笃情深，修养身心情趣相投，不为衣食生计所忧，不为柴米油盐所困，房中宴乐二人相娱。曲乐美妙啊往日情景仿佛重现，舞姿优雅啊今夕何其美轮美奂。且享当下安乐人生风雅，且享此刻安适岁月静好，且享眼前安泰伉俪美满。簧乐轻快悦耳又流畅，舞姿优美活泼又洒脱。你是那样无忧无虑啊，你的快乐在感染着我，像那温煦春风吹开的粉红桃花落我两颊，像那丝丝春雨滋润的婀娜杨柳款随舞步，一生一世，相知

与共。何不长奏凤凰于飞？何不长舞照影惊鸿？

那是谁人说啊，是寻常士民朴素人家，节日庆祝欢喜满溢，长久离别夫妻相逢，按动乐孔簧声清越，明媚欢愉坦陈心声，情到浓时无须话语，一切尽在乐音之中。蜜意跳动流曲成河环抱着你我，羽扇舞起满室生春沉醉着你我。且享当下安乐一曲挚爱，且享此刻安适一舞倾心，且享眼前安泰鹣鲽情深。或许昨日梦里也依稀，或许明日山川又重隔，或许经历过生死战乱，或许饱阅过贫寒困窘，而你的笑颜轻轻拂去一切苦难碍阻，你的爱恋牢牢筑起相濡以沫信念守候，一生一世，相爱执手。何不忘却俗世细琐？何不欢悦相伴起舞？

那是一双新婚未久的青年璧人吗？一曲簧乐甜煞了世人，花开并蒂鲜艳更妩媚，缱绻缠绵多么美好。眉梢那一颦，写满了谁人的迷恋？眼角这一笑，写上了谁人的心头？

那是一对共历沧桑的中年夫妇吗？一支羽舞温柔了时光，实结双穗充盈又饱满，相依相守多么幸福。眉梢那温婉，书写着谁人的眷恋？眼角这淑雅，书尽了谁人的爱意？

那是一对渐渐老去的暮年夫妻吗？一支乐舞依然是你我，果香连枝无惧霜色重，相携相伴多么圆满，眉梢那落雪，写满了谁人的依恋？眼角这阡陌，书尽了谁人的痴思？

人生最贵相知相伴，青春是你啊，盛年是你啊，晚景白首一生是你啊，吹鸣笙簧，舞挥羽扇，你在我眼里心上，一世永远春风满面，来和歌吧，来共舞吧！

我的夫君喜气洋洋，左手执笙簧管，右手招呼我一起唱由房。心花绽放欢天喜地！

我的夫君快乐陶陶，左手拿羽葆幢，右手招呼我一起跳由敖。兴致勃勃满心欢喜！

是在哪一天，笙簧器乐渐渐淡去了生育繁衍的含义？是在哪一年，执翿羽舞忽然失却了情意脉脉的真味？驻一瞬此时，任欢愉无边，伸出我的手，竭诚邀你啊，伸出你的手，你我一起啊，且来高歌曼舞，欢乐就在今朝。

欢乐今宵，欢乐今朝，不闻世上纷扰，起舞和乐陶陶，那是谁家簧翿，长乐未央，长乐未央……

霜华满地人不寐

***

王风·扬之水

扬之水，不流束薪。彼其之子，不与我戍申。怀哉怀哉，曷月予还归哉？

扬之水，不流束楚。彼其之子，不与我戍甫。怀哉怀哉，曷月予还归哉？

扬之水，不流束蒲。彼其之子，不与我戍许。怀哉怀哉，曷月予还归哉？

一曲歌赋扬之水，戍申戍甫又戍许，彼其之子为谁人，离分于天涯两端。

一咏三叹扬之水，束薪束楚又束蒲，怀哉怀哉怀何人，何年何月能归返。

何谓扬之水？有人说扬为悠扬，扬之水应是水平缓流动的样子；有人说扬为激扬，扬之水应是激荡冲溅，激浊扬清的水流；有人说扬本为杨，是春秋国名，与唐地为邻，此地有洄河，白石累累，诗歌咏之，因有曲声传世，扬之水应是曲名。岁月久远，众说纷纭，雾里看花。平缓水流也好，激扬水流也好，曲声抒情也好，王风洛邑，扬之水啊，万民传唱，千载咏叹。究竟是何样的怀恋啊，思念如斯动人心肠；究竟是何样的衷情啊，哀怨如斯感人肺腑。

为何要戍申戍甫又戍许？踏寻尘烟，追问往事。天子幽王无道，烽火戏诸侯只为博褒姒一笑，丧失王权威严和那天下民心。又废王后申后、太子宜臼，另立褒姒为王后、伯服为太子。申后、宜臼出奔申国，申后之父申侯联结犬戎，攻破宗周弑杀幽王。之后，申侯、许公等诸侯拥立宜臼为平王，王卿虢公翰则扶立幽王之弟余臣为携王，二王并立二十余年。晋侯攻杀携王，平王确立正统，东迁洛邑，失去西部宗周王室根基，原本宗周成周东西呼应格局，只余洛邑方圆六百余里。几番血雨腥风，几番王权争斗，王室风雨飘摇，国力日渐衰微。南方楚国日益兴起，时而北侵王畿之南的申国、甫国和许国，三国依山据险，是楚国北上要冲，因而楚国不能轻易侵凌中原侵扰王畿。申、甫、许既是王室南方屏障，又与王室或为姻亲或为同姓，故而平王调发王师，重兵戍守保卫。从前周王天子威权，天下诸侯兵力皆可调用；而今东迁，诸侯日渐强盛尾大不掉，虽然王畿之民不当远征，成周平王也只能频繁征发王畿之民，地狭人稀，今年戍申，明年戍甫，后年戍许，远役无期。

今夕何夕，寒气侵袭，遍身冷彻，在那城墙之上，在那壕堑之中，在那河防之侧，王师戍卒，徒然看那春去夏往秋将尽，徒然看那霜华凝结漫山野，远戍申国，辗转戍甫，驻戍许国，行役积年，淡却了年少热血，生发了思乡情怀。日深又月久，季节多更换，望穿了双眼，为何？还没有人接替来戍，为何？还没有还家消息？时近岁暮，流水力微，任冷风吹刮，听水流呜咽。

申国城墙之上，是谁在叹息低语，天寒地凉，家中薪柴是否充足？

往日我在家园，砍伐岭麓树木枝干，储备日用木柴灶火。现在啊，只能落到你那单薄的肩膀上了。薪柴湿重，长枝短干是否压弯了你的脊梁？多想，梦回家乡背起柴薪，为你唱起山歌嘹亮，看你一双眉毛笑弯。说起捆束柴薪，想起当日求聘婚姻礼节，柴薪之礼虽轻，夫妻一体意重。眼前平缓流动的水啊，就连一捆柴薪也无法负载漂浮，如何才能为你送去抵御寒冷的温暖？时光就像那流水啊，不停逝去不再回来，我这思乡的忧心啊，沉重如薪难以撼易。一声又一声的叹息啊，叹不断十分的思念啊，我的妻子啊，等到何时，我才能够回到你的身边？

甫国壕堑之中，是谁在深夜不寐，九月授衣，十月获稻是否完备？昔年我在家乡，禾黍稷稻播撒耕耘，颗粒归仓养育老小。现在啊，只能落到你那清瘦的肩膀上了，禾秆荆楚，一草一木一谷一豆都来之不易。多想，梦回家乡重把犁锄，与你餐食淡饭粗茶，看你两颊笑靥如花。想起荆楚柴束，想到当初婚姻礼节仪式，柴荆之礼虽微，夫妻相守情深。眼前缓缓流动的水啊，就连一捆荆柴也不能负担漂淌，如何才能为你送达抵抗孤寂的眷恋？我如流水远离泉源，离那家乡越来越远，你像荆楚不曾转移，守着家园等待归人。一夜又一夜的不寐啊，念不完百倍的思恋啊，我的妻子啊，盼到何时，流水才能伴我回还家园？

许国河防之侧，是谁在长吁歌咏，无计归还，征夫鬓发已染霜雪！昔日年少时光，梦想沙场驰骋纵横，攻城守地建业立功。现在啊，只是落得一事无成啊一身伤痛。布衣木屐，日暮黄昏炊烟袅袅你倚门望归。多想，梦回家乡共话桑柳，同你赡养父母双亲，看你抚儿育女琐细。想到蒲柳柔韧，念及当年婚约礼聘典仪，蒲柴之礼庄重，夫妻执手一生。眼前缓慢流动的水啊，就连一捆蒲柳也无力负承漂起，如何才能为你送到抵挡忧惧的佑护？水流力弱不能负薪，王室政衰无力号令，征战难以召发诸侯，无休派遣王畿国人。一国又一国的远戍啊，忧从中来千般怨思啊，我的妻子啊，从军何时，王命才能许我归还故乡？

今夕何夕，月暗星稀，夜色深沉。在那城墙之上，在那壕堑之中，在那河防之侧，王师戍卒，声声叹息春去夏往秋将尽，句句歌怨霜华满地人不寐，远戍申国，辗转戍甫，驻戍许国，行役连年，尝透了生离苦痛，品尽了无望孤绝。日深再月久，季节复更换，望穿了眼底。为何啊，诸侯四国无人来戍？为何啊，不闻王令班师回返？又近岁暮，流水力衰，一任寒风吹彻，听那水流呜咽。

缓缓流淌的水，不能漂流一捆柴薪。那远方守家的人啊，不能与我一起驻戍申国。思念你啊思念你啊，何年何月我才能归还家乡啊？

缓缓流淌的水，不能漂流一捆荆楚。那远方守家的人啊，不能与我一起驻戍甫国。思念你啊思念你啊，何年何月我才能归还家乡啊？

缓缓流淌的水，不能漂流一捆蒲柳。那远方守家的人啊，不能与我一起驻戍许国。思念你啊思念你啊，何年何月我才能归还家乡啊？

四方风冷天地寒，戍申戍甫又戍许，彼其之子守家园，王畿之人长远役。

十面赋歌扬之水，束薪束楚又束蒲，怀哉怀哉深思念，何年何月能归还？

簌簌霜华，遍野遍川，那是谁人啊，那是谁人啊，夜深不寐，白发萧萧……

当初谁料是如今

***

王风·中谷有蓷

中谷有蓷,暵其干矣。有女仳离,嘅其叹矣。嘅其叹矣,遇人之艰难矣!

中谷有蓷,暵其脩矣。有女仳离,条其啸矣。条其啸矣,遇人之不淑矣!

中谷有蓷,暵其湿矣。有女仳离,啜其泣矣。啜其泣矣,何嗟及矣。

在那东都洛邑,在那成周王畿,中谷有蓷,有女仳离。那是谁人说啊,宗周既灭,世道纷乱;那是谁人说啊,凶年饥馑,旷远伤情;那是谁人说啊,夫妇衰薄,室家相弃;那是谁人说啊,民生日困,风俗渐败。

群山无言,洛瀍暗咽,天际风起萧萧,遇人不淑,遇人不淑,听闻哀鸿在野。

烈日当空，炎炎似火，郊野陇亩，禾土干坼。那是谁人啊，将羽扇轻摇；又是谁人啊，却如被汤煮，饥荒凶年，一片萧索，生民罹祸，灾患难共；那是谁人啊，等闲易抛弃，又是谁人啊，流离伤失所。

巍巍高墙，如果根基浅露，一旦雨暴风狂，往往会迅速倒塌。合抱大树，如果扎根不深，一旦雨骤风号，常常被连根拔起。夫妇之道，本在恒久共度，执手相携人生。从未听说过啊，仁善之人会做出遗弃亲人的恶行；从未听说过啊，仁善之地会出现遗弃亲人的恶事。那是谁人啊，教化失缺；那是谁人啊，行为不善，求不来患难与共，求不来仁德善待，当此饥馁旱岁，那是谁家的女子啊，遭受深重苦厄，像是丢弃了一件旧衣衫啊，像是拔除了一棵干枯草啊，那个做丈夫的，将她轻易离弃了。

一声复一声，哀伤叹息的女子啊，青春的花朵何时零落了，年轻的娇艳何时不见了。你这粗糙的双手啊，承受着经年累月的繁重劳作；你这憔悴的容颜啊，刻画着日复一日的贫乏苦涩；你这纷散的鬓发啊，凌乱着日久天长的困厄艰辛；你这浑浊的眼眸啊，黯淡着挥散不去的悲痛创伤。泣叹连连的女子啊，莫怪将你询问啊，你在生活里遭罹了什么，你在婚姻中缘何被辜负？

人间负心，发生在别处是故事，故事上演，一场又一场难以计数，逢人告诉，只不过换取一捧同情话语而已；种种不堪，无情无义自己遇见，感情消散，一家又一家是非难言，心有善恶，最无奈就是当初年少懵懂无知。是被他外表忠厚迷了眼吗？是被他甜言蜜语惑了耳吗？是被他三媒六礼安了心吗？春风沉醉，鼓乐喧天，那年你怀着啊美好期盼，那日你出嫁了喜地欢天，婚姻缔结，希冀偕老。难知晓啊，难明了啊，哪一回的风雨，哪一次的琐碎，在时光里渐生嫌隙，无声无息日益冷漠，使那恶行猝然生发？还是本来人心险恶叵测？祸从天降，夫妻此

离，久旱没有滴雨，何来晴空霹雳，好比头顶苍穹坍落，好比脚下地层陷塌，你不出恶言，你忍着悲伤，日夜自舐伤痛，良善之心依然如昔。

山谷原本温暖湿润，溪涧淙淙百草茂密，尤其是益母草啊，近水湿处特别繁盛。初春生苗如蒿，入夏长高数尺，一梗三叶，寸许一节，节节生穗，丛簇抱茎，穗内开花，或红或白，补气生血，女子服食调养，有益生育儿女。往昔年少，山谷嬉戏，是否曾有女伴撷花玩笑，憧憬爱恋甜蜜？往日初嫁，山谷采摘，是否曾受丈夫照拂怜惜，向往绵延子嗣？那时益母草色青翠欲滴，那时益母草花鲜嫩明丽，那时你的长发乌黑浓密，那时你的脸颊饱满粉红，那时你的笑容明媚如月，那时你的眼眸闪亮如星……当初不再来，那时不再现，云散烟消，恍然梦醒。

烈日当空，炎炎似火，大旱凶岁，祸灾四伏，眼见着干了溪涧水，眼见着枯了益母草，那枯萎干焦的益母草失了颜色，散了芬芳，卷缩枯皱，多像眼前嶙峋瘦骨的你啊，在一日一日被冷淡中感伤，在一年一年被疏离中酸楚，生活已何艰难，仳离又何凄惨。

像这无水滋养的益母草啊，花朵殒落，枝叶低垂，悄然枯槁，那没有爱怜滋润的女子啊，光华褪尽，羸弱衰老，窘迫无依。曾经，不是期许夫妻好合吗？依稀，不是盟约相濡以沫吗？古往今来，谁人不唾弃朝三暮四，薄情寡义；世上男女，谁人不赞美忠贞不贰，相与白头；为什么你的婚姻啊，艰辛重重，为什么你被离弃啊，遭受不幸。

长吁啊短叹，欲语啊泪流，你说啊，你没有遇见那个正确的人，你说啊，你没有遇见德行善良的人。山谷中生长的益母草啊，荒旱没有溪水雨水润泽，十日八日枯萎了，半月二十枯干了，一月两月枯焦了，根须在地下，籽种在土里，等到来年春水涨溢，复生葳蕤青青翠绿，花开红白幽微芬芳。而被婚姻抛舍的你啊，被无情弃之的你啊，华年已去，再也不能重返年少，青春不复，再也无法重获爱恋。

今岁的益母草枯焦了，你采摘不到啊，你是不是因此伤心难过啊，伤心来不及调理养好身体，难过他等不及生育一儿半女。你啊，你啊，身为丈夫的他，不是早已转身离弃了吗？奈何世情凉薄，奈何人心险恶，即使采得益母草药，或即使有了儿女双全，倘若那人品性不善，倘若失了夫妻道义，不见那世上多少痴情女子啊，茹苦含辛，半生艰难，依然被那负心的汉子啊，离弃，驱遣！转了身的人，生了了断心，即使你苦痛哀伤千回百转，即使你竭尽全力辛苦操劳，还是会留下你一个人，暗咽吞声，绝望哭泣。

枯焦的益母草啊，多么令人惋惜，遭遇离弃的女子啊，让人拊膺扼腕啊。女子何其无辜，良善却遭背弃。可怜的女子啊，不过想要平凡安稳日子，不过只望夫妻相守相依，奈何遇上世道纷乱，奈何遇上民生日困，奈何遇见了男子绝情无义，多少真心碾作了泥尘。可是啊，谁人又能回到当初从前，谁人又敢保看得透世道人心，谁人啊，又能够一定会遇见有情有义的爱人？

中谷有蓷，有女仳离。浇薄之世，那是谁人在短叹啊，叹息错过了益母草色，岁月里凋零了翠泽青青；灾旱凶年，那是谁人在长吁啊，吁嗟错失了益母花朵，时光里萎落了嫩蕊清芳；山谷之中，那是谁人在啜泣啊，哀泣自己遇人何不淑，韶华已经逝去后悔莫及。

山谷中长的益母草，天气干旱已枯萎了。有个女子被人离弃，一声一声哀哀叹息。一声一声哀哀叹息，嫁个丈夫饱历了多少困苦啊！

山谷中长的益母草，天气干旱已枯干了。有个女子被人离弃，一声一声深长叹息。一声一声深长叹息，嫁个丈夫哪料他人品不好啊！

山谷中长的益母草，天气干旱已枯焦了。有个女子被人离弃，一声一声呜咽哭泣。一声一声呜咽哭泣，嗟叹悲伤后悔莫及。

那是谁人啊，将那短叹和歌，将那长吁赋诗，将那泪泣咏歌，中谷

有蓷……

　　风起王畿啊，传唱东都洛邑，传布天下八方，传告世间男女，中谷有蓷……

　　爱到尽头空是余恨，遇人不淑难悔当初。婚姻之中啊，理应道义为先，人品良善啊，方能一世无怨。如果可以，愿你啊，走向婚姻的途路，千万要遇人良善……

但愿长寐不愿醒

***

王风·兔爰

有兔爰爰，雉离于罗。我生之初，尚无为；我生之后，逢此百罹。尚寐无吪！

有兔爰爰，雉离于罦。我生之初，尚无造；我生之后，逢此百忧。尚寐无觉！

有兔爰爰，雉离于罿。我生之初，尚无庸；我生之后，逢此百凶。尚寐无聪！

峰岭层叠，林木杂生。峰岭峭拔，不是宗周四围山脉那绵延起伏熟稔形状；林木丛聚，不是镐京宗庙草树那丰茂葳蕤高大模样。宗周离远，久别故都镐京，彳亍郊野，我在成周洛邑。

又逢霜降时节，众草黄枯，是谁人在组织田狩，四面八方都密布着罗网？那是谁人说啊，布置罗网是为捕捉鸟兽，因那秋猎适度获杀，有益生民又护佑了野生兽禽，只是为何忘记了网开一面，文王圣心慈悲何在？那是谁人说啊，布置罗网是为捕捉野兔，因那野兔狡诈多窟，繁殖

过多而危害了五谷禾稼，只是为何不见有一只狡兔，却将那艳丽雉鸡网罗？你看那野兔多放纵，三五成群奔跑跳跃，时而追逐相互嬉戏，何其自由自在！你看那雉鸡多悲惨，一只一只落入网中，有脚有翅无法脱离，何其哀伤怨艾！

又闻朝中变故，耿介之士，为何又遭贬谪灾祸，危机四伏都指向了忠良？那是谁人说啊，设置纲纪是为维护朝政，因那天子地位威严，纲申纪张方稳定了王朝强盛，只是为何现今是忠直遭难，教化仁义纲纪何在？那是谁人说啊，设置纲纪是为防止奸佞，因那奸人佞臣多诈，常生祸乱而危害了家国天下，只是为何不见有奸人受惩，却是那耿介忠良罹难？你看那小人多放纵，三五结帮相互勾结，时而追名时而逐利，何其自在骄横！你看那忠直多悲哀，一个一个坠入罗网，无脚无翅无法脱身，何其困窘凄惨！

自从啊，迫离故园，就永失了仰望青天高远的眼睛，目光所及，雾霭迷蒙。

时运多艰，百凶并见。我生何多忧惧，历经诸多艰难，先是幽王昏庸暴虐，招致灾祸戎狄侵凌，烽烟四起国破家亡，生民流离失散人心；继而平王东迁洛邑，王室衰微诸侯日强，昔时繁华荡然无存，室家飘荡多见仳离。忧患重重不绝，寒凉由心而生，何其悲伤，何其苦痛，生逢乱时，屡遭灾凶，生有何欢，死有何惧。

世道多难，百忧俱集。我生何多苦难，历经众多灾劫，先是郑国助力东迁，武公、庄公相继卿士，平王、庄公订立盟约，互质太子保证信用；继而桓王剥郑卿士，任用虢公代替庄公，庄公五年不朝天子，桓王伐郑庄公兵迎，两军繻葛大战，郑将射中王肩。何其悲戚，何其哀痛，王威丧失，荡然无存，生有何甘，死有何苦。

天道纷乱，王纲日堕。我生何多灾患，历经众多祸殃，先是王侯中心无信，礼崩乐坏不成章体，诸侯背叛多不朝贡，各为其主常背仁义；继而攻伐博弈四起，尔虞我诈见利忘义，生灵涂炭人心不古，侯国继起霸业频兴，东面强西边盛，南方几度危急。何其悲凉，何其惨痛，生此乱离，暗流涌动，生有何幸，死有何畏。

自从啊，泣别故都，就永失了系连先祖先宗的根脉，步履所及，漂泊无依。

宣王末年，我尚年幼，盛世犹存余光，生民安享太平，周王天下宗主，周人宗族受福，天下秩序还在，人们无忧无虑，虽然承受劳务，负担尚不沉重，世道太平宁静，百姓安居乐业，徭役赋税皆轻，君子怀抱凌云志向。谁料我长大后，纷乱如此，动荡多难，生民陷罗网，士卒多流亡，安稳生活不再，千里烟尘蔽野。

诸侯逞强，王室被胁，国俗伤败，奸佞弄权，小人在位贤者在下，空有忠贤而不能知。君子本应有所作为，世道浑乱又能奈何？昏暴暗黑无力回天，忍视家国遭灾遇祸，世上纷纷潮，浮沉且随浪，仰望苍穹天意高远，几度忧焚几度绝望，上天不仁降此乱离，大地无德我逢此时，安得浮生终长寐，酣然直到太平时。

生不逢辰，俯仰感慨。就像这些野兔放纵自在，阴狡小人，长致祸乱却以奸巧免罪；就像这些雉鸡罹难罗网，贤良君子，生而无辜总因忠直受祸；战乱四起军役连年不绝，又征徭役营建宫室住宅，战场征战生命岌岌可危，徭役劳役日夜辛苦繁重。世衰时败，生命苦难何其繁多？志违节亏，忍辱负耻又当告谁？

自从啊，丢弃镐京，就永失了共生共存荣光的往昔，心神所及，游荡无依。

我生初年，世事承平，那时镐京繁华，宗周威严，王族黎民可得饱暖安生；让我从此睡去啊，从此睡去啊，长寐不复醒来，再看不到这山

河破碎,满目疮痍!

我今岁长,时事扰攘,到处征发远役,流亡伦离,周人百姓无望哀号辗转。让我从此沉睡啊,从此沉睡啊,长寐不再觉醒,再听不到这悲声载道,哀鸿遍野!

眼眸黯淡,目光所及之处,山河虽在却是破碎支离,空见士民漂泊流亡,为我士民,长歌哀痛,一句复一句,可曾让你啊泪水满盈。

步履缓迟,脚步所及之处,山野虽存却是鹤怨猿啼,空闻苍生苦难无边,为我苍生,长叹悲惨,一声又一声,又让谁人啊黯然神伤。

野兔放纵自由自在,雉鸡遭难落入罗网。我生之初年少时候,尚无纷扰徭役;我生后来年岁长大,遭逢如此百般祸罹。但愿长寐一动不动!

野兔放纵自由自在,雉鸡遭难落入机网。我生之初年少时候,尚无纷争军役;我生后来年岁长大,遭逢如此百般忧患。但愿长寐不要醒来!

野兔放纵自由自在,雉鸡遭难落入鸟网。我生之初年少时候,尚无纷乱劳役;我生后来年岁长大,遭逢如此百般灾凶。但愿长寐不要听闻!

赤心碎裂,神思恍惚,失魄无所依,如雉陷罗网。你看那天罗地网,张布在溪谷峰岭,车辕之间覆车网触机即发,密林树丛高挂捕鸟密网,陷阱处处,危机重重,空望青天,纵有翅翼不能舒展,怅视大地,纵有腿脚无法奔跑,无能为力啊,无可奈何啊!苍天啊,若是有知啊,任我自此长寐,不复醒来吧!大地啊,若是有灵啊,让我从此长寐,不再醒来啊!

万家墨面没蒿莱,忍看啊,忍看啊,悲情何其深浓,那是谁人啊,不绝苦痛。

敢有歌吟动地哀,忍听啊,忍听啊,泣血哀叹声声,那是谁人啊,深沉悲悯。

天涯涕泪一身遥

***

王风·葛藟

绵绵葛藟，在河之浒。终远兄弟，谓他人父。谓他人父，亦莫我顾。

绵绵葛藟，在河之涘。终远兄弟，谓他人母。谓他人母，亦莫我有。

绵绵葛藟，在河之漘。终远兄弟，谓他人昆。谓他人昆，亦莫我闻。

黄河滚滚，满目浊浪相激，涌流着湍急的漩涡，奔过高峡乱滩，泻过九曲十湾，宛若巨龙。这黄河汹涌啊，从西方故乡辗转而来，不舍昼夜，又是一川东向水逝，淘尽世间几多愁怀；这黄河千里啊，经从远道家园而来，应该知晓世事变迁，想要张口问讯一些什么。那是谁人啊，为何忽然情怯，张口难言。

葛藟茂密，满目浓绿蔓延，伸展着修长的韧茎，覆过草丛落叶，盖过荆棘灌木，宛若虬龙。这葛藟藤蔓啊，从记忆深处蜿蜒而来，牵连绵

延，又是一年荣茂不绝，绿遍黄河边上湿地；这葛藟宿根啊，依傍黄河获取生机，是否来自故园根苗，想要倾耳聆听一些什么。那是谁人啊，为何忽然泪目，忧伤彷徨。

那是谁人说啊，说你是王朝宗室贵族，时逢周道衰微，平王东迁，抛弃自身王室九族，反而信任依靠母族，只记得申侯扶立之恩，对母国封赏甚厚，全然已忘却杀父之仇，对王族忽略无视。同宗同族，血缘之亲，理应相互援助，本该有责佑护。不爱其亲而爱他人，是悖德啊；不敬其雄而敬他人，是悖礼啊。违背人情的教化治理，苍生百姓怎会遵从？抛舍了镐京宗庙，毁弃了故园宫室，血染透狄人铁骑。跋涉过万水千山，辗转来到了成周洛邑啊，你竟是居无定所啊，王城偌大如斯，却没有容身之处，贵族落魄如此，却不见王室相助。

黄河水边的葛藟啊，绵绵蔓延，本是同根所生，互牵互连，互攀互助。昔时镐京故园，在那黄河水边，秋来果熟，累累紫黑，酿果为酒，美名缇齐，祭祀大礼来敬奉上苍，恩赏重臣为九赐之一。战乱纷仍，王室凋敝，贵族大夫追随迁徙，背井离乡亲人离散，缺衣少食，车损马伤，不说高门深院，尚欠屋舍存身，长久不见天子垂问，长久未闻王室顾念。宗周故园的葛藟成熟了，还有谁人会把它们酿造制成美酒吗？洛邑的葛藟繁茂啊，天子是否还会聚合宗族举杯痛饮？

那是谁人说啊，说你是离乡流浪之人，世衰民散，被迫远去乡里家族，漂泊异乡流离失所，无依无靠生活无着，处境困窘艰难，地位低下卑微，本来已是远离兄弟亲人，呼喊他人父母兄长，觍颜求生无人怜悯，形单影只，孤苦无依，可怜口中无食，可怜衣衫褴褛，流离苦难众多，忧伤难以尽言，飘零一何苦！世情何凉薄！恍惚中沿途乞求于人，漠然里没有一丝怜悯，几多伤怀屈辱，几多唏嘘酸楚。捶胸追问苍天，是世道衰落人情薄恶，世人已失却了同情心意吗？顿足叩问大地，是同遭罹难财力微薄，自顾不暇所以无力帮助别人吗？

黄河岸畔的葛藟啊，绵绵延伸，根生茎叶花果，长蔓攀连，花果清芳。昔时宗周故都，在那黄河岸边，茎叶茂盛，延亘不绝，覆蔽根本，经年益盛。葛藟尚且懂得庇护本根，世人却不知晓以枝护根，葛藟尚有依护，人成无根浮萍，世事衰败，生民流散，最忆念父慈子孝兄友弟恭，谁人室家没有同族亲人？孤身流浪异乡，倍加思念亲人，四望无涯冷漠，无尽伶仃孤苦，匍匐着呼唤他人为父为母，毫无亲情且又奈何啊，追赶着称呼他人作为兄长，本非同胞忍辱乞怜啊。

那是谁人说啊，说你是一个入赘女婿，远离自己的兄弟，父母早亡，生活穷苦无奈入赘，来到女方家里生活，换姓易氏，含垢忍辱，如同黄河水崖葛藟啊，无法独立于世，只能依附存身，称呼女方父母为父母，却没有受到一丝生身父母那样的眷顾关爱，称呼女方兄弟为兄弟，却没有得到一毫同胞兄弟那样的关照恤问。入赘之人，孤苦无依，没有地位尊严，没有人格独立，没有经济支撑，没有血缘至亲，饱历冷落，饱受歧视，孤独悲凉说与谁人，寂寞苦痛又能如何，勉强苟活于世，自怨自艾黯然叹息，世间沉痛，莫过寄人篱下。

黄河水崖的葛藟啊，绵绵舒延，根深茎长叶茂，花盛果繁，亦药亦食。念起故土家园里，俗常称作野葡萄，春来芽发，夏到花开，秋来采果，呼兄唤弟，嬉戏笑闹摘食。蓬勃绵长的葛藟啊，补五脏长肌肉可续筋骨，寄藏着多少离人乡愁。黄河水流永是滔滔，葛藟蕃庑一望无际，成周王室不断衰微，各路诸侯攻伐不休，家国已多破碎不堪，生民多见辗转流离，生不逢时，沉痛无助。采一捧叶，扯数根茎，摘一把花，撷几串果，葛藟可疗身上疾苦，何来良药医我心伤。

那是谁人啊，去国离乡，即或是王室贵族，遭逢落魄，呼告无门，沉痛难言。

那是谁人啊，四方漂泊，即或是王畿之地，流浪失所，乞告无人，苦痛彷徨。

那是谁人啊，寄身檐下，即或是唤人父母，称人兄弟，祈怜无应，孤凄忧伤。

寄身成周洛邑，王畿飘零流离，岁月晦暗长低咽，乱世流离，离乡失根，父母在哪里啊，兄弟可安好啊，故园远隔天涯，伶仃孑然一身，一啼何哀，一曲何苦。那是谁人啊，声声怨诉；那是谁人啊，长歌当哭。

葛藟蔓延绵绵不绝，生长在那黄河水边。已经远离兄弟亲人，称呼他人为父亲。称呼他人为父亲，也没有人把我眷顾。

葛藟蔓延绵绵不绝，生长在那黄河岸上。已经远离兄弟亲人，称呼他人为母亲。称呼他人为母亲，也没有人把我爱护。

葛藟蔓延绵绵不绝，生长在那黄河湿地。已经远离兄弟亲人，称呼他人为兄长。称呼他人为兄长，也没有人把我恤问。

浮生世间，白云苍狗，国破山河碎，颠沛天涯外。财帛外物抛舍四散且随它去啊，父母兄弟血浓于水亲情恋依啊。饥寒时，父母眷爱会给予饱足温暖，孤零时，兄弟友爱能给以扶助支持。那征伐纷仍，那风雨飘摇。那是谁人啊，苦于重敛；那是谁人啊，不堪苛政，几重烽烟人祸，几度旱涝天灾，山陵崩，地塌陷，夺离了父母啊，失散了兄弟啊，国破哪有家全，家散哪有人安，无由掩面涕泪，无奈长长叹息。

望断天涯啊，一身孑然。黄河无语啊，日夜奔泻，泻不尽的血泪啊，生逢多苦难，一原复一川。那是谁人啊，长哀怨……

望断天涯啊，一身迢遥，葛藟绵绵啊，岁岁生长，长不完的思念啊，同根复同脉，牵挂复缠绕。那是谁人啊，何苦恸……

一日三秋相思长

***

王风·采葛

彼采葛兮,一日不见,如三月兮!

彼采萧兮,一日不见,如三秋兮!

彼采艾兮,一日不见,如三岁兮!

洛邑王畿,天下之中,有山脉连绵,有丘陵起伏,有原野肥沃平旷。黄河宽广,洛瀍澄澈,有冬雪春风,有夏雨秋阳,有葛藤萧艾盛茂。

  暮色黄昏,春狩归来。满载猎物,背着弓箭,猎人们都在兴奋捕获颇丰,而我,怀着希望向那四野张望,整整一天不见了,整整一天了啊,我多么希望,能够一眼看到你窈窕的身影啊。
  清晨出发,你去采葛,我心上的姑娘啊,贤淑又勤劳。葛生峰岭溪谷,葛根粗大制粉宜食,春来茎叶萌发,葛藤绵延攀缘附牵,碧绿葳蕤无边茂盛,割取葛藤剥制浣洗,可以用来纺织葛布。我勤劳的姑娘啊,昨日已经背负葛藤捆束归晚,辛苦劳作整整一日,你也该回返了。今天,你在那葛藤之中是否又见一只粉蝶翩翩,有没有让你一笑嫣然,带去我真挚的思慕?我贤淑的姑娘啊,亲手采摘纺织裁剪,粗葛为绤细葛

为绤，绤纷葛布缝成葛衣，暑夏身穿凉爽宜体。今日你在为家人采葛，何时我才能抱拥一件你做的葛衣，一怀清香如梦？

晚霭渐起，夕阳西下，一日已是倏然离去。一日何其短暂，不过在那红日东升西落群山之间，东风已然吹绽几树桃花；一日何其倏然，不过是在追逐兽禽张弓飞石之间，一树柳枝鹅黄萌生新芽。那桃花啊，粉红娇艳好像你的羞涩脸庞；那春柳啊，亭亭修长好像你的苗条身姿。落日低，晚霞横，想要与你一起，指看红桃绿柳。采葛整整一日，为何迟迟归晚？莫不是遇见狡兽猛禽，受到惊吓躲藏避险？我的姑娘啊，背负弓箭，迈步如飞，向着你往常采葛的地方，一路飞奔，我来了！我来了！

蓦然惊喜，峰回路转，有你倩影姗姗。心中怦怦作响，我的姑娘啊，一月有三十天，三月是九十日，不过只这一日没有见你，为何恍似啊，已经与你分别了悠长悠长的三月一样。

月上柳梢，夏耕归来。播耘南亩，戴月荷锄，农人们都在关注庄稼谷禾，而我，怀着期望向那四面张望，整整一天不见了，整整一天了啊，我多么期望，能够凝视一刻你含笑的面庞啊。

清早出发，你去采萧，我心上的姑娘啊，贤德又纯朴。萧生郊野，四时祭祀皆需筹具，萧蒿挺拔密集丛生，割取晾晒加上黍稷嘉禾，祭祀点燃，香气弥屋墙，荐酒后混合脂油焚烧，清芳雅洁。我淳朴的姑娘啊，昨日已经负戴萧蒿捆束晚返，辛苦劳作整整一日，你也应回返了。今天，你在那萧蒿之间是否又见两只莺雀婉啼，有没有让你一笑回首，带着我悠长的思念？我贤德的姑娘啊，沐浴清洁身体发肤，皓腕轻扬素手纤细，选择萧蒿高大苗壮，虔心割取恭敬庄重。今日你在为祭祀采萧，何时我才能嗅闻一室你焚燃的萧香，四壁生辉如梦？

雾霭四起，星光寥落，一日已是遽然逝去。一日何其短促，不过是那日落西山月出东山一瞬，南风已是吹醒脱壳金蝉；一日何其遽然，不过是在阡陌陇亩俯仰锄犁一瞬，一湾河塘红莲已露尖角。那金蝉啊额角饱满，想起你的含情眉目；那红莲啊亭亭玉立，想起你的优雅身形。月半弯，星几许，想要和你一起，笑说金蝉红莲。采萧整整一日，为何迟迟回返？莫不是遭逢蛇蝎毒虫，躲避不及或受伤害？我的姑娘啊，荷锄执杖，健步如飞，朝着你时常采萧的地方，一路飞奔，我来了！我来了！

遽然惊喜，溪头路转，有你眉梢含笑。心中悸然颤动，我的姑娘啊，一年冬春夏秋，三秋有九个月，不过只是一日没有见你，为何恍惚啊，已经与你分隔了漫长漫长的三秋一样。

秋夜星河，行役归来。外交内政，徭役劳役，行役人都在关心家国安宁，而我，怀着渴望向那四方张望，整整一天不见了，整整一天了啊，我多么渴望，能够聆听一曲你清婉的歌谣啊。

清晓出发，你去采艾，我心上的姑娘啊，贤良又颖慧。艾生山麓汀沚，嫩叶鲜香为蔬食，酿制艾酒祛瘴毒，连茎带叶采割，制成艾绒善灸疾患，保存愈久药力愈强，七年病重求三年陈艾。我勤劳的姑娘啊，昨日已经背负艾草捆束晚回，辛苦劳作整整一日，你也该回还了。今天，你在那艾草上空是否又见一队大雁南飞，有没有让你一笑仰望，带着我热烈的思恋？我贤良的姑娘啊，采食艾叶采割艾株，烹煮菜蔬捧食亲人，晒干艾草制成艾绒，点燃热灸病灶渐消。今日你在为亲人采艾，何时我才能得享一支你热熏的艾柱，一念成真如梦？

烟霭朦胧，众星闪烁，一日已是骤然离去。一日何其短暂，不过是那日落月落斗转星移刹那，西风轻吹落下一叶梧桐；一日何其骤然，不过是在行役途路载奔载驰刹那，一川黄花已经抱香枝头。那梧桐啊，植根高冈恰如你的卓然德行；那黄花啊，凌霜盛放恰如你的不凡修养。月

皎洁，星璀璨，想要和你一起，私语梧桐黄花。采艾整整一日，为何迟迟回还？莫不是罹逢横邪恶凶，远躲遐匿空被侵凌？我的姑娘啊，驱车如风，快马加鞭，向着你经常采艾的地方，一路飞奔，我来了！我来了！

骤然惊喜，社林路转，有你曼歌清越。心中哗然凌乱，我的姑娘啊，一岁三百多天，三岁千日有余，不过只这一日没有见你，为何恍然啊，已经与你分离了久长久长的三年一样。

天地大美，草木有情。长长相思，相思长长，容我张口，倾吐心声。

那姑娘啊去采葛了，一天没有看见她啊，如同已是分别三月！

那姑娘啊去采萧了，一天没有看见她啊，如同已是分隔三秋！

那姑娘啊去采艾了，一天没有看见她啊，如同已是分离三年！

朝朝暮暮长相厮守，一生一世不分不离。情到深浓处，一日何漫长。

一日何漫长，思你又荡气回肠。我的姑娘啊，思是心上田，你在我心田上。山谷葛藤中，丘原萧草里，隰泽艾草间，恍惚见你的身影啊，相思酒烈，许我一日浮生啊，沉醉陶然……

一日何漫长，念你又销魂忘情。我的姑娘啊，念是心上今，今日我想你了，恍似越三月，恍惚历三秋，恍然度三年，都是为爱恋灼热啊，相思甘苦，让我相思甘苦啊，一日浮生……

好山好水好风光，好风好雨好阳光。一日，思你长长，一日，念你长长，一日三秋，赋歌重章，心上的人啊，能不能听到，能不能听到，在那遥远的地方，葛藤青青，萧艾苍苍……

心悦君兮君不语

***

王风·大车

大车槛槛，毳衣如菼。岂不尔思？畏子不敢。

大车啍啍，毳衣如璊。岂不尔思？畏子不奔。

穀则异室，死则同穴。谓予不信，有如皦日！

王城洛邑，天街小雨，正是草色遥看时节，杨柳风清吹面生暖。

虽是布衣荆钗，难掩青春正好的韶华光彩，浆洗洁净，透着源自草木的淡淡清香，换下家常粗服，着我新衣新裳，一丝一缕，是我亲自织纺，一襟一袖，刀尺裁就缝制。映着初升春阳，是谁眼眸晶晶闪亮？飞落红霞两朵，是谁两颊娇艳润泽？当窗梳理云鬓，千丝万缕似水柔情，对镜细簪春花，千挑万选卓然不俗。今天，我要见你了啊，想你看到我最美的模样！

当初仲春遇见，在那郊野之上，一众姐妹结伴采摘艾蒿，艾蒿鲜嫩可做蔬食，调理身体养肝明目。田间四处都有野花开放，拈花鬓边顿觉神清气爽，手采艾蒿清香萦绕，女伴对歌言笑盈盈。这边呼喊繁花灿烂芳香，那边呼唤春蒿连片繁茂。欢乐声声，融化了溪涧寒阴处最后一块薄冰，哗然东流溅起一片白色浪花；笑颜似火，消融了山麓北面里最后

一抹残雪，悄然滋润唤醒一方嫩绿苗芽。春光无限美好，陶然沉醉春风。

俯身巧手如梭，不多时候采得艾蒿盈筐，抬腕擦一擦额角微汗，我才忽然发觉，女伴们已是四散离远。却有一辆大夫乘坐的牛车，静静停在道路中间，车上，你的眼眸别样清亮，眉梢好似春山。大车是什么时候驶过来的，那时我是不是正在忘情长歌，怎么一点也没有看见；大车是什么时候停下来的，那时我是不是正在全神采艾，怎么一丝也没有发觉。忘了天地艾草，是从哪一刻脉脉注视？忘了你我何来，是谁那一刻悸然心动？天地无言，艾蒿清芳弥漫，春雷一声隐隐，在眼角眉梢的柔软里，有谁乍然沦陷？

王城天街，通途宽广，时有王侯钟鼓礼乐，时有公卿威仪严正。

难忘上回相见，等待良久，漫数往来轩车的华盖旗幡，细观街角墙缝的青苔泛绿。屋檐蔽遮雨丝，天色悄然放晴，牛车远来，是为大夫之车，大车槛槛，是为你的车音。偌大王都之中，车马往来难计其数，唯你所乘车声，才会听得如此清楚，槛槛车行平稳，正是往常熟悉节奏，车上端坐的人，正是日思夜盼的你，凝眸，我看见你了啊，看到了我心上人的身影！

像那初生菼苇，青绿色泽温和，你着一袭毳衣礼服，风仪翩翩。那藻纹菼绣正宜春日，仿佛绿荻初萌，一派欣欣向荣，一派生机勃勃。也见过大夫贵族们毳服巡礼行祭，怎能比得上你身穿上如此合体？增加了仪容和善，衬托出不凡风度。谁人心间，融化了冬日土地中最后一点坚硬，一块处子沃土哗然润湿柔软；谁人心田，消融了薄冰残雪下的最后一毫寒意，一方处子沃壤悄然温暖明媚。一枝菼苇临风，青青摇曳我心。

那日春祭大典，焚烧萧蒿香气弥漫，琴瑟和谐鼓乐齐鸣，你知道萧蒿雅洁香氛里有我的一份敬奉，我懂得礼乐教化理政中有你的一份付出，祭奠庄严神圣，祈福天地神明，愿国泰民安乐，愿五谷能丰登。点燃萧蒿盈室，熏香肺腑衣袖，你知道，那是我最纯真的心思；弹奏琴瑟声曲，拨动感染心弦，我懂得，那是你最温柔的表白。你的气息别样清新，嘴角漾着笑窝，气息温馨将我萦绕，笑意旋涡将我沉溺。呼吸着你的呼吸，迷恋着你的笑意，满眼是你，辗转为你，怎么能够不思念你？只怕你不敢，只怕你犹豫。

王城通衢，四面八方，时有王侯鼓乐悠扬，时有公卿威严巡行。

今日期盼守候，忐忑漫长，漫看往来高车的骏马标识，细听飞檐低悬的风铃叮咚。雨丝若有若无，薄雾氤氲朦胧，牛车遥来，是辆大夫之车，大车哼哼，那是你的车音。浩大王城之中，车马行驶川流不息，只你所乘大车，我会无误听音辨声，哼哼车行迟重，莫非你有什么心事？车上危坐的人，确是朝思暮想的你，注目，我看见你了啊，看到了我心上人的身影！

像那璊玉美好，赤红色泽温润，你着一袭毳衣礼服，文质彬彬，那缥裳浅红合宜春日，泛着柔和光泽，宛然美玉鲜洁，宛然美玉纯粹。也见那公卿王族们毳服盛装礼仪，怎能及得上你身穿着如此合身？增加了仪容高雅，衬托出翩翩风度。谁人心间，反复切磋琢磨着那一块珍贵璞石，翘首企盼能得玉璧无瑕完美；谁人心中，几番沧海桑田犹记那一眼铭心刻骨，百回千转不改初心望眼欲穿。一枚璊玉悬佩，赤红明亮我心。

你爱恋我的窈窕美丽，我思慕你的贤德俊逸，与身世门第无关，与声名权势无联，就像春来葭苇就会萌芽青青，就像赤璊玉佩一样纯洁坚贞。然而平地一声惊雷，风波变故乍生，是礼教制度的规矩吗？是道德纲常的约束吗？是门第尊卑的天渊吗？是权位悬殊的鸿沟吗？是父母家族的态度吗？是占卦卜筮的不吉吗……仲春之月，奔者不禁，天涯海角，有你的地方就是归处，有情饮水也会饱足。荒山野岭，有你的地方就是家园，餐风饮露相依相随，咫尺之间，四目相对，想要问问你敢不

敢,与我一起为爱痴狂?

王城洛邑,天街小雨,一年春光正值好处,繁花开时又动都城。

青天在上,白日为证,任它春光自好,任它繁华盛放,我的春天都给了你,怎能再有青青生机?南浦有汀沚啊,汀沚生长青荍;南山有璞石啊,璞石剖解赤璊。心上啊只有你,此志永是不渝!爱如火薪,焚燃着我心,不能相爱,疼痛噬我骨。相见时难,分别更难,那是谁人啊,泪飞顿作雨落,消散了艾蒿芬芳香气,模糊了荍苇璊玉颜色。情到深处,千言万语,在我心头滚涌;爱到浓烈,话到唇边,熔铸一曲誓歌。

大夫牛车槛槛驶过,毳衣礼服青绿如荍。怎么能够不思念你?怕你行事不够勇敢。

大夫牛车啍啍驶过,毳衣礼服赤红如璊。怎么能够不思念你?怕你犹豫不敢私奔。

活着不能共处一室,死了也要与你合葬。你要不信我说的话,立誓不渝白日为证!

翘首跂踵,翘首跂踵,等待,在那王城洛邑啊,大车槛槛,毳衣如荍……

将眼望穿,将眼望穿,守候,在那天街通衢啊,大车啍啍,毳衣如璊……

麦麻田畴待子来

***

王风·丘中有麻

丘中有麻，彼留子嗟。彼留子嗟，将其来施施。

丘中有麦，彼留子国。彼留子国，将其来食。

丘中有李，彼留之子。彼留之子，贻我佩玖。

洛水汤汤，瀍水悠悠，群山绵延环抱，田野阡陌纵横，日暖风熏，一年麦麻有成。

田亩之间，农人劳作，四处放声高歌，咏叹沃野平畴。昔日王畿郊野瘠薄之地，不毛之地何等荒凉；是谁治理分割井田区域，换来今朝五谷飘香？依守古制，一夫受田百亩，所以称呼百亩为一夫，九夫为一井。井田制度划分土地，以方圆九百亩地作为一里，分割成为九区，中间是八十亩的公田，八户人家作为一井，同养公田，八户平分八百亩私田户均百亩，剩余的二十亩田地，每家各分二亩半地作为庐舍家宅。四井结成一体是一邑，四邑连成一片是一丘，丘中桑麻养育了生民，规划井田人口多聚集，百姓免却了辗转飘零，方才能歌咏衣食饱暖。福祉啊，日出丘邑井田耕耘劳作；福泽啊，日落村社茅篱平和安泰。

丘田入夏，麻生亭亭，修长挺拔高过人头，油油碧绿悦人眼目。花

开雌雄，籽实可以食用也可入药，麻秆束把可以用来照明；植麻为衣，等那麻株成熟，浸渍取皮，麻丝坚韧织纺成为布匹，制成麻衣用来遮寒蔽体。麻田平畴，一望无际，那是生民暗夜火烛，那是百姓身上布衣。布帛有衣生民之本，有了丘麻青青啊，一方苍生有了不尽绵绵福祉。

丘田五月，麦黄覆垄，经深秋麦苗初生，受寒冬大雪飞扬，历暮春扬花吐穗，守来穗实充盈。收割麦棵可做柴薪，收获麦子研磨面粉，蒸煮甘香宜食；可酿美酒芳香，祭祀天地神明；可制饴糖甜美，引来儿孙笑语。麦田平畴，一望无垠，那是生民灶下炊烟，那是百姓口中食粮。仓廪有实后知礼仪，有了丘麦金黄啊，一方百姓有了不息绵绵福泽。

洛水扬波，瀍水起涛，群山绵延回响，田野阡陌传唱，丘中麦麻，子嗟治政，是他大夫贤德，管理地方富足……

丘中有麻，麻生有衣，生民口口传诵，妇孺感念那如山重恩。将眼前郊野瘠薄之地，理转为肥沃良田千顷，歌唱贤明大夫，咏赞留氏子嗟。他在位有功啊，丘田善规划；他治政有绩啊，教民植桑麻。丘中有麦，麦实仓廪，百姓日日传扬，老幼感念那似海厚德。留氏子嗟造福一方苍生，其父子国教诲功不可没。歌唱贤明世家，咏赞留氏子国。他言传身教啊，美德世代承续；他养育子嗟啊，为民谋计福祉。

丘麻亭亭，又一年丰产，生民又能收得身上衣啊。这样贤明的士大夫啊，如果选在庙堂朝廷，当时君王左右臂膀，当时天下得力栋梁，竟然却是迟迟难进，王朝为何还不委以重任？丘麦覆垄，又一岁丰登，百姓又能获得口中食啊，这样贤明的士大夫啊，生民怎么能不把他思念感激，挑选最饱满的麦子啊，烹制最香甜的饭食啊，百姓父老都来将他诚挚飨请。

丘田李树高大丰茂，结实满树硕果累累，摘取青李酿酒烹茶，摘取紫李果香甘美，奉上新麦饭食飨请那贤明大夫，敬上新李果实款待那留氏子嗟，贤明大夫啊怡然解佩赠民琼玖，留氏子嗟啊欣然举杯与民同乐。你听，一声声呼唤，彰显生民心意；你听，一句句歌赋，表达百姓馈思。

丘田之中植麻茂盛，那是留氏子嗟功绩。那留氏子嗟多贤明，盼他重用怎么迟迟难进。

丘田之中植麦丰收，那是子国奕世有德。那留氏教子多贤明，望他前来饮宴飨食。

丘田之中李树丰茂，那是留氏大夫功德。那留氏大夫多贤明，赠送给予玉佩琼玖。

洛水苍苍，瀍水浩渺，群山绵延诚邀，田野阡陌恳请，丘中麦麻，丰年岁熟，贤德君子远来，共享田园安泰。

丘中有麻，浸麻作衣，足以用来御寒蔽体，何必冠冕朝服，你我布衣之交情深意重，世乱烽烟连年，且来丘邑之中安享天年，春来种麻南亩，夏至麻衣飘拂。丘中有麦，颗粒归仓，足以用来果腹饮食，何必鼎镬珍馐，你我携手田畴戴月荷锄，时乱奸小当道，且来丘邑之中颐养德性，秋来种麦把犁，来年麦田弥望。长歌邀约君子，长咏恳请贤士，越麻田青青，子嗟可徐徐行。经麦田金黄，子国可缓步来。

丘麻亭亭，又一年丰产，织纺裁剪身穿麻衣胜雪，山月东上散发乘凉，敞开轩窗夜风习习，一湾荷塘风送微香，几竿翠竹露滴清响，乘月抚琴思念故人，留氏子嗟为何来迟迟？丘麦覆陇，又一岁丰登，红日西落淡淡暮色四起，远村暧暧又见袅袅炊烟，牛羊下山村人晚归，天际尽处有树细如荠菜，一锅新炊麦香四溢，登冈长啸思念故人，盼请留氏子国来食。

丘田李树生长高大，春天满树繁花如雪，夏来结实累累满枝，酿成新酒捧上饭果，盼留氏故人田家欢饮，开轩窗，面场圃，长把酒，话麦麻，远送村郭，依依难别，留氏故人那贤德君子，馈赠我琼玖佩玉随身。听啊，一声声呼唤，彰我怀友心意；你听，一句句歌赋，述说归隐情思。

丘田之中植麻茂盛，期盼着那留氏子嗟。那留氏子嗟为贤士，盼他相见怎么迟迟不来。

丘田之中植麦丰收，盼望着那留氏子国。那留氏子国为贤士，望他前来饮宴飨食。

丘田之中李树丰茂，怀望着那留氏故人，那留氏故人同偕隐，赠我玉佩琼玖在身。

东都洛邑，王畿之地，洛水荡荡，瀍水㳘㳘，群山环抱，田野平旷……

丘田有麻，麻生亭亭，在那青麻深处，在村社里，备就了一袭麻衣细白，盼望着你来啊，等待着你来啊……

丘田有麦，麦黄暖香，在那麦田深处，在茅篱中，炊熟了一灶新麦芬芳，盼望着你来啊，等待着你来啊……

丘田有李，李实渐熟，在那李林深处，在轩窗边，倾满了一盏美酒浓郁，盼望着你来啊，等待着你来啊……

风中，歌回，那一枚玖佩啊，晶莹在岁月梢头，温润了无尽的时光。

风从《诗经》来

李民——著

下册

中原出版传媒集团
中原传媒股份公司
大象出版社
·郑州·

郑风

缁衣之宜兮,敝,予又改为兮。
适子之馆兮,还,予授子之粲兮。

晨光熹微映缁衣

* * *

郑风·缁衣

缁衣之宜兮，敝，予又改为兮。适子之馆兮，还，予授子之粲兮。

缁衣之好兮，敝，予又改造兮。适子之馆兮，还，予授子之粲兮。

缁衣之席兮，敝，予又改作兮。适子之馆兮，还，予授子之粲兮。

晨光熹微，缁衣闪光。那华贵的缁衣啊，正是王朝天子所倚重的卿士朝服。

无限荣光，多么荣耀。那威权的缁衣啊，一代又一代，穿在郑国国君的身上。

从前郑君桓公在位，就被天子平王拜任为正卿，作为王室的执政官，掌管全国户籍土地，代表王室名义行事，安抚和睦周民百姓。昔年桓公身着缁衣，丰姿威仪深得人心，那一袭缁衣朝服啊，至今闪耀在国

人的眼中，那郑君桓公的伟绩啊，至今铭刻在国人的心中。

那桓公啊本是天子血脉，是厉王少子，宣王的庶弟，宣王当初封郑地给桓公建立郑国，桓公居于棫林治国理政，政绩卓著，深受百姓爱戴；受宣在朝担任卿士依然勤政恤民，国事高于一切。协调各国诸侯纠纷，推行礼乐教化；百工商贸赋税杂役，察民量力；处理边患厚义薄兵，刚柔得体；治国礼贤下士，广纳各方人才，发展经济，呵护文武僚属为国效力，安置远近贤士馆舍居住周到，礼待各路人才饮食服饰周详，爱贤若渴，声名远播，让宇内士民诚服，令外邦蛮夷敬重。

时逢幽王昏庸、朝纲日衰，奸佞当道、苍生怨愤日重，朝堂内外争斗日趋激烈，桓公操劳国事寝食难安。那幽王一味听信谗言，怎肯听从桓公苦谏，废弃了申后立褒姒为王后，废除了宜臼立幼子伯服为太子。为保申后、宜臼免遭杀身之祸，桓公掩护申后逃回了母国申国，安排宜臼在封地郑国以庇佑。烽烟滚滚戏诸侯，竟为博千金一笑，只道是败行任妄为，却已是尽丧天下人心。

眼见大厦将倾，黑云压城欲摧，桓公未雨绸缪，问询于太史伯，分析天下形势。桓公听从其建议，于是一面请求幽王将郑国百姓移至洛邑以东，一面又派长子掘突厚礼馈送虢郐二国借地。虢郐二君既惧惮桓公卿士重权，又贪图眼前丰厚礼品，各自献出五座城池。有了立国基础，桓公下令封地百姓东迁，并将家属和重要财产安置在虢郐之间的京城。就在桓公寄孥虢郐不久之后，申侯引来犬戎铁骑攻陷镐京，在骊山之下杀死了幽王。桓公本来可以避难到郑国或者寄孥之地，但他心忧祖宗社稷和子民安危，精忠报国坚守职位，组织国都保卫战役。敌军声势浩大，守军寡不敌众，城破沦陷于敌手，桓公啊身赴国难。

青山巍巍，大河滔滔，四海贤士追思，天下生民永记，长歌咏赋，长曲赞美。

缁衣朝服多适宜得体啊，破旧了，我会又为你重新再制啊。前往你的馆署办公去吧，回来，我会给你准备好精米饭食啊。

　　缁衣朝服多美好得体啊，破旧了，我会又为你重新再缝啊。前往你的馆署办公去吧，回来，我会给你准备好精米饭食啊。

　　缁衣朝服多宽大得体啊，破旧了，我会又为你重新再做啊。前往你的馆署办公去吧，回来，我会给你准备好精米饭食啊。

　　无限荣光，多么荣耀。那桓公啊穿缁衣，招纳四海贤士揽八方人才留遗爱。

　　晨光熹微，缁衣闪光。那郑君啊着缁衣，不负天下重托竭一己之力挽狂澜。

　　当今郑君武公即位，联合秦、晋、卫三国军队，浴血奋战英勇杀敌，运筹帷幄击退犬戎，厥功甚伟受封卿士，救国危亡生民景仰。当那武公身穿缁衣，士民百姓交口称颂，这一袭缁衣朝服啊，鲜明闪耀在国人的眼中，这郑君武公的威望啊，日益高涨在国人的心中。

　　那武公掘突承桓公遗志，继续坚持东扩国土，致力兴国战略计划，一面护送周平王宜臼向东方迁都到洛邑，一面攻伐灭掉虢郐两国又并吞周边八邑。数年不息不休征战，深谋远虑步步为营，才有了这郑国崭新江山，一片沃野富庶关隘险固，自然天险在那四面环绕卫护，前据华山后凭黄河，左依洛水右临济水，一方山水居于中原钟灵毓秀，坐拥荥駓山峰崔巍，食邑溱水洧水之畔，桓公武公两代政君，历经多年筹谋开创，在郐地之上建设成新都，那雄图大略啊终得实现。

　　郑君武公在位，高举尊王爱民大旗，为国势更加强大，联姻周平王外祖父申侯，迎娶申侯之女武姜为夫人；为攻打灭掉胡国，先把女儿嫁给胡国君主，又问群臣哪个国家可以讨伐，当大臣答以胡国，武公却怒

杀臣子，宣言胡国与郑兄弟之国不该发兵，胡国君主听闻，认为郑国真心友好不再防备，郑国军队因得轻易袭击占据胡国，旌旗猎猎，那疆域版图啊又得拓展。

桓公昔年寄孥的京城，被桓公建成了宏伟都城，诸侯之国城墙，礼规不过百雉，城墙长三丈高一丈为一雉，那京城的规模宏伟早已逾越百雉，且是桓公宗庙建祀之地，浩大工程彰显郑国势力，绵延城墙显露武公气魄。当郑人东迁定都中原，一番开疆拓土之后，郑国有了诸多"商人"，这些"商人"多有技术，也多会经商，当初周朝伐灭殷商，规定"商人"世世代代身为奴隶，武公破除旧规发展经济，石破天惊解放"商人"身份桎梏，调动他们成为不容忽视的强大力量，投身参与建设，依靠这批"商人"，大片滩涂荒地得以开发，数不尽的城池扩建成功。郑国奠定了坚固传世基业，国人感颂着武公大略雄才。

山河险峻，城坚池深，国中百姓称颂，贤能人士传扬，歌以咏赋，曲以赞美。

缁衣朝服多适宜得体啊，破旧了，我会又为你重新再制啊。前往你的馆署办公去吧，回来，我会给你准备好精米饭食啊。

缁衣朝服多美好得体啊，破旧了，我会又为你重新再缝啊。前往你的馆署办公去吧，回来，我会给你准备好精米饭食啊。

缁衣朝服多宽大得体啊，破旧了，我会又为你重新再做啊。前往你的馆署办公去吧，回来，我会给你准备好精米饭食啊。

桓公武公，两代国君，缁衣传家是郑国的荣光骄傲，心甘情愿辛苦染渍啊……

一丝一缕，一针一线，缁衣美誉是生民的荣耀自豪，自觉自愿裁缝新衣啊……

世上布帛漂染颜色，借助茜草矿物染料，将那洁白布帛，深深浸于染缸，一再染渍三次为"纁"，色呈浅红，来回染渍五次为"緅"，色为黑赤，反复染渍七次为"缁"，才为黑色，缁衣黑色需要历经七染，最是辛苦难得故而贵重……

晨光熹微，无限荣光。那卿士缁衣啊，一代又一代，穿在郑国国君身上……

缁衣闪光，多么荣耀，那华贵缁衣啊，愿其不负重托，招贤四方美名流传……

举目，晨光熹微，倾耳聆听，飒飒风劲，那是谁人在歌唱啊，缁衣之宜兮……

四顾，峰岭峭拔，天穹清朗，水流潺潺，那是谁人在应和啊，授子之粲兮……

一怀一畏总关情

郑风·将仲子

将仲子兮,无逾我里,无折我树杞。岂敢爱之?畏我父母。仲可怀也,父母之言,亦可畏也。

将仲子兮,无逾我墙,无折我树桑。岂敢爱之?畏我诸兄。仲可怀也,诸兄之言,亦可畏也。

将仲子兮,无逾我园,无折我树檀。岂敢爱之?畏人之多言。仲可怀也,人之多言,亦可畏也。

似乎仲春的欢会对歌,还回响在耳畔,转眼又过了暮春时节,花谢花飞花满天。

似乎相会的青年男女,还相依在眼前,转眼又已是初夏时节,绿叶成荫子满枝。

二哥哥啊,你记得吧,在那仲春时节,相互爱恋的男女青年,依礼允许相互交往,恋爱婚配奔者不禁,村郭社林后,桑园柳丛里,一双一对,相依脉脉,人面若桃花,彩霞飞满天,一歌一语,心曲绵绵,杨柳何青青，枝叶似有情。二哥哥啊，那时的你我，沉醉春风里，有多么甜蜜。

二哥哥啊，你要知道，过了欢会节令，男女之防就要守规矩，礼法不允私相交往，若是不待父母之命，无媒妁之言，钻穴隙窥看，翻墙越院，相会相从，父母以为羞，严辞多斥责，国人邻里，以为轻贱，嚣嚣传流言，舆论多飞语。二哥哥啊，现在的你我，身无双飞翼，奈何相见难。

二哥哥啊，莫要叹息，我也一样啊总是想念着你，自然懂得你想要经常见我的念头，可是啊，国人居处，五家为邻，五邻为里，二十五家民户结成一里，宅院相连，外筑里墙，在那里墙边上，栽种着那杞柳，杞柳丛生枝条繁多，越是伐取越是茂盛，日常生活防守卫护里墙，柳枝还能用来编箱制筐，四方村郭，处处皆是。里墙高耸原本是保护，却将你我隔在了两边，二哥哥啊，听我一言，怕听你说翻过里墙来找寻我；杞柳碧绿原本是美景，却将你我隔作了两处，二哥哥啊，听我一语，怕你越墙而过将那杞柳踏折。你说是夜深人静无人发觉，只怕那枝断叶残留下痕迹，我的父亲母亲，他们是眼又明心又亮啊，二哥哥，莫要着急，你平心想一想，父亲母亲教导责骂，女儿家清白为重，叫我如何不害怕？

二哥哥啊，莫要叹气，我也同样啊一直思恋着你，当然明白你想要天天见我的想法，可是啊，五亩宅院，树之以桑，四围院墙，将家里户外隔阻分离开，桑树丰茂，油绿如伞，在春夏采桑叶，喂食着那桑蚕，桑树棵棵枝繁叶茂，日日采撷养蚕得丝，丝帛贵重家计重要收入，桑枝还能用来制作农具，四乡村郭，处处如此。院墙高筑原本是守护，却将你我隔开了两端，二哥哥啊，听我一言，怕听你讲越过院墙来觅寻我；桑树油绿原本是佳景，却将你我隔成了两方，二哥哥啊，听我一语，怕

你攀墙而过将那桑树踏折。你说是农事正忙无人知觉，只怕那枝残叶零显露印迹，我的诸位兄长，他们是手又快心又直啊，二哥哥，莫要气躁，你静心想一想，诸位兄长斥责直言，女儿家守礼为要，叫我如何不害怕？

二哥哥啊，莫要叹吁，我也一心啊始终眷怀着你，固然知道你想要时时见我的心思，可是啊，园墙环绕，花木菜蔬，阻遏重重，女儿家安静居处在后园，园土肥沃，檀树葳蕤，不同春荣之木，檀树五月生叶，木材质地坚硬强劲，可用制作大车车轴，檀木贵重精心种植园内，傍依院墙数枝出墙青翠，四邻村郭，处处相似。园墙坚实原本是护卫，却将你我隔离在两下，二哥哥啊，听我一言，怕听你要攀过园墙来追寻我；檀树青翠原本是胜景，却将你我隔分在两头，二哥哥啊，听我一语，怕你爬墙而过将那檀木踏折。你说是日高人静无人察觉，只怕那叶落干斜留下踪迹，那些邻里世人，他们会当面笑背后嘲啊，二哥哥，莫要怒起，你定心想一想，邻里世人闲话在理，女儿家名声在外，叫我如何不害怕？

二哥哥啊，都说婚姻求请，礼需媒妁之言。你要懂得，我哪里是舍不得杞柳啊，踩折了柳枝自然又会生发，怕的是你能翻过高耸的里墙，却翻不过我那父亲母亲的高墙啊！若是父母责骂，不肯允许你我往来，到那时，你又有什么办法求得花好月圆？月上柳梢的美景，想要约上一生，二哥哥啊，任谁能是一生都来翻过里墙相会？一面思念着你，一面害怕着父母责骂，二哥哥啊，望你想一想，想一想将来长远，如何啊，如何才能求得我那父亲母亲的允许啊？

二哥哥啊，都说婚姻求亲，礼需依规纳采。你要明白，我哪里是舍不得桑树啊，踩折了桑条当然又会抽发，怕的是你能越过高筑的院墙，却越不过我那诸位兄长的高墙啊！若是兄长斥责，不肯同意你我交往，到那时，你又有什么办法求得比翼双飞？春来采桑的佳景，想要守上一生，二哥哥啊，任谁能是一生都来越过院墙相见？一面思恋着你，一面害怕着兄长斥责，二哥哥啊，望你想一想，想一想未来永久，如何啊，如何才能求得我那诸位兄长的同意啊？

二哥哥啊，都说婚姻求娶，礼需用雁作聘。你要知道，我哪里是舍不得檀树啊，踩折了檀树固然又会再长，怕的是你能攀过坚实的园墙，却攀不过诸多邻里世人的高墙啊！若是世人讥嘲，闲言碎语你我来往，到那时，你又有什么办法求得共结连理？五月檀发的胜景，想要看上一生，二哥哥啊，任谁能是一生都来攀过院墙相恋？一面眷怀着你，一面害怕着世人闲话，二哥哥啊，望你想一想，想一想今后长久，如何啊，如何才能求得这一生长相亲长相守啊？

飒飒风清，皎皎月明，桑柳青青，檀树亭亭。将仲子兮，谁在长歌深诉，声声婉转何衷情；将仲子兮，谁在重章复唱，字字有礼何深情。

请求你了二哥哥啊，不要翻越我家里墙，不要踩折我家种的杞柳。哪里是舍不得杞柳？是害怕我父亲母亲。二哥哥啊让我想念，父亲母亲的话语啊，也是让我心生畏惧。

请求你了二哥哥啊，不要翻越我家院墙，不要踩折我家种的桑树。哪里是舍不得桑树？是害怕我诸位兄长。二哥哥啊让我想念，诸位兄长的话语啊，也是让我心生畏惧。

请求你了二哥哥啊，不要翻越我家园墙，不要踩折我家种的檀树。哪里是舍不得檀树？是害怕那世人啊说闲话。二哥哥啊让我想念，世人的那些闲话啊，也是让我心生畏惧。

里墙，院墙，园墙，一重一重又一重啊，重重阻隔。那是谁人啊，在高墙外面，徘徊再徘徊？那是谁人啊，在高墙里面，牵怀复牵怀？诉语，诉语，再诉语，我将那心事全寄予啊！

父母，兄长，世人，一重一重又一重啊，重重阻隔。那是谁人啊，在阻隔彼岸，徘徊再徘徊？那是谁人啊，在阻隔此岸，牵怀复牵怀？叮咛，叮咛，再叮咛，你要把心语细思量啊！

相思里巷情独钟

***

郑风·叔于田

叔于田，巷无居人。岂无居人？不如叔也，洵美且仁。

叔于狩，巷无饮酒。岂无饮酒？不如叔也，洵美且好。

叔适野，巷无服马。岂无服马？不如叔也，洵美且武。

青山连接碧水，阡陌纵横田野，鹰隼游弋在碧空苍穹，这里是郑国大地。

万千熙攘子民，都城四郊安居，条条里巷能通达八方，你与我有幸结邻。

一年四季农事闲隙中，有王室公侯围猎活动。春蒐夏苗，秋狝冬狩，在秋冬平顺了杀气，在春夏护保了田苗。四时畋猎，既是为了猎杀兽禽，防止过度繁殖危害庄稼家园，又是为了训练军备，国家军事常规训练守礼不懈。驰骋畋猎的武士啊，自有一种英勇本色；四野狩猎的猎人啊，自有一番豪迈气概。

武士中的武士，如金戈般鲜明。当之无愧啊眼前小哥，一条里巷同住着。

猎人中的猎人，如羽箭般闪耀。名不虚传啊心上小哥，两小无猜长

大了。

生活原本素朴平淡，日出而作，日落而息。春来采桑育蚕，收获素丝束束绵长；夏至采莲南塘，笑语欢歌曲曲悠扬；秋到林果累累，撷摘满筐芬芳浸裳；冬临制衣西窗，社林鼓乐声声入耳。一年复一岁，女儿家啊初长成。

畋猎原本依时有序，设网张弓，追逐进退。在那郊外之野，冬来草木萧索，兽禽毛羽丰满，正当肥美时节，或守地猎取无所择，或放火烧草来驱猎，策马正作的卢飞快，开弓一如霹雳弦惊。一岁复一狩，小哥啊要去冬猎。

都城巍峨，四郊广阔，国人聚集，里巷为序。规划五家为邻，五邻结成为里，人来人往，二十五户人家同住一条里巷。里巷深长，外连街道，马蹄嘚嘚，步履坚定，顺着宽阔的大道向前啊，小哥冬狩畋猎去郊野了。

你前去畋猎了，小哥啊，知道吗？你在的时候，时时和乐融融，处处丽日暖阳，照耀着一朵心花儿，忽然间就好像开在了春风里，摇曳生姿，脉脉浓情。自你离开以后，仿佛暮霭重重迷失了双眼，长长的里巷，忽然间变得寂寞又冷清。黯淡了往来穿行的邻里，消散了鸡鸣狗吠的烟火，熟悉的家园忽然陌生，明媚的里巷忽然寥落。这里真是自小居住的地方吗？恍惚间竟是四顾无人。数声笑语盈耳，那是谁家孩童？青梅竹马，细发覆额，像极了年幼的你我。里巷悠悠，邻里声闻，家家依旧柴米油盐，户户依然红男绿女，桑树之巅啼鸣的雄鸡啊，让我心生羡慕，它是不是能够望见一眼畋猎小哥的身影呢？深巷之中吠叫的家犬啊，让我心中惊忧，它是不是偶然听见一声远方小哥的消息呢？

忽然陌生的里巷之中，哪里是没有人居住？小哥啊，知道吗？人群之中的哪一个都不如小哥，人群之中的哪一个都比不上你，管他是年长年幼，管他是高矮胖瘦，我的眼里只有你，怎么能看见其他人呢？你事君端肃认真，你交友宽以待人，居家恭敬有礼，办事敬肃谨慎，待人忠厚诚实，那么美好，那么仁德，小哥啊，分明是照亮了里巷的一道最璀璨的光束！小哥啊，分明是渲染了里巷的一抹最绚烂的颜色！自然，我的眼里只有你；自然，情有独钟只是你。

你前去冬狩了，小哥啊，知道吗？你在的时候，时时为人尊重，事事得到拥护，聚集着一众来宴饮，觥筹间就好像沐浴在春风里，宾主和乐，意厚情深。自你离开以后，仿佛停息了鼓乐琴瑟和鸣，热闹的里巷，猛然间变得落寞又沉寂。黯淡了来来往往的人流，消散了红泥火炉的炭火，熟稔的家园忽然生分，温暖的里巷忽然孤独。这里真是日日居住的地方吗？模糊中竟是悄无一人。数句欢歌充耳，那是谁家饮酒？投壶行令，偃仰啸歌，想起了俊逸的小哥。里巷生活，邻里欢聚，家家依旧举杯桑麻，户户依然绿蚁新醅，屋舍之中红泥的火炉啊，让我心生艳羡，它是不是曾经温暖一遍畋猎小哥的身体呢？杯杓之中新酿的清酒啊，让我心中隐忧，它是不是正在慰藉一番远方小哥的渴喉呢？

猛然生分的里巷之中，哪里是没有人饮酒？小哥啊，知道吗？满堂嘉宾中哪一个都不如小哥，满座高朋中哪一个都比不上你，管他是冠冕华胄，管他是富贵权势，我的眼里只有你，如何能看见其他人呢？你对人恭谨劝饮，你举杯温厚宽容，信实畅快痛饮，敬酒执礼勤敏，满席普受慈惠，那么美好，那么英俊，小哥啊，分明是生长在里巷的一株最华彩的玉树！小哥啊，分明是芬芳了里巷的一棵最芬芳的芝兰！自然，我的眼里只有你；自然，情有独钟只是你。

你前去郊野了，小哥啊，知道吗？你在的时候，处处爱惜养马，事事细致周全，驯育着一骑飞绝尘，驰骋间就好像得意在春风里，逐禽猎兽，率然当先。自你离开以后，仿佛消失了銮和之鸣叮咚，喧嚷的

里巷，顿然间变得萧条又冷落。黯淡了车水马龙的往来，消散了骐骥神骏的嘶啸，熟识的家园忽然生疏，温馨的里巷忽然寒凉。这里真是举家居住的地方吗？隐约中竟是问津无人。数声马鸣贯耳，那是谁家驱马？轻踏寒霜，红绸飘飘，思念着英俊的小哥。里巷路上，邻里乘马，家家依旧辔头鞍鞯，户户依然丝缰长鞭，大道之上骐骥的嘶啸啊，让我心生神往，它是不是努力应和一声畋猎小哥的快意呢？手掌之中丝质的长鞭啊，让我心中牵挂，它是不是同样挥起一程远方小哥的坦途呢？

顿然生疏的里巷之中，哪里是没有人乘马？小哥啊，知道吗？通途大道中哪一个都不如小哥，街衢里巷中哪一个都比不上你，管他是饰佩金羁，管他是四蹄踏雪，我的眼里只有你，如何能看见其他人呢？你昼夜驯养尽心，你精心喂食丰足，素昔秉持良弓，控弦应声破的，俯身又散马蹄，那么美好，那么威武，小哥啊，分明是激昂了里巷的一道最炫目的闪电！小哥啊，分明是振奋了里巷的一声最炸裂的雷鸣！自然，我的眼里只有你；自然，情有独钟只是你。

里巷深长，马蹄嘚嘚，小哥冬狩畋猎去郊野了，无垠广阔的郊野之上啊，振臂一呼厉马登上高堤，大车辚辚，马群萧萧，布下天罗地网，围捕走兽飞禽，谁人指挥若定，谁人进退有序，红旗漫卷处，任西风猎猎。

那是谁人啊，曼歌轻扬，好像花儿开在那春风里；那是谁人啊，长赋心曲，好像放飞了绵绵相思绪。

小哥出门畋猎，里巷空空不见住人。哪是真的没有住人？是无人比得上小哥，他那么美好又仁德。

小哥出门冬狩，里巷无人宴饮喝酒。哪是无人宴饮喝酒？是无人比得上小哥，他那么美好又英俊。

小哥去往郊野，里巷空空无人乘马。哪是真的无人乘马？是无人比得上小哥，他那么美好又威武。

　　里巷悠长，歌音悠扬，当彩霞布满天空的时候，你一定会策马扬鞭，荣光凯旋。小哥啊，小哥啊，美酒佳酿，万人空巷，我，等着你，等着你……

忽报人间正伏虎

* * *

郑风·大叔于田

叔于田，乘乘马。执辔如组，两骖如舞。叔在薮，火烈具举。襢裼暴虎，献于公所。将叔勿狃，戒其伤女。

叔于田，乘乘黄。两服上襄，两骖雁行。叔在薮，火烈具扬。叔善射忌，又良御忌。抑磬控忌，抑纵送忌。

叔于田，乘乘鸨。两服齐首，两骖如手。叔在薮，火烈具阜。叔马慢忌，叔发罕忌。抑释掤忌，抑鬯弓忌。

昔年，郑君武公从那申国迎娶武姜为妻，先后生下庄公和共叔段。有人说因那庄公出生时脚先出来，仿佛身遭鬼门险关，难产祸灾深深惊吓武姜，所以厌恶名之"寤生"；有人说因那共叔段顺利出生无磨难，天生俊美善言讨喜，深得武姜欢心偏爱宠溺，多求武公立为太子。长幼有序，武公始终也没有答应，坚持礼制仍立寤生作为太子，是为郑君庄公。庄公即位，武姜为共叔段讨请封地，先求制邑不得，后求京城被允，故而郑人称呼共叔段为京城大叔。

京城大都，繁华险要，在河济之南，为洛之东土，既是郑伯桓公当年的寄孥之地，又是武公东迁之后郑国的初都。京城大叔，住在封邑，深受士民爱慕，广被苍生拥护，人逢年少，意气扬扬，先是修筑城墙啊，超越了都城百雉定规，后又几次三番啊，收统边邑归属了自己。

风乍起，有人说京邑城墙不合法度，不如及早处置，避却祸根滋生蔓延；把酒当风，是谁成竹在胸，断言说多行不义必会自毙，要姑且耐心等待？

雷乍响，有人说京邑私自扩大土地，或将得到拥护，早日清除免民疑虑；听雨高楼，是谁胜券在握，断语说不义君主不亲兄长，必将垮台遭祸殃？

京邑城墙，巍巍绵延，厚重城门訇然洞开，左手牵黄犬，右手擎苍鹰，倾城百姓追随大叔，千骑席卷林泽平冈，迅疾如风驰。

秋草渐枯，兽肥禽美，又是一季田猎时节，旌旗漫飞扬，车马响萧萧，又当健儿意气风发，将挽劲弓好像满月，箭发似电掣。

天子驾六，王侯驾四，看啊，京城大叔何其尊贵驾驶四匹骏马，高头骏马膘肥体壮皮毛闪闪发亮。精挑细选，相同毛色，众里寻觅百里择一，堪配大叔高贵身份，先是驾四匹黄马，灿灿金黄炫人眼目，后是驾四匹花马，黑白相间好似鸨羽，黄马是纯正一色，世所珍贵堪贡天子，花马是匀称协调，罕见难得匹匹精壮，唯此良驹啊，方配英武勇士，唯此神骏啊，才衬京城大叔。

四马一车，谓之一乘，看啊，四匹骏马拉着高车多么雍容华贵，京城大叔手握缰绳真是威武无比。驷马六辔，丝缰牵制，收放丝鞯技艺娴熟，时时调控灵巧至极，中间的两匹服马，齐同并进位置靠前，两侧的两匹骖马，所处位置稍稍靠后，四匹骏马行列整齐有序，中间服马步调

三七三

从容整齐划一，两侧骖马就好像是在轻灵舞动，如同两手垂在身旁一样，又如排开人字雁阵一般。

贤明的人说啊，国家的珍宝只是六种而已：明王圣人能够制议百物辅相国家；玉是足以荫蔽嘉谷而使无水旱之灾；龟是足以用来彰显天意吉凶藏否；珠足以凭借含蕴水灵来防御火灾；金足以依靠充实军备而抵御兵乱；山林薮泽物产丰富足以备蓄财用。既然说是国有六宝，而后可得强大昌盛，看我郑国，看我京邑，大叔人才俊秀卓绝，如珠如玉龟示吉兆，手执金戈勇武盖世，驱车纵横山林薮泽，横弩立马，驰骋田猎。

郊野田猎场，沼泽水沼地，水波澹澹，云影天光，林木葳蕤丛生，百草高大丰茂，风吹草低，若波涌起，众多猎人手持着火炬，遥相呼应形成了包围圈，同时举火焚烧山泽，熊熊大火四起，烈焰布满天空，滚滚浓烟弥漫，星星火花迸溅，藏身深林的大小走兽，巢居密草的众多飞禽，惊慌避逃，左奔右突。一声声禽啼兽鸣声，此起彼伏；一声声猎人呐喊，血脉偾张；风助火势，火借声威，张弓箭发连珠，健儿逐禽捕兽。

一声虎啸，震响山冈撼动水泽，兽王陷困，草木为之色变哗然簌簌零落；一声长吼，大叔出手脱去上衣，身体袒露，胸膛何等宽广肩膊何等壮硕！虎跃挟风，半空扑来势不可当，吊睛白额，所过之处掀起一片血雨腥风；迎面而立，狭路相逢避过虎扑，天昏地暗，生死搏斗，瞬时之间反手按定！虎嘶呜咽，四肢刨地长尾无力，虎低气喘，耳鼻口目相继迸裂流出鲜血；威风凛凛，挥拳相向贴身肉搏，大叔神武，力大无穷赤手空拳打死猛虎！

四野静穆，燎猎大火浓烟熏烤，风起四方，薮泽之中此起彼伏光焰冲天；众多猎人，结舌瞠目肃立震惊，拜崇大叔，天赐神勇力搏猛虎举世无双！一呼百应，如梦初醒欢声雷动，惊叹喜悦，天佑郑国大地，天佑京邑子民；举虎过头，大叔挺立高岗之上，傲视苍穹，烟雾缭绕岿然不动灿若天神！国有六宝，明王圣人玉龟珠金与山林薮泽，郑国何幸京邑何幸天赐大叔；交口称颂，八荒传扬敬服拥戴，士民追随，风起云涌沧海横流唯我大叔！

粼粼高车，赳赳驷马，奕奕驭者，勇武大叔，行于郊野，驰于林泽！

驱车奔驰，开弓连发，百步穿杨，箭无虚发，率众田猎，所获如山！

亲驾长车，猎猎奔驰，郑君宫室，大叔献虎。听啊，谁人絮语切勿搏虎以为常；听啊，谁人诚言警惕猛虎伤害你。

勃勃英姿，大叔无双，且骄且傲，高歌凯旋。听啊，高歌回响在京邑山川林泽；听啊，壮曲震荡在郑国庙堂原野。

大叔前去打猎，驾着四马大车。手执缰绳如同编织，两匹骖马步齐如舞。大叔在那薮泽，四面燎猎同时举火。赤膊空拳与虎搏斗，猎物献送君王宫室。大叔不要习以为常，警惕猛兽把你伤害。

大叔前去打猎，驾着四匹黄马。两匹服马昂首而行，两匹骖马次后雁行。大叔在那薮泽，四面燎猎火光腾起。大叔善射百发百中，大叔善御车技高明。骋马如磐止马急控，发矢纵箭追逐禽兽。

大叔前去打猎，驾着四匹花马。两匹服马齐头并进，两匹骖马在旁如手。大叔在那薮泽，四面燎猎火势猛烈。大叔驾车驭马慢行，大叔开弓射箭减少。打开箭壶把箭放进，收起长弓放入囊中。

风起了，微云流布，土尘扬散。那是何时啊，在那时啊，庄公还是庄公，大叔还是大叔，郑邦生民安泰，京邑富庶强盛，呈一派和乐……

雷响了，黄河鸣咽，暗涡汹涌。又是何时啊，在那时啊，庄公不是庄公，大叔不是大叔，权谋一场围猎，兵戈往来相残，将克段于鄢……

三军甲马不知数

* * *

郑风·清人

清人在彭，驷介旁旁。二矛重英，河上乎翱翔。

清人在消，驷介镳镳。二矛重乔，河上乎逍遥。

清人在轴，驷介陶陶。左旋右抽，中军作好。

黄河天堑，古来波涛滚滚，在那一年，浊浪更是滔天。

北岸，卫国战火熊熊，北狄铁骑所至，踏碎了城池，血染了大地，荒唐好鹤的懿公身死国灭。齐桓公号召华夏诸侯救援，帮助卫国五千遗民复国，在楚丘重建了卫都城。

南岸，郑国郊野边境，文公忧惧狄人，派遣大臣高克率领清邑士兵驻扎在那黄河岸边防御。北狄兵退并没有南渡袭郑，文公却仿佛全然忘记，久久不见召回军队。

郑国这一支来自清邑的军队，是从那乡遂中每户征召一人为兵，一闾二十五家征召了二十五人……每一族，每一乡，成百上万的邦国子弟啊，披甲从军，保家卫疆。

率领清邑这一支军队的高克，传言贪利强势却全然不顾及君王，传言文公向来厌恶想要他远离……每一兵，每一卒，成千上万的英勇军士啊，追从主帅，驻守边防。

清邑军队驻在彭地，驷马披甲战车强大。酋矛夷矛装饰朱羽，在那黄河岸边悠闲游乐。

清邑军队驻在消地，驷马披甲战车威武。酋矛夷矛装饰雉羽，在那黄河岸边安闲自得。

清邑军队驻在轴地，驷马披甲战车驱驰。左御旋车车右抽刃，中军主帅演武作乐。

一天一天，时光飞逝，无尽等待，从来未见一个敌影，从来未闻一个战报。

黄河岸边的彭地啊，驻扎着无数士兵，奉守王命，跟随高克，从那远道清邑而来。这一支御狄军队啊，装备着坚固的驷马战车，多么强大！不同于从前的二马战车，看我郑国驷马战车啊，车上配备三名将士，车左的将士配置着弓矢，负责从远距离射杀敌人，百步穿杨；车右的将士使用长矛戈戟，负责在错毂格斗时刺杀，孔武有力；驾驭战车的御者就站在那战车中间，双手执握六条缰绳，威风凛凛！车前奔驰四匹战马，中间两匹服马，用轭驾在车辕前面的车衡之上，每匹服马辔头左右都结系着缰绳；左右两匹骖马，使用套绳和吊环结系在车舆底部，一匹骖马辔头外侧结系一条缰绳；四匹战马啊，头套着马胄，脖护着马颈甲，身披着马身甲，厚重又结实，防护多严密，车舆上钉镶着青铜护甲，车上的将士有甲胄护体，看我郑国战车隆隆，一路猛进坚不可摧。备感骄傲啊，备感自豪啊，清邑军队，驻防黄河，驾御驷马战车，装备如此精锐，定能大败狄人，取得辉煌战绩。望日月升落，待瓜果渐成，在那瓜甜果香的时节，看我军队凯旋，回返清邑家乡！

只是，为何，你看那驷马战车啊，车舆之上插着那酋矛夷矛，长矛上面的装饰啊，朱羽鲜明又耀眼，那是郑国军队，那是清邑将士，正驱车在黄河岸边，悠闲往来，嬉戏游乐。

一月一月，时光流转，无际等待，从来不见一个敌影，从来不闻一个战报。

黄河岸边的消地啊，驻扎着无数士兵，奉守王命，跟随高克，从那远道清邑而来。这一支御狄军队啊，装备着长柄的酋矛夷矛，多么威武！不同于从前的短柄戈戟，看我郑国酋矛夷矛啊，雉羽装饰闪闪发光，戈长六尺六寸，戟长一丈六尺，两车格斗肉搏刺杀，那酋矛夷矛的长柄优势啊，被发挥到了极致。制造兵器是有原则指导的，长柄武器长度莫要人的三倍身高。倘若越了这条边限，非但不能增加威力反而效能减弱，让将士们感觉累赘。若是按人身高七尺计算，三倍身高大约为两丈；若是按人身高八尺计算，三倍身高是二丈四尺。八尺为一寻，倍寻为一常，那酋矛啊，一常又四尺即长达两丈，那夷矛啊，竟整整三寻即两丈四尺；武器趁手就威力大增，人矛合一而兵强刃利，英雄有了用武之地，天佑郑国军队，天佑清邑士兵，抵御北狄凶残，必将战无不胜。备感骄傲啊，备感自豪啊，清邑军队，驻防黄河，配置酋矛夷矛，武器如此精良，定能大败来敌，赢得辉煌战果。望日月轮转，待庄稼渐长，在那谷成稷熟的时节，有我军队凯旋，回还清邑家乡！

只是，为何，你看那酋矛夷矛啊，插在那驷马战车车舆之上，长矛上面的装饰啊，雉羽华丽又炫目，那是郑国军队，那是清邑将士，正执矛在黄河岸边，安闲来去，嬉游自得。

一季一季，时光荏苒，无限等待，从来没有一个敌影，从来没有一个战报。

黄河岸边的轴地啊，驻扎着无数士兵，奉守王命，跟随高克，从那远道清邑而来。这一支御狄军队啊，驷马战车原野纵横演习，和乐驰骋！战车辚辚演习冲锋，车左持弓抽矢射杀远敌；御者挺身站立，手握六辔娴熟驾驭，操控战车前进后退保持直线，车身快速左旋合乎规度；那车轮长毂啊，保护舆侧以免敌车接近，轮毂两端加装坚固铜套，轴端还有精美兽饰。驷马战车高峻宽大，两车迎面相向对驶，中间马匹相隔，即使五兵之中最长的夷矛也无法刺触对方，若双方战马缠绕一起，又会两败俱伤，双方战车接舆，要先行向左错毂，用己车右侧错迎对车右侧，车右将士执握长矛奋力刺杀，一寸长啊有一寸强，夷矛酋矛威力尽显。在那辆战车之上，御者在左，主帅居中，击鼓进军鸣金收兵，指挥若定雄风威严。看我郑国战车所向披靡，夷矛酋矛闪耀凛凛寒光。备感骄傲啊，备感自豪啊，清邑军队，驻防黄河，驾御驷马披甲，将士众志成城，定能大败犯敌，夺得战报大捷。望日月循替，待王命传召，在那军令下达的时节，看我军队凯旋，回归清邑家乡！

只是，为何，你看那三军兵士啊，日久无饷不闻征召渐溃散，统领三军的主帅啊，无声出奔向陈国。那是郑国军队，那是清邑将士，郑君文公既假兵权，委任边境，又弃其师。

清邑军队驻在彭地，驷马披甲战车强大。酋矛夷矛装饰朱羽，在那黄河岸边悠闲游乐。

清邑军队驻在消地，驷马披甲战车威武。酋矛夷矛装饰雉羽，在那黄河岸边安闲自得。

清邑军队驻在轴地，驷马披甲战车驱驰。左御旋车车右抽刃，中军主帅演武作乐。

君不见，长矛冲刺，座座城池洞开。君不见，战车辚辚，道道山河崩摧。

黄河，日夜奔流，浊浪，滚滚滔天。三军甲马不知数，但见动地惊天来。

长赋人间国士风

郑风·羔裘

羔裘如濡,洵直且侯。彼其之子,舍命不渝。

羔裘豹饰,孔武有力。彼其之子,邦之司直。

羔裘晏兮,三英粲兮。彼其之子,邦之彦兮。

泱泱郑国,巍巍庙堂,公子王孙,绵延昌盛。那满朝的诸臣啊,那一位位大夫啊,驾轩车,乘高马,击钟列鼎,华筵玉食,威仪凛凛,尊贵无比。

身穿羔裘朝服,他是谁人?端肃又庄严,不言而威,美名远扬四面八方。羔裘朝服合仪,他是谁人?仁德多自重,君子风范,无数生民口口称颂。

感恩那上天啊能明鉴,择有德之人,使各称其职,使各享其禄,规定大夫羔裘朝服,以示德行;颂扬那羔羊啊多美德,既良善知礼,又外柔内刚,还明辨是非,尽忠尽孝无私高尚,世间广传。郑国荣耀啊,百姓有幸,他身穿羔裘朝服,他任那庙堂大夫,品格廉洁又正直,德行无瑕而纯洁,立朝则以砥矢为操,居己则以羔羊为节,他堪称是邦国之重

器，他全心为苍生谋福利。

天道尚贤，九德至美，宽宏大度而又细心谨慎，温文柔和而又特立独行，忠厚诚实而又恭肃庄严，博学多闻而又恭敬勤勉，和顺服从而又刚毅决断，正直端方而又温煦可亲，简能而任而又廉洁严谨，刚直不阿而又谦恭求实，自强不息而又仁义良善，彰表九德，邦国祥吉。那贤士大夫啊，每天显出九德中的三德，恪尽职守；那贤士大夫啊，一天到晚恭敬努力行事，忠诚尽责。

天佑我郑国，家邦有盾牌。那贤士大夫啊，有我郑国叔詹，美名远扬四面八方，无数生民口口称颂。

羔裘朝服光滑润泽，为人正直品格美好。他是那样一个人啊，舍身忘命不变节操。

想那昔年，情况原本已是万分危急，大邦齐国谋攻郑土城池，齐臣谏言郑有叔詹、堵叔与师叔，三良为政不可攻伐，齐君恍然自省，因而停止攻郑。感我大夫叔詹，那贤良德行啊，不战而屈人之兵，力阻战火于未燃，厚德美行，护卫国邦。想那昔往，齐衰落后诸侯承认楚为霸主，宋襄公不甘心，联合一众小国，讨伐郑国从楚，楚国成王兴兵，泓地大败宋军，襄公中箭重伤，成王获胜过郑，迎娶郑君二女，亦即成王甥女。叔詹明礼虑远，断语成王恐不得善终，后来果如其言。想那昔日，晋公子重耳流亡过郑，叔詹先劝国君待之以礼不听，后谏杀之以免后患不允，风雪交加重耳被拒城外，当他返晋为君，联秦伐郑洗雪屈辱，叔詹主动请命，凭大鼎抗晋侯，晋军撤围，赞智勇双全尽忠成仁，叹舍生为国坚贞不渝。

家邦何荣啊，百姓何幸啊，感我大夫叔詹，品行何等正直，明仪礼守大节，一生为君为国，不易不改。

天护我郑国，家邦有础石，那贤士大夫啊，有我上卿子皮，美名远扬四面八方，无数生民口口称颂。

羔裘朝服袖饰豹皮，非常勇武很有力量。他是那样一个人啊，邦国司直主持正义。

想那昔年，郑国突然遭遇灾荒，青黄不接麦收未至，百姓家家挨饿，户户不堪困苦，子皮打开自家谷仓，以死去父亲的名义，发放粮食给百姓，每户可领取一钟，一钟即为十石，救活了郑民无数，身居高位乐善好施，大济苍生百姓自然拥戴。想那昔往，子皮时任上卿掌管朝政，想让尹何治理一方城邑，下属子产进言当从基层具体学起，积累阅历逐步担当大任，子皮闻言赞美君子务知大者远者，而那小人唯知小者近者，愧然自称小人，坦坦荡荡闻过则喜，子皮改过那日月可鉴。想那昔日，郑国权贵七穆内乱纷争，伯有之乱爆发，人人自危，子皮坚守中立绝不涉身，关键时刻挺身而出保护了忠良。当权争风云诡谲，是子皮力挽狂澜，无私举荐让贤子产，决然表态率族听命，坚定支持改革内政，推贤能执政子皮何贤。

家邦何荣啊，百姓何幸啊，感我上卿子皮，贤明厚德，择善让贤，堪任邦国司直，主持正义一心为公。

天保我郑国，家邦有砥柱，那贤士大夫啊，看我郑相子产，美名远扬四面八方，无数生民口口称颂。

羔裘朝服温暖鲜亮，刚柔正直三德纯粹。他是那样一个人啊，无愧邦国的俊彦啊。

想那昔年，郑人常在乡校休闲聚会，议论当朝施政措施好坏。大夫然明建议废除乡校，子产认为防民之口如防川，水大决口伤人必多，不

如开个小口导引，听取乡校议论，作为治国良药，百姓们喜欢的就加以推行，百姓们厌恶的就做改正。想那昔往，子产善于外交从容进退，周旋大国不辱君命，面对晋文公有贰于楚指责不满，既叙晋郑友好又辩申无力纳币的祸患；面对楚国替许国发兵伐郑危机，正确决断容下楚王一番逞强扬威而去；不卑不亢剖事析理，深谋远虑免遭战火。想那昔日，子产为国富民强，执政行系列改革：一作封洫，清理田亩划定田界，推行什伍编制；二作丘赋，奴隶从此可以当兵打仗，提高社会地位；三铸刑书，法令铸于铜鼎公之于众，用刑有了准则，限制不法行为。苟利社稷，死生以之。

家邦何荣啊，百姓何幸啊，感我郑相子产，得安定繁荣，功归邦国俊彦，美德何纯粹，克刚克柔正直。

天保我郑国，家邦有忠良，那贤士大夫啊，为我郑民敬仰，人说他是叔詹，人说他是子皮，人说他是子产，人说他是……长空澄澈，青山恒久，那贤士大夫啊，美名远扬四面八方，那贤士大夫啊，无数百姓口口称颂。

羔裘朝服光滑润泽，为人正直品格美好。他是那样一个人啊，舍身忘命不变节操。

羔裘朝服袖饰豹皮，非常勇武很有力量。他是那样一个人啊，邦国司直主持正义。

羔裘朝服温暖鲜亮，刚柔正直三德纯粹。他是那样一个人啊，无愧邦国的俊彦啊。

巍巍庙堂，公子王孙，有那贤士大夫啊，身穿羔裘，他啊，舍命不渝，坦荡无私，为国为民。

泱泱郑国，绵延昌盛，贤才修养美德啊，高风亮节。他啊，正直美好，孔武有力，浩气长存。

看啊，举国铭记昔日贤明；听啊，万民期盼今朝俊彦。祈愿那国士辈出，一代代啊安定家邦……

大路何迢迢　欲别牵子衣

***

郑风·遵大路

遵大路兮，掺执子之祛兮。无我恶兮，不寁故也！

遵大路兮，掺执子之手兮。无我魗兮，不寁好也！

遵大路兮，大路何迢迢，通往那无数城邑村郭，通往那遥遥天际远方。一路向东，是成周王城，是齐国大邦；一路向西，是富强晋国，是昌盛秦国；一路向南，是宽阔夏路，直通那楚国。

遵大路兮，欲别牵子衣，或背井离乡出外谋生，或抛舍旧人转身离远。欲别依依，是真心一片，化朝霞漫天；欲别难舍，是痴情一段，化月落乌啼；欲别难分，是滔滔黄河，日夜向东流。

沿着大路走啊走啊，拉着你衣袖啊无法放手。请你不要厌恶我啊，不要一下抛舍故人！

沿着大路走啊走啊，拉着你的手啊无法松开。请你不要嫌我丑啊，不要一下丢弃旧好！

哥哥啊，这一别离，你要前去何处远方，患忧前路何其苍茫，一路上可有重重峰岭崎岖，一路上可有道道溪壑坎坷，一路上可有小径斜逸旁出，一路上可有莫测猛兽凶禽，一路上可有风霜雨雪变换，一路上可有酷暑严寒忍挨，一路上可有阜盛繁华缭乱，一路上可有明月他乡举杯，一路上可有袅袅炊烟迷离，一路上可有暖暖村邑留恋，一路上可有芳菲风光旖旎，一路上可有缥缈倩影翩然……

哥哥啊，这一别离，足履踏往远方何处，患虑前路雾霭迷津，一路上登攀峰岭小心险峻，一路上涉越溪壑谨慎坎坷，一路上小径斜逸莫要迷途，一路上兽禽出没切避凶恶，一路上风霜雨雪且做暂避，一路上暑热蔽日冻寒加衣，一路上阜盛繁华万勿沉陷，一路上举杯明月念及家乡，一路上炊烟起时谁立黄昏，一路上村邑城郭谁坐灯前，一路上芳菲旖旎念我凝眸，一路上倩影翩然思我牵衣……

哥哥啊，沿着大路走啊不停步履，一程送别十分心意，十分难别相见何时？

哥哥啊，拉着你衣袖啊不要松开，如那沿路连理树枝，如那林鸟双飞比翼。

哥哥啊，前路风烟，谁在遥远他方驻足，谁在大道之旁等待，秋凉冬寒我盼望春暖花开，燕子归来时一剪飞掠清池，一树桃花摇曳寂寞在三月，一行苔绿弥布了谁的履印，暑夏南塘怕又见莲子青青，屋檐低垂琴声幽咽从何来，来年秋风起时谁在天涯外，来年冬雪飘飞谁燃炉火红，一杯薄酒如何去抵达梦境，春夏秋冬空蹉跎岁月沧桑，星光无声曾拨动谁人心弦，雪月风花又陪伴谁人情浓。

哥哥啊，故人情真，一如春柳初萌鹅黄，一如夏晨露珠晶莹，一颦一笑是为你蹙眉回眸，一言一语是因你萦绕心间，三千青丝烦恼正凌乱风中，浓雾萦溢双目黯然了清亮，牵衣送别满腹忧虑莫厌恶，执子之手愁容满面莫嫌我，一去迢远思念结谁深深肠，一别何期日夜牵挂远远乡，异乡春朝还念我立东风中，他方秋夜尚思我望月明中，任他名利富

贵只盼你回返，任他权势腾达唯愿你平安。

哥哥啊，沿着大路走啊不息步履，一程送别百倍依恋，百倍依恋相逢何时。

哥哥啊，拉着你的手啊不愿松开，像那路边树结连理，像那林鸟展翅比翼。

古往，还是今来，大路，何其迢遥，通往着何方城邑村郭，那情窦初开的少女啊，句句倾诉，铭刻上谁人肺腑，敢问啊，岁月荒芜，怕谁人轻忘辜负。

昔日，抑或眼前，欲别，长相依依，黄河之水啊不息东流，那远走四方的少年啊，牵衣执手，湿润了谁人眉梢，祈愿啊，山川异域，连一线脉脉绵长。

沿着大路走啊走啊，拉着你衣袖啊无法放手。请你不要厌恶我啊，不要一下抛舍故人！

沿着大路走啊走啊，拉着你的手啊无法松开。请你不要嫌我丑啊，不要一下丢弃旧好！

夫君啊，这一离别，你是转身前往何方，烟笼雾罩四望茫茫，一路上可念及同心相结识，一路上可念及两情曾相约，一路上可念及日日煮羹汤，一路上可念及夜夜勤纺织，一路上可念及纤手生粗茧，一路上可念及荆钗挽华发，一路上可念及春耕夏耘忙，一路上可念及秋收冬藏劳，一路上可念及花无百日红，一路上可念及人无再少年，一路上可念及患难相与共，一路上可念及共度岁月长……

夫君啊，这一离别，如弃敝履扬长何处，凄凄前路彷徨孤苦，一路上泪睹他人连理比翼，一路上泪见别家琴瑟调和，一路上泪目婆娑心如汤煮，一路上泪眼迷蒙乱麻一团，一路上泪怜谁曾作茧自缚，一路上泪流谁解悲伤成河，一路上泪垂几多春夏相守，一路上泪倾几多秋冬相伴，一路上泪忆一日夫妻恩重，一路上泪洒百日夫妻情深，一路上泪涩经患历难无悔，一路上泪枯吞糠咽糟无怨……

夫君啊，沿着大路走啊不停步履，一路不停一路追随，苦苦诉告顾惜一分。

夫君啊，拉着你衣袖啊怎能松开，怎忍断舍偕枝连理，怎忍折弃翩飞比翼。

夫君啊，前路渺渺，是谁断然策马扬鞭，是谁眷恋难舍悬心，人生初见只满眼花好月圆，人约黄昏只满耳言笑晏晏，人面桃花空相约海枯石烂，人意善解空憧憬地老天荒，人情之常愿与你同心同德，人非草木长久来风雨同舟，人心莫测也总有风云突变，人老珠黄也常忧秋扇见捐，人来人往是谁在指指点点，人头攒动是谁又议论纷纷，人山人海险过那刀山火海，人声鼎沸又烹谁痴梦烟消。

夫君啊，故人情长，夫妻恩深知冷知暖，休戚与共贴心贴意，也念我相守不贪名利富贵，也念我相随不图权势腾达，也念我白露结霜制衣飞针，也念我天寒地冻燃红炉火，也念我青黄不接藜藿充腹，也念我赤日炎炎理禾汗落，也念我饥荒之年节俭操持，也念我丰穰之岁祭祀主馈，也念我日月更迭寒暑不易，也念我年岁流转从无两意，也念我相扶相持别无二心，也念我痴情一腔从未更改。

夫君啊，沿着大路走啊不息步履，一路不停一路跟从，苦苦呼唤顾念一分。

夫君啊，拉着你的手啊怎肯松开，路边大树连理不折，林鸟展翅比翼不弃。

古往，一霎今来，大路，何其迢遥，永是通往啊城邑村郭。那遭逢抛弃的妇人啊，句句诉告，感动着谁人肺腑，敢问啊，生命荒凉，怕谁

人转身辜负？

　　昔日，一瞬眼前，欲别，何人凄凄，黄河之水啊千载东流。那扬长远去的男子啊，牵衣执手，颤抖了谁人指尖？祈愿啊，山川无边，有一份真爱温暖！

　　沿着大路走啊走啊，拉着你衣袖啊无法放手。请你不要厌恶我啊，不要一下抛舍故人！

　　沿着大路走啊走啊，拉着你的手啊无法松开。请你不要嫌我丑啊，不要一下丢弃旧好！

　　遵大路兮，大路何迢迢，永远，通往那四面八方，通往那异乡他方……

　　遵大路兮，欲别牵子衣，而我，唯有这真心一片，唯有这痴情一段……

何以报恩情　美玉结罗缨

***

郑风·女曰鸡鸣

女曰鸡鸣，士曰昧旦。子兴视夜，明星有烂。将翱将翔，弋凫与雁。

弋言加之，与子宜之。宜言饮酒，与子偕老。琴瑟在御，莫不静好。

知子之来之，杂佩以赠之。知子之顺之，杂佩以问之。知子之好之，杂佩以报之。

那一个春夜，东风送暖，吹绽了十里桃花，唱着桃之夭夭，羞涩了谁家新娘？

那一个秋夕，西风渐寒，凝结了半川霜花，金鸡一声报晓，唤醒了谁人甜梦？

且听啊，细水长流，多少风光旖旎无限中，那是适值春暖花开，一字雁阵排云北还吗？且看啊，炊烟袅袅，温情久存一羹一饭里，那是又逢蒹葭苍苍，天高云淡北雁南飞吗？天地何其苍茫，夫妇相守日长，谁

家没有一日话语几番，谁人流传一段不朽佳话，几多啊你侬我侬，几多啊情深意重，任时光风沙粗粝，任岁月埃土累积，一路上无名花开，摇曳在红尘之中。

天道自然，人法有常，春秋永是代序，寒暑不息更移，草木枯荣或可无心，人在浮生总甘有情。仰望苍天何其高远，遥视郑土如锦似绣，城邑村落，家家户户，日出而作，日落而息。昨夜露重，有谁，展眉红烛下，素手结同心？昨夜人静，有谁，舞低杨柳月，长歌风华清？昨夜星灿，有谁，开轩面青山，云河共遥指？昨夜更深，有谁，丰年近社日，对坐话桑麻？……

结发为你妻，自是一心一意，借一点晨光熹微朦胧，听一声鸡鸣早早起身。清水沃盥洁净了面容，一握青丝细梳了云鬓，上衣下裳合体多温婉，一双新履手缝正适宜，像一朵春花笼着幽微芬芳，像一弦秋月散着淡淡银光。无须人夸容貌好颜色，无愧人赞为妇多贤德，人勤岁增福气，持家广添丰足，虽说是甜梦啊不舍香美，虽说是衾被啊格外温暖，一日之计在晨，一声细语和柔，今晓啊十指微凉，看我啊笑眼弯弯，呼唤梦中夫君，天色已欲曙亮，是否听见了，"鸡鸣"。

结发为你夫，何来三生之幸，延一点晨光好梦恬静，听一声鸡鸣拥衾犹香。昨夜星辰璀璨月色也皎洁，笑靥如花举案齐眉多温馨；昨夜长歌青山绵延叹妩媚，溱洧流深银河倒映生娇娆；昨夜露重人静，共你筹划来日余生，愈彰真心；昨夜暖灯素手，与我细忆往昔点滴，益显深情。如一朵春花幽芳，容我往昔痴迷着你；如一弦秋月皎白，让我从今沉醉于你。听到你轻语鸡鸣唤我起身，看见你双眼含笑晨妆清新，握住你十指纤纤由凉转温，谅我依恋，一声不舍，"昧旦"。

忍俊不禁，颔首莞尔，夫啊夫啊，世人前是谁洒脱果敢英武不凡？眼前又是谁无邪率真一派烂漫？十指被你握在暖热掌心，油然而生一份安稳相依。缓缓吸气，你淡淡的汗息漾着熟悉的信赖味道，慢慢呼气，你鬓角的小痣隐现着独特的靛青颜色，一呼一吸之间，不觉眼角微润。让岁月之河静静流淌吧，在你掌舵的舟船上，我愿顺着水流悠然漂荡，向那芳草青青处漫溯，向那星辉斑斓处漫溯。夜色退却，小星隐没，看啊，启明大星夺目明亮，"子兴视夜，明星有烂"。

安时处顺，怡然自得，妻啊妻啊，世人都说家有贤妻胜过有百宝，眼中的你温柔如水比花更娇好，春花开了秋月又升起，寒冰融了暑热又来至，任时节轮转，任年岁更迭，同你执手，相看不厌。青山巍巍万年绵延，攀越峰岭陡峭无惧险峻，跋涉溪谷幽深无畏崎岖，有你守望的家啊，有你凝望的眼眸，就是我稳固的依托，就是我坚实的凭靠。青山南麓，水沼北岸，野鸭成群栖游，大雁结队停息，黎明起飞，正宜弋射，手起雁落处，猎获丰又多，"将翱将翔，弋凫与雁"。

夫啊，夫啊，矰矢短箭早已磨砺擦拭齐备，生丝长绳也已整理系结齐全，弓弦拉动，矰缴凌云，射中野鸭，射获大雁，带好猎物啊等你回返。膳食烹饪合礼相宜，肉饭搭配讲究规矩，那牛肉啊宜配稻谷，那羊肉啊宜配黍米，那猪肉啊宜配高粱，那鱼肉啊宜配菰米，若你射获大雁啊，最宜配上麦饭。你起身射猎野鸭大雁，我在家燃柴煮制麦饭，待你猎来野鸭大雁，燃旺炉火精烹细调。一方案几，两心相悦，有肉香扑鼻，有麦饭甘美，乘兴适宜欢饮美酒啊，这样的和美日子，就让它地久天长，你我就这样慢慢老去，白发苍苍相伴相随吧。弹起琴音调悠扬，奏响瑟音色清亮，琴瑟和鸣夫妇和合，安享生活每一天每一点的静好，你我就这样共度一生一世吧，"弋言加之，与子宜之。宜言饮酒，与子偕老。琴瑟在御，莫不静好"。

妻啊，妻啊，一羹一饭烹煮调制日复一日，一琴一酒礼乐欢愉同心同德，燃旺炉火，调好丝弦，岁月长乐，玉暖生香，馈赠杂佩啊表我心

意。送上一串玉石佩饰，晶莹温润十分细腻，上横是珩，下系三组；中组之半贯珠为瑀，末端悬挂玉石冲牙；两旁组半各悬一琚，长搏而方，末端皆悬一璜，形如半璧；再用两条丝绳穿珠，上面分系玉珩两端，中间交叉贯穿瑀石，下端分别系结两璜，步态端正，行走从容。听啊，冲牙轻触玉璜，瑽瑢铮铮，乐声叮咚，悦耳悦心。一言一行时时关怀慰勉，一举一止处处温柔和顺，你对我的恩爱深情，像启明晨星光华灿灿，像溱洧绵绵静水流深。美玉有德，你为妇贤，有妇如此夫复何求？美玉报贤妻最相宜！"知子之来之，杂佩以赠之。知子之顺之，杂佩以问之。知子之好之，杂佩以报之。"

让那夜色缓缓退却，享受晨晓静悄悄吧，天地无垠广袤，生发着几多美好，夫妇温柔相守，孕育着几多幸福。听啊，听啊，谁人传来私语声声，琐细中又深含甜蜜。

女子说："公鸡打鸣了。"男子说："天色还未亮。""你起身来看看夜色，启明星正闪闪明亮。""鸟儿将要晨飞翱翔，我去弋射野鸭大雁。"

"弋射射中野鸭大雁，为你精心烹成菜肴。佳肴相宜欢饮美酒，和你恩爱百年到老。弹琴奏瑟夫妇和谐，生活多么安乐美好。"

"知道你对我啊关怀慰勉，这串玉石佩饰来赠给你。知道你对我啊温柔和顺，这串玉石佩饰来馈送你。知道你对我啊恩爱情深，这串玉石佩饰来报答你。"

那一个春晓，琴瑟在御，十里桃花灼灼绽放烂漫，携手度一生啊，岁月静好……

那一个秋晨，美玉生香，一川霜花沉醉鸿雁声里，偕老到白首啊，恩爱以报……

从此青山共轩车

***

郑风·有女同车

有女同车,颜如舜华。将翱将翔,佩玉琼琚。彼美孟姜,洵美且都。

有女同行,颜如舜英。将翱将翔,佩玉将将。彼美孟姜,德音不忘。

青山亘古迢迢,黄河东流滔滔,如锦绣,似画图,是天赐郑国一方厚土。

陌上扬眉驱车,英气直贯虹霓,如玉树,似芝兰,是哪家贵族翩然儿男。

轩车辘辘,大道通达八方,是谁在称扬,称女子如花娇,那是姜姓贵族家中的大姑娘啊,美貌举世无双名叫孟姜;轩车辚辚,阡陌纵横四野,是谁在赞叹,赞女子似玉好,那是一位贵族家中姑娘啊,美貌胜过传说中的孟姜。虽有尘埃轻扬,虽是朦胧离隔,怎能遮得住如花娇艳?怎能遮得住似玉美好?

凝眸,若飞花漫天,谁人抒发着洋洋喜气,明媚了无垠大地?倾

耳，有玉音叮当，一曲歌谣啊脍炙人口，明艳了世间爱意。

与我同车的姑娘啊，容颜美如木槿花朵。体态轻盈如鸟飞翔，身佩玉饰琼琚晶莹。那样美丽赛过孟姜，真是美好且又娴雅。

与我同行的姑娘啊，容颜美如木槿花朵。体态轻盈如鸟飞翔，身上佩玉叮当作响。那样美丽赛过孟姜，美好品德永不相忘。

有人说这一支歌谣啊，是当日暮黄昏，亲迎同车时，唱响在那青山脚下，长陌轩车中。或是那贵族男子啊第一次见到了自己的新娘，心花怒放，且喜且歌；或是那迎亲队伍啊满含着对新人诚挚的祝福，颂声载道，一路欢歌。

天作之合，大喜姻缘，择吉日啊，再待良辰，男女婚姻事体大，礼制有规须亲迎，新郎新娘各有轩车。那新郎啊要前往女方家迎亲，当盛装的新娘始登车乘，新郎首先登上新娘车辆，亲自驾御驱车，车轮转动三周之后，由其他驾车人代替驾驭，新郎走下新娘轩车，再次登上自己车乘，驾车在前先导，同行漫漫长路，直至啊把新娘迎接回家。

登上轩车啊心怦然而动，人生初见仿佛梦中一般，肌肤细白，脸颊红粉，明媚又鲜艳，容颜难描画，若问什么可以来比新娘娇美啊，正如那一朵含着晨露的木槿花，映着初升的红日光华灼灼，一见之下，照亮了谁的眼睛？一眼一生，点燃了谁的心灵？你看那木槿花啊，或庭前舍后，或陌上道边，自春徂秋，不断绽放，花开无穷永是灿烂，或洁白胜雪，或红似火焰，或粉红像霞，或浅紫如烟。美丽的新娘啊，愿你的容颜如那木槿花开，永远多姿，永远灿烂。

丰姿绰约，体态轻盈，裙裾当风，衣袂飘飘，徐徐言语悦耳动听，身上佩玉微微叮当，赤色琼玉瑰丽通透，琚玉状如圭而正方，精雕细琢啊彰显高贵，步履端正啊仪态娴雅。美玉难得啊，美德更珍贵，世上美玉由来合宜美德，美好声誉正配精美琼琚，锵锵悠扬，乐音入心。愿夫妇谐和相守相亲，爱意无穷；愿夫妻情义日日瑰丽，永远璀璨。

　　有人说这一支歌谣啊，是闻齐郑联姻，举国欢庆时，唱响在那青山脚下，长陌轩车边。或是那郑民翘首企盼结亲强齐得享昌盛和平，民心所向，欣然颂歌；或是那百姓众望太子忽与文姜郎才得配女貌，佳偶天成，怡然成歌。

　　齐国大邦，国富兵强，公主文姜，已初长成，美貌四海闻名，才华出众富有文采。多少王公贵族欲缔良缘，多少邦国使臣奉命求亲，那通往东方的道路上啊华盖云集，那纷至求亲的婚书啊络绎不绝。齐君僖公，千挑万选，上天降福俊采不凡的太子忽啊，齐国君王青睐有意许婚郑国，佳音传遍了城郭乡邑，喜讯振奋着千万人心，长歌连声啊，高声欢唱吧，美丽无双的文姜公主，就要嫁来郑国的厚土了。

　　齐郑联姻于家国大有裨益，郎才女貌真堪称人间佳话，万民是翘首以望，朝野亦跂足而盼，期待那良辰吉日早定，期待那亲迎轩车早行。那青山啊平添了多少妩媚，那黄河啊益增了震耳轰鸣。是谁，领唱了第一声颜如舜华的由衷赞美？是谁，唱和了第一句佩玉琼琚的讴歌向往？是谁，唱响了第一回洵美且都的祝福愿望？太子啊，何时长御轩车，亲迎齐国公主？文姜啊，何时琼琚盛装，与我太子同车？

　　齐大非偶，言短意深，凉薄了谁人一腔热忱？碎裂了谁人一场好梦？尘埃飞，烟霭笼，看不透太子为何一而再断然谢绝齐君许婚一番美意，让世人徒留遗憾念一遍花开有意流水无情；看不懂是太子究竟为国政未来免收挟制而未雨绸缪，还是有所耳闻文姜与兄长诸儿传出的碎语闲言。美德千年，颜如舜英，为什么凋零在黄昏暮色？一声叹息！

有人说这一支歌谣啊，是花月正春风，紫燕双飞时，唱响在那青山脚下，长陌轩车上。或是那贵族男子啊如愿邀约到了心仪的女子，踏青游乐，陶然长歌；或是那男子啊梦寐以求邂逅结识娴雅的女子，一见钟情，忘我高歌。

紫燕双飞，荠麦青青，十里春风啊唤醒了群芳争艳，桃花红，李花白，蜂蝶流连花丛之中；莺啼婉转，杨柳依依，郊野长陌啊驶过了骏马轩车，銮铃响，丝缰长，言笑晏晏游乐踏青。春阳煦暖，春色醉人，红男绿女啊徜徉在青山碧水，眼波漾，唇角扬，沉醉忘归青春正好。郑土广袤，无论城邑抑或乡野，民风传续自由开放，民间青年男女常见携手踏青，贵族子弟姑娘亦有同车游春，欢歌阵阵，其乐融融。大道边，村舍旁，是哪一株木槿最先忍不住啊，笑开了满树满枝花儿明艳，如霞似锦，灿烂夺目，轻轻摇曳在和风中。

心上的姑娘啊，驾御轩车与你同行，风驰电掣神清气爽，想与你长驱无尽大路，想与你踏遍连绵青山，想与你徜徉黄河长堤，想与你徘徊木槿篱落，想和你沉醉鸟语花香，想和你共享朝朝暮暮。良辰易流逝，鲜花不常在，那木槿花朵啊何其美艳，晨朝绽放吐露芬芳，转瞬黄昏悄然萎落，且珍此景，且惜此刻。

木槿花朵朝开暮落，惹人叹惜春色怡人总是短暂，惹人叹惋青春年少逝去倏忽，谁家的姑娘不是娇艳如花啊？都有那花谢花飞不再年少，唯有美德修身方得久长，正如琼琚美玉弥足珍贵。如木槿花朵一般啊，容我爱怜你娇美的容颜，如佩玉琼琚一样啊，容我爱恋你美好的品德，携手同车同行，直到地久天长。

与我同车的姑娘啊，容颜美如木槿花朵。体态轻盈如鸟飞翔，身佩玉饰琼琚晶莹。那样美丽赛过孟姜，真是美好且又娴雅。

与我同行的姑娘啊，容颜美如木槿花朵。体态轻盈如鸟飞翔，身上佩玉叮当作响。那样美丽赛过孟姜，美好品德永不相忘。

　青山迢远，黄河奔流，若是遇有姑娘人似花娇，谁人能得同车共赴长途，漫漫日月久长，唯有美德如玉……

　一树一树，木槿花繁，是从哪一年的暮春开始，又到哪一岁的清秋结束，朝朝绽放晨曦，萎落凋零暮色……

伊人带笑复含嗔

***

郑风·山有扶苏

山有扶苏,隰有荷华。不见子都,乃见狂且。

山有桥松,隰有游龙。不见子充,乃见狡童。

山外青山,青山绵绵,一座座青山啊,养育出一辈一辈年少儿男。

泽畔碧水,碧水依依,一湾湾碧水啊,滋养着一代一代芳华伊人。

山岭高峻突兀啊,犹如世上男子阳刚,曾是谁人多有奇思,将那青山喻为儿男,还一辈一辈口口相传?隰泽低凹下陷啊,犹如人间女子阴柔,曾经谁人多善妙想,将那隰泽喻为女子,还一代一代咏歌不断?

山环水绕,一座座青山葳蕤蜜意,徜徉驻足,问谁年少正芳华,歌一章啊冬阳温煦,唱一曲啊春暖花开;山水相依,一湾湾碧水澄幽含情,徘徊回首,多少儿男共伊人,笑一声啊夏雨阵阵,语一番啊秋高气爽。

长歌郑土啊,山秀水美,青山脚下,隰泽水畔,儿男正少年风华,若有情衷,何处不是相约欢会的一隅佳地?

长赋郑风啊,开化自由,春来夏至,秋临冬到,伊人已是初长成,若有意真,何时不是你侬我侬的一朝佳期?

山有扶苏,隰有荷华(同"花")。那扶苏啊,在云之端,在缥缈里，有人说是枝叶纷披的参天大树，有人说是山上生长的矮小之木，有人说那就是茂盛的扶桑，有人说那就是高大的棠棣。那荷花啊，在隰泽中，在碧水里，有人说是细角才露的小荷尖尖，有人说是映日别样的盛荷红艳，有人说那里是午荷当风举，有人说那里是荷心万点声。徜徉，驻足，山风过处，扶苏飒飒，莫不是，有情的那个人，正要跋过高山树丛，疾步而来？徘徊，回首，荷叶田田，露珠盈盈，莫不是，有意的那个人，正要涉越水泽湿地，凌波而来？扶苏生长青山高处，荷花盛开隰泽洼地，天造地设，阴阳相谐，那青山侧，那隰泽畔，那个人儿啊为何徜徉徘徊？莫不是在等待，在等待有情人？

山有桥松，隰有游龙。那桥松啊，在山之巅，在峰之顶，有人说是白云岩畔的挺拔不屈，有人说是霜重坚贞的夭矫精神，有人说那就是长久之丰姿，有人说那就是千仞之伟岸。那游龙啊，在水泽地，在隰沼间，有人说是水荭花开枝叶四舒展，有人说是马蓼根深茎枝多蜿蜒，有人说那里是郁郁方葱茏，有人说那里是红花正烂漫。徜徉，驻足，高风过处，松声如涛，莫不是，有情的那个人，正要跋过青山松林，衣袂飘飞？徘徊，回首，游龙茂盛，芬芳蓬勃，莫不是，有意的那个人，正要涉越隰泽碧水，踏浪而来？

有人说这是儿男久久等待，等待那心上人啊，等得数尽了青山之上几多绿树，戛然驻足，才见那伊人姗姗而来，自当忘形，自当雀跃；有人说这是女子长长守候，守候那心上人啊，守得望穿了隰泽之中几多繁花，蓦然回首，才见那儿男身影乍现，自当欢喜，忽有轻怨；有人说那是年少男女相约山泽，一方来迟一方佯恚，一如青山岿然，一如碧水漫流，岿然漫流滋生出别样意趣，山石百炼，亦绕指柔；有人说借那山川隰泽起兴为歌，一方有情一方有意，仿佛山环水绕，仿佛山水相依，环绕相依心中满漾着爱意，一声佯骂，百般娇俏。

不见子都，乃见狂且。那子都啊，在传说中，在远远方，有人说是古来名扬的英俊帅哥，有人说是郑国当朝的大夫美男，有人说是恋恋陌上人如玉，有人说是逍遥公子世无双。那狂且啊，在乡野里，在口唇旁，有人说是痴愚之人也呼憨家伙，有人说是戏称傻瓜也叫傻小子，有人说那就是喜极而成谑，有人说那就是打情骂俏语。世人都赞子都俊逸非凡，配得上我的应当是美男，憨家伙，傻小子，人海茫茫偏偏碰见个你！世间皆叹子都风度翩翩，配得上我的本该是俊彦，憨家伙，傻小子，天高地阔可巧碰上个你！

不见子充，乃见狡童。那子充啊，在传闻中，在远远乡，有人说是昔往闻名的倜傥少年，有人说是郑国当世的贵族俊男，有人说就好比临风的玉树，有人说就好比竞秀的芝兰。那狡童啊，在阡陌上，在唇齿间，有人说是狡狯小儿也唤小滑头，有人说是狡好之童又称小顽童，有人说就是那讽嘲更亲热，有人说就是那笑骂愈亲密。世上都说子充仪表堂堂，配得上我的本应是美男，小滑头，小顽童，众生芸芸偏是碰见了你！世言皆誉子充风仪卓绝，配得上我的本当是俊彦，小滑头，小顽童，天高地远正巧碰见了你！

扶苏飒飒，松涛阵阵，空山不见伊人，荷花亭亭，游龙灼灼，听闻笑嗔回音。

青山上生长着大树，隰泽里盛开着荷花。没见到子都美男子，倒见你这痴愚狂徒。

青山上生长着高松，隰泽里生长着水荭。没见到子充美男子，倒见你这狡狯顽童。

春风吹拂，夏雨淋漓，是谁家青春少年啊，一忽儿如胶似漆，一忽儿又生嫌隙，有多少说不尽道不完的私语琐细，分明一半是痴言，植根于深情山峦，在那山岚隐隐处，谁人徘徊？谁人等待？

秋色斑斓，冬雪兆吉，是何方男子女子啊，一忽儿才下眉头，一忽儿又上心头，有多少说不清道不明的隐语试探，分明一半是娇嗔，倒映着幸福云霞，在那烟云蒙蒙处，伊人粉面，俏颜如花……

青山隐隐，山山有扶苏，岭岭多高松。谁不望有情人天长地久，一辈复一辈，那是谁家儿男啊，恰值少年……

碧水迢迢，隰泽荷花盛，沼地游龙红。谁不盼意中人缘来聚首，一代复一代，那是何方女子啊，青春正好……

秋风袅袅黄叶飞

***

郑风·萚兮

萚兮萚兮，风其吹女。叔兮伯兮，倡予和女！

萚兮萚兮，风其漂女。叔兮伯兮，倡予要女！

  天穹高远，大地丰沃，袅袅秋风又起，山山黄叶飘飞。

  年年岁岁，一何相似，手指间一缕一缕的金风啊，从最古老的久远而来，悄然拨动了谁人心弦？岁岁年年，终有不同，一片一片飘落的黄叶啊，散发着新鲜的凋零清味，翩然掠过了谁人鬓边？

  问秋风，何年初吹人心？心弦成韵，撷秋风挽一枚流光结绳，是谁在呼唤知音求一个心心相印？问黄叶，何年初见人面？鬓边簪叶，酿秋色成一坛陶然佳酿，是谁在表白爱恋觅一场两情相悦？

  周土广袤，郑国风气更为开化。在那皓月当空时，或是宅前，或是院后，男女青年不约而聚，或许是旷野新雨后，或许是月明惊栖鸟，飒飒流霜处，不觉间黄叶飘然落下，又是一年西风来，又是一季叶凋零。时光如此匆匆啊，转眼间草木度一秋，问今夕是何夕，亦是无计留住。且惜正茂风华，且珍西风皓月。是众人里胆子最大的女子吧，且任我今朝踏叶起舞，深情坦然，唱出了第一声萚兮萚兮，向着对面的少年郎啊，坦然邀歌。

仿佛昨日还是春日明媚，东风送暖吹开了朵朵花儿群芳争艳，不觉间花谢花飞早已是春归无觅处；仿佛昨日还是黑发初笄，倚门回首却把那一枝青梅低头来嗅，无察中竹马稚子竟已是玉树临风的少年郎。那从东吹到西的风啊，要拂过多少年轻的面庞？那从春吹到秋的风啊，会掠过谁人那道剑眉？那东风舒西风卷的叶啊，曾受过多少雨露的润泽？那春萌发秋飘落的叶啊，曾承过多少阳光的和暖？仰首啊，女儿家颜容正好，旋转啊，女儿家舞步轻盈，莫辜负了这一年秋爽，莫辜负了这风儿清扬，秋风啊，将我轻拥环绕，黄叶啊，随我风中翩然。

对面的小哥哥啊，是不是也还记得那段童龀年岁，笑逐颜开趁着东风折花门前玩耍，眼前的你笑眼依旧弯弯，是不是会迷离了某个姑娘的脉脉目光？对面的大哥哥啊，是不是也还记得那时垂髫模样，莲叶田田觅摘莲蓬躺卧溪头细剥，眼前的你身形健壮高大，是不是会沉陷了某个姑娘的一怀美意？今夕何夕，纵然无计留住，载歌载舞让时光满盈在握。小哥哥啊，大哥哥啊，都唱起来吧，我会相和对歌，都唱起来吧，我会跟着高声附歌，让今夕西风沉醉明月里，让今夕黄叶飞旋韶华中。

落叶飘啊落叶飘啊，秋风要吹送去哪里。小哥哥啊大哥哥啊，唱吧，我来相和对歌！

落叶飘啊落叶飘啊，秋风要吹动到哪里。小哥哥啊大哥哥啊，唱吧，我来跟着附歌！

唱吧，唱吧，你来唱啊，我来和啊，青春正当年少，且趁这好时光。

周土辽阔，郑国子民更尚自由。在那秋阳灿烂时，或是山前，或是

水畔，男女青年俗习相聚，或许是苍鹰翱长空，或许是游鱼翔浅底，万里少流云，唯有那黄叶纷飞若舞。又是一年高风吹，又是一季叶落时，硕果枝头结连理，细蜂粉蝶亲密比翼。问今日是何日，亦是难以停驻。且爱青葱年少，且重丽日流云。是人群间眼眸最亮的女子吧，且由我今日击节有声，天真无忌，唱出了第一声莩兮莩兮，向着对面的少年郎啊，无忌邀歌。

高山上长着大树，水泽中生有荷花，挺拔的大树多像是某个伟岸的身影，最后的荷花也好似某个姑娘的心事；大树上多茂枝，荷瓣漂浮水面，东向长枝上有黄鹂声声啼叫在呼朋引伴，西漂荷瓣中彷徨着一只黑蚁在寻寻觅觅；怪枝上鸟儿，别家黄鹂都是双双和鸣在翠柳，为什么你孑然一个没有同伴？奇水上小蚁，其他蚂蚁都是成群结队在岸畔，为什么你飘零一身没有同侣？来挥挥衣袖，惊起黄鹂不要再啼，怅然心思莫名，谁伸支长篙，捞救小蚁免生漂荡，惘然梦境空落。高风乍起，吹得心思澄澈空明，黄叶遽落，飞如旖旎白日梦境。

对面的小哥哥啊，那春天里溱洧河边的盛大聚会，你是不是穿一件青色衣领的上衣？都说黄鹂啼鸣婉转悦耳，怎么比得上你张口一曲款款清亮悠扬！对面的大哥哥啊，那冬日里社庙祭祀的鼓乐擂响，你是不是击一架牛皮蒙面的大鼓？剑眉入鬓肩膊宽广有力，鼓声震天祈上苍为蝼蚁生民降吉祥！今日何日，倏然难以停驻，相逢一笑留下真情从头歌。小哥哥啊，大哥哥啊，都唱起来吧，我会相和对歌，都唱起来吧，我会跟着高声附歌，让今日西风嫣红同阳光，让今日黄叶飞扬共流云。

落叶飘啊落叶飘啊，秋风要吹送去哪里。小哥哥啊大哥哥啊，唱吧，我来相和对歌！

落叶飘啊落叶飘啊，秋风要吹动到哪里。小哥哥啊大哥哥啊，唱吧，我来跟着附歌！

唱吧，唱吧，你来唱啊，我来和啊，青山在人未老，恋恋温暖人间。

　　周土无垠，郑国民俗不怯示爱。在那暮色黄昏时，或是陌上，或是道旁，男女青年劳作归来，或许是竹喧归浣女，或许是莲动下渔舟，欢声笑语里，竟见有黄叶簌簌飞落。又是一年金风爽，又是一季叶斑斓，青竹凌云好丰仪，红莲多多花开并蒂。问今朝是何朝，亦是无法止息。且怜花样年华，且顾柳下相逢。是一队里笑容最甜的女子吧，且让我今朝放声作歌，无邪活泼，唱出了第一声蓁兮蓁兮，向着对面的少年郎啊，活泼邀歌。

　　南山林木丰茂丛生，鹿群矫健机警出没其间，雉鸡高飞尾羽艳丽夺目，山林养育着一方父老百姓；北泽水草葳蕤繁盛，红鲤花鲢时见跃出水面，大雁野鸭常常悠然游弋，泽囿供养着一方乡邻生民；红日缓缓落下南山，暮色中谁人挑负一担薪柴回返家园，薪柴上插一把野菊芬芳，明朝将会簪在谁人发间吗？晚霞余晖铺满北泽，黄昏时谁人背荷一架渔网回还家舍，网架上拴一个鱼篓沉甸，明朝将会赠予谁人表意吗？一叶飘落，知秋来到，谁人将会明朝山泽狩猎？谁人又将收到大雁鹿皮？炊烟渐起金风轻吹，四望远村暖暖，尽享凉爽惬意。

　　对面的小哥哥啊，那前村山林中回荡的劳动号子，是不是由你领头喊得韵味悠长？虽然今朝是人生初见面，怎会辨不明那穿透人心的洪亮嗓音？对面的大哥哥啊，那后庄水泽里响起的短谣长歌，是不是由你张口成曲广为传唱？虽然今朝是萍水乍相逢，怎会听不出那锦心绣口的敏捷才思？今朝何朝，诚然无法止息，看山峦处处弄莲子青青。小哥哥啊，大哥哥啊，都唱起来吧，我会相和对歌，都唱起来吧，我会跟着高声附歌，让今朝西风吹送前村后庄，让今日黄叶飘飞南山北泽。

　　落叶飘啊落叶飘啊，秋风要吹送去哪里。小哥哥啊大哥哥啊，唱

吧，我来相和对歌！

落叶飘啊落叶飘啊，秋风要吹动到哪里。小哥哥啊大哥哥啊，唱吧，我来跟着附歌！

唱吧，唱吧，你来唱啊，我来和啊，青葱华年做伴，放歌秋色连天。

落叶飘啊落叶飘啊，秋风要吹送去哪里。小哥哥啊大哥哥啊，唱吧，我来相和对歌！

落叶飘啊落叶飘啊，秋风要吹动到哪里。小哥哥啊大哥哥啊，唱吧，我来跟着附歌！

任由时序亘古轮转，山川物候永是渐变，随一年年金风啊，无尽生命的故事，播撒于广袤大地上，伴一片片黄叶啊，一曲爱恋的歌谣，传唱在尘世男女间。

心上弦响，口中歌起，谁人在唱？谁人在和？秋风正萧萧，黄叶何袅袅……

几回梦里与君同

***

郑风·狡童

彼狡童兮,不与我言兮。维子之故,使我不能餐兮。

彼狡童兮,不与我食兮。维子之故,使我不能息兮。

千里莺啼,桃红映衬着柳绿;郑国大地,多少歌飞动情思。

这里的儿郎俊秀挺拔,这里的儿郎热情如火。听啊,谁在唱诵着心上人?姑娘啊好像花儿一样,映着朝阳芬芳绽放。

这里的女儿美丽大方,这里的女儿柔情似水。听啊,谁在咏唱着心上人?那个英俊的美少年啊,又为什么热泪盈眶?

那个英俊美少年啊,不能够和我来说说话啊。都是因为你的缘故,使我连饭一点都吃不下了啊。

那个英俊美少年啊,不能够和我一起共食啊。都是因为你的缘故,使我连觉一刻都睡不安了啊。

花非花,来如春梦几多时?环佩叮当,衣履锦绣,宛若枝头花蕾含苞待放,深墙宅院女儿风华年少。红日已高,拥衾慵懒,合眼,分明是你俊朗的面庞,睁眼,不见有你飘逸的身影,合眼又睁眼,倒把一捧羞

涩染红了两颊。那一日佳节盛典，那一日高朋满堂，觥筹交错间，众语喧哗时，乍闻巍巍然若高山耸立，忽听汤汤然若碧溪流淌。原来是你啊，那一曲琴音，清雅非凡，惊了四座，也沉醉了屏风之后的我。屏风上精雕的翠鸟啊，是在笑那鱼儿跃入丝网还是在笑我哗然陷落？翠鸟下细刻的荷花啊，是在怜那蜻蜓点水低飞还是在怜我情窦初开？未见你时，心里深藏着几许高傲几许尊贵，自见到你，天然流露出几多欢喜几多雀跃。隔着深院隔着人墙，隔着山高隔着水长，你，知不知道，我在想你？你听啊，是谁在歌吟：彼狡童兮，不与我言兮。

　　那个英俊美少年啊，不能够和我来说说话啊。

　　似花还似非花，似梦还似非梦。衣袂翩翩，步履生香，宛然画中丽人降临凡尘，轩车辚辚，女儿徜徉山水。垂柳丝丝扶风，榆荚青青芳菲，万紫千红，春色处处。山林中阵阵呼喊，是谁人在举火燎猎？水泽中大雁群飞，是谁人在健步弋射？长陌大道，轩车交错，却原来是你驰骋狩猎满载而归；春风满面，眉目传情，却原来是你鼓琴狩猎有心有意。青山前，碧水畔，轩车迟迟，骏马缓步，谁人长歌？谁人含笑？你言说那心上人近在眼前，你言说那大雁啊征信有礼，不知道男儿要如何积善德积福气，才能够为心上的姑娘奉上那雁礼。我笑语那桃李花开多娇艳，我笑语那紫燕双飞啄新泥，桃花飘李花飞花儿谢了明春又发，不知梁上燕巢能否迎来旧日相识。几多真情几多试语，几多真心几多痴言，花前，你我，是谁在清歌：维子之故，使我不能餐兮。

　　都是因为你的缘故，使我连饭一点都吃不下了啊。

　　雾非雾，去似朝云无觅处。月上柳梢，焚香奏瑟，瑟音清幽散入东风落满南山，碧溪潺潺永是东流环绕青峰。山水相依共生，琴瑟和鸣齐美，香雾缕缕缭绕，回首恍惚入梦，梦见那张灯结彩，梦见那伐薪庭燎，梦见你御车亲迎，梦见你奉上雁礼。还梦见饮宴礼仪欢天喜地，那新婚夫妇正在共食祭品，黍稷饭食喷香，猪牛羊肉味美，箸夹肉食蘸沾酱料，一共食用三次，态度恭敬庄严，象征夫妇尊卑相同，今后双方相互扶持，那新郎眉目清秀分明是你，那新娘盛装华服难辨难认，一个匏瓜剖分两半，红色丝绳牢牢拴连，新郎新娘各执一半饮酒三次，那是谁人正在与你合卺共饮？一忽儿心下里明明白白认定为自己，喜极，笑声连连；一忽儿又疑惑迷迷糊糊相信是他人，悲透，泣咽声声。更漏滴答，蓦然醒来，是谁在嗔歌：彼狡童兮，不与我食兮。

那个英俊美少年啊，不能够和我一起共食啊。

似雾还似非雾，似梦还似非梦。都城东门，人潮涌动，熙来攘往好一派繁华阜盛，滚滚红尘寻觅等候只为你。只道是你与我情暖衷肠，只道是你与我长久与共，究竟是为了什么，日渐疏啊日渐离？珍惜你我今日不易，知道你我身不由己，莫不是哪句话语不合冷遇了你？莫不是哪次举止不妥慢待了你？莫不是家中亲人为你另选佳妇？莫不是你又见桃红早忘了柳绿？……百般寻思，千般度量，思来想去不如当面来问问你。云鬟梳就你最喜欢的式样，玉佩叮当是你熟悉的音律，只是这衣带渐宽啊，食不甘味，寝不安席，自然是要清减几许。你，想一想，消瘦的虽是面容身形，不更是一番真心真意？如果是往昔误会，且让它啊云消雾散行不行？如果是今朝风雨，且由你我同舟共济好不好？烟火人间，你我同行，是谁在浅歌：维子之故，使我不能息兮。

都是因为你的缘故，使我连觉一刻都睡不安了啊。

时光如梭，年年春来，桃红映衬柳绿，不绝莺啼千里。
流年似水，岁岁花开，青春倏忽逝去，化作歌谣传唱。
不止郑土之上，何处儿郎不是一辈一辈俊秀热情！愿儿郎们啊，斗转星移，两鬓苍苍时，悠然共心上人晒着暖阳，不枉年少，即使容颜

老，还为她无悔唱诵一腔心意。不止郑民之中，何方女儿不是一代一代美丽柔情！愿女儿家啊，暮去朝来颜色故去时，坦然与心上人慢慢变老，回首年少，醉里相谑笑，还为他细细咏唱一支歌谣。

那个滑头的少年啊，不肯来和我再说说话啊。都是因为你的缘故，使我连饭一点都吃不下了啊。

那个滑头的少年啊，不肯来和我一起共食啊。都是因为你的缘故，使我连觉一刻都睡不安了啊。

倾耳，聆听，在茫茫大地上，那是谁人的歌声啊，让你动了情肠……

回首，追问，于芸芸众生中，那是谁人在心田啊，共你春暖花开……

去啊，把这一支歌谣，也唱给心上人啊，且看，谁人正热泪盈眶……

如今直上银河去

* * *

郑风·褰裳

子惠思我,褰裳涉溱。子不我思,岂无他人?狂童之狂也且!

子惠思我,褰裳涉洧。子不我思,岂无他士?狂童之狂也且!

东风习习,碧柳依依,春意明媚,阳光和暖,又是一年仲春季。春草又绿山川,春花又绽枝头,普天之下啊何方不是芳菲烂漫?

溱水澄澈,洧水清幽,男子成群,女子结队,又是一岁盛会时。又是一代年少,又逢相会佳期,溱洧之滨啊处处皆是欢歌笑语!

溱水绵延,洧水悠长,自古美名传扬四方。有人说是源自远古时黄帝择贤的传说,从哥哥玄嚣的葫芦里流出的一段河流叫作溱水,从弟弟昌意的葫芦里流出的一段河流叫作洧水,二人同心,两河汇流,奔淌东去再不枯竭。有人说是源自上古时部落氏族的建立,始祖黄帝在洧水一带建立了部落号为有熊氏,故而在有熊氏的"有"前加三点水为河流命名;当黄帝老去长逝,子民厚葬始祖于溱水岸边。溱水千年不息,洧水

万载不止，从远古神话、部族传说中涓涓而来，从层层山峦、叠叠峰嶂中汩汩流出，哺育一方苍生绵亘不绝，养育一方百姓和乐多情。

有人说是成周王室礼法有规：仲春时节，允许未婚男女相聚相会，奔者不禁，促成世上姻缘；有人说是郑国风俗长久沿习：三月上巳，鼓励青年男女溱洧游玩，踏青择偶，利于繁育人口。礼法出于国政，自是切合人情，春风沉醉，风华正好，几多少年人情窦萌发，谁不盼望与心上人儿携手比肩？风俗代代相传，自然深得人心，溱洧潺潺，波荡涟漪，几多有情人隔河相望，谁不向往与心上人儿温柔私语？最美好不过是春色撩人，最珍贵不过是红尘年少。听啊，谁人咏唱声声？看啊，谁人载歌载舞？来啊，且享这一刻灿烂时光，且享这一份爱恋欢畅。

一把柳枝，数茎兰草，沾上清清的流水挥洒，消弭除去病疾，祈求福祉降临；一捧溱水洧水洁净啊，兆示着一年好运吉祥，意味着上苍神明降下安康；一把芍药，一蕊兰花，涉过清清的流水离隔，和着款款谣曲，赠送给钟情人；一湾溱水洧水缠绵啊，分明是一道爱恋河流，宛然天上银河落了人间。

谁人轻洒水珠点点清凉，含蕴着花草的芬芳清香？谁家女儿衣袂飘飘青春正好，徘徊河畔啊含笑作歌，祈愿上苍护佑，今朝盛会也能遇见意中之人？谁人撩起下裳踏石渡河，洋溢着满脸的欢喜快乐？谁家女儿环佩叮当妙龄芳华，回首莞尔啊合掌为曲，祈愿心想事成，今朝佳期也将渡过爱情之河？

仲春欢会，上巳佳节，花蕊初绽啊适逢春朝，年少多情啊盼结良缘。赞不尽树上鸟雀成双啼鸣悦耳，赏不完花间蜂蝶结对翩飞动人，八面青山满含了几多温存，溱水洧水又增了几多缱绻，天地间几多欢欣洋溢，心田上几多爱意充盈。

儿男成群，众里寻觅唱几番浓情歌赋，几多谑笑试探，敌不过一瞬时四目相对，人潮里，油然滚烫了谁人绯红面庞？少女逐队，嫣然凝眸歌几章蜜意诗谣，心弦怦然拨动，终沦陷一刹那两心相悦，人海中，坦然唱响了谁人赤诚衷肠？

彼岸的你啊，双眸那样清澈明亮，歌声那样婉转深情，人群中将谁人倩影望在眼里？人流中把谁人笑颜放在心上？水中的我情影倒映窈窕无双，岸上的我笑颜骄傲明丽美好。你啊，看在眼中的是哪一个？你啊，想在心头的是哪一个？

此岸的我啊，甜丝丝听此起彼伏歌谣咏情，酸溜溜看他人携手表白爱恋。一时间十分笃定你确是歌诉爱意，情柔意切，唱响了一曲又一曲遥遥应和着我；一时间十分疑惑你并非衷肠袒露，佳期难求，怎听任一节又一节良辰悄然流逝？

谁人在说，儿男需怀抱一腔诚意啊莫要迟疑，良机在握莫要错失？谁人在说，男子抑或有心怀两意难以抉舍啊，半分动情半分冷落？谁人在说，男人要克服羞涩啊莫要内向优柔，不善言谈就用行动？彼岸的你啊，相爱就要率真坦荡，相爱就要势均力敌，相爱就要鼓足勇气。现在，当下，此刻，且让我看到你的诚心诚意，且让我付出努力无怨无悔，且让我感受你的爱恋热烈。

如果你是爱我想我，提起衣裳涉过溱河。

如果你是爱我想我，提起衣裳涉过洧河。

溱水滔滔，洧水滚滚，浪花层层，涛声阵阵。彼岸的你啊，犹豫什么？等待什么？忧惧河流湍急道路险阻吗？不敢踏水投足怎能够收获甜蜜？忧虑女儿骄傲被拒碰壁吗？不敢大胆尝试怎能够成就爱情？一忽儿爱恋，一忽儿恼恨，一忽儿怜惜，一忽儿惑疑。这心事啊，逐涛随波，生生旋成了急水流涡。万水千山挡不住相爱脚步，有情还是无情，缘深还是缘浅，偏要任性试探。

如果你不是在想我，难道没有别人爱我？

如果你不是在想我，难道没有别人爱我？

芳草萋萋，天涯处处，兰蕊馨香，蜂飞蝶绕。彼岸的你啊，懂不懂得任性是因为女儿家在意？知不知道刁蛮是由于女儿家介怀？望你在眼里，想你在心上，几分矜持要装出来不在意，几分含蓄又怕你转身离去。我是不是你疼爱的人啊？是不是值得更加珍惜？似飞蛾扑火，任意气飞扬，真爱还是不爱，深爱还是浅喜，火辣辣笑一声别样爽直利落，热切切追一句分外柔肠百转。

你这个最痴最愚的傻小子啊！

你这个最痴最愚的傻小子啊！

仲春上巳，溱洧河畔，有多少真情热切，有多少爱意浓烈。在茫茫人海中，在匆匆时光里，多么容易擦身而过，从此错失唯一的你。此刻，我在此岸，问一问你，爱吗？爱就要在一起，一起涉越爱情河流。

如果你是爱我想我，提起衣裳涉过溱河。如果你不是在想我，难道没有别人爱我？你这个最痴最愚的傻小子啊！

如果你是爱我想我，提起衣裳涉过洧河。如果你不是在想我，难道没有别人爱我？你这个最痴最愚的傻小子啊！

早一步错过了，晚一步来不及，彼岸的你，此岸的我，因为爱情，正好遇见……

星光灿烂，溱洧熠熠，仿佛天上银河落了人间。谁人褰裳渡河？谁人携手同歌？有情人啊，心有灵犀，肋生双翼，如今直上银河去，同到那牵牛织女家……

而今才道当时错

***

郑风·丰

子之丰兮,俟我乎巷兮。悔予不送兮。

子之昌兮,俟我乎堂兮。悔予不将兮。

衣锦绷衣,裳锦绷裳。叔兮伯兮,驾予与行。

裳锦绷裳,衣锦绷衣。叔兮伯兮,驾予与归。

错,错,错!东风枉吹,欢情陡然凉薄。

悔不当时留住,前言总归轻负。哥哥啊,想起那一日你来迎亲,春满花枝,欢天喜地,你的容颜丰满润泽,如那红日春晖将霞光普照大地,如那皎月当空将银辉耀遍四野。哥哥啊,心上最美的情郎,举世无双,前来迎娶我成婚。

谁人奏响繁弦急管,无限喜色盈满门阑。有人说是婚姻中常有父母阻挠突生风波;有人说是嫁娶时或有亲族不满言语干涉;有人说是那一刻抑或女儿无礼骄矜赌气……众说纷纭,哥哥啊,徘徊在悠长的里巷,等待着我,不肯离去。

哥哥啊,那一日,里巷中有多少行人将你指点,不怯不懦,你等

待着；而今，我才知道，悔啊，流水落花枉叹情意。哥哥啊，那一日，里巷中有多少乡邻将你议论，不畏不惧，你等待着；而今，我才明白，悔啊，四望暮色空自苍茫。哥哥啊，那一日，里巷中有多少艰难阻隔着你，不退不缩，你等待着；而今，我才懂得，悔啊，弦断朱丝鸾胶难觅。

为何嫁娶突生变故？即或是父母阻挠也可以剖白心迹好语宽解，为何大好姻缘断送？即或是亲族干涉也可以表明立场好言细说，为何驾车亲迎不送？即或是女儿骄矜也须要明晓事理顾全大局……当日种种，化为缥缈云烟，至关至重，至悔没有同行。哥哥啊，那一日，如何能够回去啊，重新来过？

一场寂寞凭谁诉，悔黄昏风雨。哥哥啊，想起那一日你来迎亲，吉服盛装，喜气洋洋，你的身材高大健壮，如那青山巍巍屹立于郊野旷原，如那扶苏大树卓卓然丰茂参天。哥哥啊，心上最爱的情郎，盖世无双，前来亲迎缔结良缘。

谁人弹拂七弦写意，情浓意蜜声声倾诉。有人说是里巷中长久徘徊等待不见消息；有人说是再三来恳求吁请央浼不见动静；有人说是少年担当到阶下堂前不见音讯……众口纷纭，哥哥啊，彳亍在切近的客堂，等待着我，不肯离去。

哥哥啊，那一日，庭阶前亲人或许几度来为难，没有软弱，你等待着；而今，我才知晓，悔啊，一念之差百年分隔。哥哥啊，那一日，厅堂上族人或许几度来冷落，没有怕惧，你等待着；而今，我才明了，悔啊，天高地迥渺渺苍茫。哥哥啊，那一日，客堂前有多少繁难阻碍着你，没有退却，你等待着；而今，我才懂得，悔啊，朱弦崩断谁解离怨？

风乍起，昏乱了男女嫁娶终身大事，暗淡了张灯结彩欢歌笑语；雨横飞，寒凉了一场姻缘喜气融融，消散了琴瑟和鸣花好月圆；波痕生，冲去了六礼亲迎天成之合，流离了心心相印鸳鸯佳偶……当日是非，化作前尘迷离，至重至要，至悔没有同归。哥哥啊，那一日，如何能够回去啊，重续前缘？

你的容颜丰润美好，在那里巷久久等候我啊。而今后悔我没有从行啊。

你的身材高大健壮，在那堂前久久等候我啊。而今后悔我没有随行啊。

风雨临黄昏，花谢碾作尘，暗香，依然如故。

莫，莫，莫！桃花零落，春如旧人成各。

深知身在情长在，何人堪托付？哥哥啊，这一世情意牵系，这一世怎能分离？谁人嫁衣华美锦绣灿烂，谁人一丝一缕织就锦衣，经线根根盼的是百年好和如天长，纬线穿梭望的是比翼双飞同地久，绣成并蒂合欢祈祷与你一生长相钟爱，绘就蚕斯成双祈愿一生厮守白头。哥哥啊，一千丝一万缕理不尽百转柔肠，一万言一千句诉不完痴心缠绵，为你，今日，我穿上了嫁衣！

丝弦重续，弹向指间再谱长情。哥哥啊，花开堪折直须折取，莫待无花空自折枝，如果说上前一步或将是连理不渝，如果说退后一步必将是劳燕分飞，哥哥啊，从里巷到堂前，久久等待，勇敢上前，你已经在先迈步，上前一步又一步。哥哥啊，海不枯石未烂，往事成昨，风波穿过，我而今向前迈步，这一生愿甘苦与共，越激流涉险滩走向幸福，为你，今日，我穿上了嫁衣！

哥哥啊，厅堂上或有父母双亲怠慢冷落，庭阶下或有亲戚族人为难干涉，且任他；哥哥啊，里途中或有邻里乡人评头论足，长巷里或有往

来行人指手画脚，且由他；哥哥啊，那一日没有与你同车而去悔不已，今日里想要与你旧盟重申结同心；哥哥啊，思量复思量，思量耽华年，迈一步执手爱情，求一生幸福共度。

山中采来长葛，谷涧割取苎麻，燃起柴薪精心煮制，潺潺溪畔细致浣洗，葛布质朴洁白，窗下裁量，灯前密缝，做就细麻罩衣。女儿出嫁，依照礼节在华丽锦服上罩一层纱衣素净，既可一路遮尘蔽土更为表达那谦敬之心。在华锦上衣外面，披好了细麻绹衣，在绣绘下裳外面，罩好了素麻绹裳，哥哥啊，只等你来。

不辞遍唱阳春，叠曲遍诉衷肠。哥哥啊，只等见你容颜丰润，只等候你高大身影，重圆美满，和鸣鸾凤；哥哥啊，暮色黄昏吉时良辰，驾车辚辚驱驰长道，等你亲迎，等你娶亲；哥哥啊，你驾轩车风仪翩翩，我着嫁衣同车何美，等你前来，等你同归……那是谁人清歌叠章婉转，不觉若黄梅簌簌，恰似有细雨迷蒙。

有人说那迎亲的车乘人欢马嘶，此来一路辛苦劳顿，迎请的各位小哥哥啊大哥哥啊，驾车回还，我将同往！有人说那送亲的队伍人流如潮，此去一路仰赖关怀，送亲的各位小哥哥啊大哥哥啊，驾车出发，我将同行！有人说那迎亲的新郎同心难得，一路共勉琴瑟和美，喊一声小哥哥啊呼一言大哥哥，驾车回返，我将同归！哥哥啊，只等你来，来与我，今日，再挥按琴丝瑟弦，愿春色满眼眸；哥哥啊，只等你来，来与我，今夕，甫奏出熏风新曲，望人月两婵娟。

锦绣上衣披上纱衣，锦绣下裳罩上纱裙。小哥哥啊大哥哥啊，驾车载我一起同往。

锦绣下裳罩上纱裙，锦绣上衣披上纱衣。小哥哥啊大哥哥啊，驾车载我一起同回。

夜色渐阑珊，山盟托长歌，烂漫，莫负今朝。

长琴啊，久荒复千转，锦瑟啊，无端五十弦，天心月圆，杯中酒满……

生生世世，若流水长逝，花开花落，有容颜丰润，曲四散，人渐远……

风光冉冉东门陌

***

郑风·东门之墠

东门之墠，茹藘在阪。其室则迩，其人甚远。

东门之栗，有践家室。岂不尔思？子不我即。

彼年何年？郑国都城，熙来又攘往，写就了几多人间歌谣，音韵绕梁。

斯人何人？都城东门，风流长蕴藉，传唱着几多红尘爱恋，缱绻缠绵。

东门，朝向太阳，这里是每一个早晨，一道道金辉最早洒落的地方；东门，望来东风，这里是越过了寒冬，春天会姗姗迈步最早来临的地方。

东门，商贾云集，车马如潮热闹繁华，游人云集常见青年男女相会；东门，吉祥之地，祭祀庄严接待外宾，万物出自东方利于生命孕育生发。

有人说墠是巍巍高台，君王建立庙祧坛墠，利于举行那盛大的祭祀典仪。

有人说埠是除草平地，郊野之地经过整治，便于行旅休憩或者聚会欢歌。

东门之埠，那是在巍巍高台之上吗？少年的我登高望远，远望我心上的姑娘。心事萦于怀，姑娘啊，听见了吗？是我正在为你歌唱。

东门之埠，那是在郊野广场之地吗？少年的我参加聚会，遇见我心动的姑娘。一见生钟情，姑娘啊，听见了吗？是我正在为你歌唱。

一带长坡，茜草茵茵。一阵春风吹拂，一场春雨细润，草发勃勃丰茂，一如相思萌生。那蔓草啊，春发秋华，根色黄赤，采得茜根制成染料，染一件女儿裙裳红色鲜艳，染一件大红嫁衣娇美动人。凝神看啊，我心上的姑娘，穿着红色长裙，走过青青草坡。好姑娘啊，是否会有一天，穿上大红嫁衣，成为我的新娘？

步履轻盈，走过长坡，满眼是你身影亭亭，满心是你如画容颜。扪心自问爱恋何来，是浅浅一笑入了眼吗？是微微颔首动了心吗？是流转眼波生了情吗？心上的姑娘啊，你姗姗走过长长茜草坡，电光火石一瞬之间，油然生出万般爱恋，灿然心花盛放芬芳，好姑娘啊，茜草染红衣裙，惊艳春日时光，唤醒少年情肠。

登高复登高，远望又远望。唯愿借得一缕春风，迈过离离茜草长坡，停留在你的家门口，停留在你的窗台下；唯愿借得一抹春晖，洒过柔柔茜草长坡，照拂在你家屋舍前，照拂在你家窗台后；春风遍吹握不住，春晖遍耀挽不就，我心上的姑娘啊，目之所能及，你家屋舍就在那么切近的地方，短短距离，如何越过？

踟蹰复踟蹰，徘徊又徘徊。唯愿捧得一丝心茧，越过茜草细嫩幼芽，浸上浅浅烂漫微红，慢慢牵系你的皓腕；唯愿捧得一片心香，飞过茜草葳蕤碧波，带着淡淡氤氲清芳，轻轻挽系你的青丝；心茧密缠寻端绪，心香缥缈觅归处，我心上的姑娘啊，云朵在天边，你的容颜好像比

那云朵更迢远，遥遥距离，如何越过？

东门之墠，高台巍巍。少年的怀思啊，是那样近又是那样远，分明近在眼前，又仿佛远在天边。我心上的姑娘啊，听见了吗？是我正在为你歌唱，情思缱绻。

东门之墠，广场平整。少年的歌思啊，是那样近又是那样远，分明近在咫尺，又仿佛远在天涯。我心动的姑娘啊，看见了吗？是我正在为你歌唱，情肠缠绵。

东门之外广场平整，茜草茵茵长满土坡。那座家舍近在眼前，那个人儿多么遥远。

东门之墠，高台巍巍，栗树参天枝条葳蕤高低掩映，种植栗树，以备祭祀。栗树滋养万民，大周王室诸侯各国，崇敬视之为祭天神树，被供奉在那神坛祭拜。上至君王百官，下到黎民百姓，每有礼制，依照典仪都用板栗作为祭品表达虔敬。

东门之墠，广场平整，沿着栗树卫护的长陌就会到达。种植栗树，郁郁繁茂，就在东门之外，不在果菜园圃之间，绿化道路又增添风光，是广受欢迎的行道树。周礼有制，国郊四野，道路两旁务必植树，树行整齐标识着道路又荫庇着行旅。

东门之栗，围绕掩映卫护巍巍高台，年少的我远望高台，遥遥听着你的歌声。

心曲动人怀，哥哥啊，我听见了，听见你在为我歌唱。

东门之栗，一路摇曳通往郊野广场，年少的我赴聚欢会，动情听着你的歌声。

心声表衷肠，哥哥啊，我听见了，听见你在为我歌唱。

在那栗树成林的地方，是谁人屋舍俨然？哥哥啊，我家住在栗林深处，父母种下的栗树都已长大成材。那栗木啊坚硬材质优良，纹理直细光泽耐磨，等待着精雕细琢做成了妆奁，欢天喜地陪送女儿出嫁成人，在经久时光中日日不息散发幽香。

在那栗林荫浓的地方，是谁人屋舍俨然？哥哥啊，你家住在栗树丛中，孝敬长辈是谁人奉上甘甜板栗？款待宾客是谁人烹就清香栗实？日暮黄昏，男女新婚，谁人笑看新郎新娘同食栗子，寓意"立子"啊，祈盼吉兆早生儿女，护佑子孙绵延？

在那栗花盛开的地方，在那栗实飘香的地方，屋舍整齐排列，室家岁月静好。栗树自承日月光华，植根厚土枝伸蓝天，春来萌发秋来结实，安享流年谁人心愿？一所屋舍遮挡风雨，二人执手寒来暑往，日出而作日落而息，清欢浮生谁人梦想？

繁花飘落结青果，莫辜负韶华大好。一袭茜裙惊艳，女儿正当年少，哥哥啊，情思如茜草蔓延生发。俨然屋舍谁筑就，莫虚度恩爱华年。惆怅远隔天涯，举步近在眼前，哥哥啊，情肠百转我在栗树下。

东门之栗，环绕高台。少年的怀思啊，是那样近又是那样远，仿佛远在天边，又分明近在眼前。那心上的哥哥啊，听见了吧，我在应声和着你歌，情思款款。

东门之栗，摇曳长陌。少年的歌思啊，是那样近又是那样远，仿佛远在天涯，又分明近在咫尺，那心上的哥哥啊，听见了吧，我在应声和着你歌，情深脉脉。

东门之外种植栗树，整齐排列屋舍俨然。哪里是我不思念你？是你不来将我亲近。

东门之外广场平整，茜草茵茵长满土坡。那座家舍近在眼前，那个人儿多么遥远。

东门之外种植栗树，整齐排列屋舍俨然。哪里是我不思念你？是你不来将我亲近。

东门之外，栗树摇曳处，长歌倾诉，诉不尽的红尘爱恋缱绻。那歌声啊，汩汩流过谁人心田，真切回响，就在耳畔……

东门之外，茜草青青处，和歌清婉，咏不休的人间相思缠绵。那人儿啊，心思无邪细叙款曲，抬眼望远，漫指云端……

风雨鸡鸣君子来

＊＊＊

郑风·风雨

风雨凄凄，鸡鸣喈喈。既见君子，云胡不夷！

风雨潇潇，鸡鸣胶胶。既见君子，云胡不瘳！

风雨如晦，鸡鸣不已。既见君子，云胡不喜！

相思苦，看遍世间千番情，最是无尽离别间，繁花飘零，叹水长流。

听见，风掠过树梢，呼呼，呼呼，呼呼地吹，吹得衾枕冷似铁，吹得遍体寒凉彻，你啊，不在身旁；听见，雨敲打梧桐，滴答，滴答，滴答地落，落得苔痕阶上绿，落得一地憔悴损，你啊，在我心上。

风雨凄凄夜，最是怀人时。问谁家院落风入不生寒，问谁人疏窗斜雨不增冷，寒风僵冻了指尖，冷雨冰封了眉梢，如梦非梦，仿佛风雨中传来隐隐消息，你在哪里啊？是不是已在来途？那足履踏过一路泥泞，行色匆匆跋过山岭的人啊，身上衣衫是否已被雨珠落满？那南麓的大树啊，有没有沿途撑开遮蔽大伞？那北坡的茜草啊，有没有将那行人牵绊缠缚？夜色浓重，披衣复挑灯，窗外鸡鸣喈喈作声，一声微细众声相和，已是三更。夜半更兼风雨，你啊，此时身在何方？为你，一再拨亮灯光，想要，在如磐暗夜里，穿透一线的希望，指引一路的方向，千万

莫止步啊，千万莫迷途啊，我就在这里，等候着你。

风雨潇潇夜，声声动人情。细数着一阵一阵的风声，漫听着滴滴答答的雨声，寒风吹刮不胜忧，冷雨荒芜人嗟叹，若有若无，仿佛风雨中传来依稀音声，你在哪里啊？是不是已过半途？那腿脚走过一路泥淖，风尘仆仆涉过溪泽的人啊，鬓边发丝是否已被雨丝浸润？那东泽的荷叶啊，有没有时时倾洒碧玉青盘？那西溪的红鲤啊，有没有双双泼刺跃出水波？夜色深沉，枯坐面清灯，窗外鸡鸣胶胶声动，音响渐大同声渐高，已是四更。深宵更著风雨，你啊，此时人在何处？为你，再三沉思往昔，长忆，同指星汉璀璨，隔风隔雨坎坷多，满目山河空念远，千万莫畏寒啊，千万莫惧难啊，我就在这里，思念成疾。

风雨夜如晦，绵绵无绝期。四面风吹不尽无止无息，八方雨落不完无休无歇，寒风丝丝入髓骨，冷雨点点湿心尖，似隐似现，仿佛风雨中传来模糊问讯，你在哪里啊？是不是已近家门？那身影踩过一路泥水，碌碌劳顿奔波长道的人啊，眉角眼梢是否已有雨滴滑落？那驿路的长亭啊，可记得昔时分别杨柳依依？那郊野的阡陌啊，可无语今夜归人风雨霏霏？晨色晦暗，独立对孤灯，窗外鸡鸣声声相续，天色欲曙天光将亮，已是五更。黎明更有风雨，你啊，此刻人在何地？你我，饱经艰难困苦，风雨，更在红尘痴缠，思念随风无据依，爱恋如雨打流萍，千万莫迟滞啊，千万莫犹疑啊，我就在这里，一念欢喜。

人生浮沉，总有许多身不由己，情意犹在，总盼一生温暖相知。也许曾经被造化弄人阻挠隔阂，也许向来受尘世诸般阴差阳错，也许行役征战泣血长思，也许谋生他乡离别日久，也许当下，也许永远。

风雨又起，长夜漫漫，我在等待，忍着无尽的苦，等待着啊那一刻的甜。

相见欢，缥缈云烟开画卷，眼前人是心中人，愿得长久，喜共婵娟。

雨声潺潺，满耳是思念的长溪淌流永不停断，像是一生一世都将会住在溪边；风起四围，满眼是思念的云烟弥漫天地之间，像是日日夜夜都将会沉陷云中。不见你来，我在雾中翘首张望，我在溪边守着残灯；倒宁愿天天都有风雨，我会以为你只是因为风雨不来。

风雨凄凄，鸡鸣守时。一夜分五更，半夜三更鸡鸣头遍，鸡鸣两遍四更夜深，鸡鸣三遍五更将晓，长夜里，等你，一更复一更，屈指数鸡鸣。谅我心有所怀，思绪动荡难定，且挨长夜良久，何能短暂成寐？形单影只辗转在风号雨注，患忧那无边黑暗，幸亏得奋扬不已鸡鸣声声，长存着光明希望。大河上下，古往多少离乱颠沛岁月，忧怀无尽从中来，叹息连连通鸡鸣；青山内外，今来多少寻常田园村舍，有狗吠于深巷中，有鸡鸣在桑树颠；风雨一灯，眼前几度夜阑惆然卧听，长恨鸡鸣别时苦，怕将鸡栖近窗户。若梦，骤然相见，你来，何欣何欢，雄鸡一唱天下白。

风雨潇潇，君子来至。有人说这君子啊，是面临乱世风雨侵袭，彰显德高贞洁之风，立身行己，不改其度，为天下生民树立榜样，在暗夜带来希望光亮，人世多忧患，人生逆境下，当始终如一，坚守原则不易气节；有人说这君子啊，是远行的丈夫历经沧桑千难万险，终于和长久别离的妻子重逢团圆；有人说这君子啊，是长夜女子朝思暮想的心上情人，意中人信守诺言，满身风雨来践约；有人说这君子啊，是鸡鸣声声风雨交加中故人来归，夜深人静叩柴扉，最难风雨故人来……暗夜中存希望，晦暗中盼光明，乱世歌君子，久别念夫君，心上思情人，风雨望故人。

既见君子，云胡不喜！夜半三更盼着天明，风雨连绵盼望晴空，若是盼得君子来啊，心田花开朵朵争艳。莫说那尘世到处多波折，莫说那岁月虚度多波澜，人生漫漫几多阴差阳错，风雨今夕，既见君子，舒了笑颜，展了眉额，茫茫心海里，浪涛息止波澜安平；莫说那年深岁久隔

天涯，莫说那谋生奔波家园遥，一生偕老几多苦乐甘酸，风雨今夕，既见君子，消了愁忧，解了叹息，悠悠心头上，百孔千疮霍然痊愈；莫说那思到浓处又惑疑，莫说那念到深处又感伤，执手如梦几多两心相悦，风雨今夕，既见君子，髓骨生温，脸颊透暖，浩浩心宇内，如潮滚滚无尽欢喜。

雨声潺潺，恰似相思的长溪，淌流永不停断，愿你我今生今世啊，都相会在溪边；风起四围，恰似相念的云烟，弥漫天地之间，愿你我日日夜夜啊，都相聚在云烟。既见你来，欢喜无限，你我殷殷互诉心扉，你我溪边挑灯相伴。倒宁愿天天都有风雨，你我二人，守着窗边，话着风雨。

风雨又起，时光漫漫，你我与共，忍了无数的苦，沉醉在了那一刻的甜。

风雨交加凄凄寒凉，鸡鸣喈喈众声相和。既然已经见到君子，心情怎么会不平静！

风狂雨暴潇潇急骤，鸡鸣胶胶同声高大。既然已经见到君子，心病怎么会不痊愈！

风雨连绵昏暗如夜，鸡鸣声声相续不已。既然已经见到君子，心里怎么会不欢喜！

风雨又起，长夜漫漫，我在等待，忍着无尽的苦，等待着啊那一刻的甜……

风雨又起，时光漫漫，你我与共，忍了无数的苦，沉醉在了那一刻的甜……

听啊，风里清音渐渐，听啊，雨中曼歌沥沥，一声雄鸡长鸣，亮了天下……

青青子衿　悠悠我心

***

郑风·子衿

青青子衿，悠悠我心。纵我不往，子宁不嗣音？

青青子佩，悠悠我思。纵我不往，子宁不来？

挑兮达兮，在城阙兮。一日不见，如三月兮。

春风煦暖啊，年年吹绿郑国大地；歌谣飘荡啊，岁岁传唱山川城野。

那一日，城阙之上，是高远无际的青天；那一日，青天之下，是无尽等待的我啊。

你那青青深衣交领，悠悠绵长萦绕我心。纵然我没有去会你，你难道不能够寄传音信？

你那青青佩玉绶带，悠悠绵长缠绕相思。纵然我没有去会你，你难道不能够过来？

独自徘徊来往走动，在那城门望楼之上。一日没有见到你啊，如同三个月那样长。

等你，在春风里，你那青青深衣交领啊，悠悠绵长萦绕着我的心田。

深衣典雅，衣裳相连，被体深邃，雍容端方，礼记有制，要合乎

规、矩、绳、权、衡。上衣用布六幅，下裳用布六幅，上衣下裳在腰部缝合成为一体，十二幅布象征一年十二个月；圆形袖口如规，是为举手投足都要合乎礼仪；方形交领如矩，象征德行端方做事合乎准则；背缝直如墨线，从后背到脚跟象征品行正直；裳衣下摆平齐，如秤杆秤锤权衡公平不偏颇。一袭深衣，可以为文可以为武，可做傧相可治军旅，朝服祭服之外，深衣最好。

青青子衿，悠悠我心。你我分别断了音讯，是谁离肠截做百寸，心儿恰似蛛丝细网，中间打成万千情结，那从夜至昼默默吐丝的蛛儿啊，是要把什么紧紧拴在一处？青赤黄白黑，五色是为尊。有人说那青青衿领啊是深绿之色，充满生机，是翩翩年少的学子衣服颜色；有人说那青青衿领啊是纯黑之色，礼制有规，是父母健在的男儿衣服颜色；深绿抑或纯黑，皆属正色为贵，现在的我，是在想念那青青的衿领啊，是那穿着青青深衣衿领的人啊。

繁花满城，如锦似绣，黄莺歌婉，风光旖旎，不负春色大好，粉蝶双双对对。数声杜鹃遥遥鸣啼，惜惋春光烂漫终将凋谢，转眼间枝头梅子青青如豆，转眼间暮春黄熟零落烟雨。那是谁家女儿临窗凝眸，淡黄衣衫初着，为这春光增添出几多明媚；那是谁家女儿水畔驻足，茜袖点点沾染，那斑斑的是泪滴还是水珠？徘徊，眺望，你那青青的深衣交领，那么久，那么久也看不见。怎么能够这样忍心，纵然我没有去会你，你难道不能够寄传音信？

等你，在春风里，你那青青佩玉绶带啊，悠悠绵长缠绕着我的相思。

大道通衢，行人往来，人群嘈嘈，川流不息。跂足四望，张望打量着那来来往往的路人，风吹过又一次，日上升又一竿，目之所及心之所向唯独有你啊，望酸双眸心乱如麻揣测几度。苦等并非良策，无非是女儿家一番相思袒露；谁人一望情深，情深多要承受无端苦涩相思；多情总恼无情，欲说万千相思奈何忧从中来；耳畔佩玉叮当，蓦然回首满含期待又不是你。一城行人，遍寻不见心上身影，漫长等待愁煞谁心，往日历历在目，念念在心。

青青子佩，悠悠我思。你我分离不见影踪，是谁植树城墙脚下，一树梨花洁白胜雪，晴空之下散着芬芳，那千道万道灿烂温暖的日光啊，是要把什么温柔抱拥抚摸？玉为石之美，君子长佩玉。有人说那青青子佩啊是你的佩玉，莹洁温润，君子比德于玉无故玉不离身；有人说那青青子佩啊是佩玉绶带，举手投足，步态从容温文尔雅蕴藉风仪；佩玉抑或绶带，挽系你我情意，现在的我，是在想念那青青的佩玉啊，是那结着青青佩玉绶带的人啊。

城外春草，离离茂盛，滋生蔓延，生机勃勃，装点大地如茵，碧溪涓涓流淌。护城河水幽深宽广，水面清澈倒映晴空如洗，一脉青山蜿蜒起伏峰岭峭，一抹微岚淡云烟紫氤氲升。那是谁家儿男泛舟碧溪，放声引吭高歌，为这春色添加出几多况味；那是谁家儿男杨柳陌上，一路风尘仆仆，那匆匆的是出发还是归程？彳亍，远望，你那青青的佩玉绶带，当初细织挽，千丝缠百结。怎么能够这样狠心，纵然我没有去会你，你难道不能够多加体谅？

等你，在春风里，青天是那样高远无际，徘徊又徘徊受着相思熬煎。

有约不见，流连城阙，紫燕双飞，参差比翼。有人说城阙是城门两边的望楼高阙，高台望远风景别样也可悬挂政令；有人说城阙是围绕城市的绵长城墙，登临巍巍高墙一览尽望城市内外；有人说城阙是交通往来的宽阔城门，青年男女惯常相约相会首选之地。几度来回，盘桓往复。望楼高耸入云，问楼有多高，如何比得相思汹涌滔天？城墙漫漫绵

长，问墙有多长，如何比得相思无尽绵长？城门宽广阔大，问门有多宽，如何比得相思无边辽阔？

挑兮达兮，在城阙兮。远山桃花夭夭红艳，如火热烈灼灼烧燃，山麓之下一河春水，拍山流过脉脉依恋，桃花芳菲惹人沉醉啊，你的情意曾比桃花还要红得热烈，是否像娇艳蕊朵容易凋谢随风飘逝呢？一河春水淌流清愁啊，我的爱恋比春水还要纯净澄澈，如同那绕山流淌的河水无尽又无休啊。世上都说那美玉珍且贵，谁人知道有情犹为难得，彷徨复踌躇啊，眉梢浅蹙幽幽怨艾，望眼将穿心事缭乱，不见你来无着无依，不闻音信张皇焦虑。

一日不见，如三月兮。等待再等待，思忖又思忖，仰望高天，天色青青一如穹顶，遥瞰郊野地势沉沉，借问那天下有情人，世上有多少痴情者，谁曾相思成灾？谁正度日如年？前走一步后退两步，只为个你踟蹰不息。谁人相思深挚？谁人沦陷到底？如何说得清楚，如何道得明白，来来回回脚步不停，兜兜转转环顾张望，任它沧海桑田，深情不衰不变，心烦意乱相思不能止停。骤然发觉自己深陷爱恋，明明是一日不见，却如分别了三月漫长！

你那青青深衣交领，悠悠绵长萦绕我心。纵然我没有去会你，你难道不能够寄传音信？

你那青青佩玉绶带，悠悠绵长缠绕相思。纵然我没有去会你，你难道不能够过来？

独自徘徊来往走动，在那城门望楼之上。一日没有见到你啊，如同三个月那样长。

人不见，心怀忡忡怅然寻觅，淡淡远香粉蝶如梦，一带绿树黄鹂时鸣，是一日也是三月，是一日也是百年，青青子衿，标识着学子之风，悠悠，为你。

人不见，恍惚望见似是却非，飞花飘零漫随清风，夕阳落低山岚烟紫，是一日也是三月，是一日也是千载，青青子衿，咏叹在红尘世间，悠悠，为你。

青青子衿，悠悠我心，在那一日，是谁人啊，在城阙上徘徊又徘徊……

但为君故，沉吟至今，百年千载，是谁人啊，在传唱着我心复我思……

相依贵在相知心

***

郑风·扬之水

扬之水，不流束楚。终鲜兄弟，维予与女。无信人之言，人实诳女。

扬之水，不流束薪。终鲜兄弟，维予二人。无信人之言，人实不信。

扬之水啊，不流束楚，扬之水啊，不流束薪，随风传布到那四乡，顺水流播回响耳畔。

青山依旧，山林盛茂，一方流水多平缓，风吹丛草伏两岸，几多人家啊就在岸上住，听惯了樵夫的清歌，看惯了渔夫的逍遥。

弟弟啊，你看那两根树枝，分别漂浮水面，虽然流水缓缓，轻易就被冲击流远。弟弟啊，你看成捆柴薪，牢牢抱系一团，虽有细弱水流，怎么能够冲泛撼动？你我兄弟啊，如果像这水面树枝，不能同心同德，就会被那或是有意或是无意的流言离间，流言会像这流水一样，轻易离分了冲远了兄弟情分；你我兄弟啊，如果像那柴薪抱捆，持久团结一心，任由那些或是有意或是无意的流言短长，流言会像这流水一样，无法离分冲远你我兄弟情分。世上流水无断无绝，人间流言无止无休，你我兄弟啊，怎能为流言所左右，任由流水分开骨肉？世上流水转眼而逝，人间兄弟至亲一体，你我兄弟啊，一生手足相依相顾，不困流言不可相残。弟弟啊，从前种种已是长随流水，抛却流言今日摒弃前嫌，你我二人一心同体，在纷纭尘世，手足情深重，相扶又相助。

弟弟啊，父母双亲抚育你我成人，含辛茹苦教诲相爱相亲，盼的是兄友弟恭，望的是家庭和睦。弟弟啊，家族之中本来人丁稀少，既无伯叔终鲜兄弟，唯有你我二人相伴，天地那样浩大而骨肉无多，岁月无情轮转何堪再离？从牙牙学语到蹒跚学步将你抱持，从卧剥莲蓬到山林捕猎与你同往，从翩然少年到成人仪礼伴你同历。一起在春风里奔跑追逐，一起在夏雷中彼此安慰，一起在秋野上呼喊弋射，一起在冬祭上庄重祝祷。多少人羡慕你我兄弟并肩偕行，多少人赞叹你我兄弟齐心合力。弟弟啊，为兄心意从来不会更易，兄弟相守一生相依，相互关照相互疼惜，骨无肉将枯，肉离骨成泥，你我兄弟骨肉怎可分离？有什么隔阂不能哗然消融？世间几多兄弟相互疑猜，起始多因谗言离间，弟弟啊，若流言将你迷惑，若飞语令你生寒，你要信我，至亲至重坦荡荡。

弟弟啊，昨夜梦中可曾听见鸿雁惊鸣，兄长我恍惚在梦里又似清醒中，见月华满地，霜结前庭，渗渗冷汗濡湿了衣襟衾被。梦里是你迷失浓雾愈来愈远，梦里是我焦急万分陷沉沼泽，想喊却喊不出声音，想追却迈不开脚步。弟弟啊，兄长我只感觉心肠绞痛，不由得浊泪横流；弟弟啊，兄长我并不怕陷身泥沼，却怕你陷身迷雾。骤然觉醒四顾死寂，长夜漫漫无人倾诉。犹记得往日里常指认天穹星辰，你和我也曾感叹天际孤星栖惶。弟弟啊，兄弟骨肉怎能为流言迷雾障

眼，兄弟至亲怎能为猜嫌沼泽溺陷，他人即或与你亲昵接近，无端碎语由晨朝到日暮，须知道人情多翻覆，平地也倏忽成河溪，凭空兴风作波浪。慎勿轻信慎勿猜疑，兄长与你骨肉筋脉相通相连，他人匿存私念实际口吐诳语，一旦生隔阂，欺骗四面起，弟弟啊，细想想，如何能信他人而疏远兄弟？

激扬的河水啊，不能漂起一捆荆条。没有兄长没有弟弟，只有你和我来相依。不要相信他人的闲话啊，他人实在是诳骗你。

激扬的河水啊，不能漂起一捆薪柴。没有兄长没有弟弟，只有你我二人相依。不要相信他人的闲话啊，他人实在是不可靠。

青山相连，山林绿翠，一方流水听潺潺，风吹丛草传笑语，谁人把酒话今昔，不可轻信他人啊，无来由兄弟间起猜忌，声声劝诫至真至诚，句句砥砺温暖肺腑。

结发为夫妻，恩爱两不疑。两姓婚姻，束薪成礼。夫君啊，当日里你手执斧斤前去山林，意气风发择取柴薪砍伐，伐断荆条要那又长又直，砍取树枝要那粗壮耐烧，束一捆荆条啊笑意溢满你的眼角，束一捆薪柴啊欢歌回旋你的唇边；夫君啊，黄昏时你亲迎驱车骏马飞驰，銮铃和鸣洒下一路喜悦，点燃荆条清香氤氲弥漫，点燃柴薪火光熊熊冲天，荆条捆束坚牢啊如你我情定一生，柴薪扎缚结实啊如你我心系一体；夫君啊，束楚芬芳令人沉醉，束薪火光历历在目，夫妻本同心，情意永缠绵。激扬的河水啊，不能漂起束楚束薪，是哪里流言渐起，是何处飞语散布，碎语闲言渐生嫌隙，积毁销骨心何痛惜，任那流言如河水日夜不息。夫君啊，你要信我，夫妻一体如束楚束薪亲密，风起阵阵，梧桐影疏。夫君啊，无惧那寒夜多冷寂，只要与你终老相守，温暖相依。

执手度生平，山盟白发生。苍天高远，大地辽阔。夫君啊，一生勿匆短促，两人不离不弃，一朝一夕盼眼里常映你的笑颜，夜深人静时分愿与你倾心畅谈，恩恩爱爱一起为那柴米衣食奔波，即使劳累也是甜蜜，亲亲热热共同走过春夏秋冬岁月，酝酿出醇厚的深情。夫君啊，途路迢遥来日方长，风风雨雨一齐珍重，盼你与我，愿夫与妻，不负这一世尘缘，不负这一生真意，即或遭遇凄风苦雨，也信守得云开雾散，同看那月华如水，澄澈了天地清明。萋萋芳草已渐萎黄，激扬水流不止不休，是谁人在夜空下弹奏起清怨的瑟曲，丝弦声声似乎听闻风声悲凉雨声哀伤？是谁人在等待中憔悴了如花的容颜，秋雁南回时岁向晚暗夜久长更漏细数？夫君啊，举目共望天上星月，看那星儿高高悬，忧那云烟掩弦月，虔心祈愿我为星来君为月，云开烟消啊流光彼此辉映。

风雨多珍重，结缘不负君。月盈月亏，星光闪烁，夫君啊，什么样的缘分让你我缔结同心？什么样的真心让夫妻相依如命？明月别枝，惊飞鸟雀，夫君啊，秋草满覆霜花会不会一夕老去？寒蛩长吟短嘶是不是怀侣思伴？举杯邀月且满饮，对酒当歌宜遣怀，夫君啊，人世遥遥羁旅，何幸与你执手，花开可以复见，转瞬却已飘零，残憾虽然常有，愿莫使今生留，别家女儿多有兄弟依靠，我的娘家没有兄长弟弟，唯有与你长相守啊，一心想与你长相依！夫君啊，北方的骏马依恋着北风气息，南方的鸟雀眷顾着朝南树枝，真心实意依恋着你，满心满意眷顾着你，别人流言如浮云遮蔽日月，他人飞语如水流冲击束薪，夫君啊，人心叵测多欺诳，由来闲言推波澜，岂能目盲容那浮云蒙蔽日月？岂能忍心让那流水冲散束薪？夫君啊，细想想，相依相知他人怎能胜过你我？

激扬的河水啊，不能漂起一捆荆条。没有兄长没有弟弟，只有你和我来相依。不要相信他人的闲话啊，他人实在是诳骗你。

激扬的河水啊，不能漂起一捆薪柴。没有兄长没有弟弟，只有你我二人相依。不要相信他人的闲话啊，他人实在是不可靠。

青山相连，山林绿翠，一方流水听潺潺，风吹丛草传私语，谁人执手话今昔，不可轻信他人啊，不提防夫妻间出隔阂，声声劝诫至真至诚，句句砥砺温暖肺腑。

　　扬之水啊，不流束楚，扬之水啊，不流束薪，随风传布那八方，顺水流播越过千年……

弱水三千，只取一瓢饮

***

郑风·出其东门

出其东门，有女如云。虽则如云，匪我思存。缟衣綦巾，聊乐我员。

出其闉阇，有女如荼。虽则如荼，匪我思且。缟衣茹藘，聊可与娱。

春风吹暖郑国山河，如锦似绣；都城东门永是繁华，人烟阜盛。

熙熙攘攘的商贸交易，是东门不改的底色，来来往往的各国使节，是东门不变的背景。倾国盼望着，倾城盼望着，终于啊，盼来了仲春时节，那欢欢喜喜的青年男女啊，纷至沓来，笑语盈盈，在东门之外，晕染一派最烂漫、最旖旎的美好风景。

溱洧水流初暖，远山残雪消融，柳树梢头吐露出点点鹅黄，杏蕊绽放枝头有蜂飞蝶绕，春意闹，春光俏，仿佛人间的一切美好，都在春风里沉醉荡漾。悠悠碧空之下，板栗亭亭丰茂，微醺暖风之中，乱花迷人眼眸，东门之外，最是风光无限。

万人空巷，举国欢欣，车马喧喧，人流如潮。或是驱车御马，快

意驰骋，或是呼朋结伴，步履匆匆，几多人心存爱恋希冀，几多人暗怀爱情期许，来到东门之外，来到溱洧岸边，来参加高禖祭祀，来迎接春日欢会，来踏青踩水游春，来相聚秉兰对歌，来邂逅一场情缘，来相遇一生姻缘。

城高池深，东门宽阔，东门之外，有女如云。芳草地上，几多年少人啊相见相约，相约相依等待那月上柳梢；碧水之畔，几多年少人啊梦里相会，相会相偎期许那星汉灿烂。丽日东升，春晖融融，天上有霞光万道炫目斑斓，地上有女子众多夺目惊艳。红妆浅黛，顾盼生辉，一队一队的女子啊，鲜艳明丽，好像那彩云片片落了人间，一片一片光芒四射迷离着眼眸，叩动了年少儿男的情扉，缤纷多彩啊，看也看不完的目酣神醉，总使谁人陶然耽溺？

曲城绵延，重门巍巍，东门之外，有女如荼。桃花坡前，几多妙女子啊美目巧笑，眼波流转顾盼那风拂杨柳；青山之麓，几多少年郎歌喉嘹亮，情热似火引燃了半坡杜鹃。春草茵茵，花枝招展，身旁有盛装华服佳人如织，眼前有香雾云鬟丽人涌动。珠围翠绕，千娇百媚，一队一队的女子啊，青春貌美，好像那白茅丛丛遍野遍山，一丛一丛摇曳动人飞扬着情思，启开了风华儿郎的情窦；婀娜多姿啊，数也数不尽的心甘情愿，长令谁人甘愿沦陷？

都说彩云斑斓，五色多绚彩啊，且令谁人眼花缭乱心神迷离？或是晨朝，或是日夕，每每时间消逝，彩云易黯淡啊，荼花易衰败啊，色彩褪去再难涂染云影轻盈花容鲜亮；或是强疾，或是徐缓，每每一阵风过，彩云易流散啊，荼花易凋零啊，飘荡天外，再难寻觅云影行迹，花容旧痕。

都说众女明艳，姿色撩拨人啊，且令谁人心弦怦然心旌摇摇？或是平淡，或是坎坷，每每流年若水，美色易晦陋啊，倩影易臃肿啊，鲜艳零落再难招展丽颜妖娆倩影轻盈；或是富贵，或是权势，每每诱惑当前，美色易纷去啊，倩影易别离啊，深宅高院，再难探求佳人妩媚，倩影萍踪。

东门之外，倘徉信步，虽说有女如云，任由几多惊艳夺目，任由几多美色流连，众女如流云啊，随风流逝，片时片刻也不会在我心上。百转千回，众里找寻，一想起你啊，我的姑娘，我的心上人，不由得我眉梢间满含笑意。

曲城之外，徘徊漫步，虽说有女如荼，任由几多喧闹浮华，任由几多倩影徘徊，众女如荼花啊，随风飘散，半时半刻也不能属我意中。千折万绕，众里追觅，一想起你啊，我的姑娘，我的意中人，不由得我唇角边现出笑容。

我的心上人啊，一袭缟衣，洁白素净，自有德行坚定，自有温婉深情。无须金玉其外，无须鲜衣浓妆，不必巧笑善睐，不必艳光四射。怎能忘怀啊，那一条佩巾青白雅洁，色如苍艾早已牵系我心。佩巾左悬啊，我的好姑娘啊，是待嫁之人。几度梦中吉日黄昏，张灯结彩燃起柴薪。愿能与你结缡成婚，愿能与你执手相依。任由一岁岁群芳竞艳，任由一年年时光飞逝，油盐柴米，岁月安然，展眼世上繁花无穷无尽，心田之上一株青艾苍苍，一生一世，幽微暗香。

我的意中人啊，一袭缟衣，质朴无华，自有品行良善，自有实意真心。无须盛装华服，无须颜色撩人，不必浮夸轻狂，不必美貌非凡。怎能忘记啊，那一条蔽膝茜草染就，色泽绛红早已拴系我心。蔽膝悬垂啊，我的好姑娘啊，有礼又有仪。几度梦中吉日良辰，鼓乐悠扬琴瑟和鸣。愿能与你蔽膝成礼，愿能与你合卺相敬。任由一天天彩云卷舒，任由一天天光阴飞度，一蔬一饭，流年静好，展眼天穹云霞变幻莫测，心田之上一方茜草葳蕤，一生一世，痴意赤诚。

岁月有常，四季变换，想要共你陶醉春风飘逸，想要同你夏夜听雨绵绵，想要和你静观秋虫呢喃，想要与你仰望雪花漫天。浮生几多清欢，日常几多喜悦，有了你，就有了逍遥开怀。隔着溱洧河水，是你，是你，一袭缟衣，嫣然回眸，甜蜜如滔滔河流啊，一刹那奔淌在我的心间。任美女众多如扰扰彩云，我有了你，不由得知足欢喜，不由得欢笑声声。

沧海桑田，白首不易，想要共你流连春光烂漫，想要同你诉说心底思念，想要和你沐浴春阳暖照，想要与你倾吐心中真情。红尘风起云涌，日常花开花落，有了你，就有了无尽欢愉。比肩东门之外，是你，是你，綦巾茹藘，笑颜纯真，幸福似日月灿烂啊，一霎时明媚照我的心田。任美女浩繁如纷纷荼花，我有了你，不由得无限欢愉，不由得笑语连连。

走出那都城的东门，女子众多好似彩云。虽然女子多如彩云，却都不是我心上人。那白衣绿巾的人儿，才能让我欢乐开怀。

走出那外城的城门，女子众多如白茅花。虽然女子多如白茅，却都不是我意中人。那白衣红巾的人儿，才能使我感到欢愉。

出其东门，任繁华浮云，情深而独钟。绵绵的歌诗啊，流布于千年时光，飘洒着瓣瓣心香……

有女如云，任弱水三千，只取一瓢饮。款款的诉语啊，传扬到四面八方，回荡着阵阵涟漪……

芳草连天露华浓

***

郑风·野有蔓草

野有蔓草，零露漙兮。有美一人，清扬婉兮。邂逅相遇，适我愿兮！

野有蔓草，零露瀼瀼。有美一人，婉如清扬。邂逅相遇，与子偕臧！

那时候，远距都城百里的地方谓之郊，在那郊外更远的地方，谓之野。

那风土，群山绵亘峰岭叠翠，溱洧长流碧水悠悠，郊野广袤芳草青青。

那人情，淳朴热烈，男女邂逅许可两情爱恋，君子相遇赞美贤德情浓。

那歌诗，自然流露，深情款款倾诉万千衷肠，情深义重发自肝胆肺腑。

那野外，春来冬去山水正好，秋来夏去风月正美，邂逅相遇与子偕臧……

仲春时节，东风轻柔，吹绿了山野叶芽草尖，吹暖了心田情思萌发。大道之上，是谁人驾御轩车有女同行？銮铃应和笑语，旌旗灼目鲜明。阡陌之中，是谁人翩翩徘徊在扶苏树下？是谁人溯洄流连于隰泽荷畔？原野之地，有几多是人生初见情愫萌生？有几多是夙昔相知邂逅情动？那山川长在，那流光易抛，借问，人间春朝能几何？莫负了春风一度。

是那山麓茂繁的一方，是那溪壑幽深的一隅，是那丘陵起伏的一所，是那原野无垠中一处，俯仰，四望，蔓草延伸，生长旺盛。一节一节绿茎啊，细长又柔韧，或匍匐在地舒展四方，或依附林木攀缘而上，或缠绕草丛相依相生；一芽一芽嫩叶啊，新发方初萌，如碧玉凝结光泽鲜润，如至纯玉翠颜色泛漾，如绿绶丝绦素手织就。林茂树高，蔓草岁岁傍附，原野广阔，蔓草年年依缠。男儿啊已长成，一如山林原野上的大树挺拔。中意的姑娘啊，何时能如蔓草绕系温柔相偎？露华凝聚无声，一颗颗如珍珠圆润晶莹，心之所思啊，能否像这露珠一般得以聚团圆满？心之所念啊，能否像这晶莹露华一般降临滋润？

是在那辚辚马车之上，是在那步履从容之途，是那迎面而来的交错，是那无意回首的一瞥，电光，火石，眉目清扬，无比美好。眉黛一似远山啊，清朗又明净，舒展在苍穹天际之下，依附在无垠大地之上，慧质灵动气韵何依依；双眸一似露华啊，澄澈又晶莹，凝目时清亮纯洁良善，善睐时流转春水波澜，顾盼之间现俊采神飞。眉清目秀，一汪柔情如水，气爽神怡，温润心田如露，懵懂间等待啊，原来是只为了这春野外的你，美丽的姑娘啊，而今我已沉醉在你的眼波里。

露华浓心曲扬，一声声是春草承蒙甘霖。心之所思啊，竟然像这露珠一般顺应天时圆满。心之所念啊，何其幸福露华降临我身滋泽深肠！

邂逅，在我翻越过千山溪壑，在我跋涉过水泽丘坡，在我驶过无尽的大道，在我行过纵横的阡陌，是不是天机早经预决？只为待这春草初发，只为待这春露初生，酿一场不期而遇，甘美了衷肠，原来啊，你也在这里。

邂逅，在我漫数过流年几回，在我怅惘过韶华几度，在我经过繁华的都市，在我历过喧闹的城邑，是不是良缘早已注定？只为见你眉梢蕴意，只为见你眼波依依，酝一场不期而会，甘芳了肺腑，原来啊，你也在这里。

野外蔓草葳蕤繁茂，零落露珠颗颗圆润。有一位美丽的姑娘，眉目清扬无比美好。不期而会遇见了你，多么合乎我的心愿！

野外蔓草萋萋连天，零落露珠无边晶莹，有一位美丽的姑娘，无比美好眉目清扬。不期而会遇见了你，多么欢喜与你相爱！

歌婉真心，曲赋真情。你我相遇，蔓草青青连天碧，露华莹莹映日浓，执子之手，与子偕臧，向那蔓草更深处，春风满面，踏露而行。

金秋时节，西风吹高爽，吹拂着山野花繁果香，吹醒了心中怀人之思。大道之上，是谁人驾御轩车赴野问贤？銮铃和鸣回荡，旌旗灼目鲜明。阡陌之中，是谁人偕行弋射长空飞鸿雁？是谁人同着青衿赋歌相问答？原野之地，有几多是人生初识惺惺相惜？有几多是夙昔相知高山流水？那山川长在，那流光易抛，借问，人间秋夕能几何？莫负了秋月冰壶。

是那山麓茂繁的一方，是那溪壑幽深的一隅，是那丘陵起伏的一所，是那原野无垠中一处，俯仰，四望，蔓草延伸，自在生长。一节一节茎脉啊，细长又柔韧，或匍匐在地舒展四方，或依附林木攀缘而上，或缠绕草丛相依相生；一片一片叶掌啊，秋来竞自由，或碧绿苍翠生机盎然，或悄然报秋微泛金黄，或西风迎凉透出红绛。林茂树高，蔓草得以傍附，原野广阔，蔓草方能依缠。男儿修德有成，一如山林原野上的大树高耸。贤德的君子啊，何时能如蔓草绕系相辅相成？露华凝聚无声，一颗颗如珍珠圆润晶莹，心之所思啊，能否像这露珠一般得以成就圆满？心之所念啊，能否像这晶莹露华一般应时降临？

是在那辚辚马车之上，是在那步履从容之途，是那迎面相逢的际会，是那无意相遇的交谈，电光，火石，眉目清扬，无比美好。长眉一似远山啊，清朗又明净，舒展在苍穹天际之下，依附在无垠大地之上，气韵灵动相知何依依；双目一似露华啊，幽邃又明亮，凝神时心怀家国苍生，话语中孜孜修身持德，天地之间有君子浩然。眉目清扬，翩翩仪礼有度，气爽神怡，人品正直端方。执着中访求啊，原来是只为了这春野外的你，贤德的君子啊，而今我已拜服在你的美德里。

露华浓心曲扬，一声声是秋野蒙泽甘霖。心之所思啊，竟然像这露珠一般顺时应天圆满。心之所念啊，何其多福露华降临贤士滋养我身！

邂逅，在我翻越过千山溪壑，在我跋涉过水泽丘坡，在我驶过无尽的大道，在我行过纵横的阡陌，是不是天机早经预决？只为待这蔓草多姿，只为待这秋夕露盛，酿一场不期而遇，圆满了夙愿，原来啊，你竟在这里。

邂逅，在我漫数过流年几回，在我失望过日月几度，在我经过繁华的都市，在我历过喧闹的城邑，是不是善缘早已注定？只为见你眉梢英气，只为见你眼界宽广，酝一场不期而会，甘芳了厚谊，原来啊，你竟在这里。

野外蔓草葳蕤繁茂，零落露珠颗颗圆润。有一位贤德的君子，眉目清扬无比美好。不期而会遇见了你，多么合乎我的心愿！

野外蔓草萋萋连天，零落露珠无边晶莹，有一位贤德的君子，无比美好眉目清扬。不期而会遇见了你，多么欢喜与你相善！

歌婉真心，曲赋真情。你我相遇，蔓草青青连天碧，露华莹莹映月明，执子之手，与子偕臧，向那蔓草更深处，星光满天，踏露而行。

时未远，远距都城百里的地方谓之郊，在那郊外更远的地方，谓之野。

风土存，群山绵亘峰岭叠翠，溱洧长流碧水悠悠，郊野广袤芳草青青。

人情在，淳朴热烈，男女邂逅或许成就爱恋，君子相遇感喟贤德情浓。

歌诗传，自然天成，深情款款由来万千衷肠，情深义重相照肝胆肺腑。

野之外，春来冬去山水正好，秋来夏去风月正美，邂逅相遇与子偕臧……

溱洧三月芍药香

* * *

郑风·溱洧

溱与洧，方涣涣兮。士与女，方秉蕳兮。女曰："观乎？"士曰："既且。""且往观乎！"洧之外，洵讦且乐。维士与女，伊其相谑，赠之以勺药。

溱与洧，浏其清矣。士与女，殷其盈兮。女曰："观乎？"士曰："既且。""且往观乎！"洧之外，洵讦且乐。维士与女，伊其将谑，赠之以勺药。

从绿意微泛的远山，一抹薄雪再也撑不住了，莞尔回眸，将冷妆笑成了花容。一首暖洋洋的歌谣便从云天唱到山坡，从山坡唱到城阙高墙，唱入野村篱落，唱入一队北归的雁群，唱入几只小鸭的黄蹼，唱入温软溶溶的柔柔春泥，唱入冰散雪解的溱洧春水。一枚莲子在河泥深处生出了根须，一只风筝在半空高处蓄满了风势，几多来往的行人踏染着遥遥草色，几多浣纱的素手缠绵在盈盈春波。

那样爱娇，那样天真，却又那样难描难画风情万种。一声惊雷，无端招惹了满天的云朵；一场雨落，悄然唤醒了遍野的籽种；一阵风起，每一棵柳树都抛出了满腹的新芽；一声鸟啼，每一丛兰草都散发着幽微的芬芳……殷殷春雷，谁家女子夜深挑灯不寐有所思？淅沥春雨，谁家男儿晨晓开窗莫名有所感？吹面春风，荡起谁人眼眸之中一层层涟漪？婉转春鸟，鸣响谁人心弦之上一丝丝律动？

春到郑国，举国老少欢天喜地，欣欣然来迎候三月上巳、祭祀高媒，踏青修禊，招魂续魂，祓除不祥。蛰伏过了一个漫长又严寒的冬天，身心都像冬眠尚未醒转。让郊野春风吹抚肌肤，捧溱洧春水沐浴洁净，神清气爽，自然生吉祥。

春到溱洧，倾城男女笑逐颜开，乐滋滋来迎接上巳欢会。周礼明令，仲春之月，令会男女，奔者不禁。若是未婚男女无故不来参加相会，依令还会受到相应处罚。让十里春风飘满歌声，踏溱洧春波舞步翩翩，心旷神怡，姻缘天成全。

溱水冰融，洧水雪化，两道河川满漾着春水向东淌流，在都城东门不远处交汇合流。这里土地宽阔平整，这里花草生长繁盛，这里红男绿女流连忘返，这里青春正好情意骀荡。望不尽，溱水悠悠洧水长长，那漫川数不尽的绵绵情意啊，正如那东流的春水一样悠长。听不歇，溱洧涨溢哗哗流淌，那满坡听不绝的笑语欢声啊，正如那回旋的春涛一样醉人。

未娶儿男，未嫁姑娘，呼朋引伴喜上了眉梢络绎不绝，在东门之外溱洧边依依寻觅。这里歌声悠扬清亮，这里舞姿飞旋轻盈，这里嫣然留情暗香浮动，这里人人争相佩持蕳草。蕳草芬芳紫梗赤节，对生绿叶缘有细齿，茎圆叶长叶片有光泽隐隐为兰草，茎方节短叶面有茸毛细细为泽兰，同为菊科泽兰之属，形状相近功用相似，浸水沐浴驱邪除疾得平安瑞祥。

那是谁家的姑娘啊，春衫娇艳，长发如云。在人群之中她是看见了谁，眼眸瞬间闪燃了小小火苗，掠一缕长发绕指尖，兰泽幽幽淡远清爽，是有意还是无意？时而紧行走，时而慢慢移，轻轻巧巧，靠近在他的身边。是旧识还是初见？萦牵日久或是一眼生情，自自然然，问询就在他的耳畔。

"去看一看吗？"姑娘一声问，笑靥红润如花，眼睫微颤。

"已经去过了。"小伙一声答，言语爽直憨厚，一脸诚挚。

且住，且住，傻小子啊，花草萌芽需要水土，爱恋情缘需要交往，眼前有机缘，再思想且住声啊，且试一试，来培育一茎青青的芳草嫩苗。

且行，且行，俏姑娘啊，花草萌芽再添水土，爱恋情缘再做邀约，眼前有幸福，再向前且行步啊，且试一试，来挽系一双别样的同心丝结。

"再过去一趟看看吧！"一半儿蜜甜里间杂着一丝丝愠意，憨小子啊，看什么重要吗？不过是姑娘家想要和你在一起呀。一半儿勇敢里间杂着一丝丝娇俏，憨小子啊，去哪里重要吗？不过是姑娘家想要明白你的态度啊。

那是谁家的小伙啊，自然朴实，佳人垂青。在溱洧河畔他观看了什么？少年情扉等待着谁来叩开？歌一曲诗谣动人肠，兰芳缕缕散播四方，是有情还是无情？一句看过令人心潮跌宕，温温和和，凝视着她的眼眸。是前约还是邂逅？情缘早注或是不期相逢，坦坦荡荡，答语让人莫名动情。

举国老少啊，欢天喜地迎春纳祥，倾城男女啊，笑逐颜开寻爱溱洧。盛事盛况，盛景盛典。听啊，溱洧河边，动人的歌谣深情无限。看啊，溱洧河岸，醉人的舞步活力无限。小伙子啊，大姑娘啊，成千成万，成双成对。那溱洧河水啊，应和着谁人心里的春水荡漾着绵绵清波？那溱洧河水啊，呼应着谁人心底的春波激荡出阵阵共鸣？

百草脉脉，百花情长，百草百花都有无声言语。溱洧三月盛会，沿岸芍药盛开，万紫千红，争芳斗艳。有人言说，这芍药啊，本为草芍药，又名"江蓠"，谐音"将离"，将要离别相赠芍药，几多恋恋，那个他啊，一定要懂她的心意暗藏；有人言说，这芍药啊，"芍"谐音媒妁，寓指婚姻，心存偕老，将要离别相赠芍药，几多不舍，那个她啊，一定要懂得他的衷肠暗表；有人言说，这芍药啊，"药"谐音相约，芍药"约邀"，月上柳梢，将要离别相赠芍药，几多期许，那个他啊，那个她啊，一定要懂得彼此心意衷肠，且行且惜，不负溱洧春水盛，不负三月芍药香。

溱水长洧水长，溱水洧水春波荡漾。小伙子大姑娘，人人秉持兰草芬芳。姑娘说："去看一看吗？"小伙子说："已经去过。""再过去一趟看看吧！"洧水的河边上，确实场面盛大好玩。那小伙子和大姑娘，相互笑谑情意欢畅，把那芍药赠送表露心意。

溱水长洧水长，溱水洧水春波清亮。小伙子大姑娘，人山人海挤满岸坡。姑娘说："去看一看吗？"小伙子说："已经去过。""再过去一趟看看吧！"洧水的河边上，确实场面盛大好玩。那小伙子和大姑娘，相互笑谑情意欢畅，把那芍药赠送表白衷肠。

那些一年一年长成的姑娘们啊，那一个温言叩响了情郎心扉的可爱姑娘啊，几多恋恋，几多爱娇，赠一枝芍药给他啊，入了眼，入了心的他啊。

那些一岁一岁长大的小伙子啊，那一个纯真朴实获佳人青睐的爽直小伙啊，几多惜别，几多难舍，送一枝芍药给她啊，入了眼，入了心的她啊。

溱水长，洧水长，春又至，溱水洧水春波涨溢，日夜不息向东流淌……

蔄草芳，芍药香，三月里，溱水洧水清波荡漾，满河星光情话传扬……

齐风

鸡既鸣矣,朝既盈矣。
匪鸡则鸣,苍蝇之声。

雄鸡一唱天下白

***

齐风·鸡鸣

鸡既鸣矣，朝既盈矣。匪鸡则鸣，苍蝇之声。

东方明矣，朝既昌矣。匪东方则明，月出之光。

虫飞薨薨，甘与子同梦。会且归矣，无庶予子憎。

岱山之阴，潍淄之野，这里有无垠沃土，这里有海陆丰饶，这里是齐国。

大周武王啊，平定商地，称王天下，封师尚父于齐营丘，东至浩瀚海洋，西至滔滔黄河，南到雄伟穆陵，北到要塞无棣，望不尽无垠沃野。

太公治国啊，用心修政，用智理国，因其俗，简其礼，通工商之业，便鱼盐之利，四乡百姓纷至沓来，八方人才心悦归附，赞不完泱泱大国。

感自豪啊，看我齐国冠带衣履天下；怀骄傲啊，看那海岱之间敛袂往朝。

一声鸡鸣，切切对语，在甜美的梦境边上，在静寂的黎明之时，是

谁唇角轻扬，暖语良言字字入心？是谁眼目迷离，若痴若梦句句在耳？有人说这是贤妃夙夜警诫君王，以刺荒淫，以美勤政；有人说这是贤妇警夫早起视朝，真情率性，恩爱妙趣。万民称扬，是哪一位君王与贤妃？千古佳话，是哪一家贵族与贤妇？

雄鸡一唱天下白。古来传说天上有参天桃木，三足金乌晨晓高啼如令，一轮旭日喷薄冉冉从东海升出。今日齐国就在这东海之滨，金鸡一唱举国雄鸡应声，一方君民国计民生从早晨开始。在这最早迎接清晨的大地上，在这太阳最先照耀的国土上，听啊，在那宫墙深宅之内，在那窗前鸡坿之中，在那茅篱榆柳之上，在那四野八荒之外，高昂又嘹亮，雄鸡正报晓！

日日鸡鸣，不失其时，雄鸡司晨，守信德美。头顶戴峨冠，文质彬彬；爪足善搏拒，孔武有力；见食而相呼，情深义重；近前敢拼斗，无畏英勇。鸡有五德高贵，长为天下称善，文武双全，义勇兼备，信以立身，多少位贤君子啊修身据义履方，多少位贤女子啊持家循道不违。齐国大地，城邑四野，凡有那雄鸡报晓的地方，无论男女，无论老幼，人人都会含笑传唱贤德美行。听啊，天际一声领起高亢，齐土万鸡和鸣起伏。看啊，东方天色缓缓欲曙，窗前透漏光亮渐明。

闻鸡而起，君王臣子于朝堂之上谋定天下大事；闻鸡而起，城乡百姓于市集田野经营生产生活。是哪一位贤良女子啊，伴着黎明的报晓鸡鸣，轻唤夫君起身早朝？温语细言，满含着深情款款，日日警醒，淑娴又怀爱恋啊。是哪一位情义君子啊，依着温暖的衾被长枕，喃喃耳语无端赖床，痴语如梦，恃爱示宠来撒娇？日日早朝，偶尔生出怠惰吗？

"雄鸡已经在啼鸣了，朝堂上人已经满了。""不是雄鸡的啼鸣，那是苍蝇嗡嗡之声。"

一笑嫣然，展颜复捧腹。世间都说男儿自当坚强，安邦定国护佑阖家老小，男儿要志为邦国栋梁，如中流砥柱丰仪凛然。可有谁知道啊，贤君子也有无赖的时刻，只因为这一刻，是他拥依在自己心爱的女子身边！雄鸡报晓清晨一声高亢，苍蝇乱耳白天成群结队，时辰不同；雄鸡啼鸣嘹亮传于四方，苍蝇振翅嗡嗡响在身旁，远近有别；日日报晓户户喂养雄鸡，夏秋乱扰家家烦恼苍蝇，爱憎分明。如何会不知道鸡鸣与蝇声的区别分明？邦国需要文韬武略，朝堂需要义勇诚信，雄鸡啊，慢些啼，也只有在她的身旁，才许他再做一刻不讲道理的蛮缠顽童！

谁复梦寐招迷魂？握一握他宽大的手掌啊，是这双手满拉强弓射猎无数，是这双手驾御高车辚辚奔驰，是这双手挥舞旌旗指挥若定，是这双手力挽狂澜指明方向；摸一摸他温暖的指尖啊，是这双手鸣钟鼓瑟传布礼乐，是这双手秉管持笔挥写策论，是这双手谈笑之间联盟结约，是这双手恭敬祭祀为国为民。这一刻，这双手，宽大又温暖，静静握着自己心爱女子的素手，哪怕只是短短一刻，这双手，柔软又宠溺，只愿握着她纤纤十指不思松开。

思我齐国，周室大邦，在这鱼肥虾美蟹子遍地的大海之滨，在这旭日将升曙光初现的富饶家乡，是谁用双手擘画邦国家乡的大美图景？是谁用明眸凝望东海那端的泛白天光？朝堂之上啊，时辰将至啊，文臣武将已是排班就列，俊才英杰已是济济满盈，同商家国强盛大事，共计百姓富庶民生。良言再劝，天色再看，趁时光正好，且宜早上朝。几多男儿百炼成钢，也会为他心爱女子化作绕指软柔，她要做一双督促的眼睛，他却只要与她沉醉甜梦，直将那日色天光，一团模糊化作夜色月光吗？

"东方天光已经明了，朝堂上人已很多了。""不是东方天光已经明了，那是月亮散出光亮。"

一笑莞尔，相看两相欢。有人说是那男子啊贪恋黎明暖梦一点余香，半梦半醒絮语喃喃，耍一点赖皮撒一点痴娇，说什么鸡鸣起身男儿当以家国为重，这一刻只想做一只虫儿，与心爱的女子啊成双结对薨薨齐飞，饮一点清露润泽肺腑，啜一点花蜜甘甜在心，且比翼，双双飞，梦里共沉醉。有人说是那女子啊明大局晓大理贤德可贵，国事为先循循善言，劝一言职责诫一语怠惰，说什么天光将亮虫儿正逐队薨薨飞，这一刻也想忘记了一切，与心爱的夫君啊相依相拥酣然入梦，梦一场桃花夭夭灼目，梦一场执子之手白头，且双宿，双双飞，梦里同甘美。

君子心事当拿云。古来贤德君子为政，日日修身严于律己，为家国兢兢业业，为天下殚精竭虑。谁人没有儿女私情短长？谁人没有松懈怠惰时刻？朝政为重啊，国事为大啊，若不是肩负着万千生民付托，若不是手握着一方山海管理任责，谁不想享半晨清净悠悠梦香？谁不想得一朝自在相伴梦甘？若真是抛舍了万千付托一方责任，如何建家邦强盛助黎民富足？那一份心底里深藏的爱恋情长，那一份晨光里显露的柔柔情思，随着天际金鸡一声报晓，伴着世间万户声声鸡鸣，大白天下，感人至真，欲笑啊，竟是再为难得的至纯诚挚，欲赞啊，竟是再为难寻的至洁深情！

莫延怠啊，莫迟误啊，若是这一刻虚度，若是这一刻荒废，那满朝的文武大臣，那满堂的精英股肱，就将要议完朝政散去，就将要归去各司其职，那文韬武略安邦定国是谁统率？那四方乡民安居乐业是谁治理？那田野耕作山林郁郁是谁管辖？那海产丰盛鱼获满舱是谁经营？君子贤德，一日三省其身，莫要耽搁了治国大计，莫要贻误了朝政要事，被人取笑啊，徒然受怨憎。

"虫儿群飞薨薨有声，我愿与你再次一同入梦。""朝堂众人将要散朝，希望人家不要将你厌憎。"

"雄鸡已经在啼鸣了，朝堂上人已经满了。""不是雄鸡的啼鸣，那是苍蝇嗡嗡之声。"

"东方天光已经明了，朝堂上人已很多了。""不是东方天光已经明了，那是月亮散出光亮。"

"虫儿群飞薨薨有声，我愿与你再次一同入梦。""朝堂众人将要散朝，希望人家不要将你厌憎。"

贤妇良言，含笑婉转，传唱在天下四方，规劝着某一晨偶生的怠惰，警诫着贤君子向善又崇德……

雄鸡啼鸣，唤醒世人，回荡在东方大邦，迎接着第一缕初露的曙光，迎接着又一天崭新的生活……

峱山多娇好并驱

***

齐风·还

子之还兮,遭我乎峱之间兮。并驱从两肩兮,揖我谓我儇兮。

子之茂兮,遭我乎峱之道兮。并驱从两牡兮,揖我谓我好兮。

子之昌兮,遭我乎峱之阳兮。并驱从两狼兮,揖我谓我臧兮。

造化钟神秀。那天地啊把无限神奇的景象,把秀美清丽的多娇全都汇聚到了峱山,山川位置何等奇特,四围皆山,八山环绕,北有杏木山和稷山,东面是康山和象山,南边为黑山和柏山,南有寨山和常家山,八座大山啊围出了一块丘陵盆地,端端正正,峱山就坐落在那中间,平地突兀孤起,并不与诸山相连接,一川流水潺潺,不似他水向东流淌,反向西北汇入淄河,峰谷遍生林木苍翠,飞鸟走兽依附藏身。遥遥望,森森然,那峱山啊,竟是一派王者气象。

猊山传神迹，山名缘奇兽。有人说曾在淄河南岸稷山的附近，出现一只奇形怪兽，相貌狰恶十分凶残，白天藏身山坳里面，夜晚出来偷吃牛羊糟蹋庄稼，祸害得四方百姓不得安宁，生民上书官府求救，齐王亲自带兵，夜间点火围剿猎杀了怪兽。听啊，猎手们呐喊震山岗，刀，已经出鞘！有人说那齐王啊在山中猎获奇物，世人称异都未曾见，体格庞大铃眼巨耳，面目狰狞丑陋不堪，却心地良善从来不侵害百姓，又力大无比能抵御恶兽扰民，神兽后来化为山峦，人们称为猊山。一代一代的君王会猎期间，看啊，猎手们弩弓已满张，箭，正在弦上！

山川风物各自相异，自然条件种种不同，产生的习尚谓之风，齐地多山泽丘陵，荒野林地，鸟兽出没期间，其肉可食用，毛皮可制衣，一辈一辈黎民狩猎为生，齐风啊由来善射；城邑农商各自有别，社会环境各个不同，形成的习尚谓之俗，夷为东方之人民，从大从弓，在那上古时候，夷牟初作矢，以弓箭射猎，一乡一乡子民勇敢矫健，齐俗啊自古尚武。且看那齐字分明为三枚箭镞之形，恰似摹画着远射的兵猎之具。言之凿凿，那是谁人在叙说啊？齐地以齐命名，根因在于本土先民尚箭崇武的风俗习气；情之切切，那是谁人在颔首啊？齐王猊山狩猎，传说永在激励着众多英勇猎人血脉偾张！

猊山大好猎场，四时鸟繁兽肥，树高林深，草密叶茂，养得鸟雀成群，育得野兽成队，春日求偶成队，夏至子雏众多，秋到膘肥体壮，冬来种群壮大。年年又岁岁，四时任轮转，驰猎于其间，猎获长丰厚，沸腾着君王热血，锤炼了儿郎肝胆，更是饱足了几多百姓人口，更是温暖了几多黎民身体。

猎刀早已用砺石磨拭锋利，劲风迎面在刃尖打着呼哨，为英勇的猎人谱唱着雄壮的歌谣；骏马已察知野兽隐隐伏藏，昂首嘶鸣向丛林喷呼

热气，为紧张的气氛又增一分即发之势；血流已经涌上指尖，箭镞已经跃跃欲试，看谁人睥睨山川，看谁人横刀立马，射猎猋山逞豪强啊，自当数我少年英雄！

山若空旷幽静，忽闻马蹄声碎，哪是谁家翩翩俊杰？恰似长虹贯过长空，飞驰在猋山道路上，不畏崎岖艰险，骏马毛色啊反射日光，闪闪炫目发亮。听，那口中啊连连呼喊有声，看，那双目啊炯炯圆睁有神，惊动那林中野兽奔突，惊慌间胡乱嚎叫逃窜；瞧，那手中啊握持良弓一张，喜，那身上佩带箭矢满壶，张弓如满月将欲射击，箭搭弓弦似生翼翅！

你是如此身手敏捷啊，就是那密林之中的猿猴也比不上这样的迅速快捷。今日良时，何等幸运，和我邂逅相逢在这猋山小道，一任这山道狭窄又曲折，无尽蜿蜒在山石草莽之中，快马再加鞭，萍水多默契，并驱驰骋，两骑绝尘，紧盯那前方啊，两头野猪连声呼嚎正在奋力奔窜，追，岂能让它们从眼前逃掉！

你是如此英豪高强啊，就是那山岗之上的虎豹也比不上这样的勇猛轻疾。今日佳期，何等荣幸，和我不期而遇在这猋山大路，一任这大路宽阔又绵长，无尽盘旋在峰谷丛林之中，快马不停蹄，比肩为知己，并驱驰射，两骑如风，聚精那前方啊，两只雄兽硕大凶猛正在龇牙作势，冲，岂能让它们在眼前逞强！

你是如此强壮彪悍啊，就是那幽谷之中的螭龙也比不上这样的气吞河山。今日吉辰，何等荣光，和我不约而会在这猋山之南，一任这山南林盛草又高，无边葱茏在明媚阳光之下，快马更提速，惺惺共相惜，并驱狩猎，两骑电掣，凝神那前方啊，两匹山狼雄壮凶恶正在长嚎引伴，上，岂能让它们由眼前显威！

猋山丰饶啊，野兽成双对，狩猎山中相逢知己，并驱开弓人生快意，追逐一对野猪奔逃，冲向一双雄兽强硕，迎上两匹山狼无惧，齐心协力同战斗，并肩驱驰共心意。赞不绝口啊，誉美声声啊，你我并驱所向皆披靡，我无限欢欣能够遇见你，与你猁山射猎何其痛快尽意！彬彬有礼啊，作揖有仪啊，你连声称颂我啊身手敏捷，你不断称赞我啊技艺高超，你挚诚称扬我啊德行嘉善！

猁山猎人啊，勇武长骑射，自幼马背之上长大，逐日奔袭无畏劳顿，练出一身壮健矫捷，练成一腔爽直豪迈；齐邦儿郎啊，英勇善射猎，生来欢喜舞刀弄枪，弓弩箭矢从不离身，练就一身高超技艺，练成一腔侠义肝胆。两马并驰协调一致，两人同猎心有灵犀，是谁如此骄傲得意？是谁如此洒脱自信？是猁山勇武猎人，是齐邦英勇儿郎，来啊，翻身上马，飞驰引弓，有我，有你！

　　你多么矫健轻捷啊，和我邂逅相逢在这猁山小路上啊。并行驱赶追逐着两头野猪啊，你拱手行礼赞我身手敏捷啊。

　　你多么英豪高强啊，和我邂逅相逢在这猁山大道上啊。并行驱赶追逐着两只雄兽啊，你拱手行礼赞我技艺高超啊。

　　你多么强壮剽悍啊，和我邂逅相逢在这猁山的南面啊。并行驱赶追逐着两匹山狼啊，你拱手行礼赞我德行嘉善啊。

有人说这是两位英勇的猎人猁山不期而遇，惺惺相惜，英雄敬慕英雄，齐邦男儿啊上马善骑射并驱有礼仪，英豪美名长相颂扬！

有人说这是男子女子在猁山打猎邂逅相逢，并肩纵马，爱慕油然而生，齐邦女儿啊比肩少年郎豪爽同射猎，英武有礼举世传唱！

时光啊，或许终会荒芜了猁山茂林；光阴啊，或许终将湮没了黄尘山道。或许刀光兽影已经暗淡在那岁月里，或许骏马嘶鸣已远逝在那时间里，然而，当英雄陌路相逢快意淋漓之时，当好汉志同道合豪迈酣

畅之时，是谁人在痴痴凝望啊，那意气风发的鲜活面容，依然在眼前飞扬；是谁人在感佩叹止啊，那人间的一股英雄气概，依旧在纵横驰骋……

琼华久俟愿成双

***

齐风·著

俟我于著乎而，充耳以素乎而，尚之以琼华乎而。

俟我于庭乎而，充耳以青乎而，尚之以琼莹乎而。

俟我于堂乎而，充耳以黄乎而，尚之以琼英乎而。

天地玄黄，宇宙洪荒，是谁人及笄韶华嫁衣绣锦？呼儿嗨哟，呼儿嗨哟……

寒来暑往，秋收冬藏，是谁家连理喜结婚仪欢庆？呼儿嗨哟，呼儿嗨哟……

夫妇正啊则父子亲；父子亲啊则君臣和；君臣和啊则天下治。那夫妇啊，是人道之始，是王教之端，无论是君王大夫，无论是士卒百姓，嫁娶之时男子必要亲迎，而后婚姻方能得夫妇正。亲迎礼仪啊，于国于家，至关重大；曲曲歌诗啊，传唱亲迎，传颂四方。呼儿嗨哟，呼儿嗨哟……

有人说啊，男子亲迎，至于女子家门前，女家主人揖请入门；至于庙门，主人作揖而请男子登堂，主人三揖男子三让至于阶下；女子面南立于房屋之中，男子于堂上等待之，拜后男子退于庙堂门外；女子随之

下阶，主人于堂上送别，是为受女于堂。男子引导女子由庙门而至于门屏之间，向女子作揖而请之，女子出门之后，已是出嫁之人。亲迎仪式，男子着冠冕盛装，亲迎礼数何繁多，都因婚礼为夫妇之始，不可嬉戏需郑重其事。亲迎何庄重啊，令人肃然生敬，呼儿嗨哟，呼儿嗨哟……

有人说啊，男子亲迎，车马仪仗何盛大，男子到女子家迎亲，新娘出门，新郎引导新娘登上轩车，男子亲自执缰驾车驱马前行，亲御轩车仪礼迎接新娘，车轮平稳转动三周，男子将丝缰交给那车手，车手接替驾车，男子从轩车下来，另外乘车先行。男子一路欣然欢悦啊来到自己家门口，恭肃等候女子来到，张灯啊又结彩，燃薪啊火熊熊。亲迎亲御，男子仪礼有规矩，亲引新娘进洞房，仪式啊都要合乎礼节，不可轻浮需恭敬周到。亲迎何欢畅啊，令人喜气洋洋，呼儿嗨哟，呼儿嗨哟……

有人说啊，礼贵亲迎，而那齐俗却相反。礼仪之所以必亲迎，是要显明，婚姻家庭之中男先于女，当夏之时迎亲啊接到那庭院；殷商之时迎亲啊到堂上，大周之礼接到门前，三代亲迎礼虽略有差异，均须男到女家，礼仪是同样严格，男到女家迎娶，一言一行一举一动谨遵规矩不可逾越，站脚之地规定严格，何况在著庭堂，更是不可随便。婚不亲迎，在齐国约定俗成，男子等俟在自己家门前，一直到女子来到婿家，才得一睹新郎。人生最初见啊，谁人心花怒放，呼儿嗨哟，呼儿嗨哟……

琴瑟和鸣俟黄昏，章章礼歌颂庄重。在那正门之内有屏风啊，大门与屏风间啊是为著。饮食夹取饭菜啊用箸必成双，大门与屏风啊犹如成双之箸，著本由门屏而言，进而指门屏之间，在那婚礼亲迎之时，男子亲到女家迎娶，男女双方犹如即将成双之箸。男子入女家之门，经由庭而至于堂，女子由室而出随男子出堂，经过庭院而至于屏，然后出门而去男家，婚姻仪礼由此而成，像那箸成双而成用。箸之成双，唯有长短相同、粗细相当，才能相合而适用；男婚女嫁，礼仪夫妇相齐，不可歧视，男子亲迎以示尊，刚下于柔，夫妇正道。礼歌传教化，君子配琼华，且看泱泱齐邦，韶乐弘大仁德，如穹天啊无不帱，如大地啊无不在，呼儿嗨哟，呼儿嗨哟……

更俟红妆带笑看，句句喜歌咏欢畅。有人说这是那婚礼上祝福新郎的乐歌，祈愿如花新娘耐心等俟自己前去亲迎，祈使他人为自己理好三色丝带，配上美玉装饰充耳典雅合仪。今日今辰啊，他成为啊彬彬有礼的新郎啦！有人说这是那婚礼上祝愿新娘的乐歌，遐想迎亲新郎静心等俟自己红妆出嫁，遥思男子冠冕风仪悬三色丝带，配上玉瑱充耳多么晶莹温润。今日今辰啊，她要成为啊灼灼华彩的新娘啦！有人说这是那婚礼上祝颂新人的乐歌，重章叠唱描画久久等俟婚姻仪礼的新人，渲染新人那一分迫不及待急切，配上美玉充耳更增欢乐氛围。今日今辰啊，他和她成为众人瞩目庆贺的新人啦！欢天啊别具意趣，喜地啊独有隽味，呼儿嗨哟，呼儿嗨哟……

俟待天花临凡尘，声声情歌吟情思。婚庆大典的高潮啊，是将娇艳新娘迎接入门的那一刻；亲朋瞩目的焦点啊，是那娇羞新娘眼波流转的那一瞬。快些来看啊，那是谁人长歌百转？快些来听啊，那是谁人和歌千回？最是那半颊晕红的醉人，长歌百转唱新娘入门那一刻的娇美情态；最是那浅浅低头的温柔，和歌千回诵新娘眼眸那一瞬的脉脉情愫。是她呀，想要偷偷望一望他，假装欣赏啊那悬垂脸庞侧的白青黄三色丝绒！是她呀，想要偷偷看一看他，就像浏览啊那玉瑱充耳晶亮清透的红色光华！君子如玉，他是德行高尚风度翩翩的君子；女子如花，她是夭夭盛放灼灼灿烂的花蕊啊。心怦然诉衷肠，俟一生相守，情深感肺

腑，呼儿嗨哟，呼儿嗨哟……

恭肃有仪，那男子啊，吉服冠冕盛装隆重前往女子家中亲迎，礼节庄严既已登堂而后又出，在门屏之间再来等俟，等俟那出嫁的女子啊，恋恋难舍缓缓行慢。礼歌何悠扬，琼华光泽润，呼儿嗨哟，呼儿嗨哟……

长驱轩车，那男子啊，是先至女家亲迎，亲自为女子御车转轮三周之后，下车换乘先行至家，在自家门前来等俟，等俟那来嫁的女子啊，灼灼花颜姗姗而来。喜歌何悦耳，琼莹光纯净，呼儿嗨哟，呼儿嗨哟……

遵风守俗，那男子啊，依照着齐地风尚并未亲自前去女子家中，而是在那日暮黄昏霞彩满天，在那门屏之间等俟，等俟那归嫁的女子啊，缔结良缘成对成双。情歌何婉转，琼英光闪烁，呼儿嗨哟，呼儿嗨哟……

等候我啊在门屏间，呼儿嗨哟，冠垂充耳用白丝带，呼儿嗨哟，加上配饰啊玉瑱多美好。呼儿嗨哟……

等候我啊在庭院中，呼儿嗨哟，冠垂充耳用青丝带，呼儿嗨哟，加上配饰啊玉瑱多晶莹。呼儿嗨哟……

等候我啊在正堂前，呼儿嗨哟，冠垂充耳用黄丝带，呼儿嗨哟，加上配饰啊玉瑱多闪耀。呼儿嗨哟……

时光弹指，鼓乐盈耳，那是谁人啊，眉梢上漾着喜气，久久俟等，在那门屏之间，钟声啊，鼓乐啊，呼儿嗨哟，呼儿嗨哟……

岁月长河，祝福满堂，那是谁人啊，眼角也含着甜蜜，笑靥如花，良配如玉君子，祝福啊，祝福啊，呼儿嗨哟，呼儿嗨哟……

尘世更迭，歌诗传唱，那是谁人啊，那是谁人啊，暮色黄昏，同心成双，挚情含华蕴，琼英辉光耀，呼儿嗨哟，呼儿嗨哟……

几多亲爱在人间

***

齐风·东方之日

东方之日兮，彼姝者子，在我室兮。在我室兮，履我即兮。

东方之月兮，彼姝者子，在我闼兮。在我闼兮，履我发兮。

"俟我于著乎而，充耳以素乎而，尚之以琼华乎而……"欢天喜地啊，曼歌声声啊，迎来了灼灼美丽的新娘，走过了著啊，走过了庭啊，走过了堂啊，步步跟随新郎，赋一番久俟成双的隽永深情啊，融入丝雨和风，传布齐邦八方。

"东方之日兮，彼姝者子，在我室兮。在我室兮，履我即兮……"眉开眼笑啊，长歌声声啊，盼来了新婚志喜的仪典，洞房燃花烛啊，来到内室里啊，新人步步伴随，咏一场夫唱妇随的人间亲爱啊，汇入日月光华，普泽红尘人家。

东方天空上红日初升啊，那个美好的女子啊，在我的内室之中啊。在我的内室之中啊，步步伴我何亲近啊。

东方天空上皎月初升啊,那个美好的女子啊,在我的内门之中啊。在我的内门之中啊,步步伴我爱恋生啊。

拿什么来比拟你啊,我美丽的新娘,用那刚刚跃出东海碧波的朝阳,好不好?

若一轮红日冉冉初升啊,光辉照耀大地万物,最为纯真啊又最艳丽。红日照齐邦啊,朝朝晶亮了谁人眼眸?你是我最美的红日啊最美的新娘,今朝将我彻底照亮,如那大地万物无法离开太阳,今朝以后,于我,你就是那无法分离的太阳,指引着东方。

是那样柔和又是那样热烈啊,一眼见你啊,仿佛那缕缕金光和煦地抚摸到我的每一根发丝,暖洋洋啊,指尖微微颤抖红烫,喜洋洋啊,笑意顺着额角流淌。

是那样明艳又是那样鲜亮啊,一眼见你啊,仿佛那丹赤朱红凝结成了额头正中的一点吉祥,美滋滋啊,耳后血脉汩汩流淌,甜滋滋啊,欢悦沿着唇角上扬。

用什么来珍藏你啊,我美好的新娘,用那情窦初开纯净无邪的心房,行不行?

走过了著啊,走过了庭啊,走过了堂啊,阵阵鼓乐,章章歌诗,你步步随我啊,来到内室。天下庭院前堂后室,世人皆知明堂暗室,而你的光华啊,照亮了内室之里,那是因为你啊,照亮了我的心房。感恩上苍福泽啊,从此这内室,有了美若红日的女主人!

拿什么来相比你啊,我美艳的新娘,用那刚刚升上杨柳梢头的新月,好不好?

若一弯明月徐徐初上啊,光华辉映穹天山川,最为皎洁啊又最恬静,明月耀齐国啊,夕夕满盈了谁人心房?你是我最美的明月啊最美的新娘，今夕将我透彻照耀，如那穹天山川相依相守明月，今夕以后，于我，你就是那相依相守的明月，守望着东方。

是那样明净又是那样澄澈啊，一眼见你啊，仿佛那丝丝银辉温柔地抚触到我的每一寸肌肤，和融融啊，飘飘怡然若风清扬，乐融融啊，喜色顺着眉梢伸展。

是那样明媚又是那样温柔啊，一眼见你啊，仿佛那玉色洁白融化成了滋润着我的一颗清露，笑盈盈啊，陶陶悠然若云卷舒，醉盈盈啊，欢愉循着经络蔓延。

拿什么来安放你啊，我温婉的新娘，用那情扉初启纯真年少的心室，行不行？

走过了著啊，走过了庭啊，走过了堂啊，曲曲琴瑟，声声咏颂，你步步随我啊，来到内阆。宫院深深门禁众多，世上都说内阆隐蔽，而你的光彩啊，照彻了内阆之中，那是因为你啊，照彻了我的心室。感恩大地厚德啊，从此这内阆，有了皎若明月的女主人！

"在我室兮，履我即兮……"说不尽的洞房花烛相亲相爱，如胶啊又似漆！

"在我闼兮，履我发兮……"道不完的千金一刻形影不离，缠绵啊何悱恻！

有人说履是轻轻踩踏，即是坐卧之席，履我即我啊画一幅同席相偎的静好，一轮红日透过窗棂，一双新人容光焕发，安坐席上亲昵相依。

有人说履是步履轻盈，即是接近亲近，履我即我啊绘一轴步步相随的娇羞，一弯新月洒下银辉，一双新人含情脉脉，四目相视你依我侬。

有人说即就是膝，发为足迹，一个新郎席地安坐膝就在身前，一个新娘室内行走践触坐者之膝，是有意啊还是无意，是娇羞啊也是欢喜。

有人说即意为就，发意为行，娇美的新娘悄悄来到新郎身边，眼波

流转巧笑灿烂又转身行去，幸福的新郎心潮澎湃，是蜜意啊也是炽情。

有人说即是席子也是膝头，新娘丝履啊，轻轻地踩触到新郎，激发了新郎热情似红日熊熊烧燃，一瞬间暖透无邪心房，情窦开啊何亲近。

有人说发是足迹也是头发，新娘温香啊，柔柔地触碰到新郎，唤醒了新郎真情似明月冰玉一片，一瞬间充盈少年心室，情扉启啊爱恋生。

虽是众说纷纭，虽是众口不一，而那幸福喜悦啊，历历如在目前。宾朋满堂啊，一双新人情投意合结良缘；结彩张灯啊，新郎新娘百年好合宜家室。听啊，听啊，笑语连连，欢声阵阵。

东方天空上红日初升啊，那个美好的女子啊，在我的内室之中啊。在我的内室之中啊，步步伴我何亲近啊。

东方天空上皓月初升啊，那个美好的女子啊，在我的内门之中啊。在我的内门之中啊，步步伴我爱恋生啊。

"在我室兮，履我即兮……"诉一场旖旎缱绻，吟一节鹣鲽情深，何亲近！

"在我闼兮，履我发兮……"歌一曲刻骨铭心，唱一番日月同辉，爱恋生！

向齐邦长河大海啊，借来一曲琴瑟和鸣。那是谁人歌喉清亮，活泼泼歌一段相亲相随的儿女情长，羡煞了世上女子，人群中啊是谁人动了心思？时光中啊是谁人悄然长成？也要做那照亮意中人的一轮红日啊，冉冉升起东方天空。看你着盛装啊，看你垂玉瑱啊，一步一步相跟，一步一步相随，走过了著啊，走过了庭啊，走过了堂啊，在你的内室啊，成为你的新娘，相亲相近……

向齐国巍巍青山啊，借来一曲钟鼓和乐。那是谁人口齿伶俐，俏生生唱一段相爱相伴的绵绵情思，慕煞了世上男子，人众间啊是谁人念念不忘？岁月中啊是谁人翩然加冠？也要寻觅明亮了内室的一轮明月啊，徐徐升上东方碧宇。为我着红妆啊，为我离家园啊，一步一步相跟，一步一步相随，走过了著啊，走过了庭啊，走过了堂啊，在我的内阁啊，成为我的新娘，相爱相随……

日月永辉映，礼乐长流传。心室最深处，内阁正开启，那是谁人在问询，可愿步步相从相随？情意啊长殷殷，如潮啊澎湃生……

吁嗟夙夜无休歇

***

齐风·东方未明

东方未明，颠倒衣裳。颠之倒之，自公召之。

东方未晞，颠倒裳衣。颠之倒之，自公令之。

折柳樊圃，狂夫瞿瞿。不能辰夜，不夙则莫。

齐邦泱泱，有巍巍庙堂庄严，也有芸芸众生劳碌。那是谁人说啊，说我是那官府之中的一名微而又微的小官小吏，为公家事务奔忙，无日无夜，疲惫至极，苦痛难挨。

齐国广阔，有冠冕王公贵族，也有蝼蚁草民求生。那是谁人说啊，说我是那官府驱使的一个卑而又卑的小奴小役，为应对差事挣扎，无朝无暮，倦乏至极，苦楚难耐。

东方未曙天色未明，颠倒穿错上衣下裳。上衣颠裳下裳倒衣，官府把我紧急召唤。

东方未晓天色未亮，颠倒穿错上衣下裳。上衣颠裳下裳倒衣，官府命令让我惊惧。

折下柳条围护园圃，那狂夫啊瞪眼直视。我不分白天和黑夜，不是起早就是睡晚。

坠落，坠落，无边虚空，胆战了，垂直坠落。

官府，召唤，心房紧缩，迟误了，一身冷汗。

昏昏沉沉，匆匆惶惶，夜色深重，万物息歇，那是谁人啊，是在梦中还是梦醒啊，为何乍然惊惧坐起？

坐北面南的屋舍啊，那太阳升起的一方应该在左边还是右边？一挺身，忽直坐，恍恍惚惚四处张望，犹犹豫豫望向东方，未见一丝曙光泛明，那一抹晨朝的鱼肚白啊，还远远隐没在夜色海洋的那一方。这是什么时辰了啊？金鸡未啼，东方未明，万物尚在息歇。

上一日的疲累还在肩头酸痛，上一月的疲顿还在脚底胀痛，上一年的疲困还在后腰隐痛，仿佛啊这一生的疲顿化作一支一支利箭射穿心口，刺痛！弥漫啊，弥漫啊，无止无尽的刺痛如同无边无际的暗夜啊，将我紧紧包裹，混混又沌沌，吸入的每一口气息，都愈增一分撕裂的苦痛。

是梦中又被官府召唤而被惊吓了吗？是梦醒时忽然传来官府的召唤而惊骇了吗？为何一瞬间冷汗涔涔湿浸了一身啊，手忙啊，脚乱啊，暗夜中急急忙忙穿衣着裳，惊诧啊，惶急啊，为何一夜之间啊上衣消失了衣领，下裳又何其短啊袒露出了腿脚？

公务日复一日催啊，公事月复一月重啊，公干年复一年忙啊，仿佛这半生的岁月啊，都在被那一个又一个官府召令催迫，仿佛羸弱的老马，被那长策一下又一下地抽打，周而复始日夜循环。官府召唤急如星火，稍有迟疑备受苛责，抓起上衣找不到衣袖啊，提起下裳无法蔽体啊，三岁孩童都懂得上衣下裳，而我，慌忙啊，失措啊，颠倒穿错了衣裳！

冰冷，冰冷，无涯寒彻，胆战了，四肢冰冷。

官府，号令，心室蜷缩，耽迟了，一记闷锤。

痴痴迷迷，慌慌张张，夜色暗沉，天地静寂，那是谁人啊，是在梦里还是梦外啊，为何骤然长长叹息？

头东脚西的卧姿啊，那太阳升起的一方应该在前边还是后边？一激灵，忽下床，糊糊涂涂四下寻觅，迟迟疑疑望向东方，未见一毫破晓亮色，那一缕清早的澄晖光啊，还遥遥隐匿在夜色群山的那一端。这是什么时辰了啊？雄鸡未唱，东方未亮，天地一派静寂。

上一日的劳碌还在手心打泡，上一月的劳累还在膝头僵直，上一年的劳辛还在眼底重影，仿佛啊这一生的劳苦化作一根一根绳索捆死心脉，闷痛！堵塞啊，堵塞啊，无休无终的闷痛如同无垠无界的暗夜啊，将我紧紧萦缠，朦朦又胧胧，呼出的每一口气息，都益增一分空洞的闷痛。

是梦里又被官府号令压迫不堪了吗？是梦外又猛然听闻官府的号令而惶恐了吗？为何一霎时急火腾腾烧燃了肺腑啊，七乱啊，八糟啊，暗夜中匆匆促促披衣起身，惊愕啊，惶恐啊，为何一夕之间啊上衣消失了衣襟，下裳又何其窄啊围不过来腰身？

劳役日复一日多啊，徭役月复一月繁啊，行役年复一年稠啊，仿佛这半生的时光啊，都在被那一个又一个官府命令催压，仿佛衰老的病牛，被那长鞭一回又一回地挞笞，终而又始日夜周转。官府命令恍如大山，稍有怠惰倍加惩罚，抓起下裳竟裸露腿足啊，欲穿上衣右衽何在啊，牙牙小儿都要穿上衣下裳，而我，慌乱啊，忐忑啊，颠倒穿反了衣裳！

宕宕无所依，谁知吾苦艰。岁月忽忽而逝，从未一刻留滞。像那风中辗转的失根蓬草啊，零落无所依；像那雨中随波的无根浮萍啊，飘零无所持。几多人草木一秋无声无息，几多人枯荣萎落黄土湮没。那庞大的官府中有多少难以计数的无名小吏，用尽全力负重前行？那纷杂的政令下有多少数不胜数的籍籍仆隶，拼尽力气挣扎求生？在命运的风雨中，在官府的号令下，说什么这一个是微小官吏，说什么那一个是卑贱奴役，一群一群啊，一辈一辈啊，无非都是陷溺莫名注定的命运旋涡，躯身啊何曾由过自己？你有你难言的涩苦，他有他难表的艰难，何时啊，我命运的天空东方，能够啊，冉冉升起一轮朝阳，驱散无边黑暗，光芒照亮前程！并不敢奢求凌云多富贵，只求得一夕喘息安枕啊，没有官府切急的召唤，没有官府苦重的役令，在某一个清早自然醒来，睁眼，天色已明。

夙夜无休闲，居世何独然。有人说啊，那狂夫是发狂之人，折柳围篱啊连那疯子也知道它是界限而不敢逾越，可是忙得昏头昏脑的我啊，却是奔波到不辨昼夜连那疯子啊都不如！有人说啊，那狂夫是横暴差役，天还未亮啊就催促老百姓或是奴隶折柳枝围菜园，这种篱笆栽得毫无意义啊，可是那差役不论早晚还要来隳突又叫嚣！还有人说啊，那狂夫是驱瘟巫师，大周设立方相氏一职专门掌握驱除瘟疫病灾之事，狂夫是方相氏重要的组成，瞿瞿是佩戴黄金四目面具跳舞展开仪式！是世间发生了重大的灾病吗？还是向上苍祈祷不要降瘟啊？巫师跳舞幅度何其大啊，驱瘟仪式何其热烈，手舞足蹈，衣裳翻飞，分不清哪是上衣哪是下裳，东方未明狂夫就开始祈祷活动，折下柳条围成樊圃以示将瘟病囚禁牢笼，不能辰夜啊，不夙则暮啊，为我生民，逐去病瘟！抬眼，天光已亮。

东方未曦天色未明，颠倒穿错上衣下裳。上衣颠裳下裳倒衣，官府把我紧急召唤。

东方未晓天色未亮，颠倒穿错上衣下裳。上衣颠裳下裳倒衣，官府命令让我惊惧。

折下柳条围护园圃，那狂夫啊瞪眼直视。我不分白天和黑夜，不是起早就是睡晚。

东方未明，时光凝住，那一刻，颠倒了衣裳的，或许是他，或许是你，或许是我，盼啊，天色明……

日月不安处，人谁获安宁，山川永恒啊，人生何短暂，大海浩瀚啊，红日何时现，盼啊，天光亮……

恰归来，南山翠色依旧

***

齐风·南山

南山崔崔，雄狐绥绥。鲁道有荡，齐子由归。既曰归止，曷又怀止？

葛屦五两，冠緌双止。鲁道有荡，齐子庸止。既曰庸止，曷又从止？

蓺麻如之何？衡从其亩。取妻如之何？必告父母。既曰告止，曷又鞠止？

析薪如之何？匪斧不克。取妻如之何？匪媒不得。既曰得止，曷又极止？

当诸儿还没有登基成为齐君襄公，当文姜即将披上嫁衣远嫁到鲁国。同父异母的哥哥诸儿啊为何吁嗟？为妹妹文姜写下的诗句何等缠绵。桃树有华，灿灿其霞，当户不折，飘而为直，吁嗟复吁嗟！

那闻名天下的文姜啊，在诸儿的眼里美艳宛如桃花。是谁情肠百

转，是谁万千感慨，美人如花将落鲁地，在字里，在行间，尽是无可奈何的叹息。

当文姜与鲁国桓公婚约已经相订，当艳名远播的文姜读到诸儿诗行，同父异母的妹妹文姜啊为何叮咛？为哥哥诸儿写下的答诗何等炽热！

桃树有英，烨烨其灵，今兹不折，证无来者？叮咛兮复叮咛！

那文采出众的文姜啊，在婚前与哥哥走上哪条路途？是谁胆大恣行，是谁不伦行偏，来日之事难以预料，在弦里，在言外，尽是时不我与的寻欢。

任依依啊，任不舍啊，男要婚啊，女要嫁啊，理所当然，天经地义。是谁在齐邦的艳阳里，飞雪漫天？是谁在鲁地的寒夜里，四季如春？明日复明日啊，明日何其多，明年复明年啊，时光弹指逝。

十五年雪飞雪融，十五年花开花落，没有平复的，是诸儿与文姜彼此心头的欲孽渊深，没有止息的，是文姜与诸儿彼此眼中的天雷地火。当下啊，鲁桓公啊要来齐都与襄公共商国是，文姜啊随行……

世路干戈何离合？天际晴云杂雨云。在齐国都城临淄之南，峰峦如聚，峭壁若屏，翠柏千嶂，流泉百叠。这里是巍巍南山，五帝之位，在于国南，君王大夫斋戒而后登之，这里是祭祀神明的圣地；这里是高远南山，烟林弥望，空岫寒月，高山仰止彰示齐邦尊严，这里是国之形胜的佳处。不说那世上伦理礼仪有序，不说那晴云雨云舒卷离合，只看那一意孤行执迷啊，襄公烈火熊熊渴遇干柴！不说那林茂草密郁郁葱葱，不说那飞禽走兽百种云集，只看那一只雄狐求偶啊，大摇大摆来来回回行走。

流莺漂荡复参差，齐鲁何处有栖枝？感一声葛屦五两，叹一句冠缕双止，有人说屦与屦相为偶，即使五两之多亦各相偶，冠缕成双自相为偶，襄公文姜本非其偶，就像冠屦一样不可成双；有人说"五"当通"伍"，意为行列，言说放陈葛屦必定以双为列；有人说"五"为"交午"之"午"，释"两"为"纲"，意思为"绞"，是说屦上綦文交午之状；有人说五两为五双鞋，往古诸侯亲迎啊有送五双屦的仪礼；更有人说，屦为麻、葛等制成的单底鞋，常为劳苦百姓所穿，缕为丝质帽带下垂部分，左右各一从耳边垂下，可以系结在下颌，是王侯贵族的服饰，葛屦代平民，冠缕表大夫，无论贫富贵贱啊，每人都有自己的配偶，夫妻成双结对，在彼此的关系中都有着自己的义务。齐姜已经嫁给鲁君，襄公文姜重蹈不伦，襄公啊，文姜啊，为何又还有所怀思？为何又还跟随追逐？

　　公会齐侯于泺，遂及文姜如齐。齐侯通焉。公谪之，以告。

　　　　　　　　　　　　——《左传·桓公十八年》

　　春风自共何人笑，长道萦回入暮霞。当初那年，是谁明知"齐大非偶"的纷纷传言依然遣使求婚？当初那岁，是谁宠溺文姜的美艳而终身只娶了一位夫人？当初那时，是谁与文姜喜得太子爱如珍宝亲昵赐名为"同"？当初那日，是谁不肯听取大夫谏言而违礼带着文姜返回齐邦？

　　在齐邦的艳阳里啊，为何飞雪漫天？在鲁地的寒夜里啊，能否四季如春？春风又吹来的时候，春花依然动人娇艳，追问啊，那流连花丛的赏花人，茕茕飘零又在何方？通向鲁国的大道啊，依然宽阔依然平坦，追问啊，那满面春风的拈花人，凄凄失魂又在何处？为什么？为什么？

　　欲问孤鸿，归向何处，不闻风起，枉自悠悠，嗟呀，嗟呀，那鲁道

啊，宽阔平坦，那齐子啊，载驱翱翔。

原野丰饶，看那想要种植大麻的人啊，一定要纵横耕治土地田亩，而后才能有好收成；婚姻大事，看那想要迎娶妻子的人啊，一定要禀告父母禀告宗庙，而后才能有好姻缘；既然，已经得到父母之命宗庙祝福了，就要遵从婚姻中的夫妻匹配关系，为何，为何还要任由那文姜啊如此放纵？鲁君桓公啊如果能言，可将要说些什么？飞雪漫天，天地寂静，无声无息。

林木葳蕤，看那想要砍伐薪柴的人啊，一定要持拿斧头才能砍取，而后才有薪柴熊熊；婚姻大事，看那想要迎娶妻子的人啊，一定要恳请媒人行定六礼，而后才能结下良缘；既然，已经请得媒妁说合婚姻已成了，就要奉行婚姻中的夫妻配偶关系，为何，为何还要任由那文姜啊如此恣纵？鲁君桓公啊如果能语，可将要诉些什么？花落满地，山海默然，无音无觉。

十有八年春王正月，公会齐侯于泺。公与夫人姜氏遂如齐。夏四月丙子，公薨于齐。丁酉，公之丧至自齐。秋七月，冬十有二月己丑，葬我君桓公。

——《春秋》

巍巍南山高大险峻，雄狐求匹徐徐独行。通鲁大道宽阔平坦，齐国文姜由此出嫁。既然已经从此嫁鲁，为何又还有所怀思？

葛屦鞋带交叉成双，冠上绥带系垂成对。通鲁大道宽阔平坦，齐国文姜从此出嫁。既然已经由此嫁鲁，为何又还跟随追逐？

种植大麻应当是怎么样？先要纵横耕耘田亩。若问娶妻应当是怎么样？必定先要禀告父母。既已婚娶禀告宗庙，为何又还由她放纵？

砍伐柴薪应当是怎么样？没有斧头不能成功。若问娶妻应当是怎么样?没有媒人婚娶不成。既然已经明媒正娶,为何又还由她恣纵?

时光永是逝去,是非自有分明,谁人在歌着错、错、错啊,谁人在咏着莫、莫、莫啊……

风起,那历史的长河里,翻滚着浊浪重重;云涌,那齐鲁的大道上,赋传着歌诗声声……

心中别有欢喜事

***

齐风·甫田

无田甫田,维莠骄骄。无思远人,劳心忉忉。

无田甫田,维莠桀桀。无思远人,劳心怛怛。

婉兮娈兮,总角丱兮。未几见兮,突而弁兮。

齐邦大地,福泽天佑,那沧海浩瀚啊,倒映着星汉灿烂,游弋着鱼群肥美。

齐邦子民,福泽绵长,那青山巍巍啊,峰峦间层云滚涌,云海间红日磅礴。

一道道山川相接相连,绿油油的果树满山岗,一声声歌谣随风传扬,涤荡着谁人肺腑;一块块田地膏腴富饶,望不尽的禾稼闪金光,一阵阵乐诗化雨滋润,诉说着谁人衷肠。

不要耕作那些甫田,那莠草啊高扬挺拔。不要思念那远行人,忧愁烦恼枉自劳心。

不要耕作那些甫田,那莠草啊高标挺出。不要思念那远行人,忧伤苦恼徒然劳心。

那样俊美那样姣好,总角年少双髻翘起。时隔未久乍然相见,突然戴上成人弁冠。

有人说，那甫田啊是大块田地，劳力不足啊不要去耕治，不然啊，只能是眼望莠草丛生枉然兴叹；有人说，那甫田啊是井田公田，劳力不足啊无法去耕治，无助啊，只能是眼望莠草高扬徒然惜惋；有人说，那甫田啊是泽薮之地，劳力不足啊怎能去耕治，无奈啊，只能是眼望莠草招摇怅然顿足。

齐邦甫田啊，眼见渐渐荒芜，被那一片片莠草肆意占据，胼手胝足啊，汗滴湿下土，有谁知道啊，如何才能阻止这不止不息的荒疏？莠草密布，眼见逐步蔓延，风中一株株莠草恣意生长，黯然神伤，泪珠无声落，有谁知道啊，如何才能遏止这不停不歇的荒秽？有谁知道啊，劳力到底去了哪里？

自你离开以后，沧海也失了颜色，青山也失了缠绵，而我眉眼盈盈的笑意啊，又失散到了何方？甫田之中，莠草萋萋，荒凉了谁人流转眼波？自你远行以后，心田也失了生机，心花也失了绽放，而我心头缠绕的情思啊，又失落到了何方？甫田之上，莠草蕃盛，荒凉了谁人青春田野？你在远方。

那是凝妆华服的我吗？乘车驶过长道，终究无法望见远方的你，唯有遥遥望见无尽的甫田，却又被莠草吞没，像极了女儿家无依无托的心思，凌乱，而更增了凝噎惘然。一想起你啊，出使去了遥远他域，心田上就吹起萧瑟秋风、寒凉愁思，无边的莠草在凉风中起起伏伏。

那是葛衣素服的我吗？独自登上高岗，终归无法望见远方的你，唯有俯瞰历历在目的甫田，已是被莠草淹没，像极了女儿家无着无落的爱恋，纷乱，而更添了失落怅然。一想起你啊，谋生去了遥远他乡，心田

上就落下淅沥秋雨、冷寒愁怀，高扬的莠草在冷雨中无声沉默。

那是手把锄犁的我吗？独自耕作田间，终于无法期望远方的你，唯有埋首田垄渐隐的甫田，依然被莠草湮灭，像极了女儿家无凭无靠的情愫，杂乱，而更生了忧愁苦闷。一想起你啊，服役去了遥远他方，心田上就凝下遍野秋霜、冰冷愁绪，连绵的莠草在寒霜中瑟瑟枯萎。

向东，东面有茫茫沧海横流，托付长流的溪河啊，此行替我去问一问，心上的你啊可在沧海的那一边？如何才能抵达沧海的那一边？心海里啊波浪滔滔。再不要思念了，再不要思念了，空自劳心烦恼牵挂！

向西，西面有苍苍青山横亘，托付长空的流云啊，此行替我去问一问，心上的你啊可在青山的那一边？如何才能越抵青山的那一边？心脉中啊雾岚滚涌。再不要思量了，再不要思量了，徒然劳心烦忧嗟呀！

向南，南面有千百湖泊浩渺，托付游弋的红鲤啊，此行替我去问一问，心上的你啊可在湖泊的那一边？如何才能涉抵湖泊的那一边？心潮间啊旋涡激荡。再不要思恋了，再不要思恋了，白白劳心愁闷苦涩！

向北，北面有无垠原野辽阔，托付展翅的鸿雁啊，此行替我去问一问，心上的你啊可在原野的那一边？如何才能到达原野的那一边？心田上啊风雨交加。再不要相思了，再不要相思了，枉费劳心辗转忧伤！

记得当时年纪小，我发初覆额，你髻梳总角，双双儿童年少，一个爱说一个爱笑，春来桃花梢头灼灼，你我并肩树下仰望，望得落英缤纷，数那花落多少。教我如何不思念，教我如何不思念，依然思念着你啊，心上桃花几开落。

记得当时年纪小，我方始垂髫，你总角上翘，双双儿童俊俏，一个爱唱一个爱跳，夏至蝉鸣杨柳林中，你我携手屏息捕捉，听得蝉鸣长音，数那晶莹蝉蜕。教我如何不思量，教我如何不思量，依旧思量着你啊，心上长音又低鸣。

记得当时年纪小，我发系红绳，你分发总角，双双年少可爱，一个爱追一个爱跑，秋临莲蓬溪头饱满，你我一起采摘剥取，嚼得余香满口，数那蹀躞鱼儿。教我如何不思恋，教我如何不思恋，如昔思恋着你啊，心上莲子青如水。

记得当时年纪小，我鬓插红梅，你总角如髻，双双年少美好，一个脸红一个心跳，冬到瑞雪漫天飘飘，你我同行银白原野，品得银装素裹，数那分明足迹。教我如何不相思，教我如何不相思，如故相思着你啊，心上冰雪渐消融。

是一转身之间，你从沧海之东回来了吗？心海里啊顿息了波浪滔滔。心上的你啊，散了总角，换了弁冠！如何不让人乍见欢悦？加冠成人了，可以娶妻了。

是一回眸之间，你从青山之西回来了吗？心脉中啊顿止了雾岚滚涌。心上的你啊，解了总角，戴了弁冠！如何不让人乍见欢愉？加冠成人了，可以娶妻了。

是一颔首之间，你从湖泊之南回来了吗？心潮间啊顿平了旋涡激荡。心上的你啊，告别总角，系了弁冠！如何不让人乍见欢欣？加冠成人了，可以娶妻了。

是一俯仰之间，你从原野之北回来了吗？心田上啊顿消了风雨交加，心上的你啊，走过总角，加了弁冠！如何不让人乍见欢喜？加冠成人了，可以娶我了……

是流年也是今日，凝妆华服，长道驱驰，是谁人心田之上，心苗萌发希望无限？等来了，你从远方出使归来了，翩然已成人！温暖春风里，和羞颔首，等你啊，禀告父母，准允婚姻。

是逝岁也是今夕,葛衣素服,高岗伫立,是谁人心田之上,心花怒放所思成真?等来了,你从远方谋生归来了,俊朗已成人!温柔春雨里,顾盼生辉,等你啊,遣来良媒,喜结良缘。

是过往也是今朝,手把锄犁,陇亩埋首,是谁人心田之上,心果嫣红醉人芬芳?等来了,你从远方服役归来了,英武已成人!温煦春光里,笑靥灿烂,等你啊,执我之手,拜祭地天。

自有卢令烟尘飞

***

齐风·卢令

卢令令,其人美且仁。

卢重环,其人美且鬈。

卢重鋂,其人美且偲。

烟尘飞,烟尘扬,山野间,那是谁在血脉偾张。

丁零零,丁零零,一道黑色闪电,迅猛而来,颈环上铃铛闪亮,那是啊猎人的忠诚助手,那是啊猎人的心爱猎犬,那是啊天下的名贵卢犬。

丁零零,丁零零,一阵黑色疾风,飞速而来,颈环上铃铛晶莹,那是啊猎人的亲密同伴,那是啊猎人的得力臂膀,那是啊共同冲锋的友侣。

烟尘飞,丁零零,丁零零,黑毛卢犬追兔逐禽,威风凛凛。

烟尘扬,丁零零,丁零零,黑毛卢犬驱狼赶鹿,神气十足。

齐邦风尚,推重武士,仰慕英雄,那是谁在驱马纵横山林原野?嘚嘚的马蹄声响回荡在大地,黑毛卢犬时而鞍前时而马后。丁零零,丁零零,环铃阵阵清脆,仿佛在告诉茂林中匿藏的千百鸟禽,英武的猎人到来了,试问哪一群鸟禽插翅能逃?立马,长弓在手,势不可当,一声呼

哨，卢犬如闪电，一阵阵环铃响啊引人侧耳，一阵阵环铃响啊引人注目。

齐国民俗，崇尚勇夫，爱戴豪杰，那是谁在引弓熊罴无畏无惧？锋利的箭矢强劲射向那野兽，黑毛卢犬时而左奔时而右突。丁零零，丁零零，环铃声声扬威，仿佛在警示丛林中隐身的大小野兽，豪勇的猎人到来了，试问哪一队野兽能突破围捕？扬眉，羽箭在弦，百步穿杨，一声呼唤，卢犬如疾风，一声声环铃音啊让人慨叹，一声声环铃音啊让人沉醉。

我齐土泱泱，多山多泽多丘陵，鸟雀成群飞鸣，野兽出没其间。鸟羽可为饰，灿灿华美；兽皮可制衣，御寒保暖。兽禽之肉食之肥美饱足，滋养了齐土儿女代代高大健硕。驰骋田猎，齐土儿女驯养出一匹匹骏马，山野打猎，齐土儿男傍身有一只只猎犬，是风在吼吗？是马在叫吗？烟尘飞，烟尘扬，人心激荡，斗志高涨，丁零零，丁零零，一阵阵，一阵阵，自有卢犬环铃回响。

我齐地广袤，多原多野多林地，鸟雀聚集栖息，野兽代代繁衍。鸟羽可制箭，呼啸弋射；兽皮可为裘，商贸盈利。兽禽之肉交易粮食五谷，养育了齐地子民辈辈康健强壮。纵横狩猎，齐地子民驯育出一匹匹灵驹，山林逐猎，齐地子男随行有一只只猎犬，是风在刮吗？是马在嘶吗？烟尘飞，烟尘扬，人心感奋，斗志昂扬，丁零零，丁零零，一声声，一声声，自有卢犬环铃回荡。

黑毛猎犬迅猛如一道闪电，丁零零，丁零零，应该是啊颈佩重环，大环套着一个小环，铃音才能如此清亮啊，愈来愈近了，近至眼前了，原来是啊颈佩鋂环，大环套着两个小环，铃音方得如此清越，丁零零，丁零零……

黑毛猎犬飞速如一阵疾风，丁零零，丁零零，应当是啊颈戴重环，大环套着一个小环，卢犬一定深受喜爱啊，越来越近了，近到身前了，原来是啊颈戴鋂环，大环套着两个小环，备受珍爱铃饰精美，丁零零，丁零零……

丁零零，丁零零，环铃悦耳，配得上卢犬矫健，几度夏去冬来相依伴，几场春蒐秋狝逗英豪，那猛卢犬啊正宜那勇士，看啊，身前的猎人，英姿飒爽气宇轩昂，体魄健壮孔武有力，真是美好啊，真是美好！

丁零零，丁零零，鋂环精美，彰显出卢犬威猛，几多晨昏白日相从随，几多弋射猎捕建奇功，那好卢犬啊堪配那豪杰，看啊，眼前的猎人，意气风发俊采风仪，体格强悍气概不凡，何其美好啊，何其美好！

卢令令，其人美且仁。有人说仁是仁爱，那个人啊美好并且仁爱。人生世间，德行为首，美好仁爱是人应当具备的优秀品质，更是为人是优还是劣的一个重要标准，其人啊，美且仁，堪为世间表率。有人说仁是仁善可爱，那个人啊美好并且可爱。烟尘飞扬，忽闻铃声，再回首举目注视因而见到其人，于刹那间见此等美男子唯有赞叹而已，其人啊，美且仁，最是人生初见。

卢重环，其人美且鬈。有人说鬈是勇壮，那个人啊美好并且强壮。那时诸侯朝野啊，无论是农业生产还是行军打仗，都要求男子体格强壮，文武兼备才能安邦定国，其人啊，美且鬈，堪为家国栋梁。有人说鬈是头发柔长卷曲，那个人啊美好并且鬈发。生着一头好发，柔顺微卷，汗珠顺着鬈边滑落，散着淡淡的体香和着那男子汉的热烈气息，其人啊，美且鬈，最是目眩神迷。

卢重鋂，其人美且偲。有人说偲是才智，那个人啊美好并且多才。能文能武，有德有才，这样的英雄豪杰自然应该备受青睐，富有才智英武非凡不由得让人赞美连连，其人啊，美且偲，堪为众人楷模。有人说偲是赞叹须多而美，那个人啊美好并且美须。生着络腮胡须，气度卓

然，脉搏跃动须发微张，加上额头宽阔目光睿智仪容啊凛凛威风，其人啊，美且偲，最是心仪沉醉。

  黑毛猎犬颈环丁零，那个人啊美好并且仁爱。
  黑毛猎犬重环丁零，那个人啊美好并且强壮。
  黑毛猎犬鋂环丁零，那个人啊美好并且多才。

  丁零零，丁零零，那个人啊多么美好，仁爱强壮并且多才，由衷歌赞，赞扬那猎人威武狩猎，赞扬那猎人不凡气概，正是有了这一个个豪杰勇士，铸就了我齐邦的繁荣富强昌盛。烟尘飞，烟尘扬，铃音响处，一道黑色闪电掠过，一个健美身影闪过，百岁千秋，那一股英雄之气啊，从此纵横驰骋在这山野之间、大地之上，生生永不息……

  丁零零，丁零零，那个人啊多么美好，可爱卷发并且多须，至诚歌赞，赞叹那猎人勇武善猎，赞叹那猎人勃发英气，正是有了这一个个俊美英雄，成就了我齐邦男子的美善统一。烟尘飞，烟尘扬，铃音响处，一阵黑色疾风掠过，一个俊美面庞闪过，千秋万代，那一番乍见欢喜啊，从此爱意眷恋在这山野之间、大地之上，源源无断绝……

回首鱼梁，云复湍，雨声寒

***

齐风·敝笱

敝笱在梁，其鱼鲂鳏。齐子归止，其从如云。

敝笱在梁，其鱼鲂鱮。齐子归止，其从如雨。

敝笱在梁，其鱼唯唯。齐子归止，其从如水。

那车如流水啊，那马如游龙啊，那仆从众多啊竟如乱云，原来啊，那是齐君出嫁之女，返回国内省亲。哗哗哗哗，哗哗哗哗，那大道之旁，那河川宽广，那湍急啊，那涡深啊。

何人谓齐子？是称那齐君之女啊。天下诸侯疆别东西，一代一代齐君的女儿啊，在东海之滨唱着欢乐歌谣，自由自在摇曳长大，多姿又多彩，美艳又多情，像那花儿一样次第绽放，芬芳在春风里，离邦而别国，远嫁啊联姻。

齐子今为谁？人说是齐国文姜啊。齐鲁两地界分南北，离别了母邦一十五年啊，在鲁国宫苑享着尊崇奢华，温柔乡里沉溺了谁，日思更夜念，只待东风起，像那花儿一样遇逢春霖，妖娆在露水中，由鲁而归齐，仪仗何盛大。

文姜名何来？那时的大周天下啊，贵族男子称氏与名不称姓，只有

女子称姓,齐国姜姓,文指才华,歌诗还是曲乐,外交还是内政,四方诸国口口相传啊,那文姜容貌啊美艳绝伦宇内仰羡,那文姜得名啊是因才华闻于当世。

那往昔如流水,那往事龙在渊,那仆从如云的鲁君夫人,齐子文姜啊,原是齐君僖公之女襄公之妹,桃花吁嗟桃英叮咛在耳。那大道之旁,那河川宽广,那湍急啊,那涡深啊。

那车如流水啊,那马如游龙啊,那仆从众多啊竟如密雨,那是啊,鲁君桓公偕同夫人,赴会齐君襄公。呼呼呼呼,呼呼呼呼,那乱云飞渡,那劲风呼啸,那声烈啊,那旋猛啊。

谁人在回溯十五年前,那鲁君桓公听从羽父离间谗言,杀死辛苦摄政十余年的兄长隐公,执政两年内忧外患,当郑太子忽"齐大非偶"拒婚文姜,当文姜诸儿兄妹传言沸扬天下,桓公适时求婚文姜,欲与强齐联姻稳内御外。

谁人在细数十五年来,那齐君僖公先是违礼亲送女儿文姜出嫁,次年越礼派其弟访鲁查询文姜;那鲁君桓公世间罕有只娶文姜一妻;鲁君桓公与齐子文姜婚后生养两子,长子生日与桓公一天,鲁桓公爱若珍宝起名为"同"。

谁人在论说当今情势,那齐君僖公年老逝去,诸儿继位是为齐君襄公,纵横捭阖逐鹿四方,攻伐郑国削弱卫国,问仇纪国压制鲁国;现在鲁君桓公为斡旋齐纪争端前来齐国会见齐君襄公,夫人文姜公然逾礼随同返齐省亲。

那往昔作流水,那往事龙在天,那仆从如雨的鲁君夫人,齐子文姜啊,魂牵梦萦齐国青山绿水,还是念念不忘齐邦英雄俊杰?那乱云飞渡,那劲风呼啸,那声烈啊,那旋猛啊。

是谁人驻足咏叹？望啊，在那河川之中，是谁设置竹木石块，阻挡流水筑堤成坝，界开东西上下两边，鱼梁之西鱼群悠然游弋，却不得越过鱼梁而东去。看啊，在那鱼梁之上，是谁预留中间缺口，嵌入竹制鱼篓捕鱼，口大颈细大腹存鱼，颈装倒刺原本易入难出，只惜鱼篓破败群鱼任游。

是谁人回首鱼梁？思啊，河川之中鱼梁可防，鱼梁之隙有笱可闲，鱼梁如门，笱如门栓，笱既破败，鱼游越界。文姜既嫁，为何不以礼法节制失控越界？想啊，鲁君桓公国势微弱，文姜背依齐邦强盛，礼法虚设，破绽百出，缘何防闲，缘何痛惜？放纵乱行，终究恐将引火祸及齐鲁两国。

湍水可有蛟龙窟？乐啊，逐群结队嬉戏，鲂鱼广薄肥恬，鳞光闪闪赤尾翩跹，鳏鱼目恒不闭，腹平色黄鱼大至美，鲢鱼头小鳞细，腹部银白体长而侧扁。忧啊，鱼篓破败洞开，群鱼任意进出，鱼梁丧失分界之用，河川水深涡急，幽邃暗窟蛟龙生焉，既难以礼自防，何来礼法以防闲放纵。

竹石如山谁人安？刺啊，文姜既嫁鲁国，身负齐鲁重托，何能弃礼再返齐国？鲁君桓公何弱，多年宠溺唯命是从，纵容无度已生殃，风云突变祸患临顶。说啊，守礼扬善长受益，遵礼遏恶免其害，若文姜以礼自防则母仪天下，若鲁君以法防闲则国邦免灾，笱敝鱼梁失用，礼崩坏法难救。

那车如流水啊，那马如游龙啊，那仆从众多啊竟如流水，原来啊，齐国文姜鲁国夫人，返回母国省亲。轰隆轰隆，轰隆轰隆，那惊雷四起，那雨倾如注，那天昏啊，那地暗啊。

敝笱在鱼梁，前路何险恶。车水马龙仆从如云，浩浩荡荡文姜归省，在那边境之上啊，齐君襄公旗鼓大张隆重待迎，十五年未谋面，十五年意难平，一个盛年英姿勃发，一个更增娇艳妩媚，乱了兄妹人

伦！笱破败，鱼肆游。

乱云覆急湍，前途何茫然？车水马龙仆从如雨，鲁君访齐偕同夫人，鲁君桓公为人夫君地位形同虚设，夙昔联姻亦求仰仗，婚后沉陷美妻颜色，眼前微弱畏惧俯首，无力无能礼法防闲，任由文姜私情欲盛！暗云压，湍流急。

四月雨惊寒，前行何坎坷？车水马龙仆从如水，声势盛大蒙昧失察，不提防滔天罪恶淫邪生，不提防泼天大祸云雨作，当宫闱乱行暴露，当四月惊雷炸响，忍见礼法防嫌徒有虚名，齐鲁两地礼法纲常崩坏！雨惊寒，路何方？

那往昔化流水啊，那往事龙从雨，那仆从如水的鲁君夫人，齐子文姜啊，罔视礼法恣情纵行，亡了夫弃了子偕忘了齐鲁国邦，那惊雷四起，那雨倾如注，那天昏啊，那地暗啊。

破败鱼篓放在鱼梁，鲂鱼鳏鱼游进游出。齐君之女回国省亲，随从众多如云浩荡。

破败鱼篓放在鱼梁，鲂鱼鲢鱼游来游往。齐君之女回国省亲，随从众多如雨浩繁。

破败鱼篓放在鱼梁，群鱼游荡自由无拘。齐君之女回国省亲，随从众多如水浩瀚。

天昏昏，乱云压摧，那是谁人纵私情啊，不顾礼法再乱人伦，任传语纷纷，为天下刺讽笑谈。

地暗暗，淫雨霏霏，那是谁人纵私欲啊，害人害己致患国邦，任传言纭纭，为世间千夫所指。

水漫漫，流过今昔，翻云覆雨转头成空，是非善恶人心公论，任传说扬扬，尘埃落浊者自浊。

鲁道长荡荡　汶水恒悠悠

* * *

齐风·载驱

载驱薄薄，簟茀朱鞹。鲁道有荡，齐子发夕。

四骊济济，垂辔沵沵。鲁道有荡，齐子岂弟。

汶水汤汤，行人彭彭。鲁道有荡，齐子翱翔。

汶水滔滔，行人儦儦。鲁道有荡，齐子游敖。

　　鲁道荡荡，星光满天，是谁人疾驰骏马轩车，可又是一场爱恨情仇？那流光啊谁人轻抛，那岁月啊风云变幻。

　　汶水悠悠，斜晖脉脉，是谁人筑起高台楼阁，可有曾念及家国天下？那六合啊江山更迭，那天地啊惊雷无声。

　　马蹄声碎，薄薄传声，宽广平坦的鲁道之上，遥遥驶来典雅的路车，那赤红皮革啊围护车前，灼灼华美耀人眼眸；那雉尾装饰啊彰显尊贵，由来增益君王威严；那方纹竹席啊悬垂车后，质地精良障护车后；那应是一国诸侯所乘啊，那当是国君夫人所坐啊，无比显贵，随从众多如云连绵，叹为观止，车仗络绎如雨繁密。有人说那是暮色黄昏中驱车

出发啊，归心似箭待要驶向何所何处；有人说早晨出行为发晚上住宿为夕，朝发夕止此行指向何地何方；有人说那是美艳无双的齐子文姜啊，由鲁来见她的兄长齐君襄公；有人说那是执掌齐邦的君王襄公啊，星火赴见他的妹妹鲁君夫人。疾驰之间，若隐若现，只道春风满面，等闲问谁知？

残阳如血，四骊骏健，宽广平坦的鲁道之上，高大的路车越来越近，那四骊驾车啊步调整齐，训练有素疾奔平稳；那四匹黑马啊皮毛油亮，膘肥体壮四蹄生风；那丝缰柔软啊编制精美，随意弯垂任由驰骋；那应是尊贵之位所拥啊，那当是高贵之人所有啊，至要至贵，随从结队如风掠过，无以复加，车仗不绝如水淌流。有人说那是晨晓天亮时驱车出行啊，黎明早行待要奔向什么地点；有人说那是和乐平易并无忌惮掩饰，喜颜欢容此行将往什么所在；有人说是齐子文姜的嫣然一回顾啊，齐君襄公从此辗转再难入寐；有人说是齐君襄公的执手带笑看啊，齐子文姜从此踏上不归途路。齐鲁有界，邦国须礼，奈何夏夜西川，几度延归期。

汶水汤汤，川流声咽，宽阔平坦的鲁道之上，往来的行人熙熙攘攘，那汶水澄清啊千回百折，源东泰山袤野肥川；那汶水涓涓啊齐南鲁北，正是两国边境交界；那汶水之滨啊谁筑高台，筵乐欢会双双沉沦；那应是一邦之主威权啊，那当是一国夫人威仪啊，无比荣耀，随从逐群马如游龙，蔚为大观，车仗源源如若流水。有人说那汶水有道何曾泛溢滥流啊，滋养一方沃土养育两岸百姓；有人说那汶水白浪若能掬捧濯尽啊，万难洗却文姜襄公满面春风；有人说那齐子文姜早肋生双翅翼啊，践约齐君襄公逍遥共翱云端；有人说那齐君襄公多徘徊在南山啊，赴会齐子文姜欢畅同翔天际。汶水悠悠，日夜东流，抬眼南山翠色，何事入云阙。

行人儦儦，远山如涛，宽阔平坦的鲁道之上，数不尽路人驻足观望，那由鲁国北上的远行人，仆仆风尘侧身掩面；那由齐国南下的行路人，暂驻车马道路以目；那南来北往的各国使节，见多识广指说讶异；

那应是一邦之主彰礼度，那当是一国夫人守礼制，无上尊崇，随从迤逦声势赫赫，有目共睹，车仗盛大浩浩荡荡。有人说那行人瞠目结舌难以言表啊，为尊者讳百般委婉只说齐鲁；有人说那行人心存礼仪羞赧不已啊，指天说地经纶满腹难论齐鲁；有人说那行人长赋歌诗表明民意啊，朝发夕止齐子翱翔贻害国邦；有人说那行人长吟诗谣表白民心啊，洋洋欢喜齐子游敖何谈礼法？行人儦儦，讽议播远，北野苍茫萧瑟，飞雪纷纷扬。

路车疾驰薄薄有声，竹帘雉尾赤革耀目。漫漫鲁道宽阔平坦，齐国文姜朝夕来往。

四匹黑马整齐美好，缰绳轻垂自由驰骋。漫漫鲁道宽阔平坦，齐国文姜和乐欢喜。

汶水汤汤不息流淌，往来行人熙熙众多。漫漫鲁道宽阔平坦，齐国文姜自在逍遥。

汶水滔滔波浪汹涌，往来行人攘攘稠密。漫漫鲁道宽阔平坦，齐国文姜自得优游。

是谁说啊，齐子文姜未嫁前已称文姜，文姜诸儿私情在先，其"文"非是道德礼仪之"文"，若凭才艺技能张扬炫耀，怎会是"君子好逑"的"窈窕淑女"？

是谁说啊，齐子文姜既嫁鲁君桓公，理应承"桓"称名"桓姜"，身在鲁而心在齐，已为鲁君夫人却仍与齐君襄公再通，难当"桓姜"之实故名"文姜"啊！

是谁说啊，齐子文姜纵情数年，后归鲁助子理政，长袖善舞安内攘外，鲁国日趋强盛得享太平，美谥称"文"，有"经天纬地，道德博闻，慈惠爱民"意。

路车疾驰薄薄有声，竹帘雉尾赤革耀目。漫漫鲁道宽阔平坦，齐君襄公朝夕来往。

　　四匹黑马整齐美好，缰绳轻垂自由驰骋。漫漫鲁道宽阔平坦，齐君襄公和乐欢喜。

　　汶水汤汤不息流淌，往来行人熙熙众多。漫漫鲁道宽阔平坦，齐君襄公自在逍遥。

　　汶水滔滔波浪汹涌，往来行人攘攘稠密。漫漫鲁道宽阔平坦，齐君襄公自得优游。

　　是谁说啊，齐君襄公尚未继位之前，诸儿文姜兄妹流言蜚语纷纷，纵然是东夷遗风存流弊，"齐大非偶"断然婉拒竟是因为谁？桃华吁嗟桃英叮咛又伏祸患！

　　是谁说啊，齐君襄公既为齐邦之主，却放纵情欲与鲁君夫人复通，甚而致鲁君桓公暴薨于齐，与妹私通失伦理，诛人国君蔑礼法，几曾有念及齐鲁世代邦交？

　　是谁说啊，齐君襄公开疆有为，在君位致力军功，发展实力兵强马壮，齐国日益强大根基奠定，美谥称"襄"，有"辟地有德，甲胄有功，因事有劳"意。

　　鲁道荡荡，日升月落，疾驰过几多骏马轩车，上演过几多爱恨情仇，那流光啊倏忽长逝，那岁月啊又何久长。

　　汶水悠悠，不绝东流，望断了几度高台斜晖，黯淡了几度刀光剑影，那六合啊转瞬变换，那天地啊一恒清明。

会凭弓箭御国邦

***

齐风·猗嗟

猗嗟昌兮,颀而长兮。抑若扬兮,美目扬兮。巧趋跄兮,射则臧兮。

猗嗟名兮,美目清兮,仪既成兮,终日射侯。不出正兮,展我甥兮。

猗嗟娈兮,清扬婉兮。舞则选兮,射则贯兮。四矢反兮,以御乱兮。

那一年,那一岁,在我齐邦大地上啊,载欢载笑,歌不尽的繁荣昌盛,唱不完的国泰民安,盛世太平。

那一日,那一时,在我齐国宫苑中啊,典仪盛大,奏不停的乐曲婉转,赞不止的射技卓绝,射礼庄重。

日吉逢辰良,宾射何隆重。齐君与诸侯的相会啊,射礼盛大多么热闹。那射礼有四种啊:大射在郊,是天子为祭祀择士举行的射礼;宾射在朝,是诸侯朝见天子或诸侯相会举行的射礼;燕射在寝,是贵族相聚

射箭筵饮举行的射礼；乡射在州序，是地方为选拔贤士举行的射礼。也识见英雄力拔山，也识见豪杰气盖世，也识见王侯威风凛，也识见将帅无敌勇，难比眼前这一位风华正茂的翩翩少年郎，啊呀，健壮又英俊，啊呀，高大又修长，目光清亮黑白分明，额头眉梢温和明净，问啊，他是来自哪一方的诸侯君王？

举行射礼程式谨严啊，皆要遵从礼仪规定。射礼必先举行燕礼饮酒，习射时先内心志向端正，务要外在形体端正，之后用手稳固持拿弓箭，拿稳弓箭之后，方才可以谈论射中靶心的问题。射的言辞意思是绎，绎是分别陈述自己志向，做国君的，把能否射中靶心作为是否有资格做别人国君的考验，做臣子的，把能否射中靶心作为是否有资格做别人臣子的考验。仪态雅正，举止端方，尽志于射，以习礼乐，安乐又荣耀，射箭之人啊，分明各自射向考验自己的靶心。

步伐合节奏，英姿何美好。身材高大又颀长，步伐漂亮又轻盈。那温文少年郎啊，从容迈趋步，行礼有风仪，两手张开衣裳下垂，身体略弓快步向前，以示对齐邦君侯恭敬之意，以表对在场长者尊敬之情；那俊美少年郎啊，在那射礼射箭之前，依礼起舞谓之兴舞，齐于音乐节拍，雅正善长舞蹈，步步自符节奏，摇曳舞姿灵巧。熠熠若有光，艳羡油然生，高大俊秀步履优美，天庭饱满剑眉轻扬，目光清明，眼波流转，他是哪一邦诸侯名门？他是哪一国贤才俊彦？仁德显露砥柱渐成，朝野有希望啊，邦国可依凭啊！

举行射礼需有节奏啊，定规沿传富含深意。天子是用《驺虞》节奏，乐曲赞美朝廷百官齐备，各司其职之乐；诸侯是用《狸首》节奏，乐曲赞美诸侯按时朝见天子，进贡纳献之乐；卿大夫是用《采蘋》节奏，乐曲赞美遵守法度之乐；士是用《采蘩》节奏，乐曲赞美不失其职之乐。所以，天子用表现百官齐备的乐曲为节奏，诸侯用表现按时朝王进贡的乐曲为节奏，卿大夫用表现遵循法度的乐曲为节奏，士用表现恪尽职守的乐曲为节奏，举手投足间，曲乐赋教化。

重武常习射，射礼何隆重。天下无事用之礼仪，天下有事用之战胜，射侯之时，以木架支撑张开用布或者皮革制成的方形背屏，上画熊、虎、豹、麋、鹿等兽，天子用熊侯白质，诸侯用麋侯赤质，大夫用布侯画以虎豹，士用布侯画以鹿豕，背屏上设箭靶，箭靶画布为正，栖皮为鹄，大射张皮侯而栖鹄，宾射张布侯而设正，箭靶长宽各二尺，正为中心，树侯而射，以射中与否较量胜负。宾射欢聚一堂，欢迎少年到来，勤演射神采奕奕，精习练意气风发，众目共睹，他引弓整整一日不休懈，箭矢支支中靶心不偏斜！

谦和有威仪，君子学六艺。六艺礼乐射御书数，射分五射五种射技，其一白矢，箭射穿靶且露其镞；其二参连，先射一箭其后三箭连续而中；其三剡注，短暂瞄准上箭疾放而中；其四襄尺，臣与君射不与君并立，后退让君一尺；其五井仪，四矢贯靶形如井字。向来男孩初生，让人执桑木弓射六支蓬草箭，一箭射天，一箭射地，四箭分射东南西北，以表男儿事业在天地四方。今日彬彬少年郎啊，宾射自雍容，井仪惊四座，拔出四矢洒脱返回，持弓而立玉树当风！

山野传回声，风云何激荡。宾射之礼讲风采，弯弓射箭求精准，宾射之时，两人一伍，先是相互行礼致意，上台走到习射位置，在音乐伴奏之下，拉弓射箭仪态优雅，在众目睽睽之下，端正内心保持平静，一箭精准中的不易，箭箭射正箭靶更难。那威武少年郎啊，射技堪称精绝，难能从早晨到傍晚，竟然次次贯穿靶心！有人说他或是由鲁国而来的君王桓公，英主正当年少朝气蓬勃；有人说他或是由诸国而来的未知君侯，亦是一表人才英姿飒爽……君侯含笑频频颔首，众人四下击节赞叹，确实不愧是我齐邦外甥！

射礼射箭彰显仁道啊，射箭之时首要端正自己，自身端正然后方可射出。那射箭之人啊，怎样要求端正自己？怎样辨听音乐节奏？按照音乐节拍把箭射出，把箭射出能够射中靶心，大概只有贤者君子，没有才能和德行的，他们如何能够射中？把箭射出却没有射中目标，就不要埋怨他人胜过自己，反过来反省自身找寻原因而已啊。故而通过射礼啊，可以用来观察盛大德行是否具备，如果德行确立了，就没有暴乱的灾祸啊，如果功劳建立了，国家就能得享安定啊。

啊呀健壮多光彩啊，身材高大又修长啊。容颜美好额头宽啊，一双美目神飞扬啊。快步疾行多轻捷啊，射箭技艺真高超啊。

啊呀强健多精神啊，一双美目清如水啊。仪式已经举行了啊，整日不停练习射靶。一箭箭不出靶心啊，真是我邦好外甥啊。

啊呀健美多佼好啊，一双美目亮炯炯啊。舞姿翩跹合节拍啊，箭无虚发穿靶心啊。四矢贯侯收箭回啊，射仪可以御祸乱啊。

那一日，那一时，我齐侯宾射礼啊，诸侯相聚张侯习射，文德武备和乐融融。问谁主沙场，海晏河清。

那一年，那一岁，我齐土友邻国啊，北戎铁骑践踏华夏，生灵涂炭烽烟滚滚，恰英雄年少，御乱安邦。

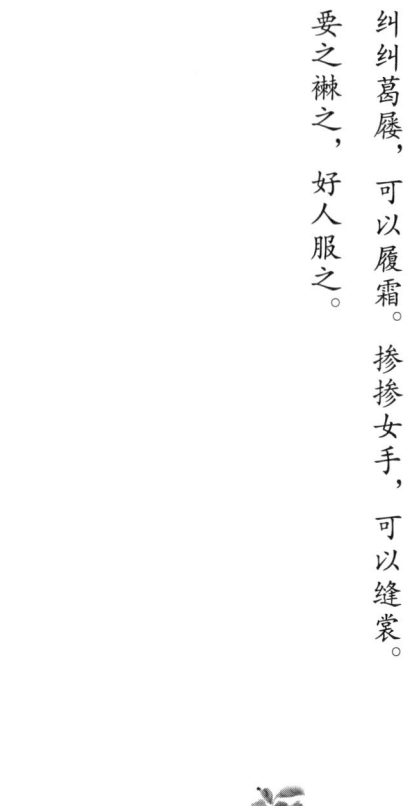

魏风

纠纠葛屦,可以履霜。掺掺女手,可以缝裳。要之襋之,好人服之。

维是褊俭堪羞葛

***

魏风·葛屦

纠纠葛屦，可以履霜。掺掺女手，可以缝裳。要之襋之，好人服之。

好人提提，宛然左辟，佩其象揥。维是褊心，是以为刺。

河曲之北，汾水之南，听风啊，飒飒之音何多疾痛惨怛。
地狭土隘，民贫俗俭，歌谣啊，苦涩之词何少康乐和亲。

为奴为仆，有人说她是那贵族之家的私有财物；为媵为妾，有人说她是那高贵夫人的陪嫁附属；庶民百姓，有人说她是那缝裳制衣的贫穷女儿。

沥沥寒雨，又是一岁送秋归去长空黯黯雁带霜；泠泠寒水，又是一年草木凋零山川槁枯落凝霜；萧萧寒风，又是一载艰难苦恨敝衣不眠染寒霜。

是谁在溪谷中春日采得葛藤青翠，是谁星夜燃起薪柴熊熊煮沸葛

藤，是谁月下青石板上声声捶打葛藤，取得葛麻一条条一缕缕，获得葛麻既柔软且坚韧，缕缕葛麻编结葛屦成双，柔韧葛麻编就葛屦成对。搓麻为绳，系绳屦头上弯成纽，超出屦头三寸，结绳屦跟牵绳穿纽，过纽回绕交互系结，长绳细索缠结缭绕，纠纠啊，纠缠编结编不尽的是岁岁劳碌，缭缭啊，缭绕编就编不完的是年年劳辛。

为营求生活衣食，穿着葛屦啊涉溪谷跋高冈，日夜劳作不休歇，踩着葛屦啊度春夏越秋冬。说什么夏践葛屦为凉爽，说什么冬蹑皮履求温暖，那葛屦啊物贱易得，那皮履啊价贵难求。冷寒秋冬漫漫，葛屦一双傍身，为什么晨晓早行匆匆，为什么踏霜留痕长长。

编履缝裳，女手掺掺。有人说掺掺是瘦弱，积年冻饿十指细瘦；有人说掺掺是纤纤，眉目如画十指纤巧；有人说掺掺是错杂，双手交互十指翻飞。若说为奴为仆，是谁在初到世间早注定卑贱地位，又在累代为役为婢里慢慢成人？若说为媵为妾，是谁在生命之初已然为婚姻从属，又在花季里无声无息随同陪嫁？若说庶民贫女，是谁在连年稼穑艰难中呱呱坠地，又在累岁旱涝无常中渐渐长大？

为奴为仆，啜几口残羹冷汤忍挨日月，那是谁人啊，茕茕伶仃手指瘦弱？为媵为妾，伴一生旁枝侧条附属顺从，那是谁人啊，窈窕娉婷手指纤细？庶女贫民，寻常里菽水藜藿艰俭度日，那是谁人啊，慧心娴技手指灵巧？执拿刀尺裁衣合度，穿针引线密密缝裳。

锦衣华服，贵重典雅。抑或是上衣下裳啊，那是谁人啊，细细缝好裳腰又精心缝制衣领，葛屦履霜不言寒啊，目涩指酸不语疲啊，一针一线缝成了衣裳当适体；抑或是深衣雍容啊，那是谁人啊，被体深邃缝成衣腰又缝饰衣领，葛屦践冰寒浸足啊，目胀指痛累加身啊，千针万线缝就了深衣正合仪；寒晓踏霜，屦迹茫茫，一手托衣腰一手拿衣领，细语和声，领首礼恭，来请那好人啊试穿新衣裳。

善美为好，好人为谁？有人说是夫人，仆隶主人身份高贵，富于善德体恤下人，相貌慈祥仪容美好吗？有人说是正妻，正室嫡妻身份尊贵，长怀贤德心有宽容，窈窕贤淑容颜美丽吗？有人说是善人，世袭贵族身份贵重，抱德守正心怀怜悯，修养品性多行善事吗？

葛屦履霜，执腰提领，奉上新缝衣裳，好人啊，请试一试，可否符合心意？

掺掺女手，牵腰挈领，献上新缝衣裳，好人啊，请试一试，能否增加丰仪？

锦衣华裳，好人提提。有人说提提是安然舒缓，好人佯装不知不加理睬，究竟是看不到躬身礼敬的她啊，还是自命高贵略无垂顾之意？有人说提提是细腰之貌，好人细腰婀娜多姿多娇，究竟是无暇视十指辛劳的她啊，还是自觉尊贵毫无宽容之心？有人说提提是安详美好，好人舒适安泰享用富足，究竟是漠然于葛屦寒苦的她啊，还是自认贵重并无善悯之情？善美方为好，问啊，好人有何善美？

好人啊，为什么回转身子向左回避，想要悄然避开的是那仆隶低贱的地位吗？无善无德何以为好人，哪怕身份地位无上高贵；好人啊，为什么曲身侧体向左扭转，顾盼流连的是新衣裳美姿容相得益彰吗？不求善德何以称好人，哪怕容颜美艳身份尊贵；好人啊，为什么委曲顺从好似谦让，仪态安详端庄多合乎世袭贵族地位尊贵，不为善行何以修厚德，不修美德何以彰显礼法？问啊，为何左避？

象揥珍贵，贵族发饰。那光洁致密的象牙啊，经过反复切磋，经过千琢万磨，方能得到插取发髻的象揥，象揥一端雕琢梳齿可用来梳理长发，一段尖锐可在梳理时选取分开头发，梳好了发髻之后，可将那象揥像簪钗一样插入鬓发为饰。好人啊，抬手抚触簪绾严整的象揥，那一瞬间，是要显示作为主人的高高在上吗？好人啊，扬腕分缕乌鬓更歌簪象

揥，那一瞬间，是要昭示作为正妻的高不可攀吗？好人啊，昂首佩戴象征地位的象揥，那一瞬间，是要彰示作为贵族的居高临下吗？

要经几多切磋，要受几多琢磨，象牙方能成揥具啊；日日佩戴象揥，分发理鬓簪别整齐，以求容颜合乎仪节啊。需行几多善事，需积几多贤德，为人方能称好人啊；时时宽容仁爱，推己及人免受饥寒，以求行为合乎礼法啊。

好人啊，为何心地如此狭隘？若得一面铜镜目睹这般神态举动，何尝有善行啊？问啊，那是谁人为上无德？不施悯恤，那黎庶啊，何其困穷无助。

好人啊，为何心肠如此窄促？若得一方生民耳闻这般神情举止，何曾有仁德啊？问啊，那是谁人俭啬褊急？罔然无视，那黎庶啊，何其苦恨繁难。

葛麻缠绕编结葛屦，却要用来踩冰踏霜。纤纤细细的女儿手，却要用来缝制衣裳。手托衣腰轻提衣领，请那好人试穿新装。

好人神情安然舒泰，扭转身子向左回避，佩戴她的象牙搔头。这个好人心地狭窄，因此来唱歌谣讽刺。

顿足作歌，山峰回应。唱一支歌谣啊，诉说民生多艰啊，堪怜，长岁着葛屦，贫贱履寒霜……

拊掌为节，涧谷和鸣。歌一曲诗赋啊，刺讽为上褊心啊，堪羞，谁来听民声，谁来解民意……

汾水日暖玉生烟

魏风·汾沮洳

彼汾沮洳，言采其莫。彼其之子，美无度。美无度，殊异乎公路。

彼汾一方，言采其桑。彼其之子，美如英。美如英，殊异乎公行。

彼汾一曲，言采其藚。彼其之子，美如玉。美如玉，殊异乎公族。

沮洳徘徊沙日晚，春发野菜持作羹。汾水清波人如玉，长歌一曲烟霭远。

青山隐隐，汾水滔滔。看啊，在那河畔，看啊，在那河湾，葛屦缟袂啊美者为谁？有人说那是隐士居于山野，手采得野菜盈满筐啊，一曲长歌无饥无馁。

春风沉醉，斯人如玉。有人说他是俭以能勤的贤者，有人说他是勤

俭自足的君子。是民情尚俭还是刺上俭啬？那四乡八里的百姓啊，歌得深挚唱得淋漓。

在那汾水低湿洼地，寻觅采摘幼嫩莫菜。看啊看啊那个人啊，美好无法衡量。美好无法衡量，掌管路车的官员难相比。

在那汾水岸畔之上，寻找采摘鲜嫩桑叶。看啊看啊那个人啊，美好如同鲜花。美好如同鲜花，掌管兵车的官员难相比。

在那汾水弯曲之处，寻求采摘脆嫩荚菜。看啊看啊那个人啊，美好如同玉石。美好如同玉石，掌管宗族的官员难相比。

听啊，生民咏赞，听啊，苍生祈愿，那隐士啊，那贤者啊，不同于庙堂权贵纷纷攘攘，不同于朝廷官员武耀威扬！在那汾水一方，甘于藜藿俭素。美如花啊，美如玉啊，邦国百姓民心所向，何以赞许他的美好，一曲长歌尽兴酣畅。

春来汾水涨，雪消莫菜生。莫菜又名酸模，多年宿根生于山野，低洼湿地生长尤佳。东风吹拂残冰尽融，汾水粼粼隰泽泥软，莫菜萌芽啊日增日高，高过腿膝又花开细白，茎细叶嫩呈现出红紫花纹，淡淡酸味独具清香。采撷嫩叶可作羹汤，根可入药凉血利水，劳勤可果腹，饱足亦康健。那是谁人手持浅筐独步悠然，行吟泽畔贤士埋名有才德啊；那是谁人三两偕行呼朋引伴，目光清亮年少正当初长成啊。一掬莫菜烹得一碗春味，万物生发何其明媚欢悦。

抑或是贤德之人自生光彩，恰如春花鲜明润泽，又如玉石温润晶莹，引得一众乡邻遥望敬仰；抑或是少年挺拔笑声爽朗，朝霞辉映青春面庞，哗然耀亮女儿眼眸，牵惹一缕情丝悠悠缱绻。哺育了千百子民的汾水啊，生机勃勃焕发，春日无限美好，莫菜青青堪咏，斯人美好堪歌。华美路车隆隆驶过，雉鸡彩绘銮铃和鸣，那为君王掌管路车的贵族官员啊，大权在握威风凛凛，虽然扬扬得意威风无限，怎能比得上隰泽间采莫菜的人啊，他的美好无以言表。

柔桑寻常见，一方粉蝶飞。布谷声声催促春光，桑叶幼嫩正宜采食，为蔬清芬为羹鲜嫩。汾水一方当初谁人植下桑树？年年繁衍滋生繁茂，岁岁春来生长叶芽，种桑可以养蚕得丝，也能摘取嫩叶食用。晨晓露珠晶莹，是谁枝头撷得一握翠色，不怕它草盛禾稼稀，几箸桑叶春之滋味流芳齿颊，还可疏散风热清凉明目。有人说那贤士怡然缓步桑间，仰首摘叶归；有人说那田家儿女徜徉桑林，十指若翻飞，汾水日夜滋润，采食柔桑微甘，青黄时节免受饥荒。

抑或是贤德之人自生光华，恰如春花绽放明媚，又如玉石和悦悠扬，引得一众乡里凝望敬慕；抑或是少年健硕歌声清亮，金色阳光环绕身旁，刹那绯红女儿脸颊，牵惹一缕情愫悱恻缠绵。哺养了万千百姓的汾水啊，生机盎然兴盛，春日无穷美好，柔桑青青堪咏，斯人美好堪歌。高大轸车隆隆驶过，旗饰牦尾车厢坚固，那为君王掌管兵车的贵族官员啊，重权在手踌躇满志，虽然志得意满风光无限，怎能比得上岸畔上采桑叶的人啊，他的美好无以推崇。

蓃菜翠色好，携手归去来。有人说蓃菜又名泽泻，叶片宽大油绿青翠，略有涩味焯水可食，根茎利水疗治眩晕；有人说蓃菜又名续断，状似麻黄多生茎节，茎节可以拔出再复续，耐寒喜湿多年宿根，药用补益肝肾壮续筋骨；有人说蓃菜又名牛膝，茎生棱角多四方形，多年草本嫩苗可食，入药活血痛经续筋接骨。那是谁人俯身摘取满捧翠色，有人说那是贤士彳亍河湾之所，摘获几茎蓃菜可食可餐；有人说那是田家儿女淳朴辛勤，寻取蓃菜满筐奉养家人。

抑或是贤德之人自生光辉，恰如春花灿烂鲜洁，又如玉石无瑕高洁，引得一众乡人远望敬崇；抑或是少年修伟长啸回荡，浪花洁白层波

翻涌，蓦然叩响女儿心窗，牵惹一缕情思不绝绸缪。养育了无数苍生的汾水啊，蓬勃朝气显露，春日无尽美好，莫菜翠色堪咏，斯人美好堪歌。车水马龙旗幡招展，仪仗威严盔甲闪亮，那为君王掌管宗族的贵族官员啊，荣宠在身自命不凡，虽然自鸣得意趾高气扬，怎能比得上河湾中采莫菜的人啊，他的美好无以复加。

翠微苍苍，汾水茫茫。看啊，在那河畔，看啊，在那河湾，葛屦缟袂啊美者为谁，有人说遇见斯人翩翩如玉，惹开了女儿家情扉啊，一曲长歌表诉衷肠。

春风骀荡，斯人如玉，有人说他是勤劳的黎民小伙，有人说他是清雅的贵族少年，是念念思慕还是时时追随？那情窦乍开的女儿家，歌得婉丽唱得炽烈。

在那汾水低湿洼地，寻觅采摘幼嫩莫菜。看啊看啊那个人啊，美好风仪无法衡量。美好风仪无法衡量，掌管路车的官员难相比。

在那汾水岸畔之上，寻找采摘鲜嫩桑叶。看啊看啊那个人啊，美好容颜如同鲜花。美好容颜如同鲜花，掌管兵车的官员难相比。

在那汾水弯曲之处，寻求采摘脆嫩莫菜。看啊看啊那个人啊，美好品行如同玉石。美好品行如同玉石，掌管宗族的官员难相比。

听啊，心曲款款，听啊，衷肠深深，那小伙啊，那少年啊，不同于庙堂权贵熙熙扰扰，不同于朝廷官员作威作福！在那汾水之畔，采茹野菜青青。美如花啊，美如玉啊，女儿家啊心迹剖明，何以赞叹他的美好，一曲长歌钟情炙热……

菜之味兮不可轻，嚼得菜根百事行，但愿人人知此味，浮生亦自有清欢……

徘徊将何见　忧思独伤心

魏风·园有桃

园有桃，其实之肴。心之忧矣，我歌且谣。不我知者，谓我士也骄。彼人是哉，子曰何其？心之忧矣，其谁知之？其谁知之，盖亦勿思！

园有棘，其实之食。心之忧矣，聊以行国。不我知者，谓我士也罔极。彼人是哉，子曰何其？心之忧矣，其谁知之？其谁知之，盖亦勿思！

王者之制禄爵，公、侯、伯、子、男，凡五等。诸侯之上大夫卿、下大夫、上士、中士、下士，凡五等。

——《礼记·王制》

篱笆环围，桃树繁茂，累累的桃实开始泛白转红，盛夏将至时节的

桃子啊，隐隐散发出鲜甜馥香的气息，桃实指日成熟，将会甘美了谁人唇齿，饱足了谁人肚腹？或许是随侍君侯望见王家园囿的连片桃林，或许是寻常漫步看见家中果园的手植桃株，或许是出巡国中遇见百姓园圃的一棵老桃，桃实满枝，桃树在园，恍惚莫辨此景啊，是现在还是曾经，是触手可及还是隐约遥远？仰望天穹忧思忽忽千回，顿足大地忧患深结愁肠，园中种桃啊尚能结果以食，一怀才德啊如何为国所用？

君王有了如许桃子可享，能否减少苛责国人重赋？农人有了桃子充饥可食，能否减轻家人忍挨饥荒？为上的若能修德有礼免于褊急，为上的若能对待黎民宽容怜悯，即或不是强盛大邦，即或不是原肥野沃，百姓们有一方立足之地开枝散叶，哪一个会愿意远离故土颠沛流离？一家家一户户的百姓啊，正如这桃林连片，亡失了一家百姓也许微不足道，一家家一户户累积日多，好比将那一棵棵桃树拔根舍弃，日减日削，桃树殆无怎会有桃实可享？日少日缩，百姓殆尽怎会有国土安泰？

君不见汾水涛声，掩不住民心离失怨沸腾，君不见蚁蚀虫蠹，呼啦啦合抱之木将倒倾，渐衰渐颓中是谁人在推波助澜？渐削渐弱中是谁人在随波逐流？忧患日深，忧思日重，鼓琴为乐弦音凝滞，弹瑟成曲悲调呜咽，时或合乐长歌表抒胸臆，时或短谣清唱以当泪哭。即或是热泪盈眶谁愿稍解我忧患？即或是歌谣泪飞谁能略知我忧思？风雨飘坠又能奈何啊唯有且歌且谣，一腔抱负无人知我啊何力回天？园中桃啊春华夏实，桃果压枝收获在即，徒为士啊忡忡忧心，有谁用我耿耿忠言？

谁人心怀家国坦荡荡，谁人蒙昧昏聩长戚戚，长歌啊能不能冲云穿霄上达朝堂？短谣啊能不能随着风云传于乡野？那些人不理解我啊，议论指点说我太过倨傲，身处士位却自许多智，非议国政有心忤物。昏昏沉沉白日虚度，噩噩浑浑深夜难眠，一刹那只觉得他们说得对啊，一瞬间又质疑他们说得对吗？盘根错节枝丫蔽天日，且又奈何；势单力薄独木难成林，忧思何用？不为人所知何其孤独，不为世所容益增愤懑，忧思深沉谁人理解？忧思深沉没人理解，不如抛开，勿复再想起！

果园里有桃树，桃树果实可以食用。我心里多么忧伤啊，奏乐长歌或是清唱。那些不了解我的人，谈论说我为士啊太傲慢。那些人啊说得对，你自己又能说什么？我心里多么忧伤啊，有谁了解我的忧思？有谁了解我的忧思，何不抛开再也不想！

奈何可奈何？奈何可奈何！忧患四起，唯有徘徊，忧思沉重，歌谣迷茫。

篱笆环绕，棘树丛生，满眼的野枣已经由绿转红，萧瑟秋凉时季的野枣啊，慢慢褪去了浅涩微苦的味道，滋生淡淡香甜，将会润泽了谁人唇齿，缓解了谁人饥肠？或许是随奉君侯忽见王家园囿里密生棘树，或许是黄昏彷徨突见自家果园里滋生棘树，或许是出游国中多见百姓园囿里参差棘树，野枣满枝，棘树在园，迷蒙莫辨此景啊，是眼前还是回忆，是唾手可得还是缥缈迢遥？仰首苍宇忧思充溢心房，叩问山川忧患灼烧胸膛，园中生棘啊尚有野枣抵饿，一身才德啊如何为国效力？

君王有了如许野枣在侧，会否当思治国当以宽政？农人有了野枣聊充饥肠，会否勉力图存安土重迁？为上的若能为俭之善而非啬吝，为上的若能善用其民仁德教化，即或是那大邦邻伺，即或是那土狭地隘，遥想足下土地亦曾是舜禹故都，禹治天下菲薄自身饮食衣物，而冠冕庄严祭敬天地四方，筑建宫室不求高大富丽宏伟，而奋举全国之力疏通沟洫，漫天洪水退消，苍生安居乐业，为国啊莫贵小利日谋加赋增役，为国啊当贵远图日思服收人心，内能节俭，外务宏施，而立国本。

君不见汾水奔流，阻不住生民离国怨载道，君不见蚕食虎噬，视耽耽内忧外患举步艰，渐赢渐腐间是谁人在推涛作浪？渐败渐朽间是谁人

在随俗浮沉？忧患日深，忧思日重，怅然无绪姑且出游，何以解忧行于国中，有人说是游走举国四境，有人说是游走国都城邑，即或是游历四境谁能稍晓我忧患？即或是漫游国都谁能略懂我忧思？风雨来袭又能奈何啊唯有聊以行国，一腔赤忱无人知我啊何术回天？园中棘啊春花秋实，野枣渐红收摘在望，枉为士啊郁郁忧心，有谁信我啼血忠告？

谁人心怀家国忠无私，谁人蒙昧昏聩合流污，游历四境能否有人知我忧思何在？漫游国都能否有人懂我携手时艰？那些人不理解我啊，评论指责说我太过无常，举世庸常而我独危厉，举国苟安我独指斥。神摇意夺日月虚度，惝恍迷离三秋将过，一刹那只觉得他们说得对啊，一瞬间又质疑他们说得对吗？忧那苍宇将倾烽烟起，可又奈何；忧那山川将覆骨横野，准则何在？不为人所知孤独出游，不为世所容愤懑徘徊，忧思深沉谁人理解？忧思深沉没人理解，不如抛却，勿复再想起！

果园里有酸枣，酸枣果实可以食用。我心里多么忧伤啊，姑且行游国中遣怀。那些不了解我的人，谈论说我为士啊太无常。那些人啊说得对，你自己又能说什么？我心里多么忧伤啊，有谁了解我的忧思？有谁了解我的忧思，何不抛开再也不想！

奈何可奈何？奈何可奈何！忧患四起，独自徘徊，忧思沉重，漫游迷茫。

园中有桃，尚可食用，园中有棘，野枣充饥，那夏去秋来啊，那时光飞逝啊，士人位卑啊，未敢忘忧国，岌岌可危啊，是谁人行歌？

果园里有桃树，桃树果实可以食用。我心里多么忧伤啊，奏乐长歌或是清唱。那些不了解我的人，谈论说我为士啊太傲慢。那些人啊说得对，你自己又能说什么？我心里多么忧伤啊，有谁了解我的忧思？有谁了解我的忧思，何不抛开再也不想！

果园里有酸枣，酸枣果实可以食用。我心里多么忧伤啊，姑且行游国中遣怀。那些不了解我的人，谈论说我为士啊太无常。那些人啊说得对，你自己又能说什么？我心里多么忧伤啊，有谁了解我的忧思？有谁了解我的忧思，何不抛开再也不想！

　　心之忧矣，倾耳聆听，一刹那山河几度改易，一句一句行歌，催人热泪下……

　　其谁知之，翘首遥望，一瞬间沧海变作桑田，一声一声泣涕，寂寞了古今……

高山之上兮，望我故乡

魏风·陟岵

陟彼岵兮，瞻望父兮。父曰："嗟！予子行役，夙夜无已。上慎旃哉，犹来无止！"

陟彼屺兮，瞻望母兮。母曰："嗟！予季行役，夙夜无寐。上慎旃哉，犹来无弃！"

陟彼冈兮，瞻望兄兮。兄曰："嗟！予弟行役，夙夜必偕。上慎旃哉，犹来无死！"

一路迢迢遥遥，一路无尽山岗，一路走啊，一路望啊，故乡，故乡！
黄昏依然斜阳，默默地向远方，一路走啊，一路望啊，故乡，故乡！
登上高山草木葱茏，把我的父亲遥望啊。父亲叹说："唉呀！我的儿子行役在外，日夜奔忙不能止息，希望能多加小心啊，还要回来勿留他乡！"
登上高山寸草不生，把我的母亲遥望啊。母亲叹说："唉呀！我小儿子行役在外，日夜奔忙不能安睡，希望能多加小心啊，还要回来勿弃娘亲！"

登上高山在那岭脊，把我的兄长遥望啊。兄长叹说："唉呀！我的弟弟行役在外，日夜定要与人共行，希望能多加小心啊，还要回来勿死他乡！"

天苍苍，野茫茫，山之上，国有殇。

树木又是一年丰茂，百草又是一岁繁盛，年年岁岁四季轮转，是春末还是夏炎？忘记了冷暖忘记了季节，浑浑噩噩日煎夜熬，只知道啊，我离开家乡越来越远。即或是一时间阴雨霏霏凄寒，即或是一时间烈日当空酷暑，要向远方走啊要向他乡行，都说那行役远方只因王事连连，心中深藏着热切的愿望，我在什伍军旅之中啊走过日月长又长。

荆棘丛生不知苦辛，胼手胝足不觉艰难，何处隐隐哀鸣凄切，是猛鸷还是凶兽？忘记了恐惧忘记了危险，恍恍惚惚披荆拨棘，只知道啊，我要登上高山以望远。即或是左一脚踩落碎石纷撒，即或是右一脚跨步无可立身，要向山上攀啊要向岭上登，都说那山岭之上可以望到天际，眼中深埋着热辣的泪水，我来遥望那天际处啊有没有我的故乡。

我遥望，遥望那天际外的故乡，在那里有我的父亲啊，那拄着拐杖送别我行役他乡的父亲，车马喧嚣尘埃漫天，依依不舍句句叮咛：我的儿行役他乡，一定要回来啊，日夜奔忙无止无息，多加小心完成使命，一定要回来啊，切莫留在他乡！是谁在耳边谆谆呼唤？回来吧回来呀，拄杖伫立在心中的故乡，儿行千里啊父亲在眺望，唤儿归故乡！

思念故乡，郁郁累累，无日无夜不在想着归返啊，等得父亲的拐杖已是斑驳梦中，等不来烽烟散王事完成；日暮黄昏，乡关何处？无时无刻不在想着归途啊，等得离离的荒草已是淹没好梦，等不来干戈息行役归返。仿佛远在天际，仿佛近在眼前，拄着拐杖，两鬓苍苍，我的老父

亲啊,殷殷叮咛:我的儿子行役远方,一定要回来啊勿留他乡!

登上高山草木葱茏,把我的父亲遥望啊。父亲叹说:"唉呀!我的儿子行役在外,日夜奔忙不能止息,希望能多加小心啊,还要回来勿留他乡!"

草木葱茏,高山之上,谁在远望,谁在悲歌,远望可以当归,悲歌可以当泣。

四望不见树木灌丛,寸草不生不毛之地,一程一程跋涉行役,是秋深还是冬寒?忘记了疲羸忘记了时间,混混沌沌旦夕苦痛,只知道啊,我离开家乡越来越久。抑或是无边冷风萧萧愁杀人,抑或是行役同伴人人皆怀忧,向更远乡走啊向更远方行,终岁行役征战换不来家国安宁,心中深藏着炽热的愿望,我在军旅攻伐之中啊走过岁月长又长。

霜华满地不知彻骨,冰雪封山不觉畏忌,何处依稀呜咽吞悲,是病饿还是伤痛?抑或是经长途奔波饥寒交迫,抑或是受弓箭贯射戈戟刺穿,有几多役夫含恨滞他乡。昏昏沉沉攀缘嶂峦,只知道啊,我要登上高山以望远,要向山上攀啊要向峰上登,都说那山峰之上可以望到天边,眼中深埋着滚烫的泪水,我来遥望那天边处啊有没有我的故乡。

我遥望,遥望那天边外的故乡,在那里有我的母亲啊,那补裳编屦送别我行役他乡的母亲,含辛茹苦育我长大,难舍难分声声嘱托:小儿你行役他乡,一定要回来啊,日夜奔忙不能安睡,多加小心想着娘亲,一定要回来啊,切莫抛舍娘亲!是谁在耳畔锥心呼唤?回来吧回来呀,恋恋牵衣在心中的故乡,行役莫测啊母亲在凝望,呼儿还故乡!

思念故乡,愁肠百结,无日无夜不在想着归还啊,等得母亲的双眼已是泪尽梦里,等不来家国安宁侵削止;日暮黄昏,乡心聒碎,无时无刻不在想着归路啊,等得交加的风雪已是湮没愁怀,等不来行役归还刀兵罢。仿佛远在天边，仿佛近在眼下，牵我衣襟，强作欢颜，我的老母亲啊，苍凉嘱托：我的小儿行役远方，一定要回来啊勿弃娘亲！

登上高山寸草不生，把我的母亲遥望啊。母亲叹说："唉呀！我小儿子行役在外，日夜奔忙不能安睡，希望能多加小心啊，还要回来勿弃娘亲。"

荒凉飙风，高山之上，谁在远望，谁在悲歌，别后不知生死，离愁无穷无尽。

有人说横山是为冈，有人说冈是山之脊，绵延不断耸入云烟，是东南还是西北？忘记了风景忘记了方向，糊糊涂涂晨悲暮伤，只知道啊，我离开家乡前路渺茫。年少的脸庞镌刻上憔悴沧桑，青春的身影劳顿成佝偻枯脊，几多背井离乡流离于枪林，是谁断臂苟活谁又身亡失头颅？心中深藏着卑微的愿望，我在行役无期之中啊走过年岁长又长。

多少具白骨露于野，多少次役战几人回，何处啾啾有声愀怆，是征人还是亡魂？父母日思夜念牵肠挂肚，兄长手足情深念念于怀，谁在颠沛中仓皇变容颜，骨肉至亲是否依然旧时模样？只知道啊，我要登上高山以望远，要向山上攀啊要向冈上登，都说那山冈之上可以望到天涯，眼中深埋着灼热的泪水，我来遥望那天涯处啊有没有我的故乡。

我遥望，遥望那天边外的故乡，在那里有我的兄长啊，那在昔年行役里饱受了创伤的兄长，切切嘱告几多担忧，恳挚祈愿抚背叮嘱：我的弟行役他乡，一定要回来呀，日里夜里结伴同行，多加小心不要掉队，一定要回来啊，切莫枉死他乡！是谁在耳旁嗟叹呼唤？回来吧回来呀，踟蹰希冀在心中的故乡，爱怜幼弟啊兄长在怅望，招我回故乡！

思念故乡，黯然神伤，无日无夜不想着回家啊，等得兄长的刀箭旧创更添了新痛，等不来征伐歇骨肉团圆；日暮黄昏，乡愁深重，无时无刻不在想着回家啊，等得积年的黑云已是摧枯四野，等不来阖家团聚踏回程。仿佛远在天际，仿佛近在眼前，忧患日深，皱纹日增，我的好兄长啊，切切叮嘱：我的弟弟行役远方，一定要回来啊勿死他乡！

登上高山在那岭脊，把我的兄长遥望啊。兄长叹说："唉呀！我的弟弟行役在外，日夜定要与人共行，希望能多加小心啊，还要回来勿死他乡！"

脊岭横冈，高山之上，谁在远望，谁在悲歌，死去又何所道，托体同于山阿。

登上高山草木葱茏，把我的父亲遥望啊。父亲叹说："唉呀！我的儿子行役在外，日夜奔忙不能止息，希望能多加小心啊，还要回来勿留他乡！"

登上高山寸草不生，把我的母亲遥望啊。母亲叹说："唉呀！我小儿子行役在外，日夜奔忙不能安睡，希望能多加小心啊，还要回来勿弃娘亲！"

登上高山在那岭脊，把我的兄长遥望啊。兄长叹说："唉呀！我的弟弟行役在外，日夜定要与人共行，希望能多加小心啊，还要回来勿死他乡！"

如果，我永留在他乡，请葬我于高山之上啊，我要长望我的故乡，故乡不可见啊，只有痛哭……

如果，我抛舍下亲人，请葬我于高山之上啊，我要长望我的亲人，亲人不可见啊，永不能忘……

天苍苍，野茫茫，山之上，国有殇……

春日迟迟桑萋萋

***

魏风·十亩之间

十亩之间兮，桑者闲闲兮。行，与子还兮。

十亩之外兮，桑者泄泄兮。行，与子逝兮。

春光明媚，万物更始。桑拳始抽条，那柔枝啊轻舞东风，桑眼初萌发，那嫩芽啊醉了霞光，看远山青黛蜿蜒连绵，听河溪潺潺声声细碎，漫数一夕星光灿烂，抬眼一晨草色宜人；摘一朵野芳斜簪鬓边，黄蕊弥香，望一双紫燕上下翩飞，啄取新泥，蚕卵暖孵化，蚁蚕细且小，又是一年桑蚕时节，豆蔻年少女儿家啊，相邀相携一同采桑，负筐缓缓偕行三三又两两，一路陌上花开清歌遥相闻。

井田有序，阡陌纵横。方里而为井，一井九百亩。那正中间是为公田，八家农户共同耕作，每户奉养十亩公田，余二十亩八户均分以为庐舍，公田收获贡献给大周天子，普天之下，莫非王土。每户又受私田百亩，私田收获归于诸侯和农户。田间劳作需待公田农事完毕，然后才能耕作治理私田，公田的稼穑生长收获不好啊，过失在农户百姓，私田的稼穑生长收获不好啊，要责备相关官吏。

春日迟迟，白昼渐长。谁人手执利斧啊采削枝条，枝条向上过高

难摘，一修一剪啊更萌更生，新条益壮啊新叶争发；谁家采桑女子啊执拿深筐，沿着小路桑林采叶，素手灵巧啊十指翻飞，绿意盎然啊桑叶鲜嫩。

桑林萋萋，叶映光辉。十亩公田，蚕月劳作啊公事勤谨，谁人采伐桑条挥斧若有节奏，谁人采摘桑叶片片满装深筐？私田庐舍，桑季劳繁啊私事辛勤，谁人修整桑条落斨恰和韵律，谁人采摘桑叶不绝笑语盈盈？

有人说这是日上隅中，朝食在即，红润的面庞映着朝阳，清亮的眼眸好像朝露，额角上渗出细密汗珠啊，散发着淡淡柔桑清香，几多采桑女子啊青春正好，恰似初萌桑芽啊明媚清新，晨晓即起，日出而作，摘得嫩叶满筐，步履自在从容。是谁人此一处唤语相伴同归啊，是谁人彼一处应声笑语爽朗，一株株生机勃发的柔桑，随风起伏绿波微漾，一株株孕育希望的柔桑，滋养一方黎庶安康！

是那耕耘田亩的小伙吗？聆听着桑林中的笑语，遐想着绿波中的倩影，不迟不早啊，等候在桑园之外，是否汲取了大地生生不已的力量，那身躯健壮啊可信可依；不急不缓啊，守候在采桑归途，是否呼吸了春日万物复苏的气息，那笑容诚挚啊可亲可近。唤一声偕行同归啊，是谁人心弦怦然动？应一声四目相望啊，是谁人待月上林梢？霞色啊，莫问旖旎桑田事，星光啊，但看缱绻儿女情。

最美莫过青春，最好莫过年少。田园和美，女子事桑，几多女子的情丝，萦绕缠绵在桑林之间，时时轻触，有新生桑叶柔滑细腻，每每细品，有紫红桑葚甘甜多汁；田野宁静，男子务农，几多男子的爱恋，摇曳生姿在桑林之中，即或平凡，有一片桑林招展婆娑，即或寻常，有桑叶田田共赋深情。踏过阡陌纵横，一片心田柔软，桑林之间谁人欢歌春风驰荡？桑林之中谁人含笑你侬我侬？

春来桑林丰茂，采桑倩影窈窕，问红尘哪一个男子没有心上女子，即或平凡，回响在桑林之间的呼唤啊，深情无可匹敌。阅青山南北，一代一代红尘青春，桑林，自是眼波流转间的爱情密码啊；四海桑林葳蕤，采桑女儿亭亭，问世间哪一个男子没有心上佳人，即或寻常，伫立在桑林之外的等候啊，幸福无可丈量。览大河上下，一辈一辈世间年少，桑林，当是欢歌浅笑中的心潮澎湃啊。

在那十亩桑林的里面啊，采桑的人从容又自得啊。走吧，我和你一道回还啊。

在那十亩桑林的外面啊，采桑的人悠然又自在啊。走吧，我和你一道归去啊。

无限闲闲泄泄，几多私语情浓，我耕田来你育蚕，我担水来你浇园，庐舍虽小能避风雨，恩爱双双堪比蜜甜。

有人说这是日之夕矣，牛羊下来，黑亮的长发飘拂及腰，油绿的桑叶映着晚霞，手指间濡染桑叶青汁啊，更显出皓腕洁白修长，几多采桑女子啊韶华正好，如同初发桑叶啊鲜翠欲滴，育蚕辛勤，终日劳作，摘得绿叶满筐，步履闲适自得。是谁人高一声呼唤一起还家啊，是谁人低一声回应一同回去，一张张喜悦洋溢的脸庞，醉了斜阳漫天嫣红，一个个幸福满足的身影，醉了东风温暖乾坤。

是那乡野之地的农舍吗？几株桃李花开灼灼芬芳，几株榆柳成荫遮蔽后檐，桑梓环绕，谷禾遍陇。劳作虽累不为苦辛，安得农事稼穑，春耕继夏耘，秋收续冬藏，无忧无虑，心安神乐，一片桑林啊，相看两欢萦绕牵系，丽日晴空如入画境；安得农亩田园，临窗面场圃，把酒话桑麻，心平气和，舒缓恬淡，一曲桑谣啊，长相思念情怀眷恋。根脉藏泥

土,风吹桑叶响,谁人呼唤,与子还兮。

最美闲适恬静,最好乡野桑林。凿井而饮,耕田而食,身披晚霞金光,穿过斑驳树影,不忧不惧啊,心地里流淌着的是自然素朴,不急不躁啊,片片桑叶终会化为坚韧柔丝,所有光阴啊会如期而至,远方炊烟啊在袅袅召唤,一霎时抛却了权势纷争,缓歌长啸步履从容,一霎时洗尽了利禄熙攘,含笑悠然且趁东风,谁人思隐躬耕田野,谁人希冀守望安稳,天际遥桑林绿,归去来兮寄平生。

在那桑林更深的地方,修筑一方庐舍立足存身,春耕夏耘播撒希望,秋收冬藏天道有常。西窗前鸣一声清亮有雄鸡来报晓,晨朝劳作,旭日东升映红谁人面庞?东篱下撷一把菜蔬为羹唇齿留香,一夕安眠,弦月西落带走漫天星光。望不尽桑林四季更迭变换,听不够春日桑歌清新悠扬,北川迢迢不可及,南山遥遥不可达,心安之处啊,就是眼前乡野桑林,何不归隐啊,长歌一曲桑间清谣?

在那十亩桑林的里面啊,采桑的人从容又自得啊。走吧,我和你一道回还啊。

在那十亩桑林的外面啊,采桑的人悠然又自在啊。走吧,我和你一道归去啊。

无尽闲闲泄泄,几多归隐之情,植杖耘籽田亩中,不辞荷锄理荒秽,庐舍虽陋能遮风雨,陶然乡野自在安宁……

时光匆匆不停,复又几度更迭,淡去了,井田制度,消散了,十亩公事……

斗转星移变换,已是沧海桑田,长留啊,闲闲从容,长存啊,泄泄悠然……

春风又绿大地,桑林又发新芽,与子还兮,那是谁人啊,传唱爱情甜蜜……

　　春日温煦照耀，桑林依然萋萋，与子逝兮，那是谁人啊，咏叹归隐恬淡……

檀影参差望河清

魏风·伐檀

坎坎伐檀兮，置之河之干兮，河水清且涟猗。不稼不穑，胡取禾三百廛兮？不狩不猎，胡瞻尔庭有县貆兮？彼君子兮，不素餐兮！

坎坎伐辐兮，置之河之侧兮，河水清且直猗。不稼不穑，胡取禾三百亿兮？不狩不猎，胡瞻尔庭有县特兮？彼君子兮，不素食兮！

坎坎伐轮兮，置之河之漘兮，河水清且沦猗。不稼不穑，胡取禾三百囷兮？不狩不猎，胡瞻尔庭有县鹑兮？彼君子兮，不素飧兮！

封邦建国，镇土守疆，这里啊，是大周天子分封的姬姓魏国。
文化绵长，历史悠久，这里啊，是虞舜、夏禹旧日所都之地。
南枕河曲，北涉汾水，辖土华山、中条二山之间，魏国处于丘原之地，土地原本偏狭贫瘠，所受疆域亦不宽广，不过是那大国一邑，又加位于大国周边，人民生活可会艰难？可有德政治理教化？尧治平阳，舜治蒲坂，禹治安邑，三都相距各约二百里，无限荣光啊，古圣先王曾在这片山川留下足迹，更留传着美德遗风；富有梦想啊，彬彬君子沐浴圣贤光辉如英如玉，志向远大奋进向上。

黄河裹挟着无尽的泥沙，浊浪日夜滚滚奔流不息，白云远影，逝者如斯。数不休啊古往今来，哺育着一代代生民，天穹下繁衍生息；览不尽啊九曲回折，滋养着一处处土地，生长着林木禾稼。檀树高大芬芳，生长黄河流域，春光明媚红日煦暖，万物萌生新叶之后，檀树嫩芽姗姗迟发，青翠挺拔树影参差。战车纵横南北，役车载重东西，车轮至为关键，檀树材质强劲，最宜辚辚驱驰。

是那春来冰融雪消？是那秋临天高气爽？喊一声号子浑厚悠扬，谁人伐檀坎坎有声？歌一句清谣回声和应，谁人负檀往来河边？伐取檀木制作车轮，木料需经河水浸润，若是细水流浅随意置放，若是大河浪深放在河边，可防干裂虫蠹，可更经久耐用。运斤成风啊，坎坎清脆啊，良木檀树质地坚韧，伐木劳作热火朝天；目光闪亮啊，汗流浃背啊，强健的体魄紧绷肌肉，敏捷的身影紧张忙碌；高耸入云的檀树訇然倒地，扑打出团团尘土弥漫冲天。齐心呼喊劳动号子，合力抬起沉沉檀木，放置在那黄河岸边，备好良材来制车轮。黄河滩旁，是谁挥起斧斤砍削笔直辐条？一个车轮就需要使用三十根辐条。黄河水边，是谁用那火燫工艺弯曲木材成轮？笔直檀木的曲度合乎那规圆标准。黄河溅溅水流，斫檀坎坎鲜明，此伏彼起，声声呼应，听啊，一棵棵檀树纷倒，看啊，一个个车轮制成。

是那黄河水波清澈？是那万民企盼河清？亦或许此时百年不遇惊现黄河清澄，更或许此刻心中诚愿天下太平海晏河清，谁不望国泰民安时

和岁丰，谁不盼安居乐业宏图施展，谁在河畔徘徊流连若有所思，谁将河清再三咏叹若有所指，是伐檀为轮的黎民百姓，还是怅然心忧的有识君子？当沉重檀木堆置河岸，河岸震动河面生波漾起微微涟漪，谁人看在眼里，谁人歌唱着清且涟兮，是不是啊心中也荡漾着层层涟漪？当檀木辐条浸放浅水，水面画出直线传播出一条条直纹，谁人看在眼里，谁人歌唱着清且直兮，是不是啊心中也浸画着道道横波？当檀木车轮推放深水，水面形成漩涡激荡起一轮轮圆波，谁人看在眼里，谁人歌唱着清且沦兮，是不是啊心中也激荡着圈圈旋涡？若有所思，是谁人望河水清澈纯净，思赋诵君子清廉正直？若有所指，是谁人望河水清澄明净，遥叹抨世事偏狭不公？

耕种为稼，收获为穑；冬猎为狩，宵田为猎。一夫之地为廛，一廛百亩，那贵族的采邑封赐，礼制有规下大夫三百户，春耕秋耘，风吹日晒，三百廛土地收获的粮食谷物，农户都需缴纳税赋奉给大夫贵族，不事耕种不事收获，为什么收取禾谷三百采邑？貆为幼貉，貉又名獾，穴居河谷山野，外形似狐，体胖尾短。不事冬狩不事田猎，为什么你家庭院悬挂幼獾？在邑为仓，在野为庾，仓满为盈，庾满为亿。在那野外打谷场上，刚刚收获的庄稼经过碌压捶打，粮食颗粒高高堆起，散发着阳光的味道，氤氲着谷禾的香气。不事耕种不事收获，为什么收取禾谷庾堆漫溢？特为幼豕，野猪生产小猪，三头为豵，两头为师，一头称特。不事冬狩不事田猎，为什么你家庭院悬挂幼豕？圆仓为囷，方仓为鹿，收缴的三百采邑税赋粮食运送到城邑，谷场上高高的谷粒庾堆倾倒进粮仓，座座囷仓容纳的是粮食五谷，更是芸芸百姓汗水浸透的供养。不事耕种不事收获，为什么收取禾谷庾仓满盈？鹑为鹌鹑，巢居野地，啄食草籽昆虫，褐羽横纹，体小滚圆。不事冬狩不事田猎，为什么你家庭院悬挂鹌鹑？

声声犀利，是谁人聚群笑讽，一谈一说，直抒胸中愤懑，拷问如芒刺背，那占据高位的贵族大夫啊，可会听闻？听闻在耳啊，还是在心啊？

句句诘责，是谁人连连讥嘲，一言一语，抨击现实所见，评判义正词严，那志向高远的有志君子啊，可会深思？深思自身啊，还有家国啊。

忍看权贵禾粮腐，忍看野有冻饿骨，朝堂满座不稼不穑空食俸禄，贵族大夫不狩不猎白手供养，多少枉称君子，空居高位不劳而获，更有心存贪婪欲求无度，重税尽收三百采邑谷粮屯仓，苛赋不嫌貆特尚幼鹌鹑形小。眼见囷仓禾粮满，眼见路有冻饿骨，横征暴敛，饱食终日，这样的贵族大夫啊，分明是寄生虫蠹！怀思真正君子，立志有为居心忧家国，修养品德高尚勤俭朴素，兢兢用世，功德施民，这样的正人君子啊，绝不会尸位素餐！日出而作日落而息，饮食通常一日两餐，第一餐朝食，又叫作饔，在那早晨食时，太阳升至隅中之前用餐；第二餐哺食，又叫作飧，在那下午申时，太阳将趋斜暮偏西进餐。一日不劳作一日不得食，身为贵族大夫，当为家国民生擘画操劳。若是津津盘剥百姓万民，琐琐榨取一毫一厘，这样的大人老爷啊，无论朝食还是暮飧，食民膏脂，祸国殃土，哪一餐不是在白白吃饭？哪一日不是在无功受禄？若是致力广修善德于民，德政治理教民义方，这样的真正君子啊，无论朝食还是暮飧，一日三省，济世安邦，哪一餐也不敢白白吃饭！哪一日也不会无功受禄！

坎坎有声把檀木砍伐啊，伐倒檀木放置在黄河岸上啊，黄河水流清澈荡漾生微波啊。不事耕种不事收获，为什么能收取禾谷食邑三百户啊？不事冬狩不事田猎，为什么看你家那庭院里悬挂着幼貆啊？那身为贵族大夫啊，不应是无功受禄啊！

坎坎有声伐檀作车辐啊，伐倒檀木放置在黄河旁边啊，黄河水流清澈水波成直纹啊。不事耕种不事收获，为什么能收取禾谷三百庾堆满

啊？不事冬狩不事田猎，为什么看你家那庭院里悬挂着幼豕啊？那身为贵族大夫啊，不应是无功受禄啊！

  坎坎有声伐檀作车轮啊，伐倒檀木放置在黄河水边啊，黄河水流清澈激荡起漩涡啊。不事耕种不事收获，为什么能收取禾谷三百圆仓满啊？不事冬狩不事田猎，为什么看你家那庭院里悬挂着鹌鹑啊？那身为贵族大夫啊，不应是无功受禄啊！

  檀影参差，黄河荡波，听啊，听啊，有几多人啊，讥嘲贪得无厌，讽笑歌刺……

  彼君子兮，不素餐食，叹啊，叹啊，有几多人啊，祈望河清盛世，洁操自守……

谁之永号诉硕鼠

***

魏风·硕鼠

硕鼠硕鼠,无食我黍!三岁贯女,莫我肯顾。逝将去女,适彼乐土。乐土乐土,爰得我所!

硕鼠硕鼠,无食我麦!三岁贯女,莫我肯德。逝将去女,适彼乐国。乐国乐国,爰得我直!

硕鼠硕鼠,无食我苗!三岁贯女,莫我肯劳。逝将去女,适彼乐郊。乐郊乐郊,谁之永号!

在那城邑之中,在那郊野之地,有几多人啊,长歌句句如诉如泣,挣扎。

在那河滩之上,在那丘原之间,有几多人啊,应声相和一似悲号,抗争。

大老鼠啊大老鼠啊,不要再吃我的黄黍!三年辛苦把你奉养,没有谁肯顾我死活。发誓一定要离开你,前往那方安乐之地。安乐之地安乐之地,才是我的容身之所!

硕鼠猖獗，危害人间。看啊，看啊，那硕鼠啊，成群结队，霸道横行在乡间田野上，侵扰着五谷禾稼，咬断根苗偷取粮食，毁灭生民赖以生存的基础。有人说硕鼠即田鼠，毛色棕灰贪得无厌，田间窃取粟稷，挖建鼠仓储藏粮食；有人说硕鼠即鼲鼠，毛色青黄形大如鼠，头似兔尾有毛，喜在田中偷食粟豆；有人说硕鼠即蝼蛄，多在土中啮食根苗，昆虫背褐腹黄，昼伏夜出危害很大。看啊，看啊，那硕鼠啊，冠冕堂皇，耀武扬威在巍巍朝堂上，侵损着礼仪仁德，不劳而获尸位素餐，毁坏家国赖以发展的希望。有人说那君王魏侯，无宏图远略不开拓进取，褊急成性斤斤计较，横征暴敛厚颜与民争利，贪得无厌一再加重赋税；有人说那满朝文武，文无安邦才武无定国志，空时俸禄刻薄寡恩，无睹黎民血泪挣扎煎熬，无视家国忧患濒临崩溃。

南风何时至，绿满黄河岸，沟塍流水处，耒耜平芜间。黍为五谷之首，养育代代生民，因在大暑时节播种，黍名因而传扬四方，秋后收获脱去外皮，子实淡黄煮熟性黏，黍米补益味甘性温，可为主食香美，可为酿酒原料。哪怕荒地贫瘠，哪怕丘原干旱，直杆多节狭叶下披，穗枝密生成熟低垂，又是一季黍米香，阖家企盼果腹肠。暗夜月沉，我家黍苗尚在深植生长，谁咬根苗断我希望？含辛忍苦，我家黍穗尚未奉祭天地，谁窃实粒夺我口粮？青天白日，我家黍米尚在谷场晾晒，谁呼征税叫嚣南北？汗流浃背，我家黍米尚未运储谷仓，谁喊敛赋黪突东西？

田间硕鼠食我黍，尚能驱逐又击打，朝堂硕鼠食我黍，奈何奈何可奈何。

几多人深受盘剥，几多人饱尝苦难，百姓们啼饥号寒，众生已怨声载道。

在那城邑之中，在那郊野之地，有几多人啊，长歌句句倾诉愤懑，挣扎。

在那河滩之上，在那丘原之间，有几多人啊，应声相和一如哀号，抗争。

大老鼠啊大老鼠啊，不要再吃我的麦子！三年辛苦把你奉养，没有谁肯予我恩德。发誓一定要离开你，前往那座安乐城邑。安乐城邑安乐城邑，才能实现我的价值！

硕鼠肆虐，祸害人间。看啊，看啊，那田中硕鼠滚圆肥壮，夜以继日损窃我家麦子，咬断麦穗搬藏到深洞，大摇大摆劫抢食粮，明目张胆气焰何嚣张；看啊，看啊，那朝堂硕鼠欲壑难填，不修德政造福魏邦百姓，蚕食于民贪婪而畏人，日思夜谋厚聚重敛，暴虐贪鄙伤家国根本。麦子在秋日播种，所谓九月树麦，经历严冬冰雪酷寒，春来麦苗青青，待到五月暑热，一夜南风熏吹，小麦覆陇金黄。赶快割取啊，莫要三天两日间麦粒炸落，抛撒在田头落地生了芽苗，赶快收获啊，莫待浪费了一岁活命粮食，断舍了全家眼巴巴的希冀。菽粟百谷皆是春种秋收，唯有麦子秋种夏收，田地轮作得以更好利用，收获粮食得以养家糊口。岁岁黍稷尚在谷场，早被官府催交税赋，指望麦饭杂藜藿啊，勉强撑过长日饥荒，麦粒煮熟虽粗硬，腹鸣如鼓疗饥病。

自春徂夏汗滴入土，挨饿忍饥多少耕人，携壶浆在南冈，返青拔节吐穗扬花，陵陵麦芒由青转黄，气力用尽啊但惜日长！暗夜星稀青冥浩荡，贼眉贼眼成窝出动，肥鼠抱壮鼠拖，肆无忌惮毁我麦田，恣行无忌偷盗麦穗，大洞小洞盈满我麦粮！层云挟雨夏日渐长，撷取煮食麦饭飘香，汤始沸烟方袅，一家老小尚未举箸，何来官吏忽已在门，厉言声称当先输官仓！有人说三是实指，井田土地每隔三年就重新分配，调整更换以平衡土地差异，重登户籍可申搬家。有人说三是

虚数，日久月深多年奉养那王侯大夫，背负着税赋苛重苦熬苦挣，没有谁来略施恩德。

田间硕鼠食我麦，尚能驱赶且追打，朝堂硕鼠食我麦，疾苦岁岁复年年。

几多人心灰意冷，几多人伤心绝望，百姓们水深火热，众生已生灵涂炭。

在那城邑之中，在那郊野之地，有几多人啊，长歌句句诉语沉痛，挣扎。

在那河滩之上，在那丘原之间，有几多人啊，应声相和一若怒号，抗争。

大老鼠啊大老鼠啊，不要再吃我的禾苗！三年辛苦把你奉养，没有谁肯把我慰劳。发誓一定要离开你，前往那处安乐郊野。安乐郊野安乐郊野，谁还苦痛长久呼号！

硕鼠嚣张，荼毒人间。看啊，看啊，那田中硕鼠贼头贼脑，不分昼夜三五逐队恣行，偷我黍米抢我麦粮，狂妄招摇啃禾苗，禾苗尽枯亡灭希望；看啊，看啊，那朝堂硕鼠威风凛凛，内忧外患一概置之不顾，国土狭小大国临侧，为奢欲连征徭役，黎庶艰难无以聊生。那田间硕鼠啊，驱之不见减少，追打反而增多，为祸变本加厉，欺我太甚，甚至不放过青青禾苗！那朝堂硕鼠啊，已征公田劳作，又增徭役沉重，更收田亩税赋，扰我入骨，甚至算计着青青禾苗！春种一粒粟，秋收万颗子，有苗才有粮，无苗怎敢想？一粒粒的种子，一行行的禾苗，分明更是点点希盼。腹饥不得食，肤寒不得衣，困苦一年一年，凄惨一岁一岁，举目哀鸿遍野，四望饿殍枕藉，都说那安乐之地可得休养生息，都说那安乐之地可得足食丰衣，乐土何方？我欲归去。

那方安乐之地在远山那一边吗？大老鼠啊，既然你本毫无眷顾，我誓言定要离开这里，前往远山的那一方乐土啊，寻找可以安身立命的所在，充满希望的土地啊，播种黍种收获满仓！那方安乐城邑在天际那一端吗？大老鼠啊，既然你本毫无恩德，我誓言将要脱离这里，前往天际的那一处乐国啊，寻觅可以实现价值的地方，布满希冀的城邑啊，耕种麦子收获盈仓！那方安乐郊野在梦中那一面吗？大老鼠啊，既然你本毫无恩德，我誓言就要逃离这里，前往梦中的那一片乐郊啊，在那梦寐以求的郊野之上，禾苗青青茁壮，苍生希盼成真，还会有谁会悲泣长号！

田间硕鼠食我苗，尚能驱除更斥打，朝堂硕鼠食我苗，誓言离去适乐土。

几多人呼唤乐土，几多人决绝远离，百姓们活无可活，众生已忍无可忍。

在那城邑之中，在那郊野之地，有几多人啊，长歌句句吐诉悲怆，挣扎。

在那河滩之上，在那丘原之间，有几多人啊，应声相和连连呼号，抗争。

大老鼠啊大老鼠啊，不要再吃我的黄黍！三年辛苦把你奉养，没有谁肯顾我死活。发誓一定要离开你，前往那方安乐之地。安乐之地安乐之地，才是我的容身之所！

大老鼠啊大老鼠啊，不要再吃我的麦子！三年辛苦把你奉养，没有谁肯予我恩德。发誓一定要离开你，前往那座安乐城邑。安乐城邑安乐城邑，才能实现我的价值！

大老鼠啊大老鼠啊，不要再吃我的禾苗！三年辛苦把你奉养，没有

谁肯把我慰劳。发誓一定要离开你，前往那处安乐郊野。安乐郊野安乐郊野，谁还苦痛长久呼号！

　　走啊，走啊，这里歌不尽愤懑，这里诉不完沉痛，逃离硕鼠，逃离硕鼠……

　　走啊，走啊，这里泣不息悲怆，这里号不休怒怨，适彼乐土，适彼乐土……

唐风

蟋蟀在堂,岁聿其莫。今我不乐,日月其除。无已大康,职思其居。好乐无荒,良士瞿瞿。

蟋蟀鸣岁暮　良士乐无荒

＊＊＊

唐风·蟋蟀

蟋蟀在堂，岁聿其莫。今我不乐，日月其除。无已大康，职思其居。好乐无荒，良士瞿瞿。

蟋蟀在堂，岁聿其逝。今我不乐，日月其迈。无已大康，职思其外。好乐无荒，良士蹶蹶。

蟋蟀在堂，役车其休。今我不乐，日月其慆。无已大康，职思其忧。好乐无荒，良士休休。

苍穹浩瀚，日月年年望相似，曾是谁人，恍然察觉，一年一年流失的光阴。

大地广袤，人生代代无穷已，又是何方，歌谣传唱，一代一代生命的领悟。

是哪一年风调雨顺？光照四方，上下分明，陶唐氏尧政绩卓著，与百姓们同甘共苦，命制定历法为苍生颁授农耕时令，设谏言之鼓鼓励天下人踊跃建言；立诽谤之木及时听取黎民的疾苦，抗天灾令鲧治水疏导

九河,定国制按照政务任命官员。帝尧美德,千载留传唐地厚土。

是哪一日秋高气爽?兄弟深情,手足相嬉,大周成王剪裁了一片桐叶为圭,授之幼弟叔虞当作是封赐,天子无戏言啊,于是封叔虞为唐侯,在那黄河汾水东边,土地方圆宽广百里,建立唐国。后来,叔虞之子燮父继位,徙居在晋水边,改国号曰晋,唐叔封国自此称为晋国。

唧唧复唧唧,蟋蟀鸣声又起,在秋意萧瑟处。唧唧,唧唧,寒霜就要零落草木,赶快抓住时光的尾巴;唧唧,唧唧,生命即将结束繁华,赶紧留下存在的痕迹。

唧唧复唧唧,蟋蟀鸣声复起,从白露到寒露。唧唧,唧唧,一声声急促,是要将谁人啊从迷蒙之中唤醒;唧唧,唧唧,曲曲清扬,是要将谁人催促啊务要怠惰。

蟋蟀卵生土中越冬,初夏孵化,七月成虫。雄虫前翅相互摩擦振振有声,雌虫翅膀没有翅膜不能发音,白昼隐歇夜晚作歌,日暮唱至晨光熹微,一夕复又一夕,由草丛野地唱到屋檐前后。九月渐凉十月转寒,那蟋蟀啊,追寻着庇护,觅求着温暖,寄身堂屋角落,弹响岁末琴弦。

一年十二月反映着季节变化,二十四节气指导着农业生产,那夏历以正月作为岁首,我周历以十一月为岁首,这十月啊,就是一年里的最后一月,岁暮年终。四季循环,草木枯荣,蟋蟀鸣唱在堂,仿佛警醒着世人,一年的光阴啊,又要匆匆过去,如同流水缓缓消逝无迹无踪。

鸣钟击鼓,弹琴奏瑟,乐舞翩翩,仪典隆重,岁尾年末,何其喜乐!
举国同庆,朝野共娱,农事完毕,役车休歇,岁尾年末,何其欢畅!
普天喜乐啊,万民欢畅啊,大周天子举行大蜡祭祀,恭敬祭祀八种神灵:一祭先啬,祀谢始教民以稼穑者;二祭司啬,祀谢掌管农事者;三祭农,祀谢农官;四祭邮表畷,祀谢田官督促百姓耕种所居田间房舍；五祭猫、虎，祀谢猫灭田鼠虎除野猪；六祭坊，祀谢蓄水防水的堤防；七祭水庸，祀谢引水排水的水沟；八祭昆虫，祀谢没有危害庄稼的昆虫。一岁十二月，蜡祭体现仁至义尽，合聚万物进行祭飨，感谢天地神灵相助获得了收成，示好可以危害却没有为害之物。祭祀祝祷，虔诚有词，愿土壤回到安固状态，愿水流回到沟壑之中，愿昆虫灾害不要发生，愿草木回归沼泽生长。蜡祭之后，粮食五谷储存收藏，苍生黎民得以休息，君王公侯贵族大夫，不再兴建大的工程。

若是四方有的国家收成不好，则不行蜡祭以谨民财，若是国家农事顺利五谷丰登，则大行蜡祭轻松百姓。大周天子戴着皮弁身着素服，以示为万物送终，田野农夫戴着黄冠身着黄衣，以示将得以休息。蜡祭完毕，普天同贺，朝堂举行宴飨之礼，乡野举行乡饮酒礼，上至天子诸侯，下至田间农夫，举杯痛饮，喜气洋洋，一张一弛，文武之道，这是得到国君赐予的燕饮恩泽，这是众人辛苦一年享受的狂欢。一直紧张劳作，终于得以放松，欢天喜地举国欢愉，鼎镬滚沸，觥筹交错，微醺欲醉，齐声赋歌，时光转瞬即逝啊，我亦要及时行乐！

人畏老衰，岁怕冷寒，察观物候，四时有序，听闻蟋蟀登堂鸣唱，令我意绪茫茫百端。凛冬将至，万物寂伏，远役之人啊循时归返，行役之车啊依令休停。将进酒，年末蜡祭宴饮，须尽欢，岁尾循例作乐，总归整顿残冬，汲汲又为来年。须知世事多艰，须明生活多难，岁岁长念身居庙堂，年年国事重任在肩，贤良之士啊旦夕谨慎，警惕沉溺啊奢靡过分。日月如飞梭，时光流水过，我欲为良士，修身而治国，岁将暮啊，恐虚度啊，一生何敢碌碌？唯求好乐无荒！

唧唧复唧唧，蟋蟀鸣声渐起。唧唧，唧唧，促织响懒妇惊，是那蟋蟀在催唤女子上机织布吗？唧唧，唧唧，王孙寂寞鸣叫，是那蟋蟀在奢望前世富贵荣华吗？

唧唧复唧唧，蟋蟀鸣声四起。唧唧，唧唧，寒蛩凉凉作声，是那蟋蟀在感慨追怀时不我待吗？唧唧，唧唧，蛐蛐纵横捭阖，是那蟋蟀在威风凛凛沙场征战吗？

蟋蟀又在堂屋鸣唱，一年将尽岁暮天凉。今天我不及时行乐，日月光阴匆匆流去。莫要过分耽于安乐，当须思虑自己职责。行乐莫要荒废正业，贤良之士长怀警觉。

蟋蟀又在堂屋鸣唱，一年将逝岁晚天凉。今天我不及时行乐，日月光阴匆匆流失。莫要过分耽于安乐，当须思虑分外工作。行乐莫要荒废正业，贤良之士勤敏振作。

蟋蟀又在堂屋鸣唱，行役车辆岁末休歇。今天我不及时行乐，日月光阴匆匆流逝。莫要过分耽于安乐，当须思虑国事忧患。行乐莫要荒废正业，贤良之士平和安详。

举杯怡情啊，需要思量自己职责，莫因行乐影响公务，贤良之士，瞿瞿自警！

弦乐盈耳啊，需要考虑分外之事，莫因行乐荒废事业，贤良之士，蹶蹶自勉！

长歌言志啊，需要思虑将来忧患，莫因行乐贻误家国，贤良之士，休休安详！

蟋蟀在堂，骄傲啊，唐风育我。帝尧贤德长传，民风淳厚勤勉，国人平日尽忠职守，不敢少休逸乐偷闲，岁暮燕乐，互劝互诫，崇德守礼啊安乐适度，忧思慎远啊不废职守……

好乐无荒，自豪啊，晋土生我。习俗尚俭好蓄，国域峰岭众多，土地窄狭崇勤重俭，山岳厚重民有仁心，岁暮行乐，自警自醒，依礼放怀啊安乐有节，居安思危啊不荒正业……

为乐当及时　何能待来兹

唐风·山有枢

山有枢,隰有榆。子有衣裳,弗曳弗娄。子有车马,弗驰弗驱。宛其死矣,他人是愉。

山有栲,隰有杻。子有廷内,弗洒弗扫。子有钟鼓,弗鼓弗考。宛其死矣,他人是保。

山有漆,隰有栗。子有酒食,何不日鼓瑟?且以喜乐,且以永日。宛其死矣,他人入室。

一道道山脉,相依相连,一朵朵白云,萦绕山间,森林苍郁,布满峰岭。

一处处隰泽,生机盎然,一阵阵歌声,随风送传,树木葱茏,散着清香。

看啊,山坡之上,满目青绿,枢树连片成篱,栲树绿叶稠密,漆树卓然高耸。枢树,又名山榆,绿叶光滑枝有棘刺,卵圆小果颜色黄绿,耐旱固沙生长迅速,褐色木材细致坚硬,可制农具可做器具;栲树,

即为山樗，生于山中，叶如栎木，绿叶长圆呈披针形，球果累累生有短刺，树皮可制染料栲胶，材质坚硬可做车辐；漆树贵重神奇，生性耐寒长在山麓，木材坚实果可榨油，切割树皮流出白液，收集晾晒变为熟漆，涂刷可制光亮漆器。为民生，为国计，这遍山的青绿啊用途广泛。

看啊，隰泽洼地，满眼碧翠，榆树向阳排列，杻树生机盎然，栗树枝繁叶茂。榆树，别名白榆，树冠庞大耐寒性强，幼嫩翅果可以蒸食，树皮灰色粗糙纵裂，生长迅速木质中硬，可供建筑或制器具；杻树，也称檍树，叶片泛白似杏而尖，树皮透赤枝曲少直，二月春来花开如练，细蕊盖树幽香沁腑，木材坚韧可做弓弩；栗树造福生民，抗旱抗涝能耐瘠薄，花朵簇生壳斗刺锐，皮可染色实益健脾，木材致密耐水耐湿，常用建筑或制器物。为富民，为强国，这满隰的碧翠啊至重至要。

为什么你不现在就去穿上盛装？你有精美的上衣下裳，你有新裁的华丽深衣，仪礼教化早有定规，穿衣需适场合，穿衣需配身份，锦绣华服正宜今日会聚啊，衣长曳地正堪显示庄严啊！为什么你不现在就来御马驱车？你有彩绘的高大轩车，你有成群的精壮骏马，驾车出游快意驰骋，队伍从容有序，行进合乎礼法，驷马萧萧嘶鸣狩猎凯旋啊，旌旗飘飘招展彰显威仪啊！你啊，你啊，草木岁岁荣枯，人死沉睡九泉，一朝不测突然死了，华服归了他人，车马归了他人，谁会感念你的节约俭省？谁会记得是你积藏财富？他人着你盛装，他人驱你车马，尽情享受啊何其欢愉！

为什么你不现在就嘱洒扫庭堂？你有方正的宽阔庭院，你有幽静的高峻内堂，洒扫庭内为人表率，清扫迎接贵客，除秽礼遇嘉宾，招待众人和颜悦色笑语盈，爱护朋友安抚子弟人心服！为什么你不现在就让敲钟击鼓？你有金声远播的鸣钟，你有振聋发聩的大鼓，鸣钟击鼓教化身心，国事祭祀兵戎，饮宴熏陶志趣，钟鼓于军旅指挥征刘杀伐，钟鼓于礼乐教人礼敬尊仪！你啊，你啊，草木年年盛衰，人死埋没荒野，一朝不测突然死了，庭堂归了他人，钟鼓归了他人，谁会感念你的爱惜守财？谁会记得是你蓄储资产？他人住你宅院，他人击你钟鼓，从此易主啊占据保有！

为什么你不现在就命设酒置肴？你有新酿清澈的美酒，你有摆满几案的佳肴，酒浆甘醇肴馔喷香，捧杯献礼周到，四方贤才光临，宴请宾朋嬉娱逍遥乐融融，君子修德善养情操且以喜乐！为什么你不现在就来弹响瑟曲？你有坚韧柔顺的丝弦，你有古久相传的乐谱，瑟音婉转弦弦幽思，白日放歌纵酒，曲乐愉悦身心，相待友善修德高尚乐陶陶，君子温文祝庆升平且以永日！你啊，你啊，草木更迭兴废，人死黄土一抔，一朝不测突然死了，酒食归了他人，瑟琴归了他人，谁会感念你日聚月敛？谁会记得你积年苦辛？他人享你酒食，他人奏你瑟琴，登堂入室啊做了主人！

有人说这是讽喻晋侯昭公的歌诗。那君王昭公啊，拥有财富不能合理使用，拥有钟鼓不能礼乐待客，拥有朝廷不能洒扫理政，不修正道啊耽其国，政务荒疏啊民心散，四邻蚕食虎视谋取国家，危亡就在旦夕却不自知！看啊，不知朝野人心离散，不觉六卿日益壮大。

有人说这是讽嘲守财贵族的歌赋。那吝啬之人啊，自以为忧深思远乐得当，为子孙常保富贵俭又省，岂知富贵无常子孙易败，转瞬之间啊易了主，物是人非啊为人有，何如转头抛却悭吝之行？何如中礼为善及时行乐？看啊，不知过俭丧失礼仪，不觉子孙奢靡破落。

有人说这是劝诫及时行乐的歌谣。那人生在世啊，及时行乐还是节俭吝啬，生命易逝如何选择道路，生死价值何在一片迷茫，一片混沌一片忧伤，不可不及时行乐啊，为何愈言行乐忧思愈深？为何忧思愈深意绪愈蹙？看啊，不知生命倏忽终了，不觉尘世一遭意义。

不胫而走，那歌诗流布啊，字字警示着危亡日迫啊，年近岁逼忧患丛生。

振聋发聩，那歌赋传颂啊，句句警诫着积财啬赏啊，吝惜如命转头成空。

口口相传，那歌谣远扬啊，章章警醒着及时行乐啊，人生如寄自当深思。

山坡上枢树生，低洼地榆树丰。你有华服锦绣衣裳，何不牵衣何不引裳。你有威武高车骏马，何不疾驱何不策马。一朝倒下离世死了，他人乐享喜悦欢愉。

山坡上栲树绿，低洼地杻树壮。你有深宅外庭内堂，何不洒水何不扫除。你有威严乐钟大鼓，何不敲钟何不击鼓。一朝倒下离世死了，他人乐享全部保有。

山坡上漆树高，低洼地栗树茂。你有丰盛美酒佳肴，为何不能整日弹奏瑟曲？姑且用来欢喜快乐，姑且用来度过终日，一朝倒下离世死了，他人乐享入室作主。

岁月原本美好隽永，人生短暂匆匆度过，转瞬百年弹指，寿无金石坚固，死去何所道啊，托体同山野啊，欢喜生活，人生在世且要行乐，长延永日，生命无价且享喜乐。

时日恒久流逝，光阴永是忽忽，亲人或余悲啊，他人亦已歌啊，何如饮美酒，何如衣华服，长驱车马，钟鼓琴瑟，谁人在彼岸，谁人在今川，愚者爱惜费啊，何能待来兹啊。

一道道山脉，相依相连，一朵朵白云，萦绕山间，森林苍郁，布满峰岭……

一处处隰泽，生机盎然，一阵阵歌诗，随风送传，树木葱茏，萧萧有声……

流水白石何凿凿

***

唐风·扬之水

扬之水，白石凿凿。素衣朱襮，从子于沃。既见君子，云何不乐。

扬之水，白石皓皓。素衣朱绣，从子于鹄。既见君子，云何其忧。

扬之水，白石粼粼。我闻有命，不敢以告人。

我晋国啊，本以绛山为宗，绛水出绛山南，绛山绛水旁，有绛都巍峨；绛水沸涌而东流，折而向北经青玉峡，向东流经白石山，悬出而为沃泉，水流自悬崖上倾泻而下，飞珠溅玉，如落云天，沃泉旁白石山中盛产白石，皓皓如霜雪，清奇而古怪。沃泉蜿蜒九曲向北汇入浍水，萦回盘旋向西流入汾水，取其曲，取其沃，境有沃水且萦回盘绕，那曲沃城邑啊由此得名。

那昔年啊，桐叶封地，叔虞有我唐地，河汾之东方圆百里。晋君燮父继位之后，在那晋水流入浍水处营建新都，取名为翼，历经晋侯燮、武侯两世；大周穆王年间，晋君成侯迁都曲沃，历经成侯、厉侯、靖

侯、鳌侯、献侯五世；大周宣王年间，晋君穆侯迁都于绛，历经穆侯、殇叔、文侯三世；东周平王年间，晋君昭侯迁都于翼，次年封其叔于曲沃，世称曲沃桓叔。

那桓叔啊，出身高贵，是穆侯之子，是文侯之弟。条之战晋军败绩，穆侯怀怒愤，恰逢长子出生而名为仇；千亩之战晋军大胜，穆侯喜心头，适值次子出生而名成师。穆侯去世，其弟殇叔篡位，驱仇他国；四年含辛，仇与成师及朝中大夫里应外合，灭除殇叔，成师亦有功；大周王室纷仍，文侯佐平王东迁，诛攘王厥功甚伟，成师亦有劳；曲沃桓叔啊好德之名远扬。

那曲沃啊，面积大过了都城翼，建国应该本大末小，国君的实力土地应该大于臣下，君位方得稳固啊国家方得安定，想我大周礼规，诸侯大国都城不超王都三分之一，中等国家不应超过五分之一，诸侯小国不应超过九分之一，各诸侯国分封贵族大夫亦同此例。曲沃桓叔效仿大周文王贤德，广行仁义人心归向，人争传颂纷至依附，曲沃啊欣欣向荣，曲沃啊日益昌盛。

那念头啊，是从何时萌生？对比天时，是因为晋君昭侯年轻继位未久吗？是因为桓叔久经历练积得经验吗？对比地利，是因为翼都实力影响日益衰微吗？是因为曲沃得天独厚地理优势吗？对比人和，是因为晋地民众纷纷归附桓叔吗？是因为曲沃尾大有意欲望燎原吗？踌躇有志，羽翼日丰，待大风起啊，搅动漫漫烟尘，翻涌滚滚直上，遮了湛湛青天，蔽了日月光华。

那流水啊，激扬不绝，日夜冲刷河中白石。有人说凿凿为水石相激之声，有人说凿凿为白石鲜明之貌，白石凿凿啊，谁人蹙眉注目，暗怀紧张？有人说皓皓为白石洁白之色，有人说皓皓为白石明亮之光，白石皓皓啊，谁人凝眉注目，暗自焦灼？有人说粼粼为水石相击之波，有人说粼粼为水落石出之貌，谁人皱眉注目，暗藏危急？水何缓，石何坚，孰愈衰？孰愈盛？

那朱襮啊，灿灿耀眼，大周尚红，依照礼仪唯有天子诸侯可着朱襮。有人说素衣是纯黑素色外衣，有人说细白素衣是素丝中衣，素衣纯色，谦谦而恭谨；有人说朱襮是衣领边饰朱红，有人说朱襮是衣袖镶饰朱红，朱襮夺目，却非天子封赐；有人说朱绣是刺绣花纹朱红，有人说朱绣是朱饰绣上黼纹，朱绣炫然，却非四方诸侯；那高贵之人到底是谁？逾礼越规，衣泄心机。

追随你啊，仰慕贤德美名，一路风尘仆仆，策马驱车，星夜兼程，山一程啊，乱石穿空，水一程啊，淌流激扬。四方百姓传说桓叔啊，德如白石明澈晶莹；八面宾客来居曲沃啊，势如流水浩浩荡荡；追随你啊，一路来到曲沃，城池巍然宽广严正；追随你啊，一路来到鹄邑，兵多将广威武雄壮；水向低处流，为人分是非，所来曲沃啊所为何事？所来鹄邑啊要见何人？

云何不乐？扪心自问，四顾无言。既然已经见到了曲沃桓叔，原本应是终得见君子之喜，可那一路上如激扬流水般的欢乐之情啊，是何时做了烟消云散？士民所见往往其外，识人识面难识人心，真正有德之君，为安民而使民乐其乐而利其利；貌似有德之君，以使民得其乐与利而收买人心；至于无德之君，既无安民之心亦不顾民之乐与利；假做真时啊，真假何难辨。

云何其忧？仰天叹息，默默无语。既然已经见到了曲沃桓叔，原本该是终得见君子之幸，可那一路上如坚定磐石般的慕贤之念啊，是何时悄然瓦解灰飞？世人皆知桓叔政善，晋民络绎前往归附，一袭素衣朱襮，居心昭然自明，莫测桓叔之志啊，险阻曲沃之途啊，那险途之人啊可能否迷路知返？那翼都之君啊可能否幡然觉悟，谁人犹抱几许希冀，

谁人为国为民怀忧？

　　那命令啊，关涉存亡机密，决定生死争斗，命令闻于我耳，命令郁结我心，不敢把它告诉别人啊，如何把它告诉别人啊，那是血流成河剑影刀光，那是白骨累累堆积如山。沃水萦绕，山道回旋，世间不敢告人的机密，必有不可告人的原因，究竟是什么不可告人？为何脱口而出不敢告？秘密隐在不可告与不敢告之间，命令藏于不可告与不敢告之中，大风起，云漫涌！

　　我心惶惶，怀一线希望，长歌款曲啊，希盼能够响遏行云啊，上达那天庭。

　　我心扰扰，怀一丝祈望，长吟诗赋啊，祈望能够随风远播啊，遍布于四野。

　　激扬河水流淌，冲刷白石更显鲜明。素丝中衣朱红衣领，追随你啊来到曲沃。既然见到大人君子，还说什么快快不乐。

　　激扬河水流淌，冲刷白石洁白如霜。素丝中衣朱红饰绣，追随你啊来到鹄邑。既然见到大人君子，还说什么那些忧愁。

　　激扬河水流淌，冲刷白石粼粼生波。我听闻啊命令机密，可是不敢把它告诉别人。

　　流水激扬，大风呼啸，旌旗猎猎，曲沃盛强，问我晋君昭侯啊，可已听闻？

　　白石凿凿，黑云压顶，惊雷将至，暴雨将倾，忧我晋土山河啊，能否安宁？

西风更颂椒聊曲

***

唐风·椒聊

椒聊之实,蕃衍盈升。彼其之子,硕大无朋。椒聊且,远条且。

椒聊之实,蕃衍盈匊。彼其之子,硕大且笃。椒聊且,远条且。

是不是第一缕西风穿枝拂叶,悄然赧红某一粒花椒?那一抹红晕洇染啊,仿佛一夕之间,将唐土山山岭岭椒实红遍,透着光亮,滴着露珠。

是不是第一枚寒露唤醒鸿雁,展翼水滨鸣一声高亢?那一响止遏流云啊,仿佛一朝之间,将晋地满坡满谷椒芳弥布,香着口鼻,润着肺腑。

西风寒露椒林红,万芳丛中散馥香,呼朋引伴啊,应和着时节的召唤,持篮负筐啊,抢摘着累累的花椒。眼要疾啊,看准了椒刺环围的累累红亮椒果,避开锐刺扎伤直摘椒果串串;手要快啊,拿稳了枝条撷取

椒串小心着穗芽，护全花穗叶芽保得来年丰收。秋阳如火，泼洒着炽热，弥山漫岭椒红欲燃；西风送爽，抚慰着清凉，吹面掠鬓快意萌生汗。五月麦黄要日夜抢收，莫等收割不及时麦粒掉落，两手徒空空啊辜负了一季收获；八月椒红要连日抢摘，莫待采摘不及时椒果绽裂，脱落离枝丫啊错过了一秋丰产。

你追我赶啊，笑语欢声啊，一枝枝盛茂长势喜人，一树树繁密丰收在望。春播一粒花椒籽，夏生一株花椒苗，秋去冬来扎根伸丫，三两年里开花结果，四五岁成累累满枝，着意采啊仔细摘啊，一树红艳椒果采得一升满盈！世上烟火处，谁不盼家中人丁兴旺？红尘温情深，谁不盼后代子孙众多？采一捧花椒，祈愿在心，想儿女绕膝盈盈满堂，望一川椒林，祈福虔诚，祈多子多孙绵延繁盛！椒林丛中，笑语连连，如同椒果般嫣红的是谁人面庞？如同椒籽般黑亮的是谁人乌发？暗香氤氲浮动，那个人儿身材高大。

椒林绕山萦坡，数不尽的人来人往，偏偏将那个人儿啊，蓦然回首，看入了流转眼波，拨动了曲曲心弦；椒香充溢肺腑，醉不休的绿女红男，偏偏将那个人儿啊，锦心绣口，唱成了悠悠歌谣，温暖了岁月山川。

花椒飘香结实累累，繁盛众多采摘满升。那个所思的人儿啊，身材高大无人能比。椒实结成串啊，椒香传远长啊。

花椒飘香结实累累，繁盛众多采摘满捧。那个所怀的人儿啊，身材高大而且真诚。椒实结成串啊，椒香传远长啊。

西风起兮叶油碧，寒露瀼兮椒红川。扶老携幼啊，欢喜着丰收的喜悦；披星戴月啊，追随着清秋的韵律。花椒树啊经历了四季轮回，蓄积了风雨日月，坚硬了棘手的椒刺，深绿了油亮的椒叶，送春去迎秋来，结成了一串串的辛麻热烈，一粒粒红圆光亮又润泽，缀满枝丫颜色赛过丹霞。摘下一粒，轻轻揉捻，细细嗅闻，那一缕香浓啊，猛烈又绵长。椒果夺目艳，椒实扑鼻香，采摘不易啊要小心凝神，稍有恍惚不免刺破手指留伤，或是枝头油滴溅落迸蛰眼睛，莫怕辛苦，莫惧劳累，一阵笑语转瞬间消解了疲累。

我唐风延传啊，我晋土哺育啊，这一方山水厚重坚韧，这一方子民辛勤沉稳。树树花椒繁衍丰茂，不择地势，随遇而安，或是杂草丛，或是石棱缝，依山临风傍宅围篱，生生不息滋养万民。山高路远，见缝插针，渴了饮一掬山泉，饿了吃两口干粮，花椒树下挥洒汗水，忘了劳苦忘了骄阳，摘得满升红火啊，摘得满捧香浓，装满了背篓啊，装满了筐笼。清晨黎明起身，忙到日过晌午，看那茂林深处，升起炊烟几缕，捡几块石头为灶，拾一抱柴火引燃，一捧黍米金黄，一把椒叶油绿，家常饭食，添了椒香美味异常。

椒果飘香枝头，鲜艳惹人爱慕，谁家姑娘初长成啊，手脚麻利丰满又壮实，椒林蓊郁，邂逅斯人在咫尺；椒林荡漾心语，祈愿相识相亲，一群姑娘勤快劳作，笑语声声绯红了面容，椒果繁盛，寄托着无限期许。

花椒飘香结实累累，繁盛众多采摘满升。那个所思的男子啊，身材高大无人能比。椒实结成串啊，椒香传远长啊。

花椒飘香结实累累，繁盛众多采摘满捧。那个所怀的男子啊，身材高大而且忠厚。椒实结成串啊，椒香传远长啊。

长空寒露椒枝低，一湾清溪抱远山。踏歌而舞啊，憧憬着甜蜜的幸福，挡风婆娑啊，绿叶丛中熠熠生辉。熟透椒果自然炸裂，露出椒籽乌黑鲜亮，就是昔年那一粒小小花椒籽，也有霜落雪压，更萌新芽更

抽新条，也有雷电酷暑，更扎深根更盛繁花，几度叶生叶落，几回阴晴旱涝，而今绿荫如盖枝干粗壮，而今枝条累累椒红胜霞。椒林丛中，是谁眼眸闪闪黑亮，劳作身影厚实高大，这样的女子啊，同那椒树一样富有生机，同那椒果一样宜子宜家，一见你啊，仿佛看见了想要的红火日子，儿女绕膝，和乐融融。

椒树茂盛枝多条长，椒果馨香情思沉醉，一晃出神手指刺破，抬头张望姑娘的身影，想要说点什么，盼望故事发生，采椒思人啊，人儿在咫尺，高远的枝头椒果最难采摘，眼前的姑娘如同椒果明艳，椒叶麻椒刺扎，人多眼杂啊如何说话？椒果忘情顿生几多甜蜜，椒林留恋陡增几多甘美，生活凡常啊，幸福抱拥啊，是谁站在山梁，歌声高亢又悠扬？唱一份期许诚挚美好，唱一段真情氤氲飘香，姑娘啊，我在倾诉衷肠，可曾，把你的心弦撩动？西风轻吹，寒露晶莹，有情人儿啊结缘椒林，山野田园，世世续传。

椒曲婉转荡漾，沉醉了青山绿川，漫山遍野香又香啊，浓香厚重随风远扬，温暖陶然了少年男女的心房；椒果寓意美好，盛旺了子孙满堂，心上姑娘高又壮啊，宜子宜女代代强健，昌盛繁衍让生活更幸福和美。

花椒飘香结实累累，繁盛众多采摘满升。那个所思的女子啊，身材高大无人能比。椒实结成串啊，椒香传远长啊。

花椒飘香结实累累，繁盛众多采摘满捧。那个所怀的女子啊，身材高大而且壮实。椒实结成串啊，椒香传远长啊。

那是何年啊，第一双巧手敏捷采撷；那是何日啊，第一灶烟火烹煮鼎沸。那一味辛麻浓郁啊，调和了日日餐食，走入了万户千家。风俗习传啊，在屋前，在宅后，在地头，在田埂，那西风过处啊，一树一树花椒红艳,迷离了眼眸啊,自成一道亮丽风景……

那是何节啊,第一回献祭椒肴芳郁;那是何人啊,第一次试药疗疾治病。那一味温热纯阳啊,欣飨了天地先祖,康健了四方子民。大地南北啊,在道侧,在路旁,在崖峦,在沟峁,那寒露凝白啊,一阵一阵椒香浓烈,痴醉了心怀啊,别是一番独特风光……

今夕复何夕　三星耀薪楚

* * *

唐风·绸缪

　　绸缪束薪,三星在天。今夕何夕?见此良人。子兮子兮,如此良人何!

　　绸缪束刍,三星在隅。今夕何夕?见此邂逅。子兮子兮,如此邂逅何!

　　绸缪束楚,三星在户。今夕何夕?见此粲者。子兮子兮,如此粲者何!

　　天道运转,星斗满天,伴日月升落交替,随季候更迭循环。大河上下,一辈辈子民啊,仰观天象,三垣四象,二十八宿,苍龙朱雀,白虎玄武,指示时光变化啊,领悟那无尽的生命规律。

　　长空暗蓝,星辰光明,守人间四时生活,护秩序节律分明。青山南北,一代代百姓啊,俯察物候,春种夏耘,秋收冬藏,农耕劳作,周而复始,时间缓缓流逝啊,感念那不息的天地自然。

一束束薪柴紧紧缠，迎亲备礼不可或缺啊；一束束刍草密密绕，迎送车队饲喂马匹啊；一束束荆楚细细捆，迎娶仪式燃火盛旺啊；紧缠密绕，仔细捆扎，愿一双新人结同心啊，愿夫妻缠绵情意长啊。待到黄昏日暮，点燃束束薪楚，冲天火光映红了一张张笑脸，谁家婚姻二姓和合，那是谁人男娶女嫁？聚亲朋好友，集左邻右舍，婚姻大礼典仪庄重；不分老或少，不论长和幼，来闹洞房喜气洋洋！

　　今夕何夕？明知故问，笑逐颜开，欢天喜地闹洞房啊，是谁在发问？是谁在应和？今天晚上竟是一个怎样美好的晚上啊，三星明亮辉映中天，世上见到如意郎君，时光恰好，新娘啊，新娘啊，该拿眼前的郎君怎么办？束薪焰红，三星辉映，新娘啊，新娘啊，吉日良辰正当时，你该拿这如意郎君怎么办？欢歌声声，笑语阵阵，羞涩了新娘一张俏脸啊，嫣红如霞！

　　今夕何夕？发科打趣，眉飞色舞，喜气洋洋闹洞房啊，是谁在盘问？是谁在和声？今天晚上竟是一个怎样美好的晚上啊，三星晶莹辉耀东南，世上见到可心的人，时光流过，新郎啊，新娘啊，该拿可心的人儿怎么办？束刍葱茏，三星晶莹，新郎啊，新娘啊，吉日良辰正适时，应该拿这可心人儿怎么办？欢歌句句，笑语喧哗，一双新人手足似无措啊，脉脉相视！

　　今夕何夕？春风满面，喜眉笑眼，其乐融融闹洞房啊，是谁在追问？是谁在附和？今天晚上竟是一个怎样美好的晚上啊，三星闪烁悬挂门户，世上见到美丽新娘，时光渐去，新郎啊，新郎啊，该拿身边的新娘怎么办？束楚熊熊，三星闪烁，新郎啊，新郎啊，吉日良辰正合时，你该拿这美丽新娘怎么办？欢歌章章，笑语腾沸，热辣了新郎肺腑衷肠啊，几不自胜！

　　今夕复何夕？三星耀薪楚！你把幸福交给我，我把一生付与你，顺

应命运的际会安排，珍惜姻缘的期盼希冀，做一双世间寻常夫妻，做一对人生恋慕伴侣，任那日升月落昼夜更替，看那斗转星移草木枯荣，朝夕相伴，唇齿相依。

三星璀璨，排列一线。谁人说是心宿三星暮春初升，因礼典婚配玄鸟至日祀高禖神；谁人说是河鼓三星新秋当户，因感牛女相会而知嫁娶之及时；谁人说是参宿三星冬夜出现，因礼规嫁娶霜降而迎冰泮而止；众说纷纭莫衷，各据婚姻之时，或以为万物滋长萌发之暖春，或以为五谷百果收获之霜秋，或以为众生闭藏化育之闲冬，天道导引人事，遵循自然规律，三星闪耀醒目，男大当婚女大当嫁！

今夕何夕？春暖花开，紫燕孵育。青山之麓，是谁执斧砍伐薪柴，额角渗滴颗颗汗珠？迟日风熏，是谁赋歌深情饱含，细致缠绕束捆薪柴？西岭日暮时，黄昏无限好，长道蜿蜒盘旋，是谁对歌柔婉缠绵？今天晚上竟是一个怎样美好的晚上啊，心宿三星辉映中天，四野静寂私语低诉，欢会仲春，束薪表意，你啊，你啊，人海茫茫相逢结缘，该拿如意良人怎么办！

今夕何夕？秋露凝霜，晶莹剔透。隰泽之滨，是谁执刃割取刍草，身形高大臂膀宽广？天高气爽，是谁清歌倾吐心曲，精细缠绕束捆刍草？远村炊烟袅，长河落日圆，水岸曲折起伏，是谁和歌动人温婉？今天晚上竟是一个怎样美好的晚上啊，河鼓三星闪烁东南，五谷丰登百果飘香，邂逅金秋，束刍结情，你啊，你啊，尘世扰扰相逢相亲，该拿可心人儿怎么办！

今夕何夕？冬闲农歇，鼓乐喜庆。丛林参差，是谁执刀伐择荆楚，手脚勤快眼眸炯炯？晴空湛蓝，是谁曲谣袒露爱恋，细密缠绕束捆荆楚？月上树梢头，人约黄昏后，山高水长路遥，是谁附歌悱恻缱绻？今天晚上竟是一个怎样美好的晚上啊，参宿三星低悬门户，点燃荆楚烟腾火起，冬月仪典，束楚成礼，你啊，你啊，婚姻当时宜家宜室，该拿眼前美人怎么办！

今夕复何夕？三星耀薪楚！你把真心交给我，我把深情付与你，遵从天道的秩序规律，守护婚姻的平凡希冀，结一双世间烟火夫妻，结一对人生恩爱伴侣，任那春夏秋冬季候变化，看那物换星移雨露霜雪，白发不离，子孙绕膝。

紧缠密绕束捆薪柴，三星明亮高挂中天。问讯今夕是何良夕？遇见如此良人郎君。要问你啊要问你啊，应当拿如此良人怎么办！

紧缠密绕束捆刍草，三星明亮东南闪烁。问讯今夕是何良夕？遇见如此美好邂逅。要问你啊要问你啊，应当拿如此邂逅怎么办！

紧缠密绕束捆荆楚，三星明亮低悬门户。问讯今夕是何良夕？遇见如此明艳美人。要问你啊要问你啊，应当拿如此美人怎么办！

今夕何夕？琴瑟和鸣，热闹非凡祝福笑歌！来日方长，三星为证光华粲粲；今夕何夕？绸缪缠绵，一咏三叹翩跹轻舞！来日方长，为羹为汤薪楚熊熊；今夕何夕？邂逅情浓，絮语浅浅执手相望！来日方长，共度漫漫烟火琐细。

今夕复何夕？三星耀薪楚！多少人只为相会相见，忆不得几多跋涉盘桓，是谁人走过了一世山高春花繁，是谁人走过了一世水长秋霜白，是谁人走过了一世林密落雪深，邂逅遇见，何欢何欣，问你啊，我，该当拿你怎么办啊？

嗟吁踽踽独行人

唐风·杕杜

有杕之杜，其叶湑湑。独行踽踽，岂无他人？不如我同父。嗟行之人，胡不比焉？人无兄弟，胡不佽焉？

有杕之杜，其叶菁菁。独行睘睘，岂无他人？不如我同姓。嗟行之人，胡不比焉？人无兄弟，胡不佽焉？

繁叶满树，每一片枝上叶都连着根脉啊，一株杜梨孤生独长，尚有满树繁叶相依相簇，青翠向阳，风来飒飒，你护着我啊我偎着你，共生共存。

人海茫茫，每一个世间人都自有根脉啊，一个人啊孤来独往，不见至亲兄弟相从相随，形影相吊，孑立茕茕，兄离了弟啊弟失了兄，独自伶仃。

此地是何地？是都市城邑喧哗的街头吗？你看那无止无尽熙熙攘攘的人流，你看那无止无休纷至沓来的车马，摩肩接踵，络绎相连，是谁在最繁华地彷徨落寞？是谁在最热闹地徘徊独处？杜梨一株啊孤孤单单，为何不见相邻相傍的他树别株？此方是何方？是郊野村庄绵延的阡陌吗？你看那天际缓缓三五结伴的人群，你看那暮色向晚暧暧苍茫的风尘，日夕怀人，惆怅思亲，是谁在最辽远方踟蹰寂寥？是谁在最开阔处盘桓独行？杜梨一株啊独自生长，为何不见相近相扶的同根同属？独木难成林，当那风雨霜雪袭来，繁茂绿叶啊又将零落到何地何方？

此年是何年？是战乱频仍辗转的乱世吗？你看那冠冕锦绣朱襮鲜明的王侯，你看那攻打杀伐猎猎招展的旌旗，流血成渠，白骨露野，是谁在颠沛失所飘零无助？是谁在离乱之年流散独往？杜梨一株啊枝繁叶茂，我一个人啊身单力薄孤苦咨嗟！此岁是何岁？是旱涝失调饥馑的荒年吗？你看那稼禾不生颗粒无收的陇亩，你看那十室九空国危城破的黑烟，背井离乡，乞食四方，是谁在天涯转徙漂泊无靠？是谁在饥馑之岁流浪独嗟？杜梨一株啊青叶稠密，我一个人啊穷途困境奈何嗟吁！孤影难存身，当那混乱暗昧裹挟，只身的我啊又将飘荡到何年何岁？

何谓同父？有人说是同父所生的兄弟，有人说是同祖父的族昆弟，同父至亲，同祖血亲，王侯之家，子孙贵胄，本该兄弟相亲相爱，何地何方因何离分？纵有人潮汹涌，纵有人来人往，如何比得我的兄弟骨肉亲！跂足张望，想要奋力追上切近的背影，挣扎，惶恐，谁来相亲相近，谁肯相帮相助？念同根生啊，念血脉连啊，你不见那古往今来啊多少兄弟并肩，平艰克险，纵然几多家国天下重重困难，殚一颗心，拼一腔力，有风有雨一同分担，哪怕天高地迥，或可踏度坎坷啊成大道，但，没有骨肉兄弟比肩，今时徒然啊失魂流亡，我一人，孤零零！

何谓同姓？有人说是同母所生的兄弟，有人说是同祖先同族兄弟，同母至亲，同族血亲，寻常人家，士民百姓，本当兄弟相帮相助，何年何月因何离散？纵有人千人万，纵有人行如缕，如何比得我的兄弟手足亲！举目四顾，想要竭力赶上拂过的襟袖，郁结，忧惧，谁来相亲相近，谁肯相帮相助？念同胞情啊，念血脉通啊，你不见那四邦八乡啊多

少兄弟齐心，其利断金，纵然几多尘世人生种种窘迫，伸一把手，搭一把肩，有霜有雪一同分担，哪怕年深岁久，或可涉越崎岖啊登坦途，而，没有手足兄弟齐心，今日枉然啊落魄流浪，我一人，孤零零！

天苍苍，野茫茫，何地重逢兄弟之情？何方再遇手足之义？有人说杕杜歌以刺时，为君不能亲其宗族，骨肉离心四散，独行而无兄弟，行将为曲沃所并，自晋君昭侯分封桓叔于曲沃，公室暗云密布，举国血雨腥风，昭侯、孝侯、鄂侯、哀侯、小子侯、缗侯先后六位国君皆系文侯子孙，曲沃历经桓叔、庄伯、武公子孙三代系桓叔一支，文侯桓叔本为兄弟，同父同母，骨肉至亲，几世几代争权夺位，近七十载屠戮杀伐，兄弟之情泯灭荡然，手足之义无遗无存，是谁人心忧家国？是谁人感怀世事？曲沃日盛日强，晋君日衰日弱，无力仰天，容我嗟吁！

山迢迢，水长长，何年重温兄弟之情？何岁再现手足之义？有人说杕杜咏兄弟情义，或是并非没有兄弟，举目他人皆有兄弟依靠，感慨自己没有兄弟扶持，虽有兄弟亦同于无，谁问何不亲近，谁问何不帮助，语意悲凉，无以应答，兄弟参差之间，有谁内报生悔？或是确无兄弟，自伤孤特，哀辞求助于人！有人说杕杜悲人流浪凄惨，独在异乡举目无亲，四野空旷到处流荡，得不到一丝温暖，得不到一点匡援。踽踽独行，不是喜欢孤单，因为没有兄弟至亲，虽有行人，他人莫如兄弟，终究还是兄弟血亲。穷途思亲，呼唤兄弟，无可奈何，容我嗟吁！

孤生独长一株杜梨，树上叶子湑湑茂盛。独自行路踽踽无依，难道没有其他行人？不能如同我的同父兄弟。嗟吁那些行路之人，为何不肯与我亲近？我的身边没有兄弟，为何不肯将我帮助？

孤生独长一株杜梨，树上叶子菁菁茂盛。独自行路茕茕孤单，难道没有其他行人？不能如同我的同族兄弟。嗟吁那些行路之人，为何不肯与我亲近？我的身边没有兄弟，为何不肯将我帮助？

在那更遥远的地方，还会有更多繁华热闹的都市城邑吗？还会有更多山环水绕的郊野村庄吗？但，没有兄弟在身旁，即或人多如山，即或人众如海，又怎奈何？一株杜梨啊，尚且树叶湑湑繁密，触景生情，心绪随风，山河破碎，世事愁怀，是何人眉锁阴云？是何人凝噎衰鬓？走啊，走啊，终究是只我一身，孤孤单单，踽踽独行啊，叹息又叹息，嗟吁复嗟吁。

在那更长久的年岁，还会有更多流血攻伐的战争祸乱吗？还会有更多食不果腹的旱涝灾荒吗？而，没有兄弟在身旁，怎承干戈狼烟，怎受形销骨立，岂能奈何？一株杜梨啊，尚有树叶菁菁茂盛，睹物思人，心雨打萍，身世浮沉，声声断肠，是何人垂首哀怨？是何人泪流纵横？走啊，走啊，最无奈只我一人，孤孤单单，茕茕独行啊，叹息又叹息，嗟吁复嗟吁。

峭寒新着紫羔裘

* * *

唐风·羔裘

羔裘豹祛，自我人居居。岂无他人？维子之故。

羔裘豹褒，自我人究究。岂无他人？维子之好。

岁月不居，时节如流，北风料峭，冰霜晶莹，又是一年冬寒啊，来到了。

裘衣御寒，保暖身体，下至庶民上至天子皆可穿，不过裘衣有差别，尊卑分高下，不容有僭越。庶民百姓穿着犬羊之裘，是用大羊老羊之皮，质地坚硬沉重；贵族大夫穿着羔羊之裘，是用羔羊柔软之皮，温润柔顺轻便。外在穿着的裘衣服饰，内在划分有尊卑高下。无论是在都城大道，还是那乡邑通途上，那些穿着羊裘的庶民必须要向身着羔裘的贵族低首让路，而那着羔裘者，或轩车骏马，或昂首阔步，意气何风发，从容而远去。

朝堂议政，朝服威仪，天子诸侯卿士大夫皆着羔裘朝服。依礼节，天子大裘用色泽纯黑的羔裘，卿士大夫用毛色淡黑的紫羔裘；照礼规，君侯羔裘素色一体无饰，卿士大夫羔裘袖口豹饰。祛为袂末，褒为袖口，羔裘豹袪是在位卿大夫之朝服，卿大夫啊位尊而又势重，是那大周天子或诸侯君王分封的臣属，时常担任朝堂重要官职，世代掌握都邑军政大权，可以任免属下官员，地位比大夫高，田邑较大夫多，羔裘多雍容，豹袪彰威武。

羔裘润泽，毛顺而美，那身着羔裘之人啊，当德如羔羊，节俭且正直，会当家国之需生死之际，能以身居其所受之理而不可夺，忠于职守舍命不渝；豹饰鲜明，孔武有力，那穿着豹袪之人啊，当护国持邦，刚强又正直，会当家国之需中流之际，能够竭尽全力行如迅豹之凶猛，听顺天命不易气节。朝廷重托，士民尽望，羔裘柔润光亮，豹饰色彩绚烂，羔裘豹袪的卿士大夫，当是国之砥柱，当是邦之俊彦，恭敬而仁厚，善德恤生民。

凛冽冬寒，羔裘新着，或是建立功勋新受赏赐，或是承荫袭爵新受加封。为你欢喜无限，从今而后可为邦国天下尽心尽力；为你自豪无尽，自今往后可为君王百姓大展宏图。趾高气扬目空一切，盛气凌人颐指气使，举动自命不凡，言行不可一世，神气活现是你，得意忘形是你。羔裘朝服，世人瞩目风仪赫赫，民众钦服仰慕追随，你啊，本应是善待国人；豹皮袖口，举手投足华贵骄人，倨傲无礼令人心寒，你啊，竟如此对待我们！

自我人居居，要问问你啊，何以居居？有人说居居啊，是盛服傲慢无礼之貌；有人说居居啊，是怀恶不相亲比之貌。是因羔裘位尊得意扬扬吗？是因豹袪势重不再亲附吗？失了羔羊之德，失了为卿之仪，对我对人，你啊，倨傲失礼！

自我人究究，要问问你啊，何以究究？有人说究究啊，是仇仇态度傲慢之状；有人说究究啊，是心怀恶意不可亲近。是因羔裘新着恃权傲物吗？是因豹褒凶猛恶意心怀吗？失了迅豹刚正，失了为政之体，对我

对人，你啊，傲慢无礼！

　　世间威权重重，莫道人面幻化，无非是权与势欲焰烈，或是羡涎已久步步为营而得成，或是从天而降晕眩头脑方迷失，一朝权倾朝野，处处一呼百应，自然有众星捧月护拥，自然有巧言令色谄献。几多贵易交，忘了昔往故友，人不复当日，如换了一张脸，或冷言慢语或一面难求，或耀武扬威或颐指气使，那样的冷淡漠然，或许是有意或许是无心，你啊，日疏了昔年情义，日远了往岁故人。

　　羔裘豹祛加身，是谁人倨傲失礼忘乎所以？有人说你是弃置故友旧交于不顾，望你深思啊，是还是不是？一层层护拥，一遍遍谄献，护拥的多是炙手权势，谄献的更是高位厚禄，你啊，究竟是清醒还是糊涂？

　　肝胆相照，心念旧恩，想当初，在那春朝啊，你与我晨晓起身快马加鞭纵横驰骋，露珠震落在枝头；犹记怀，在那夏日啊，你同我赤日炎炎攀登绝顶指点山河，汗珠濡湿了襟背；曾几何，在那秋夕啊，你和我旌旗猎猎沙场演练勇不可当，眼睛炯炯何有神；怎能忘，在那冬夜啊，你共我围炉夜话谈古论今意气风发，泪珠潸然热血涌。交情久，友谊长，驱驰田猎我来并驾齐驱，伏案攻读我来齐废寝食，你我年少相识志同道合，你我心心相印情同手足，你心向九天，我甘苦与共相视莫逆，斩一段唐风缔真心，拜一脉晋土结至交，青山恒在，黄河永流！风华岁月，顾念情义，我的真挚，你懂不懂得？

　　若等闲，变却故人心，今时今日，新着羔裘大权在握你换了面目，只是为你顾及那一份恩义情长，难道说没有他人可交可往？请你啊，再想上一想，我还留在这里，风料峭，愈冷寒。

　　羔裘朝服豹皮袖口，对待我们多么倨傲失礼。难道是就没有他人？只是为你顾念情义。

羔裘朝服豹皮袖口，对待我们多么傲慢无礼。难道是就没有他人？只是为你顾念旧好。

红尘名利滚滚，莫道人心易变，无非是名与利放不下，或是早已怀藏于心蔽隐未显现，或是突如其来障蒙眼目正惆惑，一旦大权在握，时时风光无限，自然有熙来攘往喧腾，自然有蝇营狗苟围簇，几多富易妻，忘了微时旧人，情不复往日，若变了一颗心，或嫌言弃语或视若无睹，或盛气凌人或恃强欺弱，那样的高高在上，或许是存心或许是无意，你啊，日弃了从前爱怜，日抛了相守温存。

羔裘豹褎新着，是谁人傲慢无礼镜破又钗分？有人说你是抛舍旧爱前情于无视，请你慎虑啊，有还是没有？一番番喧腾，一重重围簇，喧腾的多是趋炎攀结，围簇的更是名缰利锁，你啊，到底明白还是昏乱？

推心置腹，心明旧情，想当初，在那春朝啊，你与我采摘嫩桑邂逅长道谣歌相和，露珠儿晶莹圆润；犹记怀，在那夏日啊，你同我莳苗耘谷陇亩相连遥相注目，汗珠儿涔涔羞赧；曾几何，在那秋夕啊，你和我椒聊相赠情愫滋生月上柳梢，眼珠儿闪闪生辉；怎能忘，在那冬夜啊，你共我薪柴熊熊欢天乐地三星在户，泪珠儿盈盈喜极。恋情久，爱深长，驱驰田猎我来理箭备甲，伏案攻读我来煮羹奉汤，愿你有所作为守护家邦，愿你大展宏图报效君王，你志在云霄，我甘心佐助展翅飞高，挽一缕唐风结真心，拜一川晋土缔福祉，执手偕老，白头与共！点滴往日，顾念旧好，我的衷肠，你知不知道？

若等闲，变却故人心，今时今日，新着羔裘赫赫华贵你舍了糟糠，只是为你念及那一份前情丝连，难道说没有他人可交可往？唤你啊，再想上一想，我还留在这里，风料峭，愈冷寒。

羔裘朝服豹皮袖口，对待我们多么倨傲失礼。难道是就没有他人？

只是为你顾念情义。

　　羔裘朝服豹皮袖口，对待我们多么傲慢无礼。难道是就没有他人？只是为你顾念旧好。

　　岁月不居，时节如流，北风料峭，冰霜晶莹，又是一年冬寒啊，来到了……

但将心事付苍天

唐风·鸨羽

肃肃鸨羽，集于苞栩。王事靡盬，不能蓺稷黍。父母何怙？悠悠苍天，曷其有所？

肃肃鸨翼，集于苞棘。王事靡盬，不能蓺黍稷。父母何食？悠悠苍天，曷其有极？

肃肃鸨行，集于苞桑。王事靡盬，不能蓺稻粱。父母何尝？悠悠苍天，曷其有常？

愁云黯淡，扬尘漫天，今时今日扰攘纷乱，何以致使如此不堪？前方，忍看漫漫白骨啊露于川原，忍睹重重山峦啊寂沉无烟；回首，忍闻民生惨怛颠沛流离，忍听长河喑咽铁戟沉沙。彳亍踽踽，年年无情啊莫问长路迢遥，步履维艰，岁岁几人啊坠泪落暮黄昏。

日落有月升，月升能如何？不过是空照无边寥落，不见了安居乐业，不见了家宁人和，消歇了城邑市集一里一里的兴隆，朽腐了山乡野村一道一道的篱落，无边无际萧萧荒凉，几世累动荡，几代连杀伐，每

一阵唐风刮过，都似裹挟着声声悲号，垂首，侧耳听。

肃肃振羽，那是鸨鸟成群停落在丛生的栎树枝头，鸨鸟类雁，性能浮水，趾爪间有蹼，却没有后趾，无法抓握枝丫，摇晃起伏摆荡，难以栖停安定，时时振羽求平稳。鸨鸟本不能栖止树上，是什么将它们侵袭惊吓？栎树芽茂，家乡的栎树上是否也抽出簇簇鹅黄？

肃肃振翼，那是鸨鸟结队飞落在丛生的棘树灌木，鸨鸟高大，身壮体沉，善走不善飞，棘树多细小，鸨鸟落在树枝，灌丛承受勉强，无法栖落安稳，时时振翼求平衡。鸨鸟本不该栖息树上，是什么将它们侵犯惊恐？棘枣花香，家乡的棘树上是否也绽放朵朵细碎？

肃肃振翮，那是鸨鸟会集息落在丛生的桑树之上，鸨鸟沙黄，黑褐斑纹，头上有羽冠，腿腹为白色，鸨鸟落在树梢，桑叶青白鲜明，无法栖息安宁，时时振翮求平定。鸨鸟本不应栖休树上，是什么将它们侵掠惊扰？桑树叶繁，家乡的桑树上是否也舒展片片青翠？

王事靡盬，战火绵延，自昭侯被弑，大乱祸五世，曲沃桓叔欲霸国都，国人攻打桓叔另立孝侯；曲沃庄伯攻翼都杀孝侯，国人联荀反击拥立鄂侯，庄伯联手邢郑再战，鄂侯败亡，天子发兵征讨庄伯兵败，哀侯继立；曲沃武公攻翼俘杀哀侯，国人新立君小子侯。

王事靡盬，从军行役，为国事劳苦，是臣民之道，国破家安在，君危民赴汤，火光熊熊淬炼利刃，磨刀霍霍保我晋都，一回回腥风中勇往直前，一场场血雨里前赴后继，一年年战车辚辚马鸣萧萧，一岁岁牵衣拦道弓箭在腰，六十载时光漫漫，谁在征程赴王命？

王事靡盬，长别家乡，奉养父母亲，是孝子之道，王室差事无始无终，归家之日遥遥无期，家乡山坡栎树秋来结实，谁会树下流连捡拾？家乡田园棘树酸枣秋红，谁会树前执杆扑敲？家乡桑林叶绿葚紫，谁会树旁寻觅摘取？念父母双亲，龙钟衰弱，怎充饥肠？

稷是五谷长，古往养育我代代子民，国家重社稷，社为土地神稷为谷神，不能蓺稷黍！黍是主粮食，今来果腹我老幼妇孺，黍类有黏性，子实淡黄煮熟散甘香，不能蓺黍稷！稻粱民之本，水稻穗大啊粟粱金黄，稻谷收获季，载歌载舞欢庆丰登喜，不能蓺稻粱！

国邦日衰啊城邑日破，家室日空啊人口日减，眼睁睁江山瘦无奈何社稷凋。几多大夫孑然漂泊，政事荒废再不见旰食宵衣，不能蓺稷黍！几多士人他乡流亡，辗转落魄再不能风发意气，不能蓺黍稷！几多乡民戎马仓皇，魂断疆场再难以落叶归根，不能蓺稻粱！

四季长轮转，农时胜金贵，春来播种耘耔，稷黍萌发满眼希望，人在役途历不尽风霜劳顿，不能蓺稷黍！夏来暑热耕作，黍稷挺拔饱足冀盼，人在行伍受不完艰难险阻，不能蓺黍稷！秋来收获辛勤，稻粱饱满生计保障，人在战场数不休血肉模糊，不能蓺稻粱！

人生世间，用天之道分地之利，国邦涂炭更且社稷失祭，离家漂泊行役异乡父母何怙？为人当孝，谨身节用以养父母，稷黍稻粱由来饱暖双亲，戎马倥偬霜雪跋涉父母何食？思乡念亲，忧心如焚痛彻心扉，生我养我而今饥寒交迫，战场彷徨望乡垂泪父母何尝？

邦国治理仁厚有道，社稷安定民生安乐，大夫士人在朝忠于职守，庶民百姓在野耕作五谷，妇孺老幼得安居，年迈父母得赡养，生活本应像鸤鸟行走原野，平稳祥和，竟是枝头摇荡欲坠，困艰危殆。何以如此民不聊生？沮父母何怙？忧父母何食？痛父母何尝？

养生送死何其无望，仰事抚育如斯难酬，礼倡亲亲尊尊，刑惩不孝不友，亲人互相爱护团结，父慈子孝兄友弟恭；君臣上下讲究尊卑，君臣之义秩序等级。宗法礼制，父母尊贵，王事无尽农耕夺时，何以如此水深火热？伤父母何怙？悲父母何食？哀父母何尝？

苍天如可问，赤子亦何辜，一道一道王命传达，一程一程栉风沐

雨，一场一场战事惨烈，一年一年濒死挣命。想念家乡朴实的一院一屋，怀恋父母烹煮的一羹一饭，日思踏上返乡行程，夜梦睡卧家中短榻，父喜微醺，母抚我额。肝肠寸断，悠悠苍天，曷其有所？

浩劫几度秋，椎胸向苍天，泣涕涟涟途路恍惚，乾坤山川疮痍满目，人烟渺茫忧虞深重，旌旗半卷低垂黯黯，回首向来那跋涉行经之处，重重宫阙巍巍城邑做了土，日思王事消歇休停，夜梦离乱祸殃平宁，父迎山前，母望桥头。撕心裂肺，悠悠苍天，曷其有极？

苍天谁与问，行路长唏嘘，野田屋舍闭户掩扉，城墙破残黍稷离离，王命屡传人众散尽，陇亩荒芜不见稻粱，古来一人耕作三人食犹饥，如今千家百户无一来耘籽，日思我仓久以空虚，夜梦我田生长蒺藜，父骨枯槁，母容瘦削。五内俱焚，悠悠苍天，曷其有常？

肃肃有声鸨鸟振羽，鸨群栖在丛生栎树。王命差事没有止息，不能回家种植稷黍五谷。父母生活依靠什么？高远无际的苍天啊，何时才有安身之所？

肃肃有声鸨鸟振翼，鸨群栖在丛生棘树。王命差事没有止息，不能回家种植黍稷庄稼。父母天天吃些什么？高远无际的苍天啊，何时才有完结之期？

肃肃有声鸨鸟振翮，鸨群栖在丛生桑树。王命差事没有止息，不能回家种植稻子粟粱。父母饥饿尝咽什么？高远无际的苍天啊，何时才有正常之时？

漫天扬尘，黯淡愁云，如此不堪何以致使？扰攘纷乱今时今日，回首，忍听铁戟沉沙长河喑咽，忍闻颠沛流离民生惨怛，前方，忍睹寂沉无烟重重山峦啊，忍看露于川原漫漫白骨啊，步履维艰，落暮黄昏岁岁几人坠泪啊，蹒跚彳亍，长路迢遥年年无情莫问啊……

日落有日升，日升又如何？不过是荒草侵没陇亩，不见了耕耘劳作，不见了笑语欢歌，消散了通衢长街一重一重的繁华，朽败了连天古道一座一座的长亭，无垠无界瑟瑟凄清，几世苦远役，几代艰征戍，每一方晋土厚壤，都若浸染着汪汪血泪，扼腕，向苍天……

青冥浩荡衣裳好

***

唐风·无衣

岂曰无衣？七兮。不如子之衣，安且吉兮。

岂曰无衣？六兮。不如子之衣，安且燠兮。

天苍苍，骄我大地啊，恒远又久长。极目，远峰历历啊，青冥崇丽，白日斜空啊，浩荡无已。

野茫茫，歌我山川啊，沧桑多变迁。倾耳，临风清商啊，衣裳粲粲，赋陈好音啊，水浦云寒。

大周天子九仪之礼，按等封赏相应服饰，九等命服章纹分明，冠带佩饰级分尊卑，在外诸侯在朝卿士，冠冕缙绅玄衣纁裳，上衣画绘下裳刺绣，纹样依级有异，天子十二章纹，日、月、星辰、山、龙、华虫、宗彝、藻、火、粉米、黼、黻。章纹皆有深意，隐喻风操品行，日月星辰长照耀，山稳重，龙应变，华虫雉鸟文采华丽，宗彝祭祀对杯虎猛猿智慎宗追远，藻洁净，火光明，粉米养民以天，黼斧果敢决断，黻弓相背明辨，昭示王命天赐正统，彰显诸侯卿士威权。

大周礼规九等仪命，规正诸侯邦国位置，每命仪礼个个相异，贵贱之位得以端正。一命受职，始受王之官职，治其所掌之事；二命受服，始受玄冕之服，可从重大祭祀；三命受位，受下大夫之位，有列位为王臣；四命受器，受祭器始得有，为上大夫之位；五命赐则，赏赐分封土地，则地小未成国；六命赐官，子男入朝为卿，自置臣治家邑；七命赐国，六命出封加等，就为侯伯之国；八命作牧，赏侯伯有功德，得征伐于诸侯；九命作伯，封上公有功德，长诸侯为方伯。

昔年大周成王桐叶封弟叔虞，始有晋国开宗立派祭祀祖先，守土开疆，代代相传，待晋君昭侯封桓叔于曲沃，祸乱五世惨绝人寰，血雨腥风昏天黑地，曲沃桓叔、庄伯、武公三代发难，在昭侯被弑后，先后亡杀孝侯、鄂侯，等到曲沃武公俘杀哀侯，继而诱杀小子侯，大军摧城亡灭翼都，晋侯缗苟延二十八年，曲沃武公攻杀晋侯缗，完全并兼晋土。成周东迁王室衰微，曲沃武公进献珍宝重器，周釐王命其为晋国国君，列为诸侯称晋武公，其时早在曲沃即位三十七年。

难道说我没有衣裳？七章之衣。只可惜比不上您的衣裳，那么安舒而美好啊。

难道说我没有衣裳？六节之衣。只可惜比不上您的衣裳，那么安适而温暖啊。

有人说那是曲沃大夫为武公请命的歌谣，曲沃武公亡晋之后，派遣大夫带着丰厚献礼，珍宝重器应有尽有，千里奔赴成周洛邑，请求天子赏赐武公命爵服饰。成周王室虽然衰落，典刑犹在，此前晋国内乱，周室亦曾多次派兵增援，表明态度支持正统。曲沃武公已是弑君篡国，人人可得而讨之，遥看宝玩东去，即有王使西来，天子釐王使虢公命曲沃伯以一军为诸侯，不行诛讨，爵命加身，武公地位合法了，旁枝夺嫡从此曲沃代翼，曲沃武公得成晋君武公，名正，言顺了。

有人说那是晋国士民斥武公乱行的歌谣，天理不可废，民彝不可

弃，何能忍顾晋君代亡？何能忍视翼都破残？民心向背自存正道，谁在议论纷纷曲沃武公以赂求封？谁又敢怒敢言武公合法称君？侯伯七命，车旗衣服以七为节，可入朝为卿士，身着六章之衣，我晋国开宗叔虞受邦，万难料曲沃武公即位，自有精裁细缝玄衣纁裳，自有精描细绘七章之衣，并非天子封赏，可惜不受认可，重宝换地位，祸乱得承认，王纲不振自欺欺人，人纪几绝名正言顺，礼崩了，乐坏了。

春絮飘残终化萍，珍重别拈香一瓣。往日美好如柳絮将我环围，风中飘飞许久不愿落尘埃，情思羁网中牵绊挣扎几时，手中握着故衣有余温未散，昨夜东风摇动檐铃，想起你我昔年闲看月晕，絮语琐细，情意绵长。如今风月檐铃依旧，与你却是天人遥相离隔，不可望，不可即，独自凄清漫漫落寞。泽畔莲叶尚未露出水面，水里泥中藕丝绕萦挂牵，一针一线还犹在，一思一念裂肝胆，从此伤春伤别永，黄昏只对梨花雨，站在时光路口，纵知无法逆转，我还是，想念你。

肯把离情容易看，恨如夏梦畏分明。旧日情愫若是说忘能忘，世间不知除却几多百结愁思，生离使人忧，死别怎堪受，有些碎细往事藏在心间，不为人知然而痛彻骨髓，不可解，无法忘。枕虚设床半单，再没有你知冷知热、笑语盈盈问寒问暖，留我尘世独自疲惫，朝暮晨昏人间漂泊，如花美眷归了土尘，难抛往事一桩一桩，针脚细丝线密，手泽存故衣在，暑夏酷热，心中冷寒，自你去后虽增新衣件件，如何能比你裁你制，听鹧鸪啼遍，怅月失云黑，形单了，影只了。

谁念西风独自凉，沉思往事立斜阳。任那黄叶翻飞满地堆积，顾影疏窗紧闭苔痕寂寥，独立向斜阳，再无人比肩，一羹浓香，一汤温热，一履适足，一衣在拥，你的容颜如在眼前，一颦一笑历历俨然，一言一语回响耳畔，黄花簪鬟情深浓，当时只道是寻常，秋霜冷，白露寒，离鸿惊，失侣伴，那孤雁落单啊长空哀鸣，我孤零一人啊恍惚喃喃，衣带渐宽，消减年年，只刚是早秋天气，已难挡肃肃刺寒，何能上穷碧落，何以下尽黄泉，无奈何一声嗟叹，空悲秋，徒念远。

天上人间情一诺，月华满地霜雪寒。一弯弦月辉映千里，炉火寒彻长夜忍挨，多少撼多少恨，化作两处凄凉，夜色深沉怎能入睡，不思量，不能忘，不孤眠，不断肠，天上人间情重一诺，茫茫霄汉银河难渡，若能肋生双翼，唯愿双飞双宿。七件衣，六件衣，难道我无新衣盈箧满箱？岂知华服愈多愈是忆念你，世人称说新裘轻暖，世人赞羡章纹华彩，我只恋你亲手缝制，我只眷你隐隐气息，一丝一缕寄怀珍重，而今始会当时怜惜，欲话平生云归何处，泪零落，悲歌伤。

难道说我没有衣裳？有七件啊。只是都不如你亲手缝制，那么安舒而美好啊。

难道说我没有衣裳？有六件啊。只是都不如你亲手缝制，那么安适而温暖啊。

有人说那是大夫士人览衣怀旧伤逝悲歌，曾经相濡以沫，如今阴阳两隔，尘世间失神忧懑的他啊，早逝亡心灵手巧的她啊，一些细节一些回忆点点滴滴，不经意间涌上心头上了眉梢，无限哀思语短情长。穿上亡妻缝制的衣裳啊，舒适温暖多吉多祥，长线连着爱意关切，细针缝合入微体贴，几度哽阻，几度郁伤，新衣件件只是裹着身体，旧衣安适如此熨帖心怀。有谁知旧衣之上，留存着她淡淡味道，今夕着衣在身，仿佛犹在怀抱，人非草木心肠非石，谁黯然？谁神伤？

有人说或是大夫士人感怀友朋赠衣谢歌，远方游子常常盼望故乡的消息，不见那萧萧高风行人悲，乡书一道舒展开了额眉；新朋旧友古来以衣相送表心意，不见那霜天雪地冰正寒，衣裳一件温情暖了三冬。或是远寄，或是面赠，一剪一裁修短合体，一针一缝细密结实，一片殷勤

勿复言语，一襟一袖心诚可知。难道说是我没有衣裳吗？有啊有七件六件不曾缺少，只是哪件都不如你相赠之衣，外物纷纷何足介怀，友朋眷眷最是珍重，安适吉祥温暖美好，谁感激？谁戴德？

　　白日斜空啊，浩荡无已，远峰历历啊，青冥崇丽。极目，骄我大地啊，恒远又久长，天苍苍……
　　赋陈好音啊，水浦云寒，临风清商啊，衣裳粲粲。倾耳，歌我山川啊，沧桑多变迁，野茫茫……

一片冰心托杜梨

* * *

唐风·有杕之杜

有杕之杜,生于道左。彼君子兮,噬肯适我?中心好之,曷饮食之?

有杕之杜,生于道周。彼君子兮,噬肯来游?中心好之,曷饮食之?

一年一年草木,一年一年稷黍,在那草木稷黍之间,看我晋土衍育啊,谱诵出八方生民心曲。一重一重丘山,一重一重坡岭,在那崇山峻岭之间,听我唐风回响啊,传唱着代代子民心声。

就是那一株杜梨啊,孤树独生巍然屹立,风来萧萧摇曳,雨来簌簌有声,经过了寒霜,历过了落雪,春来花发缀枝繁密,秋来果盛满桠累累。

就是那一条大道啊,翻山越岭迢遥无际,车来辚辚冠盖,马来猎猎旗旌,经过了行人,历过了君子,春来送别芳草连天,秋来望归云淡天高。

大风四起兮，是谁人衣袂飞扬？北辰当宇兮，是谁人襟揽英贤？

杜梨孤特兮，是谁人渴慕君子？虚左以待兮，是谁人对酒长歌？

为君治国，重在用人。有人说那是杕杜讽歌，刺讽晋君武公孤立寡特，兼其宗族然而不能用贤。身为君王择贤任贤是首要之事，如若不能选贤相辅，难免虑事不周差错失误，荼毒了百姓，危殆了邦国。曲沃桓叔、庄伯、武公三代相继，小宗灭大宗旁支夺了嫡，只武公就在先亡杀哀侯、小子侯、晋侯缗三位国君，吞并晋国取而代之，之后献送珍宝重器贿赂成周釐王，无衣歌诗请封诸侯爵位其心昭彰。山岭登攀要依靠足履，鸿鹄凌云要借助羽翅，成了诸侯做了晋君，是仁德薄浅还是目光短狭？是胸怀窄迫还是行为疏失？山隔岭阻，烟笼雾罩，辨不明，理不清。只听得芸芸众生歌杕杜啊，叹说那武公不能任用英士贤才。

求贤自辅，理政良方。有人说那是杕杜赞歌，赞美晋君武公求才好贤，以篡得国诸侯不相往来。虽然伐逆取得邦国但能以顺守，深知立国在于得人，故而长思士人君子前来辅助，美酒佳肴鼓瑟吹笙相待隆重，其心向贤，其行依礼，英才毕至，卿才辈出。如狐、赵、栾、郤、荀、范、韩、魏各家卿士先祖，都是兴起武公、献公之间，等到文公、悼公借助众贤力量，继续发展壮大强盛，封为方伯诸侯之长，代表王室镇抚一方，威权赫赫，主盟华夏。追本溯源，始自武公。古来国之匡辅必待忠良，须知人任事使得家邦自治，山遥岭迢，烟迷雾失，难断判，难定决。只听得大河上下歌杕杜啊，称说那武公延请揽用英杰贤能。

特立孤生一株杜梨，生长在那道路左边。那君子风仪翩翩啊，可愿来到我的身旁？心中爱慕如渴如饥，何不请他欢饮畅食？

特立孤生一株杜梨，生长在那道路旁边。那君子风仪翩翩啊，可愿从游我的身旁？心中爱慕如渴如饥，何不请他欢饮畅食？

杜梨一株孤特，委实不够荫蔽宽广，或有往来行人休憩停息，不足以来蔽日光遮风雨，就好比是我啊力单势薄，不足以来相扶持互依赖，但，我和你，可以齐心展宏图，可以共建成大业。那思慕良久的君子贤士啊，肯不肯顾念这一片冰心炽热来到我的身旁？

大道徘徊迎候，念我慕贤如饥如渴，几多日思夜盼日月可鉴，几多寒来暑往三星在天，诚惶诚恐备下美酒佳肴，期待嘉宾高朋举杯言欢，愿，我和你，可以合力达远志，可以同德治八方。那萦牵在怀的君子贤才啊，肯不肯顾念这一片冰心诚挚来到我的身边？

自春徂夏，哪一天都是吉日，只盼君子你啊翩翩前来。就是那一株杜梨葳蕤，就是那一条大道之左，且任那大风四起啊，且任那衣袂飞扬啊，我，迎候着你。

从秋到冬，哪一时都是良辰，只望君子你啊应邀而至。就是那一株杜梨繁茂，就是那一条大道之旁，且任那渴慕满怀啊，且任那酒食飘香啊，我，等待着你。

杜梨花开兮，是谁人春事绸缪？双蝶娟娟兮，是谁人灼灼烂漫？

大道渺渺兮，是谁人秋怀依依？风舞霜叶兮，是谁人把酒长歌？

风华年少，情窦初开。有人说那是枺杜恋歌，爱恋彬彬君子翩然风采，一见难忘期会许平生。杜梨花开簇簇胜雪，万千繁密难以计数，女儿家心事比那蕊朵更繁更密，女儿家情丝比那雪花更娇更柔。流连不舍，杜梨春发百枝千条，徘徊忘返，春思旖旎山迢岭遥，抬望眼，也有那春水盈盈，温润又明净；低眉处，也有那春山如黛，沉醉了行人。间有微雨漠漠如丝津润，数不完叶叶舒展青翠欲滴，时有红日明媚煦暖滋养，嗅不尽细蕊芬芳浸彻肺腑，不如当日不曾一瞥惊鸿，不如昔往不曾一会钟情，也免今日徒然如许寂寥。我望不见你的身影啊，也免今时怅然无尽怀思；我盼不来你的步踪啊，双蝶何翩跹，花谢又花飞。

大道连天，时光荏苒。有人说那是枞杜情歌，芳华年岁爱慕热切渴盼，守候道旁期望幸邂逅。金风飒飒杜梨果熟，微微甘甜淡淡酸涩，如何才能遇见？站在你或将经过的道旁，青天高远，日光灿烂，怜惜道左杜梨叶色斑斓，轻捋一枝黄红绛紫，又是数枝缤纷低垂，撷采小果满捧满襟，百粒珠圆千粒清芬，若是串珠簪鬓会不会留住你的目光？若是结绾同心能不能停驻你的步踪？心有所属，相思情真，一树秋色多姿多彩，一怀爱怜忐忑不安，心上君子啊，何其洒脱何其飘逸。意中的人啊，你肯不肯来到我身旁啊，比肩从游同往同返？爱你恋你，亲手酿制美酒，亲自烹饪佳肴，酒正香肴馔盛，举案平齐眉，盼归知不知。

特立孤生一株杜梨，生长在那道路左边。那君子风仪翩翩啊，可愿来到我的身旁？心中爱慕如渴如饥，何不请他欢饮畅食？

特立孤生一株杜梨，生长在那道路旁边。那君子风仪翩翩啊，可愿从游我的身旁？心中爱慕如渴如饥，何不请他欢饮畅食？

杜梨一株孤单，形单影只伶仃无依，或有往来行人休憩停息，不足以来蔽日光遮风雨，就好比是我啊孤身踌躇，不知何以双比翼共连理，但，我和你，可以齐心度春秋，可以携手度风雨，那思慕良久的心上君子啊，你会不会顾念一片冰心赤诚来到我的身旁？

大道徘徊迎候，莫笑恋慕如饥如渴，几多日思夜盼日月可鉴，几多寒来暑往三星在天，一秉虔诚备下美酒佳肴，期待意中君子举杯言欢，愿，我和你，可以合力踏红尘，可以同德修光阴，那萦牵在怀的翩翩君子啊，你会不会顾念一片冰心纯真来到我的身边？

自春徂夏，哪一天都是吉日，只盼君子你啊翩翩前来。就是那一株杜梨葳蕤，就是那一条大道之左，且任那繁花胜雪啊，且任那花飞漫天啊，我，迎候着你。

从秋到冬，哪一时都是良辰，只望君子你啊应邀而至。就是那一株杜梨繁茂，就是那一条大道之旁，且任那渴慕满怀啊，且任那酒食飘香啊，我，等待着你。

就是那一株杜梨啊，孤树独生巍然屹立，风来萧萧摇曳，雨来簌簌有声，经过了寒霜，历过了落雪，春来花发缀枝繁密，秋来果盛满桠累累。

就是那一条大道啊，翻山越岭迢遥无际，车来辚辚冠盖，马来猎猎旗旌，经过了行人，历过了君子，春来送别芳草连天，秋来望归云淡天高。

一年一年草木，一年一年稷黍，在那草木稷黍之间，看我晋土衍育啊，谱诵出八方生民心曲。一重一重丘山，一重一重坡岭，在那崇山峻岭之间，听我唐风回响啊，传唱着代代子民心声。

葛蔹野域百岁后

***

唐风·葛生

葛生蒙楚，蔹蔓于野。予美亡此，谁与独处？

葛生蒙棘，蔹蔓于域。予美亡此，谁与独息？

角枕粲兮，锦衾烂兮。予美亡此，谁与独旦？

夏之日，冬之夜。百岁之后，归于其居。

冬之夜，夏之日。百岁之后，归于其室。

　　深一脚啊，浅一脚啊，一脚踩在云里啊，一脚踩在雾里啊，这一脚一脚要走向何方何向啊？眼朦朦啊，目迷离啊，望不尽的前路苍茫啊，风寒，露重。

　　高一脚啊，低一脚啊，一脚踩在凸石啊，一脚踩在凹洼啊，这一脚一脚要走过多远多久啊？眼昏昏啊，目恍惚啊，望不明的前方迷茫啊，风寒，露重。

　　一脚，一脚，走过了坡地，走过了沟谷。葛藤青翠密生蔓延，荆楚丛生高过人头，细长葛藤向上柔韧攀附，缠缠绕绕覆盖荆楚枝梢，葛藤片片羽状复叶，荆楚枝枝淡紫花序，彼此依恋啊又彼此映衬。我那般依恋的你啊，去了何方？薮草葳蕤宿根蔓生，圆枝柱形有纵棱纹，卷须叉分间断与叶对生，匍匐逶迤生遍野地南北，五月开花黄绿颜色，七月结实浆果球形，果色有白有赤也有乌莓，你留下气息的野地，薮草萋萋。

一脚，一脚，走向了野地，走向了坟域。葛藤苍绿茂盛延展，棘树连片棘针尖锐，修长葛藤向上柔软攀缘，牵牵连连覆盖棘树冠顶，葛藤条条茎叶垂拂，棘花朵朵花黄细碎，彼此依偎啊又彼此衬托。我昔往依偎的你啊，去了多远？薮草蕃昌草质藤本，叶分五片呈鸟足形，边缘每侧状若参差锯齿，攀爬伸展长满坟域东西，薮根块茎富含粉质，可供酿酒可以入药，清热解毒啊又消肿止痛，你留下长眠的坟域，薮草离离。

洪荒远古，是谁人曾经葛藤缠系尸骸，填于沟壑？这满谷满野的葛藤啊，哪一棵哪一根不是从远古衍传而来？而那些委身沟壑的人啊，可曾有谁能够重回人间？是不是啊已化作了枝叶萌生在这葛藤之上？如果你化作了这葛藤枝叶啊，风起了，点一点头好吗？寻寻觅觅，我，找不见你啊。薮草已是萋萋，自你离开以后，坟前黄土未干，草木盎然蓬勃，留我，独自荒凉。我深爱的你啊离开了人世，埋葬在这坟茔野域，每一日，每一夜，有谁能和你相伴啊？没有啊，没有啊，你独居地下，我独处世上，无尽荒凉，无尽荒凉。

传闻民俗，是谁人曾将葛藤绕系棺木，葬埋坟茔？这满坡满域的葛藤啊，哪一棵哪一根不是从地下破土而生？而那些安身坟茔的人啊，可曾有谁能够再返人世？是不是啊已变作了须芽萌发在这葛藤之上？如果你变作了这葛藤须芽啊，露坠了，滴一滴泪好吗？冷冷戚戚，我，求不到你啊。薮草已是离离，自你离开以后，墓上黄土未晞，草木勃勃葱茏，留我，独自荒芜。我深爱的你啊离开了尘寰，葬身在这坟地野域，每一日，每一夜，有谁能和你相守啊？没有啊，没有啊，你独歇泉下，我独息尘上，无边荒芜，无边荒芜。

粲粲鲜明,是精心装饰兽角的长方枕头啊。有人说这兽角枕是欢乐喜庆的新婚之物,那一方一角都寄寓着憧憬与祝福啊,曾耳鬓厮磨,曾抱拥在怀,盼宜室宜家,盼偕老白头,想儿女绕膝,想子孙昌盛,而今,而今,那兽角枕簇新如昔啊,枕边的你啊,又到哪里去了?有人说这兽角枕是永伴黄泉的入殓之物,那一方一角都包蕴着悲伤与哀痛啊,会永陷黑暗,会永远冰冷,望阴寒不袭,望地泉不浸,悼风华正茂,悼英年早去,而今,而今,那兽角枕崭新依然吗?枕上的你啊,音容宛然眼前!一方枕,在家室,伴我难眠;一方枕,在墓穴,伴你长眠。

灿烂夺目,是精美锦纹绣绘的柔软衾被啊。有人说这锦纹衾是美满幸福的新婚之物,那一丝一缕都洋溢着甜蜜与眷恋啊,曾薪楚熊熊,曾三星在天,盼花前月下,盼连理比翼,想岁月静好,想长相厮守,而今,而今,那锦纹衾斑斓如昔啊,被侧的你啊,又到哪里去了?有人说这锦纹衾是安葬地下的入殓之物,那一丝一缕都织缝着戚怆与沉恸啊,会永坠幽冥,会永失温暖,望虫蠹不犯,望雨雪不渗,悼翩翩如玉,悼斯人长逝,而今,而今,那锦纹衾闪耀依然吗?被下的你啊,音容宛然眼前!一床衾,在家室,陪我难眠;一床衾,在墓穴,陪你长眠。

我深爱的人啊,我深爱的人啊,自你离开以后,角枕失了安稳,每一日,每一夜,如何能和你共枕啊?日月失色,星辰无光,空有这兽角枕啊粲粲鲜明,没有啊,没有啊,你独寝墓宅,我独宿人间,无计荒疏,无计荒疏。

我深爱的人啊,我深爱的人啊,自你离开以后,衾被去了温暖,每一日,每一夜,如何能和你同衾啊?愁云裂心,惨雾摧肝,徒有这锦衾被啊灿烂夺目,没有啊,没有啊,你独寝兆域,我独宿人寰,无穷荒寂,无穷荒寂。

白日当空炎炎枯槁,如斯漫长恍如永昼,这是暑夏中的白日啊,自你离开以后，我无了依，我无了靠，枯槁伶仃曝露尘世惨怛辗转，每一时，每一刻，如被汤煮，如受镬熬。日复一日啊，日复一日啊，你撒手去了，我匍匐奄奄，时光空洞，时光滞凝，哪一日又何尝不是这样漫漫？哪一日又何曾不是这样苦痛？直待汤汁尽，直待鼎镬干，仰视穹天，俯首大地，这日子啊无际无边。我深爱的你啊，我深爱的你啊，等着我，等着我，直待我百年之后啊，方可解，方可脱，安然归眠到你的身旁啊，角枕成对，锦衾成双。

夜色深沉暗黑茫茫，如斯久长恍如永夜，那是隆冬里的寒夜啊，自你离开以后，我无了着，我无了落，截然孤单跋涉尘寰哀戚凋零，每一时，每一刻，如被霜雪，如受冰封。夜复一夜啊，夜复一夜啊，你阖眼去了，我零落飘摇，时光空幻，时光停滞，哪一夜又何尝不是这样迢迢？哪一夜又何曾不是这样泪目？直待霜雪倾，直待重冰覆，回首过往，遥望将来，这黑夜啊无际无边。我深爱的你啊，我深爱的你啊，等着我，等着我，直待我百年之后啊，方可了，方可结，安然归葬到你的身旁啊，角枕成对，锦衾成双。

时光流淌四季轮转，自你离开以后，留下我，一个人，哀着酷暑炎夏长日，痛着严冬苦寒长夜，深一脚啊，浅一脚啊，走着，走着，不知何方啊，不觉何向啊，时光就是这样不知不觉缓缓消失了，四季就是这样不知不觉缓缓更迭了。

时光消隐四季更移，自你离开以后，抛下我，一个人，伤着夏日水溢河川，悲着冬夜雪满南山，高一脚啊，低一脚啊，走着，走着，无声愈远啊，无息愈久啊，时光就是这样无声无息缓缓逝去了，四季就是这样无声无息缓缓变换了。

葛藤滋生覆盖荆楚，蔹草蔓延长在野地。我的爱人离开人世，与谁相伴独居独处？

葛藤滋生覆盖棘树，蔹草蔓延长在坟地。我的爱人离开人世，与谁相伴独歇独息？

兽角枕粲粲鲜明啊，锦纹衾灿烂夺目啊。我的爱人离开人世，谁与相伴独寝独宿？

夏天的长日啊，冬天的长夜啊。唯有待那百岁之后，到你坟穴才是归宿。

冬天的长夜啊，夏天的长日啊。唯有待那百岁之后，到你墓室才是归宿。

深爱的人啊，我会独自走过漫漫冬夜，我会独自走过漫漫夏日，一个人走过四季，一个人走过时光，走过一日一月，走过一季一年，百年不会短暂，百年不会久恒，深爱的人啊，等着我，等着我，我会来到你的身边，坦然从容，同坟，同茔。任葛藤啊，任蔹草啊，年年蔓延生发，岁岁牵连缠绕，覆遍荆楚啊，盖满棘树啊，眷恋何萋萋，深情长离离。

深爱的人啊，我在独自走过漫漫冬夜，我在独自走过漫漫夏日，一个人走向四季，一个人走向时光，走向一日一月，走向一季一年，百年不会短促，百年不会恒永，深爱的人啊，等着我，等着我，我将来到你的身边，平静安详，同墓，同室。任葛藤啊，任蔹草啊，年年抽枝生叶，岁岁开花结实，覆遍荆楚啊，盖满棘树啊，依恋何萋萋，永爱长离离。

漫道采苓首阳巅

唐风·采苓

采苓采苓,首阳之巅。人之为言,苟亦无信。舍旃舍旃,苟亦无然。人之为言,胡得焉?

采苦采苦,首阳之下。人之为言,苟亦无与。舍旃舍旃,苟亦无然。人之为言,胡得焉?

采葑采葑,首阳之东。人之为言,苟亦无从。舍旃舍旃,苟亦无然。人之为言,胡得焉?

在那滚滚奔流的黄河之侧,在那绵绵中条山的西南端,有我晋土与周国邻接,自古以来是交通要冲,乱石穿空,峰危谷幽,沧海桑田,不改巍峨。这里是壶口雷首,这里是首阳山巅,雄山千峰拔地,沿传多有美名:产阳山、首山、独头山、襄山、尧山、薄山、中条山、阳山,并上雷首山一共有九个,云雾缭绕有仙人传说,帝尧曾经留下了足迹,虞舜往昔建都的地方,伯夷叔齐也登临采薇。

采鲜苓啊采鲜苓啊，在那首阳山的山巅。有人说苓是甘草，那甘草温中下气可以解百药毒，本生长在干旱的沙漠荒原，问你啊心有何气身有何毒，昏昏沉沉来这首阳之巅寻找甘草，怎么能够采到？有人说苓是黄药，那黄药大苦凉血降火消瘿解毒，本生长在低洼的山谷河岸，问你啊心有何火身有何瘀，迷迷糊糊来这首阳之巅寻求黄药，怎么能够采到？有人说苓与莲通，那莲荷清香收敛止血消肿抑瘤，本生长在河溪的隰泽湿地，问你啊心有何伤身有何瘤，浑浑噩噩来这首阳之巅寻觅黄药，怎么能够采到？是有谁人果真登攀首阳之巅采苓寻探吗？是有谁人颠倒讽歌首阳之巅采苓荒唐吗？

那人那些谎话谗言，委实千万不可轻信。都懂得山巅采苓实属荒唐，为何又转身句句入耳信听？晋君献公啊，当骊姬内受宠溺，当"二五"外受嬖幸，当优施往来勾连，那是谁在谗言迷惑？说曲沃原是君王宗邑，宗邑无主则百姓无畏威之心；说蒲地屈地域近戎狄，边疆无主则戎狄有窥伺之意；说若使太子主曲沃，重耳夷吾主蒲屈，使百姓生畏，使戎狄惧怕，内可屏蔽封内，外可开拓疆域……于家和于国兴，舍弃谎话舍弃谗言，千万不要以之为然，当太子申生及诸位公子远离绛都，当那荒野之地草草筑起蒲屈二城，风沙渐起，迷遮眼目，狐裘龙茸，一国三公，生民将士啊，将何适何从？

那人那些谎话谗言，怎能相信它呢？晋君献公啊，有哪一朝世子出外？有哪一代公子居边？骨肉四散，谗言在耳，谁人采鲜苓啊，谁人望怜惜啊，眼见那风沙摧林木，眼见那双目失明辨。短叹啊，古往民间有父母妻子，寻常巷陌有家长里短，哪一处不生谎言？长吁啊，今来朝堂有君王臣子，宫苑高墙有是非曲直，哪一世不出谗言？世人啊，晋君啊，即使谎言常有，即使谗言世出，不要听信啊，不要听信啊。

采鲜苓啊采鲜苓啊，在那首阳山的山巅。那人那些谎话谗言，委实千万不可听信。舍弃它啊舍弃它啊，千万不要以之为然。那人那些谎话谗言，怎能相信它呢？

采苓采苓，首阳山巅。那是谁人啊，终有那岁晚苓尽，何以消伤？何以除瘤？

采苦菜啊采苦菜啊，在那首阳山的脚下。那苦菜啊，三月春来萌生新苗，分叉碧叶抱茎，紫茎白茎中空脆嫩，轻折渗出白汁，黎民为羹蔬来裹充饥肠；六月夏至，黄花绽放如菊，幽幽散芬芳，百姓田间劳作，随手摘取簪插鬓旁；八月秋凉，一花结子一丛，黑子细碎繁多，上有茸茸白毛，随风飘扬，落处又生；白露霜华凝结，苦菜经霜转苦味甜如饴。四方百姓食苦菜，那苦菜清热消炎还能破瘀排脓，多生长在黎民的田地之中，问你啊心有何病身有何脓，忧愁忡忡来这首阳脚下寻摘苦菜，怎么能够采到？是有谁人果真跋涉首阳脚下采苦寻访吗？是有谁人颠倒讽歌首阳脚下采苦乖张吗？

那人那些谎话谗言，委实千万不可与同。都知道山脚采苦实属乖张，为何又转眼字字入耳信同？晋君献公啊，当骊姬益媚益宠，当灭狄霍魏三国，当太子居功日高，那是谁在谗言蛊惑？说申生为人慈仁精洁，精洁耻于自污则愤不能忍，慈仁则惮于贼人其自贼易，相谋乘机陷诬；说赤狄皋落氏屡侵晋土，宜使太子领兵伐狄借以观其能，若不胜定罪有名若获胜确信得众，滔天大网布就……于朝安于邦宁，舍弃谎话舍弃谗言，千万不要以之为然，当里克谏言献公言说有子未知谁立，当献公令太子穿着偏衣佩戴金玦，风沙骤狂，遮蔽眼目，尨服无常，金玦不复，生民将士啊，将何去何往？

那人那些谎话谗言，怎能相信它呢？晋君献公啊，有哪一朝内宠并后？有哪一代孽子配嫡？祸根乱源，谗言在耳，谁人采苦菜啊，谁人郁

苦艰啊，眼见那风沙掩清宇，眼见那双目陷纷乱。短叹啊，青山东西有郊野广阔，一阡一陌有人迹往来，哪一方不生谗言？长吁啊，大河南北有城邑座座，一宅一舍有人烟绵延，哪一地不出谗言？世人啊，晋君啊，即使谗言时有，即使谗言频出，不要听信啊，不要听信啊。

采苦菜啊采苦菜啊，在那首阳山的脚下。那人那些谎话谗言，委实千万不可与同。舍弃它啊舍弃它啊，千万不要以之为然。那人那些谎话谗言，怎能相信它呢？

采苦采苦，首阳之下。那是谁人啊，终有那岁暮苦凋，何以解病？何以去脓？

采芜菁啊采芜菁啊，在那首阳山的东侧。那芜菁啊，深秋播种初冬生芽，来年阳春开花，茎叶碧绿挺立，高达三尺有余，灿灿黄蕊生机蓬勃，一团团一簇簇，蝶纷飞蜂绕舞，清香沁润肺腑，黄花碧空相连，朴素而静谧，明媚又烂漫；入夏五月六月结子，徂秋球状根茎肥美；花叶根茎都可啖用，生食脆嫩，菹菜酸甘，块根充饥腹，化痰止咳煮食补人。天下苍生食芜菁，那芜菁消食下气尚能疗毒痈肿，本生长在士民的园圃之中，问你啊心有何气身有何痈，失魂落魄来这寿阳东侧寻挖芜菁，怎么能够采到？是有谁人果真辗转首阳东侧采葑寻迫吗？是有谁人颠倒讽歌首阳东侧采葑谬妄吗？

那人那些谎话谗言，委实千万不可轻信。都懂得山侧采葑实属谬妄，为何又转瞬句句入耳信从？晋君献公啊，当骊姬谎梦齐姜，当太子祭于曲沃，当归胙置宫六日，那是谁在谗言谋害？说酒食自外而来应当先试，以酒沥地地坟起，与犬脔肉犬立毙，小臣尝验流血而死；当骊姬哭泣呼喊跪言献公，阴谋是太子策划，邦国本太子之国，旦暮不待必欲弑君；太子奔遁新城，献公锤杀太傅……于唐传于晋昌，舍弃谗话舍弃谗言，千万不要以之为然，当太子申生路末途穷自缢于新城，当骊姬复泣谮言二子都参与同谋，风沙漫天，蒙覆眼目，重耳夷吾，奔逃蒲屈，生民将士啊，将何追何随？

那人那些谎话谗言，怎能相信它呢？晋君献公啊，有哪一朝尽逐公子？有哪一朝公族不留？根脉斩断，谗言在耳，谁人采芜菁啊，谁人思跟从啊，眼见那风沙淆黑白，眼见那双目混是非。短叹啊，川原之远尚父贤子孝，和乐融融愿兄友弟恭，哪一户不生谗言？长吁啊，庙堂之高崇君明臣忠，清平盛世需齐力同德，哪一廷不出谗言？世人啊，晋君啊，即使谎言每有，即使谗言繁出，不要听信啊，不要听信啊。

采芜菁啊采芜菁啊，在那首阳山的东侧。那人那些谎话谗言，委实千万不可信从。舍弃它啊舍弃它啊，千万不要以之为然。那人那些谎话谗言，怎能相信它呢？

采葑采葑，首阳之东。那是谁人啊，终有那岁残葑萎，何以化气？何以下痈？

采鲜苓啊采鲜苓啊，在那首阳山的山巅。那人那些谎话谗言，委实千万不可听信。舍弃它啊舍弃它啊，千万不要以之为然。那人那些谎话谗言，怎能相信它呢？

采苦菜啊采苦菜啊，在那首阳山的脚下。那人那些谎话谗言，委实千万不可与同。舍弃它啊舍弃它啊，千万不要以之为然。那人那些谎话谗言，怎能相信它呢？

采芜菁啊采芜菁啊，在那首阳山的东侧。那人那些谎话谗言，委实千万不可信从。舍弃它啊舍弃它啊，千万不要以之为然。那人那些谎话谗言，怎能相信它呢？

国邦多难，骨肉相残，眼见谎言欺人，眼见谗言惑乱，舍弃它啊，

怎能信啊？

人世历劫，千磨万险，眼见谎言瞒天，眼见谗言销骨，舍弃它啊，怎能信啊？

从来，那些谎话不绝，向来，那些谗言不休，千万不要以之为然啊，千万不要以之为然啊，害了人，毁了家，荒了政，误了国，又能得到什么？又能得到什么？

秦风

有车邻邻,有马白颠。未见君子,寺人之令。

车马动秦川　鼓瑟复吹笙

*　*　*

秦风·车邻

有车邻邻，有马白颠。未见君子，寺人之令。

阪有漆，隰有栗。既见君子，并坐鼓瑟。今者不乐，逝者其耋。

阪有桑，隰有杨。既见君子，并坐鼓簧。今者不乐，逝者其亡。

这里是秦山连秦岭，这里是秦土延根脉，青山迢迢，绵延起伏，登峰，极目，仿若万马奔腾而来，自成一派雄浑壮阔景象。

这里是秦波接秦涛，这里是秦水续源流，碧水滔滔，不息奔流，临川，盈耳，仿佛千军呐喊疆场，别有一番威武刚毅气势。

大车行驶辚辚声响，戴星骏马额生白毛。尚未见到敬仰君子，等候寺人通禀传令。

山坡生长漆树，隰洼生长栗树。已经见到敬仰君子，并坐鼓瑟其乐融融。今天若不及时行乐，时光流逝转眼暮耋。

山坡生长桑树，隰泽生长杨柳。已经见到敬仰君子，并坐吹笙其乐

无穷。今天若不及时行乐，时光流逝转眼死亡。

听，隐隐如殷雷啊，那是谁人车队辚辚传声？都说那诸侯出行有副车七乘，都说那尊显大夫有副车跟从，未曾目睹啊，今日，我秦土荣现凛凛车仗威仪！大车威啊，根脉延啊，追溯，帝颛顼之孙名女修，女修生子大业，大业娶少典之女生大费，大费又名伯益，擅长调教驯服鸟兽。伯益追随大禹治水，功成之后，舜帝封作虞官，掌管上下草木鸟兽，受赐姓为嬴氏，嬴氏根脉自此延传。

看，戴星若天降啊，那是谁人骏马熠熠生辉？都说那戴星体健疾奔如闪电，都说那珍贵名马额前生白毛，有所耳闻啊，今日，我秦地宝马雍容万民自豪！骏马强啊，源流续啊，典载，伯益后裔又有非子，非子居住犬丘，为大周蕃息群马汧渭间，群马膘肥体壮，天子孝王封为附庸，采邑就在秦谷，复继嬴氏之祀，非子曾孙秦仲，奉周室命讨伐西戎，始任命为大夫，秦地山河自此续传。

嬴氏生秦仲，秦仲荣秦川，大雅君子啊，士民爱戴啊，一位一位络绎不断，秦川臣属敬仰拜望。君王居宫苑啊，君王有重门啊，依礼仪，按规矩，欲想见到君子之面，需要先请寺人传令。有人说大夫有寺人，掌管御驾车马奔走往来；有人说君王有寺人，掌管内外之间通达王命；礼仪周，规矩备，恭请寺人通告禀报啊，敬仰君子，前来拜见。

大车行驶辚辚声响，戴星骏马额生白毛。尚未见到敬仰君子，等候寺人通禀传令。

一道一道的山坡上，漆树向阳生长入云，心形大叶碧绿怡人。割开树皮缓缓流出白色汁液，静置渐渐变为黑漆，黑漆珍贵啊可髹涂器物，髹得食器精美涂出祭器典雅；漆树材质理疏质轻能耐水湿，坚软适度且有弹性，树材多用筑房屋制琴瑟，筑修屋舍俨然制作琴瑟悠扬。

一湾一湾的隰洼里，栗树高大枝繁叶茂，甘美饱足代代生民。春来抽芽生叶夏至花开成簇，秋高气爽硕果累累，壳斗若拳密密生长锐刺，两枚三枚坚果安然藏卧其中；栗木材质坚牢保存时期久长，适宜建筑器物之用，建筑器物佑保民生康乐，采剥栗实祭祀献奉天地先祖。

大雅君子啊，士民爱戴啊，漆树宜山种遍山坡，栗树喜滩植满隰洼，彼山泽因漆栗而增色，此漆栗得山泽而昌茂，若君王与臣属，相得从容益彰。敬仰君子待人平易蔼然，见面之后何其欢洽和乐，锦瑟调丝弦，并坐鼓瑟曲。有人说并坐是比肩而坐君臣亲密无间，有人说并坐是全皆坐下君臣敦睦亲善；有人说鼓瑟是君臣联手合奏珠联璧合，有人说鼓瑟是君臣欣然听瑟心旷神怡；锦瑟髹漆精美装饰华丽，射猎燕乐图绘栩栩如生，首尾岳山外侧弦孔数目相应，依次张弦音高合于十二律吕，昔往为五十弦，今常二十五弦。君臣投合啊，君子并坐啊，那瑟曲悠悠如南风流水，每一根丝弦都传递着欢娱；那瑟乐清扬似凤鸣朗月，每一个音声都浸润着欢畅，礼乐声声悦耳，教化滋养身心。

欢乐就在今朝，欢乐就在今宵。秦川生光彩，秦人何荣耀。时光飞驰啊转瞬消隐青山望断处，时光流逝啊转瞬汇融碧水连天际。高堂明镜里，青丝变白发，人生短促啊，暮耋忽忽至。珍视秦川君臣相得，珍重此刻君子并坐，自鼓瑟啊，自欢乐啊，怕什么齿耋衰老，由它，任它！

山坡生长漆树，隰洼生长栗树。已经见到敬仰君子，并坐鼓瑟其乐融融。今天若不及时行乐，时光流逝转眼暮耋。

一道一道的山坡上，桑树青翠生机勃勃，沐于日光微曳清风。桑拳春萌孕育着无限的希望，采摘桑叶养蚕得丝，黎庶勤谨劳作安居乐业，君子典仪肃穆礼服华贵精美；夏日桑果成熟黑紫甜蜜宜食，桑林之中笑

语阵阵；数古往今来问山河南北，桑树生根之处生民繁衍不息。

一湾一湾的隰洼里，杨树挺拔树冠昂扬，生长迅速遮阳成荫。初春条条柔荑花序暗红下垂，白絮团团飘飞如雪，树叶如掌随风拍打哗哗有声，片片摇曳辉映日月；树皮平滑色泽淡灰青白，树干端直直向青天粗细匀称，修房建宅可为梁可做檩，遮风避雨抵暑挡寒卫护四方。

大雅君子啊，士民爱戴啊，桑树参差种遍山坡，杨树近水植满隰洼，彼山泽因桑杨而添彩，此桑杨得山泽而繁盛，若君王与臣属，相得从容益彰。敬仰君子待人平和友善，见面之后何其欢喜和顺，笙簧试音声，并坐奏笙乐。笙簧八音列属匏类，大笙谓巢小笙为和，十三簧竹管参差器形优美像凤展双翼，古圣先贤听凤凰之鸣以别十二律，笙发正月之音如那万物贯地而生盎然蓬勃。吹吸笙簧耦合振动发音，妇孺相传女娲始造笙簧，笙簧吹奏和声音色明亮澄澈，音质柔和音域宽广动人情怀，时而清脆响亮，时而柔和浑厚。君臣投合啊，君子并坐啊，那风管弯生奏光明安泰，每一根簧管都生发着欢畅；那笙歌鼎沸播幸福吉祥，每一个乐声都洋溢着欢喜，礼乐阵阵悦耳，教化濡染身心。

欢乐就在今朝，欢乐就在今宵。秦川生光华，秦人何荣幸。时光飞驰啊转瞬消隐瑟曲悠扬里，时光流逝啊转瞬汇融笙乐和歌中。风云多变幻，车马长驰骋，人生短促啊，死亡匆匆临。珍视秦川君臣相得，珍重此刻君子并坐，自吹笙啊，自欢乐啊，怕什么身死身亡，由它，任它！

山坡生长桑树，隰泽生长杨柳。已经见到敬仰君子，并坐吹笙其乐无穷。今天若不及时行乐，时光流逝转眼死亡。

大车行驶辚辚声响，戴星骏马额生白毛。尚未见到敬仰君子，等候寺人通禀传令。

山坡生长漆树，隰洼生长栗树。已经见到敬仰君子，并坐鼓瑟其乐融融。今天若不及时行乐，时光流逝转眼暮耋。

　　山坡生长桑树，隰泽生长杨柳。已经见到敬仰君子，并坐吹笙其乐无穷。今天若不及时行乐，时光流逝转眼死亡。

　　青山迢迢，绵延起伏，登峰，极目，仿若万马奔腾而来，自成一派雄浑壮阔景象，这里是秦山连秦岭，这里是秦土延根脉……

　　碧水滔滔，不息奔流，临川，盈耳，仿佛千军呐喊疆场，别有一番威武刚毅气势，这里是秦波接秦涛，这里是秦水续源流……

角弓鸣，马蹄轻，千里暮云平

秦风·驷驖

驷驖孔阜，六辔在手。公之媚子，从公于狩。

奉时辰牡，辰牡孔硕。公曰左之，舍拔则获。

游于北园，四马既闲。輶车鸾镳，载猃歇骄。

那一年，烽火连天际，西周江山在千金一笑中流离破碎，谁人寒了八百诸侯的耿耿赤诚？内忧生，外患起，犬戎铁骑过处，骊山之下，哀鸿遍野。

那一岁，杀伐纷争中，大周平王在辗转东迁中举步维艰，谁人倾了举国之力显忠肝义胆？沧海流，英雄现，秦地七千儿郎，千里护送，血雨腥风。

那一日，东都洛邑里，天子平王在论功行赏时嘉奖封赐，册封我秦地襄公为诸侯受伯爵，戎无道，侵岐丰，若秦能逐西戎，即有其地，任重道远。

那一刻，西陲汧河畔，秦君襄公在西畤祭祀时敬奉白帝，牺牲用骊驹黄牛羝羊太牢之礼，在藩臣，胪郊祀，祭域内名山川，受命于天，云程发轫。

茫茫荒原无边无际，唯有秦人尺土立足，汧水长流，渭水无言，数百年来一重一重苦难艰辛，锤炼我秦人尚武强悍，磨砺我秦民坚忍不拔，好男儿手握家国命运，真勇士何惧浴血奋战！岐丰山河丰饶，怎容西戎据有！钟磬声声，骄傲我秦邦位列诸侯，车马辚辚，自豪我襄公英明神武。

大周礼仪四时狩猎，田猎之中讲武练兵，整顿军备，宣示威仪，看今朝我秦邦习五戎班马政，演弓矢殳矛戈戟武器，选力量毛色相配马匹，保家国军容整饬威严，卫天下战车纵横捭阖！北园峰高泽秀，春来应季田狩，士众欢欣，骄傲秦邦享诸侯之礼，万民同乐，自豪襄公训田猎军备。

尊贵啊，今日我秦国有了驷马车驾！荣耀啊，今日我秦邦等同中原诸侯！天子驾六，诸侯驾四，看啊，看啊，车驾之上四匹骥马多么高大威武，如铁一样坚不可摧，多么强健壮硕，那铁青毛色啊多么黑亮纯正，那步调徐疾啊多么一致和谐，行车先需择选马匹，御车先掌驭马丝缰，一张一弛之间，驷马进退有仪，中间两匹服马内侧缰绳靠近车辕拴系其上，外侧两条缰绳加上两匹骖马缰绳共是六辔，六条丝缰握在手中，收放自如御车有术，那谙熟御礼的人啊，那驾车御缰的人啊，正是那深受秦邦君王喜爱的人，身形伟岸威仪凛凛孔武有力，面容剑眉星目唇角刚毅，他正跟随着秦君襄公啊前来冬日狩猎。

国之大事，在祀与戎。上至祭祀礼仪，下至日常饮食，自然都需要田猎出产的供给；对应季节流转，田猎兵戎诸事，春蒐夏苗秋狝冬狩四时演武；春蒐辨鼓铎镯铙之用，教进退疾徐节度，习班师整顿之事；夏苗辨名号之用，明各层统领纪律，习在野行军止息；秋狝辨旗物之用，明旗帜号令号行阵，习治兵出征之举；待到冬日天地闭

藏，命将帅讲武，习射御角力，伐木取竹箭，全面进行军事训练，储备各项战略物资，四时田猎冬狩最重，一众官吏将士民众，各以旗物鼓铎镯铙，总合三季之教，蔚为磅礴壮观。看啊，看啊，浩浩荡荡，气势如虹，今日我秦邦子民欢聚冬狩，今日我秦君襄公统领出猎。

有人说媚子是君王宠爱的近臣，君臣一体崇武尚猎，英姿勃发纵横疆场，那青山南北啊几多人肃然起敬；有人说媚子是君王宠爱的儿子，父子一心强国兴军，鼓角争鸣驰骋沙场，那大河上下啊几多人心悦诚服；君臣也好，父子也罢，秦国朝野何人不是热血一腔枕戈待旦，只待一声号令传下，收我岐丰，复我华夏！四时田猎，应季野兽有所不同，冬日为狼夏是麋鹿，春秋季是鹿和野猪。田猎祭祀天地祖先，敬奉之礼只取公兽。山高岭秀，川宽原广，繁衍众鸟成群，养育群兽逐队。看啊，看啊，尘烟四起，骏马嘶鸣，那是掌管山林鸟兽的虞官啊，已经将应季的公兽驱赶而来，看那头头公兽多么肥大。

骏马奔腾仿佛星流电转，车驾划一愈彰万钧雷霆，尘雾紧随着腾空的马蹄，烟云紧跟着飞驰的车驾，射猎队伍庞大秩序井然，转瞬已经形成合围之势。山寂，岭安，川谧，原静，唯有那劲风里旌旗猎猎飘摇飞动，唯有那围困中公兽奔突嚎叫声声。铸就了一道道铜墙铁壁，将士们严阵以待；非等闲一个个血脉偾张，角弓挽拉似满月。当机立断，只听秦君襄公一声令下：把车驶向左边射杀公兽左侧！车驾左转包抄，贯耳裂帛穿云，一张张弓弦齐放，一支支利矢离弦，一个个箭无虚发，一匹匹公兽倒地。射技精，猎获丰，祭祀大典奉献公兽，大周礼仪以右为尊，箭射左侧右体完整，祭品献祀恭敬合仪。

汧水滔滔，北园幽美，这里是秦邦园囿，自我襄公位列诸侯啊，得享那诸侯园囿之礼。园囿广育林木蓄养兽禽，天子园囿地拥百里，诸侯园囿地四十里。是谁人娴熟驾御四马，是谁人放由四马悠闲，惊心动魄狩猎结束，心旷神怡游玩观览，调整车驾，放松马匹，草原一望无际，森林参天密布，几多高山峻岭，几多河湖隰泽，星辰灿烂，日月照耀，这里是秦川秦土，这里有秦君秦民，天空湛蓝鹰隼盘旋飞翔，茂密林丛鸟雀啼鸣婉转，溪涧边野鸭和鸳鸯羽毛艳丽，苇草间白鹤和鸿雁成群成双，一队队羚羊奔跑轻捷，一群群鱼儿自在游弋，指点山河，生意盎然，一派美景怡然自得，一番逍遥舒心惬意。

輶车轻便敏捷灵巧，驰骋狩猎最为合宜，追赶那猎物飞驰电掣，掉头或旋转从容自如；驾车骏马口中衔着铁质马嚼，两端部分露出在外称镳，形制精美悬挂着铃铛，銮铃一声声悦耳和鸣，驷马步调一致又和谐，如行云流水，似漫步云端。狩猎酣畅啊斗志昂扬，园囿游赏啊舒畅安适，輶车安稳缓缓行驶，载乘着劳苦功高的猎犬。由来犬分三种，一是守犬，日夜忠诚看护宅舍；二是田犬，身细腿长擅长田猎；三是食犬，用作庖厨庶馐美味。那长嘴猎犬名猃，有人说猃是黑犬黄颜；那短嘴猎犬名歇骄，有人说歇骄应为猲獢名犬，也有人说歇骄是休歇骄逸足力，满载名贵猎犬，狩猎归来游园何其美好。

驷马铁青多么高大，六条丝缰收放在手。那是秦公喜爱的人，跟随君王前来狩猎。

虞官驱来应时公兽，应季公兽多么肥大。秦公一声朝左边射，弯弓放箭射获猎物。

游览赏玩在北园中，四匹骏马熟练悠闲。輶车轻便鸾铃叮当，车上载着只只猎犬。

青山亘古，夕阳无限，风起萧萧啊，极目，一张张角弓满张，箭在

弦上……

汧渭长流，星月辉映，霜华生寒啊，侧耳，一声声马蹄叩川，山河壮美……

再回首，旌旗漫卷处，千里暮云平……

万里长征人未还

***
秦风·小戎

小戎俴收，五楘梁辀。游环胁驱，阴靷鋈续。文茵畅毂，驾我骐馵。言念君子，温其如玉。在其板屋，乱我心曲。

四牡孔阜，六辔在手。骐骝是中，騧骊是骖。龙盾之合，鋈以觼軜。言念君子，温其在邑。方何为期？胡然我念之？

俴驷孔群，厹矛鋈錞。蒙伐有苑，虎韔镂膺。交韔二弓，竹闭绲滕。言念君子，载寝载兴。厌厌良人，秩秩德音。

青天长在，点点浮云终流散，日出东方，金晖普照耀西疆。厉兵秣马，何忍丰川遭戎毒，枕戈待旦，又听凤凰鸣岐山。

车，兵车，千乘行经之处，黄尘漫漫蔽日遮天。小戎兵车载乘兵士，适应驰突攻击格斗需要车厢较浅，大车主载车厢深八尺，兵车主行深四尺四寸；也有人说士乘栈车是由竹木制成不加革鞔而漆，横直诸材显露在外；车辕修长形状弯曲，既像房梁又像舟船，得名梁辀用以驾套马匹，车辕颀长容易断折，需要绳索缠绕或是金属箍固，有人说五楘是车辕上五处缠绕着绳索加固，有人说五楘是五条有花纹的皮带交叉缠绕，也有人说车辕分五段环箍金属防裂愈坚；兵车轻便快捷，制作坚实牢固，我秦邦儿郎长驱沙场，如劈波斩浪势不可当！收束缰绳的游环在马颈后方活动，胁驱驾具皮带前系车衡后系车轸，护在服马外胁阻止骖马挤入辕中；阴靷革质拉绳引车前行，前端拴在骖马颈套后端拴在掩盖在轼前的阴板，阴靷系着之处白铜制环闪闪发光！虎皮褥垫花纹斑斓彰显威武，车轮中心圆木外持辐内受轴，兵车之毂长于载重车辆，那伸出车轮之外的长毂啊，在战场上疾速撞击敌方非伤即亡；驾驭兵车的骏马啊四蹄生风，出生入死了然无惧日夜陪伴，那是骐马青黑毛色纹理清晰，那是騧马左后蹄足毛色雪白！

我想要言说啊，言说对那出征的君子不尽的怀念，他的品行那样温和啊，仿佛一方温润晶莹的美玉，让我眷怀让我思慕。想他，他在哪里啊？念他，他远伐西戎，一想到他此时此刻天际陋居木板为屋，我心深处宛如波涛涌流拍岸，几多纷乱！

马，战马，连日驱驰雄健，纵横自如所向披靡。四匹公马多么雄壮，六条马辔缰绳握在手中，前进后退左旋右转张弛有道，动若游龙静如青松娴熟自如；车厢前方有横木扶手为轼，兵车之上将士凭轼而立举止威严，那御手站在中间负责驾驭兵车，夙夜匪懈宛然人车合一，英气十足取胜信心百倍！汧水长流渭水不息，望不尽河谷平原水草丰美，歌不完黄土山塬宜于农作，颂不休森林草场广袤无边，我秦人祖祖辈辈养马驭马，我秦邦名马神驹代代衍传，蓄养的马匹累岁供给天子王室，对阵那西戎连年立下卓著功勋，驷马神骏久经战事，如虎生翼长驱直入，人马合一所向谁人能敌？和衷共济所往谁人能挡？中间服马驾辕向前如腾云雾，这一匹是骐马青黑驰风一日千里，这一匹是骝马赤身黑鬣势不可当；两侧骖马拉套相随齐心协力，那一匹是䯄马黄身黑嘴百战不殆，那一匹是骊马油黑乌亮名闻天下！龙纹盾牌坚不可摧经得起百砺千击，怒目圆睁守土开疆受得住奋战浴血，两个龙盾合在一起立在车上，只待戎狄现身护卫一往无前；䩦缰是控制骖马内侧的辔绳，鋈环有舌白铜精饰闪闪灼目，立马啊，振缰！

我想要言说啊，言说对那出征的君子不尽的怀念，他的品行那样温和啊，仿佛迎面温暖和煦的春风，让我眷念让我思恋，想他，他在哪里啊？念他，他远征戎邑，不知道他啊将会以何时作为归还之期？为什么我这样深切怀念着他？几多冀盼！

矛，弓矛，将士披坚执锐，凛凛寒光摧锋陷坚。驷马身披薄金护甲奕奕不凡，枪林箭雨攻坚克难勇往直前，轻甲在身征战戎敌，跋山涉水了无懦怯，战马依护着秦邦将士，秦国儿郎仰赖着战马，人马合璧猛虎生翼，直杀得西戎望风而逃不可终日，护佑我华夏宗脉延续绵绵不断；三刃长矛发硎新试锋芒逼人，矛柄末端平底錞套白铜闪耀，山河多娇英雄本色，挺身而出百折不挠，勇将士，好儿郎，握一杆长矛在手，为家国蹈火赴汤！羽纹盾牌彩纹细绘精描，望它如同双翼遮护将士，望它宛若羽翼助力儿郎。虎皮弓套谁人裁缝，一针一线情深意长，囊装劲弓八面威风，百步穿杨威震四方，任那霜雪寒暑出生入死，征战傍身历尽苦难艰险。都说猛虎出山威震山岗，怎比秦邦将士血脉偾张，怎比秦国儿郎群威群胆，猛将士，俊儿郎，执一张强弓在握，向岐丰斩棘披荆！凭轼当风三位勇士，御者居中驾车驭马，将执长矛在右近战防卫，射手负

弓在左远程攻击，分工明确并肩作战，患难与共克敌制胜，是左膀右臂啊是生死相依。两弓交叉置放囊中，竹制弓架细密捆扎，友朋来了礼乐美酒，豺狼敢犯利箭长矛！

我想要言说啊，言说对那出征的君子不尽的怀念，起居不宁难以安睡啊，仿佛万里长征日夜在追随，让我眷顾让我思念。想他，他在哪里啊？念他，他收复岐丰，一想到他温和安详进退有仪历历在目，彬彬有礼声誉美好众人称赞，几多骄傲！

烽烟起，江山北望，纵横见，谁能相抗？驾长车，振长策，厌厌良人，秩秩德音，为国开疆，为邦拓土，英名传布四方啊，美誉妇孺皆知啊。那是谁人说啊，良人意为好人，为国开疆有为担当，本是大好儿郎；那是谁人说啊，良人应是夫君，为邦拓土冲锋陷阵，自然妻子骄傲；须知啊，那几多为秦开疆的大好儿郎，原也是让妻子骄傲的为国出征的英勇将士。

万里长征人未还，许身守土复开疆，且听长赋小戎，壮怀激烈，且听长歌小戎，良人德音。

兵车轻便车厢浅收，五条皮带缠扎车辕。游环贯辔控制骖马，拉绳系着白铜制环。虎皮褥垫兵车毂长，驾骐青黑驭骍足白。言说怀念出征君子，品性温和如同美玉。宿住在那西戎板屋，纷乱了我心曲深处。

四匹公马多么高大，六条缰绳握在手中。骐马骝马中间驾辕，骍马骊马外侧为骖，龙纹盾牌合立车上，白铜制就觼环軜环。言说怀念出征君子，温和笃厚远在边邑。将以何时作为归期？为什么我这样怀念着他？

驷马轻甲多么协调，三刃长矛白铜镦套。羽纹盾牌花纹美好，虎皮弓套镂金马带。两弓交叉放置弓囊，竹制弓架用绳捆拴。言说怀念出征君子，寝卧起身难以安宁。温和安详（那个好人，我的夫君），彬彬有礼声誉美好。

一曲小戎，振聋发聩，展我秦师威武强大，示我秦人雍容风范。有人说小戎慷慨，赞美秦君襄公身先士卒兵发岐丰；有人说小戎厚重，慰劳秦邦勇士征戍大夫搏杀西戎；有人说小戎激昂，大军出征鼓乐高歌振奋将士精神；有人说小戎豪壮，呼唤华夏儿男奋起抵御异族侵犯；有人说小戎深婉，家国大爱交融儿女真情炽烈铭心……若是那儿郎啊，人人长驱车马执矛张弓斥逐外敌，若是那妇孺啊，个个争相传唱英雄豪杰保家卫国，何须生惆怅，何须有哀怨，外敌须臾消尽，家国指日盛强！

蒹葭苍苍　在水一方

秦风·蒹葭

蒹葭苍苍，白露为霜。所谓伊人，在水一方。溯洄从之，道阻且长。溯游从之，宛在水中央。

蒹葭萋萋，白露未晞。所谓伊人，在水之湄。溯洄从之，道阻且跻。溯游从之，宛在水中坻。

蒹葭采采，白露未已。所谓伊人，在水之涘。溯洄从之，道阻且右。溯游从之，宛在水中沚。

蒹葭苍苍，多么，多么想溯洄从之，不畏，不畏前路崎岖又漫长，霜寒，风凉，歌一声在水一方，是什么湿润了眼眶。

芦苇茫茫深青苍苍，秋晨露水凝结霜白。心心念念的那个人，就在河水的那一方。逆流而上想要追寻，道路险阻而又漫长。顺流而下想要追寻，宛然隐隐在那水流中央。

芦苇茫茫繁茂萋萋，秋晨白露映日未干。心心念念的那个人，就在水草交接岸边。逆流而上想要追寻，道路险阻高峻难攀。顺流而下想要追寻,宛然隐隐在那水中高地。

芦苇茫茫葳蕤采采,秋晨白露尚未消尽。心心念念的那个人,就在河水的那一边。溯流而上想要追寻,道路险阻迂回曲折。顺流而下想要追寻,宛然隐隐在那水中沙洲。

秦邦广袤,歌不尽一年年春水初生,冰雪消融河泽水暖,是两岸的杨柳还是一川的青草,曾将那水波映染泛漾出粼粼绿碧,一枝枝蒹葭啊,嫩芽新发细尖如笔。是不是从那时起啊,有什么在心田悄悄生根,萌芽。

秦川壮阔,赋不完一番番夏水浩荡,雷雨阵阵河泽暴涨,是冲刷的土尘还是激荡的沙石,曾将那水流磨砺呈现出浩浩浑黄,一丛丛蒹葭啊,高大茂盛郁郁葱葱。是不是从那时起啊,有什么在心底无声蔓延,生发。

秦土丰厚,颂不休一岁岁秋水充盈,天光云影清澈沉静,是高远的天光还是疏淡的云影,将眼前水面澄澈纯净出一派明净,一片片蒹葭啊,繁茂无边茫茫苍苍。也许就是这一刻啊,有什么在心房萧萧随风,摇曳。

西风沁凉,起于青蘋之末,摇荡蒹葭起伏,修枝细叶若飘若止,恍惚飘摇止息于根;时光荏苒,如水日夜流逝,如沙指间难握,眼见柔芽转瞬亭亭,眼见绿叶秋来苍苍。有人说啊,蒹是荻草尚未秀穗扬花,葭是苇草初始抽茎萌芽;有人说啊,蒹俗称荻草高大强壮,葭俗称苇草纤细柔韧;有人说啊,蒹葭经霜颜色转为深绿,如海无涯缥缈满目苍茫;有人说啊,蒹葭秋来茎叶淡绿微黄,荻花芦穗灰白无边苍苍。

物候有序,节气斗转更替,北斗循环旋转,斗柄指北天下皆冬,斗

柄指东天下皆春；四季变换，气候星移更迭，地域自然渐变，斗柄指南天下皆夏，斗柄指西天下皆秋。有人说啊，白露属秋闷热转向秋凉，清晨露水加厚洁白密凝；有人说啊，秋分气温降低秋意渐浓，风清露冷一夜冷过一夜；有人说啊，寒露草木萧疏梧桐黄落，露气寒冷将欲凝结为霜；有人说啊，霜降秋末水汽凝结百草，沃野千里白霜冰晶熠熠。

蒹葭梢头处，是哪一滴露水皎皎清白？让那徘徊流连的人啊，入了双眸。

蒹葭绿秆上，是哪一枚清露晶莹剔透？让那踟蹰盘桓的人啊，出了神魂。

蒹葭细叶尖，是哪一颗寒露明净无瑕？让那蓦然回首的人啊，动了心弦。

蒹葭花序白，是哪一片霜花冷冽肃杀？让那驻足凝望的人啊，起了情思。

伊人高洁，钟情山高水长，隐约蒹葭深处，治邦有方强国有道，教化万民明晓礼仪；谁人慕贤，寻踪一方秋水，觅迹苍苍蒹葭，不畏险阻溯洄求索，百折不挠溯游无悔；有人说啊，那是大周东迁尚留贤臣遗老，隐处水滨不肯出仕，秦处周地周礼不备，一为惜贤一为世望，托词招隐作诗见志；有人说啊，那是秦川豪杰胸怀自有高寄，烟波浩渺蒹葭风影，所思何侣邈然若仙，所歌何人流芳千古，森波咫尺托付玄澹。

伊人如梦，恍若照影惊鸿，绰约蒹葭丛中，清波盈盈在水一方，白露纯洁一往深情；谁人爱恋，追寻飘飘衣袂，探觅蒹葭鬓影，不惧艰险溯洄而上，千回百转溯游坚贞。有人说啊，那是周室辟雍建制沣河隰泽，姬氏出自天鼋析木，上应天上牵牛星宿，辟雍灵台隔水相望，牵牛织女代代祭祀；有人说啊，那是秦邦儿女衷肠婉转低回，窈远疏旷清秋怀人，光景如画情思缠绵，烟波云霭别一洞天，伊人惝恍若隐若现。

伊人在心间，是那一株蒹葭绿翠袅袅，让那徘徊流连的人啊，耀亮双眸。

伊人在唇角，是那一点白露至纯直淬，让那踟蹰盘桓的人啊，润泽神魂。

伊人在眼前，是那无垠飞花温润柔美，让那蓦然回首的人啊，和鸣心弦。

伊人在眉梢，是那无际秋水盈盈澄澈，让那驻足凝望的人啊，沉湎情思。

白露为霜，晨光熹微，七八个星天际闪烁，西月半弯映照前路，那水天一色银波粼粼，那蒹葭叶梢露霜荧荧。星月不言，那是谁人夜来辗转反侧；星月不语，那是谁人黎明行色匆匆。是高山仰止思慕良久吗？是流水知音惺惺相惜吗？是惊鸿一瞥自此倾心吗？是两情相悦心有归属吗？朝思暮想的伊人啊，在水烟浩渺那一方，铭于心，刻于骨。逆流而上那道路何其险阻，顺流而下那道路何其漫长。无惧险阻，无畏漫长，是激流是险滩我都要把你求觅，是沼泽是陡崖我都要把你追寻。人生中有几多钟情似水，尘世间有几多倾慕凝珠，为了你，我愿意。

白露未晞，旭阳东升，缕缕秋风拂面轻寒，朝霞变幻鲜丽明媚，那水天连接涟漪荡漾，那蒹葭叶片露珠未干。红日不言，那是谁人永昼望眼欲穿？红日不语，那是谁人清晓跋涉长途？是景行行止思念日久吗？是莫逆知交意趣相投吗？是倾城一顾灵犀相通吗？是心心相印情深意重吗？日思夜念的伊人啊，在水波迷离那一方，铭于心，刻于骨。逆流而上那道路何其险峻，顺流而下那道路何其难攀。无惧险峻，无畏登攀，是湍流是泥淖我都要把你求觅，是隰泽是绝壁我都要把你追寻。人生中

有几许真情如水，尘世间有几许恋慕结珠，为了你，我愿意。

　　白露未已，高天澄宇，鸿雁来滨逐队结群，草木知秋待霜萧索，那水天极目水光潋滟，那蒹葭叶柄露珠未消。碧空不言，那是谁人日夜翘首以盼；碧空不语，那是谁人晨早风尘仆仆。是葵藿之心迭倾长久吗？是知己之遇解人难得吗？是一见倾心似曾相识吗？是同甘共苦情投意合吗？梦寐以求的伊人啊，在水霭缭绕那一方，铭于心，刻于骨。逆流而上那道路何其险艰，顺流而下那道路何其曲折。无惧险艰，无畏曲折，是深流是漩涡我都要把你求觅，是渊泽是峭岸我都要把你追寻，人生中有几度深情若水，尘世间有几许思慕成珠，为了你，我愿意。

　　耀亮双眸，怜露水皎皎清白，蒹葭伊人啊，依稀宛在，宛在那秋水中央。

　　润泽神魂，惜清露晶莹剔透，蒹葭伊人啊，依稀宛在，宛在那秋水高地。

　　和鸣心弦，随寒露明净无暇，蒹葭伊人啊，依稀宛在，宛在那秋水沙洲。

　　沉湎情思，任霜花冷冽肃杀，蒹葭伊人啊，依稀宛在，宛在我心海之上。

　　芦苇茫茫深青苍苍，秋晨露水凝结霜白。心心念念的那个人，就在河水的那一方。逆流而上想要追寻，道路险阻而又漫长。顺流而下想要追寻，宛然隐隐在那水流中央。

　　芦苇茫茫繁茂萋萋，秋晨白露映日未干。心心念念的那个人，就在水草交接岸边。逆流而上想要追寻，道路险阻高峻难攀。顺流而下想要追寻，宛然隐隐在那水中高地。

　　芦苇茫茫葳蕤采采，秋晨白露尚未消尽。心心念念的那个人，就在河水的那一边。溯流而上想要追寻，道路险阻迂回曲折。顺流而下想要追寻，宛然隐隐在那水中沙洲。

蒹葭苍苍，多么，多么想溯洄从之，可是，可是心路崎岖又漫长，霜寒，风凉，歌一声在水一方，是什么灼热了心房。

一年一度秋啊，蒹葭复苍苍，白露又为霜，清冽凉寒，长歌，那须臾韶光……

一生觅一人啊，伊人在心间，秋水隔一方，静寂遥望，叠赋，那千古真情……

终南苍苍横翠微

***

秦风·终南

终南何有？有条有梅。君子至止，锦衣狐裘。颜如渥丹，其君也哉？

终南何有？有纪有堂。君子至止，黻衣绣裳。佩玉将将，寿考不忘。

终南苍苍，天造地设，古往，一代代百姓渔樵劳作，日出而作，日落而息。民风淳厚，礼仪传续，凝眸处，一方净土，祥云瑞气，数不尽钟灵毓秀，醉不休仙都福地。

江山如画啊，华夏沿传，那郿鄠之境宽广辽阔，那九州之险峭拔雄峙，巍巍屹立，气象万千，干属天下之中，势踞镐京之南，合而言之，得名终南。

厥功甚伟啊，驱除西戎，那秦君襄公收复岐西，那终南即将纳入秦土，峰岭绵延，物产丰富，关中百二山河，终南堪称形胜，国之屏障，林木盛茂。

天下山峦啊生长林木，而后成就高峻，方才不负山名。终南崇隆，膏腴丰饶，蓊郁碧翠，有条有梅。有人说条是山楸，春月断根发条分种，繁殖栽培富庶一方，树木质地致密柔韧，结实耐用可做车板；有人说梅是楠树，高大通直革叶卵圆，木质坚硬纹理细腻，水不能浸蚁不能穴，性坚耐腐可做栋梁；有条有梅，终南丰饶，山楸造车驾，楠木建宫室，江山社稷，稳根固本。有人说条为柚树，栽培丘陵山坡地带，叶大而厚果实黄橙，秋末成熟味道酸甜，滋养生民可以果腹；有人说梅为梅树，梅具四德元亨利贞，梅开五瓣五福吉祥，祭祀烹饪不可或缺，梅实和羹可以调味；有条有梅，终南富美，柚实散甘芳，梅子丰肴馔，君臣士民，和乐融融。说是那山楸楠木也好，说是那柚树梅树也好，四方谁不赞终南丛林参差，世人谁不叹终南树木繁盛，终南山啊天下之冠，谁将君临雄视六合？

　　宇内山岳啊层峦叠嶂，亘古深根固柢，得能顶天立地。中南锦绣，肥壤沃土，危岭兀立，有纪有堂。有人说纪是廉角，山之有棱壁立参天，千里山陵万古悠悠，终南山形庄重威严，分峰中野气势宏畅；有人说堂是宽平，山有根基岿然不动，宽阔平坦护佑黎民，风雨雷电铁壁铜墙，白云回望长歌陶然；有纪有堂，终南广袤，峰陵隐云海，宽平生藤蔓，国邦重地，得天独厚。有人说纪是杞树，杞柳柔韧固土护坡，枸杞甘甜浆果累累，柳条制筐枸杞补益，丰衣足食安家立业；有人说堂是甘棠，耐寒耐旱根深叶茂，春来繁花洁白如雪，秋霜之后棠梨满枝，甘棠听政天下太平；有纪有堂，终南清幽，杞树佐日用，甘棠伴岁月，君王黎庶，仪礼绵延。说是那廉角宽平也好，说是那杞树甘棠也好，四海谁不称终南天下大阻，世间谁不誉终南霞蔚云兴，终南山啊峰高水长，谁将修德以副民望？

　　那是谁人振策挥鞭，浴血奋战安邦定国，大地惊雷起，远去了戎敌

铁骑，消散了烽烟滚滚，迎来今朝啊，天朗而气清，终南再现祥和，迎候君子尊贵。

那是谁人横刀立马，旌旗指处所向披靡，长空连霹雳，企盼着长治久安，希冀着治世承平，守来今朝啊，日丽又风和，终南重回安宁，欣悦君子来至。

无尽荣光啊，秦君受岐丰之地，襄公始封而莅临。何等华贵，外服锦衣绘绣着精美章纹，何等雍容，内穿狐裘彰显出礼仪等级。清风徐徐，条梅领首，那是谁人功德无量器宇轩昂？那是谁人非同凡响君王气度？峥嵘岁月，忆往昔大厦将倾匡扶周室，忆往昔千里勤王砥柱中流，忆往昔苦征戎敌披肝沥胆，忆往昔披荆斩棘兀兀穷年……太平今朝，这一刻震古烁今威名远播，这一刻光前耀后丰功伟绩，这一刻鼓乐齐鸣载歌载舞，这一刻万民景仰讴功颂德……颂扬秦君赫赫英名啊，黄沙百战已磨穿身上金甲，昂霄耸壑论建树实至名归！歌咏襄公鼎鼎威名啊，疆野踏遍怀斗志依旧昂扬，千秋大业须累积厚德流光！有人说渥丹是花名色呈正赤，有人说渥丹意渍丹层涂朱砂，有人说渥丹谓平常貌凡德厚，有人说渥丹为渥赭兴高颜红，华服盛装威仪凛凛，容光焕发面色红润，莫非他啊是我的君王？

无限荣耀啊，秦君能收复周土，襄公着诸侯之服。何等典雅，黻衣青黑相间展花纹繁复，何等庄重，绣裳五色齐备炫命服斑斓。天高地厚，终南有容，那是谁人劳苦功高神采飞扬？那是谁人超群绝伦君王风范？祸殃连年，忆往昔山河破碎戎马倥偬，忆往昔忠心耿耿运筹帷幄，忆往昔驱除鞑虏身先士卒，忆往昔冲锋陷阵旷日经久……静好当前，这一刻彪炳千古流芳百世，这一刻无出其右茂绩殊勋，这一刻日月光华春风满面，这一刻率土同庆众望所归……颂赞秦君威震四方啊，霜重风硬麾旗风紧马蹄劳，旷野雪紧冰封荒城月更高！歌赋襄公名扬四海啊，自甘苦辛誓将报主静边尘，百年大计赢得生前身后名！有人说佩玉是君王身份尊贵，有人说佩玉是君王服饰礼仪，有人说佩玉是君子涵养美德，有人说佩玉是君子养性修德，黻衣绣裳灿灿灼目，佩玉锵锵步履稳健，富贵寿考啊莫要忘荃！

  终南苍苍上有什么？山楸高大楠树丰茂。有位君子来到此地，锦绣衣衫狐裘礼服。容颜红润如同涂丹，莫非他是我的君王？

  终南苍苍上有什么？峰岭陡峭根基宽平。有位君子来到此地，青黑黻衣五彩下裳。身上佩玉锵锵作响，富贵寿考莫要相忘。

  终南盛景啊，条梅蕃昌，长风过处拂千枝万叶，紫霭缭绕幽千岩万壑，翠微秀色，亘古未了，君王当修其德，适配山川形胜，民声民意，歌乐传布。

  江山如画啊，君子来至，天子命召以有岐丰地，百世毋忘周室厚赐赏，锦衣狐裘，黻衣绣裳，襄公盛年有为，冀愿仁德泽被，民心民愿，歌赋传扬。

  终南苍苍，翠屏锦绣，今来，一辈辈子民耕读生息，凿井而饮，耕田而食。杀伐去远，仁德长存，抬望眼，一派谐和，霁风朗月，赏不完千峰叠嶂，恋不止秦岭洞天……

万古愁，千夫指，百身无计赎三良

秦风·黄鸟

交交黄鸟，止于棘。谁从穆公？子车奄息。维此奄息，百夫之特。临其穴，惴惴其栗。彼苍者天，歼我良人！如可赎兮，人百其身！

交交黄鸟，止于桑。谁从穆公？子车仲行。维此仲行，百夫之防。临其穴，惴惴其栗。彼苍者天，歼我良人！如可赎兮，人百其身！

交交黄鸟，止于楚。谁从穆公？子车鍼虎。维此鍼虎，百夫之御。临其穴，惴惴其栗。彼苍者天，歼我良人！如可赎兮，人百其身！

交交黄鸟，一声声哀鸣如斯紧急悲苦，黄鸟啊黄鸟，为何停息在那棘树枝头？难道不见那棘刺丛生密密麻麻？是被锐刺扎伤了趾爪吗？是被乱枝挂扯了羽翼吗？还是为了人间悲惨鸣屈喊冤？一声一声撕心裂肺，一声一声闻者泪落。

仪仗逶迤绵延不绝，文臣武将丧服在身，震天，动地，秦君穆公啊百年安葬。曾当之无愧啊，振长策益国十二开土千里，受金鼓称霸西戎诸侯之伯；曾心怀仁慈啊，当岐山亡马反而免刑赐酒，施恩留德才有了战地获救；曾智勇无匹啊，为骑兵将士每人配备匕首，短兵相接战斗的威力大增；曾求才若渴啊，首开了秦国客卿制度先河，广纳人才良士于四方他邦。屈指，细数，问贤伯乐和九方皋，羊皮换贤得百里奚，西取由余宋迎蹇叔，来丕豹公孙支接踵而至。

天子杀殉数百数十，大夫杀殉数十数人，今朝，惊变，谁保死者亡魂的冥福？传古俗常有啊，以器牲或人与佣同葬墓室，昔往的贵族墓葬尤多人殉；传侍死如生啊，多是杀死仆隶或活埋祭祀，或受鼓励深信不疑愿生殉；传舆马女乐啊，生前享受逝后荣华不断绝，人间黄泉肉池酒林长受用；传前路暗黑啊，冠履周全衣衫端正作何思，下肢向上蜷曲入棺作何想？触目，惊心，秦君穆公墓冢堂皇，规划建造倾国之力，珍宝重器已是皆备，为何要良将们人殉追随？

西征，好儿郎屡建功绩赫赫辉煌，东战，猛将军忠心耿耿效力勤谨。出生入死啊追随君王，战车辚辚，护卫冲锋；日复一日啊年复一年，入宫服侍，丹帏旁侧；赏赐百千啊，君王厚恩自难相忘，一道命亡啊，君令如山怎能违抗！捶胸，顿足，痛惜我秦邦三良啊，悲伤性命不可救啊。

棘树风急啊黄鸟欲栖停，群飞蔽空啊日色多凉薄。翩翩轻灵啊叹青天苍茫，乘时席势啊而不可挥振。谁人举网啊合围生惊怖，悬颈缚足啊惨目更凄心。淫雨霏霏啊黄泉寒彻否？汧渭长流啊徒扬起波涛。

交交黄鸟，一声声哀鸣如斯丧魂落魄，黄鸟啊黄鸟，为何停息在那

桑树梢头？难道不知那桑枝质脆容易摧折？是被猛禽追逐了躲避吗？是被恶兽偷袭了逃窜吗？还是为了人间凄惨叫苦连天？一声一声肝胆俱裂，一声一声听者心伤。

三良，为国谏言从不虚妄；穆公，采纳信任从善如流，君臣相得啊创立基业。堪远见卓识啊，献大策西向称霸所向披靡，方有了益国开土盖世勋绩；堪砥柱中流啊，护君车披坚执锐百战百胜，善征战纵横驰骋勇不可挡；堪邦国栋梁啊，建奇功身先士卒杀敌如麻，子车氏一门忠心兄弟贤良；堪担当大任啊，通古今学识渊博经天纬地，美德行家喻户晓为人称道；信赖，器重，沙场横刀英雄豪杰，朝堂辅政深有谋略，纾危解困应对有策，兄弟同心共为强国盛邦。

临穴，墓室幽冷从此永眠，惴惴；咫尺阴阳不寒而栗，风华正盛啊戛然而止。谁步履蹒跚啊，白发人送黑发人生亦何欢，三良儿男活生生要成亡魂；谁步履维艰啊，结发人大限临头生有何望，子车良人温暖身就要僵硬；谁步履懵懂啊，稚子弱女可知晓失怙无依，谆谆教导犹在耳转瞬离世；谁步履沉重啊，一门贤良我秦邦百姓仰仗，一生英雄我秦国万民爱戴；阴寒，惊栗，呼啦啦大厦化废墟，昏惨惨灯炬欲灭尽，一场欢喜忽结悲辛，叹人心莫测世事终难定。

酒酣，秦君穆公向群臣举杯邀约；耳热，子车三良对穆公慨然许诺。生共此乐啊死共此哀，穆公垂暮，三良盛壮；日落西山啊明朝东升，但见人亡，何有复生？溘然长逝啊，地下有知是乐是哀？杀身从殉啊，奄息仲行还有鍼虎！痛心，疾首，痛悼我秦国三良啊，悲怆生命不回返啊。

野田黄鸟啊止息在桑林，远川茫茫啊陌路何迢遥。群聚群武啊欲飞又畏行，多虞多事啊足机谁张布。无饮无啄啊惊鸣愈仓皇，夕阳惨淡啊沉落向西山。寒霜落木啊萧萧四飘零，吁嗟山川啊空号凭悲风。

交交黄鸟，一声声哀鸣如斯痛楚彻骨，黄鸟啊黄鸟，为何停息在那荆楚枝头？难道不见那荆楚细弱难以依附？是被弓矢击中了同伴吗？是被罗网捕取了爱侣吗？还是为了人间祸殃衔冤负屈？一声一声撕心裂肺，一声一声闻者泪落。

邦国殄瘁忧心如焚，哀不自胜永失三良，呜呼，哀哉，风云突变啊秦人伤悲。或令出穆公啊，生前是君臣一体左膀右臂，身后续幽冥地府心腹股肱；或康公迫死啊，生前功高震诸邦穆公雄霸，身后长远稳朝堂少主尚弱；或秦俗沿传啊，远离中原风近西戎重人殉，墓室葬埋不忍闻白骨摧折；何生杀予夺啊，唯意所欲天子亦不能免黜，成俗恶习国人皆不敢抗违；剖心，明志，子车奄息可抵百人，子车仲行可比百人，子车鍼虎可挡百人，千人万人啊何能赎三良。

歼我良人伤我国本，夺我良人痛在民心，长歌，当哭，哀戚之至啊秦人诉陈。问浩浩苍天啊，谁言传责人无难受责唯艰？谁表说心之忧惧日月逾迈？问悠悠苍天啊，谁临穴惴惴其栗不安惧恐？谁呼唤良人声声肝肠寸断？问茫茫苍天啊，谁教化敬德保民明德慎罚？谁竟是死而弃民收良以死？问渺渺苍天啊，谁荒唐临亡挟死相随埋身？谁长叹捐躯杀身一去不返？椎心，泣血，子车奄息可抵百人，子车仲行可比百人，子车鍼虎可挡百人，千人万人啊无以赎三良。

百身，愿替代子车良人慷慨赴死；百死，为保全子车良人社稷贤臣。秦邦子弟啊铁骨铮铮，枪林箭雨，无惧危难；秦国民众啊一腔热血，刀光剑影，不怕牺牲；邦国殄瘁啊，自断其路不寒而栗，歼我良人啊，自毁山河不得民心！呼天，抢地，痛挽我秦国三良啊，悲恸生命不能赎啊。

黄鸟交交啊尾羽亦倬倬，投宿青冥啊云路长邈邈。蹴踏弱枝啊附依

傍荆楚,日斜堙深啊早已有罗网。一缕性命啊须臾隔阴阳,沥血穷碧落啊救施不得。人生吞噬啊顿足且奈何,长逝永亡啊岁月恒无穷。

  交交黄鸟啼鸣哀哀,停息棘树枝头。是谁跟从穆公殉葬?是子车氏名为奄息。说起这位子车奄息,一人才能可抵百人。走近那座墓穴,惴惴不安浑身战栗。那主宰人世的苍天啊,歼灭了我们的好人!如能赎回他性命啊,愿以百死换他一身!

  交交黄鸟啼鸣哀哀,停息桑树枝头。是谁跟从穆公殉葬?是子车氏名为仲行。说起这位子车仲行,一人才能可比百人。走近那座墓穴,惴惴不安浑身战栗。那主宰人世的苍天啊,歼灭了我们的好人!如能赎回他性命啊,愿以百死换他一身!

  交交黄鸟啼鸣哀哀,停息荆楚枝头。是谁跟从穆公殉葬?是子车氏名为鍼虎。说起这位子车鍼虎,一人才能可当百人。走近那座墓穴,惴惴不安浑身战栗。那主宰人世的苍天啊,歼灭了我们的好人!如能赎回他性命啊,愿以百死换他一身!

  交交黄鸟,万古悲愁,彼苍者天,千夫所指,山河失色,眼泪成河,百身啊,百身啊,百身无计赎三良……

晨风北林如何忘

秦风·晨风

鴥彼晨风，郁彼北林。未见君子，忧心钦钦。如何如何，忘我实多！

山有苞栎，隰有六驳。未见君子，忧心靡乐。如何如何，忘我实多！

山有苞棣，隰有树檖。未见君子，忧心如醉。如何如何，忘我实多！

迅疾飞行那鴥鸟啊，郁郁苍苍那北林啊。没有见到所思君子，忧心忡忡钦钦盼望。怎么办啊怎么办啊，恐怕多半忘记了我！

山上生长丛丛栎树，隰洼生长斑驳梓榆。没有见到所思君子，忧心忡忡无有欢乐。怎么办啊怎么办啊，恐怕多半忘记了我！

山上生长丛丛唐棣，隰洼生长树树山梨。没有见到所思君子，忧心忡忡昏昏如醉。怎么办啊怎么办啊，恐怕多半忘记了我！

朝迎红日，又挨过一个漫漫长夜，而你，又在哪里？晨风展翼，迅

疾飞行，像极了，像极了你当初离去的背影，一骑绝尘，不见回头。暮立黄昏，又等过一个悠悠长日，而你，又在哪里？晨风掠过，飞还归林，拨动了，拨动了我牵萦思念的心弦，睹物思人，望眼欲穿。那晨风又名鹯鸟，形似鹞属类鹰隼，羽色青黄燕颔钩喙，向风摇翅急击鸠雀；那北林郁郁苍苍，自你离开以后啊，挺拔苗木日趋参天，森林繁茂蔽日遮天；晨风清晓离林觅食，日晚尚且知道返巢，杳无音信的你啊，莫非已是忘记旧日家园？北林萧萧如波如涛，庇护几多走兽飞禽，形单影只的我啊，如何能够忘记双宿比翼？晨风依北林，北林存晨风，相依相存，不抛不遗，所思的你啊，是在天之南，还是地之北？天南地北啊，如何将你依？如何将我舍？朝思，暮想，思念啊随着晨风的翅翼一起延伸，延伸到那天际，可能否唤回你？思念啊同着北林的树木一样莽苍，莽苍到我心间，可能否等来你？忧心忡忡，钦钦望盼，怎么办啊，怎么办啊，恐，怕，恐怕你啊，多半忘记了我！

青山高处，生长着丛丛栎树，根脉深扎壁岩厚土，粗壮高耸伸展蓝天，枝繁叶茂苍翠欲滴，向阳而生栎实累累。栎实可食亦可酿酒，壳斗浸泡可染衣黑，质材坚硬可建屋舍可制车船。你可记得，你我携手，一起捡拾颗颗栎实，一路撒落了多少欢笑？隰洼低地，生长着株株梓榆，植根繁衍湿润沃土，高大挺拔并肩而生，枝叶披拂青绿宜人，折射日晖流光溢彩。梓树叶果茎根皆可入药，清热解毒杀虫消肿，榆树翅果嫩叶甘润可口。你可记得，你我相随，采得梓果摘取榆叶，箪食豆羹有多少甜蜜？那丛丛栎树年高年壮，自你离开以后啊，栎实几度坠落秋风，化作一声一声的叹息；那株株梓榆树皮斑驳，自你离开以后啊，叶果几度老衰成泥，化作一句一句的呓语。栎树依高山，梓榆存隰洼，相依相存，不别不离，所思的你啊，是在山尽头，还是水穷处？山穷水尽啊，如何将你依？如何将我离？栎树知秋至，梓榆叶归根，你啊，你啊，久留他乡异地，何不朝夕归来？忧心忡忡，失却欢乐，怎么办啊，怎么办啊，恐，怕，恐怕你啊，多半忘记了我！

唐棣喜光，一丛丛生长在山坡之上，又名郁李耐旱耐瘠，春花粉白夏果深红，李实酸甜又具药用价值，疗气滞积聚治牙齿疼痛。清晨前往摘一握李实啊，能否消我心中气瘀？黄昏复去采一捧李实啊，能否止我心头疼痛？樲树映日，一棵棵生长在隰洼低处，又名山梨耐寒耐腐，春花如雪秋果黄红，梨果酸甜可酿酒可入药，既健脾消食又清热解毒。今朝前往摘一捧梨果啊，能否解我腹中积滞？明日复去采一筐梨果啊，能否散我一怀愁绪？自你离开以后啊，唐棣已是几度花开果艳，樲树已是几度果熟飘香，唐棣啊春来应时绽放，方得暑夏红李成串，樲树啊春来应季吐芳，方得金秋黄梨满丫！唐棣依高山，树樲存隰洼，相依相存，不弃不舍，所思的你啊，是在九埏上，还是八埏远？九埏八埏啊，如何将你依？如何将我舍？徘徊，踟蹰，怀恋啊随着春日的花朵布满山坡，香气芬芳氤氲，可能否迎来你？怀恋啊同着夏秋的果实酝酿作酒，沉陷不可自拔，可能否盼来你？忧心忡忡，如醉如痴，怎么办啊，怎么办啊，恐，怕，恐怕你啊，多半忘记了我！

滚滚红尘，夫妻之情心心相印，那是谁人曾经炽烈爱过啊，然后，然后又再被深深地遗忘？弹指一瞬，千载流光，那是谁人留下一片深情啊，尘封，尘封在大地青山永不老？

迅疾飞行那鹬鸟啊，郁郁苍苍那北林啊。没有见到所思君子，忧心忡忡钦钦盼望。怎么办啊怎么办啊，恐怕多半忘记了我！

山上生长丛丛栎树，隰洼生长斑驳梓榆。没有见到所思君子，忧心忡忡无有欢乐。怎么办啊怎么办啊，恐怕多半忘记了我！

山上生长丛丛唐棣，隰洼生长树树山梨。没有见到所思君子，忧心

忡忡昏昏如醉。怎么办啊怎么办啊，恐怕多半忘记了我！

茫茫世间，君臣之义层见叠出，那是谁人曾经倾心报效啊，然后，然后又再被无声地遗忘？游目骋怀，万里山河，那是谁人赋歌一腔忠贞啊，疏远，疏远在秦邦天各自一方？一生抱负，报效家国碧血丹心，为君分忧，流芳千秋。忧伤的赋歌，伴着北林生发着怀恋；徘徊的黄昏，犹在忆念夕阳无限好。如何忘啊，久违的你，是否回想起当初从前？

丹心如故，且又奈何，歌一篇晨风怀人啊，赋一章北林忧心啊，天各一方，深情蕴结。飞鸟有深林啊，树木有山隰啊，万物各得其所，世人各有所安，唯我，所思君子，等不来你的身影啊，所思君子，盼不到你的消息啊。天高地迥，身无羽翼，怎么办啊，怎么办啊，恐，怕，恐怕你啊，多半忘记了我。

一生短暂，百年光阴不过弹指，一瞬永恒，铭刻终生，忧伤的歌谣，随着晨风传布着思念，尘封的日子，始终不会是一片云烟，如何忘啊，如何忘啊，久违的你，是否犹记得昔年志向？是否保存着那张笑脸？策马，扬鞭，心怀四方，指谈江山，曾看那一轮旭日东升，朝霞满天，往日历历，而如今……

鴥彼晨风，郁郁寡欢，受几多失望气馁。黯然，神伤，怎么办啊，怎么办啊，恐怕你啊，多半忘记了我，恐，怕……

忧心如醉，踟蹰难安，怀一线希望微茫。扪心，怅问，怎么办啊，怎么办啊，恐怕你啊，多半忘记了我，恐，怕……

青山绵亘，歌诗相传，夫妻也好，君臣也罢，我有所念人啊，你在远远乡，我有所感事啊，结在深深肠。乡远去不得，日日瞻望；肠深解不得，时时思量。

乐莫乐兮相知，悲莫悲兮别离，所思所念的你啊，生死以之的你啊，恐，怕，恐怕你啊，在那时光的洪流之中，你啊，你啊，愈去愈远，留下了，一个我……

金戈铁马,气吞万里如虎

秦风·无衣

岂曰无衣?与子同袍。王于兴师,修我戈矛。与子同仇!

岂曰无衣?与子同泽。王于兴师,修我矛戟。与子偕作!

岂曰无衣?与子同裳。王于兴师,修我甲兵。与子偕行!

看,金戈铁马,万众一心,骄我秦邦儿郎。强敌屡屡当前,谁怕!旌旗猎猎,拓土开疆,冲锋,陷阵。

听,战歌嘶吼,千里江山,慷慨豪壮传布。将士众志成城,谁敢!甲兵向日,势如猛虎,执锐,摧坚。

谁说我们没有衣裳?和你同披一件战袍。君王号令兴兵征战,修好我们的戈与矛。和你一同面对仇敌!

谁说我们没有衣裳?和你同穿一件衬衣。君王号令兴兵征战,修好我们的矛与戟。和你一起行动战斗!

谁说我们没有衣裳?和你同穿一件下裳。君王号令兴兵征战,修好我们甲胄兵器。和你一起同上战场!

烽烟起,沙场点兵,吹角连营。熊熊薪火已经点燃,修我战戈长矛，与子同仇。

　　是连年征战困窘苦境中的互相激励吗？本应当兵马未动粮草先行，当眼前已给养断供衣食少缺，大战在即兵士们相濡以沫，轮穿共披一件战袍，做好准备冒死一搏，血腥厮杀朝不保夕。亲如兄弟当然会合用一件战袍，自然也相互推让最后一口食物，鲜血凝结的至深情谊啊，最可依赖的是你我忠勇，信念在心，斗志高昂，岂曰无衣？与子同袍！是誓师大会鼓舞士气时的慷慨战歌吗？一辈辈鞍马骑射，一代代修习备战，豪情充盈血脉，斗志刻印筋骨，西戎犯敌侵扰夺掠，秦川儿男坚不可摧。战为使用刀戈占有土地，争是两手争夺相持不下，几多鏖战，几多争持，血雨，腥风，牢牢筑起了一道坚实藩篱拱卫天子。骊山烽烟起，周王令兴兵，将军振臂，千百应诺，磨刀霍霍，修我戈矛！是秦军威武官兵待遇一致袍泽之谊吗？秦地尚武秦人崇勇，习惯了边地风沙扑面，习惯了夏酷暑冬严寒，习惯了大漠孤烟，习惯了长河落日，秦邦儿郎啊，生来铁骨铮铮，张口豪气冲天，保社稷江山使命在肩，护家园和平责无旁贷，畏什么披荆斩棘，惧什么赴汤蹈火，忘生，轻死，拯救国仇家难，将士平等，杀敌建功，人生短暂，你我同仇！

　　听，歌呜呼呼，快意耳目！看，热血沸腾，生死相依！那是谁人一呼啊振聋发聩：岂曰无衣？那是谁人百应啊情同手足：与子同袍！同仇敌忾，千秋万代。

　　大风起兮，乱云飞扬，那是谁人的热泪啊，涌上眼眸？

　　西北望，弓挽满月，怒射天狼。熊熊烈焰已经烧燃，修我长矛锐戟，与子偕作。

　　你，我，曾经我们每一个秦邦少年梦里，总有大美明月关山，更

有暴残十万铁蹄，烽火连绵传送警报，漫山遍野呼啸而至，撕碎了家园宁静的夜晚，将黎明踩躏成一片血红。西戎，那些带来死亡散布灾祸的恶魔，那些烧杀劫掠无恶不作的凶蛮，总在暗夜里席卷而来，垂涎着秦山背后富庶的中原。你，我，我们都是西陲边地养马人的子孙，我们的先祖无数次抵挡戎敌侵袭，父兄们铮铮不屈血染沙场，子弟们不避斧钺前赴后继。拿起父辈的断矛，修好！淬火兄长的锈戟，磨利！一代一代，一辈一辈，天生负有复仇使命，注定就是英勇将士，问哪一个秦国儿男，不是在鲜血战火中出生成长？你，我，我们身上穿着浸透过祖先热血的铠甲，我们手中握着寄托着父老重托的矛戟，茫茫秦川之上，风沙粗粝扑面，漫漫汧渭之滨，蒹葭盛茂苍苍，迎着枪林箭雨向前，并肩作战生死以之，厮杀，搏击，血流成河，伏尸遍野，当戎敌纷纷无声倒下，当铁骑潮水一般退去，敲响盾牌，高挥旌旗！歌不休青春锐气，说不尽家国大义，你，我，志同道合建军功，凛然正气立大业，一件衬衣合穿共用，分什么你我汗泽血染，生死，一起行动！

听，歌鸣动地，胸胆开张！看，保家卫国，意气风发！那是谁人一唱啊叱咤风云：岂曰无衣？那是谁人众和啊激昂慷慨：与子同泽！勇往无前，千秋万代。

大风起兮，乱云飞渡，那是谁人的热泪啊，盈满眼眶？

战未休，天下英雄，谁可敌手？熊熊火光染红天地，修我甲胄兵器，与子偕行。

思我大夫秦仲啊，为周王诛讨西戎，却为戎敌所杀，来吧，同横刀，断不能吞声呜咽，这一笔血债牢记在心。思我秦君庄公啊，领周王七千兵士，艰苦转战伐戎，来吧，共策马，断不能垂泪顾影，这一重国难未曾敢忘。思我秦君襄公啊，勤王护驾迁东都，受封收复岐丰，来吧，齐出征，断不能空描蓝图，一诺慷慨重任在肩。国仇，家恨，那西戎啊，不共戴天，唯有奔赴沙场，壮志饥餐戎敌肉，笑谈渴饮世仇血，复我山川壮丽本色，展我父老喜颜欢声。保卫家国的忠心啊一样耿耿，不怕牺牲的铁骨啊一样铮铮，或是将军与士兵，或是老兵与新兵，或是旧日相识，或是今朝初逢，誓死不屈抵御外侮，殒身不逊勠力同心，说不完的亲切，道不尽的温暖，从战袍到衬衣再到下裳，岂曰无衣，能遮我身就能蔽你体，一起披盖一同穿用，既然同甘共苦何来区分你我彼此；从戈矛到长戟再到甲兵，王于兴师，尊王攘夷你我同担当，一起冲锋一同陷阵，既然生死与共自然同抒战斗豪情。没有什么困难难得住秦邦勇士，没有什么凶险吓得住秦军将士，遇山开路，遇河搭桥，遇敌，刀兵出鞘！走，上战场，人生豪迈，你我偕行！

听，歌鸣震天，心潮澎湃！看，开疆拓宇，气吞山河！那是谁人一声啊惊雷平地：岂曰无衣？那是谁人怒吼啊直冲霄汉：与子同裳！所向披靡，千秋万代。

大风起兮，乱云飞荡，那是谁人的热泪啊，倾洒黄土？

谁说我们没有衣裳？和你同披一件战袍。君王号令兴兵征战，修好我们的戈与矛。和你一同面对仇敌！

谁说我们没有衣裳？和你同穿一件衬衣。君王号令兴兵征战，修好我们的矛与戟。和你一起行动战斗！

谁说我们没有衣裳？和你同穿一件下裳。君王号令兴兵征战，修好我们甲胄兵器。和你一起同上战场！

折腰，长悠悠，补天西北，不尽汧渭滚滚奔流，惊涛拍岸慷慨豪壮……

扼腕，望神州，风光满眼，千古兴亡多少往事，秦邦儿郎流芳称雄……

秦岭巍巍苍茫，秦歌回声震撼，想当年，金戈铁马，气吞万里如虎……

渭阳赠别思悠悠

***

秦风·渭阳

我送舅氏,曰至渭阳。何以赠之?路车乘黄。

我送舅氏,悠悠我思。何以赠之?琼瑰玉佩。

苍茫秦川无尽,向晚日落远林,杨柳垂拂春夏之交,渭水滔滔奔流天际。

赋歌肺腑挚情,声声诵吟扼腕,一曲悠悠流布四方,渭阳别情动人心肠。

我一路送舅舅归国,一直送到渭水北岸。用什么礼物赠别他?诸侯路车四匹黄马。

我一路送舅舅归国,悠悠绵长我心思念。用什么礼物赠别他?琼瑰莹泽玉佩温润。

身后,三千秦师军容严整,旌旗猎猎甲兵鲜明,此一去,护送着舅舅重耳终返故国啊,眼见要结束了漫漫十九年的流亡辗转。眺望渭水南岸,青山沃野依旧,那一年仓皇逃离的晋国土地是否有所改变?岁月倏忽,舅舅啊已是人到中年,忆往昔晋邦骊姬惑变,从蒲城逾墙而走被晋君献公的使臣砍断了衣袖,一众人等韬光养晦避难翟国十二载,又闻讯

将被晋君惠公派赴使臣前来追杀，慕仰大国踏上长路欲往辅佐齐君桓公，一路上遇见了卫君漠视落魄，一路上拜谢了五鹿农人土块，忍几多颠沛流离，受几多饥寒交迫，桓公厚礼尽享五载安逸，直到齐国霸权不再内忧外患，志在四方重拾鸿鹄大志，一路上遭到了曹君窥视骈胁，一路上见识了宋君新败于楚，一路上蒙受了郑君无礼相待，一路上重诺了楚王退避三舍，备尝艰难险阻，尽览民情虚实，天假之年，天赐良机，舅舅转徙来到我秦地，黍苗之吟感怆人肺腑，返晋国啊，回故土啊，三千秦川儿郎肝胆相照，护送着舅舅您啊要重返故国。

眼前，一道渭水分隔南北，北岸为阳南岸为阴，此一去，祈祝那天遂人愿否极泰来啊，眼见要开始了相扶又相持的秦晋和好。眺望渭水南岸，炊烟袅袅四起，那一年匆匆作别的晋国臣民是否心有所向？岁月弹指啊舅舅已是历遍沧桑，思明朝一举执掌朝纲，从渭水北岸出发联结秦晋的地血缘地缘之情义，回首望我雍城居高临下坚固不可摧，又想起秦都屡迁城堑河濒雍都以水御敌，从汧水岸边到汧渭之会再到渭水北岸，北依岐山地势开阔土壤肥沃，可攻可守国益广大由弱渐强，振长策万马奔腾，执铁铲五谷丰登，雍城敬天祭祖繁荣神圣，河流城墙沟壕多重防御屏障，蓄势积能自信兴业盛邦，一路上到处是战歌嘹亮回荡，一路上到处是厉兵秣马儿郎，一路上到处是妇孺笑语笮桨，一路上到处是老幼赞叹连声，一生与子同袍，一世与子同仇，天佑秦邦，福临晋土，舅舅从此少难多吉祥，逢凶化吉享富贵尊崇，返晋国啊，回故土啊，三千秦川儿男血脉偾张，护送着舅舅您啊要归返故国。

南岸，晋地历历近在咫尺，那里是舅舅重耳的故国，那里是母亲穆姬的母邦，舅舅今日即将渡过渭水南返，母亲已是永远安眠渭水北岸。渭水啊，曾渡来美丽慈爱的母亲，曾奏响鼓乐庄严，曾走观仪仗隆重，在这渭水北岸，至今万民传扬，一个是聪慧善良的晋国公主，一个是英明神武的君父穆公，一朝婚约缔结，一世琴瑟和鸣，生儿育女，子嗣绵延，那些年絮语晋国亲人血浓于水，那些年打探舅舅影踪远在异乡，母亲啊养育恩深时时铭记，母亲啊教诲谆谆犹在耳畔，梦里依稀慈母泪光，水光潋滟若母含笑。渭水啊，将渡去饱经风霜的舅舅，今掸却仆仆风尘，今整理冠冕威仪，在那渭水南岸，多少臣民企盼，一双重瞳深邃明亮天赋异禀，一怀壮志王者归来安定国邦，一朝旌旗所指，一国丰衣足食，秦晋之盟，世代传承，眉宇间神采仿佛母亲昔影重现，笑谈中言辞又是母亲旧音乍闻，舅舅啊手足兄妹血脉至亲，舅舅啊萦思母亲徘徊流连，雍都一路送到渭水，渭水北岸不舍相别离。

离别，苍茫郊野天色昏晦，渭水拍岸涛声有情，当那浩渺烟波模糊了船桅，当那遥远天际消隐了身影，我心思虑舅舅此去征程，前行道路是否有荆棘丛生？披荆斩棘是否能旗开得胜？三千秦师浩浩迤逦兵强将勇，雍都巍然依山傍水有呼必应。远山紫霭氤氲，渭水日暮流急，一旦解开缆绳你就要迅疾远去，舅舅啊，临别依依，心意馈赠，一架路车轩敞尊贵，四匹骏马毛色纯黄，为此去归国成就大业增翅添翼，为此行秦晋更加亲近锦上添花。礼典大周天子五路车驾，玉路祭祀金路以封同姓诸侯，衡末柱尾装饰象牙或是骨质的象路赏赐异姓诸侯，革路作战巡视四方，木路田猎可封藩国；礼仪天子驾六诸侯驾四，按春、夏、季夏、秋、冬五时，配备青、赤、黄、白、黑挽马，引重致远秦马驰名天下，四匹黄马优良精挑细选。舅舅啊，路车乘黄秦邦厚意，万般言语寄寓其中，此一去为公为侯安宁山河，此一去为君为王尊贵无限，愿路车辚辚过处，坦途通天，黄马赫赫，众黎民敬仰颂拜。

赠别，蒹葭芦荻随风摇曳，举酒欲饮萧萧将别，当那橹帆远影融没水天处，当那清冽月色沉浸涟漪中，我思悠悠舅舅此去征途，前行道路是否会山川阻隔？跋山涉水是否能大功告成？三千秦师克敌制胜久经沙

场，雍都雄踞阻山带河鼎力相助。古往几多英雄，今来几多豪杰，一旦离分亦常有黯然感伤惆怅，历尽劫波方有了相逢欢笑，旋即又匆匆作别感慨万分，行行复行行，来日隔山岳，恐再难得如今日娓娓长谈，恐再难得如今日并肩前行，渭水一别，舅舅啊，不知何日再能相见，唯愿一路上少些崎岖波折，唯愿一路上多些顺利光明，恋恋难舍，心意赠予，一组玉佩君子善德，琼瑰温润华彩晶莹，璞石素拙需要经受一回回切磋，玉石天然需要经受一次次琢磨，方成玉器佩饰纯美高洁，相配相宜舅舅美德人品；母亲在世啊定然也会欣然欢悦，唯有美玉可表秦晋深情厚意；舅舅来日偶或念及秦邦秦师，玉佩明志纾危解难不遗余力。愿玉佩在襟怀，愿琼瑰凝深情，一帆风顺，一路珍重。

我一路送舅舅归国，一直送到渭水北岸。用什么礼物赠别他？诸侯路车四匹黄马。

我一路送舅舅归国，悠悠绵长我心思念。用什么礼物赠别他？琼瑰莹泽玉佩温润。

歌诗诉说离思，句句叩动心弦，一曲短章情意深长，渭阳赠别千古流芳……

苍茫秦川无尽，月上杨柳梢头，蒹葭葳蕤在水一方，渭水滔滔不息昼夜……

犹写雄深嗟四簋

***

秦风·权舆

於我乎,夏屋渠渠,今也每食无余。于嗟乎,不承权舆!

於我乎,每食四簋,今也每食不饱。于嗟乎,不承权舆!

  八百秦川广袤辽阔,四方贤士纷至沓来,曾经,一腔壮志,气宇轩昂,思建功,谋立业!骄我国邦,如日方升,欣欣向荣。

  雍都巍巍渭水依旧,风凉霜寒礼遇消却,如今,一怀愁绪,短叹长吁,何兴利,怎御患?望断山河,日暮途远,每况日下。

  哎呀我啊我啊,原来大俎盛馔有礼,到如今啊每顿餐食没有剩余。哎呀吁嗟叹息,不能承继先前当初!

  哎呀我啊我啊,原来餐食四簋有仪,到如今啊每顿餐食不能饱腹。哎呀吁嗟叹息,不能承继先前当初!

  长嗟叹,茫茫然寻寻觅觅,长嗟叹,徒四壁冷冷清清。哎呀,哎呀,徘徊踟蹰几度凄凄,谁知我心啊忧思戚戚?长吁嗟,长吁嗟!可奈何,可奈何。

  想当初,聚高朋钟鸣鼎食,想当初,满门庭建言献策。哎呀,哎

呀，怅然若失几许惨惨，谁知我心啊焦灼戚戚？长吁嗟，长吁嗟！可奈何，可奈何。

那一年，宫室高大宽阔深广，秦君重才礼贤下士，说不完文臣定国韬略层出，道不尽武将安邦纵横沙场。奋笔疾书写不尽万语千言，都只为社稷长恒，策马扬鞭驰骋遍万水千山，都只为江山永固。秉烛夜谈啊殚精竭虑，忠心贯日啊披肝沥胆，众贤纷至沓来，人才济济云集，秦国日强，秦邦日盛，亦有我一腔碧血丹心，亦有我一怀尽节竭诚。

那一年，大俎庄重宽大盛隆，秦君慕贤礼待宾朋，说不完五鼎中羊豕肤鱼腊，道不尽四笾里黍稷丰盛馈，举杯欢饮啊饮不尽，踌躇满志都为君臣相得，鼓乐钟磬啊奏不停，五音六律留存余音绕梁，大周天子啊九鼎八笾，诸侯君王啊七鼎六笾，大夫五鼎四笾，元士三鼎而归，祭祀盛典，燕飨大礼，亦有我一份大俎半体，亦有我一席五鼎四笾。

自难忘，夏屋渠渠盛典礼遇，或说那是宫室高大渠渠深广，或说那是大俎食器渠渠宽阔，宫室高大轩敞礼迎四海宾朋，大俎大具盛放牲礼半体进献，觥筹交错间君王几度殷殷垂问，佳肴珍味中富含几多好士敬贤，朱弦玉磬啊乐以道和，箫笛竹管啊荡气回肠，君臣一心股肱臂膊，宾主尽欢融融欢愉，谈笑之间，强虏灰飞烟灭，四境拓土开疆。

而如今，踽踽独行栖惶伶仃，白头搔短浑不胜簪，临水处形容枯槁垂头气丧，究竟是谁人，青山间高车骏马田猎游弋，往日不重现，满仓的谷粮，满厩的良驹，相投的朋伴，追随的仆从，昔日围簇洋溢的笑语欢歌，像一阵风吹落春朝花瓣，转瞬踪影难觅。红日东升照耀谁家华屋高楼？缺月残星闪烁谁人泪眼蒙眬？那时志得意满，是梦还幻？

长嗟叹，长嗟叹，哎呀，哎呀，有始无终啊，不能承继先前当初！

想当初，风华正茂，挥斥方遒，正值世上啊功勋荣华始初，招贤纳士啊秦君宏图擘画，礼待人才的风气啊日以兴起蓬勃，那时啊庙堂之上世味淳厚，那时啊郊野之远乡饮有仪，家国泰和，礼乐兴盛，一樽酒啊也寄寓着美意善德，一簋食啊也教化着礼节秩序。

可奈何，消散了宾朋钟鼎，可奈何，退却了多智谋划。哎呀，哎呀，山高水深无方可寻，四堵萧然啊空自冷清。长吁嗟，长吁嗟！可奈何，可奈何。

长嗟叹，昏昏然寻寻觅觅，长嗟叹，行经处冷冷清清。哎呀，哎呀，形影相吊几多凄惨，谁明我心啊忧思重重？长吁嗟，长吁嗟！可奈何，可奈何。

而如今，乏问津箪食瓢饮，而如今，堪罗雀横门深巷。哎呀，哎呀，失魂落魄几何惨惨，谁知我心啊煎熬戚戚？长吁嗟，长吁嗟！可奈何，可奈何。

食无余，盛情款待礼数殆尽，丰盛有余礼客之道，昔往秦君求贤啊待我优厚，几多贤士感念啊上下相宜，士为知己者死，肝脑涂地铭记君王善待尊重，舍命以图报主，出生入死念念邦国感遇忘身，供意浸薄啊心意变化，礼仪浸衰啊态度改变，宫室高大如昔，不见君王厚意，忘遗旧士，弃舍前贤，空怀有一腔耿耿忠心，枉抱负一怀相照肝胆。

食不饱，今非昔比礼数尽失，饥肠辘辘无以果腹，岂只为羊豕肤鱼腊珍馐美，岂只为黍稷谷粮氤氲飘香，大俎食器啊燕飨之具尊贵，招待那贵客嘉宾，五鼎四簋啊彰显身份礼仪，迎接着八方贤才，半体之礼啊恩深意重，四簋黍稷啊醉酒饱德，大俎粢盛闪耀，四簋纹饰精美，牲礼不复，鼓乐不闻，再难得一度盛典礼遇，再难遇一回燕飨礼待。

自难忘，四方游士望风奔秦，或说是为天下山河施展身手，或说是为君圣臣贤效犬马力，古来贤者去留不过以礼相待，不知我者以为是因那四簋盛馔，有谁知我长吁嗟叹今无礼仪？天寒日暮，众鸟高飞各择良

木，黯然神伤，西山孤云独自流连，贤士四散啊关乎邦国运，离去非难啊却恐彰君过，扼腕，疾首，远天遥途，千山万径终归于苍茫。

想当初，翩翩年少意气风发，鲜衣怒马仗剑天涯，立志向鞠躬尽瘁，感涕零全心全意，了却君王天下大事，赢得江山百世流芳，收复了岐丰，崛起了秦邦。繁华的雍都，滔滔的渭水，今朝庙堂独不见礼贤君王，像一场雪纷扬白了山河，陷没洪荒渺茫。夏屋渠渠徒然留存世间，四簋殷殷徒有足平耳端，忘旧弃贤有始无终啊不能承继先前当初。

长嗟叹，长嗟叹，哎呀，哎呀，有始无终啊，不能承继先前当初！

而如今，岁月轮转，世道浇漓，吁嗟感喟啊堪舆鸿蒙奠就，长歌当醉啊何处溯因问源，礼遇不复的境况啊日甚一日凋敝，现在啊经年累岁不见燕礼，现在啊日月虚度不闻韶乐，贤士固邦，礼仪传家，须知一樽酒啊满漾盛情修德，须明一簋食啊饱含人文仪节。

可奈何，抱才守困芒在背，可奈何，末路穷途骨梗喉，哎呀，哎呀，风骤霜重无处可觅，四望萧条啊徒余冷清。长吁嗟，长吁嗟！可奈何，可奈何。

哎呀我啊我啊，原来大俎盛馔有礼，到如今啊每顿餐食没有剩余。哎呀吁嗟叹息，不能承继先前当初！

哎呀我啊我啊，原来餐食四簋有仪，到如今啊每顿餐食不能饱腹。哎呀吁嗟叹息，不能承继先前当初！

曾经，满腔壮志，气宇轩昂，思建功，谋立业，八百秦川广袤辽阔，四方贤士纷至沓来，骄我国邦，如日方升，欣欣向荣。

如今，满怀愁绪，短叹长吁，何兴利，怎御患，雍都巍巍渭水依旧，礼遇消却风凉霜寒，望断山河，日暮途远，每况日下。

陈风

子之汤兮,宛丘之上兮。洵有情兮,而无望兮。

天若有情天亦老

***

陈风·宛丘

子之汤兮，宛丘之上兮。洵有情兮，而无望兮。

坎其击鼓，宛丘之下。无冬无夏，值其鹭羽。

坎其击缶，宛丘之道。无冬无夏，值其鹭翿。

荣光陈土啊，福泽一代一代深厚绵长；骄我陈邦啊，礼乐一曲一曲歌诗传扬。

长凝望，这一方厚土古老啊，太昊伏羲之墟，载记着创立八卦，制规婚姻。

长凝望，这一方碧波神秘啊，映照女娲慈悲，传说着抟土为人，炼石补天。

长凝望，这一方高天浩荡啊，佑护神农稼穑，感念着亲尝百草，树蓺五谷。

长凝望，这一方民俗风雅啊，会集红男绿女，沉醉着舞姿轻盈，歌婉回肠。

开天辟地，斗转星移，探寻起源，昔往大周武王克殷，平定天下人心归向，未及下车，封黄帝之后于蓟，封帝尧之后于祝，封帝舜之后于

陈；下车伊始，封夏之后于杞，封殷之后于宋；蓟、祝、陈共为三恪，杞、宋别为二王之后，三恪尊于诸侯，卑于二王之后，裂土开国。

物华天宝，沧海桑田，追溯根本，陈君胡公虞舜之后，当初舜帝为庶人时，居于妫汭，后代因居地而姓妫氏，帝舜传位禹执掌天下，舜子商均得分封国土。夏后氏时期，时断时续。待到武王克殷，寻求帝舜后人，封赐妫满于陈，方圆百里，以奉舜祀，即是陈君胡公，爵贵为侯。大周武王赏识妫满才能，还将长女大姬嫁与为妻。

一望无垠的中原沃野，不计其数的川泽纵横，风光多旖旎，温暖宜生民，一跬一步，古来土地膏腴；一掬一抱，四季物产丰饶。感我陈君胡公啊，建设宗庙祭祀祖先，施行周礼，修筑陈城，防御外患，励精图治，富国安子民；念我大姬尊贵啊，因为无子每每祷求，好巫好祭，击鼓宛丘，婆娑枌栩，虔信巫觋，歌舞留遗风。

长凝望，宛丘之上，你的舞姿轻盈，我的心神摇荡。绕身若环，青冥苍苍，如那鸟儿舒展双翼振羽云间，问你啊，从那云间俯瞰，可能否带来春晖广布甘霖普降，带来雨顺风调五谷丰登？问你啊，追随你的步伐，可能否同登日月照耀金银琼台，登上鸾凤回车仙人如麻？扶旋猗那，原野广袤，似那鹿儿奋起蹄足奔跑草地，问你啊，从那草地遥视，可能否带来四方安定山川锦绣，带来神灵保佑先祖福荫？问你啊，陶然你的摇曳，可能否同拜洞天石扉訇然中开，同拜云之君兮纷纷来下？动容转曲，秋水丰盈，像那鱼儿摇摆鳍尾穿游水中，问你啊，从那水中仰望，可能否带来花开并蒂柔情恩爱，带来凤凰于飞良缘缔结？问你啊，沉醉你的回首，可能否同祈虹霓为衣万世千秋，同祈长风为马地老天荒？

天若有情天亦老，笑嫣然舞翩然，揽流光系扶桑。问你啊，如何神接天地星辰？问你啊，怎能灵通万物众生？翩飞，惊鸿凌天穹，矫健，游龙踏浪波，舞袖高举，是晴空一鹤排云而上，裙裾轻扬，是雪穿庭树化作春花，宛丘起舞轻灵婀娜，摇荡谁人心田痴迷？纤细如丝扯也扯不断，是什么在把我牵绊？波涛拍岸一浪逐一浪，是什么在把我呼唤？我啊，在把你凝望，水会枯吗？石会烂吗？那是谁人啊，依旧在长凝望，久长，久长。

长凝望，宛丘之下，你的鼓声响震，我的心旌飘荡。古有太昊伏羲建都宛丘，做网罟养牺牲，定姓氏制嫁娶，造书契画八卦，以龙记官，伟绩丰功，想那伏羲女娲的婚姻盟定，是否也曾击鼓昭告日月？是否也曾起舞灿烂星光？天圆地方，本乎阴阳，天地交泰，生民绵绵，宛丘啊，铭刻着最古老又最青春的爱情传说；今有大姬尊贵祭祀兴舞，盼鼓乐咚咚向天地传递求祈，盼起舞翩跹向祖先奉献虔诚。敲一声鼓响元气振奋，跳一支舞蹈心旷神怡。上天日月星辰照耀，大地五谷根苗生长，人间烟火温暖，子孙昌盛有福，履迹而舞，龙蛇盘旋，阴阳合一，香火延传，宛丘啊，载录着最本源又最鲜活的生命企盼；传一卷历史悠远，积文化丰厚绵延，平原无垠连接天际，宛丘耸立根祖圣地，击鼓，起舞！

天若有情天亦老，节拍促何铿锵，转旋疾云欲生。问你啊，在坎坎鼓韵里，声声倾诉的是那最古老又最青春的爱恋甜美吧？爱恋甜美皆望沉醉，我愿唯长醉一回。问你啊，在翩跹舞蹈里，踏步跳跃的是那最本源又最鲜活的生命企盼吧、生命珍贵都盼多福，我期盼不虚华年。花开未老人年少，顷刻光阴都过了，此情欲说说不了，一声鼓震，又惊春晓，我啊，在把你凝望，日暮途遥，斜月西沉，那是谁人啊，依旧在长凝望，久长，久长。

长凝望，宛丘之道，你的缶声击节，我的心声回荡。鹭羽飘摇，鹭翿招展，鹭鸟长羽洁白无瑕，制成舞具寓有深意，或是持拿手中，或是

戴在头上，仿佛人鸟合一，祭祀巫者更添万千神秘；崇牙树羽无声召唤，鹭羽装饰旌旗高悬，或是执于手掌，或是树在场中，致礼天地神明，祭祀舞者更增无限威仪。鹭羽纷飞，羽舞淋漓酣畅，祭宗庙祖先，祀四方山川；鹭翻鲜明，皇舞进退有仪，祭上雨下皇，祀雨顺风调；鸣鼓击缶，声播天地，乐舞婆娑，热闹红火，鹭羽轻柔若有情，鹭翻低垂似有意，谁许心愿子孙满堂？谁求良缘早结婚姻？敬道日出敬授民时，太阳按照时序运行，先祖崇日三足神乌，先民拜鸟高飞近日，是愿春种秋收黍稻飘香，百姓安居乐业，愿朝暮撒网渔获满仓，生民长乐未央！

天若有情天亦老，鼓缶隆雷霆震，千匝万周旋风。问你啊，在坎坎缶音中，声声告祷的是那天地山川四方神灵恩泽庇佑吧？巫师沟通神界人间，而我凡夫一介。问你啊，在婆娑舞步中，翘首扬袂的是那日月星云先祖先宗福荫卫护吧？舞者若仙不染红尘，而我俗子凡夫。霄壤之别怎比肩，世间鸿沟难逾越，心知无望逐鹭羽，无冬无夏，无冬无夏，我啊，在把你痴心凝望，红日初升，其道大光，那是谁人啊，依旧在长凝望，久长，久长。

你舞姿轻盈飘荡啊，在那宛丘的高地之上啊。我对你一片真情啊，却无法抱有希望啊。

敲击鼓儿坎坎声响，翩跹起舞宛丘下面。无论寒冬无论炎夏，舞着鹭羽翩若惊鸿。

敲击瓦缶坎坎声响，婆娑起舞宛丘道上。无论寒冬无论炎夏，舞着鹭旗婉若游龙。

宛丘之上，任他人山人海喧天欢腾，唯见，你的舞姿轻盈飘荡啊。

宛丘之下，任他熙熙攘攘人声鼎沸，唯见，你踏鼓缶翩跹起舞啊。

宛丘之道，任他车水马龙摩肩接踵，唯见，你挥鹭羽婆娑而舞啊。

从冬到夏，从夏到冬，盛放蓬勃生命花朵的你啊，点燃漫漫时空。

从冬到夏,从冬到夏,洵有情兮而无望兮的我啊,凝望久长久长。

来世啊,若我化作执羽而舞的那一个,问你啊,万千人中可能否为我回眸一顾?声声鼓韵,坎坎击缶……

今生啊,那是谁人啊,纵情吟唱着歌谣,依然深深地凝望,那最古老又最青春的歌谣啊,悠扬,悠扬……

流连枌栩共婆娑

***

陈风·东门之枌

东门之枌，宛丘之栩。子仲之子，婆娑其下。

榖旦于差，南方之原。不绩其麻，市也婆娑。

榖旦于逝，越以鬷迈。视尔如荍，贻我握椒。

　　永是滔滔奔流的黄河南岸，永是水波潋滟的淮水北岸，永是水流溅溅的颍水中游。这里川泽纵横，这里沃野膏腴，钟灵毓秀，物华天宝，这里是陈邦。四时鼓乐啊醉耳悦心，来啊，和乐击节，来啊，一曲长歌悠扬，欢娱不负今朝。

　　河泽中鱼儿跳波金光粼粼，原野上谷麦弥望稻花飘香，城邑里人潮涌动笑语欢声。这里绵延虞祀，这里鱼米富足，龙潜鸢翔，地灵人杰，这里是陈国。四方生民啊载歌载舞，来啊，踏歌弄影，来啊，一场舞蹈酣畅，欢畅不枉年少。

　　东门之外，无冬无夏，永是车水马龙熙熙攘攘。今逢吉日啊，更是欢天喜地热闹非凡。往左顾，朝右看，处处都是洋溢着欣悦的笑脸。榆皮色赤，白皮为枌，春来荚果浅绿微甜鲜嫩，夏秋绿叶舒展摇曳可食，摘取两片嫩叶入口啊，细嚼，淡淡清香充盈唇齿之间。唇齿香，且长歌悠扬，今朝尽享欢娱，来啊，同欢娱！

宛丘之上，无冬无夏，永是鼓缶坎坎鹭羽飞扬。今逢良辰啊，更是兴高采烈热火朝天。侧耳聆，凝神听，声声都是唤醒着心房的节奏。栩树栎属，向阳高大，暖春花开穗状新叶同生，夏秋果实熟落壳斗分离，壳如粮斗栎实如鼓啊，捡拾，壳斗浸液染衣变为黑色。衣裳新，且舞蹈酣畅，年少自当欢畅，来啊，共欢畅！

最美好，最热烈，奉献着对天地神灵的祭祀；最钟情，最生动，表达着对自然生活的记忆。陈邦大地，酣歌恒舞，不止是为着先祖图腾痴迷舞蹈，不止是借助舞蹈祈祷安康富足，更有那生命的春天永是萌动拔节，更有那少男少女啊舒展开了心怀，歌诗生情，舞蹈传意，刹那间灵魂与身体合二为一，长恒久追求青春的曼妙美好。四时有神，枌栩有灵，东门之外，宛丘名扬，来赴一场场盛会欢聚啊，起舞一个个身姿翩然啊。

手舞之，足蹈之，世间里增加如许灵动活泼，歌谣之，唱吟之，红尘中补添如斯暖意温情。轻跃，双足似入斑斓花丛；挥袖，化作飞鸟凌空轻盈；摇摆，年轻的身体在节奏中款款诉说着热烈；旋转，心灵的激情在旋律里放声歌唱着自由。暖阳当空，血脉滚烫，像遍野的花儿恣意怒放，像枝头的叶芽盎然蓬勃。大地为鼓，年轻的步伐一踩一踏，即时奏响了声声鼓乐；枌榆为弦，清风的手指一拢一拨，立刻摇荡着起舞婆娑。

春风煦暖骀荡，枌榆枝叶柔软鲜碧。少男来了，少女来了，迎接春神，舞出青春。四目相对时，电光火石间，情意涟漪层层荡漾，倾慕爱河连接彼此。是谁人心田啊，在这盛大春天里萌发稚嫩新芽？

夏秋林木荫荫，栩树挺拔连绵成林。少男来了，少女来了，迎接夏

神，舞动青春。歌谣应答中，起舞成双时，情意如波眉梢脉脉，倾心爱河欢喜自得。是谁人心田啊，在这浩荡夏日里焕发蓬勃生机？

东门枌树浓荫蔽日，宛丘栩树枝繁叶茂。子仲家的那个姑娘，婆娑起舞绿树之下。

东门之外，宛丘矗立，枌榆葳蕤盛茂，栩树浓荫如盖。子仲家的那个姑娘啊，婆娑起舞在那绿树下面。静寂了喧嚣欢腾，无视了人流涌动，目醉，神迷，我的心上人啊，婆娑起舞在这枌栩之下！

择定吉日，选好良辰。子仲家的女儿啊，我今年少正芳华，遥望人流络绎啊，遥闻鼓乐阵阵啊。天朗气清，云朵洁白。这样的日子要盛装歌唱，这样的时光要纵情起舞，怎可辜负，怎可虚度，何况，何况，曾经对歌曾经共舞的那个少年啊，是不是也在期待着与我再度相逢？脸儿红红，含笑春风，情深意长款款一展歌喉，心儿怦怦，足踏律动，情窦初开付与一舞婆娑。少年啊，望你来听啊，望你来看啊，女儿的心思望你能懂。碧波红鲤岁岁逐对，枌榆年年萌生新芽，人生年少只此一度，青春正茂啊谁陪谁伴？展歌喉啊，舞婆娑啊，欢悦莫负今朝！

呼邻啊，引伴啊，来到南面平坦高地。哪怕那春种秋收的小麦啊，已是籽粒成熟收割完毕，且放下手中金黄麦穗，今天不急昼夜赶工，今天不再搓打整理；不管那些春长夏收的苎麻啊，已是收获浸渍剥下外皮，且放下手中乱麻绕缠，今天不急梳理捆系，今天不再梳捻纺绩；逢吉日，惜良辰，纷至沓来啊，姑娘小伙啊，接连不断川流东门，摩肩接踵往来宛丘，拜伏羲，祈女娲，心虔志诚啊，求逢良缘心心相印，情投意合得结连理。蜂飞蝶舞洋洋喜气，栩树高耸巍巍如云，弄清影，揖长空，川野葱茏万物繁盛。展歌喉啊，舞婆娑啊，欢乐莫枉年少！

选取良辰择定吉日，来到南面平坦高地。放下乱麻停下搓纺，热闹集市舞姿婆娑。

东门之外，宛丘矗立，枌榆葳蕤盛茂，栩树浓荫如盖。我是子仲家的姑娘啊，婆娑起舞在那绿树下面。静寂了喧嚣欢腾，无视了人流涌动，目醉，神迷，为我心上人啊，婆娑起舞在这枌栩之下！

祥瑞吉日，美景良辰。子仲家的姑娘啊，你翩跹在我心房，穿梭络绎人流啊，神驰阵阵鼓乐啊。碧空如洗，云朵徘徊。这样的日子要与你对歌，这样的时光要同你共舞，不能辜负，不能虚度，而况，而况，曾经对歌曾经共舞的尽致淋漓啊，吸引我总在期盼着与你再三相逢。眼眸炯炯，眉梢春风，东门之外吟歌枌榆丰茂，心怀激动，步履匆匆，宛丘之上舞动栩树生风。姑娘啊，你听过来啊，你看过来啊，年少的心思总是相通。淮水赤鲂岁岁成双，原上年年绽放鲜花，人生年少弹指须臾，青春正茂啊比翼同心。展歌喉啊，舞婆娑啊，欢愉无负今朝！

呼俦啊，引侣啊，前往南方平坦高地。吉日飞逝啊良辰迅疾，相会欢聚行乐当及时，屡次三番，屡次三番，人山人海把你寻觅，千次，百次，一张张脸庞望去，一个个人儿也很美丽，只是，不是你。原上百蕊竞相争艳，花团锦簇缤纷五彩，桃花夭夭灿烂，李花芳菲莹白，杏花疏影，梨花胜雪，数不尽的野花儿啊参差遍野，而我啊，众芳摇落独爱锦葵，逐节舒葩浅紫淡红，让我，撷一朵簪上你的乌鬓啊，沉醉，人如花娇花共人艳。喜出望外，素手温热，递一握花椒赠我，椒籽交心啊，多子多福，表意达情芳心相许。展歌喉啊，舞婆娑啊，欢欣无枉今朝！

良辰吉日赶赴前往，屡次三番去把她找。看你像朵锦葵绽放，赠我一握花椒芬芳。

东门之外，宛丘矗立，枌榆葳蕤盛茂，栩树浓荫如盖。爱上子仲家的姑娘啊，婆娑起舞在那绿树下面。静寂了喧嚣欢腾，无视了人流涌

动,目醉,神迷,与我心上人啊,婆娑起舞在这枌栩之下!

　　东门枌树浓荫蔽日,宛丘栩树枝繁叶茂。子仲家的那个姑娘,婆娑起舞绿树之下。

　　选取良辰择定吉日,来到南面平坦高地。放下乱麻停下搓纺,热闹集市舞姿婆娑。

　　良辰吉日赶赴前往,屡次三番去把她找。看你像朵锦葵绽放,赠我一握花椒芬芳。

　　东门之枌,宛丘之栩,陶然锦葵美好啊,痴醉花椒芬芳啊,一展歌喉,对舞婆娑。吉日良辰,喜地欢天,今朝年少,依依长流连。

　　河泽中鱼儿跳波金光粼粼,原野上谷麦弥望稻花飘香,城邑里人潮涌动笑语欢声。宛丘之上,无冬无夏,有情人结缘,双双对对。

　　永是滔滔奔流的黄河南岸,永是水波潋滟的淮水北岸,永是水流溅溅的颍水中游。东门之外,无冬无夏,有情人欢会,岁岁年年。

衡门泌水起浩歌

***

陈风·衡门

衡门之下,可以栖迟。泌之洋洋,可以乐饥。

岂其食鱼,必河之鲂?岂其取妻,必齐之姜?

岂其食鱼,必河之鲤?岂其取妻,必宋之子?

  天下四方,有琼楼玉宇,深宫高墙,有锦衣玉食,公子王孙,佳人迤逦如云。

  陈土一隅,有衡门之下,陋居之所,有泌水洋洋,充饥解渴,逸士徜徉安乐。

  欣羡鸥鸟闲逸,恋慕流云自在,衡门啊正在水云之间,烟岚啊缥缈陋室人家。

  衡门简朴,横木为门,有四时好景啊春复一春,有暮暮朝朝啊悠然高歌。当丝丝细雨,涤去了尘埃,草色青青绿可染衣;当夭夭桃花,东篱吐红艳,明媚灿烂如火将燃;最是一年春好处啊,衡门下,坐断东风,沉醉可以长吟。

  衡门粗陋,乐是幽居,有日夕向晚啊牛羊来下,有明月在天啊别枝

惊鹊。当雨声潺潺，流水响淙淙，翠禽隔浦啄食李杏；当南风夜来，小麦覆垄黄，粉蝶得晴翩飞菜叶。夏木阴阴正可人啊，衡门下，忘却暑气，赏心可以长啸。

匆匆落花春去，漫漫夏阳炎炎，安歇在衡门之下啊，优游有我德馨。

或说泌丘有泉，或说泌水流西，泌水啊倒映夕阳斜晖，雾霭啊隐约相欢语笑。

泌丘静幽，泉水清澈，有金风送爽啊硕果满枝，有北雁南飞啊草虫知秋。当白露为霜，蒹葭又苍苍，溯洄求之伊人何方？当黄花抱香，红叶斑斓透，河汉清浅流萤明灭；却道天凉好个秋啊，泌水边，秋水长天，悦目可以长赋。

泌水流西，世所罕见，有松柏不凋啊无畏岁寒，有蓑笠渔翁啊冰畔垂钓。当鼓乐齐奏，羽舞喜翩跹，祭祀欢庆五谷丰登；当琴瑟和鸣，六礼俱已备，冬月嫁娶黄昏良辰。冬日有情还可爱啊，泌水边，冬至阳生，陶然可以长歌。

匆匆西风秋蝉，漫漫抱冰冬寒，陶然在洋洋泌水啊，此间真意萦怀。

衡门之下，遥望天际苍茫，细数古圣先贤，花前信步而游，雪中炉火为欢。有村歌不时应和两三曲，有淡酒在握频倾十数盏，可以日日高睡梦甜，可以夜夜星月深谈。有素琴丝弦奏高山流水，有长袂当风起舞婆娑，可以结交同心友朋，可以披衣倒屣相见。晨朝园圃浇水，夕暮仰卧茅庐，日出而作，日落而息，弹琴啊，咏歌啊，我心一片欢娱。

泌水洋洋，日夜不止不息，一箪食一瓢饮，一叶扁舟伏波，白帆远影自逍遥。

黄河奔流，浊浪滔滔，几多渔人出生又入死，才捕得一尾鲂鱼稀有，才捕得一尾鲤鱼珍贵，那鲂鱼红尾啊美若烟霞，那鲤鱼金鳞啊光华灿烂。君侯王公，宴乐盛典，那是谁人啊，夹一箸鲂鱼细鳞颜色青白，尝一瓣腹脂腴润佳肴至味；那是谁人啊，品一口鲤鱼鲜美肥厚细嫩，赞一句吉祥嘉瑞曾跃龙门。鲂鱼穹背，鲤鱼如梭，渔网张布，难躲难藏，终难免做了那君侯脍炙，终难免烹煮为王公羹汤。

　　大周礼仪，同姓不婚；齐国宋邦，公爵位尊。齐土泱泱，姜氏太公封国建邦，依山傍海，物产丰饶，养育齐国姜姓女儿啊美名传天下，天下多少君侯贵族，梦想与齐国缔结婚姻稳固迎娶美艳齐姜；宋立仁德，子启受封承继商祀，中原沃野，文化濡染，养育宋国子姓女儿啊美名扬四方，天下多少王公贵族，希愿与宋国缔结婚姻绵长迎娶秀丽宋子。王子王孙啊生生不息，齐姜宋子啊华贵雍容。

　　世人熙熙攘攘，为名位，为利禄，几多南北来往，几多浑浑噩噩，几多同流合污。君不见啊，那黼黻满堂，烟霞斑斓倏然消散，倏然消散啊，华章难寻去锁；君不见啊，那白云苍狗，百年弹指不过一瞬，一瞬之间啊，匆匆已是虚度；终究不过一抔黄土。衡门之下，清风徐徐，泌水洋洋，月挂柳梢。良辰，美景，有情，有意，此间无纷争，了然已忘机；风和，月明，莫若婆娑而舞，莫若击节赋歌！

　　世间缕缕行行，为荣华，为富贵，几多东西交游，几多忙忙碌碌，几多随俗沉浮。君不见啊，那美人如花，红尘摇曳须臾凋零，须臾凋零啊，芳踪难觅归处；君不见啊，那沧海桑田，日月倏忽不做淹留，不做淹留啊，青鬓悄然霜雪。终究都归为了尘埃。衡门之下，连理有情，泌水洋洋，鱼戏莲荷。光风，霁月，同心，同德，此间有真意，得意已忘言；枝茂，莲红，莫若翩跹而舞，莫若偃仰啸歌！

六六五

衡门之下，也有那谷粮甘香；泌水洋洋，也有那鱼儿跳波。撷一朵野芳簪鬓，亦可柱杖，亦可荷蓧，亦可安步当车尽日徜徉；摘一把粮菜可充饥肠，掬一捧水清可解渴焦，安闲而惬意，自由又自在。说什么钟鼎高贵，说什么琼浆玉液，一蔬一饭亦餍足啊，何必一定，一定要那黄河鲂鲤才饱口腹？

衡门之下，也有那荆钗布裳；泌水洋洋，也有那笑颜酡红。植几株榆柳荫檐，亦可耕耘，亦可渔樵，亦可开轩场圃共话桑麻；裁一件粗衣可蔽体肤，升一缕炊烟可暖黄昏，悠然而自得，无拘又无束。说什么驷马轩车，说什么金枝玉叶，伊人相伴度平生啊，何必一定，一定要那齐姜宋子才结婚姻？

当清晓黎明，当旭日东升，衡门为柱，泌水为弦，一弦一柱歌华年。有几多自然真切，乐道忘忧，可以啊，可以啊，栖迟，乐饥。

当夜深人静，当万籁俱寂，月辉清凉，眼眸清澈，空野又如斯清幽。有几多隐逸幽远，淡淡清高，可以啊，可以啊，栖迟，乐饥。

庙堂高啊，风雷霹雳惶惶威震，华服冠带啊，鼎镂珍馐啊，无非是转眼成空。

江湖远啊，波平浪静欢心孔嘉，衡门之下啊，泌水洋洋啊，笑语欢声任浩歌。

横木为门陋室之下，可以安歇可以游息。泌水流淌洋洋不竭，饮水自乐可以疗饥。

难道说那宴饮吃鱼，必定吃黄河的鲂鱼？难道说那迎娶妻子，必定娶齐国姜姓女？

难道说那宴饮吃鱼，必定吃黄河的鲤鱼？难道说那迎娶妻子，必定娶宋国子姓女？

日月星光，大地河川，那是谁人啊，衡门下，泌水边，一声一声纵情高歌，抵达肺腑热泪何潸然，黄河南北回声嘹亮，惊涛拍岸，昭聋，发聩……

南亩躬耕，渔舟唱晚，那是谁人啊，衡门下，泌水边，百声千声相和相应，闲逸淡泊知足得常乐，天下八方此起彼伏，醍醐灌顶，意深，味长……

东门沤麻可晤歌

***

陈风·东门之池

东门之池,可以沤麻。彼美淑姬,可与晤歌。

东门之池,可以沤纻。彼美淑姬,可与晤语。

东门之池,可以沤菅。彼美淑姬,可与晤言。

欢喜,因为见到了你,如那煦风吹皱一池春水,我的生活化平淡而为神奇。

欢喜,因为见到了你,似那夏雨激起一池涟漪,我的生命化凡常而为绚丽。

欢喜,因为见到了你,若那秋色倒映一池斑斓,我的劳作化苦辛而为美好。

欢喜,因为见到了你,像那冬阳照耀一池冰雪,我的心田萌发出无垠春色。

最早拥抱春色的东门,永是熙熙攘攘的东门,那一池盈盈水波啊,自夏徂秋,迎接朝霞灼灼满天,伴随月华倾洒大地。青年男女啊,三五结成群,一阵一阵欢歌相连,一番一番笑语喧哗,四处热火朝天,几度汗流浃背。浸泡、剥离、漂洗,一塘池水岁岁年年,浸泡着多少人的劳心劳力，记载着多少人的青春甘美。

东边红日暖，西边丝雨斜。一抬头，北边少年健壮有力；一回眸，南边少女爽朗麻利。隔池对歌，语去言来，道是无晴啊，却是有情天。有多少麻纻在池，就有多少情思绵长，那是谁人啊，一连声倾诉衷肠一字一句动人心弦？有多少菅草浸渍，就有多少情意柔婉，又是谁人啊，不由得心上荡起一层一层滟滟涟漪？

大麻笔直挺拔，又名线麻绳麻，春日散播种子，入夏高过人头，一垄连一垄，一根挨一根。八月杀麻，收割打捆，将那一捆一捆的大麻啊，密密层层浸泡在池塘中，漂漾如浮船一般。间隔几日滑动一番以求沤浸均匀，待到发酵成熟，胶质分离完全，一秆秆剥下外皮，一条条梳理漂洗，为线为缕可纺可织，纺织为衣蔽体御寒，编结成绳日常必需。

纻麻宿根草本，又名苎麻山麻，春发枝繁叶茂，叶片卵圆面青下白，根茎入药嫩叶可食。韧皮制麻一年三采，初夏一采割头麻，伏中二采割伏麻，入秋三采割秋麻。按时按节采获纻麻，水浸沤酵剥茎取皮，细长强韧富有弹力，打麻挽麻牵线刷浆，纺成夏布需再要加灰锻濯，漂白捣练又轻又薄又细腻，制成了白纻可裁深衣，当暑凉爽啊光泽如丝。

菅草禾科草本，宿根多年春至萌芽，菅秆簇生粗壮高大，叶片细长根须坚韧，或是青青摇曳在坡丘灌丛，或是比肩丛生草地林边。也有人说菅草是轻扬洁白花序的茅草，也有人说菅草是刈割白茅已经沤制，也有人说菅草似茅而滑泽柔韧宜为索。或夏暑，或秋凉，任人随时割取随时沤制，或制成菅席铺地坐卧，或编结草绳制作鞋屦，适用又惬意。

春发夏长，秋收冬藏，四季轮转，劳作长繁忙。东门池塘边，那是谁人身着一袭麻衣胜雪？一见你啊，静止了纷乱喧哗，眼看着你鬓边汗

濡，爱恋上你心灵手巧，一见钟情啊将你倾慕，那位姑娘啊，多么美丽多么善良！

春去夏来，秋逝冬过，岁月飞梭，年少情方浓。东门池塘边，那是谁人脚踏一双精巧麻鞋？一见你啊，凌乱了纷纷心绪，看不够你手疾眼明，欢喜着你朴实勤劳，日长生情啊将你认定，那位姑娘啊，多么美丽多么善良！

彼淑美姬，彼淑美姬，你啊，是一个怎样的姑娘？有人说黄帝姓姬炎帝姓姜，二姓后代子孙昌盛，齐家之女尤多美者，世人常用姬、姜代称美丽女子；有人说姬是大周王室之姓，姬姓诸侯宗室女子尊贵，陈国虽非姬姓侯国，彼姬是指身份高贵的女子；有人说淑姬当为叔姬，孟、仲、叔、季标明排行，那或是说美丽的三姑娘，抑或是说姬家的三女儿。彼淑美姬，彼淑美姬，那位姑娘美丽善良，有多少人想为你吟唱动听歌谣，唱那春花烂漫，唱那夏莲田田，唱那秋果飘香，唱那冬阳煦暖。

可与晤歌，可与晤歌。你我，共此生青春的美好，人生难得是遇见你，世间珍贵是相见欢，语短情长，相知相惜。池塘沤腐的气息也氤氲着甜香，胼手胝足的勤勉也淌流着幸福。我歌一曲桃之夭夭春花烂漫，你和一曲隰有荷花莲叶田田；我歌一曲投我木瓜秋果飘香，你和一曲杲杲出日冬阳煦暖。乐语传世，歌词表意，兴、导、讽、诵、言、语，兴以善物喻善事，导是言古以剀今，讽为背读诗文，诵求声韵节奏，引用诗句对答，言发端语答述，我的好姑娘啊，相约相盟，一直到那天荒地老。

彼美淑姬，可与晤歌。你我知音啊，欢欣鼓舞，喜出望外，都说那姻缘一线啊。东门池塘边，我的好姑娘啊，多么美丽多么善良，你知不知道，你知不知道，一见你啊，种种世间生活里的困难辛劳，有了爱的附丽；你知不知道，你知不知道，一见你啊，我，早作夜息焕出别样魅力，真切唱出一句句滚烫的歌谣。望着你啊，容我如痴如醉，盼望着听到你的相答相和，我的好姑娘啊，就让我，在你的歌声里啊，化一脉叶芽润泽在春雨里。

东门之池，有你与我，且歌，且歌，道不尽的红尘眷恋。

彼美淑姬，可与晤语。你我知心啊，欢呼雀跃，喜笑颜开，共赏着星移斗转啊。东门池塘边，我的好姑娘啊，多么美丽多么善良，你知不知道，你知不知道，一见你啊，扪心自觉忽然超脱日常困顿，有了飞翔羽翼；你知不知道，你知不知道，一见你啊，我，仿佛迈入自由自在境界，殷切唱出一章章火热的歌谣。望着你啊，让我意醉神迷，盼望着听到你的相答相和，我的好姑娘啊，就让我，在你的歌声里啊，化一只蝴蝶翩飞在蓓蕾上。

东门之池，有你与我，且语，且语，诉不完的人间恩爱。

彼美淑姬，可与晤言。你我知己啊，欢若平生，喜气洋洋，唯愿得天长地久啊。东门池塘边，我的好姑娘啊，多么美丽多么善良，你知不知道，你知不知道，一见你啊，再苦再累顿时化为萦怀浪漫，有了讴歌吟唱；你知不知道，你知不知道，一见你啊，我，爱情浸润何其幸福甜蜜，热切唱出一曲曲炽诚的歌谣。望着你啊，由我一醉方休，盼望着听到你的相答相和，我的好姑娘啊，就让我，在你的歌声里啊，化一滴雨露融入在清池中。

东门之池，有你与我，且言，且言，生生世世愿结良缘。

东门边上的池塘啊，可以浸泡沤制大麻。那位姑娘美丽善良，可以和她相见对歌。

东门边上的池塘啊，可以浸泡沤制纻麻。那位姑娘美丽善良，可以和她相见笑语。

东门边上的池塘啊，可以浸泡沤制菅草。那位姑娘美丽善良，可以和她相见欢言。

一曲歌谣，倾吐一番深情；一首诗赋，表白一片真心。寻常生活，不过是池塘边上，浸泡沤制麻纻菅草；别样浪漫，几多人心生向往，笑语盈盈欢歌声声……

最是人约黄昏后

***

陈风·东门之杨

东门之杨，其叶牂牂。昏以为期，明星煌煌。

东门之杨，其叶肺肺。昏以为期，明星晢晢。

陈邦东门，是集市繁华人流熙攘的地方，是枌栩树下载歌载舞的地方，是沤麻沤菅池塘劳作的地方。那白杨树林生长得茂密挺拔，有几多年少男女相约相会，风吹树叶仿佛心上人儿的脚步，夕阳闪耀恍惚心上人儿的笑颜，更有好风景。

世间黄昏，是白日劳动停息休歇的时刻，是晚霞绚烂温情宁谧的时刻，是暮霭渐起莫名心动的时刻。那一抹天际微云徐徐隐却，那一带烟波渺茫渔舟唱晚，清风徐徐心弦怦然今朝啊相约，金星明亮眉梢含笑今夕啊相会，引领殷殷望。

一念深爱，我在黄昏中等待着，是一刻，是一夕，风吹杨叶，金星在天。

男儿正当风华，车马喧嚣摩肩接踵的东门之外，这一片枝繁叶茂的白杨树林啊，在我眼中最美的风景，让多少人魂牵又梦萦。白杨啊，要

几许深情的话语滋润才会如斯生意盎然？白杨啊，要几度海誓与山盟才有如斯连理不渝？白杨深处，又有几多有情人儿执手流连喁喁细语？白杨彼处，可有谁人如我一样欣然赴约脉脉等候？

心上的姑娘啊，都说白杨挺拔树形优美，好比我的姑娘你啊亭亭玉立；都说白杨生长枝繁叶茂，好比我的姑娘你啊活力无限；都说风吹杨叶似节似拍，好比我的姑娘你啊踏乐作歌。心上的姑娘啊，望眼几欲穿啊我等候着你，约定的白杨下我等候着你。目之所及，细细数来一株一株泛着金晖的白杨，像极了夕阳中身着嫁衣灼灼光华的新娘；耳之所闻，细细听来一声一声哗啦哗啦的韵律，像极了婚典中鼓乐庄重琴瑟和鸣的仪礼。心上的姑娘啊，大地有情白杨有意，东门之外，我在等你姗姗赴约。为你，我在等候中化作了一株白杨，每一阵风吹过树梢，都在一声一声读着我的心事，耳热，脸红。心上的姑娘啊，不敢问你，不敢问你，是不是也清清楚楚听见了，那风中的心声？

欢喜无限意啊，相约黄昏，将要与你，我心上的姑娘啊共渡今夕良辰，满腹话语等着同你诉说。说不尽曾见两只黄鹂啼鸣翠柳枝丫的不知所云，说不尽曾遇一行白鹭遥上青天九霄的不知所往。就是说一说身旁杨树粗壮远胜去岁，就是说一说头顶杨叶宽大又逾前日，就是什么话语都说不出口，你望着我，我望着你，夕阳西下，风吹树梢，已是无限美好。

黄昏金星现啊，日暮在西又名长庚，长庚煌煌无尽明亮，照耀我心充满希望的光芒。心上的姑娘啊，此时，你行走在路的何方？我在杨树下，等候着你，一心一意。良夜悠悠，待那黎明金星显啊，已是晨晓在东又名太白，太白晢晢无比明亮，照耀四方带来崭新的希冀。星光不问行路人，长长的路啊你慢慢走，不慌，不忙，不急，不乱，陌上花开，缓缓行来。长路彼端，斑斓星辉下，我在为你长声放歌。

一念深爱，我在黄昏中等待着，是一夕，是一生，风吹杨叶，金星在天。

女儿初始长成，击鼓击缶歌舞翩跹的东门之外，这一片宁谧平和的白杨树林啊，在我眼中最爱的风光，让多少人朝思又暮想。白杨啊，要几多岁月的寒暑风雨方会如斯根深叶茂？白杨啊，要几番地久与天长方有如斯比肩而立？白杨深处，又有几对同心人儿情投意合陶然良辰？白杨彼处，可有谁人如我一般怡然赴约痴痴等待？

心上的少年啊，都说白杨挺拔栋梁参天，想起心上少年你啊安稳可依；都说白杨易活生长迅速，想起心上少年你啊勤恳踏实；都说风吹杨叶翩然翻转，想起心上少年你啊执羽起舞。心上的少年啊，秋水清盈盈啊我等待着你，约好的白杨下我等待着你。极目迥望，细细描画一棵一棵高耸入云的白杨，像极了苍宇下顶天立地青春焕发的新郎；侧耳听闻，细细应和一声一声哗啦哗啦的跃动，像极了婚庆中鼓乐齐鸣琴瑟婉转的回响。心上的少年啊，长天不言白杨有心，东门之外，我在等你相会赴约。为你，我在等待中化作了一棵白杨，每一缕风掠过梢头，都在一起一落唱着我的心思，耳赤，唇烫。心上的少年啊，想要问你，又羞问你，是不是也隐隐约约听见了，那风中的心曲？

生生无限意啊，相约黄昏，就要与你，我心上的少年啊共度今夕嘉时，一怀衷肠欲要同你倾诉。诉不尽青春河流日日夜夜弹奏一曲亘古的歌谣，诉不尽年少爱恋岁岁年年在茫茫人海离思聚欢。就是诉一诉身后白杨目睹两心相悦；就是诉一诉西天金星作证意合情投；就是什么字句都不言传，你望着我，我望着你，夕阳西下，风吹树梢，最

是人间美好。

黄昏金星乍现，薄暮在西美名长庚，长庚煌煌多么明亮，闪耀我心洋溢甜蜜的欢喜。心上的少年啊，此刻，你举步在路的何方？我在杨树下，等待着你，全心全意。良宵悠悠，待那黎明金星显露，又名启明已是晨朝在东，启明皙皙何其明亮，闪耀浩宇抚慰尘世的期盼。星光不负有心人，长长的路啊你快点走，迈步，信步，安步，大步，心上花开，健步行来。长路此端，璀璨星辉下，我在为你曼声长歌。

黄昏有晚霞渐趋平淡的归真，黄昏有飞鸟也相与返巢的安稳，黄昏有苍穹与大地无声融合的沉醉，黄昏有天籁的音声回荡心房的和鸣。清风穿过杨林，是谁在黄昏中徘徊又徘徊？今朝，今昔，可有谁人啊，为你脉脉伫立在黄昏？

等待是一个人和时光的交汇，等待是来或不来都心甘的情愿，等待是瞬间的光彩凝成漫长的释怀，等待是纯真的芳华抖落光阴的尘埃。金星闪烁天宇，是谁在等待中期盼又期盼？一生，一世，可有谁人啊，为你无悔长久在等待？

一念深爱，有了黄昏中的等候，是前世，是今生，风吹杨叶，金星在天。

一念深爱，不绝黄昏中的等待，是今生，是来世，风过杨林，金星在天。

东门之外杨树蓊郁，那些杨叶茂盛繁密。约定黄昏时分相会，天上金星煌煌明亮。

东门之外杨树葱茏，那些杨叶茂盛碧绿。约定黄昏时分相会，天上金星皙皙明亮。

歌清扬，红尘世间，大河南北，多少人往来熙攘，东门之外，更有东门……

诗传颂，长天清风，白杨繁叶，多少人约未嫁时，黄昏之后，更有黄昏……

闻道国人歌墓门

陈风·墓门

墓门有棘,斧以斯之。夫也不良,国人知之。知而不已,谁昔然矣。

墓门有梅,有鸮萃止。夫也不良,歌以讯之。讯予不顾,颠倒思予。

齐有鹿门,宋有扬门,我陈邦都城啊有城门名墓门。
尘沙湮没,畴昔消散,有国人墓门谣歌啊久远回响。
是荒秽日盛一日,还是邪僻当道执政,棘树生长酸枣虽可食,圪针锐刺密麻多乱生,田舍种植可充做篱墙,亦非良木不堪为栋梁。在那本当枢纽要道的邦国城门,为何生长棘树丛丛连片?拿起斧头啊砍伐清理,棘树已然枝叶茂盛,是荒废年深还是芜秽岁久?若是日日车马川行,若是天天足踩履踏,何来大道荆棘障路?是什么缘由稀疏了往来人众?是什么原因阻断了民意天听?
棘树荆丛障碍了墓门道路,一不做二不休啊挥动利斧砍伐了它,若是那奸佞权臣朝堂之上为非作歹,背离了民意淆乱了天听,又有谁人可以将那利斧挥起？那个人啊为非作歹行恶不良，自以为瞒天过海无所不能，民心如镜光鉴纤毫是非明判，三日短四季长日久定见人心，听其言观其行居心所为何来，那个人啊祸国殃民不贤不善，陈都城邑中的国人百姓，知根知底怎会不知晓？

损国邦啊，坏国门啊，那个人啊他也算是陈妫血脉，那个人啊他也算是王侯贵族，利斧可以伐去荆树乱丛，谁来阻拦那人危国危民？

是东去春来吐芳，还是春去夏来果熟，梅树花开凌寒冒冰雪，梅实收获烹饪调滋味，园圃种植迎春发清芳，五月捡拾和羹有盐梅。在那正当枢纽要道的邦国城门，生长梅树良木连片成林，嘶鸣哀号啊惨恻凄厉，成群鸮鸟聚集树上，是香花难洁还是好果易厄？若是日日艳阳高照，若是天天青天澄澈，何来鸮鸟昭示不祥？是什么缘由引来了恶禽云集？是什么原因践踏了梅树良木？

鸮鸟群聚不安了国都墓门，热血沸肝胆张啊挥舞利斧驱赶恶禽，若是那奸邪之人权倾朝野欺上瞒下，蠹害了家国自毁了城池，又有谁人可以将那利斧高举？那个人啊横行无忌妄作胡为，自以为掩人耳目神通广大，人心似水民动如烟任其纷扰，三年短岁岁长路遥方知马力，举头三尺自有神明不畏不敬，那个人啊逆施倒行无德无良，陈都城邑内外国人百姓，知是知非怎会不知道？

害国邦啊，毁国门啊，那个人啊他也算是陈妫儿男，那个人啊他也算是君王至亲，利斧可以驱逐鸮鸟恶禽，谁来阻止那人害国害民？

平原广阔，城高池深，我陈邦都城啊，筑有两重城墙，内者为城，外者为郭，居住在城郭之内的为国人，国人基本是周商贵族后裔及其平民，政治上多有与邦国君王利害一致之处；国人区别于郊野之外的野人庶人，野人庶人源于被征服的民人，地位低下次于贵族以及平民。大周礼仪，陈邦沿袭，国人传统参与政治，或决定国君废立，或过问外交战

和，或参议国都迁徙，凡此种种，国之大事要经全体国人认可。那个人啊不良不善，蠹国，害民，满城内外谁人不知？举国上下谁人不晓？

他是陈妫正统的公子王孙啊，他是冠冕堂皇的贵族大夫啊，他是陈君文公庶子，他是陈君桓公之弟；怙恶不悛当桓公导致邦国影响不断下降，他是曾谏言亲仁善邻主张和郑的陈佗；一塌糊涂当陈郑讲和旁观者清当局者迷，他是曾出使代君结盟歃血如忘的陈佗。是何时萌生异志？是何事心有所想？又是谁人慨叹陈之将乱？变故生啊，作乱成啊，当桓公病疾愈来愈重时，悍然犯上啊他弑杀了太子妫免，大逆不道啊桓公死后自立为君，眼看着陈国大乱风起云飞，眼看着陈邦子民仓皇四散！

那个人心怀不轨啊，国人上下都知道啊，我们一个个都知道了，他也无动于衷，不思悔改啊，冰冻三尺非一日之寒，他啊早就开始变坏了。知屋漏者在宇下，知政失者在草野。国都墓门前面生长棘树，使用刀斧可以砍伐铲除。如今国家出了坏人，国人该用什么打倒他？既为国君当安邦富民，而废公陈佗驱驰奔赴往来蔡国，那里有蔡女风流多情，那里有奢靡挥霍无度，鸮鸟号叫报凶信，鸮鸟群集恶事临。看啊，桓公三子燃复仇怒火烈焰熊熊；听啊，跃、林、杵臼正不舍昼夜磨刀霍霍！

败国邦啊，摧国门啊，那个人啊他也算是陈妫子孙，那个人啊他也算是陈邦君王，利斧可以伐恶树驱恶禽，谁来阻劝那人误国误民？

国人皆知那个人啊不良之辈，畴昔过往由来已久就是如此，即使他为恶不良，即使他不思悔改，大街小巷，妇孺老幼，唱起歌谣刺讽警醒，满心满意只望他能倾听民意民声，有所触动，有所改正！如泣如诉，墓门唱和，他兀自荒淫无耻挥霍无度，他兀自声色犬马耽于享乐。不闻不问，无睹无视，不见那倒行逆施国邦动荡不安，不见那生民罹难国人背井离乡，诅咒生，谩骂起！

恶木丛生啊，荆棘乱长占据正道，不加铲除终将为患，邦国何以兴盛？恶禽云至啊，鸮鸟萃集陈都墓门，不加驱除梅林晦暗，国民何以安泰？是天灾？是人祸？是那个人啊，年深月久蠹政更病国！声声诉啊，千夫所指，万民怨望，诉不完违礼背德；句句说啊，说不尽弑君篡位，多行不义必会自毙。几多不安几多忧虑，为我陈邦前途叵测岌岌可危，为我国人陷身水火忧心如焚！

反复思虑而不能已，国人相和墓门长歌。那个人啊不理不睬，那个人啊不管不顾。墓门巍巍啊，被那棘树堵塞；墓门大道啊，萦绕鸮鸟恶声。那人不良啊，陈邦丧了兴盛；那人不良啊，国人失了安泰。是伤心，是责讽，是无奈。也许有一天，不久有一天，当他颠倒跌落，当他狼狈下台，血淋淋刀刃现，昏惨惨向黄泉，他才会想起来吧，早该听取墓门之歌，早该听从国人音声！

国都墓门生有棘树，拿起斧头来砍除它。那个人啊为恶不良，国都之人全都知道。众人皆知而不悔改，由来昔往就这样了。

国都墓门生有梅树，鸮鸟飞来停落上面。那个人啊为恶不良，歌讽警告将他斥责。警告斥责全然不顾，国家危困会想起我。

墓门有棘，墓门有梅，我陈邦都城啊有城门名墓门。

尘沙湮没，畴昔消散，有国人泪洒谣歌啊久远传扬。

安得为人道寸心

陈风·防有鹊巢

防有鹊巢，邛有旨苕。谁侜予美？心焉忉忉。

中唐有甓，邛有旨鹝。谁侜予美？心焉惕惕。

一曲入云霄啊，绵绵无断绝。春光烂漫啊桃花夭夭，予美，予美，声声呼喊。有人说这是男女称呼相爱的彼此，我爱的人啊，已多时不见啊，花开又向谁笑。

临水不自识啊，憔悴日渐深。寸心可鉴啊天上日月，予美，予美，声声呼唤。有人说这是臣子称呼追随的君王，我爱的人啊，已多时不见啊，日月不来照拂。

长长堤坝搭筑鹊巢，高高山丘生长苕菜。谁人诳骗我的爱人？我心里啊忧愁烦恼。

中唐道路铺上瓦片，高高山丘生长绶草。谁人诓骗我的爱人？我心里啊恐惧忧劳。

哪有堤坝搭筑鹊巢，是谁诳骗言之凿凿？窄窄堤坝内水流汹涌，一旦风浪起洪波滔天，有几多危机藏匿其间；长长堤坝上禽来兽往，一旦巢窠覆安有完卵，有几多危险濒临切近。听者慎思啊，闻者细想啊，鹊巢筑在高树，怎会巢在堤坝，偏偏谗言壅蔽视听！

那鹊鸟啊，羽色黑白分明，鸣声喳喳响亮。白天在郊野农田觅食，夜晚在高大树木栖息。轮流分工守候觅食，生性机警成双成群。雄鸟在地上找食则雌鸟站在高处守望，雌鸟取食则雄鸟守望，一旦发现危险，守望鹊鸟发出报警叫声，同那觅食鹊鸟一起飞走。那鹊巢啊，常筑在宅旁大树，鹊鸟喜近人而居，不辞辛苦衔来根根树枝，日升日落历经数月搭就，卵形结构复杂精细，巢顶覆盖厚实致密，外层为粗枝间有杂草泥土，内层为细枝垫有芦花絮羽，可防御风狂啊，可遮避骤雨啊，依偎大树怀抱，温暖而又安全。

哪有山丘生长苕菜，是谁诳骗信誓<u>旦旦</u>？高高山丘上岩石嶙峋，但见藤葛根深扎裂隙，苕菜萌芽有几多艰难；绵绵山丘上砂壤干燥，<u>丛丛荆棘生纵横交错</u>，苕菜生存乏几多水润。听者慎思啊，闻者细想啊，苕菜生在平泽，怎会长在山丘，偏偏谗言混淆视听！

那苕菜啊，有人说是紫花蔓生的紫云英，性喜温暖湿润气候，冬季播种植入水田，春耕翻入土内作肥，为稻田常见主要绿肥植物，田坎间，草地中，时见野生，根须繁多生有根瘤，羽状复叶叶柄细长，花开紫红花序紧密，采摘柔嫩茎叶，为蔬为羹滋味鲜美。那苕菜啊，有人说是豆科小巢菜的翘摇，全草入药可外用可内服，清热利湿疗治黄热，活血散瘀令人轻健，细茎纤纤生有棱线，复叶羽状顶有卷须，花序腋生花萼如钟，花朵淡紫洁白翩然如蝶，麦田常见，隰泽茂生，嫩茎鲜叶作蔬清香，干菜入羹甘滑宜人。

哪有中唐铺上瓦片，是谁诳骗捕风捉影？宽阔中唐内道路平整，一

旦铺瓦片高低参差，有几多不平举步难行；方正中唐里道路直行，一旦铺瓦片崎岖蜿蜒，有几多坎坷步履维艰。听者慎思啊，闻者细想啊，瓦片覆在房舍，怎会铺路中唐，偏偏谗言颠倒黑白！

那中唐啊，有人说是宗室庙堂的大路，庙堂巍巍供奉祭祀祖先，国之大事，在祀与戎，重要活动宗庙举行，重要决策宗庙宣布，异姓不能进入庙堂，只有同宗才能参加，大周天子是诸侯宗主，各路诸侯是本国宗主，先祖所居，君王为政，庙堂大路怎能铺瓦？那中唐啊，有人说是中庭之中的道路，中庭连接大门厅堂，大门庄严端方规正，厅堂宽敞聚会待客，逢佳节举家祭祀长幼教谕，遇吉日喜庆活动会见宾朋，都知道中庭平整受日月清明，都知道中庭嘉木得荫荫丰茂，瓦覆屋顶，遮蔽雪雨，中庭道路怎会铺瓦？

哪有山丘生长绶草，是谁诳骗誓日指天？高高山丘上乱石峭立，多有劲风烈吹刮呼啸，绶草纤细怎奈得摧折；嵬巍山丘上砂石干旱，多有尘霾扬遮空蔽日，绶草柔弱怎受得磨难。听者慎思啊，闻者细想啊，绶草生在隰地，怎会长于山丘，偏偏谗言颠倒是非！

那绶草啊，兰科植物肉质根叶，高不盈尺葶如牙签，草有杂色成文似绶，花色缤纷紫红粉白，花朵细碎繁密扭转螺旋形状，入药滋阴益气凉血解毒，用于气血两虚少气无力，性喜荫蔽温暖湿润，忌怕干燥阳光直射，生长杂草间人踩车碾，弱小纤细易受摧残。那绶草啊，生长在河滩沼泽林下草甸，时常与禾本科植物混生，宽线叶片直立伸展，总状花序宛若游龙盘绕花茎又名龙抱柱，数条指状肉根类似人参又名盘龙参，一茎花穗结一段悱恻缠绵，一片萋萋绽一方清丽婉约，精致细巧脆弱易折，美好娇艳鲜嫩易污。

鹊巢筑于高树，怎能修在堤坝，多么危险易受冲垮啊；苕菜生在隰洼，怎会长在高丘，多么奇怪不合常理啊；房瓦本在屋顶，怎能铺在中庭，多么坎坷容易跌摔啊；绶草生在泽畔，怎会长到山丘，多么离奇不合情理啊！蜚语啊，流言啊，无稽之谈，偏偏蛊惑人心，耸人听闻，偏偏天花纷坠，迷雾漫漫，疑团重重。究竟是谁啊，在诳骗，在欺瞒，离间了我爱的人啊，挑拨了我爱的人啊。

从来相爱的男女啊，几多忧虑，几多忧虑，那无端的搬口弄舌间离辞言！

从来忠贞的贤臣啊，几多忧患，几多忧患，谗贼小人搬长弄短挑拨是非！

一川河水，滔滔东去，那是谁人啊，在川上流连感慨，泥沙俱下难分难辨啊，如何才能，如何才能揭穿卑鄙谗言？一脉山丘，高高耸立，那是谁人啊，在山前驻足喟叹，良莠不齐难识难明啊，如何才能，如何才能冰释是非误解。

一腔委屈无以诉说，一怀挚爱无以剖白，我爱的人啊，我爱的人啊，彼此信任真心相待，谗言佞语不值一驳，只要你啊，只要你啊，不听信那造谣谗言的挑拨离间，不听信那蛊惑佞语的无中生有，真情由来坚贞不移，怕他谁人诳骗欺蒙！面对谣言，心怀坦荡，我自然不屑一顾，害怕失去，惶恐不安，我却又心急如焚。

长长堤坝搭筑鹊巢，高高山丘生长苕菜。谁人诳骗我的爱人？我心里啊忧愁烦恼。

中唐道路铺上瓦片，高高山丘生长绶草。谁人诳骗我的爱人？我心里啊恐惧忧劳。

防有鹊巢，切切忧歌，那是谁人啊，唱得如此荡气回肠。一怀真情

捧给你啊,一颗赤心捧给你啊,无惧无畏阻碍重重,我爱的人啊,我爱的人啊,哪怕隔山隔水,哪怕隔冬隔夏,我愿意,我相信,你我终会如初相逢。

年年旨苕青青,岁岁旨鹝曳风,凭谁问啊,心中事,眼中泪,意中人。

今夕月出照何人

***

陈风·月出

月出皎兮,佼人僚兮。舒窈纠兮,劳心悄兮!

月出皓兮,佼人懰兮。舒忧受兮,劳心慅兮!

月出照兮,佼人燎兮。舒夭绍兮,劳心惨兮!

有所怀兮,俯首脚下唯有一影相随,无边思念,何方借一轮明月,共你度今夕?月出皎兮,佼人僚兮……

有所思兮,抬望长空深邃万里相伴,无际浩瀚,何人赋重章叠唱,共我歌忧心?舒夭绍兮,劳心惨兮……

月亮出来多皎洁啊,那个美人多娇美啊。缓步履窈窕动人啊,思念在心多忧伤啊!

月亮出来多皓白啊,那个美人多妩媚啊。缓步履婀娜动人啊,思念在心多不安啊!

月亮出来多光明啊,那个美人多明丽啊,缓步履绰约动人啊,思念在心多煎熬啊!

月亮出来了,多么皎洁啊。越过群山,越过大河,那明月乍现挂林

梢，云朵纷离宛如波涛四散，应该要用千斛银河之水，才会洗涤月亮皎洁如斯啊，澄澈俯瞰世间众生，照人心境一片清明。有光，那亘古而来的银辉啊，最是抚慰人心；有情，那不息流淌的时光啊，最真青春葱茏；无语，那辗转反侧的心潮啊，最苦求之不得；无言，那万籁俱寂的静夜啊，最美入骨相思。一夕有多久长？让那月亮从古远升起，照进今夕，照进眼里；一生有多短暂？让那月亮在今夕升起，照进今生，照进心里。

看那个美人，多么娇美啊。云开月初，刹那之间，那月亮光华四散射，那美轮美奂的轮廓，亦真，亦幻，正是心上美丽的你啊。那光洁莹润的面庞，那袅袅而来的步态，是你沐浴在月光之下？还是月华笼你于轻纱？哪里一缕清风徐来，拂开月下脸上的轻纱？是星光闪烁，是星眸漾波，我看到你了，我看到你了，你舒缓步履，款款而来，那么窈窕亭亭，那么暗香盈盈。拊膺屏息，想要按住扑通扑通跳跃的心房，不敢呼吸深怕又只是一觉美梦，以夜为幕，借月为眼，今夕何夕，看到娇美的你。

辛苦天上月，最怜天上月，一夕如环，夕夕常成玦；辛苦世上人，最怜世上人，一夕入心，夕夕长残缺。问世间谁人又能抵挡，钟情恰似月轮皎洁，除非不见，又怎能不见，一见即是钟情，一见即是沦陷。一入相思啊百感交集，一入相思啊心随月变。今夕何夕啊，今夕何夕啊，许我一轮天上月出，许我一见心上美人，一霎时仿佛春花烂漫，看粉蝶双飞双栖。你知不知道？在月亮与你之间，是我深深思念的双眼，几欲望穿；你知不知道？在思念与你之间，是我无法掌控的心房，忧思弥漫。

月亮出来多皎洁啊，那个美人多娇美啊。缓步履窈窕动人啊，思念在心多忧伤啊！

月亮出来了，多么皓白啊。月缺月圆，情浅情浓，思念长线牵系心上，一轮月亮从你到我，带来清凉宽慰，带来灼热爱恋。不问谁人舞低杨柳月，不问谁人漫歌扇底风。缕缕月华，缕缕月华，在这静夜空明的长卷上，尽情挥洒一曲乐谱啊荡气回肠。大千世界，琼楼玉宇，月色如水缓缓浸漫，清泉一泓汩汩流淌心间。掬一捧泉洌啊明月在手，月华如桂纷纷飘落，芳蕊一树簇簇心花绽放；拾一袖桂子啊馥香满衣，倾一怀月色酿酒，醉不透无端锦瑟惆怅，磨一刃月色刀锋，割不尽心田荒草离离。

看那个美人，多么娇美啊。宇宙洪荒，天地玄黄，古往今来啊生命最美不过是青春，天涯海角啊青春谁可曾辜负月华？问今夕月，此去悠悠，到底知向何处，是否别有人间？长风浩浩，天外汗漫，一场春梦，难辨分明，亦真，亦幻，正是心上美丽的你啊。你步履安然，姗姗而来，那么婀娜多姿，那么美丽动人，今夕何夕，看到妩媚的你。碧海青天，皓月当空，究竟说月亮是飞升到天上的美人，还是说美人是行走在尘世的明月？青天何高明月不可攀，恍惚近在咫尺指尖，仿佛遥隔鸿沟天堑。

今人不见古时月，今月曾经照古人。如果可以，生生世世唯愿对酒当歌，只要可以，都似今夕月光长照玉樽。那是谁人乘月而来啊，像是奔赴一场约定地老天荒；那是谁人踏月而去啊，全然不知身畔企慕望眼欲穿；今夕何夕，容我心弦悸动，醉你动人娇媚，杯莫停，且痛饮。皓白月光，照天涯两端，心绪难宁，如海波翻滚，某个地方，某个月夜，你的步履经过我的眼睛，你的美好铭刻我的心间，长夜徘徊，中天月圆，桂影婆娑，倩影依依，奈何，极近又极远，你一步一步走成我的忧伤。

月亮出来多皓白啊，那个美人多妩媚啊。缓步履婀娜动人啊，思念

在心多不安啊！

月亮出来了，多么光明啊。流云收尽，清寒渐溢，那明月宛如白玉盘，银汉浩渺波涛起伏无声，若是登上比楼宇更高的地方，会不会遇见仙人乘鸾来去逍遥，会不会俯见江山如画烟树历历。人在清凉国，我醉欲长歌，举杯啊，邀明月，对影啊，成三客，乘月婆娑起舞，徘徊风露之下，欲乘风归去啊，冷透一天澄碧。那是谁人一声吹断啊，横笛呜咽不忍听闻，芳草萋萋连天际，南浦烟波月潋滟，此生此夜无计留驻，难舍月华无限好，西斜沉沉连晓雾，明夕何夕，明年何年，明月又待何处看？

看那个美人，多么明丽啊。如痴如醉，忧心如焚。僚兮，你是月下美人，更是我心上美人，一想起你啊，忽然柔软了心房；懰兮，你是人间美好，更是我心中美好，一想起你啊，忽然刀割了心伤；燎兮，你如火光明艳，更如我心底烈焰，一想起你啊，忽然燎原了心田。在明净温柔的如水月色下，让我化身一尾摇曳红鲤吧，不敢对你说出口的话语，都变作水泡如珠翻腾滚涌在波心；在猝不及防的回眸一顾中，让我化身一羽翩然飞蛾吧，不敢对你表述的炽热，都变作星星之火熊熊燃烧在天心。

明月何皎皎，忧心不能寐，揽衣徘徊不觉露滋，个中愁思又当告谁，千丝万缕的相思顺着月光铺满大地，无人可诉的爱恋沿着月光布满天宇，若将深情寄予明月，天涯遥夜期许共望。悄兮，月出今夕，许我忧愁之心啊悄悄深沉；慅兮，月出今夕，许我忧愁之心啊骚动起落；惨兮，月出今夕，让我忧愁之心啊似遭虐毒；说不尽的相思，道不尽的愁肠，月华下，清辉中，仿佛一切皆为可能，仿佛一切又被遗忘，岁岁年年月圆依旧，那是谁人叹咏相思不改，又是谁人在青春中转身，幻化成月。

　　月亮出来多光明啊，那个美人多明丽啊。缓步履绰约动人啊，思念在心多煎熬啊！

　　月亮出来多皎洁啊，那个美人多娇美啊。缓步履窈窕动人啊，思念在心多忧伤啊！

　　月亮出来多皓白啊，那个美人多妩媚啊。缓步履婀娜动人啊，思念在心多不安啊。

　　月亮出来多光明啊，那个美人多明丽啊。缓步履绰约动人啊，思念在心多煎熬啊。

　　白月光，白月光，在那心底深处某个地方啊，那么亮，那么亮，又那么荒凉。月出皎兮，佼人僚兮……

　　每个人，每个人，是否都有一段青春忧伤啊，难隐藏，难隐藏，又欲盖弥彰。舒天绍兮，劳心惨兮……

株林贻笑何嘘唏

***

陈风·株林

胡为乎株林？从夏南。匪适株林？从夏南。

驾我乘马，说于株野。乘我乘驹，朝食于株。

　　噫吁嚱，青川埋忠骨，何幸！那是谁人啊，为了陈邦子民，抛舍了生死，硬骨铮铮，大河浪花，洪波层涌，千古英名，自然口口传颂。

　　噫吁嚱，株林世所笑，何辜？那是谁人啊，无视陈国安宁，私欲无餍足，同流合污，暗夜魅影，魍魉张扬，礼节大义，已是步步沦丧。

　　噫吁嚱，车辚辚，马萧萧，人众如云，冠冕堂皇，紫陌红尘扑面而来，那是谁在赶赴株林？从繁华国都到僻远株林，如斯行色匆匆，如斯星夜兼程，一路飞驰，不休不歇，到底所为何事如斯十万火急，事涉国计民生？事关军情兵戎？城邑周外为郊，郊外远方为野，野外更远处为林。株邑本是夏御叔封邑，昔年陈国先君宣公有子少西，少西字子夏，子孙由此而为夏氏，御叔妫姓，少西之子，陈国公孙。那夏御叔早年已经亡故，如今只留一子夏徵舒尚且年少。不是涉及国计民生，不是关乎军情兵戎，如斯风尘仆仆，如斯急如星火，传言四下起，飞短逐流长，到底为何啊，到底为何赶往株邑郊野之外？

纷说那礼仪森严的高高庙堂之上，说是陈君灵公，说是大夫孔宁和仪行父，竞相夸耀私情风流，乌烟瘴气目不忍视，君无君威，臣无臣规，颜面无存，衵服戏朝！朝堂之上本应礼服端肃，谁见过君王大臣相互卖弄贴身内衣？说是那内衣并非寻常等闲，说是那内衣皆为夏姬相赠，秽语污言沆瀣一气，瞠目结舌前所未闻，一个是君王本该深谋远虑邦国未来，两个是大夫本应忠心耿耿为君为民，何况是御叔早亡夏姬寡居，任谁说也原是本该风马牛不相及，到如今君臣狼狈臭味相投祸乱朝纲，都说惜惋泄冶大夫谏言横遭杀身殒命，无根不长草，无风不起浪，大国众环伺，国步多艰困，危乎害哉，徒嘘唏！

噫吁嚱，桃花面，杨柳青，佳人不老，摇曳随风，姿容妍媚声名远播，那是谁人顾盼生姿？从繁华郑都到僻远陈邑，从穆公公主到御叔寡妻，那夏姬也算是历经许多世间沧桑风雨，风疾风徐一年一年吹落了数不尽群芳鲜艳，雨骤雨疏一岁一岁打落了数不清落红残蕊，偏偏那夏姬啊，青春长在长驻，宛然三月春暖溱洧河畔一支芍药绽放，亭亭含露，婀娜多情，分明是谁家女儿初始长成。花丛流连，酒浓醉人，有人说那郑国夭亡的公子蛮啊，就是和自己这位妹妹不清不楚才命丧黄泉；有人说那早早辞世的夏御叔啊，就是因自己迎娶艳妻折福折寿才一命呜呼；道听途说，言之凿凿，果真是祸水红颜吗？

纷说那曲径通幽的迢遥株林之地，说是陈君灵公，说是大夫孔宁和仪行夫，常常结伴逐队偕行，丑闻如火四下蔓延，君上修德，臣属慕贤，下民追随，邦国安泰，株林之地本应百姓耕作，谁见过君王劳民修筑高台掩耳盗铃？说是那高台可盟他邦嘉宾，说是那高台可憩灵公劳顿，无道乱行不胫而走，声名不美乡民聚观，一个是国君为首公然宣淫倒行逆施，两个是大夫帮衬推波助澜胡作非为，何况是徵舒夏南日益长大，任谁说也原是本该各自顾及颜面，到如今丢弃礼仪道德抛舍羞恶之

心，都说许多陈地百姓作歌委婉谤讥刺讽，做贼终心虚，欲盖弥彰著，鱼儿游沸釜，燕卵处危巢，危乎殆哉，空嘘唏！

车辚辚，马萧萧，那是谁人啊，明知故问，大声问询？那是谁人啊，心领神会，应声相和。

桃花面，杨柳青，那是谁人啊，佯装不知，追问不舍？那是谁人啊，煞有介事，作势到底。

为何赶往株邑郊野之外？是去寻找夏南！不是到往株邑郊外？只是寻找夏南！

噫吁嚱，从夏南，从夏南，掩目捕雀，掩耳盗铃，微物尚且不可欺瞒，国事兹大岂可以诈？徵舒夏南啊，徵舒夏南，从懵懂少年到威武儿男，如斯英姿勃发，如斯血气方刚，一路成长，蒙耻作哑，到底历几劫如斯含羞忍垢？事涉君臣大义！事关妫姓宗亲！呼啦啦大厦将倾，昏惨惨灯炬将尽，世间几多机关算尽猖狂无道，民心向背欢喜悲辛误了性命，枉费了，意悬悬莫测人心，好一似，荡悠悠三更梦魇。陈君灵公啊，陈君灵公，看前方箭已在弦，看前方刀已出鞘，美色障目痴迷心窍，无视民声作茧自缚，从哪一日起再无点滴家国责任？从哪一刻起再无丝毫君臣大义？只记得株林过后行经株野，只记得株野过后到达株邑！

纷说那内外交困的邦国处境之艰，说那南方楚国，说那东方齐国西方晋国，何以保全邦国安宁？何以护佑宗庙子民？兵戎不绝，争端频频，风雨飘摇，谁主沉浮？有人指说那一辆是陈君驾乘的驷马大车，马匹神骏高达六尺合乎礼规堪配君王威仪；有人指说那一辆是大夫驾乘的驷马轻车，马匹矫捷依礼高过五尺略低六尺；有人指说那灵公掩人耳目停车驾于株野，变易大夫车驾快马加鞭驰向株邑；有人指说那灵公到株野近株邑心花怒放，孔宁和仪行父察言观色投其所好株邑朝食。蹑足附耳，议论纷纭，是果真残存一丝廉耻有所讳饰？是街谈巷议冷嘲热讽无忌恣行？迷途不知返，危乎急哉，长嘘唏！

从夏南，从夏南，那是谁人啊，自问自答，忸怩作态！那是谁人啊，自驳自解，隐约其辞。

君昏昏，苍生怨，那是谁人啊，一意孤行，荒唐不经！那是谁人啊，一己私欲，祸国殃民。

为何赶往株邑郊野之外？是去寻找夏南。不是到往株邑郊外？只是寻找夏南。

驾我大车驷马高骏，停息流连株邑郊野。驾我轻车四驹矫健，赶到株邑享用朝食。

噫吁嚱，兴亡谁人定，何明！那是谁人啊，失了德行大节，厚颜不知耻羞，衣冠兽禽！民心不可欺啊，嬉笑怒骂皆成文章，株林讽歌啊，恨铁不能成钢。

噫吁嚱，盛衰岂无凭，何智！那是谁人啊，忧患家国天下，丹心殷殷规劝，热血炽诚！天道不可违啊，国破民生岂能安定，莫待感伤啊，乱红溅落长泪。

危机，暗伏藏，四面，楚歌起，何嘘唏啊，何嘘唏。

泽陂蒲荷相因依

陈风·泽陂

彼泽之陂，有蒲与荷。有美一人，伤如之何？寤寐无为，涕泗滂沱。

彼泽之陂，有蒲与蕳。有美一人，硕大且卷。寤寐无为，中心悁悁。

彼泽之陂，有蒲菡萏。有美一人，硕大且俨。寤寐无为，辗转伏枕。

有谁知道，有谁知道，那是哪一片水泽？那是哪一道陂岸？在那里流传着一个美丽的传说，那一片浩渺辽远的水泽啊，那一道蜿蜒耸立的陂岸啊，曾有谁人从此走过，从此走过，从此，从此夜夜入梦。

有谁知道，有谁知道，那是哪一湾蒲草？那是哪一派荷叶？在那里咏唱着一段青春的故事，那一湾繁茂高大的蒲草啊，那一派碧色无穷的荷叶啊，曾有谁人从此见过，从此见过，从此，从此萦系心怀。

蒲草繁茂，蒲草高大，青青蒲草生于水泽隰畔，蒲根宿生盘曲有节，待得三月寒气消退气候转暖，蒲草生发翠色欲滴，叶如萱草狭长光滑，高过人头七八尺余，五月夏初从中抽茎，细花攒簇成穗形如棒杵，其花微有香气，其蕊细若金粉，入药名蒲黄可止血疗疮，蒲绒轻软可做枕絮，蒲叶可作扇可编席，蒲芽可食谓之蒲葅。

一捧蒲芽啊洁白脆嫩，将会欢悦谁人一餐清甜？一束蒲草啊柔韧如丝，将要编织谁家蒲席洁净？一支蒲棒啊照明如炬，将来点亮谁人眼眸深情？心上的你啊，我多想化为泽畔蒲草，当你，走上那一道长长的水泽陂岸，每一阵风过，蒲草绿波起伏，都是我在向你致意，都是我在伸开臂膊；心上的你啊，如果可以，为葅为炬将你追随，为席为枕相依相伴，当你，回首泽陂蒲草连天，如果，如果听见了一颗朝露倏忽滑落，那就是我，是我猝不及防，慌张忙乱掩盖的心事啊。

荷叶繁密，荷叶绿碧，田田荷叶生于水泽池沼，节节莲藕深藏淤泥，荷钱出水日高日上日上日妍，有风飘摇无风婀娜，荷蕾如箭才露尖角，早有蜻蜓飞停上头，自夏徂秋菡萏成花，娇艳欲滴先后相继，花谢生蓬蓬中结实，自有绿荷圆，莲蓬擎，荷蕊香，棹歌流霞逸致无穷，锦鳞跃处一舸横斜，谁人和羞低眉，莲子清如水。

一张荷叶啊阔大碧绿，将会掩映谁人修长身影？一茎荷花啊芬芳馥郁，将要画就谁人拈花一笑？一支莲蓬啊饱满肥大，将来甘甜谁人眼眸晶亮？心上的你啊，我多想化为隰泽荷花，当你，走过那一道长长的水泽陂岸，每一阵风过，荷叶起伏似波，都是我在向你呼唤，都是我在颔首示意；心上的你啊，如果可以，为花为蒂将你伴随，为蓬为藕不离不弃，当你，遥目隰泽菡萏映日，如果，如果听见了一声叹息溅水成涡，那就是我，是我手足无措，张皇着急掩藏的衷情啊。

万物有灵，水畔植物尤其如此，一花一叶，皆若有神姿彩熠熠。长夜如一堵无法穿越的厚墙，心上的你啊在那黑夜的另一端，屡屡以我身

躯撞击暗夜，纵然头破血流，总是心甘情愿，泪水潸潸冲淡浓黑夜色，微微晨曦中水滨蒲荷摇曳，如此切近却又遥不可及，泽陂清冷，泪眼蒙眬。

目眩神迷难以入眠，似醒非醒恍惚如梦，是睡是醒无能为力，非睡非醒痛彻心扉。泪飞化作倾盆雨落，一任滂沱，一任汹涌，心上的你啊，宛如一株泽畔之荷，需要水露浇灌方得生机，那就让我倾尽眼泪，一串泪珠一缕情愫，百般柔情化作汪洋，能不能滋润将要枯萎的爱恋重焕勃勃朝气？

有美一人，睁眼啊，仿佛从那水泽深处踏波而来，天光倾泻，散成水面涟涟银辉，心上的你，素衣飘飘，散着淡淡光华，优雅舒展宛如出水之荷，一样清新，一样纯洁。

有美一人，闭眼啊，忽似身处水草沼泽，迷雾在水面缓缓扩散，那一朵雾中菡萏啊一瓣一瓣绽放，花蕊金黄吐着幽幽芬芳，心上的你，清澄净雅，泽陂之上，渐行渐远。

纵然，郁郁思恋，寤寐忧伤，终究是，无可奈何，无可奈何。

纵然，起卧反复，恍惚辗转，终究是，无可奈何，无可奈何。

纵然，意有所结，百事怠延，终究是，无可奈何，无可奈何。

梦醒时几度依依流连，梦寐里几度徘徊踟蹰，有谁知道，这是第几回长夜难眠？有谁知道，这样的夜晚还有几多？波涌鱼梁隐，长天梦泽深，大雨滂沱，那是谁人情动真心？心上人啊，让我把思念倾注在暴雨中，用尽全部的勇气，用尽全部的力气，来哭出那无尽的忧伤啊，倾盆，成河，苍天可曾动容，大地可曾见证，隰泽涨溢，盈盈无言，蒲荷葱茏，脉脉无语。

有人说是泽陂之上，一见惊鸿各自陌路空劳牵挂；有人说是泽陂之畔，两心相许同姓不婚碍于礼规；有人说是泽陂之侧，痴心暗恋伊人去远枉自嗟叹。

夜色深，意难平，蒲草绿，菡萏红，纵然千般爱，纵然万般恋，纵然痴狂了衷肠，终究是无法执手偕行，终究是无法琴瑟和鸣，终究是情空深缘自浅。

有人说那是一个男子深情忧伤相思，长歌一曲寄情抒怀，歌那水中蒲荷，歌那梦里伊人，铁骨柔情闻者动情。

那水泽畔的陂岸边，蒲草青青荷叶田田。有一个人那样美好，忧伤不绝如之奈何？朝思暮想无法入眠，泣涕涟涟如雨滂沱。

那水泽畔的陂岸边，蒲草挺拔莲蓬亭亭。有一个人那样美好，身材修长容颜美丽。朝思暮想无法入眠，心中忧闷郁郁不乐。

那水泽畔的陂岸边，蒲草繁茂荷花娇艳。有一个人那样美好，身材修长仪态端庄。朝思暮想无法入眠，辗转反侧伏枕忧思。

有人说那是一个女子痴心爱恋忧思，长歌一曲剖明心迹，歌那不绝蒲荷，歌那梦里爱人，低婉缠绵听者动容。

那水泽畔的陂岸边，蒲草青青荷叶田田。有一个人那样美好，忧伤不绝如之奈何？朝思暮想无法入眠，泣涕涟涟如雨滂沱。

那水泽畔的陂岸边，蒲草挺拔莲蓬亭亭。有一个人那样美好，身材高大容颜英俊。朝思暮想无法入眠，心中忧闷郁郁不乐。

那水泽畔的陂岸边，蒲草繁茂荷花娇艳。有一个人那样美好，身材高大仪态庄重。朝思暮想无法入眠，辗转反侧伏枕忧思。

水中花，梦中人，是男子深情也罢，是女子痴心也好，逃不脱真心一颗，躲不过相思痛楚，空叹惋，徒吁嗟。古往今来啊，有多少爱而不得悱恻戚戚，以千计，以万数，也难计清，也难数明。偏偏是这一场动情的眼泪灼热滚烫，烫得那苍天忍痛不住，落下了大雨如注；偏偏是这一场相思的泽陂有蒲有荷，一叶一花都在风中啊，诉说着无可奈何。

彼泽之陂，天涯何处无泽陂，泽陂何处无蒲荷，泽陂处处，蒲荷并生。有美一人，是谁在泽陂之上渐行渐远，是谁在蒲荷深处忧伤歌唱。春水涨，秋水盈，春去秋来啊，春去秋来啊，咏唱着一段青春的故事，留下了一个美丽的传说。

万千人中遇见了你，万千人中爱上了你，任我，任我，红尘之中情动一场，有爱甘如蜜糖，有爱寸断肝肠，如蜜如糖，断肝断肠，终究是，终究是要亲自，尝一尝。

一夕漫漫长夜未眠，相思已若历劫百年，如熬，如煎，一生一世一场爱恋，有爱可去追寻，有爱可来珍藏，一步天涯，万水千山，只求望，只求望趁年华，相因依。

又一年蒲草蔄草绿透，又一岁荷花菡萏红遍，年年岁岁，岁岁年年，沧桑了容颜。

而谁，又走过了蒲草蔄草接天碧绿；而谁，又走过了荷花菡萏别样红艳，而谁，又在爱恋着谁啊，温柔又无望，以一生的呼吸、微笑和眼泪……

桧风

羔裘逍遥,狐裘以朝。岂不尔思?劳心忉忉。

羔裘乱心多忧悼

***

桧风·羔裘

羔裘逍遥，狐裘以朝。岂不尔思？劳心忉忉。

羔裘翱翔，狐裘在堂。岂不尔思？我心忧伤。

羔裘如膏，日出有曜。岂不尔思？中心是悼。

上古漫漫，三皇五帝人文始祖，高阳颛顼，大战共工一统华夏，建制九州规划区域，制定历法作曲承云，帝颛顼设立五官治理天下，以句芒为木正，蓐收为金正，祝融为火正，玄冥为水正，句龙为土正，社会安定，和乐太平。

德泽四方，火正祝融妘姓名黎，居火正有功，能光融天下，黎的后人世代承袭火正之职，福荫万民，子孙绵延。及至吴回，生子陆终，陆终生子六人，一为昆吾，二为参胡，三为彭祖，四为会人，五为曹姓，六为季连。郐之名古已有之，原为共工有郐氏居住之地，相传商朝时期，吴回之后陆终之子居封郐地，故称郐人，及至大周灭商，承认妘姓治理，再封于郐，嗟我郐邦，传国悠久。

扬扬得意，那是谁人身穿羔裘啊？羔裘朝服，大周礼仪，天寒之季，那君王诸侯，那大夫朝臣，凡是于朝堂上公务，皆应身着羔裘，

威仪端肃，修德慎行，夙夜为谋，为子民谋福祉，为邦国谋太平。可是啊，那人啊，竟然身着羔裘扬扬得意，悠哉游哉逍遥游玩！那人啊，忘了仪节，乱了礼规啊。

诸侯林立，大周王室分封八百邦国。昔往大周武王讨伐商纣，郐国积极参与孟津会盟，派遣军队迢迢追随，功成领受武王册封。济水悠悠，洛水不绝，黄河滔滔，颍水不息，济洛河颍之间，众多子男邦国之中，郐国恃险，国力为大。

郐国地处中原核心，扼守黄河南北重地，适宜农业生产，农耕聚集悠久。与许多诸侯国一样，郐国名中也有"阝"，"阝"在左与地形地势有关，"阝"在右意本为"邑"；"会"字会意粮仓，聚集粮食储存谷物，骄我郐邦，粮仓重地。宽阔汹涌的溱水东岸，厚重的城墙陡峭高耸，周全环卫着都城平安，东西城墙铜垣铁壁，南北两面各有一门，阻挡了多少回兵家战事，抵御了多少次外患纷仍，一回回修缮，一次次加固，我郐国都城啊，愈发巍峨宏伟，永是固若金汤。

沾沾自喜，那是谁人身穿狐裘啊？狐裘常服，大周仪节。天冷时节，那君王诸侯，那大夫朝臣，凡是于朝堂下游乐，皆应身着狐裘，仪容端洁，守德养性，川野寄怀，对川泽寄逸致，对原野寄幽情。可是啊，那人啊，竟然身着狐裘沾沾自喜，悠哉游哉来上朝廷！那人啊，忘了仪节，乱了礼规啊。

羔裘朝服，不是那君王大夫们朝堂之上的礼服吗？那是谁人啊，为什么随意穿着嬉戏闲逛？是什么淆乱了心智？是什么迷离了眼目？问你啊，难道是你并不把家国大事朝政纲纪放在心上？难道郑伯寄孥传言为真你收受了资财喜不自禁？你穿着羔裘招摇过市扬扬得意啊，子民们道路以目暗自叹息啊，这里是我们世代生活的郐邦沃土，这里有我们笑语欢声的父老乡亲，怎忍看大好沃土拱手他人？怎忍顾父老乡亲泪尽烟尘？你啊，你啊，一件羔裘见微知著，贻误家国痛心疾首，怎能不为你耗费思虑？怎能不为你忧思忡忡？

狐裘朝服，不是那君王大夫们朝堂之下的常服吗？那是谁人啊，为什么随性穿着登上朝廷？是什么惑乱了头脑？是什么离间了忠贞？问你啊，难道是你把那些吃喝玩乐耳目之欲视为至宝？难道郑伯寄孥五座城池你收受财赂来炫耀逞巧？你穿着狐裘自以为是沾沾自喜啊，子民们满腔义愤何处倾诉啊，这里是我们出生成长的故乡家园，这里有我们暖意温情的兄弟姐妹，怎忍见故乡家园离别旧主，怎忍视兄弟姐妹呼号惨怛？你啊，你啊，一件狐裘窥知一斑，祸及邦国蹙额顿足，怎能不为你耗费思虑，怎能不为你苦痛忧伤？

古往今来，四方诸邦，有几个不思进取耽于享乐的君侯能得国运昌盛？有几个贪财好利无餍无足的君王能得百姓依附？有几个骄纵奢侈怠惰傲慢的君主能得家国保全？邻君啊，邻侯啊，郑伯一使来请寄孥，欣然指划五座城池，一城一池啊是先祖留传，寸土寸水啊是邻邦江山，一队队车马辎重自西迤逦不断，一队队郑国子民迁移居住存身，虽受那羔裘珍贵，虽得那狐裘华美，究竟是友？究竟是敌？究竟是荣耀福气，还是那祸患根苗？究竟啊，会为邻国来日埋下何样因果？几多邦交风云诡谲，几多政局莫测变幻，羔裘啊，狐裘啊，渐欲迷人眼，渐欲惑人心。

日升月落，溱水波涛拍打着厚重的城墙，一声一声，飞溅水花雪白，然后，一切似乎归于平静，空余留，无限寂寞。

外患来侵，险峻坚固的城池佑护着邻邦，一代一代，免受倾覆危亡，而今，内忧丛生日甚一日，空嗟叹，郁郁忧伤。

日出东方，羔裘闪亮，为君啊，为侯啊，扬扬得意逍遥游玩，沾沾自喜过市招摇，如何穿着羔裘闲逛啊，骄纵贪冒，私利蝇头，忘掉了大义，抛舍了家邦。

日出东方，其道大光，为君啊，为侯啊，山河寸土要你守护，子民百千将你依附，望你穿着羔裘朝服啊，庄重恭肃，朝堂之上，率文武群臣，谋治国理政。

羔裘如脂膏啊，润泽闪亮，羔裘映日辉啊，闪闪发光。那是谁人啊，忧愁叹息，那是谁人啊，忧伤讽歌。

穿着羔裘逍遥悠闲，穿着狐裘来上朝廷。怎能不为你费思量？忧心忡忡切切不安。

穿着羔裘游玩闲逛，穿着狐裘坐在公堂。怎能不为你费思量？我的心中多么忧伤。

羔裘油亮光洁润滑，日出映照辉泽闪闪。怎能不为你费思量？我的心中这样哀伤。

桧风低回，羔裘忧悼。耳畔，万古溱水呜咽如诉，眼前，千仞城墙坚实如磐。那是谁人在击拍啊，踏歌，长顿足；那是谁人在和拍啊，拊掌，心欲碎。

素冠素衣兮，愿与同归兮

桧风·素冠

庶见素冠兮，棘人栾栾兮，劳心愽愽兮。

庶见素衣兮，我心伤悲兮，聊与子同归兮。

庶见素韠兮，我心蕴结兮，聊与子如一兮。

风萧萧兮溱水寒，大夫一去兮不复返，一去兮不复返。
风萧萧兮洧水寒，士人一去兮不复返，一去兮不复返。
　　城垣并不失从前险固崔嵬，都城却已是日渐萧条寂寥。目蒙蒙，汗涔涔，潮打空城一声声拍打几多心酸寂寞，西天斜月一回回洒落几多中庭白霜，徘徊复徘徊啊，辗转更反侧啊，冷，彻骨凝冰，痛，五内俱焚。夜深沉，人不寐，城池犹在，保卫城池的人啊又到哪里去了？邻邦危境，守护邻邦的人啊又到哪里去了？
　　城垣纵然如昔往固若金汤，都城转眼间遍是草木萋萋。神无主，魂天外，鸟鸣枝头一声声惊啼几多无奈伶仃，苍穹白日一回回隐没几多平林暮霭，踟蹰又踟蹰啊，翻来再覆去啊，灼，遍体鳞伤，苦，心如刀割。日漫漫，人恍惚，城池尚在，保卫城池的人啊要到哪里去？邻邦危殆，守护邻邦的人啊要到哪里去？

风萧萧兮溱水寒，大夫一去兮不复返，一去兮不复返。

风萧萧兮洧水寒，士人一去兮不复返，一去兮不复返。

故土难离啊，捧起了一抔黄土啊热了眼眶。就是这一方热土，留下了先祖先宗宵衣旰食殚精竭虑的青史传名；就是这一方热土，新铭了热血忠良指点江山心忧邦国的壮怀激烈；就是这一方热土，文臣武将众志成城传续了一代代时和岁丰；就是这一方热土，大夫士人齐心协力捍御了一岁岁本固邦宁！而，是几时，日月失色黯淡无光，一朝之间愁尘满面，忍看，风暴欲来沙扬啊，百草摧折卷地啊。

故国难舍啊，捧起了一掬河水啊湿了眼眸。就是这一方河流，流淌着祖辈父辈安居乐业五谷丰登的幸福甜蜜；就是这一方河流，流传着丹心赤子快意驰骋建功立业的英雄故事；就是这一方河流，君王臣子同舟共济赓续了一辈辈政通人和；就是这一方河流，邻邦儿男万众一心保全了一年年盛世太平！而，是几时，湛湛青天诡谲突变，一夕之间忧鬓如霜，忍视，黑云压城欲摧啊，惊雷突起平地啊。

风萧萧兮溱水寒，大夫一去兮不复返，一去兮不复返。

风萧萧兮洧水寒，士人一去兮不复返，一去兮不复返。

素冠去国啊，那是谁人形容憔悴骨瘦如柴？这一别山高水长从此远离故国热土，这一别漂泊无定从此失了故园根脉，天地苍茫没有边际啊，怆然泣下不见前路啊，迈一步是他乡，留一步是祖国，风乍起，是什么被生生折断？风骤卷，是什么被连根拔起？生生折断，草木折断了枝干还会再萌新芽，人若折断了念想身心累累伤痕；连根拔起，草木拔起了再植还会吐绿复活，人若拔离了家国难言百孔千疮。心滴血，肝胆裂，何忍离去啊，何忍别国啊。

素冠去国啊，那是谁人呕心沥血鞠躬尽瘁？良药苦口啊，忠言逆耳啊，那一心只顾享乐的君王又怎能听得进去？贤臣遭逐啊，良将染血啊，那竭力支撑大厦的栋梁又怎能屡遭击打？国势弱小，大国见迫，嗟叹郐君啊不用大道，好洁其服啊逍遥宴游，如何来挽狂澜于即倒啊，如何方能自强于政治，长日思，长夜望，路漫漫其修远兮，谁可救国邦于危亡兮，尘满面，鬓蒙霜，向国，长哭，为什么滚烫的泪水流成了长河，因为对这郐邦土地爱得深沉。

风萧萧兮溱水寒，大夫一去兮不复返，一去兮不复返。

风萧萧兮洧水寒，士人一去兮不复返，一去兮不复返。

素衣去国啊，那是谁人步履沉重不舍蹒跚？天空飞鸟留恋出生的森林，碧渊鳞鱼思念成长的溪河，郐国子民啊，郐邦儿郎啊，如今，遭逐受迫去国别乡！郐国原野啊，沃土原本深深根植富民安邦梦想，如今，一步，一步，一步一步地踏别，一点，一点，一点一点地碎裂；郐邦溪河啊，水流原本久久滋养丰衣足食美满，如今，一行，一行，一行一行地泪落，一声，一声，一声一声地悲咽。想当初啊，想当初啊，若不是贪婪郑伯珍宝财赂，若不是惧畏大国威权势力，怎可以将大好城池，轻易地划割？怎会引狼入室，引颈而就戮？拍案，那是谁人见识深长犯言直谏？忿然，那是谁人身遭流放见迫离境？郐君啊，郐侯啊，唯见裘马轩车，长醉耽于安乐。

素衣去国啊，那是谁人筑土为坛长拜不起？巧语花言借去城池五座再不说归还，步步紧逼又是谁人通风报信充当内线？郐君啊，郐侯啊，异地歃血，他乡为盟，偏是那点点滴滴都能传入耳畔，偏是那枝枝节节都能描绘眼前，细思啊，深恐啊，郐国朝堂上谏言耿耿深谋远虑的文臣，如何会忽而与郑歃血？郐邦军营中夙兴夜寐戍边卫疆的武将，为何会突然与郑为盟？更可疑那歃血为盟本是秘事，为何郑伯大张旗鼓大肆宣扬？所谓歃血处斑驳留痕，是证据确凿还是别有用心？所谓结盟书地下掩埋，是真凭实信还是张机设阱？一张天罗，罗尽了郐国忠贞，一张

地网，网杀了邻邦栋梁，邻君啊，邻侯啊，不该盛怒之下啊，冤屈多少贤良啊，举目朝野，空荡荡。

风萧萧兮溱水寒，大夫一去兮不复返，一去兮不复返。

风萧萧兮洧水寒，士人一去兮不复返，一去兮不复返。

天地苍凉，长河波暗，那是谁人彳亍步履蹒跚？素衣素冠的你啊，孤独一身，去国怀乡，为坛长哭，谁能懂得那一种悲怆苍凉。

天地苍凉，长河扬波，又是谁人声声相应相和？我愿一同归去啊，我心伤悲，我心蕴结，赋歌长哭，与你同生共死如同一人啊。

一眼见到戴素冠的你啊，哀伤的人已憔悴枯瘦啊，忧心忡忡愁郁不安宁啊。

一眼见到穿素衣的你啊，我的心中已充满伤悲啊，愿与你一道离开一同归去啊。

一眼见到系素韠的你啊，我的心里已郁积难消啊，愿与你同生共死如同一人啊。

素衣素冠兮，愿与同归兮，风萧萧兮溱水寒，大夫一去兮不复返。

素衣素冠兮，愿与同归兮，风萧萧兮洧水寒，士人一去兮不复返。

却道苌楚好猗傩

***

桧风·隰有苌楚

隰有苌楚，猗傩其枝。夭之沃沃，乐子之无知！

隰有苌楚，猗傩其华。夭之沃沃，乐子之无家！

隰有苌楚，猗傩其实。夭之沃沃，乐子之无室！

人行高处，水聚隰泽，隰泽低洼之处，得以水气润泽，草木丛生，参差繁茂。思我邻邦地沃，传国年深月久，由来五谷丰登，向来树林葱茏，从来生民乐业，历来黎庶安居，万千邻人，世代传继，生生不息，绵绵不已，就像隰谷无边碧绿的苌楚啊，唯有深深植根邻邦厚土，方有枝繁叶茂，方有花昌果盛。

苌楚，亦名羊桃，又名猕猴桃，生性喜湿多生隰谷向阳背风之地，木质藤本雌雄异株。春来萌芽抽枝柔细，附着树木攀缘而生，高达二三丈，卵叶有毛大如手掌上绿下白；入夏花开雄先雌后，聚伞花序数朵团簇，五片花瓣玲珑剔透，乳白淡黄氤氲芬芳，也有艳色浅紫赤红；金秋送爽硕果累累，果实形似鸭卵鹅卵，细子繁多色黑如芥，果皮褐色果肉淡绿，生则极酸经霜始转甘甜，果实甘酸可口，常食健体强身，入药消渴解热，健胃通淋治烦。浅山近谷人众相伴采摘，深山僻谷多为猴群所

食，有人说正因猕猴喜食此果故而得名猕猴桃，也有人说是因果皮覆毛茸茸貌似猕猴而命名。这一方邻土啊，养育我邻族世世代代，望满隰苌楚啊，伴随我邻人岁岁年年。

几世几代，物候循环，当春风煦暖，仿佛一夜之间，吹绿了邻邦大地原野，被迟日光华，受丝雨德泽，苌楚嫩枝随风摇曳，青芽如珠清透澄澈，一年年，一岁岁，生机勃发，每一枝，每一叶，听啊，听啊，风中传送着一曲生命的春歌。

几世几代，四季轮转，当南风夜起，仿佛一夕之间，拔节了邻邦黍稷禾稼，承夏阳炎炎，蒙虹雨倾洒，苌楚蕊朵静静绽放，花瓣似玉晶莹光润，一年年，一岁岁，欣欣向荣，每一朵，每一蕊，听啊，听啊，风中传扬着一曲生命的夏歌。

几世几代，斗转星移，当西风凉爽，仿佛一日之间，芬芳了邻邦五谷瓜果，洒秋日金晖，秉霜天雨露，苌楚果实挂满长枝，暗香浮动沁人心脾，一年年，一岁岁，硕果累累，每一果，每一实，听啊，听啊，风中传布着一曲生命的秋歌。

隰泽，洼地，长满苌楚，一枝一叶，光亮润泽，一派繁茂，盎然兴盛景象。

心室，心房，填满忧伤，一呼一吸，摧折肝肠，一声长叹，人生不如草木。

一曲苌楚感恸天地，有人说啊，这是邻邦亡国之音；有人说啊，这是邻人感时忧事。古人已去，来者渺渺，怆然，泣下。

听啊，听啊，隰有苌楚，夭之沃沃，那是谁人啊，长歌如诉，诉不尽的国破山河在，诉不尽的城春草木深，血泪，悲伤。

低湿洼地生长苌楚，婀娜柔美枝条茂密。新枝繁盛光亮润泽，羡慕你无知无觉无忧愁！

低湿洼地生长苌楚，婀娜柔美花朵茂密。新蕊繁盛光亮润泽，羡慕你无家无口无拖累！

低湿洼地生长苌楚，婀娜柔美果实茂密。新果繁盛光亮润泽，羡慕你无家无室无忧患！

纷乱之世，家邦危殆，眼见那羔裘狐裘淆乱了朝堂礼仪纲常，眼见那素冠素衣泪尽了贤良去国怀乡，徒怀一腔忧国忧民之思，无奈何政赋繁重，世人何堪忍无涯苦楚？倒不如苌楚无知无觉无忧无虑，羡慕啊，羡慕啊，愿如苌楚无知无智，风过招展，雨过洗尘，春来了抽枝萌芽，想抽几枝就抽几枝，要萌几芽就萌几芽，何来辗转反侧，长夜熬煎？枝繁叶茂之际，又是一年，又是一岁，多自得！

遭逢乱浊，家邦危倾，都说那邻君贪婪珍宝财货无餍无足，都说那栋梁受屈冤谏言被逐碧血空洒，孑然一身惆怅徘徊悲切，无奈何穷困潦倒，世人何赡养父母妻子？倒不如苌楚没有家累无人要养，羡慕啊，羡慕啊，愿如苌楚无妻无子，风过招摇，雨过滋润，夏来了吐蕊开花，想吐几蕊就吐几蕊，要开几朵就开几朵，何来捶胸顿足，长日折磨？花开花谢之间，又是一年，又是一岁，多自由！

骤然离乱，家邦破亡，不忍那公族子姓骨肉分离号泣在残隅，不忍那生民黎庶扶老携幼挣扎在歧路，自顾不暇吞声暗哭至哀，无奈何游魂难归，世人何担承家室宗族？倒不如苌楚没有宗室无责要负，羡慕啊，羡慕啊，愿如苌楚无家无宗，风过飘摇，雨过湿浸，秋来了结果成实，想结几果就结几果，要成几实就成几实，何来泉涌盈眶，日夜不安？果生果熟之间，又是一年，又是一岁，多自在！

苌楚啊，苌楚啊，新枝新芽为谁青绿？新蕊新朵为谁芬芳？新果新实为谁甘甜？羡慕啊，羡慕啊，无知无累，无牵无挂。偏是人生有情，

任那浊泪沾臆，长叹一声，长叹一声，岂奈何。

隰泽，洼地，长满苌楚，一枝一叶，光亮润泽，一派繁茂，盎然兴盛景象。

心室，心房，充满欢喜，一呼一吸，洋溢欢乐，一曲长赋，人生殷殷情思。

一曲苌楚沉醉天地，有人说啊，这是邻邦民俗民风，有人说啊，这是邻人爱恋对歌，斯人如玉，今时在握，笑逐，颜开。

听啊，听啊，隰有苌楚，夭之沃沃，那是谁人啊，长歌情愫，歌不止的陌上人年少，歌不休的拟将同归去，青春，相逢。

低湿洼地生长苌楚，婀娜柔美枝条茂密。新枝繁盛光亮润泽，为你没有相知乐从心生！

低湿洼地生长苌楚，婀娜柔美花朵茂密。新蕊繁盛光亮润泽，为你没有成家乐从心生！

低湿洼地生长苌楚，婀娜柔美果实茂密。新果繁盛光亮润泽，为你没有家室乐从心生！

似水流年，不负春光。眼前那苌楚新枝啊细长柔美婀娜多姿，眼前那苌楚新叶啊青青丰茂光泽盈盈。春光融融女儿家初长成，一半隰泽中安祥，一半清风里飞扬，正好比是苌楚新枝新芽夭夭鲜润，欢喜啊，欢喜啊，心上的你还没有匹偶。一怀真心，一腔情浓，春来了欢欣作歌，向左一步沐浴阳光，向右一步绿荫成凉。在那苌楚深处，朝露清亮，谁将心声倾露，每一枝啊，每一叶啊，总关情！

风雨流光，不负长夏。皆言那苌楚新蕊啊芳香四溢动人肺腑，皆言那苌楚新朵啊清雅脱俗怡情养性。长夏漫漫女儿家有所念，一半是明媚鲜洁，一半是心花怒放，正好似苌楚新蕊新朵夭夭初绽，欢喜啊，欢喜啊，心上的你也没有成家。一怀挚意，一腔期盼，夏到了欢悦为歌，向前一步开启心扉，向后一步和羞回首。在那芣楚深处，朝露未晞，谁将心声倾吐，每一蕊啊，每一朵啊，总有情！

光阴如梭，不负秋声。爱恋那芣楚新果啊累累满枝触手可及，爱恋那芣楚新实啊新鲜饱满果香阵阵。秋声萧萧女儿家有所思，一半是风轻云淡，一半是意有所属，正好像是芣楚新果新实夭夭饱满，欢喜啊，欢喜啊，心上的你尚没有家室。一怀至诚，一腔热望，秋至了欢畅对歌，向你一步笑逐颜开，向我一步喜地欢天。在那芣楚深处，露白凝霜，谁将心声倾诉，每一果啊，每一实啊，总是情！

芣楚啊，芣楚啊，新枝新芽为谁青绿？新蕊新朵为谁芬芳？新果新实为谁甘甜？欢乐啊，欢乐啊，无匹无偶，无家无室。偏是人生有情，你我青春正好，长赋一曲，长赋一曲，来相和。

高天无言，一方厚土啊，生生不息，几多故事流传，世世代代，荡气回肠……

长风不语，一曲芣楚啊，枝繁叶茂，几度歌诗化人，年年岁岁，春华秋实……

大风起兮云飞扬

***

桧风·匪风

匪风发兮,匪车偈兮。顾瞻周道,中心怛兮。

匪风飘兮,匪车嘌兮。顾瞻周道,中心吊兮。

谁能亨鱼?溉之釜鬵。谁将西归?怀之好音。

  大风起兮云飞扬,南北西东,南北西东,不知道起始自何方,不知道又吹刮向何处。那风啊呼呼作响,那风啊呼呼作响,狂暴,猛烈,吹刮得啊日月惨淡,吹刮得啊天地昏暗,吹刮得啊草木摧折,吹刮得啊人心惶惶。

  枳句来巢,空穴来风。有人说啊风生于地,起于青蘋之末,缘循山野之畔,弄舞松柏之涛,徘徊桂椒之间,翱翔激水之上,徘徊在万户千家的庭院,吹拂人神清气爽得安宁,所至之地日丽天朗,所到之处安泰和畅。那风啊,吹拂着大河南北国泰民安,吹拂着青山西东盛世清平。

  世事变幻,风谲云诡。有人说啊风势殊异,或起穷巷之间,骤然挥土扬尘,四下回转盘旋,冲击孔穴罅隙,摇撼摧折草木,侵入那万户千家的门窗,吹刮人心烦意乱多愤懑,所至之地搅起污秽,所到之处翻动朽腐。那风啊,吹刮着大河南北遍野哀鸿,吹刮着山岩西东涂炭生灵。

云飞扬兮四苍茫,南北西东,南北西东,不知道起始自何地,不知道又奔驶向何乡。那车啊疾驰如飞,那车啊疾驰如飞,喧扰,隳突,车奔袭啊日月无光,车奔袭啊天地玄黄,车奔袭啊草木皆兵,车奔袭啊心怀忐忑。

那风啊,一直吹刮无止无休;那车啊,一路飞驰不停不息。那是谁人风中凌乱神情恍惚?那是谁人回首遥望通周大道?风云变幻啊可有所见?望眼欲穿啊可有所念?那风啊,恍惚是吹刮在天地间,恍惚又是吹刮在人心中;那车啊,恍惚是疾驰在大道上,恍惚又是疾驰在人心坎;南北西东,南北西东,四望苍茫啊,回首周道啊,那是谁人啊,心中充满了忧伤?

那风刮得呼呼响啊,那车疾驰飞一样啊。回首遥望通周大道,我心中充满忧伤啊。

大风起兮,云飞扬兮,那是谁人啊,心中充满了忧伤。

大风起兮云飞扬,春夏秋冬,春夏秋冬,不知道起始自何时,不知道又吹刮到何季。那风啊呼呼作响,那风啊呼呼作响,盘旋,回转,吹刮得啊春夏凄然,吹刮得啊秋冬寒彻,吹刮得啊万物寒蹙,吹刮得啊人心苦痛。

茕茕当风,花开旧年。有人说啊春夏风暖,东风之薰兮,杨柳鹅黄初着,陌上星星野芳,南风之时兮,待到花褪残红,夏木荫荫可人,万物之道,体恤煦育。温和熏风啊,本可纾解生民苦闷愠愁;应时南风啊,本可阜丰黎庶财物禾稼;而那风啊呼呼吹刮,不薰不时,不辨春夏。

伶仃孤影,雁群萧萧。有人说啊秋冬风劲,西风之凉兮,兼葭色变苍苍,草木摇落为霜,北风之凛兮,竹柏纷欲冻死,草堂雪深掩门,云外白日,寒光悠悠。凉爽西风啊,乍起天末怅寥廓意如何;凛冽北风

七一七

啊，利锋如剑忍冻饥愈苦辛；而那风啊呼呼吹刮，兼冷兼烈，不明秋冬。

云飞扬兮四苍茫，春夏秋冬，春夏秋冬，不知道起始自何日，不知道又奔驰向何址。那车啊疾驰如飞，那车啊疾驰如飞，飘摇，无度。车奔突啊春夏淆混，车奔突啊秋冬颠乱，车奔突啊渺然远隔，车奔突啊人生蹉跎。

那风啊，一场吹刮不止不休；那车啊，一途飞驰无停无息。那是谁人风中叹息断人肝肠？那是谁人回首怅望周道漫漫？风云诡谲啊可有所盼？望尘泪尽啊可有所冀？那风啊，叹息般吹刮在天地间，叹息般又吹刮在人心中；那车啊，叹息般疾驰在大道上，叹息般又疾驰在人心坎。春夏秋冬，春夏秋冬，四望迷蒙啊，回顾周道啊，那是谁人啊，心中充满了忧伤？

那风刮得起旋转啊，那车疾驰如闪电啊。回首遥望通周大道，我心中充满悲伤啊。

大风起兮，云飞扬兮，那是谁人啊，心中充满了忧伤。

谁能烹鱼？溉之釜鬵。治大国若烹小鲜啊，烹制鱼鲜啊如果多次翻动，小鱼就会破碎不堪，治理国家不可烦民，烦民则会民生惑乱，若有那贤明之人来辅佐周室，天下得清平，世人得安乐，我愿啊，我愿啊，追随左右！追随左右！谁人将要西行归去，那里有文武之道，那里曾强大昌盛，何时能复兴？何日能安邦？回首周道，何时啊，何日啊，能将平安消息传递报送？

谁能烹鱼？溉之釜鬵。内忧外困邻邦危亡，焉得贤人啊拯救生民水火，兵戈四起欲住无家，刀枪戮颈欲逃何往，民生多艰可又奈何，若有那贤能之人来救亡图存，邻邦得保全，邻人得安身，我愿啊，我愿啊，鞍前马后！鞍前马后！谁人将要西行归去，那里有昔往繁荣，那里曾万民归向，何时能复疆？何日能宁国？回首周道，何时啊，何日啊，方有平安消息传递报送？

谁能烹鱼？溉之釜鬵。烟火人家相守相亲，晨兴钓河川啊戴月荷网归，柴薪熊熊锅沸汤滚，阖家老小笑语连连，箪食豆羹津津香甜，若是那鱼鲜之获来丰盛肴馔，高堂得奉养，妇幼得甘味，我愿啊，我愿啊，家舍依旧！亲人安康！谁人将要西行归去，那里有乡音魂牵，那里有乡情梦萦，何时能归乡？何日能返家？回首周道，何时啊，何日啊，一言平安消息传递报送？

谁人善能烹制鱼鲜？我来洗涮大锅小锅。谁人将要西行归去？托付捎送安好消息。

大风起兮，云飞扬兮，那是谁人啊，心中充满了忧伤。

那风刮得呼呼响啊，那车疾驰飞一样啊。回首遥望通周大道，我心中充满忧伤啊。

那风刮得起旋转啊，那车疾驰如闪电啊。回首遥望通周大道，我心中充满悲伤啊。

谁人善能烹制鱼鲜？我来洗涮大锅小锅。谁人将要西行归去？托付捎送安好消息。

那是谁人啊，一曲匪风，长思周道，抑或是因国小政乱忧及祸难，抑或是为周道泯灭念之心伤，抑或是惋周室衰微贤人忧叹，抑或是哀王室陵迟郐人伤悼。那风吹刮啊，那车疾驰啊，回望大周道路迢遥啊，徘徊，击节，那人啊，那人啊，心中充满了忧伤。

那是谁人啊，一曲匪风，哀伤郐邦，抑或是因周室衰微王纲不振，抑或是为周辙东迁郐受郑迫，抑或是悲郐邦将亡人民离散，抑或是苦妻孥相吊转徙无常。那风吹刮啊，那车疾驰啊，回顾大周道路迢远啊，国

破，家散，那人啊，那人啊，心中充满了忧伤。

那是谁人啊，一曲匪风，客旅怀乡，抑或是当故园西望长路漫漫，抑或是由双袖龙钟双泪不干，抑或是在异地途路忽逢乡人，抑或是正拜托故人报信平安。那风吹刮啊，那车疾驰啊，回首大周道路迢迢啊，念亲，思乡，那人啊，那人啊，心中充满了忧伤。

大风起兮云飞扬，云飞扬兮四苍茫，那是谁人啊，心中充满了忧伤……

大风起兮云飞扬，中心怛兮谁人知，再回首，周道渺远，天际莽苍……

曹风

蜉蝣之羽,衣裳楚楚。心之忧矣,于我归处!

飘飘何所似　天地一蜉蝣

* * *

曹风·蜉蝣

蜉蝣之羽，衣裳楚楚。心之忧矣，于我归处！

蜉蝣之翼，采采衣服。心之忧矣，于我归息！

蜉蝣掘阅，麻衣如雪。心之忧矣，于我归说！

天下之中，河泽之野，土地膏腴，四季分明，这里是曹邦。

西接成周，东连齐鲁，北襟河济，南控江淮，这里是曹国。

世人说啊，当那商纣亡灭之时，武王举行入城仪式，周公旦把大钺，召公奭把小钺，一左一右保卫，叔振铎驾驭，师尚父牵牲，威仪凛凛出众。

世人说啊，当我武王分封天下，武王之弟曹叔振铎，灭商立有大功，周初首批封君，十二诸侯之一，为同宗之国，共鲁守东土，深受天子器重。

一回一回日升，一次一次月落，春秋代序无声，冬夏轮转无息。弹指，一年复一年；弹指，一代又一代。几度东风骀荡，眼见枝头桃花灿若云霞，转眼啊已是花谢花飞花满穹天；几度南风熏暖，眼见阡陌禾熟灼灼金黄，转眼啊已是荠麦青青重始一载。

一回一回冰融，一次一次河涨，夏秋听涛拍岸，冬春水落石出。展眼，一川复一川；展眼，一泽又一泽。几度秋雨连绵，眼见河泽丰盈锦麟跳波，转眼啊已是碧波东去远影孤帆；几度冬雪飘飞，眼见沃野冰原碎玉乱琼，转眼啊已是夏虫振翅翩跹起舞。

是哪一道河川啊，是哪一条溪流，是哪一方池塘啊，是哪一处隰泽，蜉蝣啊，蜉蝣啊，翩跹起舞，自在振翼，究竟是来自何方的澄澈水波？

是哪一年初生啊，是哪一岁暮落，是哪一季物候啊，是哪一日辰刻，蜉蝣啊，蜉蝣啊，寄身尘埃，附着草石，究竟是来自何时的转瞬流光？

看啊，看啊，那蜉蝣啊，鲜洁翩然，空中飞舞，何其自由！

看啊，看啊，那蜉蝣啊，结伴成群，朝生暮死，何其短暂！

是晨曦初露还是旭日东升？是骤雨初歇还是朝霞晴空？一只，百只，成千，上万，在池沼处，在河泽处，蜕去旧壳，蜉蝣从水中而来，一尘不染，新羽明丽。

是青春年少还是壮心未已？是意气风发还是烈士暮年？策马，御车，涉川，行泽，在碧波畔，在镜水侧，恍然顿悟，谁人从霞光而来，一双慧眼，长久凝望。

生命短促几何，慷慨各自努力。那柔蚕啊食桑而不饮，二十二日而化；那鸣蝉啊饮露而不食，三十日而蜕变；蜉蝣啊，蜉蝣啊，轻灵翩飞，不饮不食，日出而生，日落而殁。每一个身形细长的蜉蝣，每一个柔软纤弱的蜉蝣，一双透明羽翼折射辉光，一对丝状尾须流苏般飘逸，何以更生？何以向死？不见四季轮回，不见岁月荒芜，一日也即是一生。蜉蝣啊，蜉蝣啊，仿佛一朵一朵美丽云霓灿烂，仿佛一片一片轻盈花瓣随风，宛然上衣下裳，无端楚楚动人。

借问一日蜉蝣，宁知千年龟鹤，千载时光能否以极其游啊？朝生暮死可否以尽其乐啊？密密匝匝，铺天盖地，数以千计，数以万计的微小蜉蝣，在霞光照耀的天空飞行，在雾气氤氲的水面飞行，如斯热烈地飞向高空，如斯热烈地飞向太阳，用一日燃烧一生，用一生点亮一日，不尽壮阔，不尽震撼。顺着一缕最温柔的阳光，细看眼前最切近的一只，短短触角，漆黑眼眸，舒展在清润空气中的翼翅，轻轻颤动温文优雅的长尾，宛然衣服齐整，无由采采可人。

育微微之弱质，羌采采而自修。为了这短促而华丽的一日，为了这闪亮而欢乐的一日，蜉蝣啊，蜉蝣啊，要在水底砂石间潜藏三年，与黑暗为伍，与清寒为伴，微卵附着水底，一年之间稚虫几十回蜕皮，成熟稚虫生出翅芽，匍匐静水潜掘泥砾，待水边草石中羽化为亚成虫，体色黯淡翅不透明，再历一日蜕变而为成虫，口器退化不再进食，飞舞繁衍延续生命，抑或潜伏蜕变是蜉蝣往世前生，而从水中一跃飞起才是今世今生，宛然麻衣合仪，无瑕如雪莹白。

人世转瞬数十载，浮生匆匆不满百。跌跌撞撞，有几多年少跌倒在青春的旅途上啊；鲜衣怒马，有几多盛年醉生梦死地沉浮在欲望的深渊里啊；步履蹒跚，有几多暮年浑浑噩噩地迷失在歧路的悬崖上啊。在永恒的天地间，人生也不过是一日蜉蝣而已吗？蜉蝣啊，蜉蝣啊，那么纯洁美好的生命啊，究竟是来自何方？又将要归向何处？

生如夏花之灿烂，死如落叶之静美。倏忽而来，匆促消逝，一日流光稍纵即逝，于人而言啊微不足道，而于蜉蝣啊却是一生。人生苦短，岁月始长，那是谁人在川泽之岸凝望蜉蝣？是否有谁在时光彼岸注目世人？天地玄黄，宇宙洪荒，几度几番沧海桑田，或许只是弹指一挥，观生而望死，力所不能及，六合浩瀚无边无际，百年一日何异何别？

一日何长，一日何短，是谁一日欢天喜地？是谁一日忧从中来？无

垠洪流中的水花一滴，时光洪流中的转眼一瞬。蜉蝣啊，蜉蝣啊，且由新生，且由轻舞，逍遥飞翔，直到暮色苍茫，直到纷落水波，刹那芳华，极尽绚丽，一日舞低苍穹，一日惊艳宿命。谁人长吟，谁人泪横？一字一顿，响遏行云，为名为利啊举世熙攘，孑然飘零啊何人踟蹰？

初生蜉蝣的新羽翅，上衣下裳光泽鲜明。我心中充满忧伤啊，你我一样归依之处！

初生蜉蝣的新翼翅，华美绚丽一身衣服。我心中充满忧伤啊，你我一样归息之所！

初生蜉蝣改换容颜，似着麻衣莹白如雪。我心中充满忧伤啊，你我一样归宿之地！

长河波回，声声远播。蜉蝣啊，蜉蝣啊，你我一样归依之处！荡气回肠啊，如泣如诉啊，那是谁人啊，诉也诉不尽的忧伤。

大地坦荡，声声相和。蜉蝣啊，蜉蝣啊，你我一样归息之所！余音萦绕啊，如歌如诉啊，那是谁人啊，诉也诉不尽的忧伤。

日月有情，声声回应。蜉蝣啊，蜉蝣啊，你我一样归宿之地！扣人心弦啊，如怨如诉啊，那是谁人啊，诉也诉不尽的忧伤。

问询啊，问询啊，为什么这样忧伤啊？你，为什么这样忧伤……

飘飘何所似，天地一蜉蝣。

赤芾皇皇叹南山

* * *

曹风·候人

彼候人兮，何戈与祋。彼其之子，三百赤芾。

维鹈在梁，不濡其翼。彼其之子，不称其服。

维鹈在梁，不濡其咮。彼其之子，不遂其媾。

荟兮蔚兮，南山朝隮。婉兮娈兮，季女斯饥。

  从天子之庭到诸侯朝堂，大周贵族官禄设置等级，君一位，卿一位，大夫一位，上士一位，中士一位，下士一位，凡共六等。天子设职候人，上士六人，下士十二人，属下士卒一百二十人，道路之上迎送宾客，诸侯依例设职，候人阶等为士。那曹国候人啊，徒众士卒，或持戈，或荷祋，为宾引导，以节逆之，一年年行色匆匆，一岁岁风尘仆仆。

  谁执戈祋？谁为社稷？横刃长戈，可勾割可啄刺，竹木长祋，可撞击可前导，那候人啊，一日一日，荷举戈祋。

  大周邦国，曹为诸侯，诸侯之制，大夫五人。国君俸禄十倍于卿，卿的俸禄三倍大夫，大夫俸禄一倍上士，上士俸禄一倍中士，中士俸禄一倍下士，下士俸禄为百亩土地的耕种收入。一位大夫，邦国需要发放

八百亩耕地的收成作为俸禄，那三百大夫啊，赤芾皇皇济济满朝，需要多少土地供养？列国大夫，受命天子始服赤芾，曹邦何以三百大夫？

谁着赤芾？谁居高位？蔽膝革制，皇皇赤芾乘轩，庙堂之高，赫赫显要尊贵，那大夫啊，礼服冠冕，三百之多。

仰望我曹邦高天啊，天高云淡，曾经，那黄河东去，曾经，那济水滔滔，一方生民纯朴，年年耕耘，育禾黍茁壮，获五谷丰登，亘古而至今。

慷慨我曹国厚土啊，沃土膏腴，从前，那川泽纵横，从前，那碧水悠悠，代代百姓勤恳，岁岁渔猎，捕鱼鲜鼎味，网虾蟹肥美，春夏又秋冬。

看啊，看啊，几多鱼梁架设水滨，寻常斜横水流中心。向来啊，谁人搬来土石筑堰横截水流，谁人抬来木桩柴枝编篱成栅，建堤留设水门，布设竹笱竹架，只待鱼贯而入，此刻啊，拦滞游鱼许多，三五跃上竹架，挥一挥长钩啊，鲜鱼唾手可得，无非是依顺水流占据地利。

惑啊，惑啊，为何鹈鹕停落鱼梁，轻而易举吞食跃鱼？原本啊，鹈鹕体长大翼长嘴擅长游泳，性喜群居沉水取鱼竭水取鱼，或从空中俯冲，或在水面排列，驱鱼群向浅岸，而今啊，占据鱼梁之利，不见潜游劳作，张一张大嘴啊，鲜鱼尽入囊腹，就连那翅翼也都不曾濡湿。

叹啊，叹啊，那些大夫身着冕服，围绕君王挤满朝堂，眼见啊，三百赤芾居上位享高官厚禄，下层贤人君子再难接近进言，谁人德薄才疏，谁人徒有其表，志得意满在朝，自然啊，庸俗居于高位，高才枉沉下僚，诉一诉心曲啊，无餍鱼肉生民，空叹息小人嚣张贤人落魄。

鹈鹕啊，鹈鹕啊，高高在上占据鱼梁，恣意享用肥美鱼鲜，有谁知道啊，有谁知道啊，那些两手空空的苍生又是流离何处？鹈鹕占据着鱼梁啊，谁人又占据着朝堂啊？欺下瞒上，结党营私，将我曹邦子民做一场饕餮盛宴！忍听啊，忍听啊，忍听那大河扬波，谁人作长歌。

鹈鹕啊，鹈鹕啊，成群结队落满鱼梁，不劳而获得意扬扬，有谁问询啊，有谁问询啊，那些饥肠辘辘的百姓又是飘零何方？鹈鹕落满了鱼梁啊，谁人又坐满了朝堂啊？不谋其政，扬威耀武，将我曹邦清平搅一番瘴气乌烟！忍视啊，忍视啊，忍视那济水呜咽，谁人暗吞声。

君不见啊，君不见啊，不见那些朝廷上的达官新贵啊，赤芾皇皇，轩车浩荡，泱泱遮天蔽日，堵塞了朝堂通道。那些大夫们啊，三百之多啊，三百之多啊。

君不见啊，君不见啊，不见那些朝廷上的达官新贵啊，冕服堂堂，威风凛凛，奈何德之不建，无非是素餐窃禄。那些大夫们啊，不称其服啊，不称其服啊。

君不见啊，君不见啊，不见那些朝廷上的达官新贵啊，宠爱加身，飞黄腾达，怅然德不配位，罔顾了邦国安危。那些大夫们啊，不配恩宠啊，不配恩宠啊。

四顾，一望无际，曾经是无边沃野，曾经是阡陌相连，一年一年禾谷飘香，场圃间，话桑麻，记犹新，记犹新，昔日一派，一派家国安泰民生富足！长揖啊，长揖啊，巍巍耸立的南山啊，祈愿保我曹邦，保我曹邦如昔昌盛。

极目，一马平川，从前是无垠旷原，从前是隰泽盈波，一岁一岁虾满蟹肥，撑长篙，鱼满舱，如何忘，如何忘，旧日一派，一派家国祥和民生喜乐！长拜啊，长拜啊，巍然峭拔的南山啊，祈祷佑我曹邦，佑我曹邦如旧繁荣。

忽而兴起啊，忽而止息啊，那云雾蒸腾弥漫啊，荟蔚朝云，升起南山，迷人眼目啊，晨朝云雾终是散淡，不足降水滋润大地。那田垄萎枯的稻菽啊，何时才能盼得来喜雨普洒？那辗转流离的苍生啊，何时才能

盼得重现安泰昌盛？

忽而弥合啊，忽而离散啊，那霞彩幻化聚涌啊，荟蔚朝霞，辉映南山，炫人眼眸啊，晨朝云霞终是轻浅，不足凝露润泽万物。那原野焦枯的五谷啊，何时才能盼得来甘霖天降？那无依飘零的百姓啊，何时才能盼得再现祥和繁荣？

三百赤芾，蔚为壮观，奈何济济满盈朝堂啊，可能否辅国佐君礼仪教化，可能否率民向善安国定邦？只看那南山云雾徒然漫溢，四顾啊，四顾啊，不见雨露，不见雨露滋养曹邦啊，生民深渴盼啊，听啊，听啊，谁人暗吞声。

三百赤芾，绵延不绝，奈何受宠轻授官爵啊，可能否邦国为重明辨贤佞，可能否依礼依规选拔德能？只见那南山霞虹莫测变化，极目啊，极目啊，不见雨水，不见雨水哺养曹邦啊，百姓久冀望啊，听啊，听啊，谁人作长歌。

那候人迎送宾客啊，道路之上荷举戈祋。那些朝廷达官新贵，三百大夫身穿赤芾。

鹈鹕停留在鱼梁上，不曾濡湿它的翅翼。那些朝廷达官新贵，不堪相称大夫冕服。

鹈鹕落站在鱼梁上，不曾濡湿它的长喙。那些朝廷达官新贵，不配得到那样恩宠。

缭绕蒸腾弥漫天空，南山上面升起朝云。徒温婉啊空美好啊，小女儿啊挨饿忍饥。

叹南山啊，今朝究竟是何年何岁？如斯痛彻心扉啊，有谁知道啊，那风尘仆仆的候人啊，家中，乖巧的小女儿，温婉的小女儿，在挨饿啊，在忍饥啊。

叹南山啊，今朝究竟是何日何时？如斯五内俱焚啊，有谁知道啊，那荷举戈殳的候人啊,心中,忧虑曹国庙堂,煎熬曹邦子民,在歌哭啊,在吞声啊。

风,已四起。

雨,可会来?

还歌鸤鸠颂君子

***

曹风·鸤鸠

鸤鸠在桑，其子七兮。淑人君子，其仪一兮。其仪一兮，心如结兮。

鸤鸠在桑，其子在梅。淑人君子，其带伊丝。其带伊丝，其弁伊骐。

鸤鸠在桑，其子在棘。淑人君子，其仪不忒。其仪不忒，正是四国。

鸤鸠在桑，其子在榛。淑人君子，正是国人。正是国人，胡不万年。

是哪一缕煦暖的阳光啊，唤醒了柔桑嫩芽青青，带来了春之消息。
是哪一夕温润的丝雨啊，染绿了广袤大地川野，昭示了春之生机。
盼望了那么久的春风啊，从东方来了，和着煦暖的阳光，和着温润的丝雨，和着声声的鸟啼，终于，从东方来了，那盼望了那么久的春风啊。

春风轻拂，万物生发。看啊，看啊，不知那鸤鸠何时筑巢在桑树之上啊，那嫩叶柔枝间，探出了雏鸟毛茸茸的脑袋，转动着黑漆漆的眼珠；听啊，听啊，还有，一声一声，一声一声，怯生生的啁啾新音，此起又彼伏。

人说那是鸤鸠巢生七子，七子依次排列有序，晨朝喂食从上而下，晚暮喂食从下而上，子子有食，子子得养，始终均衡，平均如一。也有人说鸤鸠即是布谷，体形细长暗灰颜色，腹部布满暗色横斑，春日播种啼唱连声，布谷布谷，布谷布谷，处处劝耕，莫误时光；也有人说鸤鸠应是戴胜，头顶羽冠扇形长阔，棕红颜色黑白横斑，鸣声扑扑粗壮低沉，雌鸟孵育，尾腺味异，以尸为名，概缘于此。到底是布谷还是戴胜，百口早已难辩，却是四乡桑林摇曳处，鸤鸠美名相传。

击节啊，赞叹啊，指歌鸤鸠啊，对待诸子不偏不倚，喂养幼雏平均如一！

鸤鸠啊，鸤鸠啊，用心平均如一的鸤鸠啊，油然想起他啊，那一位贤明的淑人啊，油然想起他啊，那一位高尚的君子啊，贤德善良，公道正直。

作长歌啊，赋深情啊，那一位贤明的淑人啊，那一位高尚的君子啊，他秉持天理执仪循礼，他坚守公义法度标准，他用心平均始终如一，自然是由内而外精神焕发，自然是器宇不凡意气风发，自然是仪态容止端庄威严，一言一行啊宣示着美好品德，一举一动啊公布着仪礼规则，如何不令人敬仰，如何不令人神往，如何不令人折腰！他的仪容端庄始终如一，他持正公允始终如一，那一位贤明的淑人啊，那一位高尚的君子啊，一怀操守啊坚定不移，一片丹心啊安如磐石！

颂长歌啊，抒深情啊，那一位贤明的淑人啊，那一位高尚的君子

啊，他修养外貌远离凶暴傲慢，他端正容颜追求真诚信义，他表达言辞语气远弃粗鄙乖戾，自然是威仪凛凛仪表堂堂，自然是文质彬彬英姿勃勃，自然是风度翩翩，一衣一带啊庄重整饬，一履一冠啊肃穆威严，如何不令人赞叹，如何不令人称扬，如何不令人美誉！他深衣腰束缙绅大带，他皮弁礼冠颜色青黑，那一位贤明的淑人啊，那一位高尚的君子啊，大带高贵啊素丝镶边，弁冠华美啊镶宝嵌玉！

阳光煦暖啊，照耀了无垠大地万物。鸤鸠啊，鸤鸠啊，一枝一草筑巢，夜以继日孵化，不辞辛劳，七只雏鸟破壳而出啊。丝雨温润啊，滋养了无尽禾谷鱼虫。鸤鸠啊，鸤鸠啊，一实一豸啄取，从早到晚喂养，不偏不倚，七只雏鸟康健成长啊。轻风吹拂啊，葳蕤了无边森林树木。鸤鸠啊，鸤鸠啊，依序平均如一，哺育七子长大，展翅舒翼，七只雏鸟纷飞各处啊。

鸤鸠之德啊，均而不怠，淑人君子啊，内心专一。一个人啊倘若言行如一，处事取义，他的内心一定坚定稳固，眼见他仪容端庄，眼见他衣冠得体，那一位贤明的淑人啊，那一位高尚的君子啊，内心为恪守真理而坚定，如同事物凝结而不溃散。从修身治国，到平定天下，赞叹他啊，言行一致公正不阿，善待百姓尽心竭力！歌咏他啊，法则匡正四方治国，坚持公义不会偏差！那一位淑人君子啊，成为各国榜样楷模。

是谁人说啊，那一位淑人贤君啊，是为周公姬旦，丹心辅王，至德感人，普天之下，代代感念。

是谁人说啊，那一位淑人君子啊，是我曹君振铎，开国贤君，宽博纯厚，率土之滨，人人称誉。

是谁人说啊，那一位淑人君子啊，原是美好想象，用心不壹，曹邦不振，思古刺今，渴盼贤明。

众说纷纭之间，同为唱颂贤德，那一位贤明的淑人啊，那一位高尚的君子啊，雄姿英发，德才兼备，善养国人，正道直行，四方生民啊，不离不散追随着他，举国百姓啊，忠心耿耿拥护着他。欢乐啊，喜悦啊，贤明君主，圣明之治，说不尽的丰功伟德啊，诉不完的衷心爱戴啊！鸤鸠在桑，林木翁郁，那一位贤明的淑人啊，那一位高尚的君子啊，怎能不祝他万寿无疆啊，怎能不祝他万寿无疆啊。

阳光煦暖，丝雨春风，带来了春之消息，繁衍了春日生机，那是何处啊，作起了长歌，又是何人啊，深情来相和。

鸤鸠筑巢在桑树上，七只雏鸟均哺育啊。贤明善良高尚君子，仪容端庄始终如一。仪容端庄始终如一，内心操守坚定不移。

鸤鸠筑巢在桑树上，雏鸟飞去在梅树上。贤明善良高尚君子，腰间大带素丝镶边。腰间大带素丝镶边，头上皮弁青黑颜色。

鸤鸠筑巢在桑树上，雏鸟飞去在棘树上。贤明善良高尚君子，仪容端庄没有差错。仪容端庄没有差错，四方国家榜样楷模。

鸤鸠筑巢在桑树上，雏鸟飞去在榛树上。贤明善良高尚君子，全体国人榜样楷模。全体国人榜样楷模，怎不祝他万寿无疆。

看啊，看啊，有那鸤鸠雏鸟，飞上了梅树枝头，且待梅花报春啊洁白粉红，且待梅实累累啊甘酸芬芳，遥指啊，又一双比翼偕飞。

看啊，看啊，有那鸤鸠雏鸟，飞上了棘树树丛，且待棘树繁华啊馥郁甜甘，且待酸枣低垂啊红焰如火，听取啊，又一巢七子啁啾。

看啊，看啊，有那鸤鸠雏鸟，飞上了榛树梢上，且待榛树芽苞啊绽翠吐绿，且待榛果饱满啊淡淡鲜香，凝神啊，又一代雏鸟试翔。

忾叹声声念周京

曹风·下泉

洌彼下泉,浸彼苞稂。忾我寤叹,念彼周京。

洌彼下泉,浸彼苞萧。忾我寤叹,念彼京周。

洌彼下泉,浸彼苞蓍。忾我寤叹,念彼京师。

芃芃黍苗,阴雨膏之。四国有王,郇伯劳之。

  那是在哪一处田陌啊,又是在哪一处野外?浑浑噩噩,天旋地转,只知道啊,那里有泉,寒泉,从地下涌出来。
  那是在哪一个春暮啊,又是在哪一个夏初?昏昏沉沉,头晕脑胀,只知道啊,那里有草,丛草,瑟瑟在寒泉中。
  那是在哪一个晨朝啊,又是在哪一个日暮?恍恍惚惚,耳鸣目眩,只知道啊,那里有我,独我,望苍穹长忾叹。
  冷冽寒泉,汩汩涌出,几多时不见那五谷根苗,几多时不见那嘉禾茎叶。汩汩寒泉啊,汩汩寒泉啊,浸泡着丛草,浸泡着丛草。
  那冷冽寒泉啊,浸泡着丛生稂草。有人说稂是童粱,冷水浸泡而病弱,不能结实;有人说稂是禾草,只能抽生出长穗,不能饱实;有人说稂是杂草，狼尾草或狗尾草，形似谷子。恍惚间啊，恍惚间啊，那三百赤芾大夫冠冕，络绎不绝啊占满了朝堂，觥筹交错，通宵达旦。何忍望啊，何忍望啊，冷冽寒泉，汩汩涌出，那丛生稂草啊，浸泡其中，水益深啊，水益深啊。

那冷冽寒泉啊，浸泡着丛生萧草。有人说萧是艾萧，门悬艾草可避邪，驱赶蚊虫；有人说萧是蒿草，挥发出浓烈气味，多年草本；有人说萧是艾蒿，生性怕湿而萎烂，且滋虫害。恍惚间啊，恍惚间啊，那强邦虎视忧患纷起，酒绿灯红啊一日复一日，唯闻弦歌，不见持戈。何忍视啊，何忍视啊，冷冽寒泉，汩汩涌出，那丛生萧草啊，浸泡其中，水益深啊，水益深啊。

那冷冽寒泉啊，浸泡着丛生蓍草。有人说蓍可通灵，生于宗庙神圣地，用于占卜；有人说蓍草蒿属，生达百岁茎有棱，全草入药；有人说蓍是菊科，头状花序红白色，积水易腐。恍惚间啊，恍惚间啊，那生民忍饥百姓受馁，青黄不接啊一岁又一年，扶老携幼，哀鸿遍野。何忍顾啊，何忍顾啊，冷冽寒泉，汩汩涌出，那丛生蓍草啊，浸泡其中，水益深啊，水益深啊。

冷冽寒泉，汩汩而出，几多时寒杀了五谷根苗，几多时病朽了嘉禾茎叶。汩汩寒泉啊，汩汩寒泉啊，曹民何存生？曹国何固本？

那是在哪一处田陌啊，又是在哪一处野外？浑浑噩噩，天旋地转，只知道啊，那里有周，大周，礼乐教化天下。

那是在哪一个春暮啊，又是在哪一个夏初？昏昏沉沉，头晕脑胀，只知道啊，那里有都，京都，天下诸侯宗周。

那是在哪一个晨朝啊，又是在哪一个日暮？恍恍惚惚，耳鸣目眩，只知道啊，那里有我，独我，望苍穹长忾叹。

长风呜咽，日薄西山，几多时不见那贤君治世，几多时不见那国泰民安。猎猎长风啊，猎猎长风啊，吹刮着曹土，吹刮着曹土。

那忾叹声声啊，怀念着大周京都。有人说文王仁政，建卿士为首官制，积聚贤才；有人说武王克商，建立诸侯以藩屏，巩固统治；有人说成康之治，以德治国广分封，拱卫王室。隐约间啊，隐约间啊，那沣水之畔王都巍巍，圣王明君啊平定安天下，匡定秩序，四方来朝。长忆念啊，长忆念啊，忾叹声声，大梦随风，那大周京都啊，遥不可及，风愈狂啊，风愈狂啊。

那忾叹声声啊，怀念着大周京城。有人说京城宏大，依川傍原方九里，城高池深；有人说京城规整，左祖右社置后市，王宫居中；有人说京城繁华，九经九纬涂九轨，车水马龙。隐约间啊，隐约间啊，那盛世清平庙堂巍然，政令颁布啊治理施教化，井田授民，率土安乐。长忆念啊，长忆念啊，忾叹声声，大梦随风，那大周京城啊，遥不可及，风愈狂啊，风愈狂啊。

那忾叹声声啊，怀念着大周京师。有人说周礼典章，各项礼乐分等级，违礼严惩；有人说宗法分封，卿大夫嫡长承爵，拱卫天子；有人说王师庞大，周王指挥多亲征，诸侯听命。隐约间啊，隐约间啊，那京师军旅守疆卫土，宿卫宗周啊设制西六师，震慑东方，成周八师。长忆念啊，长忆念啊，忾叹声声，大梦随风，那大周京师啊，遥不可及，风愈狂啊，风愈狂啊。

长风呜咽，日薄西山，几多时消散了贤君治世，几多时失却了国泰民安。猎猎长风啊，猎猎长风啊，曹民何存生？曹国何固本？

那是在哪一处田陌啊，又是在哪一处野外？浑浑噩噩，天旋地转，只知道啊，那里有苗，黍苗，茂盛茁壮生长。

那是在哪一个春暮啊，又是在哪一个夏初？昏昏沉沉，头晕脑胀，只知道啊，那里有雨，雨泽，天色阴降甘霖。

那是在哪一个晨朝啊，又是在哪一个日暮？恍恍惚惚，耳鸣目眩，只知道啊，那里有我，独我，望苍穹长忾叹。

一梦啊梦回大周京都，无垠田亩黍苗青青，苍穹洒落丝雨润泽，万物万类生机勃发。黍苗盼雨露啊，得以滋养根深叶茂，若要那黍苗秋来丰收满仓啊，祈望上苍啊风调雨顺，长报吉昌。大梦啊梦醒忾叹，忾叹声声，满目萧索啊，不见那黍苗青青茂盛，不见那雨露哺育嘉禾，唯见冷冽寒泉，浸泡丛草。但愿长梦啊不愿醒，忾叹声声，怀念大周，那沣水之畔王都巍巍。

一梦啊梦回大周京城，建章立制天下归心，秩序严明海晏河清，芸芸子民歌舞升平。生民望圣王啊，得以生息丰衣足食，若要那生民代代乐业安居啊，祈望君王啊修文偃武，仁爱贤明。大梦啊梦醒忾叹，忾叹声声，满目荒凉啊，不见那朝堂殚精竭虑，不见那贤士选拔任用，唯见赤苇三百，堵塞曹邦。但愿长梦啊不复醒，忾叹声声，怀念大周，那盛世清平庙堂巍然。

一梦啊梦回大周京师，分茅裂土邦国林立，内忧外患王室陵夷，诸侯相争曹土困敝。患难思贤良啊，兵连祸结国步艰难，若要那邦国安然社稷无恙啊，祈望贤良啊忧国恤民，匡扶正义。大梦啊梦醒忾叹，忾叹声声，满目疮痍啊，不见那贤士得以任用，不见那良将得驰疆场，唯见外侮日迫，兵戈日近。但愿长梦啊不复醒，忾叹声声，怀念大周，那京师军旅守疆卫土。

黍禾离离，天雨膏沃，几多时遗忘了王道礼制，几多时迷离了灯红酒绿。茫茫一梦啊，茫茫一梦啊，曹民何存生？曹国何固本？

那是在哪一处田陌啊,又是在哪一处野外?浑浑噩噩,天旋地转,不知道啊,何方有王,圣王,执政四海承平。

那是在哪一个春暮啊,又是在哪一个夏初?昏昏沉沉,头晕脑胀,不知道啊,何处有伯,郇伯,治理劳苦功高。

那是在哪一个晨朝啊,又是在哪一个日暮?恍恍惚惚,耳鸣目眩,不知道啊,何地有我,独我,望苍穹长忾叹。

忾叹声声,怀念大周。那时节啊,圣明君王执掌大局,州伯郇侯贤德辅佐朝政,奔波劳碌领袖督导;多么怀念啊,深刻在骨啊,那大周圣王啊,躬行正道披肝沥胆,震慑统领大小邦国,其谁胆敢恣意妄为?其谁胆敢涂炭生灵?

忾叹声声,怀念大周。那时节啊,四方诸侯遵礼依制,按时朝见天子述职领命,天下秩序运行有常。多么怀念啊,铭印于心啊,那大周郇伯啊,辛苦王事尽心竭力,亲自慰劳四方诸侯,其谁胆敢暴虐无道?其谁胆敢恃强凌弱?

寒冷啊那地下涌泉,浸泡啊那丛生粮草。忾叹啊我梦醒长叹,怀念啊那大周京都。

寒冷啊那地下涌泉,浸泡啊那丛生萧草。忾叹啊我梦醒长叹,怀念啊那大周京城。

寒冷啊那地下涌泉,浸泡啊那丛生蓍草。忾叹啊我梦醒长叹,怀念啊那大周京师。

茂盛茁壮青青黍苗,天阴下雨滋养润泽。四方邦国朝见天子,郇伯亲自慰劳他们。

忾叹声声啊,声声自肺腑。长叹息啊,叹息邦土衰微日渐危殆,那冷冽寒泉啊浸泡丛草。思大周啊,思圣王啊,那匡正天下的圣王啊,那匡正天下的圣王啊,在何方啊?

忾叹声声啊，声声无断绝。长叹息啊，叹息家国困苦民不聊生，那田野黍苗啊渴求雨露。思大周啊，思郇伯啊，那秉持公道的贤伯啊，那秉持公道的贤伯啊，在何处啊？

忾叹声声，忾叹声声，叹一曲下泉啊，那是谁人啊，怆然泣下，四顾苍茫。

夜，何深沉……

盼，天光明……

豳风

七月流火,九月授衣。一之日觱发,二之日栗烈。无衣无褐,何以卒岁?三之日于耜,四之日举趾。同我妇子,馌彼南亩。田畯至喜。

七月流火岁岁歌
豳风·七月

七月流火，九月授衣。一之日觱发，二之日栗烈。无衣无褐，何以卒岁？三之日于耜，四之日举趾。同我妇子，馌彼南亩。田畯至喜。

七月流火，九月授衣。春日载阳，有鸣仓庚。女执懿筐，遵彼微行，爰求柔桑。春日迟迟，采蘩祁祁。女心伤悲，殆及公子同归。

七月流火，八月萑苇。蚕月条桑，取彼斧斨。以伐远扬，猗彼女桑。七月鸣鵙，八月载绩。载玄载黄，我朱孔阳，为公子裳。

四月秀葽，五月鸣蜩。八月其获，十月陨萚。一之日于貉，取彼狐狸，为公子裘。二之日其同，载缵武功。言私其豵，献豜于公。

五月斯螽动股，六月莎鸡振羽。七月在野，八月在宇，九月在户，十月蟋蟀入我床下。穹室熏鼠，塞向墐户，嗟我妇子，曰为改岁，入此室处。

六月食郁及薁，七月亨葵及菽。八月剥枣，十月获稻。为此春酒，以介眉寿。七月食瓜，八月断壶，九月叔苴。采荼薪樗，食我农夫。

九月筑场圃，十月纳禾稼。黍稷重穋，禾麻菽麦。嗟我农夫，我稼既同，上入执宫功。昼尔于茅，宵尔索绹。亟其乘屋，其始播百谷。

二之日凿冰冲冲，三之日纳于凌阴，四之日其蚤，献羔祭韭。九月肃霜，十月涤场。朋酒斯飨，曰杀羔羊。跻彼公堂，称彼兕觥，万寿无疆！

那一岁，一样的晴空高远，一样的大地广袤，一样的笑脸淳朴。
那一岁，一样的日月星辰，一样的冬夏春秋，一样的劳作辛勤。
那一段岁月啊，仿佛已是久远不可及，却又正是切近在眼前，追随周人先祖脚步，跋涉时光漫漫河流，溯回，溯回，后稷封邰，公刘处豳，太王徙岐，文王作酆，武王治镐。
那一段岁月啊，仿佛已是蒙尘渐湮灭，却又正是丹心照汗青，颂歌豳地农桑衣食，挥汗田亩阡陌纵横，躬耕，躬耕，乐天安命，致力稼穑，务求本业，风霜艰难，王业所始。

七月是夏历的七月，农耕历法由来时令至重，寒暑之候是谁仰观天象。指看啊，指看啊，那东方青龙七宿中最亮的一颗，心宿二，大火星，不在南天正中了，开始降移偏西了，七月流火，孟秋至，天转凉。

九月是季秋的九月，季秋一过便是寒冷冬天，需要准备冬衣抵御严寒。叮咛啊，叮咛啊，且要趁天气暖和时候抓紧生产，治五谷，理丝麻，交给妇女制衣了，公家集体分发了，九月授衣，冬将至，衣暖身。

一之日啊，二之日啊，是周人的历法，是一年的开始。一之日是夏历的十一月，那阵阵北风猛烈呼啸，冷彻肌肤；二之日是苦寒的十二月，那千里冰封万里雪飘，凛冽刺骨；如果没有厚实保暖的冬衣，如果没有粗布御寒的短衣，不劳不作啊，无储无备啊，怎么能够忍熬度过那冬日困苦！

三之日啊，四之日啊，是周人的文化，是一年的开春。三之日是孟春的正月，曲柄农具耜啊尖头扁状，修理磨好；四之日是仲春的二月，下田翻地脚踩耜头耕犁，播下希望；自然会偕同我的老婆孩子，自然会饭食送到南亩地头，籍田礼祭啊，献祀农神啊，祈望丰收田官欢喜分食给大家！

七月流火，孟秋至，天转凉，星辰天象关系生存智慧，娓娓道来是谁侧耳聆听。铭记啊，铭记啊，大火星，心宿二，那东方青龙七宿中最亮的一颗，不在南天正中了，开始降移偏西了，就要开始秋收繁忙。

九月授衣，冬将至，衣暖身，天地安身须要顺应自然，谆谆教诲是谁应声附和。谨记啊，谨记啊，治五谷，理丝麻，且要趁天气暖和时候

抓紧生产，交给妇女制衣了，公家集体分发了，然后安然度过严冬。

春天太阳开始变暖，暖绿了大地山川，暖红了桃花灿烂，暖唱了黄莺婉转。嘀哩哩，嘀哩哩，莺啼十里，红绿间映，触目四处勃勃生机，满眼皆是明媚鲜妍。姑娘啊，女子啊，一个个换上了春衫，一个个执拿着深筐，沿着那条小路，洒落笑语盈盈，前往桑林采桑啊，桑叶初发正当鲜嫩！

春天白昼缓缓悠长，长空上红日和煦，长日里自在舒畅，长风吹野芳幽香。暖洋洋，暖洋洋，白蒿鲜嫩，采摘繁忙，春日祭祀献白蒿，祖先神明佑蚕事。姑娘啊，女子啊，众百姓耕织本业，公女当率先垂范，一叶一蚕，一丝一衣，礼仪习成公女出嫁，女儿家也将一样远别父母成婚他乡。

七月流火，孟秋至，天转凉，斗转星移时序更迭，草木知秋物候变换。仰观啊，仰观啊，那最亮的大火星已经降移偏西，炎夏去，秋气爽，原畔上，隰泽间，草木葱茏盛茂，待一夕西风起，待一坡白露凝。

八月萑苇，仲秋月，光华皎，照一野五谷瓜果香，照一川水波银辉亮。莫忘啊，莫忘啊，那蒹葭苍苍荻花茫茫起伏摇曳，芦叶黄，苇秆壮，歌相和，收割忙，葭苇芦荻物尽其用，编成蚕箔，准备来春养蚕。

春月养蚕辛劳繁忙，蚕种孵化点点如蚁，安居蚕箔酣食嫩桑，沙沙沙，沙沙沙，吞食桑叶不停不休，一眠一蜕日见长大，换蚕箔啊，铺新叶啊，姑娘女子啊采桑育蚕十指翻飞，农夫小伙啊修整桑树眼明手快，桑树勤管理，枝繁更叶茂，挥起利斧砍掉高枝长条，细心牵引规正那幼桑小树。

七月到了伯劳来了，啼鸣声声响亮清脆，提醒世人季节轮转。八月到了理丝织麻，束束蚕丝洁白柔韧，匹匹丝绸华贵美好，染成黑色黝黝明亮，染成黄色金光绚烂，染成红色特别鲜艳夺目，做就礼服啊衬托凛凛威仪，宫室庄严啊合宜文质彬彬，细细裁，密密啊，为公子啊制作玄衣纁裳。

四月初夏，那远志啊绽开花苞，花柄细弱花色蓝紫，一丛丛，一簇簇，长根深植土层，入药安神益智；五月盛夏，那蝉鸣啊知了知了，此起彼伏盈耳悠长，一暮暮，一朝朝，蝉蜕附着枝丫，飞去只闻嘶鸣。

八月仲秋，庄稼作物开始收割，风调雨顺人勤天助，五谷丰，满仓廪，生民衣食温饱，知晓礼仪教化；十月初冬，草木蒙霜萧瑟凋枯，北风卷落黄叶飘零，冬肃杀，顺者昌，历经春生夏长，秋收过后冬藏。

一之日啊，一之日啊，周人一年之始，正是十一月的严冬，狩猎之前啊表貉祭祀，虔诚祈求啊山野神灵，愿多保佑，愿多帮助，佑我耳聪目明察觉狐影狐踪，助我弯弓满月箭矢应声而发，欢声动，神气足，心愿偿，步生风，冬狩田猎获取狐狸，来为公子制作裘衣，出游轻暖更合乎礼仪。

二之日啊，二之日啊，周人重视武功，正是十二月的季冬，继续狩猎布阵有序，戈矛刀枪俨然排兵，强健筋骨，磨砺意志，看我精神抖擞昂首阔步向前，同我神采飞扬血脉偾张冲锋，北风烈，兽奔突，齐呐喊，震山岗，捉到小兽属于自己啊可饱足家人，捉到大兽献给公家啊享十分荣光。

五月盛夏，那蝈蝈啊开始跳跃，弹动两腿振振有声，奏响古来乐章，南风吹，草木长，旧岁只只消隐行踪，新虫声声赓续生命，田野中，草丛里，繁衍百子千孙，绵延生息无穷，仲夏五月，听取蝈蝈声声。

六月季夏，那纺织娘唱响黄昏，轧织轧织声声鸣促，听闻熟悉奏

曲，暑气蒸，瓜藤延，复眼晶亮触角细长，昼伏夜出长腿有力，时静伏，时跃起，雄飞雌从成双，歌声顿挫韵长，夏末六月，纺织娘清音扬。

七月秋初，野外百草蓊郁丰茂，庄稼作物结实灌浆，若虫悄然羽化，蟋蟀叠唱重章，何所思，何所觅，唧唧复唧唧，唧唧复唧唧。时光缓流八月凉，蟋蟀有脚移来檐下，悦耳音声夜夜酣梦。九月秋末寒意生，房屋内，门口处，时见几只隐藏，十月入冬。那蟋蟀啊，避寒趋暖唧唧我床下！

十月孟冬，水始结冰大地始冻，天气上升地气下降，天地不再畅通，闭塞而成立冬，草木枯，虫蚁消，北风寒吹透，霜雪几覆落，一年农劳养生息，堵塞墙缝引燃柴草，浓烟积聚熏杀老鼠，堵起北窗挡风寒，身有衣，口有粮，将要新年改岁，老婆孩子，离田庐啊，搬居邑室和乐暖融融。

六月季夏，尝食果鲜。那郁李啊滋味甜美，赤红果实缀满枝丫，田圃边，茂林下，抬手可得鲜甘，入口回香绵长；那野葡萄藤蔓攀缘，紫黑剔透累累低垂，一串串，一颗颗，汁水甘酸可人，醉了农人笑颜。

七月孟秋，烹煮豆蔬。那葵菜啊碧绿肥大，当季新鲜调羹和汤，长茎脆，叶软嫩，一份温热果腹，一番心满意足；那豆子啊荚壳胀大，充实饱满翠色欲滴，一捧捧，一粒粒，细嚼齿颊生香，慢咽耕耘碌忙。

八月仲秋，枣子熟透红焰如火，扶老携幼欢声阵阵，挥动长杆敲打，红枣似雨纷落，何所求，何所期，春华有秋实，春种有秋收。十月收获稻谷香，欢庆丰收不负耕耘，农业根本辛勤稼穑，有粮有食无患忧，稻丰裕，酿美酒，冬酿造春始成，献饮老人，以祈求啊，岁岁安乐天年享长寿。

七月孟秋，瓜熟蒂落风中透香，暑热消却云淡天高，菜瓜长瓠肉厚，甜瓜美惹人爱，顺藤寻，覆叶翻，或清脆爽口，或馥郁绵软。八月金秋晨霜落，满架葫芦多籽多福，嫩时可食老做器具，盛水清凉储物久。九月至，秋色深，拾麻子采苦菜，霜后清甘，臭椿燃柴，烹煮为食饱足我农夫。

九月季秋，西风萧瑟瓜菜收尽，齐心协力筑圃为场，寸寸土地珍贵，务要尽用其能。犁田土，平间垄，春夏为菜圃，秋末打谷场，碌石往复来碾压，场地坚实平整光滑，捶打禾稼稻谷脱粒，筛簸扬尘除杂质。稼穑艰，倍珍惜，颗粒凝结辛苦，三秋大忙，农时莫误，各样粮食接连登上场。

十月孟冬，收谷入仓只争朝夕，天寒地冻时不我待。仓廪存储有粮，百姓得免张皇，生民安，食为天。捧起黍米黄，捧起高粱红，捧起那早晚庄稼，捧起一岁安稳幸福，捧起谷子灿灿胜金，捧起麻子光泽亮，汗落土，天酬勤，捧起豆子滚圆，捧起麦子，握住希冀，岁岁足食生民无饥馁。

嗟我农夫，收禾稼，打谷粮，一籽一粒颗颗收纳存放，春播夏耘秋收日日勤谨，经风雨，历日月，晨晓起，夕晚归，那五谷丰登岁岁有余社稷安宁，结束了农桑稼穑，则要上入到都邑，葺治宫室公差服役。

嗟我农夫，建宫室，修私舍，时光飞逝如梭不敢停休，时刻自相警戒不待督责。白昼短，割茅草，宵深长，搓麻绳，茅草铺设屋上遮阳避雨挡风霜，麻绳拴系牢固定，快登屋顶修理好，春来播谷复始繁忙。

二之日啊，三之日啊，依周人的文化，存一岁的用冰。十二月季冬地坼冰方盛，那水泽深处厚冰坚冻，凿冰咚咚；官员凌人掌管凿冰取冰，祭祀献礼藏冰来保鲜，夏消暑热，殡丧停棺冰镇保体面尊仪，山洞

广地窖深为凌阴冰室，靠河依水啊，夯土筑实啊，一月春始快将冰存放藏纳严实。

四之日啊，四之日啊，按周人的礼仪，祭祀司寒之神。二月仲春雷发声雨水始，大地回暖桃花含蕾苞，气温上升，春天开始就要使用冰鉴，鉴中盛冰来放置食物，防腐保鲜，开冰之礼恭敬奉献上祭品，初生羔羊洁白初发韭菜青，知礼德美啊，绵绵不绝啊，天地大美万物有灵礼仪施教化。

嗟我农夫，应天时，顺时节，仰观星象日月霜露之变，俯察鸟禽虫蚁草木之华，女事内，男主外，上爱下，下忠上，那父父子子夫夫妇妇和乐融融，赡养老人慈幼子，勤勉食力助弱小，节制有度岁岁安康。

嗟我农夫，经衣食，纬月令，九月霜降天地之气清肃，十月农事完毕涤扫谷场，两酒樽，供畅饮，杀羔羊，喜气盈，那国君飨臣生民聚餐岁暮尽欢，开始了乡饮之礼，举高了牛角酒杯，高声祝愿万寿无疆！

礼乐悠悠，一曲豳歌典雅天下，倾听啊，倾听啊，七月流火，九月授衣。

长风传布，一篇豳诗遍颂四野，相和啊，相和啊，七月流火，九月授衣。

七月火星向西降移，九月派授制备冬衣。十一月里北风鬐发呼啸，十二月里寒气刺骨凛冽。没有冬衣粗布短褐，怎能度过严冬终岁？正月里修理翻地的耜具，二月里抬脚下地去耕田。偕同我的老婆孩子，送饭到那南亩地头。祭祀农神田官欢喜。

七月火星向西降移，九月派授制备冬衣。春天太阳开始和暖，黄莺翩飞相和啼鸣。姑娘手中执拿深筐，沿着那条小路前行，桑林采摘喂蚕嫩桑。春天白昼缓缓悠长，采集白蒿四下众多。姑娘触怀心上感伤，将和公女一样远嫁离乡。

　　七月火星向西降移，八月芦苇长成收割。三月里养蚕修桑树，拿起那锋利的斧头，砍掉那些高扬长枝，牵引整理那小桑树。七月里听伯劳鸣唱，八月里忙纺纱织布。染出丝来有黑有黄，朱红颜色特别鲜亮，来为公子制作衣裳。

　　四月远志就把实结，五月鸣蝉叫个不歇。八月里收获割谷物，十月里草木落黄叶。十一月里开始狩猎祭祀，猎获捉取那些狐狸，来为公子制作裘衣。十二月里聚众出发狩猎，继续田猎演习武艺。打到小猪留给自己，猎到大猪献给国公。

　　五月蝈蝈开始跳跃弹腿鸣响，六月纺织娘一声声振动翅膀。七月里鸣声在野外，八月里叫响在檐下，九月里在屋内门口，十月里蛐蛐转移藏身最后到我的床下。堵塞洞隙柴烟熏鼠，堵起北窗泥涂柴门，哎呀我的老婆儿子，不久将过年改岁，搬入到居室屋里住。

　　六月采食郁李和野葡萄，七月烹煮着葵菜和豆子。八月里收打红枣落，十月里收获稻谷丰，冬酿经春始成春酒，老人举饮以祈长寿。七月里采下新瓜鲜，八月里摘下葫芦熟，九月里拾取秋麻子。采摘苦菜伐樗为薪，食用供养我们农夫。

　　九月修筑整理好打谷场，十月收纳谷物颗粒归仓，黄米高粱早晚庄稼，谷子麻子豆子麦子。哎呀我们农夫劳作，庄稼集中粮仓之后，尚有葺治宫室公差服役。白天茅草要割得多，夜晚绳索要搓得长，赶快登上屋顶修理，开春将要播种谷物繁忙。

　　十二月开凿冰块咚咚声此起彼伏，正月抬着冰块藏纳冰窖妥当存放，二月仲春开冰祭礼，献上羔羊韭菜祭祖。九月里天高气清爽，十月里清扫打谷场。两樽酒欢饮共享用，宰杀羔羊鲜嫩肥美。登上公堂相聚会餐，高举牛角酒杯敬酒，高声祝愿万寿无疆！

那一段岁月啊，仿佛已是久远不可及，却又正是切近在眼前，追随周人先祖脚步，民情闾思古风承平。细数，细数，耕桑绩染，田猎葺屋，时令物鲜，收获谷粮，岁终同庆。

那一段岁月啊，仿佛已是蒙尘渐湮灭，却又正是丹心写汗青，颂歌豳地农桑衣食，告诫问答星辰灿烂。岁岁，岁岁，时序搏动，生命代谢，天地合律，各应节期，轮回依循。

又一岁，一样的晴空高远，一样的大地广袤，一样的笑脸淳朴……

又一岁，一样的日月星辰，一样的冬夏春秋，一样的劳作辛勤……

更堪风雨飘摇甚

***

豳风·鸱鸮

鸱鸮鸱鸮，既取我子，无毁我室。恩斯勤斯，鬻子之闵斯！

迨天之未阴雨，彻彼桑土，绸缪牖户。今女下民，或敢侮予！

予手拮据，予所捋荼。予所蓄租，予口卒瘏，曰予未有室家。

予羽谯谯，予尾翛翛，予室翘翘。风雨所漂摇，予维音哓哓！

鸱鸮，猫头鹰类，生性凶猛，疾飞无声，喙爪弯曲钩状锐利，惯常黄昏夜间活动，双目生于前方，掠食鼠类鸟虫，营居于树洞或岩隙，时或占据鸦鹊之巢。

有人说那鸱鸮啊，是那殷商族图腾，生殖神和太阳神，又是农业保

护神。

有人说那鸱鸮啊，传言是不孝之鸟，幼时受母鸟哺育，长大就啄食母鸟。

有人说那鸱鸮啊，传言是不吉之鸟，夜间哀鸣如哭号，仿若人亡而报丧。

有人说那鸱鸮啊，传言是生性凶暴，据地相残更狞恶，有所攫取多嚣张。

毛羽倒竖，哀怒交加，巢破了，子去了！

鸱鸮，鸱鸮，就是那凶恶的鸱鸮！此刻，正在高空得意盘旋，洋洋翱翔的那鸱鸮！刚刚，刚刚，洗劫了我的窝巢，攫取了我的幼雏！

强盗，强盗，就是那凶暴的强盗！无奈，一声一声凄厉呼号，仰对高天的那鸱鸮，已经，已经，掠取了我的孩子，不要再毁我家室！

横祸飞来，无依无助，一只孤单弱小的母鸟啊，如何能够惩治鸱鸮强梁？悲怆的呼号啊追不上鸱鸮远影，伤心的呜咽啊传自于急风危巢。

任劳任怨啊，含辛茹苦啊，为了养育孩子啊，我早已累病了。

天际苍茫寥廓，无边落木萧萧，那风啊，凶猛吹刮。

喉咙嘶哑，眼眶凝血，巢破了，子去了。

哀伤之中，抬起头颅，勇气在，力气在！

趁着天晴，趁着未阴，赶快来修缮破损的窠巢啊，保住了家室，就是保住了希望！趁着天阴，趁着未雨，赶快来修复损坏的窠巢啊，守住了家室，就是守住了根本！鸱鸮，鸱鸮掠走了我的孩子，我要，我要保全了我的家室。

急忙，急忙，飞向那桑树林间，飞向那桑树林间！春天碧绿的桑叶啊，养育了多少春蚕，初夏紫红的桑葚啊，喂饱了多少鸠鸟，那桑树根须柔韧啊，寻觅，啄剥，寻觅，啄剥，翅膀越来越酸了，嘴巴越来越麻了。

飞向那桑树林间啊，那桑树根须柔韧啊，寻觅，啄剥，飞回那高处树丫上破损的家室啊，口衔着柔韧的根须，仔细地缠绕着窠巢，密密缠啊，紧紧绕啊，缚结要坚实啊，修复要牢固啊，保住了家室，就是保住了希望啊，守住了家室，就是保住了根本啊。

一向，日惊，夜吓，受了几多侵扰，骨肉离散，家室不能得以安宁啊。

而今，全心，全意，竭尽全力修筑，晨兢夕厉，护我家室平安周全啊。

飞去，飞回，啄剥，缠绕，翅膀越来越痛了，嘴巴越来越木了。

勇气在，力气在，自有一份坚韧，断然不会轻易罢休，自有一份顽强，决然不能随意放弃，再努一把力，再努一把力，要生存，活下去，好好修建我的家园！

修我家园，建我家园，不眠啊，不休啊，更多一份牢靠，更多一份稳固！是骄傲自许，更是严正警告，从今以后，你们这些树下之人，有谁人还敢把我欺侮！

辛苦操劳，口足并用，修我巢，保我家！

我用手爪紧紧抓住苇秆，用力持下一枝一枝芦花，采回芦花铺设窠巢，芦花轻暖，天寒地冻的时节啊，可以保温，一回一回，往来反复，手爪已经拘挛僵硬了，就用嘴巴啄断叼取，一回一回，往来反复。

我用嘴巴使劲啄断长茅，拾取衔上一根一根茅草，带回茅草铺垫窠巢，茅草柔韧，阴雨霜雪的日子啊，可以御寒，一回一回，往来反复，嘴巴已经磨破渗血了，咬紧牙关继续坚持，一回一回，往来反复。

为什么如此辛苦劳累啊，为什么不辞病痛劳作啊，因为我没有可以

安身的家园，因为我不愿再让后人如我一样啊，没有可以安身的家园，修我巢，保我家！

我的手爪劳累不堪，已经拘挛僵硬了，而我，还没有修筑造好我的家室啊。

我的嘴巴积劳成疾，已经磨破渗血了，而我，还没有修筑造好我的家室啊。

重建家园，勇往直前，千般苦，万般难！

我的羽毛掉落了，稀稀疏疏，失去了昔日的致密，不见了以往的柔润，稀稀疏疏，我的羽毛，掉落了。

我的尾巴枯焦了，零零落落，失去了昔日的长翎，不见了以往的光泽，零零落落，我的尾巴，枯焦了。

鞠躬尽瘁，身心交病，千般苦，万般难！

我的家室险急了，岌岌可危，挣扎着修复的窠巢，摇荡在那枝丫高处，岌岌可危，我的家室，险急了。

我的家室危殆了，摇摇欲坠，狂风不断撼动树木，雨倾如注击打窠巢，摇摇欲坠，我的家室，危殆了。

风雨飘摇，大祸滔天，千般灾，万般厄！

眼睁睁，无奈何，呕心沥血修建的巢室正高处危险，在狂风暴雨中，动荡不安，我却无能为力啊，千般苦难，万般灾厄，如刀，如箭。

惊恐不安，哓哓号叫，殚精竭虑建设的家园正颠沛不安，在狂风骤雨中，那一声一声的哀鸣啊，穿透了摇撼天地的暴虐，如刀，如箭。

那是谁人说啊，在风雨飘摇中，西周文王哀歌鸱鸮，是要向周人传递发展壮大的策略。

昔年殷商纣王号令天下，糟丘酒池，肉圃为格，渐失民心。西岐周国姬昌好德笃仁，发展农业，礼下贤者，诸侯归附。那文王啊他衣同常人，生活勤俭，他田间劳动，兢兢业业，怀保小民奉行德治，九一而助发展农业，裕民政治民有积蓄，岐周日益壮大，引起商王不安。西周小邦尚不足以与殷商对抗，为免纣王调发重兵一举歼灭，文王自愿到往商都，被囚羑里如舆脱辐，却并未平息纣王疑心。文王长子伯邑考在殷商做人质，纣王为了考验文王，杀死了伯邑考做成肉饼送给文王。文王明明知道是食子之肉，出于大义而含泪咽下，忍气吞声，忍辱负重，为的是保全周国能够发展壮大，家室在风雨中动荡飘摇，只有不断劳作进行发展才是最好的办法。

那是谁人说啊，在风雨飘摇中，周公姬旦长歌鸱鸮，是要向成王表明自己救乱的志向。

大周武王伐纣灭殷，灭国不绝祀，封商纣之子武庚在殷商故地，分裂殷都王畿为邶、鄘、卫，三监合围监督殷商遗民防止叛乱，朝歌以东为卫国，文王三子管叔姬鲜监督；朝歌以南为鄘国，文王五子蔡叔姬度监督；朝歌以北为邶国，文王八子霍叔姬处监督。武王英年早逝，成王年幼继位，文王四子周公姬旦摄政。管叔在武王弟弟中年岁最长，兄终弟及，认为自己应当摄政，加之周公制定礼制严格限制诸侯势力，引起武王群弟不满猜忌，散布流言周公将不利于孺子。武庚早有复国野心，联合三监串通东夷，叛乱反周局势严重。周公亲率大军东征，诛武庚，杀管叔，放蔡叔，废霍叔，平定三监之乱。周室在风雨中动荡飘摇，王业艰难，周公作诗以明志。

那是谁人说啊，在风雨飘摇中，一个弱者痛歌鸱鸮，是要向世人倾诉艰苦奋斗的苦难。

在艰辛生存中，有几多人能够得以把握自己命运啊，从那久远以来，有几多人受欺凌受压迫不尽痛愤啊。究竟是那谁人啊，不畏强暴，不惧艰险，勤勤恳恳，兢兢业业建设家园？究竟是那谁人啊，不畏强权，艰苦奋斗，迎难克艰，始终不渝开创基业？究竟是那谁人啊，奋发图强，勉励意志，内忧外患，挺身而出抵御危机？究竟是那谁人啊，在摇摇欲坠之时，坚持不懈，矢志不移，即或只是一个弱者的呼号，那一声声呼号啊，是如此的疾痛惨怛，那是饱受欺凌者的无尽的苦痛哀诉啊！究竟是那谁人啊，在险象迭生之际，奋不顾身，不屈不挠，抑或只是一个小人物的哀诉，那一句句哀诉啊，是如此的凄怆涕流，那是久历压迫者的无尽的悲愤呼号啊。

猫头鹰啊猫头鹰啊，已经夺走我的孩子，不要再毁我的家室。任劳任怨含辛茹苦，因为养育孩子已累病了！

趁着天晴啊还没有阴沉下雨，剥取那桑树根的皮，密密缠绕缚紧门窗。现在你们树下之人，谁人还敢把我欺侮！

我的手爪劳累僵硬，我还采捋芦花铺巢。我还蓄积茅草垫底，我的嘴啊累出伤病，我还没有修筑造好我的室家。

我的羽毛掉落稀疏，我的尾巴零落枯焦，我的家室处高危险。在风雨中飘荡不能稳定，我惊恐不安地哓哓号叫！

未雨绸缪，那是谁人啊，全心全意守护着家园，那家园，是希望，是根本……

风雨飘摇，那是谁人啊，正气凛然泣血而长歌，那长歌，越千年，长流传……

东山归来谁与同

豳风·东山

我徂东山，慆慆不归。我来自东，零雨其濛。我东曰归，我心西悲。制彼裳衣，勿士行枚。蜎蜎者蠋，烝在桑野。敦彼独宿，亦在车下。

我徂东山，慆慆不归。我来自东，零雨其濛。果臝之实，亦施于宇。伊威在室，蠨蛸在户。町畽鹿场，熠燿宵行。不可畏也，伊可怀也。

我徂东山，慆慆不归。我来自东，零雨其濛。鹳鸣于垤，妇叹于室。洒扫穹窒，我征聿至。有敦瓜苦，烝在栗薪。自我不见，于今三年。

我徂东山，慆慆不归。我来自东，零雨其濛。仓庚于飞，熠燿其羽。之子于归，皇驳其马。亲结其缡，九十其仪。其新孔嘉，其旧如之何？

风雨飘摇，周公东征，大军逶迤，平息了三监之乱，平定了奄国淮夷。

奄有龟蒙，遂荒大东，东山绵延，停息了刀光剑影，安静了鼓角争鸣。

天苍苍，那是何处碧宇高穹？那是谁人赋歌飞声？一字字，倾诉心声。

野茫茫，那是何年江山多娇？那是谁人心曲回荡？一句句，此呼彼应。

天苍苍，自从我前往东山远征啊，日久天长没有归返故乡。东山绵延啊，遥遥在天涯之东；幽地茫茫啊，迢迢在地角之西；时日久久啊，饱经了戎马倥偬；岁月长长啊，历尽了浴血硝烟。东山，东山，久长不见故乡。

野茫茫，如今我从那东方回来啊，绵绵细雨四望迷离空蒙。东方广袤啊，风烟弥散家万里；幽土辽旷啊，乡心切切牵梦萦；微雨零落啊，抚慰了沧桑流年；四望空蒙啊，迷离了山川眼眸。归来，归来，风景依稀曾谙。

黄沙漫漫，兵甲磨穿，血流成河，枕戈待旦，一年一年又是一年。忽然，消息传来，东征胜利！班师回还！回身西望，这一刻，乡情啊，悲伤涌潮。

金戈铁马，义无反顾，粉身碎骨，气壮山河，一岁一岁又是一岁。忽然，一声令下，东征胜利！班师回还！故园漫漫，这一刻，泪滴啊，飞落迸溅。

归乡啊，先缝制一身寻常生活的新裁衣裳，我要啊，替换下这年深积垢的破敝军服，再不用标识军队徽记，再不用从军远役征战，再不用啊，长途急兵，暗夜奔袭，行军衔枚寂然无声。解甲啊归返田园，穿上啊家常衣裳，随心自在坐卧休憩，田亩桑林耕耘劳作，日暮黄昏时分，悠然荷锄唱晚。

一条一条，蜷曲蠕动，几多野蚕啊，饱食，酣眠，自由安闲地栖身在野外桑树上，思我故土，衣食丰足。

孤身独宿，蜷缩成团，几多夜晚啊，和衣，僵卧，风霜露营冻寒瑟缩在兵车下面，思我家园，安宁温暖。

天苍苍，自从我前往东山远征啊，日久天长没有归返故乡。东山绵延啊，遥遥在天涯之东；幽地茫茫啊，迢迢在地角之西；时日久久啊，饱经了戎马倥偬；岁月长长啊，历尽了浴血硝烟。东山，东山，久长不见故乡。

野茫茫，如今我从那东方回来啊，绵绵细雨四望迷离空蒙。东方广袤啊，风烟弥散家万里；幽土辽旷啊，乡心切切牵梦萦；微雨零落啊，抚慰了沧桑流年；四望空蒙啊，迷离了山川眼眸。归来，归来，风景依稀曾谙。

那是谁家的瓜蒌啊那样茂盛，长长的藤蔓攀缘上了房舍顶上，碧绿的叶片覆盖了屋顶，洁白的花瓣舒卷着流苏，一个一个的椭圆果实，已经挂悬在屋檐，细雨凝结的晶莹水珠，一滴一滴，缓缓滑落。

那是谁家的屋室啊开裂缝隙，斜斜的雨丝飘落在了泥墙茅檐，潮湿的地面爬行着土鳖，还有那喜欢幽暗的潮虫，一个一个的喜蛛张网，已经结满在门上，屋舍空落啊人烟稀疏，一日一日，渐渐荒凉。

那是谁家的宅舍啊无人整治，舍旁的空地上已是荆棘密布，荒草丛生，引来鹿群出没，踏出错杂泥泞踪迹。

那是谁人的村落啊长夜寂然，一点一点的萤火闪烁腐草间，明灭不定，磷火飘忽随风，鸱鸮号鸣一声一声。

长路漫漫，几多目睹啊，荒野白骨，墙颓屋倾；梦回故园，几度恍见啊，田亩芜杂，门前冷落；即使千般荒凉，即使万般冷清，没有什么可畏啊，那是我的故乡家园，多么怀念，亲人温暖。

天苍苍，自从我前往东山远征啊，日久天长没有归返故乡。东山绵延啊，遥遥在天涯之东；幽地茫茫啊，迢迢在地角之西；时日久久啊，饱经了戎马倥偬；岁月长长啊，历尽了浴血硝烟。东山，东山，久长不见故乡。

野茫茫，如今我从那东方回来啊，绵绵细雨四望迷离空蒙。东方广袤啊，风烟弥散家万里；幽土辽旷啊，乡心切切牵梦萦；微雨零落啊，抚慰了沧桑流年；四望空蒙啊，迷离了山川眼眸。归来，归来，风景依稀曾谙。

鹳鸟好水啊，天将欲雨，欢快鸣唱。鹳鸟高大形似白鹤，毛羽洁白尾翼黑亮，嘴长而直喜食鱼虾，生活在河湖隰泽边。穴居蚂蚁感知阴晴，早在蚁洞四周堆起土堆，防止雨水灌注渗漏。蚁穴土堆旁，鹳鸟啼鸣，此起彼伏，悠扬响亮。

我的妻子啊，在那内室，长声叹息，妻啊，是因劳作辛苦心忧征人哀伤吗？妻啊，是为东征结束征人回乡祈盼吗？妻啊，是夜有所梦梦醒成空而怅然吗？妻啊，是日有所思思而不见而无奈吗？妻啊，一声叹息，响我耳畔，落我心房。

洒扫庭院清尘除垢，堵塞鼠洞手脚不停。整饬家园，喜地欢天，苦痛日子过去了，艰难时光过去了。妻啊，我，东山远征，就要到家。

那些圆圆匏瓜葫芦，瓢苦不食久在柴堆。历经生死，团圆重逢，迎来了美满日子，守来了幸福时光。妻啊，我，东山远征，回到家了。

细雨迷离，执手相看，自从离别你我不见啊，算来如今整整三年。

天苍苍，自从我前往东山远征啊，日久天长没有归返故乡。东山绵延啊，遥遥在天涯之东；幽地茫茫啊，迢迢在地角之西；时日久久啊，饱经了戎马倥偬；岁月长长啊，历尽了浴血硝烟。东山，东山，久长不见故乡。

野茫茫，如今我从那东方回来啊，绵绵细雨四望迷离空蒙。东方广袤啊，风烟弥散家万里；幽土辽旷啊，乡心切切牵梦萦；微雨零落啊，抚慰了沧桑流年；四望空蒙啊，迷离了山川眼眸。归来，归来，风景依稀曾谙。

黄莺翩翩，飞来飞往。冰消雪融，大地春回。嘀哩嘀哩，一声声的呼唤，唤醒了明媚的春光。那一川绿草啊青翠丰茂，那十里桃花啊夭夭绽放，张张笑脸，沉醉在春风里，映着朝日暖晖，黄莺羽毛鲜亮，一闪一闪，晶亮了世人眼眸。

皇马黄白，驳马青白，跃马扬鞭，谁人亲迎，吉日良辰婚姻大喜，缔结同心宜室宜家，那个姑娘要出嫁了，百年好合啊夫妻偕老，是眼前有情人终成眷属，是昔年你与我连理相依，韶华结发，花开并蒂，骏马嘶鸣，我御车将你亲迎。

那个姑娘要出嫁了，临嫁前母亲为她施衿结褵，系结佩巾，句句叮咛，勤勤恳恳操持家务，尽心尽力夙夜无违，夫妻和睦，阖家昌盛。

种种礼节仪式繁多，已堆起薪柴点燃火光熊熊，匏瓜葫芦，新摘对剖，红线连柄盛满美酒，合卺之礼甘苦与共，琴瑟和鸣，永不离分。

细雨蒙蒙，往日历历，新婚时节多么美好，久别重逢会是怎么样？

谁人说啊，周公东征，三年而归，大夫们为周公作东山赞歌，一咏三叹。

谁人说啊，周公东征，归来劳士，周公为豳人长赋东山颂歌，重章叠唱。

谁人说啊，周公东征，三年远役，豳人还乡归途作东山慨歌，一唱众和。

自我前往东山远征，日久天长没有归乡。如今我从东方回来，绵绵细雨那样空蒙。我在东方一说将归，我心思乡向西而悲。缝制好那家常衣裳，不再从军衔枚征战。蜷曲蠕动那些野蚕，长久息在野外桑树。蜷缩一团独自露宿，也在野外兵车下边。

自我前往东山远征，日久天长没有归乡。如今我从东方回来，绵绵细雨那样空蒙。瓜蒌结出个个果实，长藤蔓延挂在屋檐。屋里潮虫到处爬行，门上喜蛛结满了网。舍旁空地变成鹿场，闪闪发亮萤火磷光。家园荒凉不可怕呀，越是如此越怀乡呀。

自我前往东山远征，日久天长没有归乡。如今我从东方回来，绵绵细雨那样空蒙。鹳鸟鸣在蚁穴土堆，妻子叹息在空屋里。洒扫庭院堵塞鼠洞，我东征回来要到家。那些圆圆匏瓜葫芦，已经久在柴堆之上。自从离别你我不见，算来如今整整三年。

自我前往东山远征，日久天长没有归乡。如今我从东方回来，绵绵细雨那样空蒙。黄莺翩然飞来飞往，辉光闪闪羽毛鲜亮。那个姑娘要出嫁了，黄白马青白马相迎。母亲为她结缡告诫，种种礼节仪式繁多。新婚时节多么美好，那久别重逢会是怎么样？

野茫茫，那是何年江山多娇？那是谁人心曲回荡？一句句，此呼彼应……

天苍苍，那是何处碧宇高穹？那是谁人赋歌飞声？一字字，倾诉心声……

千里万里奔赴戎机，重重山川度越若飞，朔气金柝，寒光甲衣，无畏……

百战生死天下太平，归心似箭回还故乡，脱我战衣，着我旧裳，如何……

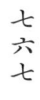

苟利国家生死以

豳风·破斧

既破我斧，又缺我斨。周公东征，四国是皇。哀我人斯，亦孔之将。

既破我斧，又缺我锜。周公东征，四国是吪。哀我人斯，亦孔之嘉。

既破我斧，又缺我銶。周公东征，四国是遒。哀我人斯，亦孔之休。

日出而作，日落而息，在一重一重绵延的青山之间，在一道一道滔滔的河流之畔，在一方一方膏腴的田野之上，在一岁一岁轮转的时光之中，春耕，夏耘，秋收，冬猎，这里是豳地，农耕岁稔年丰。

黍稷五谷，应时蔬果，在一日一日沸腾的羹汤之中，在一夕一夕熊熊的薪柴之侧，在一月一月变换的物候之间，在一年一年宁静的村庄之内，出生，成长，婚姻，养育，这里是豳土，生民安居乐业。

拿起我的圆孔斧头啊，挥起我的方孔斧头啊，砍伐荆棘开垦良田，砍伐树木建造屋舍，砍伐薪柴炊食取暖，斧斯在手啊，握住的是安稳的生活。

拿起我的齐头凿子啊，扛起我的锋利长锹啊，建筑家宅遮风避雨，制作器具日常应用，开挖清渠种植作物，锜銶在手啊，握住的是从容的岁月。

狂风突起，骤雨乍泄，那被封在殷商故地的商纣之子武庚悍然叛乱，那被封在邶鄘卫三地负责监督的管叔、霍叔、蔡叔合谋作乱，还有奄国，薄国，淮夷，徐夷。

狂风呼号，骤雨暴虐，让那刚刚平定的天下邦国四海民心犹疑难安，让那武王新丧、成王年幼、周公摄政的大周朝堂啊岌岌可危，举步维艰，危在旦夕。

力挽狂澜，砥柱中流，一声号令啊旌旗猎猎，周公东征啊一往无前。

拿起我的圆孔斧头啊，挥起我的方孔斧头啊，砍伐荆棘开辟道路，砍伐树木建造桥梁，砍伐木材修复战车，斧斫在手啊，握住的是征途的信心。

拿起我的齐头凿子啊，扛起我的锋利长锹啊，建筑营寨同仇敌忾，制作器物行军使用，开挖沟渠平整道路，锜銶在手啊，握住的是获胜的希望。

血雨腥风，冲锋陷阵。一阵一阵的震天杀声回荡在山川原野，一场一场的艰苦鏖战持续在春夏秋冬。平定了殷商故地武庚之乱，平息了管叔、霍叔、蔡叔三监之乱，平复了天下惶恐人心。

浴血奋战，所向披靡。一回一回的金戈铁马拼杀在高城深池，一番一番的出生入死奋战在白昼夜晚。平定了奄国薄国阴谋不轨，平息了徐夷、淮夷诸多小国作乱，平稳了大周王室根本。

戎马倥偬，转战千里，凯旋而归啊旌旗招展，周公东征啊得胜回朝。

砍破斧斨，缺损锜銶，九死一生啊归返故乡，周公劳军啊鼓乐齐鸣。

那是谁人说啊，当那殷商少主妄图继承帝王统绪，大周王室面临大难，西方之人也不安宁，几多诸侯卿士认为困难重重不可征伐，唯我周公挺身而出啊，持危扶颠，芟夷天下。

那是谁人说啊，当那周公亲率大军东征攻坚克难，施行明德怀远及近，避免使用刑法杀戮，用尊敬慰劳来争取教导迷失殷商遗民，唯我周公教化黎庶啊，晓以大义，大公至正。

那是谁人说啊，当那三年风烟散尽四海归于升平，周公厚德人心归向，辛勤治理四方臣民，谆谆教导扶持百姓团结凝聚大小邦国，唯我周公吐哺握发啊，丰功懿德，光耀四方。

鸣钟击磬，觥筹交错，豳地儿郎啊东征归来，率土同庆啊载歌载舞。

那是谁人说啊，是我大贤大德的周公，是我救危救难的周公，教诲稼穑赋歌传唱七月流火，丹心赤忱借言鸱鸮忧国忧民，慰语出征将士东山三年来归。

那是谁人说啊，是我满朝的卿士大夫，是我英勇的东征儿男，慨叹声声久长和歌东山来归，铭感五内赞美周公东征四国，破斧缺斨荣耀美好功在千秋。

普天之下，得享安宁，赞我周公啊劳苦功高，匡扶社稷啊名垂青史。
率土之滨，得享太平，美我周公啊丰烈伟绩，辅弼之勋啊万古流芳。
负依斧扆，披肝沥胆，金縢开启啊光照日月，呕心沥血啊高山仰止。
大周王室，诸侯邦国，盛世太平啊江山多娇，鞠躬尽瘁啊景行行止。
赞我周公啊，美我周公啊，挽大厦于将倾，拯苍生于倒悬，大道教化，鼓乐升平，那是卿士大夫啊还是东征儿男，那是天下百姓啊还是四国黎庶，一声声赞颂歌诗回荡在巍巍庙堂，一声声称扬歌谣传布在山野村庄。

已经砍破了我的斧，又弄缺损了我的斨。英武周公率军东征，叛乱四国得以匡正。怜爱我们这些人啊，大贤大德多么美好。

已经砍破了我的斧，又弄缺损了我的锜。英武周公率军东征，叛乱四国得以教化。怜爱我们这些人啊，大贤大德多么美好。

已经砍破了我的斧，又弄缺损了我的銶。英武周公率军东征，叛乱四国得以稳固。怜爱我们这些人啊，大贤大德多么美好。

天苍苍，野茫茫，一腔碧血，赤子丹心，苟利国家生死以，岂因福祸避趋之。

普天之下，得享安宁，追随周公啊百战不殆，替天行道啊无上荣耀。
率土之滨，得享太平，追从周公啊舍生忘死，赴汤蹈火啊奋不顾身。
不避斧钺，披肝沥胆，千里转战啊万众一心，众志成城啊安邦定国。
大周天下，豳土厚德，旌旗舒卷啊归返故乡，山河锦绣啊多么美好。
卫我大周啊，爱我家园啊，疆土不可分裂，生民水深火热，仁德教化，礼乐有序，那是东征将士啊也是豳地儿男，那是无名英雄啊也是平凡百姓，一声声威武歌诗回荡在巍巍庙堂，一声声深情歌谣传布在山野村庄。

已经砍破了我的斧，又弄缺损了我的斨。英武周公率军东征，叛乱四国得以匡正。怜爱我们这些人啊，归返家乡多么美好。

已经砍破了我的斧，又弄缺损了我的锜。英武周公率军东征，叛乱四国得以教化。怜爱我们这些人啊，归返家乡多么美好。

已经砍破了我的斧，又弄缺损了我的銶。英武周公率军东征，叛乱四国得以稳固。怜爱我们这些人啊，归返家乡多么美好。

大河滚滚，落木萧萧，千里出征，壮心不已，愿得此身长报国，一片丹心照汗青。

长天苍苍，四野茫茫，破斧缺斨，风雨同行，苟利国家生死以，岂因福祸避趋之。

而今，万水千山，回返故乡，是谁人一声幽歌啊，让你，让我，热泪洒落了大地……

伐柯教与作媒妁

***

豳风·伐柯

伐柯如何？匪斧不克。取妻如何？匪媒不得。

伐柯伐柯，其则不远。我觏之子，笾豆有践。

  岐山之北，雍州豳地，大周部族生生不息。七月流火九月授衣，务力耕种勤于农事，一岁岁农桑稼穑啊，顺应天时季候，一年年衣食丰足啊，周道自此兴发。

  青山苍郁，川野膏腴，大周子民代代延续。抗击戎狄保卫家园，王师东征芟荑天下，一岁岁风雨飘摇啊，坚韧不屈不挠，一年年云开雾散啊，周礼深入人心。

  旭日东升，其道大光。那是谁人啊，放声高唱伐柯歌谣；那是谁人啊，应声答和鼓乐齐鸣；那是谁人啊，神采奕奕，其乐融融。

  骏马嘶鸣，恍然峥嵘岁月。忆往昔，从军出战，拿起我的斧子啊，砍伐荆棘开辟道路，砍伐树木建造桥梁，砍伐木材修复战车，那斧子在手中啊，握住的是征途的信心，握住的是获胜的希望。

  和风拂面，安享平安时光。于今朝，田亩躬耕，拿起我的斧子啊，

砍伐荆棘开垦良田，砍伐树木建造屋舍，砍伐薪柴炊食取暖，那斧子在手中啊，握住的是安稳的生活，握住的是从容的岁月。

山明水秀，欣欣向荣，竹篱茅舍，鸟语花香，这是生我养我的土地家园啊。男耕女织，岁稔年丰，不负春生夏长，不负秋收冬藏。那一把斧子啊若要趁手合用，需要斧头斧柄合二为一。那是谁人啊，切切问询，砍斫斧柄应该怎么做啊，没有斧头当然不能完成。

男大当婚，女大当嫁，之子于归，宜室宜家，遵循礼仪教化的规矩制度啊。安居乐业，怡然自足，举家和气致祥，四方繁荣昌盛。那婚姻嫁娶啊若要如意美满，需要媒妁之言和合二姓。那是谁人啊，千叮万嘱，若要娶妻应该怎么做啊，没有媒人当然不能成礼。

父母之命，媒妁之言，媒为谋和男女二姓之好，妁为斟酌权衡择善而定，万千家庭得以根基稳定，利于天下邦国稳固繁盛。周礼重视婚礼用媒，朝廷设有媒氏官职，媒氏负责掌管万民之判，男女出生自有名字以后，都会记录出生年月日和姓名，召令男子三十而娶，女子二十而嫁，礼规嫁女娶妻，礼币所用丝帛，不能超过五两，所有男婚女嫁，一律记录在册。适婚男女没有行媒，不能互相知晓姓名，没有礼币不能相见。

秋霜满地，冬阳煦和，五谷归仓，狩猎喧哗。那是谁家的儿男啊，英姿勃发，勇往直前，张弓射猎，追逐兽禽，一回一回锻炼着担当。满载而归，人欢马叫，大小猎物啊堆积如山，看那儿男啊威风凛凛，人潮涌动，那是谁人眼眸啊，是感佩，是钦慕，是……

春光明媚，桃花夭夭，南风夏初，林木葱茏。那是谁家的姑娘啊，亭亭玉立，初始长成，采蘩为祭，育蚕织丝，一点一点学习着礼仪。一羹一食，一葛一衣，天地万物啊敬畏珍惜，看那姑娘啊贤德美好，人来人往，那是谁人面庞啊，是欢喜，是赞许，是……

晚霞黄昏，燃薪熊熊。那是谁人啊，放声高歌伐柯诗谣；那是谁人啊，应声相和琴瑟和鸣；那是谁人啊，春风满面，喜气洋洋。

是因为在那人群之中多看了一眼吗？那是谁家的儿男啊，那是谁家的姑娘啊，青春正好，风华正茂，油然而生的爱慕之情啊，悄然含苞。那是谁人满怀希望啊，愿能够一世相依相守天长地久。

是因为在那父母眼中佳偶自天成吗？那是谁家的姑娘啊，那是谁家的儿男啊，门当户对，年貌相当，世人推重的婚姻良匹啊，连枝并蒂。那是谁人满怀祝福啊，愿能够一生偕老白头多子多福。

山林翁郁，枝繁叶茂，葛藤低垂，雀鸟啁啾，这是选择寻找斧柄的所在啊。审度材质，静心观察，或者笔直挺立，或者疏落横斜，那所伐斧柄啊需要符合规则，长短粗细比照手中斧柄。那是谁人啊，谆谆教导，砍斫斧柄啊砍斫斧柄啊，法则样板近在眼前不远。

宗庙祭祀，宴飨宾客，妇人主馈，摆放有序，这是选择寻找妻子的典范啊。酒浆菹醢，礼相助奠，竹笾盛放枣栗，木豆盛放肉食，那笾豆形近啊独足高台有盖，祭祀举行礼仪隆重庄严。那是谁人啊，称心如意，遇见的那一位好姑娘啊，祭祀礼器陈列整齐有序。

婚姻神圣，夫妇之道，生民之本，王政之端，无媒不成婚礼，六礼仪程有序。一为纳采，男家拜请媒人去女家提亲；二为问名，男家请托媒人询问女方名字生辰；三为纳吉，男家占卜若得吉兆，备礼遣请媒人通知女家，确定缔结婚姻；四为纳征，男家给女家送上聘礼，求取淑女，媒人见证；五为请期，男方择定婚期，告知女家请求同意，媒人通传；六为亲迎，新郎亲去女家迎娶，媒人堂上嘉宾，张灯结彩，鼓乐齐鸣。

今夕何夕，琴瑟和声，同牢共食，合卺共饮，从今后甘苦与共啊，礼之大体，相敬如宾，华枝春满，天心月圆。夫妻一体啊百年同心，一耕一织，一衣一食，天地清明啊先祖福佑，娶妻当娶啊贤德知仪，吉日

良辰。那是谁人倾心啊，是幸福，是美满，是……

今夕何夕，笑语盈盈，亲朋齐聚，祝福婚礼，从今后比翼双飞啊，同德同心，相濡与沫，和和美美，儿孙满堂。明媒正娶啊礼聘为妻，男耕女织，丰衣足食，岁月流转啊互敬互爱，夫唱妇随啊心心相印，吉时呈祥。那是谁人欢愉啊，是温情，是责任，是……

砍斫斧柄该怎么做？没有斧头不能完成。要娶妻子该怎么做？没有媒人不能成礼。

砍斫斧柄砍斫斧柄，法则样板眼前不远。我遇见的那位姑娘，祭祀礼器陈列整齐。

鼓乐齐鸣，琴瑟和声，当六礼一步步完成，当你我结为了伉俪，这一刻执手相视含笑，这一刻唱响伐柯歌谣，须铭记，成婚大礼一生一世……

岁月不居，时光如流，当青丝变成了白发，当你我步履已蹒跚，可还会执手相视而笑，可还会唱起伐柯歌谣，回想起，成婚大礼的那一天……

万古清弦续政声

***

豳风·九罭

九罭之鱼鳟鲂，我觏之子，衮衣绣裳。

鸿飞遵渚，公归无所，於女信处。

鸿飞遵陆，公归不复，於女信宿。

是以有衮衣兮，无以我公归兮，无使我心悲兮！

    大周豳土，农耕立本，经过了文王武王，经历了周公东征，几多年，几多岁，治天下，四海宁，那巍巍庙堂之上啊，那城邑村落之间啊，谁人颂贤德吐哺握发，谁人歌教化百世流芳。

    东土辽阔，人烟阜盛，经过了殷商末季，经历了三监之乱，几多年，几多岁，日月暗，人纷扰，那风雨飘摇之中啊，那繁华零落殆尽啊，谁人挽狂澜不辞辛苦，谁人拯苍生忧国忧民。

    水光潋滟，鱼虾肥美，那是谁人啊，设下九罭渔网？桑麻丰衣，五谷足食，享安居，得乐业，捞几条小鱼啊，捉几只小虾啊，半日闲暇，悠然自得。有人说九罭是捕捞小鱼小虾的密网，九为虚数极言网上孔眼

繁多；有人说九罭是一种附有囊袋的渔网，九为虚指，表示网眼密集细小。烟波浩渺，九罭在手，捕一网晚霞嫣红啊，捕一网餐食甘美啊，也捕得一网喜出望外啊，那网中啊，竟然网获了红眼鳟鱼，竟然网获了赤尾鲂鱼，大鱼难得，名贵稀有，泼喇喇鲜活跃动，一阵阵笑声爽朗。

风尘仆仆，车马迢迢，那是谁人啊，带来衮衣绣裳？至尊，至贵，天子衮衣升龙腾跃，三公衮衣降龙卷曲，今使臣远至啊，莫非迎公归去？衮衣绣卷龙啊，绣裳焕华彩啊，十二章纹，礼服庄重，修德养性，寓意深远，日、月、星辰取其照临，山取稳重镇定，龙取神异变幻，华、虫取花朵羽毛有文彩，宗彝意取供奉孝养，藻取洁净，火取明亮，粉米取有所养，黼、黻取意果断明察背恶向善。赞美周公大贤啊，德配衮衣绣裳，忧惧使臣来到啊，天子宣公西归，赞美，忧惧，忐忑在心。

车马停驻止息，趋近切切问询，我们遇见您啊，带着衮衣绣裳，敢问啊，敢问啊，敢问贵使长途从何而来，心忧啊，心忧啊，果然成王宣召周公归还。无尽感恩啊，无尽戴德啊，感恩周公拨乱反正，戴德周公教化泽被，春夏教诲耕耘啊，秋日督促归仓啊，冬日指挥修缮啊，岁暮年初乡饮啊，婚姻嫁娶，仪节俨然。

讯息不胫而走，百姓云集纷至，那天子使臣啊，远道跋涉西来，即将啊，即将啊，即将盛仪迎接周公归去，难舍啊，难舍啊，周公大恩再造东土邦国。洒扫庭院啊，整饬宴席啊，是为周公饯别送行，是为使臣接风洗尘，摆上枣栗香甜啊，摆上肉酱滚热啊，摆上菜蔬新鲜啊，斟满美酒醇厚啊，礼乐奏响，歌赋心声。

长河日夜东流啊，流去了苦难岁月，流来了平安生活，无忧远征杀伐，无忧流离失所，日出而作，日落而息，砍一捆薪柴啊燃炊烟袅袅，折一枝野花啊芬芳篱舍，草长莺飞，欢歌笑语，四海宁，享太平，颂不尽我周公贤明啊。周公治理东土啊，处罚公正，彰显仁德慎用刑罚，长治久安，国家法度利于百姓。

大地重现生机啊，勤劳作田亩整齐，育桑麻家给人足，无虑赋税繁杂，无虑劳役沉重，四季转换，安度流年，驱一群牛羊啊伴黄昏下山，吹一支短笛啊悦耳悠扬，月上柳梢，三星在天，邦国安，逢升平，誉不尽我周公厚德啊。周公爱我生民啊，以德服人，宽容平易恭敬谦虚，体察民情，维护稳定加强团结。

浩浩长风振翼，千里高飞鸿鹄，那鸿鹄洁白高贵啊，那鸿鹄志在云霄啊，这一刻低落停栖沿着水边陆地，这一刻低空绕飞循着水中沙渚，只不过是短暂转瞬啊，只不过是偶尔一时啊，终究，终究，那鸿鹄奋发啊，高骞漠漠青冥。

目送天涯鸿鹄，望断山重水复，天际鸿鹄不易得啊，掠云鸿鹄向微茫啊，这一刻盘旋展翅沿着水边陆地，这一刻双翼逐风循着水中沙渚，顷刻间将排空苍宇啊，顷刻间将万里翱翔啊，终归，终归，那鸿鹄非凡啊，意气风发凌云。

知道啊，知道啊，知道我周公大贤啊，治理东土理当有时，而终究是要归去啊，此一去率领那朝堂上下，此一去辅佐我成王大政，普天之下，蒙受德泽啊。

懂得啊，懂得啊，懂得我周公大德啊，爱我东民大公无私，而终归是要归去啊，此一去统管那大小邦国，此一去教化那四海黎庶，率土之滨，共望太平啊。

千里政声人共喜，谁人知道啊，满腹满怀的依依不舍。如何舍得啊，如何舍得啊，山阻水隔，途路迢遥，此一去啊，今生只怕再难见到周公容仪。尊贵的使臣啊，顾望四方，那扶老携幼啊，是百姓纷至沓来，披着星光，戴着弦月，正在赶来与周公话别啊。莫辞啊，莫辞啊，莫辞更进一杯美酒，莫辞再住两天登程，容我东方百姓啊，能够感念一

声周公恩情。

万古清弦续政声，谁人懂得啊，一心一意的恋恋不舍。如何舍得啊，如何舍得啊，宵衣旰食，日理万机，此一去啊，今生只怕再难听到周公音声。尊贵的使臣啊，城邑乡野，那箪食壶浆啊，是子民接踵而来，迎着风凉，伴着清露，正在赶来为周公送行啊。莫辞啊，莫辞啊，莫辞更听一曲歌谣，莫辞再住两晚启程，容我东方子民啊，能够踏歌一程送别周公。

那是谁人商议问说啊，若是藏起那衮衣绣裳，能不能将我周公长留东方？

那是谁人迅疾应和啊，快去藏起那衮衣绣裳，哪怕是能够短暂留住周公。

那是民心所向，那是真心流露，莫问那人是男是女啊，莫问那人是老是幼，无论男女无论老幼啊，人人感恩啊，人人怀德啊，之所以想要藏起来衮衣，千方百计想尽办法苦苦挽留啊。

尊贵的使者啊，带来衮衣绣裳，盛迎我周公西归，肩负着重责要务，敬上美酒，恳请暂留，莫辞再住两天，莫辞再住两晚，不要让我们周公匆急归去啊，不要使我们心里悲伤遽别啊。

长路迢遥啊，几多百姓拦路相送，爱人者人恒爱之，留别的歌声啊，在生民心中激荡，在千里辽远，在万古流芳。

江山多娇啊，几多黎庶长歌心曲，金縢肝胆耀日月，东民的歌语啊，在天下四方回响，在庙堂传唱，在幽土传扬。

九罭密网竟然捕获鳟鱼鲂鱼，我们有幸遇见您啊，带来礼服衮衣绣裳。

鸿鹄展翅沿着沙渚，周公归去无处追随，请您莫辞再住两天。

鸿鹄展翅沿着陆地，周公归去难再回来，请您莫辞再住两晚。

之所以藏起来衮衣相挽留啊，不要让我们周公匆急归去啊，不要使我们心里悲伤遽别啊！

滚滚大河，九曲苍茫，平息了刀光剑影，消散了血雨腥风，盼来了，望来了，大河清，邦安定，那无尽波涛扬起啊，那万千浪花迸溅啊，化作了一首恢宏乐章，融入了九罭歌诗回响。

青山绵亘，沃野膏腴，修复了房舍宅院，播种了五谷黍稷，迎来了，守来了，人太平，家安泰，那无数百姓黎庶啊，那万千心声凝聚啊，唱响了一曲公归不复，政声人去后袅袅绕梁。

千载德音传令名

豳风·狼跋

狼跋其胡，载疐其尾。公孙硕肤，赤舄几几。

狼疐其尾，载跋其胡。公孙硕肤，德音不瑕。

在森林，在沙漠，在山地，在草原，都有那狼群的身影，通常是由头狼带领，机警敏锐，擅长奔跑，进行群体狩猎行动。

狼外形与狗相似，四肢修长，嘴巴宽大，耳尖耸立，长尾下垂夹于后腿之间，毛色棕黄略混黑色，腹下白色，耐力极强。

是前方布有危境吗？是后方来有险关吗？为什么那狼群啊进退维谷？

前行踩着颔下悬肉，后退又踏尾巴绊倒，为什么那头狼啊进退两难？

世人传说，当那大周武王挥师东征，在那商郊牧野集众誓师，众志成城所向披靡；当那殷商军队临阵倒戈，在那鹿台纣王燃火自焚，一代王朝黯然收场。

世人传说，当那武王尽入殷商都城，周公把大钺召公把小钺，左膀右臂股肱栋梁；当那克殷归来武王重病，周公祈祷先祖以身相代，金縢封存一片忠心。

风雨飘摇，地裂山崩，当大周武王病重故去，西土大难，西人不静。

国家初立，根基未稳，当内忧外患接踵而至，成王年幼，周公摄政。

"将不利于孺子""将不利于孺子"，是风起于管叔、蔡叔、霍叔的邶鄘卫三监啊？还是惑乱来自那不甘亡国的商纣之子武庚啊？一时间，流言散布纷纷扬扬，镐京朝野人心惶惶，周公摄政啊，莫非真的是要篡夺成王的天子大位？

披肝沥胆，开诚布公，周公与太公吕望、召公姬奭恳挚相谈，主持王政不避嫌疑，为那天下不稳，为防变故灾殃，万一有个三长两短，如何向那先祖先宗交代？几多霜雪沧桑，几多征战血雨，才有河山锦绣，守住社稷，保全大业。

分陕而治，立柱为界，周公召公以陕为界，把王朝统治区分为东西两大部分，周公管理陕之东，召公管理陕之西，召公进一步开发黄河中下游地区的农业生产，建立巩固的经济后方，为王朝开疆拓土解除后顾之忧，周公就把精力用于防备殷商遗民反叛，稳定东方拓展的领地，安抚大小邦国的民心。

周公摄政，一年治乱，二年克殷，三年践奄。

旌旗东指，大军浩荡，周公率领豳地儿男一去三年，斧斨在握，锜铢在手，逢山开路遇水架桥。几多回战事惨烈啊，挥起斧斨杀开血路艰难取胜；几多回披荆斩棘啊，挥起锜铢短兵相接化险为夷。那利刃啊缺口破损，那手柄啊开裂毁坏。前方是刀山火海千难万险，身后是四方邦国观望徘徊。一心踏平坎坷，一意成就大道。为了天下得太平，为了生民享安宁，战袍在身，长策驱车，我周公啊，我儿男啊，无惧无畏，奋然前行。

日月高悬，周公东征，刀光剑影中，平定了三监之乱，诛管叔、流蔡叔、贬霍叔大义灭亲；风烟滚滚处，收复了殷商旧都，杀武庚分殷

人以绝后患，封微子于宋地奉行殷祀；战马嘶鸣间，扫清了东方势力，灭掉奄国、徐国、薄国等五十多个国家，收复了淮夷及其他地区。前方是变乱四起生死关头，后方是大周天下危急存亡，我周公啊，我儿男啊，擂响战鼓，冲锋陷阵，东至大海，南至淮河，北至辽东，西周终成了泱泱大国。

周公摄政，四年建侯卫，五年营成周。

分封诸侯，以藩屏周，周公实行封邦建国方针，分封大量同姓国和异姓国，建立七十一国，分封周族中最可信赖的成员拱卫王都，其中武王十五位兄弟和十六位功臣，被封到邦国做诸侯，成为捍卫王室屏藩。康叔为卫君，驻守殷商故墟，统率八师兵力，防止殷民再度生乱；姜太公为齐侯镇守东方，被授予了专征专伐特权，五侯九伯实得征之；召公封燕，长子就任建都于蓟，切断殷商旧族与北方同姓孤竹国的联系，屏障东北……

卜都定鼎，营建成周，周公二次克殷之后，秉承武王遗志，开始营建洛邑，洛邑地处伊洛盆地，地势平坦土壤膏腴，北依邙山南望龙门，群山环绕地势险要，伊、洛、瀍、涧四水汇流，是东西方交通要道。召公相宅勘察建都基地，周公卜宅得到吉兆正式奠基，洛邑天下大都，堀方千七百二丈，郛方七七里，建有太庙、宗庙、考宫、路寝、明堂五宫，宏大壮丽，道路通畅。迁来了殷商遗民，屯兵成周八师，庄严祭祀，祝祷天地。

周公摄政，六年制作礼乐，七年致政成王。

制礼作乐，长治久安，夏商礼乐敬神庆典，不同于殷人社会制度，周公制礼维护社会等级制度，宣扬道德理想，君天子臣诸侯，立嫡长子之制，庙数之制，同姓不婚之制等，制定一套调整宗法人伦制度和行为规范体系。乐用是和，所谓"亲亲"，父慈、子孝、兄友、弟恭，亲人互相爱护团结；礼强调别，所谓"尊尊"，贵族之间、贵族与平民之间、君臣之间都要讲尊卑关系、秩序和等级；乐为礼制，万舞为基，制作大武……

还政成王，周公退位，风雨如磐国家危难之时，不避艰辛挺身而出，担当重任力挽狂澜，四海升平国家转危为安，根基稳固蒸蒸日上，让出权位大公无私。《召诰》《洛诰》丹心一片，《无逸》告诫尽诚竭节，殷商灭亡前车之鉴，成王要知稼穑艰难，体察民生隐情疾苦，不要纵情声色安逸，不要沉迷游玩田猎，要效法前圣先王治理天下，不敢荒宁，不侮孤寡，不贪享乐，谦抑谨畏，勤自约束，敬德保民，深自省察，享国久长。

披肝沥胆，那耿耿忠诚德配尊位，那天子三公脚穿赤舄高贵，我周公威仪啊，永载典章，我周公美誉啊，无疵无瑕。

避功遁位，那皆是心怀家国天下，那生民敬仰咏叹吐哺握发，我周公勋绩啊，铭刻山河，我周公美誉啊，四海传颂。

狼前行踩颔下悬肉，后退又踏尾巴绊倒。周公避功盛美德行，赤舄华彩鞋头上翘。

狼后退踩尾巴绊倒，前行又踏颔下悬肉。周公避功盛美德行，美好声誉没有瑕疵。

万古清弦续政声，前有危境，后有险关，大周初立之时啊，邦国多难，歌我周公啊，忠心长贯日月，不惧进退维谷，带领王朝走过艰辛……

千载德音传令名，狼跋诗篇，硕肤盛德，扶大厦于摇坠啊，功成身退，颂我周公啊，教化天下四方，不畏进退两难，带领万民走向盛世……

参考书目

1. 余冠英、曹道衡、王季思等主编，中国古典文学大系·诗经楚辞精品【M】长春：时代文艺出版社，1995.10（2000.2重印）

2. 李兆禄，《诗经·齐风》研究【M】济南：齐鲁书社，2008.12

3. 金性尧著，闲坐说诗经【M】北京：北京出版社，2014.12

4. 秋雨，黎伾斋新译诗经【M】郑州：中州古籍出版社，2015.8

5. （东汉）许慎著；崇文书院整理，说文解字：全注全译插图本【M】北京：北京联合出版公司，2015.9

6. 何新，有爱不觉天涯远：何新品《诗经》中的情诗【M】北京：中国文联出版社，2015.12

7. 姜广辉、邱梦艳，诗经讲演录：灵魂的诗与诗的灵魂【M】北京：中国社会科学出版社，2016.5

8. 杨洁，《诗经》郑、卫诗歌研究【M】北京：中国社会科学出版社，2016.9

9. （春秋）孔子等著，崇文书院编译，四书五经：全本详解版【M】北京：北京联合出版公司，2017.3

10. （清）方玉润撰，李先耕点校，诗经原始【M】北京：中华书局，1986.2（2017.5重印）

11.傅斯年著，吴青山整理，《诗经》十讲【M】北京：新世界出版社，2017.5

12.赵逵夫等编，诗经三百篇鉴赏辞典【M】上海：上海辞书出版社，2007.8（2018.3重印）

13.流沙河，流沙河讲诗经【M】成都：四川文艺出版社，2017.6（2018.3重印）

14.曲黎敏，情到深处是中庸【M】南京：江苏凤凰文艺出版社，2018.3

15.黄荣华，诗自远方来：《诗经》二十六讲【M】桂林：广西师范大学出版社，2018.4

16.流沙河，诗经点醒【M】成都：四川文艺出版社，2018.5

17.闻一多著，诗经讲义【M】南昌：江西教育出版社，2018.7

18.刘冬颖，诗经八堂课【M】北京：中华书局，2018.8

19.陈冬梅，《诗经·国风》地域风格研究：以《豳风》"二南"、《王风》为例【M】北京：中国社会科学出版社，2018.12

20.刘毓庆，诗经考评：全2册【M】北京：商务印书馆，2019.1

21.李山，讲给大家的《诗经》【M】北京：东方出版社，2019.1

22.叶嘉莹、刘在昭笔记：高献红、顾之京整理，顾随讲《诗经》【M】石家庄：河北教育出版社，2018.9（2019.3重印）

23.张炜，读《诗经》【M】北京：中华书局，2019.4

24.扬之水，诗经别裁【M】北京：中华书局，2007.3（2019.4重印）

25.夏传才，诗经讲座【M】桂林：广西师范大学出版社，2019.5

26.李山，大邦之风：李山讲《诗经》【M】北京：中华书局，2019.8

27.上海辞书出版社文学鉴赏辞典编纂中心编，先秦诗鉴赏辞典：新一版【M】上海：上海辞书出版社，2016.10（2020.4重印）

28.上海辞书出版社文学鉴赏辞典编纂中心编著，文学经典鉴赏·诗经三百篇【M】上海：上海辞书出版社，2020.7

29.周啸天主编，诗经楚辞鉴赏词典【M】北京：商务印书馆国际有限公司，2012.1（2020.12重印）

30.余冠英选注，诗经选【M】北京：中华书局，2012.9（2020.12重印）

……